Zu diesem Buch

«Alice Ekert-Rotholz' ‹Karibisches Panorama› umfaßt eine bunte, bizarre Welt voller Lust und Leiden. Das Leben von Menschen, die einander begegnen, die einander lieben oder hassen, die Enttäuschungen einstecken müssen, die durch unüberbrückbare Gegensätze voneinander getrennt sind, die sich finden, sich wieder verlieren und deren Schicksal immer stärker ist als sie selbst. Die Autorin versteht es, Land und Leute packend zu schildern, egal, ob es der junge New Yorker Dr. Basset ist, der in Caracas seine Ideale von reiner Liebe in die Brüche gehen sieht, ob es sich um Athene Henderson handelt, die ebenso besessene wie untalentierte Bildhauerin, deren Neigung jungen Mädchen gehört, oder um Petrus Smoker, der schließlich um die Früchte seines sozialen Ehrgeizes geprellt wird: Es sind sehr lebendige Menschen aus Fleisch und Blut, für die man Sympathie, Mitgefühl, Verständnis empfindet» («Express», Wien).

«Alice Ekert-Rotholz hat sich seit Jahren als farbige und packende Erzählerin einen Namen gemacht. Ihre Gabe, Menschen, Schicksale und Landschaften plastisch vor dem Auge des Lesers erstehen zu lassen, beweist sie auch in diesem Buch: es ist ein Reigen menschlicher Schicksale, die irgendwie mit Westindien – diesem Inbegriff tropischer Üppigkeit – verflochten sind. Da ist Ines, die vornehme, von ihren Trieben gehetzte Venezolanerin; der Westinder Nabil Bannerjee und seine unglückliche Londoner Liebe und vieles andere. Gemeinsam ist allen, daß sie in einer Welt leben, die von grellen Kontrasten beherrscht wird, phantastisches Streben nach gesellschaftlicher Anerkennung und politischem Erfolg, Sehnsucht nach Liebe über unüberbrückbare soziale Unterschiede hinweg und der Gegensatz zwischen dunkel- und hellhäutig» (Deutsche Presse-Agentur).

Alice M. Ekert-Rotholz, die am 5. September 1900 in Hamburg als Tochter eines britischen Vaters und einer deutschen Mutter geboren wurde, lebte von 1939 bis 1952 in Bangkok, wo ihr Mann eine Zahnarztpraxis hatte. Sie wurde Mitarbeiterin der Catholic Action and Study Group des Ursulinen-Ordens und einer literarischen Gruppe der «Young Women Christian Association». Nach Hamburg zurückgekehrt, war sie journalistisch für Funk und Presse tätig. 1954 erschien ihr erster Roman «Reis aus Silberschalen» (rororo Nr. 894), der sie schnell bekannt machte. 1959 siedelte sie zu ihrem Sohn nach England über. Alice M. Ekert-Rotholz ist Mitglied des Internationalen PEN-Clubs. Ihre in dreizehn Ländern erschienenen Romane erreichten inzwischen eine Gesamtauflage von weit über drei Millionen Exemplaren. Zu ihnen gehören ferner: «Wo Tränen verboten sind» (rororo Nr. 1138), «Strafende Sonne, lockender Mond» (rororo Nr. 1164), «Mohn in den Bergen» (rororo Nr. 1228), «Elfenbein aus Peking» (rororo Nr. 1277), «Die Pilger und die Reisenden» (rororo Nr. 1292), «Limbo oder Besuch aus Berlin» (rororo Nr. 1567), «Fünf Uhr Nachmittag» (rororo Nr. 1781), «Füchse in Kamakura» (rororo Nr. 4144) und «Die fließende Welt» (rororo Nr. 4199).

Alice Ekert-Rotholz

Der Juwelenbaum

Karibisches Panorama

Rowohlt

Die vorliegende Taschenbuchausgabe «Der Juwelenbaum» enthält nicht den Teil «Limbo oder Besuch aus Berlin». Dieser ist als separater Taschenbuchband (rororo Nr. 1567) erschienen
Umschlagentwurf Werner Rebhuhn

1.–25. Tausend	Juni 1973
26.–38. Tausend	September 1973
39.–48. Tausend	Juli 1974
49.–55. Tausend	August 1975
56.–65. Tausend	Mai 1976
66.–70. Tausend	April 1978
71.–75. Tausend	Oktober 1979

Veröffentlicht im Rowohlt Taschenbuch Verlag GmbH,
Reinbek bei Hamburg, Juni 1973

Satz Aldus (Linofilm-Super-Quick)
Gesamtherstellung Clausen & Bosse, Leck
Printed in Germany
680-ISBN 3 499 11621 9

Für meinen Sohn

Die Karibischen Inseln, sichtbare Gipfel ertrunkener Vulkane, sind so verschiedenartig wie ihre Bewohner. Diese besonnten Antillen über und unter dem Winde, dieser selig-isolierte ozeanische Inselbogen zwischen Puerto Rico und Venezuela besitzt eine alte spanische, französische, holländische, englische und amerikanische Kolonialtradition und -zivilisation, die von der neuen politischen Unabhängigkeit noch nicht ganz weggeschwemmt worden sind. Aber neben den Kolonialvätern aus dem Westen haben viele Inseln ihre eigenen mythischen Vaterfiguren. Die Geister der indianischen Arawaks und Kariben durchstreifen nach Sonnenuntergang Trinidads endlose Regenwälder, Fischerdörfer, Zuckerfelder und Marktflecken, während in Port of Spain Calypsosänger und Limbotänzer die Touristen aus aller Welt unterhalten. Wenn die Limbotänzer sich schlangengleich unter einer brennenden Stange hindurchwinden, ohne sie zu berühren, grenzt das an Zauberei aus Afrika. Auf den Inseln vertragen sich afrikanische, indische und indianische Geister miteinander.

Die Arawaks sind ausgestorben, und die «Insel-Kariben», die ersten Jäger und Fischer der Antillen, haben nur wenige Andenken an ihre Existenz in dieser Welt hinterlassen. Nach ihnen wird zwar der Karibenfisch benannt, der Seeräuber der südamerikanischen Flüsse, der auch Menschen gern angreift und zerreißt; vor allem aber gibt es das friedliche und nahezu unbekannte Erbe der Legenden, der «wahren Geistergeschichten» und der Aphorismen zur karibischen Lebensweisheit.

Zu meinem Glück stieß ich in Venezuela auf keinen hungrigen Karibenfisch, und zu meinem Glück stieß ich in Trinidad auf einen der wenigen Nachkommen der Kariben, der auf gutem Fuß mit Naturgeistern, Zauberern und Juwelenbäumen stand. Selbstverständlich war er ein sehr alter Mann; die westindische Jugend lauscht auch in Arima angelsächsischen Popsängern oder tanzt aus der Sklavenzeit stammende afrikanische Tänze mit einem Schuß spanischer Musik: Conga, Shango und Bongo.

Arima ist eine idyllische Landstadt im «Fruchtgarten von Trinidad». In der spanischen Kolonialzeit war sie die erste Siedlung indischer Mohammedaner. Heute ist Arima ein Zentrum der Kakao-Industrie. Übrigens werden dort im Herbst zu Ehren der Schutzheiligen Santa Rosa Pferderennen abgehalten, aber sonst lebt man geruhsam und nachdenklich unter den Palmen dieser Stadt.

Der Nachkomme der Kariben saß in einem Kreis halbnackter brauner Kinder unter einem Flammenbaum und ignorierte meine westindischen Freunde und mich. Ich aber sah ihn mir ziemlich genau an. Ein verwaschener seegrüner Turban krönte ein indianisches Gesicht mit spanischem Pfeffer in den schrägen schwarzen Augen. Arima ist die letzte Spanierstadt in Trinidad. Die scharlachroten Blüten des Flamboyán-Baumes zwischen zartgrünem Laub bildeten ein phantastisches Dach über der seltsamen und zufriedenen kleinen Gruppe. Der alte Mann erzählte irgend etwas in einem eintönigen Singsang, und ein Knirps, der hauptsächlich mit Palmenblättern bekleidet war, schlürfte geräuschvoll Kokosmilch aus einer geöffneten Nuß, die sein Gesicht vor unseren Blicken schützte. In Trinidad glaubt man nämlich an den Dollar, an den Reader's Digest, *den Bösen Blick und die* soucouyants *der alten Kariben – dämonische Störenfriede in der harmlosen Gestalt von Familienfreunden, Liebhabern oder Touristen aus Europa.*

Später, bei einem kreolisch-westindischen Mittagessen, berichteten mir meine Freunde, was der grüne Turban erzählt hatte, und fragten mich mehrmals besorgt, ob ich auch alles richtig hörte und verstände. Diese Frage wurde mir sehr oft in den Antillen gestellt. Man hält Ausländer dort offenbar für schwerhörig oder ungewöhnlich begriffsstutzig. Ich berichte nun, was ich damals hörte und hoffentlich verstanden habe:

«In den ersten Tagen der Welt gab es nur die Karibische See und einen riesigen Baum auf einem toten Vulkan. Der Baum trug viele Früchte: sie leuchteten sonnengelb, scharlachrot, grün und himmelblau. Sie glichen Juwelen oder waren welche. Das weiß niemand ganz genau. Eines Tages tobte ein wilder, wilder Wirbelsturm. Der große Baum bog sich hin und her, aber nur die Früchte fielen ins Meer. Haben Sie das verstanden, Madame?»

«Ich habe es verstanden.»

«Gut so! Also die Früchte schwammen in der See herum, und eines Tages waren sie Inseln geworden: Trinidad, Tobago, Dominica, Martinique, Grenada, Sankt Thomas, Bonaire, Antigua und alle anderen Inseln. Hören Sie, Madame? Es gab Berge und Wälder, und dann kamen Menschen mit ihren Kanus. Das waren die Arawaks und die Kariben, und sie kämpften und töteten sich gegenseitig. Haben Sie auch das verstanden, Madame?

Die Kariben jagten in den Wäldern und fischten in der reichen See und hatten kleine Felder, wo es nicht zu steinig war. Wir sagen auf den Inseln: ‹Auf Felsen wächst kein Zuckerrohr.› Die Kariben erzählten sich Geschichten, die viel Angst machen, und Geschichten, bei denen das Herz vor Lachen tanzt. Sie waren noch wilde Indianer, und einmal schlachteten sie dominikanische Mönche. Aber mit der Zeit wurden sie sanfter und satter und liebten den großen Baum, weil er Sonnen-Inseln in die See geschüttet hatte. Haben Sie alles richtig gehört und verstanden, Madame?»

«Ich hoffe.»

«Ich danke für Ihre gnädige Aufmerksamkeit, Madame!»

«Ich danke für Ihren schönen Bericht. Nun weiß ich, wo ich bin.»

Ich blieb viele Monate auf den Antillen, und je länger ich mich auf verschiedenen Inseln aufhielt, desto fester glaubte ich an den Juwelenbaum.

Dies also war die Heimat der vielen Westindier in England. Nach meiner Rückkehr von den Antillen konnte ich mir keinen Reim auf die stille

Schönheit der Inseln und die trübselige Existenz dieser Kinder des Commonwealth in London machen. Gelegentlich erfuhr ich etwas über ihre Probleme, und auch sie fragten mich zweifelnd und besorgt, ob ich auch alles hörte und verstände.

Der Kreis schließt sich. Grundverschiedene Welten prallen aufeinander, nachdem die Kolonialväter die Antillen verlassen haben. Nur die bleiche Karawane der Touristen zieht in immer größerem Maße auf die Inseln und erlebt ihrerseits eine durch falsche Romantik bewirkte Daseinsverwirrung. Aber im Gegensatz zu den vielen enttäuschten Westindiern in London können sie jederzeit zurückfliegen in ihre eigene Welt.

Ich habe die helle und dunkle Seite des karibischen Mondes gesehen: auf den Inseln, in Venezuela, in London und Liverpool. Und ich habe überall den tragischen und komischen Zusammenprall von Temperamenten und Verhaltensweisen erlebt. Eines Tages stand mein Entschluß fest, von der Welt diesseits und jenseits des Juwelenbaums zu erzählen.

Mai 1968 *Alice Ekert-Rotholz*

I
Bleiche Karawane

Unter dem Schattenbaum

Venezuela

Glücklich der Baum, der nur dunkel empfindet.
Denn quälender kein Schmerz,
als nicht wissen: wohin.
Nicht wissen: woher.

Rubén Dario

I

War Basset der richtige Mann für Venezuela?

Der Generaldirektor einer großen Ölgesellschaft sah sich in seinem New Yorker Büro um, als ob die Stahlmöbel die Antwort wüßten. Sein Kollege aus Caracas wartete geduldig. Mr. Street lebte seit so vielen Jahren in Südamerika, daß er, ohne zu rebellieren, auf alles wartete – auf den neuen Fachmann, auf das Ende der Regenzeit, auf seine Frau.

Schließlich sagte Mr. Clissold: «Dr. Basset ist okay. Sonst hätte ich ihn nicht vorgeschlagen.»

«War der junge Mann schon draußen?»

«Einige Monate in Mexiko. Seitdem will er in die Sonne.» Mr. Clissold räusperte sich: «Natürlich geht es bei uns nicht danach, was unsere jungen Leute möchten, sondern was sie im Ausland leisten können. Richard Basset ist vielleicht nicht brillant wie – sagen wir – unser Hugh Parry. Aber der sitzt ja nun in Mexiko. Trotzdem hat der junge Mann den Raketentypen etwas voraus.»

«Und das wäre?»

«Er weiß, wann er geschlagen ist. Basset entgeht jeder Krise oder Blamage dadurch, daß er leise, still und heimlich den Schauplatz räumt.»

«Das ist was Ausgezeichnetes für Venezuela», sagte Mr. Street. «Ich meine – unsere Gesellschaften in diesem unruhigen Land haben ständig Schwierigkeiten mit den wechselnden Regierungen.» Er räusperte sich. «Ich weiß nicht, lieber Clissold, ob Sie in New York so ganz im Bilde sind. Natürlich begrüßen wir alle aus ethischen Gründen Venezuelas demokratische Richtung. Alles andere wäre ja auch noch schöner, nicht wahr? Aber unter uns gesagt: den Ölfirmen ging es unter der Diktatur von Jiménez tadellos. Komisch, wie? Petroleum-Diskussionen mit der Regierung erfordern seit 1961 doppelt soviel Takt, und die Resultate sind nur halb so gut.»

«Basset ist ein Meerwunder an Takt.»

«Ist dieser Dr. Basset eigentlich ein angenehmer Zeitgenosse?» fragte der große Mann von drüben. «Ich meine, wir ‹Yanquis› sind da unten gewissermaßen 'ne Familie im Exil. Kommt er gut mit Kollegen aus?»

«Mit Basset kann sich niemand streiten.»

«Das ist großartig für Venezuela! Wir sind ja dort nicht nur durch die spanische Sprache und die Landessitten isoliert. Unsere Art von Humor paßt da nicht recht hin. Aber das steht im Moment nicht zur Debatte. Mögen *Sie* diesen Dr. Basset?»

Mr. Clissold zog die Augenbrauen hoch. «Natürlich mag ich ihn. Warum denn nicht?»

«Wie ist er rein privat?»

«Da fragen Sie mich zuviel, lieber Freund. Basset gestattet niemandem einen Einblick in sein Innenleben – falls er eins besitzt. Kommt übrigens aus streng protestantischem Milieu, ist aber selbstverständlich kein religiöser Fanatiker.»

«Das wär auch ein bißchen komisch für Südamerika. Sind dort alle durch und durch katholisch seit Kolumbus. Die Indianer glauben außerhalb der Missionen natürlich, was sie wollen.»

«Habe ich schon gesagt, daß Basset Junggeselle ist?»

«Wie alt?»

«Fünfunddreißig Jahre. Lebte lange Zeit mit seiner verwitweten Mutter. Hat übrigens selbst um Versetzung nach Südamerika gebeten. Aber es hatte sich bis jetzt noch nicht machen lassen. Für einen kleinen Job ist er zu gut.»

«Warum wollte er weg von New York?»

«Keine Ahnung, mein Lieber. Unter uns: ich möchte auch nicht mit Bassets Mutter leben. Wie gesagt, er ist ein zäher, intelligenter Bursche von robuster Gesundheit, obgleich er so lang und dünn und farblos aussieht. Aber dies Talent! Dies seltene Talent, den Rückzug vorzubereiten, wenn alles nach Sieg aussieht.»

«Wann kann er antreten?» fragte Mr. Street.

II

Bassets Göttergabe, den Schauplatz der Geschehnisse im richtigen Augenblick zu räumen, war von jeher seine beste Waffe gewesen. Er verließ beispielsweise die Wohnung seiner Mutter, lange bevor sie ihn einen undankbaren Sohn nennen konnte, dem sie ihre besten Jahre geopfert habe. Er bezog einfach eine Junggesellenwohnung, gerade in der richtigen Distanz. Nicht so entlegen, daß es nach einer Demonstration aussah, aber auch wieder nicht so nah, daß die bequeme Mrs. Basset seine Wohnung jederzeit zu einem kurzen Besuch erreichen konnte. Sie wollte ihn seit mehreren Jahren mit den Töchtern ihrer Clubfreundinnen verheiraten, und Basset betrachtete ihre Versuche mit schweigendem Mißfallen.

«Was soll aus dir werden, wenn ich einmal nicht mehr bin?» hatte Mrs. Basset ihn so oft gefragt, daß er schließlich die Antwort verweigerte. Er wußte genau, was aus ihm werden würde: Ein Mann, der in Ruhe leben konnte, keine Fragen beantworten mußte und frei war wie die wilden

Pferde der Llanosebene zwischen den Anden und dem Orinoko-Fluß. Basset plante, alle seine Ferien mit Pferden zu verbringen, falls seine Übersiedlung eines Tages stattfinden sollte. In den Llanos gab es wenig Menschen, und dorthin würde ihm seine Mutter keinesfalls folgen. Warum sollte sie sich mit Kuhhirten unterhalten, die kein Englisch sprachen, oder den Flug der Tropenvögel verfolgen, wenn sie in New York Bridge spielen und pausenlos reden konnte? Selbstverständlich bewies Richard Basset seinen berühmten Takt und erwähnte Venezuela mit keinem Wort. Wenn seine Mutter immer wieder wissen wollte, was er einmal ohne sie anfangen würde, sagte er achselzuckend: «Ich werde mich einrichten müssen, so gut es geht.» – «Du solltest heiraten, mein Junge», sagte sie dann. Basset setzte sich ans Klavier. Er spielte ausgezeichnet.

Seine Mutter merkte erst, daß er ihr entflohen war, als er schon seit einem Monat in seiner eigenen Wohnung klassische Musik spielte oder Wirtschaftsberichte über Südamerika studierte. Er hatte ihr eingeredet, die Wohnung sei zu klein für zwei Menschen mit so verschiedenen Neigungen, und sie könne nettere Parties geben, wenn seine Bude als Bridgezimmer bereitstände. Er wollte ihr dann das Zimmer neu einrichten und ihr den modernsten Fernsehapparat kaufen, damit sie ungestört ihre Schlagersänger genießen konnte.

Als Mrs. Basset eines Abends vom Bridge in ihre leere Wohnung kam, mußte sie sich auf die Couch legen, weil ihr Herz Tänze aufführte. Ihr wurde schwarz vor Augen. Sie hatte einen kleinen Nervenzusammenbruch – und das in dem neuen, eleganten Bridgezimmer! Als sie einen starken Whisky getrunken hatte, rief sie Richard an. Er wurde aus ihren Reden nicht schlau und kaufte ihr ohne Murren ein Abonnement bei einem berühmten Psychiater. Das war wirklich liebevoll, da er selbst keine Zeit zum Trösten hatte. Bei dem Nervenarzt konnte seine Mutter nach Herzenslust reden, weinen und sich über ihren Sohn beklagen. Und was noch besser war: der Nervenarzt mußte sie anhören. Dafür wurde er bezahlt. Basset betrachtete diese Ausgabe als eine Anlage für die Zukunft. Falls es ihm gelang, sich von New York abzusetzen, würde seine Mutter noch mehr zu klagen haben. Der Modearzt würde sie lächelnd auf den Pfad des Ödipus geleiten, und Richards Flucht aus dem Nest würde schließlich eine neurotische Liebeserklärung sein: nur junge Männer, die zu sehr an ihrer Mutter hingen, emanzipierten sich in dieser Form. In stillen Stunden beruhigte Basset sein unleugbares Schuldgefühl mit der Überlegung, daß seine Mutter sehr viel Geld brauche und daß er es nur verdienen könne, wenn er keine Kopfschmerzen hätte. Er bekam sie regelmäßig, wenn man auf ihn einredete.

Wenn Mrs. Basset die Glückwünsche ihrer Freundinnen für das Bridgezimmer entgegennahm, sagte sie: «Der Raum ist natürlich sehr willkommen. Aber ich vermisse Rich. Eine Mutter ist eben eine Mutter!» Selbst ihr Sohn konnte diesem Gemeinplatz nichts entgegenhalten. Um so weniger, als er sich in Sicherheit gebracht hatte.

Er besuchte Mrs. Basset nun zweimal im Monat, weil er ihr diese Sonntagsbesuche schuldig war. Nicht weil eine Mutter eine Mutter ist, sondern weil Mrs. Basset ihm zu seiner Karriere verholfen hatte. Nach dem Tod ihres Mannes, der den ganzen Feldzug gegen die Japaner im Fernen Osten gesund überstanden hatte, um dann ruhmlos, resigniert und vom Geldverdienen ermüdet in seinem Bett zu sterben, fand sie, daß Richard in der Welt weiterkommen müsse. Bis jetzt hatte er Nationalökonomie studiert und Musik getrieben.

Mrs. Basset vergaß nie, daß sie eine geborene Clissold war. Wenn die Situation es erforderte, grub sie hartnäckig nützliche Verwandte aus dem Schutt der Vergangenheit aus. Ihre Ausgrabungen waren so bemerkenswert wie die Arbeit der Archäologen im alten Pompeji und genauso mühevoll. *Wo* lag der Schatz vergraben? *Welcher* Clissold war der Richtige? Natürlich waren alle erfolgreichen Leute *nahe Verwandte,* und die Pechvögel oder Schmarotzer waren *entfernte.* Zuerst wagte sie nicht recht, *den* «Öl-Clissold» als nahen Verwandten zu reklamieren. Sie zerriß sechs Briefe, schickte aber den siebenten ab. Mr. Clissold hatte nie etwas von der Existenz dieser Verwandten gehört, aber ihr Brief kam in einem günstigen Augenblick an. Er brauchte gerade einen neuen Mann. Eine einzige Unterhaltung mit Richard Basset genügte. Obwohl dieser angebliche Verwandte aus einer Seitenlinie wenig sprach und mit seiner Brille und dem dünnen blonden Haar wie ein weltfremder Gelehrter aussah, erkannte Mr. Clissold seine Fähigkeiten nach einer knappen Viertelstunde. Er besaß die Menschenkenntnis, die alle Leute auf leitenden Posten haben müssen. Dieser junge Mann tat bescheidener, als er war. Er entwickelte ziemlich bald eine ausgesprochene Nase für das international verzweigte Ölgeschäft. In Konferenzen war er äußerst zurückhaltend, aber wenn er das Wort ergriff, hatte er etwas zu sagen. Selbst Mr. Clissold war beeindruckt. Natürlich behielt er seine Meinung für sich, denn in großen Konzernen kostet jede schmeichelhafte Äußerung zusätzliche Dollars. Basset erklomm rasch die Stufe der zukünftigen Manager—rascher als die meisten und auch gründlicher. Denn er widmete sich den Launen des Ölmarktes wie andere junge Männer den Launen ihrer Geliebten.

Kurz vor seiner Übersiedlung nach Venezuela bewahrte er seine Firma vor einem enormen Verlust. Man plante, sich mit einer Ölfirma in Aruba zu liieren. «Wie kamen Sie darauf, daß irgend etwas mit der Gesellschaft nicht *koscher* war?» fragte Mr. Clissold jovial.

«Ich weiß es nicht», sagte Basset bescheiden. «Die Sache kam mir eben komisch vor. Wenn es sich um die Royal Dutch Shell gehandelt hätte...»

Mr. Clissold lachte laut, und Basset erlaubte sich ein dünnes Lächeln. Er akzeptierte eine private Havanna-Zigarre mit Monogramm-Bauchbinde und rauchte sie so heroisch, wie er seiner Mutter lauschte. Er war Nichtraucher. Tatsächlich zog die fragliche Ölgesellschaft in den holländischen Antillen bald wie ein müder Schwan ihre Flügel ein, und Mr. Clissold erhielt viele Komplimente aus dem Olymp der Geldgeber. Basset war richtig. Mr. Clissold hatte es sofort erkannt. Da Basset sich nichts aus Komplimenten machte, war er mit einer Gehaltserhöhung und noch größerer Verantwortung mehr als zufrieden. Drei Monate später war seine Versetzung nach Südamerika perfekt, und er kaufte seiner Mutter eine Nerzstola.

Mrs. Basset war glücklich, obwohl Nerz heutzutage ein altmodisches Statussymbol ist und ein kleiner Bohrturm – sagen wir im See von Maracaibo – dem Zeitgeist besser entspricht. «Du bist ein guter Sohn, Rich», murmelte sie und streichelte die Stola. Basset hatte tief in die Tasche gegriffen. Einmal war seine Mutter eine große, breitschultrige Frau und brauchte mehr Nerz als eine kleine, schmale Mutter, und dann wollte Basset sich dieses Mal nach Venezuela loskaufen. Er haßte es, wenn seine Mutter ihn Rich statt Richard nannte, aber er beherrschte sich. Mrs. Basset nahm die Nachricht von Richards Versetzung in ein unbekanntes Land mit der Stola um ihre Schultern ziemlich gefaßt entgegen. Ihr Mann hatte ihr trotz jahrelanger Mahnungen keinen halben Meter Nerz geschenkt. Erst später, kurz vor Richards Flugreise nach Caracas, dämmerte es ihr, daß er seine Schuldgefühle mit solchen Geschenken abtrug. Das tun die meisten Menschen, wenn sie finanziell dazu in der Lage sind, aber für Mrs. Basset war es neu und erschreckend. Es war die einzige Erfahrung, die sie für sich behielt. Nicht einmal ihr Beichtonkel, auf dessen mit grünem Samt bespannter Couch sie wie auf einer gepolsterten Wiese lag, erfuhr davon. Die letzten Tage vergingen schnell, und Richard tat sein Bestes. Er wohnte um alter Zeiten willen im Bridgezimmer und sagte, es sei kein Abschied für ewig. Einige Jahre . . .

Auf dem Flugplatz versprach er seiner Mutter den besten Teil eines venezolanischen Krokodils in Form einer Handtasche.

«Ich will keine Geschenke», sagte Mrs. Basset laut und trostlos. «Ich will *dich*! Kannst du das nicht begreifen, Rich?» Ihr volles Gesicht war rot und erinnerte an einen polierten Apfel. Ihre runden blauen Augen füllten sich mit Tränen. In diesem Augenblick wurde Bassets Flug angekündigt, und er konnte sich – höheren Gewalten folgend – wieder einmal mit Anstand aus dem Staube machen.

Arme, arme Mrs. Basset! Richard hatte sie nur zu gut verstanden. Sie schluchzte im Taxi, bis sie bei ihrem Psychiater angelangt war. Nach der Sitzung fuhr sie zu Freunden, die um die Ecke wohnten. Sie machte immer feste Programme für jeden Tag. Wenn sie die Zeit nicht totschlug, dann würde die Zeit sie totschlagen. Richards Besuche fehlten ihr. Sie hatte damit wenigstens zwei Sonntage im Monat untergebracht. Ihr Unglück war, daß sie bei aller geselligen Ablenkung zuviel Zeit zum Nachdenken über Rich hatte. Sie fand heraus, daß viele Familien nur deshalb relativ harmonisch zusammen leben, weil die beständige Nähe das Urteil trübt. Sie war besiegt, genarrt, verlassen. Allerdings mit einem Nerz um die Schultern! Sie trug ihn bei jeder Gelegenheit, weil es neuerdings überall zog.

Bassets Firma begrüßte es, daß er als Junggeselle nach Südamerika ging. Frauen hatten an allem etwas auszusetzen. Für sie war es «da unten» zu lustig oder zu regnerisch oder zu ölig; zu monoton oder zu unruhig. Zu viele Indianer oder Neger oder Mischlinge! Basset waren alle Lebensbedingungen und alle Hautfarben recht.

Eines Tages erfuhr Mrs. Basset zu ihrem Erstaunen, daß Rich sich verlobt hatte. Sie war erleichtert, wenn auch verstimmt, weil sie die Braut nicht ausgesucht hatte. Sie hatte sich öfters im geheimen gefragt, ob ihr Sohn nicht etwa *queer** sei. Sie wußte nicht, daß Basset gelegentlich seine hübsche Sekretärin zum Abendessen mit allem Drum und Dran ausführte. Es geschah so regelmäßig wie die Sonntagsbesuche bei seiner Mutter. Mit gewohntem Takt hatte er der jungen Dame schon beim ersten Dinner seine Absichten angedeutet. Heiraten kam nicht in Frage. Selbstverständlich glaubte sie ihm nicht. Sie würde ihn schon kapern. Basset las ihre Gedanken und lächelte sie an. Niemals verstieg er sich zu den leichtsinnigen Versprechungen der Schürzenjäger. Er verachtete diese Leute – nicht wegen der Schürzen, sondern wegen ihrer Dummheit. Denn eines Tages hielt man diese Narren fest.

Basset hatte keinen Grund gesehen, seine Mutter über seine sexuelle Routine zu informieren. Mrs. Basset war auch viel zu puritanisch für solche Enthüllungen. Im Privatleben waren die jungen Männer jetzt viel nüchterner und zynischer als zu ihrer Zeit, wo man möglichst jung einen verliebten Ehemann erwerben mußte, ihm Kinder schenkte und dann einen immer höheren Lebensstandard verlangte. Mit dem Unsinn im Schlafzimmer hatte Mrs. Basset ziemlich früh Schluß gemacht, ganz abgesehen von moralischen Bedenken hatte sie nie das Bedürfnis nach einem Liebhaber verspürt. Basset sen. in seiner besten Zeit war ihr schon zuviel gewesen. Entweder verstand sie keine Männer, weil sie sich nicht für sie interessierte – oder sie interessierte sich nicht für sie, weil sie sie nicht verstand. Auf jeden Fall war Rich jetzt verlobt.

Mr. Clissold war erstaunt und sogar ein wenig neugierig. Dieser Basset war eben immer eine Sphinx mit Hornbrille und Tonbandgerät gewesen. Er bat ihn in einem netten Privatbrief um Einzelheiten, denn seine jungen Leute lägen ihm am Herzen. Basset hatte es nicht gewußt und las Mr. Clissolds Brief mit mildem Erstaunen. Er hatte nicht die Absicht, die Firma über sein Privatleben zu informieren. Er verstand es ausgezeichnet, Regierungsvertreter zu behandeln, und schickte sachkundige und nützliche Berichte über das ganze Erdölgebiet Lateinamerikas und die sich ständig wandelnde Wirtschaftslage. Wie ein Diplomat bereiste er die Gegend, aber er wußte und hörte bedeutend mehr. Wenn er Öl roch, war Südamerika krasse Realität und kein romantischer Farbfilm. Aber die Romantik hatte ihn in seiner Freizeit am Kragen gepackt. Da seine Verlobung zu seiner Freizeit gehörte, bedankte er sich sehr höflich für das freundliche Interesse

* homosexuell.

seines New Yorker Chefs und verriet ihm nur, daß seine Braut eine Venezolanerin war.

In seinen jüngeren Jahren war Mr. Clissold auch einige Male in Südamerika gewesen. Er runzelte leicht die Stirn, als er Bassets Brief noch einmal überflog. Es gab natürlich bezaubernde Mädchen von La Guaira bis ins Bergland. Sie waren besonders erfreulich anzusehen, aber das bedeutete noch nicht, daß Bassets Braut die richtige Erwerbung für die Ölgesellschaft war. Wenn die Firma Glück hatte, war sie eine Weiße und stammte von Spaniern ab. Aber es gab in Venezuela auch eine Menge Indianerinnen, Negerinnen und die Mestizinnen, die von Weißen und Indianern abstammen. Dann fielen Mr. Clissold auch noch die Mulattinnen ein. Sie waren in der ersten Jugend wahrhaftig nicht übel. Er hatte sich als junger Dachs auch nur im letzten Moment in Puerto Cabello erinnert, daß seine bezaubernde Freundin schwarz-weiß war. Basset konnte sich auch mit einem Zambo-Girl verlobt haben – das war eine Mischung von Indianern und Negern. Was wußte man über ihn? Er schien also *doch* ein Innenleben zu haben. Sehr peinlich. Kurz entschlossen fragte der Chef Bassets Mutter nach Einzelheiten über die Braut. Aber sie konnte ihm nur mitteilen, daß ihre Schwiegertochter in Venezuela geboren war. Was sie Mr. Clissold sonst noch mitteilen wollte, erstickte er im Keime.

Zum erstenmal war der Chef verstimmt über seinen lieben Basset. Er sah ihn bereits vergnügt und gesellschaftlich gesunken im Kreis zahlreicher Mischlingskinder, umflattert von einer fülligen, lächerlich ergebenen Ehefrau. Dann zuckte er die Achseln. Basset sollte heiraten, wen er wollte.

Mr. Street hatte verschiedentlich berichtet, daß Basset sich in taktvoller Form von der «Yanqui-Familie» in Venezuela fernhielt. Er zeigte sich zu Weihnachten, zum Nationalfeiertag und natürlich bei Empfängen für einen wichtigen Ölmann, auf denen die Yanquis mit Vertretern und Magnaten Venezuelas tranken und diskutierten. Hierbei entfaltete Basset sein Talent, einen gelegentlichen Platzregen abzuwenden, bevor der erste Tropfen fiel. Danach verschwand er wieder in der Versenkung. Manchmal fragten sich seine Landsleute, was er an seinen Abenden trieb, da er niemals den Club besuchte und kein Sportfest mit seiner Gegenwart beehrte. Natürlich, er hatte sich verlobt. Er war entschuldigt.

Mr. Street schrieb ferner an Mr. Clissold, er habe Basset recht gern, soweit man ihn recht gern haben könne. Übrigens habe ein prominenter Kollege gerade eine dunkelhäutige Dame geheiratet. Clissold überlegte, ob Basset vielleicht auch einen Überschuß an Farbe abbekommen hatte.

Basset *war* vorurteilsfrei und gewitzter als viele seiner Kollegen. Er hatte sofort gewittert, daß bei den traditionellen Blutmischungen in Lateinamerika die Hautfarbe sozial eine sehr kleine Rolle spielte. Wer Prestige oder Millionen – oder am besten beides – besaß, der war so weiß wie der Schnee auf den Bergen der Anden. Andererseits, wer nur eine blasse Haut und sonst nichts hatte, der konnte einpacken.

«Ob Richards Braut eine Farbige ist?» fragte Mrs. Bassets beste Freundin, die sie mit rotgeweinten Augen im Badezimmer vorfand. Die Freundin hatte lange gezögert, bis sie die Schicksalsfrage wagte. Mrs. Basset kühlte sich immer noch die Augen, weil ihr etwas hineingeflogen war, und erwiderte mit ungewohnter Schärfe, daß Rich wisse, was er seiner Mutter schuldig sei. Aber es klang nicht mehr so überzeugt wie früher. Er hatte es nie gewußt. Am selben Abend schrieb sie, daß sie natürlich zur Hochzeit nach Caracas kommen werde, obwohl ihr Herz ihr neuerdings zu schaffen mache und Dr. Muir den Kopf schüttle. Basset nahm diesen Beweis unerschrockener Mutterliebe stirnrunzelnd zur Kenntnis. Der Brief war ihm nach Maracaibo nachgeschickt worden, wo er im Augenblick die Situation studierte. Er trank seinen Fruchtpunsch im Schwimmbad des Hotels «De Lago», das in angemessener Entfernung von den reichsten Ölfeldern der Welt erbaut worden war. Das «De Lago» war ein karibischer Traum, von dem die spanischen Eroberer auf der Suche nach dem Dorado nichts geahnt hatten. Sie sahen nur die Pfahlbauten der Indianer und hatten sich auf gelbes statt auf schwarzes Gold konzentriert. Außerdem suchten sie Perlen, Sklaven und Ruhm und arbeiteten für die Verbreitung ihres Glaubens. Da war Basset anders. Er hatte kein Interesse an Perlen, Sklaven oder Ruhm und wollte die Bevölkerung nicht zum Protestantismus bekehren. Dies würde ihm nicht einmal bei seiner Braut gelingen. Er hatte gar nicht erst den Versuch unternommen, denn er wußte immer im voraus, wo Niederlagen drohten.

Basset empfing keine neuen Eindrücke von Maracaibo. Er hätte aber gern das legendäre Fischerdorf gesehen, bevor der Ölrausch nach 1916 die Ausländer dorthin gelockt hatte: Abenteurer aus Mexiko und den USA, Geschäftsleute, Freudenmädchen, Trauermädchen, Ingenieure, Eisschränke und Diplomaten. Basset liebte Idyllen. Das einzige Idyll in Maracaibo war das Schwimmbad des «De Lago» mit Unterwasserbeleuchtung. Die Tropenblumen und Ampeln erfüllten die Dämmerung mit zusätzlichem träumerischen Glanz. Auch die jungen Damen, die schwammen, kicherten und in die illuminierte Tiefe sprangen, waren höchst romantisch. Sie hatten immer Zeit, einem alleinsitzenden Señor kokette Blicke zuzuwerfen, ohne hinterher mit der Heirat zu drohen. Auf jeden Fall sprühten sie vor Lebenslust. Ihre Füße und ihre Gefühle hatten sich noch lange nicht ausgetanzt.

Basset hatte bei der Wahl einer Ehefrau längere Zeit gezögert. Er stand zwischen kühlen spanischen Lilien und heißem dunklem Mohn. Aber nun hatte er sich entschieden.

Am selben Abend schrieb er seiner Mutter, daß ihre Herzbeschwerden ihm nicht gefielen und daß er Dr. Muir mit gleicher Post bitte, ihr den anstrengenden Ausflug nach Caracas zu verbieten. Basset spielte immer mit offenen Karten. Außerdem schrieb er, daß das Hochzeitsdatum noch nicht festgesetzt sei. So eilig habe man es hierzulande nicht. Mrs. Basset fand die letzte Bemerkung für einen verliebten Bräutigam ziemlich merkwürdig, bis sie sich erinnerte, daß Rich der Bräutigam war. Sie suchte nervös nach einigen Zeilen der unbekannten Schwiegertochter und sah noch einmal im Umschlag nach, ob sich ein Zettel dort verkrochen habe. Ihr Herz sank. Nachts weinte sie ohne Rücksicht auf ihre Antifaltencreme. Rich hatte heimlich den Rand ihrer kleinen Welt übersprungen. Sie würde ihn niemals wiedersehen. Ihr Herz begann tatsächlich wild zu klopfen – wie sie es in sadistischem Übermut in ihrem letzten Brief behauptet hatte. Rich war zu schlau für sie. Er hatte ihr Herzklopfen sofort als Grund für eine Absage verwendet. Mrs. Basset hätte sich prügeln können. Aber natürlich würde sie nach Caracas fliegen. Sie würde ihre Schwiegertochter in die Arme schließen, ob es Rich gefiel oder nicht. Was sollte sie bei der Trauung tragen? Ein Brokatkleid oder ein Kostüm? Sie hatte vergessen zu fragen, ob die Braut (Nachname unbekannt) weiß und protestantisch sei. Mitten in der Nacht setzte sie sich erregt an ihren Schreibtisch und fragte. Rich schwieg sich darüber aus. Mrs. Basset erschrak über ihre plötzliche Unsicherheit. Sollte sie nach Caracas fliegen, obwohl ihr Sohn sie offensichtlich nicht dort haben wollte? Sämtliche Freunde rieten ihr von einem Überraschungsbesuch ab. Es könnte ihr Tod sein, meinte die beste Freundin fürsorglich. Mrs. Basset erwiderte gereizt, irgend etwas werde auf jeden Fall ihr Tod sein. Warum nicht ein Familienfest in Caracas? Indessen schickte Richard die Krokodiltasche. Sie war kostbar und sehr schwer. Mrs. Basset betrachtete sie sinnend und legte sie dann hinten in den Schrank. Sie bedankte sich mit ungewohnter Kürze und bat Richard, ihr nichts mehr zu schicken. Die Zeit der Nerze und der Scherze war vorbei.

Sie fuhr nicht nach Caracas. Ihre beste Freundin war der festen Ansicht, daß die Hochzeit bereits stattgefunden haben müsse. Richard schrieb zweimal monatlich, wie er sie zweimal monatlich besucht hatte. Er tat sein Bestes, aber sein Bestes war nun nicht mehr gut genug für Mrs. Basset. Sie war selbst ganz erschrocken darüber. Hatte sie sich so verändert? Sie hatte sich natürlich nicht verändert, sie war nur müder und etwas scharfsichtiger geworden.

Basset war erstaunt über die knappen, kühlen Mitteilungen seiner Mutter. Daß sie, die endlose Ansprüche an seine Kasse gestellt hatte, keine Geschenke mehr von ihm wollte, war doch etwas beängstigend. Er fragte prompt an, ob sie krank sei. Mrs. Basset antwortete, sie sei nicht kränker als gewöhnlich. Sie fragte nun nicht mehr nach der Braut oder nach dem Hochzeitsdatum, und Basset war erleichtert. Inéz hatte seiner Mutter nicht geschrieben, da sie kein Englisch konnte. Basset sprach bereits fließend Spanisch. Er vermutete, daß seine Mutter sich eine Indianerin oder Negerin als Schwiegertochter ausmalte und annahm, Rich wage deswegen nicht, die beiden Damen miteinander bekannt zu machen. Genau das vermutete auch Mrs. Basset.

Richard verstand seine Mutter nicht mehr. Sie war zwar immer anspruchsvoll, aber niemals schwierig gewesen. Er gab ihr, was er ihr immer gegeben hatte. Nicht mehr, aber auch nicht weniger. Übrigens verschwieg er ihr nicht aus Hinterlist das Hochzeitsdatum. Er wußte es selber nicht. Er erwähnte Inéz aus einem anderen Grund nicht mehr in seinen Briefen. Er konnte seiner Mutter unmöglich mitteilen, daß er nicht wußte, wo seine Braut sich aufhielt.

III

Basset stand mit einem älteren Kollegen aus Aruba auf dem Maiquetia-Flugplatz: zwei Yanquis am Rande der Karibischen See. Dieser Flughafen war der Stolz von Venezuela. Basset wies jeden Besucher milde darauf hin. Er stand lang, dünn und lächelnd mit seinem Landsmann in der riesigen Halle. Sie war so gläsern und hygienisch, daß die Opfer eines Flugunglücks hier ihre Genesung hätten abwarten können. Wenigstens äußerte Basset sich so, und der Mann aus Florida lächelte. Basset entwickelte schwarzen Humor. Merkwürdig für einen glücklichen Bräutigam. Aber niemand hätte vermutet, daß er in Maiquetia vor Ungeduld zitterte. Er wirkte, als ob er sehr viel Zeit und keine einzige Sorge hätte. Natürlich wußten alle, daß Basset sich in eine Südamerikanerin verliebt hatte, im Augenblick, da jedermann erwartete, er werde sich mit Miss Pilgrim, seiner Privatsekretärin in Caracas, verloben. Es war wirklich nicht seine Schuld, daß Miss Pilgrim dieses Gerücht mehrere Monate lang verbreitet hatte. Basset heiratete doch nicht seine Sekretärin!

Bis jetzt hatte kein Amerikaner die Braut zu Gesicht bekommen. Sie mußte zu schön oder zu farbig sein, dachte der Kollege aus Aruba. Oder beides zusammen. Basset interessierte sich nicht für Nachteulen. Miss Pilgrim war auf ihre Art auch nicht zu verachten. Man hatte die beiden vor Bassets Verlobung in allen eleganten Restaurants zusammen gesehen. Was Miss Pilgrim verbreitete, wäre ihm auch gleichgültig gewesen. Die Lüge frißt meistens den, der sie verbreitet. Schon aus diesem Grund sagte Basset stets die Wahrheit, wenn es sich irgendwie mit gesundem Menschenverstand vereinen ließ.

«Wann dürfen wir Sie in den holländischen Antillen begrüßen, lieber Basset? Ich hoffe, recht bald! Ihre Pläne interessieren uns.» Der Manager in Aruba räusperte sich. «Wir freuen uns schon alle auf Ihre junge Frau. Wann wird denn geheiratet?»

«Sehr bald», sagte Basset.

«Sie werden Ihre Frau doch hoffentlich mitbringen?»

«Selbstverständlich. Man heiratet ja, um zusammen zu sein, nicht wahr?»

«Natürlich!» sagte der Kollege.

«Ich hoffe, daß der Vater meiner Braut mit einer so langen Trennung einverstanden sein wird. Ich werde mindestens ein Jahr in Aruba bleiben. Ich hoffe, daß Inéz so lange Urlaub bekommt.» Basset zwinkerte vergnügt. Niemand wäre auf den Gedanken gekommen, daß er nicht wußte, wo sie war.

«Ist auch eine Schwiegermutter vorhanden?» fragte der ältere Mann. «Also ich hab keine Angst um Sie, Basset. Sie sind ja im Nebenberuf Drachentöter. Man traut es Ihnen auf den ersten Blick gar nicht so zu. Ich spreche natürlich von den Leuten in unserer Firma.»

«Gewiß», sagte Basset. «Übrigens ist meine Schwiegermutter seit vielen Jahren tot.»

«Sie machen auch alles richtig, Mann.»

«Ich versuche mein Bestes», sagte Basset bescheiden. Er hüstelte. Ihm war, als mache sein Herz mehr Lärm als die Lautsprecher des Flughafens, die ununterbrochen Ankünfte und Abflüge ankündigten. New York, Miami, Florida, Trinidad, San Christobal.

«Florida», sagte der ältere Amerikaner. «Ich möchte gern mitfliegen und meine Tochter und die Kleinen wiedersehen. Urlaub ist aber erst in zwei Jahren drin.»

«Ich möchte auch meine Mutter wiedersehen», sagte Basset mit gewohntem Takt. «Ich werde eines Tages einen langen Urlaub machen. Mit einigen Wochen gibt meine alte Dame sich nicht zufrieden.»

«Sind Sie der einzige?»

«Leider, ich meine, ich hätte gern Geschwister gehabt.»

«Wir waren acht zu Haus», sagte der Ältere mit Stolz. Basset konnte sich nichts Schrecklicheres vorstellen und sagte, daß er es wunderbar finde. Vielleicht war es in der Erinnerung wirklich sehr nett.

Eine kleine Pause entstand, und Basset hatte das Gefühl, sein Vorgesetzter überlege, wie er eine bestimmte Frage formulieren solle. Hatte er Gerüchte gehört? Schließlich sagte der Mann aus Aruba vorsichtig: «Ich hörte vom Kollegen Miller in Maracaibo, daß Sie New York für immer den Rücken kehren wollen. Wollen Sie sich tatsächlich wegen Ihrer Braut im karibischen Raum ansiedeln?»

«Miller weiß es natürlich besser als ich», sagte Basset so nachsichtig, daß der andere laut lachte.

«Wer bleibt ewig in Südamerika?» fragte Basset noch nachsichtiger.

«Mr. Street! Seine Frau liebt dieses Land und will hierbleiben.»

«Reizende Frau», sagte Basset unbefangen. «So friedfertig und lacht über die bescheidensten Scherze.» Wenn er daran zurückdachte, wie schwer man seine Mutter in gute Laune brachte! Antonia Street war in jeder Lage glücklich und zufrieden. Inéz war schwieriger. Aber sie war Inéz. Er liebte Venezuela, weil sie ein Teil davon war. Ein Teil des grünen Rätsels, des Meeres, des karibischen Mondes. Selbst ihr Schatten leuchtete, um ihn zu quälen. Basset hatte nicht die Absicht, auf die Dauer ein verzaubertes Insekt zu sein. Nach der Hochzeit würde alles in Ordnung kommen. Inéz würde eines Tages mit ihrem Vater wieder in Caracas auftauchen, und dann würde er selbst den Tag der Hochzeit festsetzen, ob es dem alten Señor gefiel oder nicht. Inéz liebte ihn. Aber sie war erst neunzehn Jahre, im Kloster erzogen und gehorchte ihrem Vater. Basset hatte niemals eine Familie erlebt, die so zusammenklebte.

Er fuhr mit gerunzelter Stirn auf der Autopista nach Caracas zurück. Ob er sich nur einbildete, daß Inéz so außergewöhnlich war? Wurde er dafür gestraft, daß er zum erstenmal Sehnsucht nach einem Mädchen hatte? Es hatte ihn gepackt, und er konnte sich dieses Erlebnis so wenig erklären wie jeder andere Mann, den die Liebe eines Tages aus dem Hinterhalt überfällt. Wahrscheinlich würde der Psychiater seiner Mutter eine Erklärung für diesen Zustand parat haben. Dieser Bursche konnte alles erklären – dafür wurde er bezahlt. Basset fragte sich, ob er immer zu vorsichtig gewesen sei. Er hatte sich stets gegen jeden Gefühlseinbruch abgeschirmt. Sein Verstand hatte den Gegenstand seiner Zuneigung so witzig entwertet, daß eine Illusionsbildung nicht stattfinden konnte. Jetzt umschwirrten ihn wesensfremde Illusionen, wie die ekelhaften Zamuros* auf südamerikanischen Landstraßen einen toten Esel umkreisen. Basset fand es nicht besonders erheiternd, daß er in diesem Fall der Esel war.

Die Autopista – ein weiteres Prunkstück des modernen Venezuela – dehnte sich vor seinen ermüdeten Augen. Er bekam wieder seine Kopfschmerzen, und diesmal ohne Assistenz seiner Mutter. Er wußte nicht, warum er in seiner augenblicklichen Verfassung so oft an Mrs. Basset denken mußte. Oder er wollte es nicht wissen. Auf jeden Fall war er auf dem Weg nach Caracas und wollte in der Villa «Maria Juana» anfragen, ob Inéz zurückgekehrt sei. Er empfand diese wöchentliche Nachfrage mit Recht als Demütigung. Sein Ahnungsvermögen täuschte ihn nie, ob es sich nun um Öl oder um Gefühle handelte.

Er fuhr durch den ersten Tunnel, der wie ein riesiges weißgekacheltes Badezimmer die Bergseite der Stadt Caracas durchbohrt. Diese Stadt war bis zum Exzeß extrovertiert. Sie glänzte von Stahl, Glas, Kacheln und Geld und präsentierte sich freimütig in der glühenden Sonne. Nur in der Villa «Maria Juana» herrschte Halbdunkel, Tradition und extreme spanische Reserve. Niemand konnte Richard Basset naive Offenherzigkeit vorwerfen; aber er war nun einmal von daheim gewohnt, die Dinge bei ihrem Namen zu nennen. Hätte er sich zur Kritik hinreißen lassen, dann hätte er sich nicht mehr verhehlen können, daß er die Familie seiner Braut haßte. Deswegen trug er in der Villa «Maria Juana» stets wohlwollende Harmlosigkeit zur Schau. Sollte der alte Señor ihn ruhig für einen Einfaltspinsel halten! In dieser Verkleidung hatte Basset den Grundstein zu seinem beruflichen Aufstieg gelegt.

Inéz! Wie die jungen, empfindlichen Kakaopflanzen unter den Immortellenbäumen, so lebte sie im Schatten ihres Vaters und ihrer Tante auf den Berghängen von Caracas in einer hochmütigen weißen Villa, der die tropischen Schlingpflanzen trügerischen Traumcharakter verliehen. Leuchtende Blüten um das Portal und an den Mauern der Villa verbargen vor dem unbefangenen Besucher die strenge, archaische Atmosphäre, die Don Alonso de Luna und die Gräfin Molina im Innern des Hauses geschaffen

* Aasgeier.

hatten. Hatten die beiden erwartet, daß der *americano*, der Inéz stehlen wollte, ihnen nach Yanqui-Art auf die Schultern klopfen würde? Für Don Alonso, den Nachkommen einer alten spanischen Erobererfamilie, waren Nordamerika und seine Söhne eine Abstraktion. Allerdings bis auf die sehr reale Tatsache der Ölkonzessionen. Basset aber war der letzte, der jemandem auf die Schulter klopfte, und Don Alonso war sichtlich erstaunt gewesen.

Richard zweifelte keinen Augenblick daran, daß Don Alonso seine Tochter zwar – sagen wir: kurz vor seinem Tode – verheiraten wollte, aber zu aller Zeit einen Südamerikaner spanischen Ursprungs vorgezogen hätte. Das nahm er ihm nicht übel. Mrs. Basset hatte auch ständig versucht, eine New Yorker Schwiegertochter zu bekommen. Aber Inéz wollte ihn vor Monaten durchaus heiraten. Wie stand es heute damit? Zum Beispiel heute morgen?

Er fuhr langsam bergauf. Je höher er mit seinem Wagen kletterte, desto mehr sank seine Stimmung. Er hätte gern geflucht, aber bei Bassets in New York fluchte man nicht. Man rauchte auch nicht, weil Mrs. Basset davon schwindlig wurde, und man liebte nicht. «Rich» war ohne den leisesten Rausch aufgewachsen.

Sein großer Wagen war keine Sensation in einer Stadt wie Caracas, die schon die Einkünfte der Zukunft verzehrt. Hier glaubte man noch fanatischer an Statussymbole als in den USA. In der alten spanisch-indianischen Atmosphäre gewann ein neues Automodell dieselbe Bedeutung wie die Autopista oder das Hochhauszentrum von Caracas. Die Wunder der Technik nahmen in Venezuela mystischen Charakter an – wie die Freiheitskämpfe und das von Weihrauch verhüllte Kreuz. Gelegentlich fuhr jeder südamerikanische Ölmagnat in seinem neuen Chrysler oder Mercedes auf seinen privaten Kalvarienberg. Hatte Don Alonso die junge Inéz dorthin verschleppt? Basset rief sich zur Ordnung. Das hätte noch gefehlt, daß er den Mystiker ohne das Kreuz spielte! Er würde seiner neuen Familie nicht erlauben, einen perfekten Narren aus ihm zu machen.

Basset reinigte seine von Staub und Schweiß beschlagenen Brillengläser und fuhr weiter in die Stadt hinein, wo Altes und Neues ungereimt und ruhmsüchtig durcheinanderstand. Die Autobahn hatte das Herz von Caracas zerschnitten. Aber das störte niemanden, weil das Herzblut dieses Landes ölhaltig ist. Wohin Basset blickte, wuchsen Hochhäuser und Freiheitsstatuen in den Himmel. Geschäftspaläste, Büros aus Glück und Glas, extravagante Wohnblocks, in denen man zu Märchenpreisen auf die Stadt und die Hütten der Armen blickte. Diese Stadt schien ständig inmitten einer Inflation der Werte zu leben. Architektonischer Höhenrausch und kosmopolitischer Ehrgeiz verbunden mit leidenschaftlichem Nationalgefühl schufen in Caracas das Leitbild der Zukunft: die Stadt der Giganten! Vision, Albdruck und soziologischer Magnet! Der Strom der Landbewohner floß wie ein trübes, richtungsloses Wasser in diese Stadt und überschwemmte die dunklen Ecken und kargen Hügel mit häßlicher und schamloser Not. Aber die *ranchitos** mit ihrem Gestank und ihrem Gesang wurden abgerissen, und aus den freien Söhnen der Llanos und der Wälder wurden Fabrikarbeiter – Anbeter und Opfer der neuen Industrien, der mechanisierten Gehirne, der Superstadt Caracas. Basset versuchte manchmal, mit seinem Schwiegervater über diese Entwicklung zu sprechen, aber Don Alonso spielte in solchen Fällen den Patriarchen, dessen Arbeiter auf seiner Küsten-Hazienda alles hatten, was sie brauchten. Seinem lateinischen Geist waren die neuen Formen des Wirtschaftslebens, die unpersönlichen Organisationen, deren Exponent Richard Basset war, fremd und schienen ihm fatal. Er wurzelte noch tief im Familiensystem und hatte überall Verwandte, die seine Interessen vertraten: in einer Zementfabrik, in einer venezolanischen Ölgesellschaft, in der Regierung und in der Villa «Maria Juana». Basset, der New Yorker, war in doppeltem Sinne ein Eindringling in dieser traditionellen Welt, die vor Don Alonsos Augen langsam zerbröckelte.

Basset hatte schnell gespürt, daß Don Alonso ihn ablehnte, und es war ihm am Anfang gleichgültig gewesen. Er war in einer Gesellschaft aufgewachsen, in der Familienbeziehungen im allgemeinen nichts als Erinnerungen und Belastungen bedeuten. Nicht ein einziges Mal hatte sein eigener Vater seine Wünsche so unmißverständlich geäußert, wie Don Alonso es jeden Tag tat. Vielleicht hatte Basset sen. gewußt, daß seine Wünsche kaum beachtet werden würden. Richard dachte neuerdings oft über seine Familie nach, und es tat ihm nicht gut.

Er hatte jetzt das hochmoderne Zentrum der Stadt erreicht, das im krassen Gegensatz zu den Hütten auf den Hügeln stand. Basset besuchte niemals die Behausungen der Armen – das taten die Missionare, die Priester oder Fotografen und Maler. Und doch wäre es gut gewesen, wenn Basset sich die *ranchitos* näher angesehen hätte. In einer dieser Hütten aus Holz und Wellblech, wo Mann und Tier zusammen hausen, lebte sein unbekannter Widersacher und fütterte in diesem Augenblick seine Hühner.

Das «Zentrum Simon Bolivar» – das Rockefeller-Zentrum dieser imposanten, aber ungereimten Stadt der spanischen Eroberer und internationalen Geschäftemacher der sechziger Jahre – gehörte ganz der Gegenwart. Hier hatte Basset seine Braut zum erstenmal gesehen. Wenn er an Inéz dachte, sah er sie als Marmorbild zwischen den beiden Wolkenkratzertürmen des Zentrums stehen: groß, ernst und in ihre Gedanken versunken. Basset war niemals einer so ernst blickenden und weltabgewandten Schönheit begegnet. Er konnte seinen Blick hinter der dunklen Sonnenbrille nicht von diesem jungen Mädchen abwenden. Er, der sich sonst nicht für die Gedanken und Gefühle Unbekannter interessierte, verspürte den Wunsch, diese Unbekannte verstehen zu lernen. Er wußte, daß es lächerlich war, aber der Wunsch ließ sich nicht unterdrücken. Und was wußte er heute – nach vielen Monaten – von Inéz de Luna? In nüchternen Augen-

* Bauernhütten.

blicken fragte er sich, warum hinter dieser hohen, reinen Stirn tiefere Gedanken wohnen sollten als hinter der von Ärgerfalten durchfurchten Stirn seiner Mutter. Aber der brütende Ernst auf dem schönen spanischen Gesicht war echt, davon war er überzeugt.

Basset vermied es damals und jetzt, diesen ersten, bestürzenden Eindruck zu formulieren, damit er nicht noch größere Macht über ihn gewinne. Er war kein romantischer Narr, und seine vielverzweigte Arbeit verlangte einen klaren Kopf. Manchmal wußte er nicht, ob er Inéz lieben oder hassen sollte. Sie hatte sich vor seinen Augen von einer glühenden Jungfrau in eine konventionelle Braut verwandelt. Die Aura der Unschuld und des Ernstes war weiter um sie, aber Basset hatte in letzter Zeit den Eindruck, als ziehe Inéz sich auch innerlich von ihm zurück. Hatte Don Alonso sie überzeugt, daß Basset nicht der Richtige für sie war? Er fühlte manchmal, daß er sein Talent, den Rückzug im passenden Augenblick anzutreten, langsam verlor. Es erschreckte ihn. Hatte er vergessen, daß ein klares *nein* siebzig Klagen abwendet? Dieses Mal würde er der Leidtragende sein. Eine neue Rolle! Er durchlebte das Drama des schwankenden Willens, das er immer verachtet hatte, zum Beispiel bei Miss Pilgrim. Aber er nannte dieses Drama in seinem eigenen Fall: «Meine alten Kopfschmerzen.»

Basset parkte im Zentrum, obwohl er keine Einkäufe beabsichtigte. Er wollte sich nur wieder einmal vergegenwärtigen, wie Inéz unbewegt und kühl inmitten dieser farbenreichen, futuristischen Architektur gestanden hatte. Auch damals war sie plötzlich verschwunden, aber Basset war ihr unauffällig in die unterirdische Ladenstraße des Zentrums gefolgt. Zum erstenmal war er einem Mädchen nachgelaufen. Wo war sie? Sie hatte sich aufgelöst wie Schnee unter glühender Sonne. Sein Herz klopfte wie in seinen Schülerjahren, wenn er eine Knabensünde begangen hatte. Wo war die Unbekannte? Er mußte sie wiedersehen, aber er war ein Fischer ohne Netz.

Endlich fand er sie in der modernen Unterwelt zwischen Modeläden, Juwelier-Auslagen, Tropenblumen und Buchhandlungen. Er starrte sie an – ein Orpheus aus New York ohne ein einziges Lied! Eurydike schenkte schließlich der Welt Beachtung: sie betrachtete ein goldenes Armband und wies ihre Begleiterin darauf hin. Basset hielt die Gräfin Molina damals für eine Zufallsbegleitung. Woher sollte er wissen, daß ihre Tante sich wie ein Schatten an die Fersen seiner Braut heftete? Die Gräfin sprach lebhaft auf Inéz ein, aber das Mädchen schüttelte den Kopf. Dann verschwanden beide, ohne den Laden betreten zu haben, auf der Treppe, die zu der Oberfläche der Erde zurückführte. Inéz hatte nicht gewagt, ein Schmuckstück ohne die Erlaubnis ihres Vaters zu kaufen. Sie erzählte es später Basset. Er war sprachlos. Dieses Mädchen lebte im Mittelalter! Basset war so sehr gewohnt, die Rechnungen seiner Mutter klaglos zu bezahlen, daß er laut über Inéz lachte. Sie betrachtete ihn verwundert. In der Villa «Maria Juana» geschah nichts ohne Don Alonsos Erlaubnis. Warum hatte er dieser Verbindung zugestimmt, wo Basset doch so offensichtlich ein Eindringling im lateinischen Familienkreis war? Es gab einen Grund, aber davon konnte Basset bei all seinem Spürsinn nichts ahnen.

Basset war damals Inéz und der Gräfin nachgelaufen, verfolgt von dem Geschrei der Lotterielosverkäufer und Zeitungsjungen. Er fuhr ihnen bis zur Villa «Maria Juana» nach. Er mußte wissen, wo dieses Mädchen lebte. Es war nicht schwer zu erfahren, wer Don Alonso de Luna war. Sein Name wurde oft in den Zeitungen genannt. Don Alonso war mit venezolanischem Öl so eng verbunden wie Bassets Firma.

Die Industrie schafft heutzutage Cliquen wie der Kommunismus. International, getrennt und doch verbunden, gesellschaftlich intim – und privat durch Traditionen, Sprache und Temperament geschieden. Nicht lange nach dem Erlebnis im Zentrum traf Basset bei einem Regierungsempfang den Vater seiner Eurydike. Don Alonso stand in absichtlich-unabsichtlicher Entfernung von der Menge. Aber es gelang Basset, ein Gespräch mit ihm anzuknüpfen. Als er schon vieles über die Familie de Luna wußte, blieb es ihm weiter verborgen, daß Don Alonso dieses Gespräch gewünscht und herbeigeführt hatte. Man konnte sich nicht mit ihm unterhalten, wenn er es nicht wollte.

Don Alonso war sehr liebenswürdig gewesen und lud schließlich diesen «Yanqui», der eine bedeutende Firma vertrat, zum Abendessen in die Villa «Maria Juana» ein. Basset traf dort Mitglieder der Regierung, Journalisten, einen geistlichen Herrn und Mitglieder der Universität von Caracas. Die Gräfin Molina verschwand sofort nach dem Essen. Inéz hatte sich nicht gezeigt. Nach einigen Wochen bekam er eine Einladung zu einem Familienessen, bei dem Inéz wiederum fehlte. Basset bemühte sich, seine Enttäuschung zu verbergen, und es gelang ihm selbstverständlich wie alles, worum er sich bemühte. Don Alonso war geistvoll, belesen, intrigant und so spanisch, als ob er gerade aus Andalusien im neuen Kontinent eingetroffen wäre. Basset wußte nun, daß ein spanischer Weltmann die Welt als Spanier betrachtet und verachtet. Nach einem halben Jahr traf er endlich die Tochter des Hauses. Sie war die ganze Zeit bei Verwandten in Puerto Rico gewesen. Richard lernte diese Verwandten niemals kennen, und Inéz erwähnte sie nicht wieder. Er hatte fast den Eindruck, daß diese de Lunas in Puerto Rico gar nicht existierten.

Bis Bassets Braut zu *Ricardo* überging, hatte sie ihn halb ernsthaft, halb spöttisch mit *americano* angeredet. Ihm war alles recht, wenn sie nur mit ihm sprach und ihn anlächelte. Ricardo! Es klang weich trotz des harten «R» und war fremde Musik. Seine anfängliche Bitte, ihn mit seinem Namen «Richard» anzureden, hatte Inéz überhört. Diese schrecklichen Zischlaute! Spanisch war rein, klar, klangvoll! Basset war in der Auffassung aufgewachsen, daß der *American Way of Life* der einzig erstrebenswerte sei.

Die USA hatten nach dem Zweiten Weltkrieg alles: Geld, Nahrung, blendende Techniker, Universitäten, deren Glanz durch Gelehrte europäischer Herkunft noch erhöht wurde, und einen Vorrat ausgezeichneter

Ratschläge und Anweisungen für die unterentwickelten Völker, primitive Industriestaaten und sonstige Hungerleider und Staatsbürger aus Niemandsland. Sie verteilten Gelder, Nahrungsmittel, Belehrung und auch echtes Mitgefühl und wurden von den Empfängern mit Undank und Abneigung belohnt. Nun war die Lage in Venezuela anders, da dieses Land das Öl hatte – aber auch in Caracas gab es kaum einen *americano*, der sich seinen südamerikanischen Brüdern nicht insgeheim überlegen fühlte. Soweit es um greifbare und praktische Werte ging, war dieses Gefühl durchaus nicht unberechtigt. Aber Basset erlebte nun in der Villa «Maria Juana», daß spanische Lebensart, der katholische Glaube und südamerikanische Vitalität bedeutend höher im Kurs standen. Ideale und Ideen – besonders was die Fusion der verschiedenen Rassen in dem riesigen Kontinent anbetraf – waren so grundverschieden wie Don Alonso und sein «Yanqui»-Schwiegersohn, dessen Intelligenz und persönliche Würde der spanische Magnat widerstrebend anerkannte. Jede Unterhaltung wurde wie über einen Abgrund geführt, und Basset war es langsam müde, sich von seinem Schwiegervater vorwerfen zu lassen, die angelsächsischen Völker wollten andere Rassen beherrschen. Basset wollte niemanden beherrschen. Er wollte Inéz heiraten und Don Alonso nie wiedersehen. Es war unerhört, daß sie ihm nicht einmal eine Ansichtskarte von der Reise geschickt hatte. Fürchtete Don Alonso, daß er ihnen nachreisen würde? Basset wußte, wo er unwillkommen war.

Er wußte auch, daß die Gräfin über die Reiseroute orientiert war. Sie hatte ihm erklärt, daß Don Alonso es liebe, plötzlich zu verschwinden – ähnlich wie Basset sich in New York still und leise abgesetzt hatte –, und daß ihr Bruder und Inéz in kleinen Dörfern in den Bergen herumreisten, von wo die Post wochenlang brauche, um die Hauptstadt zu erreichen. Falls es ein Postamt gab! Basset hatte die Information ohne Kommentar entgegengenommen. Wie er nicht ahnte, daß Don Alonso vor einigen Monaten seine Bekanntschaft gesucht hatte, so ahnte er jetzt nichts von der Veränderung der Pläne seines Schwiegervaters. Eins stand für Basset fest: Inéz war nicht befragt worden. Sie hatte ihren Vater seit dem Tod der Mutter auf allen Fahrten begleitet, und Widerspruch wäre ihr niemals in den Sinn gekommen. Wegen Basset? Der *americano* würde schon warten.

Bei diesem Gedanken schoß Basset das Blut ins Gesicht, und er hielt den Wagen an, um sich den Schweiß von der Stirn zu wischen. Er mußte Schluß machen. Wie jeder, der diesen Vorsatz hegt, stellte er sich und Inéz eine Frist. Falls sie in vierzehn Tagen, nein, in vier Wochen – allerletzter Termin sechs Wochen – nichts von sich hätte hören lassen oder nach Caracas zurückkommen würde, hatte sie aufgehört, für ihn zu existieren. Er hatte über dreißig Jahre ohne sie gelebt und . . . und . . .

Basset hielt vor der Villa «Maria Juana». Aus dem Gebüsch leuchtete eine Marmorstatue griechischen Ursprungs. Ein verirrter Engel, eine fragwürdige Traumfigur – wie Inéz de Luna selbst. Aber beide waren der Massenproduktion entrückt. Sie hatten Magie. Sie lebten im Exil.

IV

Rosa geleitete ihn stumm in den riesigen Empfangsraum, dessen Fenstertüren in den Patio führten. Er hätte sich gern in dem blumengeschmückten Hof auf einer schattigen Steinbank niedergelassen und sich erholt. Rosa stand vor ihm und betrachtete ihn neugierig. Sie war eine Mestizin, etwa fünfundzwanzig Jahre alt, mit schwarzen Augen, in denen ein Funken Bosheit glitzerte. Sie hörte alles, was sie nicht hören sollte, und ihre Augen erinnerten Basset an wildgewordene Scheinwerfer. Nur ihre Zunge gehorchte ihr nicht: Rosa Lobato war stumm. Entweder hatte sie irgendwann die Sprache verloren, oder sie war so geboren. Aus ihrem Gesicht sprach die Resignation der Indianer und das erloschene Feuer eines spanischen Vaters. Sie war die Dienerin der Gräfin Molina und wahrscheinlich ihre Vertraute. Sie zitterte vor Don Alonso. Basset hatte es mehr als einmal beobachtet, obwohl der Herrscher sie mit patriarchischer Milde behandelte. Sie schien Inéz anzubeten, dumpf und demütig und resigniert. *La niña* – die Kleine – war schön wie der Morgen.

Selbst wenn Rosa Lobato hätte sprechen können, hätte sie niemandem verraten, daß sie Inéz de Luna haßte. Es war sehr, sehr gut, daß ihr die Zunge nicht davonlaufen konnte. Der Herr und Erlöser hatte sie festgebunden. So konnte Rosa in der schönen Villa leben und Mais und Früchte essen und Inéz so vorsichtig hassen, daß es wie Anbetung aussah. Rosa wurde niemals von etwas überrascht und war niemals traurig. Sie wußte zu genau, daß Hunger den Maiskuchen süßt und daß der Kopf für das zu zahlen hat, was die Zunge spricht.

Sie verbeugte sich vor Basset und huschte fort, um die Gräfin zu holen. Die Besuche des *americano* machten ihr heimlich Spaß. Er wollte endlich essen, und die Schüsseln wurden ihm vor der Nase fortgezogen! Jede Stunde fügte ihm eine Wunde zu, und an der letzten würde er krepieren.

Wie manche Leute Glück und Zufriedenheit verbreiten, so verbreitete die Gräfin Molina Unbehaglichkeit und Mißmut. Sie stand hoch aufgerichtet, hager und unbeweglich unter dem Riesenbildnis der verstorbenen Maria Juana. Die Mutter von Inéz mußte von feuriger und edler Schönheit gewesen sein, denn ihre großen spanischen Augen blickten düster und doch unheimlich sprechend aus dem mageren Gesicht, das halb von einer glänzenden Haarflut bedeckt war. Sie wirkte auf Basset wie Tag und Nacht in einer Person. Don Alonso sollte sie sehr geliebt haben. Basset war es unbegreiflich, daß dieser Despot überhaupt jemanden lieben konnte, aber Mrs. Basset hatte sich auch nicht vorstellen können, daß Rich von der Liebe gepackt wurde. Keiner bringt es fertig, die eigenen Verwandten in einem erhöhten oder erniedrigten Zustand zu sehen.

Nein – Don Alonso habe noch nicht geschrieben, wann er wieder in Caracas sein werde! Basset schwieg. Er blickte die Spanierin, die ihr geliebtes Andalusien wegen der mutterlosen Inéz verlassen hatte, aufmerksam an. Sie sah noch gelber und leidender aus als sonst. Ihr verschlossenes, langes Gesicht hatte tiefe Höhlungen und Schatten, als ob ein lebenslänglicher Schmerz seine Fingerabdrücke hinterlassen hätte. Sie hatte die irritierende Gewohnheit, beim Sprechen mit den Gelenken zu knacken. Warum ölt sie sie nicht? dachte Basset gereizt. Er fühlte sich sehr müde und beherrschte seinen Widerwillen. Die Haut der Gräfin hatte die Kräuselkrankheit wie gewisse Pflanzen, die welk werden und sich zusammenfalten. Er wußte nie, worüber er mit dieser Frau reden sollte. Sie war ein Spiegel, der nur Bilder aus Granada zurückwarf. Einmal hatte sie sich zu der Äußerung verstiegen, ihre Zigeuner daheim seien ihr lieber als die Fremden in Venezuela. Don Alonso erklärte sofort, seine Schwester spreche von den Indianern. Aber das konnte kaum der Fall gewesen sein, denn hinter den Kulissen, im Patio, war die Gräfin mit Rosa Lobato ein Herz und eine Seele. Basset hatte die beiden einmal überrascht: Rosa kniete vor der Herrin des Hauses, führte mit den Händen eine indianische Pantomime auf, und die Gräfin lachte – es hatte geklungen, als ob ein Glas auf dem mit maurischen Mosaiken ausgelegten Patioboden zersplitterte. Zweifellos amüsierten sie Rosas Späße.

«Die Llanos-Gebiete sind groß und einsam», bemerkte die Gräfin, während sie Basset aus den Augenwinkeln beobachtete. Diese Feststellung war so sensationell wie die Information, daß Wasser flüssig ist. Basset dachte plötzlich daran, daß er seinen Urlaub dort hatte verleben wollen. Damals, als er noch ein freier Mann gewesen war. Noch vierzehn Tage, schwor er sich.

Plötzlich zerriß ein gellender Schrei die brütende Stille des Empfangsraumes, in den das Licht nur durch die Spalten der grünen Jalousien fiel. Basset hatte die irrsinnige Vorstellung, daß es Inéz sein müsse, die da schrie. Aber er besann sich noch zur rechten Zeit, daß er nicht in einem Hollywood-Film mitspielte. Ein zweiter Schrei ließ ihn nervös zusammenzucken.

«Wer schreit da?» fragte er schroff.

«Ich habe nichts gehört», sagte die Gräfin steinern. «Aber wahrscheinlich prügelt Rosa sich mit der Waschfrau.»

Basset stand auf. In diesem Raum versanken die Jetztzeit und die Ölfelder. Ein früheres Jahrhundert machte sich hier geltend. Vor dem Gemälde der Toten brannte am hellichten Tag eine Kerze. Schwere geschnitzte Möbel standen als Mahnmale der spanischen Heimat an den Wänden. Basset hatte diesen Raum nur bei Don Alonsos Cocktailparties hell erleuchtet gesehen. Seidene Kissen mit modernen Mustern hatten die schweren Möbel gefällig verwandelt, und das Bild der Ehefrau war von einem Seidenvorhang verhüllt gewesen. Die Familie lebte in diesem tropischen Land im Patio, auf den Veranden und im Garten unter dem Schattenbaum und den Sonnenzelten.

Basset fuhr in die Stadt zurück. Er war jetzt ganz ruhig. Es war sein letzter Besuch in der Villa «Maria Juana» gewesen. Falls Inéz sich noch an ihn erinnern sollte – sie wußte seine Hotel-Adresse in Caracas und Maracaibo.

Er hegte keinen Groll gegen die Gräfin Molina. Sie war ein Möbelstück aus einer anderen Zivilisation: alt, hochmütig und so wenig anpassungsfähig wie seine eigene Mutter. Obwohl Mrs. Basset eine geborene New Yorkerin war, stand sie genauso beziehungslos im Strom einer neuen Zeit, in der die Menschen den Mond bereisten und neue Techniken des Fortschritts und der Massenvernichtung erfanden. Vielleicht war die ältere Generation anachronistisch ihrem Wesen nach, ganz gleich, wo sie lebte. Basset wußte es nicht und hatte keine Lust, darüber nachzudenken. Er dachte sowieso zuviel an seine Mutter und alles, was er ihr kühl lächelnd angetan hatte. Dabei hatte sie nichts weiter verbrochen, als ihn zu herrschsüchtig zu lieben. Und nun sehnte er sich nach Inéz mit der Leidenschaft des Empfindungslosen, der plötzlich fühlt, was er bei anderen belächelt hat. Wer sich in einem Teich schlafen legt, wacht als ein Duzbruder der Frösche auf. Er lächelte grimmig.

Die Villa «Maria Juana» lächelte steinern zurück. Ein bezauberndes Heim im spanischen Kolonialstil, mit einem leuchtenden Ziegeldach und kostbaren schmiedeeisernen Gittern vor den Fenstern und Türen. San Bernadino war ein eleganter Vorort. Zuerst hatte Basset die spanische mit modernem Komfort verbundene Architektur aufrichtig bewundert.

Er fuhr nicht sofort ins Hotel «Avila» zurück, sondern zunächst in sein Büro. Vielleicht lag Post auf seinem Schreibtisch.

Nur Miss Pilgrim saß noch an ihrem Pult mit der Schreibmaschine und den verwelkten Orchideen in einem Mundspülglas. Basset hatte ihr einmal eine Vase geschenkt, da Orchideen in einem Wasserglas ihm mißfielen. Aber Miss Pilgrim hatte entweder die Vase zerbrochen, oder das Mundspülglas gefiel ihr besser. Dabei war sie bei ihrem Antritt in Caracas ein sorgfältig dressiertes Exemplar der Bostoner Gesellschaft gewesen. Jetzt hatte sie ihr braunes Haar blond gefärbt, trug eine Wagenladung Schmuck um Hals und Handgelenke wie eine Indianerin und schminkte sich wie eine Hure. Egal!

«Irgend jemand angerufen?» fragte Basset.

«Niemand.» Miss Pilgrim warf ihm einen Blick zu und lächelte mysteriös wie eine Circe, die Badeseife anpreist.

«*Mich* brauchen Sie nicht so anzulächeln», sagte Basset gereizt. «Sparen Sie sich diese Künste für Ihren Freund auf, mein Kind!»

«Was geht Sie mein Freund an, Doktor Basset?»

«Nichts, Miss Pilgrim. Aber, sagen Sie mal, *was* ist mit Ihnen los?»

«Nichts», sagte Miss Pilgrim.

«Ich meine, Sie waren doch ein nettes, saubergewaschenes Mädchen, als Sie hier anrückten. Caracas bekommt Ihnen nicht, Miss Pilgrim. Gehen Sie nach Haus zu Mama und Papa. Ich möchte wissen, was Ihre Eltern zu dieser Aufmachung sagen würden. Am hellichten Tag! *Wen* wollen Sie eigentlich in diesem Büro verführen?»

«Darf ich fragen, was mein Make-up Sie angeht?»

«Nichts, so lange Sie Ihre Arbeit zufriedenstellend ausführen. Sie vergessen alles. Sie wissen nicht, ob Sie auf dem Kopf oder auf Ihren Füßen stehen. Dies ist ein Büro, Miss Pilgrim! Sie scheinen zu denken, daß die Firma hier einen Nightclub aufgemacht hat.»

Miss Pilgrims große blaue Augen füllten sich mit Tränen.

«Lassen Sie das», sagte Basset freundlicher. «Sie sind 'ne erstklassige Kraft, wenn Sie, wenn Sie . . .»

«Wenn ich *was* tue?»

«Wenn Sie das Zeug nicht rauchen! Sind Sie verrückt? Wollen Sie im Krankenhaus oder Irrenhaus enden?»

Miss Pilgrim wurde unter der Schminke glühend rot. «Ich . . . ich rauche nur zum Spaß mit meinem Freund», stammelte sie.

Eine Pause entstand. Basset schenkte ihr und sich einen Whisky mit Eisstücken aus der Thermosflasche ein.

«Hören Sie mal zu, Miss Pilgrim», sagte er väterlich. «Wie alt sind Sie eigentlich?»

«Das steht in meinen Papieren.»

«Ich habe es zu meinem Bedauern vergessen. Hab noch an ein paar andere Sachen zu denken.»

«An Ihre Braut, ja?» fragte Miss Pilgrim.

«Natürlich», sagte Basset. «Sonst noch Anfragen?»

«Ich werde in drei Monaten dreißig», sagte Miss Pilgrim mit zitternder Stimme.

«Ich wurde heute siebenunddreißig und hab auch noch alle Haare und Zähne», sagte Basset tröstend.

«Gratuliere», sagte Miss Pilgrim. «Sie haben sogar Haare auf den Zähnen, wenn ich mir die Bemerkung noch erlauben darf.»

Basset hüstelte. Es war ihm peinlich, daß sie auf die vielen Abende anspielte, die sie vor seiner Verlobung zusammen verbracht hatten. Warum Frauen das nicht lassen konnten! Zu blödsinnig.

«Was ich sagen wollte: so geht es nicht weiter, Miss Pilgrim!»

«Werfen Sie mich raus?»

«Wenn Sie so weitermachen, wird mir zu meinem Bedauern nichts anderes übrigbleiben. Wo ist der Bericht für Mr. Clissold?»

Miss Pilgrim suchte hektisch in ihren Mappen.

«Sie haben vergessen, ihn abzutippen», sagte Basset. «Nein, Miss Pilgrim! Es ist meine letzte Warnung. Ich bin für meine Langmut bekannt, und Sie sind 'n nettes Mädchen, und ich bin an Sie gewöhnt. Aber . . .»

Miss Pilgrim starrte ihn an. «Sie finden mich wirklich nett?»

«Nicht so nett wie früher, aber noch nett genug, wenn Sie das Zeug wegwerfen.» Miss Pilgrim rauchte Marihuana mit ihrem südamerikanischen Freund. Basset wußte es. Er wußte alles über seine Mitarbeiter.

«Señor Paz wird eines Tages verhaftet werden», sagte Basset milde. «Es wird nicht so lange dauern, wie Sie denken. Hat er Ihren Namen auf seiner Liste?»

«Ich gab einen falschen Namen an. Er weiß nicht, wer ich bin.»

«Freut mich, daß Sie sich einen Rest Verstand bewahrt haben. Lieben Sie den Burschen etwa?»

«Ich hasse alle Männer.» Miss Pilgrim puderte sich aufmerksam. «Ich rauche, um zu vergessen.»

«Das gelingt Ihnen im Büro über alle Maßen», sagte Basset. «Wollen wir heute abend zusammen essen?»

«Aber Sie sind doch verlobt, Doktor Basset!»

«Deswegen kann ich doch essen. Wann soll ich Sie abholen? Acht Uhr? Oder später?»

«Ich habe keinen Appetit.»

«Also dann um acht, Miss Pilgrim. Ich habe Hunger für zwei.»

«Macht das die Liebe?»

«Durchaus möglich. Ich hoffe, daß Sie unsere Verabredung nicht auch vergessen.»

«Wie könnte ich? Ich hab Sie doch mal geliebt», sagte Miss Pilgrim spöttisch. Sie blickte Basset von der Seite an. Er war allein an seinem Geburtstag. Da stimmte etwas nicht. War es aus mit der mysteriösen Braut? Miss Pilgrim hatte sie einmal mit Basset und einer alten Ehrenwache im Zentrum gesehen. Niemand hatte sie kennengelernt. Miss Pilgrim hatte Inéz hübsch und sterbenslangweilig gefunden. Diese Braut war so gesprächig wie eine Statue.

«Wollen Sie mir einen Gefallen tun, Miss Pilgrim?»

Sie schreckte hoch. «Wenn ich kann – gern», sagte sie kühl.

«Schminken Sie sich für heut abend ab. Ich würde Sie gern wieder einmal im Naturzustand sehen.»

«Warum?» fragte Miss Pilgrim.

«Nur so», sagte Basset. «Weil ich Geburtstag habe.»

V

«Inéz! Inéz?»

«Was willst du?»

«Du kannst diesen *americano* nicht heiraten! Er ist ein *chiguire**, rötlich und fischig! Ich aß als Knabe *chiguire* als Fleischgericht während der Fastenzeit. Ich werde den *americano* fressen.»

«Sei vernünftig, *hombre*!»**

«Ich liebe dich, Inéz! Ich werde Señor Basset töten, bevor er dich nach Amerika verschleppt.»

«Er bleibt hier, Pedro. Er hat es mir versprochen. Er tut alles, was ich will. Ich muß ihn heiraten. Mein Vater wünscht es.»

«Ich werde deinen Vater töten.»

* Nagetier.
** Mann.

«Sei nicht so dumm! Mein Vater hat viele Leben und viele Köpfe. Wenn du einen abschlägst, sind drei andere da. Vater reist herum, bis er mich findet. Er wird diese Hütte schon finden.»

«Niemals! Sie ist eine Kaffeebohne in einem Meer von Kaffeebohnen.»

«Mein Vater wird dich ins Gefängnis bringen, *hombre*! Er hat alles: Macht, Geld, List, einen Cousin bei der Polizei. Und Rosa Lobato! Weißt du noch, wie sie uns bei Cagua im Zuckerrohr aufstöberte?»

«Ja, ja. Laß die alten Geschichten. Bist du ein altes Weib?»

«Sag nicht Ja, ja! Danach suchte mein Vater einen Ehemann für mich und fand Señor Basset. Armer Ricardo! Er ist ziemlich einfältig. Er hält mich für eine Jungfrau. Und ich bin schon neunzehn.»

«Und Señor Alonso verteidigt deine Ehre.»

«Lach nicht, Pedro! Höre sofort auf zu lachen! Ich hasse meinen Vater, aber er bricht mir das Herz. Er ist so ... stolz. Er trinkt Essig wie süßen Wein.»

«Hör auf zu schwatzen, *niña*. Liebst du mich noch?»

«Pedro, Pedro! Ich bin zu glücklich. Es wird nicht bleiben.»

«Nichts bleibt. Wir sind jung und lieben uns jetzt. Das genügt.»

«Es genügt nicht. Es wird mir nie genügen. Nie, nie!»

«Warum schließt du die Augen, Inéz?»

«Dann sehe ich die Gefahr nicht. Sie schleicht heran. Immer etwas näher. Halte mich fest, Pedro. Fester. Küsse mich! Ich habe wieder solche Angst. Mein Vater ...»

«Laß mich endlich mit deinem Vater in Ruh!»

«Er wollte mich immer beschützen. Wie der Schattenbaum die jungen Kakaopflanzen. O Pedro! Ich sterbe jetzt in seinem Schatten.»

«Dumme *niña*. Komm in meine Arme!»

«Küß mich, Pedro. Dann hab ich keine Angst.»

«Wollen wir zusammen sterben, Inéz?»

«Ich will mit dir leben, Dummkopf. Hör zu. In drei Wochen soll Hochzeit sein. Ricardo wird nie etwas erfahren. Wohin er mich auch nehmen wird – du kommst nach.»

«Sei nicht so einfältig, Mädchen. Ich hab kein Geld zum Reisen.»

«Ich gebe dir Geld. Ich gebe dir, was du willst. Ich folge dir, und du folgst mir. Wir werden überall so glücklich sein wie jetzt.»

«Und der *americano*?»

«Er wird immer so unglücklich sein wie jetzt. Ich kann es nicht ändern.»

«Es wäre einfacher, der *americano* wäre tot. Das läßt sich machen.»

«Das Feuer in deinem Herzen treibt dir Rauch in den Kopf, mein armer Pedro. Señor Basset hat seine Arbeit und seine Konferenzen und sein Glasbüro und sein Golfspiel und seine Yanqui-Freunde. Manchmal wird er um Liebe betteln.»

«*Und?*»

«Und er wird sie von mir bekommen.»

«Warum weinst du, *niña*?»

«Weil du ein Mann bist – du Esel! Der *americano* ist ein Eisschrank . . .»

«Woher weißt du das?»

«Er . . . er küßt zu vorsichtig. Er will nicht schmelzen. Ich *muß* weinen. Immer!»

«Deine Augen werden ihren Glanz verlieren. Warum siehst du mich so an, Inéz?»

«Weil . . . weil nicht einmal der große Orinoko meine Sünden abwaschen kann. Und der *americano* kauft ein Bündel Sünde ein.»

«Das ist zum Lachen, dummes Ding. Vor einer schönen Frau ist niemand sicher. Wie schön du bist.»

«Hörst du nichts, Pedro? Schritte! *Schritte*!»

«Es ist der Wind.»

«Oder Rosa Lobato. Mein Vater bezahlt sie, damit sie mir nachschleicht. Wie konntest du mit ihr schlafen? Du Tier!»

«Ich war jung und arm, und sie ist eine Frau, Dummchen. Es ist längst aus. Was sollte ich auf der Hazienda tun? Du warst ein Kind.»

«Ich war kein Kind. Ich sah nur so aus. Ich träumte Tag und Nacht von dir. Ich liebte dich immer. Du Esel! Und Rosa Lobato . . .»

«Jetzt bin ich ein Adler geworden, *niña*. Welcher Adler fängt Fliegen? Was hast du, Inéz? Schrei nicht so!»

«Rosa Lobato! Sie starrt durch die Büsche! Sie wird mein Tod sein. Oder deiner!»

«Halte den Mund und koch mein Essen. Du bist eine Frau und mußt schweigen lernen. Sonst werde ich dich bestrafen.»

«Schlage mich. Vernichte mich!»

«Ich sage, du sollst still sein! Meine Geduld ist kurz. Merke es dir. Ich hole Ananas und Bananen. Und du kochst. Und laß nichts anbrennen. Das mag ich nicht. Du mußt kochen lernen wie Rosa Lobato.»

Basset aß sein Geburtstagsmahl mit Miss Pilgrim, während seine Braut ihre Kochkünste zu verbessern suchte. Señorita de Luna hatte niemals am Herd gestanden.

Im Hotel fand Basset einen Brief von Don Alonso de Luna. Er kam aus der alten Stadt Ciudad Bolivar am Orinoko-Fluß. Don Alonso sandte seine und Inéz' Grüße. Leider sei seine Tochter erkrankt. Doch sie hofften, in absehbarer Zeit wieder daheim zu sein und Señor Basset gesund und munter wiederzusehen. Sie wohnten bei alten Freunden, und Inéz werde mit größter Sorgfalt gepflegt. Ein Fieber . . . *le saluda cordialmente* . . .

Eine Adresse war nicht angegeben.

VI

Don Alonso de Luna hatte drei Tage gebraucht, um seine ergebenen Grüße an Basset zu schicken. Es war ein Fehler gewesen, daß er dem Gringo nicht früher geschrieben hatte, aber er hatte immer gehofft, seine entflohene Tochter durch List oder einen Privatdetektiv wieder einzufangen und nach Caracas zurückzubringen. Er wohnte selbstverständlich in einem Hotel in Ciudad Bolivar. Er hatte keine Freunde. Und die Verwandten in Puerto Rico waren ebenfalls eine Fiktion – wie Basset richtig vermutet hatte.

Don Alonso ging nun am Ufer des Flusses spazieren. Er war sehr müde. Sein spanisches Gesicht mit den dunklen, intelligenten Augen und der stolzen gebogenen Nase war in dieser Stunde zerfurcht. Er sah der Niederlage endlich ins Auge: Inéz haßte ihn. Sie liebte einen hergelaufenen *peon*, den Don Alonso auf seiner Hazienda beschäftigt hatte. Einen dreckigen, analphabetischen Bauern mit der Gitarre und der stupiden, kurzlebigen Leidenschaft eines jungen, gutgewachsenen und unverschämten Liebhabers. Inéz war fünfzehn Jahre alt, als sie bereits dem jungen Burschen nachlief – in die Wälder, welche die Hazienda von ferne überragten. Wie klein und übersichtlich war die Kakaopflanzung gegen die Wälder am Abend! Seitdem hatte Don Alonso in seiner eigenen Hölle gelebt. Inéz war, wie ihre Mutter gewesen war, eine billige Tänzerin mit einem edlen Gesicht und einem unersättlichen Appetit auf Männer. Sie hatte den einsamen Don Alonso bezaubert und war zu seinem Glück früh gestorben. Die Gräfin Molina hatte ihr Bestes versucht – niemand konnte mit Inéz fertig werden. Sie war ein Marmorbild mit den Instinkten einer wilden Kuh! Don Alonso unterdrückte ein Stöhnen. Er schritt hochaufgerichtet die schöne Promenade der alten Stadt entlang und wurde ehrerbietig von Männern gegrüßt, die in dieser Gegend im Hinterland nach Gold und Erzen suchten. Es waren Besitzer von Minen, Jongleure mit Aktien und jene Sorte von Glücksrittern, die nie in Südamerika ausstirbt. Don Alonso hatte gute Geschäftsabschlüsse mit dem Besitzer einer Diamantenmine gemacht. Er empfand es als grimmige Ironie, daß ihm immer mehr Reichtum zufloß – und er dabei immer ärmer wurde. Aber das Leben war ein kurzes Spiel voller Ironie. Man löffelte seine Suppe mit dem Löffel aus, den man sich selber geschnitzt hatte. Im alten Spanien, das er besucht hatte und in seinem Blut und in seinem Geist trug, hieß es, man breche sich am leichtesten den Hals, wenn man über einen Strohhalm stolpere. Don Alonso hatte in seinem Hochmut den Bauernlümmel für einen Strohhalm gehalten, den er zertreten konnte. Er würde ihn zertreten – auf irgendeine Weise, und Inéz würde Señor Basset heiraten. Es war die Rettung. Don Alonso dachte keinen Augenblick daran, daß der *americano* ein Marmorbild heiraten wollte, das für ihn allein erröten würde. Bassets romantische Neigung interessierte ihn nicht. Basset selbst ebensowenig.

Nicht umsonst hatte die Familie de Luna die Tochter des Hauses bei keiner öffentlichen Veranstaltung gezeigt. Niemand war erstaunt gewesen.

Sie wurde eben nach strenger spanischer Tradition erzogen, und Traditionen lebten nun einmal Seite an Seite mit Supermärkten in der Gigantenstadt Caracas.

Wie still war es am Abend in Ciudad Bolivar! Der Fluß und die schönen alten Kolonialhäuser glänzten im Mondlicht. Don Alonso war so erschöpft, daß er sich in das Felsencafé über dem Orinoko setzte. Um ihn herum saßen Familien mit jungen Töchtern und Söhnen. Sie lachten und scherzten zusammen. Die Söhne würden die Geschäfte der Väter weiterführen, und die Töchter würden solide Männer heiraten und Enkelsöhne und ruhiges Altersglück für die Eltern schaffen. Dazu waren Töchter da. Auch im Atomzeitalter. In jedem Zeitalter.

Don Alonso stand abrupt auf und wanderte auf den Hügel zur Plaza. Vom Fluß tönte Gesang herauf: «*Oh monte! oh fuente! oh rio!*» * Nur in lateinischen Ländern sangen die jungen Menschen in den Booten geistliche Lieder. Denn der Berg, der Frühling, der Fluß des Fray Luis de León waren nicht von dieser Welt. Don Alonso kannte dieses alte Lied. Er hatte es in seiner Jugend von einem Pater gelernt. «Welches Vergnügen kann es mir bringen, daß eitle Narren mich beneiden, wenn ich dem Winde des Ruhmes und der irdischen Geschäfte nachjage?»

Don Alonso war auf der Plaza angelangt, die von der Kathedrale beherrscht wird. Einem inneren Zwang folgend, schritt er in die vertraute Kirche. Er kniete im Schatten der hintersten Bänke nieder und senkte den Kopf – miserabler Sünder und Falschspieler, der er war. Plötzlich schrie sein Gewissen so laut wie die Totenvögel, die sich lärmend vom Fleisch der Verdammten nähren. Er hatte einen anständigen Mann wie Richard Basset auf die unanständige Weise täuschen und unglücklich machen wollen. Er wußte nicht, wie lange er in der Kathedrale auf seinen steifen Knien lag und um Kraft betete. Er mußte sein Kreuz wieder auf die eigenen Schultern laden. Er konnte es nicht einem Mann aus einer fremden Seelengegend aufbürden. Er durfte es nicht. Sein jahrelanges Unglück hatte nicht nur sein Herz, sondern auch seinen Verstand verfinstert.

Er mußte so schnell wie möglich nach Caracas zurückkehren und mit dem *americano*, der ihm nichts zuleide getan hatte, sprechen. Er würde sagen, daß Inéz zu jung zum Heiraten sei. Sie wollte ihren Vater und Beschützer noch nicht verlassen. Basset würde ihn ungläubig ansehen – aber andere Länder, andere Sitten, Señor! Don Alonso blickte starr auf das große Kruzifix über dem Altar. Vielleicht würde er doch wieder in den Zustand der Gnade gelangen.

Als er auf die Plaza hinaustrat, waren die Leute schon heimgegangen. Vielleicht hatte er eine Stunde lang Auge in Auge mit seinen Unterlassungssünden verbracht – vielleicht eine kleine Ewigkeit. Auch die Lichter des Felsenrestaurants erloschen eins nach dem anderen. Die milde Nacht verhüllte den Fluß. Don Alonso schlief diese Nacht ohne Schlafmittel und

* «O Berg! O Frühling! O Fluß!»

erwachte erfrischt.

Aber ihm war nur eine Atempause vergönnt worden. In Puerto Ordaz hatte er noch eine Besprechung mit der Orinoco Mining Company und schrieb einen Bericht für seine Regierung. Dann nahm er das Flugzeug nach Caracas.

Flugzeuge sind schneller als die Schiffe der alten Conquistadores. Trotzdem kam Don Alonso zu spät für seine Ehre an.

VII

Basset hatte Don Alonsos Brief aus Ciudad Bolivar gelesen. Er glaubte kein Wort. Seine Braut war nicht krank. Es ging ihn aber nichts mehr an, denn Inéz war nicht mehr seine Braut. Nur wußte sie es noch nicht. Basset erhielt den Brief im Hotel «Avila». Er wohnte in Caracas niemals in dem modernen Luxushotel «Tamanaco», weil er in den großen, übereleganten Schaukästen Kopfschmerzen bekam. Das «Avila» paßte ihm genau: ein feines, ruhiges Haus mit einem Schwimmbad und gutem Essen. Man traf dort nicht so viele Amerikanerinnen in Pariser Kleidern. Er hatte den Brief seines Schwiegervaters nicht zweimal lesen müssen – der hatte ihm nur einen lang gehegten Verdacht bestätigt. Er war in dieses Mädchen vernarrt gewesen, aber jetzt war er wieder der alte Basset, der sich in Sicherheit brachte, bevor es zu spät war. Er war gerade von Mr. Street zurückgekommen, und seine Koffer waren gepackt. Übermorgen würde er in den Holländischen Antillen sein. Ohne Braut und ohne Qualen!

Es war natürlich gar nicht «plötzlich aus». Das Unbehagen, nein, die Empörung darüber, wie Inéz mit ihm umsprang, hatte ebenfalls schon lange in ihm gearbeitet. Seine Begierde war tot. Eigentlich war es mehr gewesen. Basset, der immer zuerst seinen Verstand befragt hatte, war durch dieses Mädchen in den Zustand der Leidenschaft geraten und hatte sich monatelang nicht dagegen wehren können. Was jetzt geschehen war, war das übliche Ende einer Leidenschaft, die aus Mangel an Nahrung abstirbt. Basset hatte seit seinem Geburtstag überlegt, geschwankt, weitergelitten. Aber dann hatte er methodisch seinen Willen gestärkt, die Dinge gesehen, wie sie waren, und versucht, sich ein wahres Bild von seiner Situation zu machen. Denn die Situation in der Villa «Maria Juana» war und blieb undurchsichtig, und Basset verspürte keine Lust mehr, dort Rätsel zu raten und im Hotel auf eine persönliche Nachricht von Inéz zu warten. Sein Gefühl hatte ihn gewarnt – und seine berühmte «gute Nase» war nichts anderes als sein überdurchschnittliches Gespür für die gefährlichen Hintergründe der Wirklichkeit. Er fühlte, daß Inéz nicht die Person war, die sie ihm vorspielte, und daß ihr Vater sie kunstvoll und verzweifelt schützte. Vielleicht hatte Basset – so schien es ihm an seinem vorletzten Abend in Caracas – seine Lage verschlimmert, weil er Don Alonso gegenüber so getan hatte, als wäre er der gutgläubige «Yanqui», den dieser in ihm sehen wollte. Aber auch das war jetzt ohne Bedeutung. Was Basset in diesem Augenblick erlebte, war die Rückkehr aus Arkadien in die Welt des Alltags, die er immer genau gekannt und gemeistert hatte. Er hatte gewisse Gesetze des Seelenlebens nie begriffen, weil seine ganze Aufmerksamkeit stets der Außenwelt gehört hatte. Er wäre weniger erstaunt über das Ende der Leidenschaft gewesen, wenn er innere Schwankungen so genau beobachtet hätte wie den Weltmarkt des Petroleums. Jetzt empfand er nur Müdigkeit und den sonderbaren und melancholischen Frieden eines Mannes, der seinen Traum in aller Stille begräbt.

Vielleicht gehörte auch das zur Ironie, die sich in jedes Liebeserlebnis einschleicht, daß Basset seinen letzten Abend in Caracas nicht in der Resignation des Vorabends verbringen durfte. Er hatte frühzeitig mit Miss Pilgrim zu Abend gegessen, und sie packte jetzt ihre Sachen in der Wohnung, die sie mit einer Freundin teilte. Natürlich kam Miss Pilgrim mit nach Aruba und Curaçao, denn Basset war an sie gewöhnt. Außerdem war sie immer noch mehr als andere bereit, seine Ansprüche im Büro zu erfüllen; schließlich war sie einmal in ihn verliebt gewesen. Sie hatte in der letzten Zeit das Kraut der Träume aufgegeben, und Basset hatte im Augenblick wenig an ihr auszusetzen.

Basset trank seinen Kaffee auf der großen Hotelveranda, als ihm eine Botschaft überreicht wurde. Nur zwei Worte: «*Inéz! Dringend!*» Was war *das*? War sie zurückgekommen? Die Schrift schwankte auf dem Zettel – nicht weil es Basset dunkel vor den Augen war. «Die Señorita wartet im Garten», sagte der Kellner. Hatte Inéz seinen Abschiedsbrief schon erhalten?

Basset vergaß niemals den letzten Abend in Caracas. Er war so überflüssig wie ein Stimmen der Instrumente nach Abschluß eines Konzerts. Aber nicht Inéz wartete am Hotelausgang auf ihn, sondern Rosa Lobato. War Inéz krank? Lag sie im Sterben? Erst nach einigen Minuten erinnerte Basset sich, daß Rosa stumm war. Sie fuhren in einem Taxi davon, das selbstverständlich Basset bezahlte. Aber sie fuhren nicht in die Villa «Maria Juana». Was sollte das? Basset war wütend auf sich, daß er noch einmal nachgegeben hatte und Inéz zu Hilfe eilen wollte. Rosa Lobato saß steif neben ihm. Als er sie genauer ansah, sah er, daß sie ein Kind erwartete. Aber was ging ihn das alles an?

Es war schon dunkel, und die Hütten und Häuschen auf den Hügeln waren zum Teil mit Öllichtern und zum Teil elektrisch beleuchtet. Die Wohlhabenden unter den Siedlern und wandernden Enterbten lebten am Fuß der Hügel. Das Taxi hielt dort, und Basset folgte Rosa zu einer Wellblechhütte in die Höhenorte der Armut. Er konnte nicht umkehren. Die Villa «Maria Juana» hatte im Dunkel gelegen. Don Alonso schien also nicht zurück zu sein. Wenn Inéz etwas passiert war, dann war es seine, Bassets, verdammte Menschenpflicht, zu helfen. Schließlich hielt Rosa ihn für den Bräutigam, und er war es ja auch noch vor wenigen Tagen gewesen. Ob sein Brief an Inéz und ein weiterer sehr höflicher Brief an ihren Vater ungelesen in der Villa lagen? Er hatte sich nichts vorzuwerfen. Er hatte Don Alonso geschrieben, er sei zu alt für ein so junges Mädchen.

Die Nacht war milde, und sie hätte so lieblich wie in den vornehmen Vororten geduftet, wenn aus den Baracken nicht der Geruch von Bratenfett, Urin ud der universale Pesthauch des Elends gedrungen wären. Basset bemerkte in den Häuschen am Hügel Fernsehapparate und Eisschränke. Er dachte trotz seiner Erregung, daß die venezolanische Armut, verglichen mit den Slums nordischer Länder, kapitalistische Züge zeige. Inmitten der trostlosen Häßlichkeit hingen Blüten über zerlöcherten Dächern, Wäsche flatterte fröhlich im Abendwind, und ein Kind deckte einen toten Hund spielerisch mit Blättern zu. In den meisten Hütten wohnten Bauern, die das blitzende neue Caracas mit aufgebaut hatten. Wie Pedro, der immer an Baustellen Arbeit fand, wenn er nicht gerade Gitarre spielte. Aber Basset wußte ja nichts von Pedro.

Sie waren an seinem *barrio** angelangt. Rosa zog Basset ohne Umstände hinter eine große Bananenstaude. Ein junger Mann trat in diesem Augenblick vor sein *ranchito*. Er klimperte auf seiner Gitarre und sang ein spanisches Liebeslied. Basset wollte ungeduldig aufstehen – es war *doch* eine Oper! Und er hatte keine Lust, sie hinter einer Bananenstaude anzuhören. Dann sah er Inéz. Er konnte kaum atmen. Ihn, der den Verzicht bereits geleistet hatte, zerriß ein furchtbarer Schmerz. Diese junge Frau war kein Marmorbild – sie war von herrlicher und tragischer Lebendigkeit. Sie kniete neben dem kraftvollen jungen Mann und sah zu ihm auf. In diesem Augenblick spürte Basset die Bitterkeit des Mannes, den weder Inéz noch eine andere Frau jemals so anblicken würde. Die kahle Glühbirne beschien Inéz' Gesicht. Rosa Lobato lächelte höhnisch. Dann zeigte sie auf ihren geschwollenen Leib und auf den jungen Mann mit der Gitarre. Während Basset im Dunkel der Büsche zum Taxi hinunterlief, als ob Furien ihn peitschten, schlich Rosa Lobato aus den Büschen an das versunkene Paar heran. Pedro war ihr Mann, und das Kind in ihrem dünnen, zähen Leib war sein Kind.

Sie hob die Pistole, die sie aus Don Alonsos Schreibtisch gestohlen hatte.

VIII

Don Alonso hatte im Hotel «Tamanaco» und im Büro der Firma nach Basset Ausschau gehalten und war dann ins Hotel «Avila» gefahren. Dr. Basset sei abgereist. Er habe keine Adresse hinterlassen, Señor! Im Büro bestätigte ein freundlicher junger Amerikaner, daß Dr. Basset plötzlich versetzt worden sei. Nein – er könne leider keine Adresse angeben. Aber Mr. Street – der Manager – werde mehr sagen können.

* Dorfgemeinschaft.

Don Alonso fuhr in die Villa «Maria Juana». Die Diener und Dienerinnen scharten sich um ihn. Sie weinten und redeten aufgeregt durcheinander. Die Gräfin Molina war vorgestern plötzlich ins Krankenhaus gekommen. Eine Operation. Ja, ja, Señor! Heute früh. Sie lebte ... Don Alonso fragte, was die Tränenströme sollten, wenn seine Schwester die Operation überstanden hätte. Der Schreck! Man war immer sicherer im Mutterschoß als in einem Bett im Krankenhaus, Señor.

Don Alonso ging in sein Zimmer. Er las Bassets Briefe an Inéz und ihn. Zu spät. Alles war zu spät. Wo war seine Tochter? Er wußte nicht, warum er in diesem Augenblick an Inéz wie an eine Tote dachte. Nachdem sie ihn nachts in Ciudad Bolivar verlassen hatte, hatte er sie aufgegeben – er wußte nicht mehr, zum wie vielten Male. Er würde keinen Gatten mehr für sie suchen. Er ahnte, daß er entehrt vor dem *americano* stand – er, einer der mächtigen Männer in Caracas! Und der machtloseste Vater der Welt. Seine Ehre war ein Ei in ihrer Hand gewesen, das sie zerbrochen und dessen Schale sie dann noch zertreten hatte. Don Alonso saß an seinem Schreibtisch und hatte sein Gesicht in den Händen vergraben. Er mußte noch eifriger seinen eigenen Sünden nachforschen – ohne Grund konnte der Himmel ihn nicht so gestraft haben. Was für ein Leben! Als ob er mühsam steile Treppen erklimmen müßte, während ein abgeschlossener Fahrstuhl am Fuß des Wolkenkratzers wartete.

Er merkte, daß jemand den Raum betreten hatte, und sprang ärgerlich auf. Niemand durfte ihn ohne Anklopfen oder Anmeldung in diesem Zimmer stören. Es war die Bibliothek des Hauses. Die Wände waren von Bücherschränken verdeckt, in denen spanisch-christliche Mystik und klassische Philosophie in ihren Lederbänden harmonisch Seite an Seite standen. Die ganze Weisheit und Erfahrung hatten ihm nichts genützt.

Inéz stand vor ihm – blutbefleckt, mit wirrem Haar, in einem zerrissenen Kleid. Eine Landstreicherin aus den *ranchitos*. Don Alonso wußte mit der Hellsicht des äußersten Leidens, daß sie zum letztenmal bei ihrem Liebhaber gewesen war.

«Schämst du dich nicht?» fragte er schroff.

«Sie sind fort», sagte Inéz stumpf. Er fragte grausam, wer fort sei, und sie antwortete nicht einmal, während er sie am Arm schüttelte. Inéz stand immer noch vor der Hütte und sah, wie Pedro der Mestizin die Pistole aus der Hand schlug. Die Fleischwunde war das geringste gewesen. Inéz wäre gern gestorben. Denn Rosa Lobato wurde Mutter. Pedro hatte sie die ganze Zeit mit ihr hintergangen. Ihr Stolz lag in Scherben wie ihr eingebildetes, würdeloses Glück. Endlich stieß sie hervor, daß Pedro heute früh mit Rosa Lobato fortgegangen sei. Aus dem einen Provisorium in ein anderes. Don Alonso rührte sich nicht. Ein schmutziges Elend! Und seine Tochter, die er behütet hatte, legte ihm diesen Haufen Dreck vor die Füße.

«Pedro war immer ein Biest», sagte er langsam. «Ein wilder Hengst ohne Sinn und Verstand. Ein Schoß ist ihm so recht wie der andere.»

Inéz schrie auf.

«Beherrsche dich in meiner Nähe», sagte Don Alonso ohne eine Spur von Mitleid. Sein spanischer Stolz, der lebenslänglich im Kampf mit seiner ersehnten christlichen Demut gelegen hatte, brachte einen Funken Sadismus zum Vorschein. Wie Basset hatte Don Alonso eine Grenze des Erträglichen überschritten.

«Sieh zu, daß du ungesehen in dein Zimmer kommst», sagte er kalt. «Bade dich, kämme dich. Dann werde ich mit dir reden.»

«Ich kann den *americano* heiraten», murmelte Inéz, als ob sie nicht gehört hätte. – «Oh! Du meinst Doktor Basset?»

Inéz nickte und strich sich das Haar aus der Stirn. «Mir ist alles gleich. Ricardo hat die Weisheit nicht mit Löffeln gegessen, aber wenn du willst.»

Don Alonso lachte. Es klang nicht angenehm, und Inéz sah ihren Vater verwirrt an. Er war so anders, so fremd. Er war gefährlich.

«Vielleicht hat Doktor Basset die Weisheit nicht mit Löffeln gegessen! Ich habe ihm beim Essen nicht zugesehen. Aber so dumm wie du ist er nicht.» Er warf seiner Tochter Bassets Abschiedsbrief hin. «Du Närrin», murmelte er. «Er war ein feiner und ein kluger Mann. Weise ist kein ‹Yanqui›. Zu jung. Aber für dich war er allerdings zu gut.»

Inéz stand regungslos vor ihrem Vater, den sie niemals so höhnisch und kalt erlebt hatte. «Was soll ich tun?» fragte sie hilflos. Don Alonso hatte immer gewußt, was sie tun sollte. Aber sie hatte nicht gewußt, wie gut es sich in seinem Schatten leben ließ. «Soll ich wieder gehen, Vater?»

«Wie du willst. Du kannst deine Kleider mitnehmen.»

«Wohin?» fragte sie wie ein kleines Kind mit zitternder Stimme.

«In die *ranchitos*. Dort fühlst du dich am wohlsten.»

Sie schrie wieder auf. Dann fiel sie hin. Don Alonso trug sie in ihre Räume und rief eine Dienerin. «Sie ist ohnmächtig. Ich rufe den Arzt», sagte er hölzern.

Eine Woche lang sprach er kein Wort mit seiner Tochter. Wer spanische Männer kennt, der wäre über seine feindselige Kälte nicht erstaunt gewesen. Sie verwandeln sich über Nacht von liebenden Seelen in finstere Moralisten. Sie verachten ihre eigenen Illusionen und haben weder Mitleid mit sich selbst noch mit denen, die ihre Träume zerstören. Wenn es so etwas gibt, dann betete Don Alonso zähneknirschend um Heilung. Er hatte Inéz geliebt und nach langem Warten verworfen.

Die Gräfin Molina war wieder gesund. Ihr Gesicht war noch ausgehöhlter. Jeden Abend hörte Inéz Stimmen aus der Bibliothek. Ihr Vater und ihre Tante sprachen wohl darüber, was man mit ihr anfangen sollte. Sie dachte nie an Basset. Sie wußte nur, er war nicht der Mann, bei dem man sich nach der Umarmung ausruhen konnte. Pedro hatte geraubt und dann besänftigt. Der Raub ist die ursprüngliche Form der Liebe, und dieses Wissen haben die Spanierinnen im Blut. Es war das einzige, was Inéz de Luna wußte, und was nützte es ihr nun, da ihr Geliebter sie fortgeschickt hatte? Sie wußte nicht, daß Rosa Lobato nicht nur gekommen war, um sie zu töten und auf diese einfachste Weise der Welt den Vater ihres Kindes für sich zu beanspruchen. Pedro gehörte einer kommunistisch orientierten Gruppe junger Rebellen an, und Rosa hatte ihn zur Flucht getrieben. Sie kehrte in die Hütte in den *barrio* zurück – sie würde dort Pedros Sohn zur Welt bringen, und eines Tages würde er zurückkommen. Entweder als Sieger mit anderen siegreichen Rebellen oder als Flüchtling. Rosa Lobato war beides recht. Adler oder Wurm! Sie kannte das Leben in den Hügeln und hatte dort viele Freunde. Pedro war ihr Mann. Eine nutzlose große Dame wie Inéz de Luna kam nicht gegen eine Mutter an.

Liebhaber waren wie Wolken, dachte Rosa in ihrer Stummheit. Es regnete Seligkeit, und dann gingen sie fort. Väter blieben manchmal.

Als Inéz eines Abends mit Don Alonso und der Gräfin in dem blumengeschmückten Patio saß, sagte er: «Du wirst in nächster Zeit mit deiner Tante nach Spanien gehen. Dort wirst du bleiben.»

«Nein», schrie Inéz. «Ich kenne Spanien nicht. Ich will hierbleiben.»

«Du wirst in Granada leben und etwas lernen. Ich wünsche es. Hier hast du falsche Begriffe vom Leben bekommen. Es ging dir zu gut.»

Inez begann zu schluchzen. «Laß mich hierbleiben, Vater!»

«In diesem Land sind die Leute von den Bäumen in die Cadillacs gefallen», sagte Don Alonso verächtlich. «In Europa geht es bescheidener zu. Normaler. Du mußt lernen, wie man langsamer und sinnvoller lebt. In Spanien legt man Stein auf Stein, bis eine Kathedrale entstanden ist.»

Inéz starrte ihren Vater an. Sie wußte nicht, wovon er sprach.

«Du wirst Musikstunden bekommen. Du hast eine gute Stimme – wie deine verstorbene Mutter. Du wirst Englisch lernen. Es ist nach Spanisch die Weltsprache», sagte Don Alonso widerwillig. «Du weißt nichts. Deine Privatlehrer auf der Hazienda waren Esel. Und du bist neunzehn und eine Gans.»

Die Gräfin Molina nickte zufrieden. Sie hatte es ihrem Bruder schon lange gesagt.

«Deine Tante wird zwei junge Kusinen in ihren Palazzo nehmen. Du hast zuviel mit alten Leuten gelebt. Du brauchst Altersgenossinnen. Die beiden Komtessen Molina sind berufstätig. Aber sie leben in ihrer eigenen Welt und äffen nicht die Yanquimädchen nach, die hier herumlaufen.»

Inéz haßte die beiden Komtessen Molina schon jetzt . . .

«In Europa leben auch die jungen Frauen in der Gegenwart», sagte die Gräfin. «Niemand hat soviel Geld in Spanien, daß man herumfaulenzen kann.»

«Auch hier arbeiten genügend Mädchen», sagte Don Alonso. «Es ist meine Schuld, daß ich meine Tochter zu einer Faulenzerin erzogen habe. Aber sie soll nun unsere alte Kultur kennenlernen, die ich ihr hier nicht schaffen konnte. Caracas strömt über von Gold und Öl. Es muß die größte Weltstadt ohne ein eigenes Opernhaus sein. Ich hätte früher daran denken sollen», schloß er düster.

«Quäle dich nicht, Bruder», sagte die Gräfin Molina. «Inéz ist so jung. Viel jünger als neunzehn. Es ist noch nichts verloren.»

«Ich quäle mich nicht», sagte Don Alonso ärgerlich. «Ich habe nur festgestellt, daß es in Caracas keine Oper gibt.»

«Laß mich auf unsere Hazienda gehen, wenn du mich hier nicht haben willst, Vater.»

«Ihr fliegt in vier Wochen nach Spanien. Langweile mich nicht mit sinnlosem Widerspruch!»

«Auf der Hazienda waren wir alle glücklich. Wir gingen unter den großen Bäumen spazieren. Hast du alles vergessen, Vater? Die Sonne schien lustiger dort. Ich . . . ich liebte dich, als ich ein Kind war.»

Don Alonso antwortete nicht. Niemand hatte seine Tochter mehr lieben können. Er hatte dieses Kind auf seinen Armen unter den Immortellenbäumen herumgetragen. Vielleicht hatte er sie zu sehr beschützen wollen. Auch die jungen, empfindlichen Kakaopflanzen wuchsen heran, gewannen Kraft, die venezolanische Sonne zu ertragen, und brauchten den Schatten der großen alten Bäume nicht mehr.

«Später wirst du es mir danken, daß ich dich fortgeschickt habe», sagte Don Alonso langsam. «Es ist besser für uns beide.»

Inéz schluchzte, und er runzelte die Stirn.

«Weine nicht», sagte er ungeduldig. «Du beleidigst die Wahrheit, wenn du sie in einen Tränenstrom wirfst.» Er erhob sich. Er war zu einem Dinner bei Mr. Street eingeladen. Dort würde er unter anderen Gästen Dr. Bassets Nachfolger kennenlernen. Tatsächlich war Don Alonso der einzige, der ziemlich oft an Basset dachte. Er hatte ihn widerstrebend schätzengelernt – wie der echte Torero den ebenbürtigen Stier.

«Geh schlafen, Inéz», sagte er etwas sanfter. «Du brauchst Ruhe.»

Sie standen allein und getrennt voneinander in dem träumerischen Patio. Die Gräfin war schon auf ihrer Veranda und spielte mit sich selber Schach. Sie war seit Jahren nicht so zufrieden gewesen wie heute. Ihr Exil war vorüber. Gewiß würde Inéz eines Tages zu ihrem Vater nach Caracas zurückkommen. Vielleicht mit einem passenden Gatten. Vielleicht allein. Auf jeden Fall würde sie selbst mit ihren vielen Verbindungen dafür sorgen, daß ihre Nichte die Zeit nicht mit Zigeunern verbrachte. Erst einmal stand das Mädchen unter dem Schock der Trennung von ihrem Kuhhirten. Aber wie schnell würde Inéz ihn vergessen! Die Gräfin dachte in ihrem spanischen Wirklichkeitssinn, der sich so seltsam neben mystischen Neigungen behauptet, daß außer körperlichen Leiden alle anderen in der erregten Einbildungskraft bestehen.

Don Alonso fuhr durch die neuen, farbenprächtigen Straßen zu dem kostspieligen Vorort, wo Mr. Street und seine Frau sich ein kleines Paradies geschaffen hatten. Vor dreißig Jahren war Caracas noch eine bezaubernde alte Kolonialstadt gewesen. Er war noch mit seinem Bruder über die Hügel und Berghöhen gewandert; die Landleute waren damals noch nicht in die *ranchitos* um die goldene Stadt abgewandert. Don Alonso hatte

Orchideen dort sammeln können. Wo heute Wolkenkratzer standen, hatte es Kaffee- und Zuckerrohrplantagen gegeben. Ja, man hatte Orchideen pflücken können, wo heute das Hotel «Avila» stand, in dem Don Alonso den Verlobten seiner Tochter vergeblich gesucht hatte.

Wenn er Inéz jahrelang zu sehr geliebt hatte, dann liebte er sie heute zu wenig. Er fühlte es, und ihre neue Demut machte ihn nur ungeduldig. Vielleicht war Geduld die Krone der elterlichen Liebe. Don Alonso atmete befreiter die milde Abendluft ein.

Er mußte sich zur Geduld erziehen. Wie die Gärtner und die Heiligen. Vielleicht würde er, mit neuer Tugend gewappnet, seine Tochter wieder lieben lernen.

Miss Hendersons Statuen

London

Jeder ist seine eigene Parze
und spinnt sich selber seine Zukunft.
Joseph Joubert

Das malerische Elstree liegt nur elf Meilen von London entfernt, aber für Miss Henderson war Marble Arch so unerreichbar wie ein Wunschtraum, der von der Realität ignoriert wird. Sie konnte daheim mit niemandem darüber sprechen, weshalb London ihr als Rettungsstation erschien: dort konnte sie untertauchen und sich in den Mantel der Anonymität hüllen. In Elstree kannte jeder jeden, und Miss Henderson war schon ihrer riesigen Statur wegen beim besten Willen nicht zu übersehen. Und gerade sie wollte sich vor neugierigen Blicken verstecken! Nicht etwa, weil sie silberne Löffel stahl – davon gab es genug in ihrem Elternhaus. Miss Henderson hatte andere Gründe für ihre Liebe zur Zurückgezogenheit. Im übrigen lebte ihr Vater auch am liebsten für sich allein in seinem Studierzimmer, aber Professor Henderson liebte seine Vaterstadt und wäre nur unter Druck nach Marble Arch gefahren. Er hatte recht: man konnte in der Grafschaft Hertfordshire sehr nett leben. Die Luft war viel besser als in London, ein Waldspaziergang erholsamer und bedeutend billiger als ein Nachtbummel durch Soho, und Elstree bot soviel historische Reize, wie England sie eben elf lumpige Busmeilen von Marble Arch bietet. Wenn Kent reizvolle Tudor-Dörfer und die Kathedrale von Canterbury zeigen kann, so hatte Elstree den friedlichen «Gasthof zur Streitaxt» und Miss Athene Henderson. Sie fühlte sich zu Haus wie eine Gefangene, im Lehrerinnenberuf wie eine heruntergekommene Pallas Athene und in der Stille der Nacht wie eine Sünderin ohne Gelegenheiten. Sie konnte also nur bereuen, was sie nicht tun konnte.

Selbstverständlich sprach sie niemals mit ihrem Vater über ihre Versuchungen. Welche Tochter tut das? Und Miss Hendersons Wünsche eigneten sich nicht für Tischgespräche. Außerdem interessierte sich der Professor hauptsächlich für die alte Pfarrkirche von Elstree, denn er lebte beruflich wie privat am liebsten in der Vergangenheit. Die Kirche war im 14. Jahrhundert von den Mönchen von St. Albans erbaut worden – sie war also noch ziemlich neu. Der Professor lehrte Geschichte in Elstree School, wo muntere Knaben, die lieber Fußball spielten oder Popsong-Propheten lauschten, auf kostspielige Schulen oder die Kadettenanstalt vorbereitet wurden. Professor Henderson ignorierte die großen Filmstudios von Elstree. Er ging niemals ins Kino. Platon und Plutarch waren nie in einem Filmpalast gewesen und hatten trotzdem mitreden können. Auch einen Fernsehapparat suchte man vergeblich im Hause Henderson. Die Töchter mußten zu ihrer Unterhaltung entweder die schwierige Kunst des Lesens betreiben, sich die Gipsabgüsse aus dem klassischen Altertum im Zimmer ihres Vaters betrachten oder ohne Eintrittsgeld seine Vorträge anhören. Der Professor sprach auch zu Haus nicht über Tagespolitik und Steuern. Was er dagegen über das klassische Altertum zu sagen hatte, war eine ganze Menge und hörte, wie die wahre Liebe, niemals auf. Aber selbst diese Eigenart des Professors trieb Miss Henderson nicht in die Flucht. Sie hatte ihren Vater recht gern. Sie hatte zwei Leidenschaften, die sie daheim nicht befriedigen konnte. Sie wünschte, sich in London den schönen Künsten zu widmen, und was sie sonst noch gern wollte – darüber sprach sie nicht.

Athene war die Älteste von sieben Töchtern. Nach der Geburt von Daphne, der Jüngsten, hatte sich ihre Mutter endgültig von dieser Welt verabschiedet. Mrs. Henderson wollte lieber in ihren besten Jahren die ewige Ruhe genießen, als sieben langnasige Töchter verheiraten. Sie hielt es für unwahrscheinlich, daß ihre Mädchen einem jungen Mann so gefallen könnten, daß er ihretwegen seine Freiheit aufgab. Athene war zudem ein so häßliches Kind! So lang, so robust, so merkwürdig! Mit mütterlichem Instinkt witterte Mrs. Henderson, daß ihre Älteste «schwierig» war. «Schwierig» war in Elstree ein Todesurteil. Tatsächlich war Athene noch viel schwieriger, als ihre arme Mutter geahnt hatte.

Der Professor war mit Athene durchaus zufrieden. Sie brauchte nicht schön zu sein, da sie nicht Aphrodite hieß. Sie war energisch, schweigsam, fleißig und intelligent – eine athletische Jungfrau, auch wenn sie manchmal Eulen nach Elstree trug. Sie hatte wenig praktischen Sinn. Der Professor war glücklich, daß Athene im Gegensatz zu ihrer Mutter niemals ihr Seelenleben mit ihm diskutierte, sondern die anderen sechs Mädchen erzog. Mrs. Blunt, die Wirtschafterin, die schon zu Lebzeiten der Hausfrau für die Familie gekocht hatte, tat dies weiterhin. Mrs. Henderson hatte meistens in höheren Regionen geschwebt, in die sie sich nun endgültig zurückgezogen hatte. Das verzieh ihr der Professor niemals. Eine Mutter mit sieben Töchtern hatte Pflichten in Elstree.

Ein wahres Glück, daß Athene nach Schulschluß die etwas begriffsstutzigen Schwestern auf Trab brachte. Wozu war sie Lehrerin? Es war ein ausgezeichnetes Arrangement, besonders für den Professor. Von ihm aus konnte es so weitergehen. Übrigens straften fast alle seine Töchter im Laufe der Jahre den mütterlichen Pessimismus Lügen. Die Henderson-Mädchen verlobten sich sozusagen auf dem Weg nach St. Albans. Auf diesem Wege lag das «Hausboot», ein Gartenlokal an einem See, wo man sich auf kleinen Booten bei schönem Wetter verlobte. Fünf Henderson-Mädchen hatten dies in aller Stille geschafft. Nur Athene wollte nicht heiraten. Sie träumte weiter von London und einem eigenen Leben, in dem Professor Henderson, den sie trotz seiner Gleichgültigkeit recht gern hatte, zu einem geneigten Leser ihrer Briefe wurde. Ob es je dahin kommen würde? Athene wollte sich in London der Kunst widmen, war aber zu scheu und auch zu vorsichtig, diesen Plan in Elstree zu äußern. Sie studierte intensiv die Gipsfiguren aus dem klassischen Altertum, die das Studierzimmer zum Ärger von Mrs. Blunt schmückten. Man stieß beim Staubsaugen immer gegen diese unbekleideten Personen.

Einmal, mit achtundzwanzig Jahren, hatte auch Athene Henderson einen Bewerber gehabt, einen Witwer in mittleren Jahren, der eine vernünftige und energische Frau für sein idyllisch am Waldesrand gelegenes Gasthaus in Radlett suchte. Professor Henderson war erstaunt gewesen, daß Athene ihre Chance nicht wahrnahm. Wer sollte sie sonst heiraten? Wer würde nach seinem Tode für sie sorgen? Was hatte Athene, die so bescheiden und fleißig war, an Radlett auszusetzen? Nun, sie hatte an diesem Städtchen nur auszusetzen, daß es Mr. Herbison beherbergte. Und an Mr. Herbison hatte sie auszusetzen, daß er ein Mann war und sich in der Ehe auch danach benehmen würde. Sie mochte keine Männer. Trotzdem wäre sie selbst gern ein Mann gewesen. Sie erinnerte sich noch, wie unglücklich sie mit vierzehn Jahren über die Entwicklung ihres Körpers gewesen war. Sie hatte versucht, die aufsprießenden Beweisstücke der Weiblichkeit hinter klassischen Tweedjacketts zu verbergen. Das war immer schwieriger geworden, denn trotz ihres athletischen Körperbaus, ihrer männlichen Energie und ihrer Römernase entwickelte Miss Henderson einen gewichtigen Busen. Ausgerechnet ihr mußte das passieren. Sie bewunderte knabenhafte Mädchen – Kreuzungen zwischen Nymphen und dem Götterboten Hermes. Mr. Herbison war der einzige gewesen, der sich an Athene Henderson herangetraut hatte, und zur Belohnung hatte sich ihr durch Sexualneid verschärfter Männerhaß auf seine wohlmeinende Glatze entladen.

Danach war wieder Ruhe im Haus, bis Cassandra, die fünfte Schwester, einen Mr. Chapman aus Dunstable heiratete. Die römischen Eroberer hatten diese Stadt «Forum der Diana» genannt, was Professor Henderson als eine solide Basis für Cassandras Eheglück betrachtete. Daß John Chapman sich einige Jahre nach der Hochzeit erfolglos an Wechselfälschung versuchte, nahm sein Schwiegervater gelassen zur Kenntnis. Was verstand John von solchen Künsten? Er war ein Narr, aber eigentlich ein anständiger Mensch, dem nur Cassandras extravagante Ausgaben über den Kopf gewachsen waren. Ein mittlerer Bankbeamter war schließlich kein Krösus! Der Professor war als Schulmeister der Ansicht, daß alles gelernt sein wollte – natürlich auch Wechselfälschungen. Er schickte Mr. Chapman die Schriften des Plotinus ins Gefängnis – allerdings nicht alle vierundfünfzig –, damit der Pechvogel in aller Ruhe etwas für seinen Geist und seine Moral tun könne. In Dunstable und in Freiheit las niemand die Schriften des Plotinus. Athene schickte ihm eine ihrer ungenießbaren Fleischpasteten; nur Cassandra, der verschwenderischen Ehefrau, war offenbar das Geld ausgegangen. Sie schrieb niemals.

Nun waren nur noch Athene und ihre jüngste Schwester Daphne im Elternhaus, und die Stille wirkte auf jeden, bis auf den Hausherrn, bedrükkend. Daphne wollte sich ihre Nase operieren lassen, um Tänzerin zu werden – aber beide Pläne fanden nicht den Beifall des Vaters. Wer wußte mit fünfzehn Jahren, was er wollte? Daphne würde heiraten, und damit basta. Der Professor hatte sich davon überzeugt, daß die langen Nasen seiner Töchter kein Ehehindernis waren. Miss Henderson tröstete «die Kleine», so gut sie es konnte, und das war nicht sehr gut. Sie selber wurde immer verschlossener und modellierte heimlich in der Dachkammer. Nur Mrs. Blunt wußte davon. Sie fand Miss Hendersons Produkte zum Steinerweichen, gelobte aber Schweigen. Dabei hätte der Professor nichts dagegen gehabt: das Modellieren mit Plastilin war eine lautlose Beschäftigung.

Wenn Gottes Mühlen schon langsam mahlen, dann lassen sich englische Erbtanten noch mehr Zeit. Miss Henderson mußte fünfunddreißig Jahre warten, ehe sie nach London ziehen konnte. Vorher hatte Miss Aurelia Henderson sich nicht zum Verlassen des irdischen Jammertals entschließen können. Sie hatte Athene zu ihrer Alleinerbin eingesetzt, weil ihr sonst niemand eingefallen war, aber sie hatte auch manchmal über sie nachgedacht. Athene erinnerte sie an einen riesigen Vogel mit gelähmten Schwingen. Merkwürdiges Mädchen! Warum war sie so rastlos und unzufrieden in Elstree? Bildete sie sich ein, etwas Besseres zu sein? Aber sie war doch so bescheiden. Einmal hatte Athene errötend gemurmelt, daß sie in Elstree nicht *sie selbst* sein könne.

«Verdammter Unsinn», sagte Miss Aurelia. «Man kann überall leben, wie man will. Sieh mich an!» Aber Miss Aurelia hatte trotzdem eingesehen, daß sie dem lieben Mädchen lieber eine Reise nach London hätte anbieten sollen als Tee und Gemeinplätze.

Athene war über die beträchtliche Erbschaft erstaunt. Sie hatte immer Daphne für Tante Aurelias Liebling gehalten. Und als zweite hatte Cassandra im Rennen gelegen. Wer kannte wen? Athene verließ Elstree sofort nach der Beerdigung. Tante Aurelias Wellensittich reiste zu Mrs. Blunt in die Küche.

Athene war glücklich. In achtunddreißig Jahren hatte sie sich davon überzeugen müssen, daß die einzige Aussicht, die ihre Vaterstadt ihr bieten konnte, die Aussicht vom Plateau auf Aldenham war. Der Professor war über Athenes Zukunftspläne erstaunt. Sie war doch so zufrieden in Elstree gewesen. Es mußte Torschlußpanik sein. Er gab ihr zum Abschied die ‹*Selbstbetrachtungen*› des Marcus Aurelius mit. Vielleicht stellten sie ihr Gleichgewicht wieder her. Es war zu hoffen. Er war peinlich berührt, daß Athene sich mit ihren achtunddreißig Jahren als Kunststudentin versuchen wollte. Sie hatte doch keinen Funken Talent. Athene widersprach nicht, da ihr Vater diese Ansicht für sich behielt. Sie nahm nur zwei kleine Tonfiguren nach London mit. Den Rest ihrer Werke hatte sie im Garten begraben, da die Dachkammer im Laufe der Jahre zu voll geworden war. Die Figuren ruhten neben dem Hund Servius Tullius, der kurz nach Mrs. Henderson gestorben war. Er war der Lieblingshund der Familie gewesen. Der Professor hatte seinerzeit eine junge Wienerin, die in der Küche half, verabschiedet, weil sie Servius Tullius hartnäckig «Servus» gerufen und er bereits darauf gehört hatte. Das hatte man von diesen Au-pair-Mädchen.

Athene legte die elf Meilen nach Marble Arch in bester Laune zurück. Ihre Römernase witterte endlich das Abenteuer. Wirklich, Tante Aurelia war ausgesprochen nett gewesen. Da sah man wieder, wie man seine Verwandten zu ihren Lebzeiten verkannte.

II

London verwirrte Miss Henderson nicht so sehr wie andere Kleinstädter oder die Besucher vom Kontinent, ganz zu schweigen von den Afrikanern und Westindiern. Athene hatte in Gedanken schon lange dort gelebt. Und schließlich sprach man auch in London Englisch. Mit ihrer gewohnten Energie und Sparsamkeit verschwendete sie ihr Erbteil nicht im «Dorchester Hotel», sondern mietete sich sofort ein nettes zugiges Studio in Chelsea. Es war das Dachgeschoß eines alten, ziemlich schäbigen Hauses, und dort hatte immer ein Künstler gelebt. Athenes Vorgänger war gerade an Lungenschwindsucht gestorben. Glücklicherweise war Miss Henderson unempfindlich gegen Zugluft und Kälte.

Bevor sie an die Erzeugung weiterer Statuen ging, besuchte sie die Chelsea Pottery School, wo sie zwischen kichernden oder stumm vor sich hin rauchenden jungen Leuten mit feuchtem Ton herumspielte und gegen geringen Zuschlag ihre Erzeugnisse im Ofen brennen konnte. Um wenigstens äußerlich in die Chelsea-Bohème zu passen, schnitt sie sich ihr Haar kreuz, quer und kurz und ähnelte nun einem gerupften Adler. Sie sprach mit niemandem, und niemand sprach mit ihr. Das war ihr durchaus recht. Ihre Ansichten über die Schönen und Häßlichen Künste bedurften keiner Diskussion. Sie schickte ihrem Vater ein Etwas, das sie für eine griechische Vase hielt. Er gab den Gegenstand in die Küche, wo er, mit einem Korken versehen, als Essigkrug dienen konnte. Der Professor ging kopfschüttelnd zu seinem Plutarch zurück. Athene mußte verrückt geworden sein. Aber er dankte ihr freundlich für das Geburtstagsgeschenk. Auf seine Art liebte er seine älteste Tochter und wollte sie nicht kränken. Falls sie ihn besuchen sollte, würde der Essigkrug auf seinen Schreibtisch wandern, von dem man ihn aus Versehen herunterstoßen konnte.

Athene freute sich, daß der Krug ihrem Vater gefiel. Für ihn brauchte etwas nur nach Antike zu riechen. Armer Papa! Von moderner Kunst hatte er keine Ahnung. Athene begann mit ihren Statuen. Material kostete natürlich Geld, aber davon hatte sie nun genug. Sie arbeitete in Ton, Gips, Metalldraht und entwarf Kohleskizzen von schizophrenen Kolossen und freudlosen Monstren. Marmor war ihr zu teuer, Holzschnitzerei zu mühsam. Heutzutage kostete Material überhaupt nicht viel, weil man alles für seine Skulpturen verwenden konnte: Streichhölzer, Autoreifen, Staubsauger, Glühbirnen für kleine Köpfe, verrostete Gartengeräte, zerlöcherte Bratpfannen, leere Konservenbüchsen, Kochlöffel – also alles, was sich in einem Haushalt ansammelt. Miss Hendersons Studio lieferte nach kurzer Zeit eine reiche Ernte, da sie selten aufräumte. Wozu? Es wurde doch alles wieder staubig.

Athene hatte wenig Ahnung von Anatomie, was ihren Versuchen zugute kam. In diesem Sinne entsprachen sie dem Zeitgeschmack. Je ungereimter Glieder an einem Torso angesetzt waren, um so origineller. Aber sie bemühte sich nicht um Effekte. Mit naiver Begeisterung schuf sie aus dem Stegreif wahre Ungeheuer – alle riesig und weiblich. Zuerst kamen Freunde des Malers ins Dachgeschoß gestürmt, da sie von seinem Tod noch nichts wußten. Auch Albin Dunn, ein Kunsthändler, erschien in der Hoffnung, daß die galoppierende Schwindsucht seinem stinkfaulen Freund etwas Tempo beigebracht hätte. Mr. Dunn hatte sich wochenlang in Klein-Afrika bei Nottinghill Gate herumgetrieben, da er primitive Kunst gut verkaufte, solange die Schöpfer den englischen Enthusiasten nicht auf den Leib rückten. Mr. Dunn war allerhand gewöhnt, aber Miss Henderson wirkte etwas erschreckend: eine Galionsfigur, die es sich in einer Nußschale bequem gemacht hatte. Und diese Statuen! Mr. Dunn wußte zu gut, daß Verzerrungen erst dann erlaubt sind, wenn man das Normale gemeistert hat. Miss Henderson hatte nichts gemeistert. Sie hatte nur Henry Moore, Epstein und den späten Picasso in den falschen Hals bekommen.

«Wo ist Mr. Blackwell?» fragte Dunn verstimmt. «Ist er umgezogen?»

«Natürlich. Er ist jetzt woanders. Ich arbeite hier.»

«Das sehe ich», sagte Mr. Dunn bedrückt. Er blieb angewurzelt vor einer Statue mit drei zusammengewachsenen Köpfen stehen.

«Kennen Sie Picasso?» fragte er versonnen.

«Ich habe von ihm gehört.»

«Man soll nicht nachahmen, *Madam*. Warum haben so viele Statuen hier zwei bis drei Köpfe?»

«Picasso hat das auch nicht erfunden», sagte Miss Henderson scharf. «Es gibt einen alten indischen Gott mit mindestens zwanzig Armen. Kennen Sie Shiwa?»

«Ich habe von ihm gehört», sagte Mr. Dunn und verschwand.

Nach diesem Besuch blieb Athene allein mit ihren Statuen. Sie gefielen auch in Zukunft nur ihr allein, aber das genügte ihr vollkommen. Sie war zu englisch, um sich um den Beifall wildfremder Leute zu bemühen. Sie drückte in wehrlosem Material ungestört aus, was sie in Elstree nicht einmal zu denken gewagt hatte. Übrigens waren alle Statuen weiblichen Geschlechts oder Hermaphroditen. Abgesehen von mehreren Köpfen oder einem Telefonhörer als Kopf, trugen viele Statuen ihre Brüste auf dem Rücken, oder sie servierten sie wie Äpfel auf einer Schale, wie Salome dem Herodes das Haupt des Täufers serviert hatte.

Athene war in den ersten Jahren in Chelsea denkbar glücklich. Je reifer sie wurde, desto stärker wurden ihre heimlichen Gewissensqualen. Die verjährte Erfahrung mit Mr. Herbison hatte ihr klargemacht, daß ihre Abneigung gegen Männer mit einer fatalen Zuneigung zum eigenen Geschlecht verbunden war. Sie hätte Sappho statt Athene heißen sollen. Sie sehnte sich nach Liebe, aber ihre Hemmungen aus Elstree waren bis jetzt noch stärker. Im Augenblick begnügte sie sich mit dem Anblick ihrer Modelle. Sie waren nicht billig, aber sie konnte sich das leisten. Die Mädchen waren alle jung und knabenhaft, und es war ihnen bei dieser Bezahlung gleichgültig, was Miss Henderson aus ihnen machte. Sie blickten gar nicht hin. Die meisten waren viel selbstsicherer als die riesige Miss Henderson mit ihrem wirren roten Haar, ihren strengen Kostümen und ihrer Römernase. Diese Mini-Nymphen waren Londonerinnen und rochen den Braten sofort. Selbstverständlich ergriffen sie nicht die Initiative, weil das immer den Preis drückt. Gelegentlich wurden sie dreist, um nicht zu sagen unverschämt, oder sie gebrauchten Ausdrücke, die Athene nicht im Marcus Aurelius gefunden hatte. Sie litt alle Qualen der Wohlerzogenheit. Sie war einfach zu puritanisch und zu scheu für diese gewitzten Nymphen. Zu dieser Zeit wußte Miss Henderson noch nicht, daß die Mädchen das gute Geld für ihr tägliches Brot ausgaben: Marihuana-Zigaretten, Alkohol, Zuhälter.

Manchmal fühlte Athene sich so einsam in ihrem Studio, daß sie das Leben im Vaterhaus doch etwas vermißte. Daphne war so ein fröhliches kleines Ding gewesen und hatte ihr all ihre albernen Herzensangelegenheiten anvertraut. Miss Henderson ging nun abends allein spazieren und trank manchmal ihren Whisky in einem Lokal in Chelsea. Dann geriet sie eines Tages durch ein Modell in einen Kellerclub, der genau das war, was sie suchte. Der Club war auch in Chelsea – also sparte man das Fahrgeld. Auf dieser Insel Lesbos im Herzen der britischen Insel verlor Miss Henderson ihre Unschuld. Hier herrschte eine Demokratie besonderer Art, und Hemmungen wurden belächelt. Hier trafen sich jeden Freitag abend Paradiesvögel, Kellerratten, Professorinnen, Modelle, Hausfrauen, die sich an der Ehe den Mund verbrannt oder den Magen verdorben hatten, und außerdem Zuschauerinnen. Es gab die müden Gelangweilten und auch solche, die so taten, und es gab dünne, blasse Pfefferschoten, deren Schärfe man erst beim Kosten spürte. Kurzum, am Freitagabend konnte Athene alles in diesem Club finden: Engel oder Teufelinnen, Junge und Ältere, Kluge und Dumme, Romantikerinnen, die nach Liebesdramen dürsteten, aber auch Realistinnen in guten Stellungen oder in Staatsdiensten. Es gab Partnerinnen zu festen Preisen, aber es gab auch einfach und selbstlose Liebe auf den ersten Blick, wie Miss Henderson sie erleben sollte.

Hier stolzierten die *butches* herum, die wie Athene männlich wirkten und diese Rolle auch spielen wollten. Oft sprachen sie affektiert tief, was Miss Henderson bei ihrer Männerstimme nicht nötig hatte. Sie war überhaupt nicht affektiert. Bis auf die kleine Abweichung, nach der sie dürstete, war und blieb sie eine Lehrerin aus Elstree. «Streng» wie die anderen *butches* – nur leichter zu verletzen. In ihrer Einfachheit und Aufrichtigkeit mußte sie auf ein Mädchen wie Beatrix Wickstead hereinfallen, denn ihr fehlten die Waffen der Abgebrühten und der Londoner Zynismus. Nichts in Elstree hatte sie auf diese Welt vorbereitet.

Arm in Arm mit ihren *butches* schlängelten sich die *femmes* durch das Kellerlokal: zart, blaß, mit langen Haaren wie Ophelia. Entweder suchten sie zahlungskräftige «Liebhaber», oder sie machten es umsonst, weil sie neurotische Angst vor der finsteren, finsteren Nacht hatten. Nur nicht allein sein! Nur nicht in zerbrochene Spiegel starren! Diese Elfen, diese «Bräute» blickten hektisch und neidisch umher – auf Nachbars Feld steht das Korn immer höher! Soziale Unterschiede, Erziehung, Vorrechte oder Nachteile der Geburt, Traditionen und Adressen spielten in dieser riskanten Republik keine Rolle. Sozial betrachtet, drückten sie alle die Sünderbank der konventionellen Moral. Man sprach nicht über diese «Abteilung» des Eros – auch hier stachen Männer im Vordergrund der öffentlichen Kritik. Die *butches* im Sporthemd und Flanellhosen oder Bluejeans – die *femmes* im Cocktailkleid oder im Pullover mit Minirock, der hier seinen exhibitionistischen Zweck ganz besonders gut erfüllte, die *madam* im Foyer, die ein scharfes Auge für Krachmacherinnen und Selbstmordlustige hatte, die *femmes* im Scheinwerferlicht und die Mimosen im Schmollwinkel – Miss Henderson sah die *show* zum erstenmal. Sie gefiel ihr nicht, aber sie wußte, sie würde wiederkommen, und die *madam* wußte es auch.

War hier die Freiheit, die sich Athene ersehnt hatte? Jawohl, hier war sie und schrie lautlos ihre Einladung in die verrauchte Luft. Es waren alle Hautfarben und jeder Geschmack vertreten. Gegen einen bescheidenen Mitgliedsbeitrag konnte Athene, wenn sie wollte, die Lust und Unlust des «dritten Geschlechts» genießen. Athene blickte verwirrt umher: wo war das Mädchen, das sie hierhergebracht hatte? Wie heiß es war, und dabei war man in kalten Angstschweiß gebadet! Sie spürte instinktiv die ungesunde Spannung in der Atmosphäre: man trug sich auf Händen oder trat sich mit Füßen, und das wechselte mit bestürzender Schnelligkeit. Vergötterung oder Beschimpfung, Seligkeit oder Trübsinn, Auflehnung oder blinder Gehorsam, und dazu das Schreckensregiment der *butches*. Es war, als existierten nur ein Sonderhimmel und eine Spezialhölle – wo war die Erde, der Alltag, die goldene Mitte der Existenz? Das Aroma der kollektiven Hysterie, der zur Schau getragene Sadismus oder Masochismus, die Schwefelluft der Begierde, der grimmige Frohsinn, die Winke, die Befehle, die Seufzer, der Triumph und die Sklaverei des Geschlechts waren nicht anders als in einem anderen Londoner Nachtclub. Nur hier führten alle Wege ins Leere, und die meisten Beziehungen starben ab wie gewisse Tropenblumen in der Morgendämmerung. Die letzte Erfüllung blieb aus, denn man konnte kein Kind geben oder empfangen. Miss Henderson hörte ein diesbezügliches in hoher Erregung geführtes Gespräch. «Dann komm ich wieder zu dir zurück, Liebling. Sobald er mir das Kind gemacht hat.» Der *butch* haßte die flehende Stimme und wandte sich ab. Hochverrat! «Scher dich zum Teufel!» Lautes Schluchzen. «Hast du keine Ohren?» fragte *butchie* steinern. Dann folgte eine Beschimpfung, die Athene so entsetzte, daß sie mit langen Schritten zur Bar floh. Niemand konnte ihr den inneren Tumult ansehen. Wie grausam, wie gemein hatte dieser falsche Adam seine Eva behandelt! Das Mädchen war davongeschlichen – mehr geprügelte Hündin als Anwältin der Mutterschaft.

An der Bar drängten sich Damen mit großen Namen, Ausländerinnen, die heute abend eingeführt worden waren und sich dicht an ihre Gönnerinnen hielten, Künstlerinnen, Stenotypistinnen, Filmsternchen, Verkäuferinnen, eine Herzogin, zwei Ladendiebinnen – eine davon Kleptomanin, die andere ein Naturtalent –, Verkäuferinnen, Au-pair-Mädchen vom Kontinent, die nach dem Abwaschen in fremden Küchen auf die Insel Lesbos eilten; Directricen, Rauschgifthändlerinnen und, im intimen Gespräch mit einer bekannten Schauspielerin, der siebzehnjährige Lehrling, «der im Büro den Tee macht».

Viele Paare tanzten eng umschlungen, als ob das liebe Leben von der Gunst der Partnerin abhinge. Miss Henderson trank ihre dritte Flasche Coca-Cola, als sie Beatric Wickstead erblickte. Ihr Instinkt warnte sie. Sie dachte sogar flüchtig: Hände weg! Das Gefühl der Unsicherheit verstärkte sich beim Anblick dieses blassen, leicht korrumpierten Kindergesichts und des zarten, geschmeidigen Körpers. Kalte blaue Augen musterten den Zirkus und Miss Henderson, die äußerlich einer Löwenbändigerin glich. Zu lange hatte Athene ihre Wünsche und ihre Verletzlichkeit hinter einer Galionsfigur verborgen. Sie blickte Beatric so gleichgültig wie nur möglich an, aber dieses gewitzte Produkt des *swinging London* kannte bereits die unterbewußten Signale der Sehnsucht von großen, gleichmütigen Frauen gegen vierzig.

«Trix» von der Carnaby Street wußte natürlich nichts über Miss Hendersons innere Wahrnehmungen. Visionen, Vorahnungen, Lebensangst waren ihr fremd. Aber sie bemerkte Athenes teures Kostüm, ihren echten Schmuck und die gefährliche innere Spannung – zuckende Mundwinkel, flatternde Augenlider und ihre große, zur Faust geballte Hand. Der dünne, blasse Mund saß wie ein Querstrich in dem langen Holzschnittgesicht mit der Römernase, und die Mundwinkel senkten sich in stummer und starrsinniger Klage. Oh, Miss Henderson war goldrichtig! Trix witterte es. Sie war heut nacht auf der Jagd. Ihre Schulden wuchsen ihr über den Kopf mit dem blaßgoldenen Haar, das ihr bis in die kalten Augen hing und die schmalen Schultern verhüllte. Sie ahnte, daß die unbekannte Riesin sehr komisch sein würde, wenn sie richtig in Fahrt geriet. Aber plötzlich wurde sie stutzig. Miss Henderson wandte sich brüsk ihrer Coca-Cola zu und drehte ihr den breiten, kraftvollen Rücken zu. Auf zum Angriff! Die tat doch nur so, als ob sie nicht wollte.

Langsam und schläfrig lächelnd setzte Miss Wickstead sich neben Athene und blickte sie aus halb geschlossenen Augen von der Seite an: das Profil war unerwartet streng und die Haltung des Kopfes energisch und stolz. Beatrix fühlte plötzlich, daß Vorsicht angeraten war. Sie produzierte ihren Husten, der hohl und erschreckend klang und um Erbarmen flehte. Sie konnte das Geräusch aus sich hervorholen wie ein Trompeter Töne aus seiner Trompete.

Miss Henderson schrak leicht zusammen. Das war ja ein Husten, wie die Mimi ihn in der ‹*Bohème*› im letzten Stadium dem Parkett vorhustete.

«Der Rauch hier ist Gift für Sie», murmelte Athene. «Warum trinken Sie ein Eisgetränk? Wissen Sie nicht, daß das schädlich ist?»

«Mir ist doch nicht zu helfen.» Augenaufschlag und heftiges Schütteln der Mähne.

Miss Henderson bestellte einen Tee für das dumme kleine Mädchen. «Sie sollten sich ein Hustenmittel vom Arzt geben lassen», sagte sie noch strenger. «Wozu ist der Öffentliche Gesundheitsdienst da?»

«Mir ist so kalt.» Beatrix mimte Schüttelfrost. Miss Henderson bestellte stirnrunzelnd einen doppelten Brandy.

«Sie gehören ins Bett.» Beatrix verschluckte sich beinahe bei der unfreiwilligen Komik dieser Bemerkung. «Trinken Sie aus, und ich werde Sie in meinem Wagen nach Hause fahren. Wo wohnen Sie?»

Trix dachte lange darüber nach. Miss Henderson mißfiel das. War die Kleine so blöd, daß sie ihre Adresse nicht wußte? Oder was war los? Wollte das arme, bezaubernde Kind ihre armselige Wohnung nicht verraten?

«Schlafen Sie bei der Heilsarmee?»

«Nein, nein», sagte Trix eilig. «Ich lebe mit einer Freundin in Little Venice und . . . sie mag keinen Besuch.»

«Ich hatte nicht die Absicht hinaufzukommen», sagte Miss Henderson frostig. «Was tun Sie tagsüber?»

«Alles mögliche. Ich verkaufe vormittags Teenager-Moden in der Carnaby Street.» Beatrix trug selbstverständlich einen Kittel aus der Boutique. Er ließ ihre langen, dünnen Beine frei, betonte durch raffinierten Schnitt die kleinen Brüste, hüllte das Mädchen ein und zog es gleichzeitig aus.

«Kommen Sie!» Miss Henderson erhob sich zu ihrer formidablen Größe. «Haben Sie keinen Mantel?» Trix warf sich in der Garderobe einen dünnen Regenmantel um. Athene musterte ihn mit finsteren Blicken. Sie würde dem Kind einen Nylonpelz schenken. Der war nicht zu teuer und wärmte. Erst einmal legte sie dem süßen, verschüchterten Geschöpf ihr dickes Tweedjackett um die Schultern. Sie zuckte bei der Berührung unmerklich zusammen, als ob sie einen elektrischen Schlag bekommen hätte. Das entging Miss Wickstead keineswegs.

«Los, los», sagte Miss Athene ungeduldig. «Wollen Sie hier herumstehen, bis Sie Lungenentzündung bekommen? Mein Vorgänger in meinem Atelier ist grade dran gestorben.»

«Sie sind *Künstlerin*?» fragte Beatrix mit großen, staunenden Augen. «Wie irrsinnig interessant! Manchmal steh ich Modell. Aber nur, wenn das Studio geheizt ist.»

Athene sah den nackten, knabenhaften Körper im Schein ihres Gaskamins und schloß einen Augenblick die Augen. Man mußte jedesmal einen Shilling in den Kamin werfen, wenn er Wärme spenden sollte. Dann, nach viel zu kurzer Zeit, noch einen Shilling. Und noch einen. Aber was machte das schon, wenn dieses Kind Modell stand? Nach der Sitzung würde sie das Vögelchen in ihr großes schottisches Plaid hüllen, Tee kochen, etwas aus den Schriften des Marcus Aurelius vorlesen, später ein Gedicht der Sappho. *Viel* später. Sie würde den jungen Geist bilden – wozu war sie Lehrerin gewesen? Sie würde den zarten Körper aufpäppeln und schützende Schwingen über dieses Täubchen breiten. Wie das Köpfchen auf dem langen, dünnen Hals schwankte! Und dieser Husten – er zerriß Miss Henderson das Herz.

«Wir sind hier ganz in der Nähe meines Studios. Ich habe Hustenbonbons.» Miss Henderson war heiser. War ihr der Oktoberwind in die Kehle gefahren? Oder was schnürte ihr die Stimme ab?

«Ich kann Sie nicht belästigen. Ich ...» Beatrix hustete den dritten Teil ihrer Symphonie zu Verkaufszwecken.

«Unsinn! Es macht keine Mühe. Halten Sie den Mund geschlossen. Es ist verdammt zugig in unserem Treppenhaus.» Sie schob dem Kind das Jackett höher und band ihm ihren Wollschal um den Hals.

«Aber ... *Sie* ... werden frieren.» Die Kleine hüstelte und versuchte, die kalten blauen Augen mitfühlend aufzureißen.

«Ich friere nie.» Miss Henderson schob Miss Wickstead energisch ins Haus. «Steigen Sie langsam! Leider wohne ich unterm Dach.»

«Also nahe beim Himmel.»

Welch ein entsetzlicher Gemeinplatz! Das hätte Mr. Herbison sagen können. Sie mußte dem Kind eigenes Denken beibringen. Nahe beim Himmel!

«Das ist mir noch nicht aufgefallen», sagte Athene trocken. «Da wären wir.» Sie knipste das Licht an, und Beatrix sah sich von Miss Hendersons

Statuen umzingelt. Sie hustete noch einmal und sank erschöpft auf die Couch. «Nur einen Augenblick», hauchte sie. «Ich bin fertig.»

So begann es. Es war Liebe auf den ersten Trick.

III

Miss Hendersons Statuen bekamen nach dem Besuch des Kunsthändlers Albin Dunn niemals einen Mann zu Gesicht. Der Milchmann stellte die Flaschen vor die Tür. Er lieferte jetzt dreimal soviel Milch und kleine Töpfe mit Devonshire-Sahne, weil Trix Kräfte sammeln sollte. Trix goß heimlich Milch und Sahne in den Ausguß, oder sie gab sie Mrs. Grimble mit, die zweimal wöchentlich das Studio aufräumte. Mrs. Grimble hatte zwei Katzen und Mr. Grimble, und alle liebten Sahne. Wenn die Katzen genug hatten, kochte Mrs. Grimble Milchpudding für ihren Mann, obwohl er es nicht verdiente. Er weigerte sich seit zweiundzwanzig Jahren, Mrs. Grimble in seinen Pub mitzunehmen. Wenn er sich wenigstens nett und freundlich geweigert hätte! Aber Mr. Grimble mußte nach zweiundzwanzigjähriger Weigerung der Geduldsfaden gerissen sein, und Mrs. Grimble berichtete im Studio Henderson zweimal wöchentlich die Aussprüche ihres Ehemannes, die an Deutlichkeit nichts zu wünschen übrigließen. Miss Henderson nickte nur. *Männer!* Was in aller Welt erwartete eigentlich Mrs. Grimble?

«Sie verwöhnen Ihren Mann zu sehr, Mrs. Grimble. Warum kochen Sie für ihn? Warum stopfen Sie seine Socken? Er soll selbst für sich sorgen. Dann wird er endlich sehen, was er an Ihnen hat.»

«Du lieber Himmel! Dann wäre meine Küche in einer Viertelstunde ein Schweinestall. Außerdem—er weiß, was er an mir hat. Seien Sie nicht böse, Miss, aber von Männern verstehen Sie nichts, wenn ich das sagen darf.»

«Sie dürfen sagen, was Sie wollen. Übrigens . . . ich sollte auch mal in meiner grünen Jugend heiraten. Aber ich war nicht so einfältig. Lassen Sie Ihren Mann nicht ins Haus, wenn er angesäuselt aus seinem Pub kommt. Schieben Sie einfach den Riegel vor.»

«Dann schlägt er die Fensterscheiben ein, Miss. Wir wohnen Parterre. Mr. Grimble ist sehr temperamentvoll. Männer bleiben Männer», schloß Mrs. Grimble nachsichtig. «Sie haben auch ihre Vorteile.»

«Die sind mir nicht aufgefallen. Bitte, stauben Sie die dritte Statue von links noch mal ab. Da setzt sich immer was in den Höhlungen fest.»

Was ihre Statuen anbelangte, war Miss Henderson ordnungssüchtig, vor allem, wenn sie nicht selbst abstauben mußte.

Sie hatte auch durch Annonce eine Köchin gefunden, da ihr nach kurzer Zeit das Essen in billigen Lokalen zum Hals heraushing. Alles, was recht war, in Elstree hatte es tadelloses Roastbeef gegeben. Ein Au-pair-Mädchen kam für Athene nicht in Frage, denn diese überkritischen und neugierigen jungen Dinger vom Kontinent sollten ihre Schnüffelnase nicht in ihre Kochtöpfe stecken, und sie sollten abends um sechs Uhr nach Haus gehen. Au-pair-Mädchen hatten aber kein Zuhause, deswegen erwarteten sie Familienanschluß. Das hätte Miss Henderson gerade noch gefehlt. Wenn sie Beatrix modellierte und im Zuge war, arbeitet sie nachts weiter. Wenn Beatrix abends nicht dableiben konnte – dreimal die Woche brachte sie Gründe vor, die niemand außer Athene akzeptiert hätte –, dann wollte sie allein sein und über Trix nachdenken. Nämlich, wie sie ihr einige kleine Schwächen abgewöhnen könnte. Eine gewisse jugendliche Gedankenlosigkeit, ihr Talent zum Schuldenmachen, ihre kindlichen Lügen.

Nach kurzer Zeit hatte Athene zu ihrem Kummer herausgefunden, daß Trixilein nicht immer bei der Wahrheit blieb. Sie zeigte nach einigen Monaten auch Anflüge von schlechter Laune. Sie widersprach, was Miss Henderson nicht leiden konnte. Sie vergaß Verabredungen. Zwei Freitagabende hatte Athene nutzlos auf den Club verzichtet, weil Beatrix zu kommen versprochen hatte. Und dann war sie den Künsten gegenüber unempfindlich wie . . . wie . . . Miss Henderson fehlten die Worte. Trix hatte über die Verse der unsterblichen Sappho gelacht, und bei der dritten Vorlesung war sie – lauschend zu Athens Füßen – eingenickt. Wie konnte man ein El Greco-Gesicht haben und dazu diese rohe und steinerne Gleichgültigkeit gegenüber der Poesie? In ihrem schmalbrüstigen Körper wohnte nicht die abstrakte Leidenschaft des leptosomen Typs, dem Miss Henderson verfallen war. Trix trug eine Rechenmaschine in ihrem Busen, und in ihrem Kopf war Stroh, Lust am Spaß und Popmusik. Sie ist jung, dachte Athene, wenn sie an einsamen Abenden Entschuldigungen suchte. Aber im Club gab es junge Mädchen, die klug, fein und «am Schönen» interessiert waren. Nur waren sie nicht so krankhaft ätherisch wie Miss Wickstead und dienten daher als Lückenbüßerinnen.

Eines Abends telefonierte Beatrix mit ersterbender Stimme. Sie wollte sich entschuldigen, daß sie gestern nicht gekommen war. Miss Henderson – zu dieser Zeit noch in ihrem Stolz gekränkt – hatte gerade beschlossen, Schluß mit dieser sadistischen kleinen Katze zu machen. Das hatte sie wirklich gedacht oder zu denken versucht. Ihr Herz klopfte wild, als sie die schwache Stimme hörte. Sie warf ihren Mantel um und jagte nach Little Venice. Sie würde Trix pflegen, retten, ins Krankenhaus bringen. Ihre Gedanken verschwammen. Sie zitterte. Wie schwach die Stimme des Kindes geklungen hatte! Mit siebzehn Jahren war man so hilflos. Miss Wickstead war zweiundzwanzig, fand aber die süße Siebzehn besser fürs Geschäft.

Little Venice bezog seinen Namen von dem Kanal ohne Gondeln, der die Romantiker von den Realisten von Paddington Station trennt. Statt der Seufzerbrücke gab es die Geräusche der Züge. Miss Wicksteads Eltern wohnten in der Nähe des Bahnhofs. Ihr Vater war Eisenbahnbeamter. Trix hatte ihre Eltern niemals erwähnt, denn sie fühlte, daß Miss Henderson sie als ein Wesen ohne Bindungen betrachtete, ohne elterliche Wohnküche, ohne eigene Schwerkraft. Für Athene kam dieses Mädchen tatsächlich aus dem Nichts, und das Nichts gibt der Phantasie bedeutend mehr Nahrung als Harrow Road.

Athene näherte sich mit langen Schritten einem kleinen Terrassenhaus, in dem Miss Wickstead mit ihrer Freundin ein Zweizimmerflat teilte. Diese mysteriöse Freundin war niemals anwesend und existierte, genaugenommen, weder in Klein-Venedig noch im größeren London. Sie war die einzige Phantasieleistung, die Trix hervorgebracht hatte. Die Wohnung wurde von einem Herrn in mittleren Jahren bezahlt, der eine gewisse Ähnlichkeit mit Mr. Herbison aus Radlett und keine Ahnung von Miss Hendersons Existenz hatte. Mr. Webb war ein Weinhändler aus der Edgware Road und hatte Beatrix wahrscheinlich den Geschmack an Milch verdorben. Es war vielleicht ganz gut, daß er diesen Abend mit seiner Frau ins Kino ging. Miss Henderson hätte Augen gemacht.

Trix lag mit geschlossenen Augen im Bett, als Athene Sturm klingelte. Wer konnte jetzt kommen, wo sie bald fortgehen wollte? Sie erstarrte bei Miss Hendersons Anblick und wankte ins Bett zurück. Dann schloß sie die Augen und drehte ihrer Gönnerin den Rücken zu.

«Meine kleine Trix! Was fehlt dir? Hast du einen Arzt gerufen?»

«Geh weg!»

«Aber Liebling! Ich mache mir Sorgen um dich.»

Beatrix drehte sich heftig um und starrte Athene haßerfüllt aus verengten Pupillen an. Was hatte das Kindchen? Athene suchte nach einem Thermometer.

«Ich habe kein Fieber», sagte Beatrix unfreundlich. «Um Himmels willen, kriech mir nicht überall nach. Es ist ja ekelhaft.» Ihr El Greco-Gesicht war verzerrt. Ihre Unterlippe schob sich bösartig vor.

«Aber . . . Trix! *Was* ist mit dir?»

«Ich habe Kopfschmerzen», brüllte Beatrix. Sie ergriff ein Kissen und schleuderte es wütend gegen Athene. Es sollte ihr in das schneeweiße, entsetzte Pferdegesicht fliegen, aber es traf sie etwa in der Magengegend. Miss Henderson war plötzlich so nüchtern, als ob sie drei Tage nichts gegessen hätte. Die Welt stand still und ging trotzdem weiter. Langhaarige Jünglinge, den Arm um ihr Mädchen geschlungen, behaupteten ihr Recht auf sorglose Liebe in Little Venice. Glückliche Mitglieder der Okay-Gesellschaft – anerkannt, milde belächelt, geborgen in ihrer Normalität. Man war in sexueller Hinsicht normal, oder man lebte in einem gefährlichen Exil. *Swinging London?*

Miss Henderson hob das Kissen auf und legte es stumm auf die Couch zurück. Sie hatte viel von Beatrix hingenommen – zuviel. Sie hatte ihr immer wieder vergeben und den Blick wissentlich vom Abgrund der endlosen Demütigung abgewandt. Nächtelang hatte sie vergeblich auf das «ungezogene Kind» gewartet – mit klopfendem Herzen und leerem Hirn. Sie hatte steinern die dümmsten, die lächerlichsten Ausreden angehört, wenn sie zwei Stunden vergeblich in einem Westend-Restaurant gewartet hatte, um dem armen kleinen Ding ein erlesenes Essen vorzusetzen. Sie hatte geschwiegen, wo sie hätte donnern müssen. Dieses kaltherzige und unerzogene Geschöpf hatte ihr einen Tritt nach dem anderen versetzt: lächelnd, verstohlen, mit heuchlerischer Engelsmiene. Und sie, Athene, mit ihrem scharfen Verstand und ihrer stummen, heftigen Leidenschaft hatte stillgehalten. Alles, alles hatte sie erduldet, aber sie ließ sich nicht anschreien.

Sie ging hochaufgerichtet zur Tür hinaus. Beatrix starrte ihr mit offenem Mund nach. Ihr träger Zorn war verraucht. Schreck und Lebensangst durchzuckten sie. Auf Athene war Verlaß gewesen. Ehemänner waren und blieben unsichere Kandidaten, obwohl Mr. Webb ihr diese Miniaturwohnung bezahlte. Er hatte Angst vor Entdeckung, und das mit Recht. Er war über zwanzig Jahre verheiratet und hatte zwei Kinder, die er liebte. Niemals würde er sein Familienleben aufgeben – aber jederzeit Beatrix. Sie wußte und fürchtete es. Sie brauchte Athenes Geld und auch ihre schützende Hand. Mit ihren Eltern stand sie auf Kriegsfuß. Sie waren froh, wenn sie sich nicht bei ihnen zeigte. Man hatte sie aufgegeben, und Mum hatte geweint, als sie das erste Mal mit anderen Teenagern in der Wohnung eines Rauschgiftsüchtigen verhaftet worden war. Vier langhaarige Jünglinge, die weinten und bebten. Zwei Mädchen. Beatrix war sogar noch frech geworden und hatte die Polizisten angeschrien – wie soeben Miss Henderson. Sie erinnerte sich voller Unbehagen, wie vorsichtig sie am Anfang mit Athene umgegangen war. Sie biß sich auf die ausgedörrten Lippen – trotz ihres Riesenkaters hungerte sie schon wieder nach LSD, nach der Droge der Drogen! Sie zog sich stöhnend mit flatternden Händen irgend etwas an und jagte ins Westend. In eine elegante Bude – eine der vielen Rauschgift-Salons, die sich mit falschem orientalischem Zauber in die Gunst der Hippies einschmeichelten.

Miss Henderson fuhr in ihre Wohnung zurück. Sie mußte bei dem Londoner Verkehr und dem Spätherbstnebel auf den Weg achten und – worüber sollte sie jetzt noch nachdenken? Vor der Tür stand Drusilla, ihre kindliche Haushälterin von den karibischen Inseln. Sie trug ihren Strohhut, der reichlich mit Plastik-Kirschen garniert war, auch im November auf dem Kraushaar. Ihr argloses, freundliches Gesicht, die weißen Zähne darin, ihre kleine, rundliche Gestalt – Drusilla war Solidität und Heiterkeit und Unschuld.

«Worauf warten Sie?» fragte Miss Henderson heiser.

«Auf Ihnen, Miss! Will Wohnung nich allein in diese Finsternis lassen. Soviel Diebe, soviel Ägernis in dies London. Nun noch Nebel.»

«Vielen Dank, mein Kind. Sie sind sehr brav. Gute Nacht.»

Athene stand regungslos zwischen ihren Statuen. Die mythischen Mannequins mit ihrem symbolischen Gepäck – Schlangen, Fische, Vögel – starrten steinern vor sich hin. Die lebende Statue im Tweedkostüm und mit dem wirren rötlichen Haar ging sie nichts an. Die Stille in diesem absurden Pantheon war so bedrückend wie in Little Venice. Gesang, die Götterwaffe gegen das tote Schweigen, war Athene nicht gegeben. Plötzlich schrillte das Telefon – ein Mißton aus der feindlichen Umwelt. Athene nahm den Hörer ab und nannte tonlos ihre Nummer. Als sie Miss Wicksteads Stimme hörte, legte sie den Hörer wieder auf. Sie bebte wie eine Eiche im Orkan. Es läutete im Laufe der Nacht noch zweimal, aber Miss Henderson blieb standhaft. Man konnte sie belügen, belächeln, peinigen, kreuzigen – aber anschreien durfte man sie nicht.

IV

Es gibt viele Methoden, sich den Leiden der Liebe zu entziehen. Miss Henderson versuchte es mit Stoizismus. Ihr Vater hatte ihr für Krisenzeiten immer diese Verhaltensweise anempfohlen. Sie stärke Geist und Seele und koste viel weniger als Medizin oder Nervenärzte. Professor Henderson sparte mit Hilfe der griechischen Philosophie, wo er nur konnte.

Langsam baute Athene ihre Schutzwälle auf. Sie unterdrückte mit grimmiger Energie ihre Sehnsucht nach dem ungezogenen Mädchen. Sie machte sich erbarmungslos klar, daß die Ernte von Frauen ihrer Art immer aus Entbehrung, Zurückweisung und Demütigung besteht. Sie ging nun regelmäßig am Freitagabend in den Club und stand dort mürrisch und ungeduldig herum. Nein, sie suchte nicht etwa nach Beatrix. Sie wäre sofort verschwunden, wenn sie dieses Geschöpf an der Bar gesehen hätte. Flucht? Vielleicht. Wahrscheinlich. Auch eine gebrannte Riesin scheut das Feuer. Sie hantierte im Studio verbissen mit Ton herum und bestellte Wagenladungen von Material, das Mrs. Grimble und Drusilla verabscheuten, da es überall herumlag. Die ältere Frau und das junge, naive Mädchen ließen Miss Henderson vollkommen in Ruhe. Auf ihre Weise wachten sie über sie. Hatte sie wirklich noch alle Tassen im Schrank? Beide waren aber sehr froh, daß von Miss Wickstead nichts mehr zu sehen war. Mrs. Grimble, die nicht viel für «die Schwarzen unter uns» übrig hatte, fand Drusilla von den Inseln bedeutend netter als die junge, verkommene Person. Einmal lud sie Drusilla zum Tee ein – Mr. Grimble war natürlich in seinem Pub. Obwohl er nichts Ernstes gegen die Farbigen einzuwenden hatte, schrieb er doch an seine Zeitung, daß die Nigger am besten auf ihre Inseln oder in ihre afrikanischen Dörfer zurückgehen sollten, statt den Engländern die Arbeitsplätze wegzunehmen. Bis jetzt hatte niemand Mr. Grimble seinen Arbeitsplatz streitig gemacht: aber die Burschen in seinem Pub waren alle dieser Meinung. Auch Drusilla nahm niemandem die Kochnische bei Miss Henderson weg. Sie kochte heimatliche Gerichte und lernte von Mrs. Grimble englische Spezialitäten.

Miss Henderson war jede Hautfarbe recht.

Drusilla hatte in ihrem Dorf auf der karibischen Insel Grenada als Schönheitskönigin gegolten und nannte sich deshalb *Pretty*. Sie überwand ihre Angst vor Miss Hendersons Statuen mit Hilfe ihres Rosenkranzes und des großen Gehalts, das die Miss für das bißchen Kocherei zahlte. Es war ein sehr mäßiges Einkommen, aber Drusilla erschien es riesig. Sie hatte niemals so scheußliche Dämoninnen gesehen wie in Miss Hendersons Studio. Sie schlich mit ihrem Staubwedel angstvoll um die riesigen Statuen herum und bekreuzigte sich mit aufgerissenen Kulleraugen vor *Hermaphrodite* – einer Kreation mit einer ausgebrannten Glühbirne als Kopf, vier Brüsten und einer diskreten Säule als Unterleib.

Das Geld für Modelle sparte Miss Henderson jetzt. Beatrix war viele Wochen ihr einziges «Modell» gewesen. Für Drusilla hätte sie schwarzen Marmor anschaffen müssen, und außerdem hielt Athene Küche und Studio streng getrennt. Da hätte sie genausogut Mrs. Grimble bitten können und wäre sie dann auf ewig losgewesen. Mrs. Grimble sah sich nicht einmal selbst beim Ausziehen zu. Wie in der Klosterschule üblich, zog sie sich die Unterwäsche unter ihrem Nachthemd aus. Und wenn Mr. Grimble gelegentlich ein bißchen Spaß haben wollte, wurde das Licht gelöscht.

Arme kleine Drusilla! Sie vermißte Gesang und Tanz und Gelächter. Bei Miss Henderson gab es das alles nicht. Die *Englishers* waren komisch, und Pretty würde sie in tausend Jahren nicht verstehen lernen. Daheim hatte sie im Schatten der Kokospalmen kleine Austernkörbe geflochten, und Papa hatte gefischt. Mama hatte die Wäsche auf den besonnten Steinen der kleinen Bucht getrocknet und mit ihren Freundinnen geschwatzt. Dann war sie plötzlich gestorben, und Papa und Drusilla waren nun in Stepney bei einem Cousin. Es war ohne Mama nichts mehr gewesen. Und es gab zu viele Fischer und zu wenig Touristen auf der Insel. Aber Pretty konnte Grenada nicht vergessen und erzählte Miss Henderson von den Fischern und Farmern, die Muskatnüsse und Kakaobohnen in der Sonne rösten ließen. Athene schwieg zu diesen Erzählungen, aber manchmal sah sie in der Finsternis der leeren Nacht eine kleine Bucht, singende Menschen, friedliche Hütten und eine große, wärmende Sonne, die mit tropischer Gleichgültigkeit Gute und Böse, Einheimische und Fremdlinge, Süßwasser und Salzwasser beschien. Wie konnte Drusillas Vater dieses bescheidene Paradies gegen Stepney eintauschen? Es mußte ihm schlecht bekommen sein, denn Pretty berichtete aufgebracht über Papas vielerlei Krankheiten – allesamt «britisch und unheilbar». Aus diesem Grunde überwand sie ihre Scheu vor Miss Henderson und den Statuen. Sie hatte bald eine mit Angst gemischte Zuneigung zu der großen, merkwürdigen Engländerin gefaßt.

Weihnachten brachte sie ein Tablett mit selbstgemachten Süßigkeiten und kostspieligen Früchten, für die sie zu Papas Wut ein Monatsgehalt geopfert hatte. Miss Henderson war trotz ihrer Erstarrung gerührt. Sie strich Pretty ungeschickt über das Kraushaar. So eine Verschwenderin. So ein albernes Mädchen. Einen Augenblick wußte die Kleine nicht, ob Miss nicht böse war. Als sie schüchtern aufblickte, sah sie, daß Miss Henderson ihr zuzwinkerte.

Das war der Heilige Abend. Athene saß im Studio und las die Briefe von daheim. Daphne habe sich verlobt, schrieb ihr Vater. Sie wolle bald heiraten und mit ihrem Ingenieur nach Schottland gehen. Der Professor blieb also nun mit der alten Wirtschafterin allein in dem großen Haus – aber natürlich erwähnte er es nicht. Er schrieb nur, er habe Athene das Haus vermacht, damit sie eine Unterkunft habe, falls London ihr eines Tages nicht mehr behagen würde. Sie sei mit ihren vierzig Jahren nun auch nicht mehr die Jüngste, schrieb der galante Vater. Athene legte den Brief nachdenklich in ihren Schreibtisch. Sie fühlte sich wie hundertvierzig Jahre, da sie nichts mehr erhoffte. Sie hatte eben das Pech, daß den Verfall der Leidenschaft nicht eine Steigerung religiöser oder philosophischer Kraft begleitete. Der Frost des Alters saß ihr schon in den Gelenken und im Herzen. Dabei behauptete jeder, das Leben beginne heute mit fünfzig.

Zwischen den übrigen gedruckten Weihnachtswünschen aus Elstree lagen zwei Londoner Karten. Eine von Mrs. Grimble und eine von Miss Wickstead. Athene starrte auf das einzige geschriebene Wort: Trix. Sie zerriß die Karte. Die alten Stoiker hätten ihre Freude an ihr gehabt. Nachts träumte sie ihren gewohnten Albtraum: sie sollte ein Orchester dirigieren – unmusikalisch, wie sie war. Und Miss Wickstead spielte die erste Geige. Aber mittendrin gab sie den Musikern ein Zeichen. Alle erhoben sich, legten die Instrumente beiseite und verließen das Opernhaus. Athene stand mit erhobenem Taktstock im leeren Theater. Irgendwo lachte Trix. Athene wachte schweißgebadet auf, kochte sich mitten in der Heiligen Nacht Tee und las dann in den Schriften der Stoiker bis in den Morgen des Weihnachtstages.

Die Tage schlichen, die Wochen hinkten dahin, und bald würde der Mai alles neu machen, wie die Geschäftsleute und die Lyriker behaupteten. War sie, Athene, mit Beatrix zu besitzwütig gewesen? In der Erinnerung klang selbst Miss Wicksteads Wutausbruch gedämpft. Aber Miss Henderson wollte eher sterben, als sich für die Weihnachtsgrüße bedanken. Athene blieb hart. Sie dachte jetzt nur manchmal an Beatrix wie an einen abgeschiedenen Geist. Was hatte sie über dieses Mädchen gewußt? Nur daß sie im Waisenhaus aufgewachsen war. Auch das hatte sie aus Trix mühselig herausholen müssen. Athene selbst war gewiß nicht gesprächig, aber Beatrix war eine Sphinx. Einmal hatte sie widerwillig zugegeben, daß sie in einem Sommertheater in dem Badeort Eastbourne gearbeitet habe.

«Hast du ein Kind gespielt?»

Beatrix hatte sie sprachlos angesehen. Sie war hinter der Bühne beschäftigt gewesen. Schauspieler waren albern. Bis auf Miss Wickstead waren überhaupt fast alle Leute albern.

Drusilla fragte eines Tages, ob sie ihren Freund einmal bringen dürfe: Moses Wood aus Trinidad. Er sei auch Künstler. Drusillas Gesicht glänzte wie schwarze Butter. «Wir Mann und Frau nach westindisches Gesetz. *Common Law*-Ehe, Miss! Woody schlägt bei Mädchen ein wie Blitz», fügte sie stolz hinzu. «Aber er auch sehr, sehr tolerant.»

«Wo hast du ihn kennengelernt, Drusilla?»

«In Umgegend.» Es klang so vage wie Miss Wicksteads Erlebnisse im Waisenhaus. «Er richtiger *Saga-Boy** aus Port of Spain. Zu gut und prächtig für mir.»

Miss Henderson runzelte die Stirn bei dieser Kundgebung weiblicher Demut und erlaubte Mr. Woods Besuch. Nach dem Frondienst in einer Fabrik malte er «Kunstbilder», und tanzen konnte er! Drusilla verdrehte die Augäpfel in naiver Ekstase. Miss Henderson sah es mit Mißfallen. Sie hatte sich nun sehr an Pretty gewöhnt und ihr einen Strohhut mit einem vernünftigen blauen Band geschenkt. Das Band verschwand, und die alten Kirschen aus Plastik – verfärbt, verschmiert und keineswegs vollzählig – erschienen auf dem soliden, nicht billigen Strohhut. Athene zuckte die Achseln. Ein liebes Kind ohne jeden Geschmack. Aber wenn der Hut Mr. Moses Wood so besser gefiel – ihr sollte es recht sein.

«Hut jetzt lustig und prächtig?» fragte Drusilla ängstlich.

«Sehr prächtig», sagte Miss Henderson.

Mr. Moses Wood aus Trinidad erschien tatsächlich. Er war groß und geschmeidig, und sein afrikanisches Gesicht ließ von «Toleranz» wenig erkennen. Er sah angriffslustig und ein klein wenig hinterlistig aus. Drusilla mußte Toleranz mit Arroganz verwechselt haben.

Woody, der *Saga-Boy*, trug Schuhe aus Krokodilleder, ein feuerrotes Hemd, ein kariertes Jackett mit Lederstücken an den Ellbogen und einen Strohhut aus Trinidad. Seine Hosen waren eng, sein Taschentuch betäubend parfumiert, und sein Lächeln war gleichfalls betäubend. Er schien zu wissen, daß er bei den Mädchen wie ein Blitz einschlug. Nur nicht bei Miss Henderson, was er sofort spürte. Eine Falte des Unmuts erschien zwischen seinen Augen. Eine Schlipsnadel aus falschen Brillanten leuchtete in seinem knallblauen Schlips. Er sah aus wie ein jugendlicher Bankräuber im frühzeitigen Ruhestand. Er verbeugte sich mit einer gewissen ironischen Höflichkeit vor Miss Henderson, ignorierte Drusillas anbetenden Blick und blies beiden Damen den Rauch seiner Zigarette ins Gesicht. Er war fast so groß wie Athene, bewegte sich aber mit müheloser Anmut.

Was will er von mir? dachte Miss Henderson.

Mr. Woods Kopf war mit Schlagzeilen angefüllt. «Schwarze Macht.» – «Schwarze Moslems.» – «Schwarzweißes London.» Zwischendurch sprach er über die Frauen, die ihm überall nachliefen, wozu Drusilla stolz nickte. Miss Henderson unterdrückte heroisch ein Gähnen. Drusillas strahlendes Gesicht verbot es. Übrigens tat sie Mr. Wood Unrecht in der Annahme, daß er etwas von ihr wolle. Er war nur auf Drusillas Flehen zu dieser alten Hexe gekommen.

Woody setzte sich auf einen Sessel, ohne dazu aufgefordert worden zu sein. Miss Henderson hatte ihn nun besichtigt, ein vages Unbehagen empfunden und dachte nicht im Traum daran, ihn zum Bleiben aufzufordern.

* Weiberheld.

Woody sprang von seinem Sitz auf – diese Lady hatte die unbequemsten Sitzgelegenheiten von London. Er beachtete jetzt weder Miss Henderson noch seine *Common Law*-Gattin, sondern die Statuen im Hintergrund des Studios. Er war ja auch Künstler, wenn er Zeit hatte. Er malte Landschaften aus Trinidad. Wasserfarben auf Pappe oder alten, unbezahlten Rechnungen. Er malte, wie er sang oder tanzte – unbekümmert, farbenberauscht und bedeutend talentierter als Athene. Er wußte es nicht und warf seine Skizzen sorglos in den Mülleimer. Sie waren von abstrakter Wildheit – in dieser Hinsicht ähnelten die Skizzen Miss Hendersons Statuen. Afrika in Trinidad oder Mysterien in Chelsea – wo war die Grenze?

Mr. Wood rauchte und starrte vor sich hin. Woher hatte Miss Henderson den Pfiff? Er musterte sie verstohlen von der Seite. Sie war und blieb unangenehm weiß. Aber ihre gigantischen, verrenkten, leerblickenden Statuen waren mit Afrika verwandt. Sie entstammten einer Welt der Träume und Albträume. Es waren Voodoo-Dämonen, Soukoujans, Werwölfe, Vampire in der Klemme, in der Krise, die die Realität verleugneten und denen es trotzdem an Überzeugungskraft fehlte. Mr. Wood sah nur zwei Eigenschaften dieser kranken Riesinnen, die entweder massiv wie Felsgestein oder schwankende Drahtgestelle waren: die Verkettung mit dunklen Mächten und gleichzeitig den Mangel an Durchschlagskraft, das Mißverhältnis zur Umwelt, die Nicht-Existenz des Phallus. Nicht daß er Worte für dieses Phänomen gefunden hätte – er fühlte nur: Afrika und Mangel.

Er pfiff leise vor sich hin. Miss Henderson stand am Fenster. Ihr Rücken war eine symbolische Absage an Besucher. Dann stellte Moses Wood aus Trinidad in zeitgemäßer afrikanischer Überlegenheit die Frage:

«Wer hat Sie bei diese Dinger geholfen, Lady?»

V

Miss Henderson machte gerade eine Kohleskizze von ihrer Sklavin, als Miss Wickstead das Studio betrat. Weder fiel Athene die Kohle aus den Fingern noch begab sich ein Weltuntergang in Chelsea. Beides hätte ihre schwer errungene Beherrschung bedroht. Sie fühlte nur ein leises Brennen in den vernarbten Wunden. Wie bei Mr. Wood fragte sie sich: Was will sie? Aber hier wußte sie die Antwort.

Beatrix hatte sich äußerlich nicht verändert: elegant und leise verrottet. Sie war sehr bleich, und das erhöhte die Schönheit ihrer Züge, die Grausamkeit und Gleichgültigkeit so wirksam maskierte. Sie trug ein hautenges schwarzes Kleid, das ihre makellosen Beine freigebig enthüllte. Sie war so raffiniert ausgezogen, wie es sich gerade noch mit den Vorschriften der Sittenpolizei vereinen ließ. Ihr Haar war hochaufgetürmt: eine surrealistische Krone, von der eine einzige Strähne in berechneter Zwanglosigkeit herabfiel und Miss Henderson rühren sollte. Trix war so schnell zu ihr gerannt, daß der Sommerwind ihr Haar gelöst hatte. Ihr Hals war noch länger und edler – oder so erschien es Miss Henderson –, und ihr Gesicht schien entfleischt, beinahe asketisch, auf jeden Fall verhungert oder leidend.

«Was willst du?» fragte Miss Henderson kalt.

«Ich hatte Sehnsucht nach dir.» Du lieber Himmel! Beatrix war wirklich nicht sehr phantasievoll.

«Sonst noch etwas?» fragte Athene rauh. Es gab eine ganze Menge zu erzählen, aber Athene war offenbar in lausiger Stimmung. Miss Wickstead war wieder einmal «fertig». Wie zu erwarten, hatte die Ehefrau ihres Gönners mit Hilfe eines Detektivs erfahren, daß Mr. Webb sich ein Liebesnest in Little Venice eingerichtet hatte für die Zeit, wenn er nicht gerade mit seiner Familie ins Kino ging oder sämtliche Sportveranstaltungen im Fernsehen verfolgte. Er selbst warf nur kleine Wurfgeschosse an die Wand seines Pubs, und das nur in Herrengesellschaft. Mrs. Webb dachte nicht an Scheidung. Sie verlangte nur, daß das Nest aufflog und daß ihr Mann die verkommene Person, die ihn verführt hatte, fortan ignorierte. Daß ihr Alter zu Fall gebracht worden war, stand außer Zweifel. Mrs. Webb wußte schließlich am besten, daß er niemanden verführen konnte.

Seit heute früh saß Beatrix auf der Straße, denn auch in der Boutique hatte es ein Unwetter gegeben. Miss Wickstead war mindestens dreimal die Woche ungeschminkt und verkatert an ihrem Arbeitsplatz erschienen und hatte obendrein Lady Suttie ins Gesicht gelacht: sie verkauften Teenager-Moden in Carnaby Street. Lady Suttie hatte nicht zurückgelächelt. Danach hatte Miss Wickstead eine italienische Kundin angeschrien – jawohl, sie hatte diesen ziemlich prominenten Filmstar, zum erstenmal in London, angebrüllt, daß niemand ihr Kauderwelsch verstehen könne. Die Signorina hatte in der Boutique – in der besten Verkaufszeit – eine Szene gemacht, die heute früh in allen Klatschspalten stand. Mit der Moral natürlich: Unhöflichkeit lasse sich nicht mit dem Streben nach guten Geschäften vereinen. Es stand zwar in den Blättern: «Eine Boutique in Carnaby Street», aber so groß war dieser Boulevard des *Swinging London* nun wieder nicht. Jeder wußte, welche Boutique gemeint war, und viele Teenager oder reifere Jahrgänge, die sich jung fühlten, hatten sich schon über Miss Wickstead und ihre gemeißelte Schlankheit geärgert. Kurz, sie saß in der Klemme. Menschenfreunde gab es unter den Rauschgiftverkäufern nicht. Eine Rückkehr ins Elternhaus – nein, so etwas durfte man erst gar nicht denken.

«Ich bin erledigt», murmelte Beatrix. Miss Henderson zeichnete weiter, obwohl ihre Hand zu ihrem Ärger leicht zu zittern begann.

«Das ist nichts Neues.»

«Ich . . . ich möchte mich . . . entschuldigen, Athene!»

«Dazu hast du über ein halbes Jahr Zeit gehabt. Es interessiert mich nicht besonders.»

«Hast du mich kein bißchen lieb? Überhaupt nicht mehr?»

«Würdest du bitte gehen. Ich arbeite.»

Miss Wickstead wurde noch blasser, falls das möglich war. Sie fror plötzlich an diesem warmen Sommertag – teils infolge des Schocks über Miss Hendersons Kälte, teils wegen ihrer unfreiwilligen Entziehungskur. Dieses Mal war ihr im Ernst schwindlig – nicht wie damals, als sie Athene hatte einfangen wollen. Sie sank zähneklappernd auf die wohlbekannte Couch, die immer noch mit dem fadenscheinigen türkischen Teppich aus Elstree bedeckt war.

««Mir . . . ist nicht gut, Athene.»

Miss Henderson warf ihr einen scharfen Blick zu. «Hol dir ein Glas Wasser aus der Küche!» Dort hantierte Drusilla absichtlich laut, um ihrem Ärger über das Erscheinen dieser Schlange Luft zu machen. Beatrix verzichtete auf den erfrischenden Trunk. Sie konnte «die kleine schwarze Kugel» nicht ausstehen und verstand nicht, wie Athene sie um sich haben konnte. Beatrix legte sich versuchsweise auf die Couch, fuhr aber leise stöhnend wieder empor. Ihr wurde noch schwindliger beim Liegen, und jetzt durfte sie nicht ohnmächtig werden. Athene würde es ihr einfach nicht mehr glauben, oder sie liegen lassen, wo sie war. Was war überhaupt schon zwischen ihnen geschehen? Miss Henderson mit ihrer idiotischen Übelnehmerei befand sich wohl bereits in den Wechseljahren.

Athene legte den Kohlestift aus der Hand. Das Stöhnen hatte echt geklungen. Sie betrachtete die verlorene Geliebte noch genauer. Die Augen waren schläfrig und dabei hektisch, und die Lippen zuckten. Miss Henderson hatte vor kurzer Zeit im Fernsehen einen Tatsachenbericht über Rauschgift gesehen. Schrecken durchfuhr sie, vielmehr etwas von der alten, bohrenden Angst um dieses leichtsinnige und verdorbene Kind.

«Nimmst du eigentlich Rauschgift?» fragte sie schroff.

«Wo sollte ich *das* bekommen?»

«Weiß ich nicht», sagte Miss Henderson mürrisch. Sie ging in die Küche und holte ein Glas Wasser. Beatrix streckte die zitternde Hand aus und ließ dann das Glas fallen. Sie schlug die Hände vors Gesicht – sie wollte nichts mehr hören und sehen. Am wenigsten Miss Henderson als Göttin der strafenden Gerechtigkeit.

Sie erhob sich mühsam, um die Glasscherben zusammenzusuchen.

«Laß das», sagte Miss Henderson. «Setz dich!»

Beatrix ließ sich schwankend auf einem der unbequemen Sessel nieder.

«Wozu bist du gekommen?»

Beatrix schwieg.

«Wie du willst! Ich schlage vor, daß du in deine Wohnung zurückgehst.»

«Ich habe keine Wohnung.»

«Hast du den Verstand verloren? Ich erinnere mich noch genau an Little Venice.»

Miss Wickstead errötete leicht. Verdammt! Es ging alles schief. «Meine

Freundin hat die Wohnung aufgegeben. Ich . . . ich weiß nicht, wo ich hin soll.» Dies war die Wahrheit, und Miss Henderson erkannte sie sofort. Sie vermutete richtig, daß Beatrix ihre Koffer bei der Gepäckaufbewahrung abgegeben hatte und schnurstracks zu ihr geeilt war. Wohin sollte sie sonst? Eltern hatte sie nicht mehr.

«Verzeih mir, Athene. Ich war . . . damals . . . krank.»

«Du warst unverschämt. *Jetzt* bist du krank.» Beatrix hatte die Augen einen Moment geschlossen. Eine Pause war eingetreten. Athene betrachtete das «Geschöpf», wie sie Miss Wickstead nun in Gedanken nannte. Sie riß ihren Blick von ihm zurück und starrte die Statuen an. In welcher Wüste lebte sie!

Beatrix schlug die Augen auf – diese kalten Sterne, die keine Nacht erhellten. Athene wußte es, und trotzdem konnte sie den Blick nicht abwenden.

«Wenn du dich ordentlich benehmen willst, kannst du meinetwegen hier schlafen.» Miss Henderson räusperte sich und versuchte, den Rest ihrer Würde zu retten. «Ich meine natürlich, bis du eine andere Wohnung gefunden hast.»

«Selbstverständlich», sagte Beatrix.

Mrs. Grimble war wenig entzückt, daß Miss Wickstead nun in dem winzigen Zimmer hauste, wo sie plättete oder Miss Hendersons Knöpfe annähte. Nicht, als ob die gräßliche junge Person ihr dabei Gesellschaft leistete! Beatrix hatte Gelegenheitsjobs: Modellstehen, Aushilfsverkäuferin in einer anderen, weniger smarten Boutique und was sich so bot. Sie hatte zwei Maler in Hampstead und arbeitete selbstverständlich auch für Miss Henderson. Mrs. Grimble war jetzt gegen ihre Gewohnheit sehr schweigsam. Sie berichtete nicht einmal über neue Schandtaten ihres Ehemannes.

Die Stimmung in dem Hause war verändert und Miss Henderson auch. Wahrscheinlich ärgerte sie sich über die gräßliche Person, die keine Bleibe zu finden schien. Trotz des herrlichen Sommers war Winter in Miss Hendersons Augen. Ihre Frisur war noch wilder, und sie ging jetzt leicht gebückt – wie von einer geheimen Schuld niedergedrückt.

«Sind Sie auch gesund, Miss?»

Athene schrak empor und vermied Mrs. Grimbles scharfen Blick hinter der Brille. «Danke, es geht mir ausgezeichnet», sagte sie so abweisend, daß es ihr sofort leid tat. Um die Freundschaft wiederherzustellen, fragte sie nach Mr. Grimble.

«Danke, es geht ihm ausgezeichnet.» Mrs. Grimble stand immer noch mit der großen Einholtasche im Studio. Sie blickte abwechselnd von Athene zu den blöden Statuen und druckste an Worten herum, die nicht heraus wollten. Sie hatte die komische Miss so gern. Aber was zu weit ging, das ging zu weit. Mr. Grimble hatte beigestimmt.

«Es tut mir leid, Miss! Aber heut bin ich das letzte Mal da. Die . . . die Arbeit ist mir zuviel.»

«Aber Miss Wickstead räumt doch ihr Zimmer selbst auf.» Mrs. Grimble machte ein Gesicht, als ob sie in ein faules Ei gebissen hätte. «*Das* nenn *ich* nich Aufräumen, Miss! Und überhaupt.»

Miss Henderson war so rot geworden, daß sie sich ans Fenster stellte. Dann fragte sie brüsk: «Weswegen wollen Sie gehen, Mrs. Grimble? Mögen Sie Drusilla auf die Dauer nicht?»

«Drusilla is süß. Hätt nie geahnt, wie nett so 'ne kleine Schwarze sein kann. Immer fröhlich, immer respektvoll, immer fleißig und proper.» Sie hatte damit in englischer Art unmißverständlich ausgedrückt, was sie an Miss Wickstead auszusetzen hatte. Miss Wickstead lief vor Mrs. Grimbles empörten Augen splitternackt in der Wohnung herum. So was gab's doch nicht! Das war ja das reinste Sodom und noch was, was sie vergessen hatte. Ja – und die Leute in der Nachbarschaft sahen sogar Mrs. Grimble, die sich im Schutze ihres Nachthemdes entkleidete, schief an und tuschelten. *Auch* über Miss Henderson.

Aber da hätte Mrs. Grimble sich eher die Zunge abgebissen, als ihrer Miss, die so gut und großzügig war, eins zu versetzen. Sie hatte schon genug Falten auf der Stirn und einen trüben Blick.

Miss Henderson ging langsam auf Mrs. Grimble zu und legte ihr die große Hand auf die mollige Schulter. Mrs. Grimble sah erstaunt auf, senkte aber sofort die Augen. Wenn ihre Miss nicht so kraftvoll und groß und beherrscht gewesen wäre, dann hätte sie gedacht, ein kleines, hilfloses Mädchen blicke sie flehend an. *Das* war doch wohl nicht die Möglichkeit! Ihre Miss hatte ganz nett Geld und alles, was sie wollte. *Sie* brauchte doch Bessie Grimble nicht! Oder doch?

«Bitte, bleiben Sie, Mrs. Grimble.» Miss Hendersons Stimme klang gebrochen. Mrs. Grimble nickte wortlos und verschwand in die Küche, wo Drusilla schon Tee und Kuchen bereithielt. «Sie nich so wohl, Missus Grimble», fragte sie ängstlich. Aber Mrs. Grimble sagte, es gehe ihr ausgezeichnet. Es ging allen ausgezeichnet.

Eine Woche später bezog Beatrix ein billiges möbliertes Zimmer, das sie mit einem der Maler im alten Hampstead teilte. Sie war jetzt wieder Miss Hendersons hochbezahltes Modell und vergaß wieder alle Verabredungen. Die Menschen änderten sich eben nicht so schnell. Nicht einmal Miss Hendersons Stoizismus war feuerfest gewesen. Man änderte sich überhaupt nicht. Athene fand, man würde nur älter und dümmer.

Sie hatte die Kohleskizze der «Sklavin» zerrissen und formte nach lebendem Modell eine neue «Sklavin». Sie war zwar unnatürlich lang und schlank, hatte aber eine gewisse Ähnlichkeit mit der nackten Beatrix. Die Sklavin trug dieses Mal zwar nicht ihr Herz, wohl aber ihre Brüste auf dem rechten Fleck. Ihr Herz war ein Stein, den sie auf einem Teebrett dem Beschauer anbot.

«Die sieht mir tatsächlich etwas ähnlich», sagte Beatrix geschmeichelt. «Aber was ist das Ding auf dem Brett?»

«Ein Stein.»

«Was soll das? Das ist albern.»

«Findest du? Stell dich aufs Podium. In die alte Position.»

«Ich bin müde.»

«Das bist du immer, wenn du arbeiten sollst. Es langweilt dich wahrscheinlich.» Sie blickte nach der Uhr. «Noch eine Viertelstunde!»

Beatrix nahm düster blickend die gewünschte Position ein. Athene schenkte nur, wenn sie schenkte. Honorar mußte auf die Sekunde abgearbeitet werden. Es klopfte, und Miss Henderson sagte zerstreut «Herein». Es war wohl Drusilla mit dem Tee. Das hätte auch noch diese Viertelstunde Zeit gehabt. Aber es war nicht Drusilla mit dem Teebrett, sondern Mr. Wood aus Trinidad mit seinem Lächeln. Er hatte durch Drusilla um die Erlaubnis bitten lassen, die neuen Statuen zu sehen, und Miss Henderson hatte es für diesen Nachmittag erlaubt und vergessen. Sie vergaß jetzt öfter dies und das. Das war etwas Neues für sie. Sie mochte Moses Wood nicht. Schon weil er ein Mann war, und dann schien er in letzter Zeit die kleine Drusilla zu verstimmen. Ihr fröhliches Kindergesicht war oft etwas verzerrt, als ob sie Tränen zurückdränge. Aber sie antwortete auf solche Fragen stets: «Mossie Wood zu prächtig für mir. Zu, zu tolerant. Muß Mund halten, wenn er mir beschimpft. Er manchmal sehr großer Wüterich.»

Also er behandelte das brave Mädchen schlecht. Taugenichts, dachte Miss Henderson ergrimmt. Herumtreiber! Und nun stand Mr. Wood in der Tür und sah alle Statuen in Miss Hendersons Studio.

Athene donnerte: «Tür zu!» Miss Wickstead bedeckte sich mit dem alten türkischen Teppich aus Elstree und lächelte versonnen. Aufregender Bursche, dieser Woody! Dieses unverfrorene Lächeln! Raubtiergebiß! Breite Schultern, schmale Hüften. Beatrix fand ihn zu smart für Drusilla. Schade, daß er so schwarz war.

Mr. Wood schloß sofort die Tür. Er hatte genug gesehen und pfiff leise vor sich hin. Wahrhaftig, *diese* Statue konnte sich sehen lassen! Schade, daß sie so weiß war. Mr. Wood trank mit Drusilla Tee in der Küche und beantwortete ihre Fragen nicht. Er sah durch sie hindurch. Er überlegte, ob Miss Wickstead einen weißen Schatten warf.

In dieser Nacht prügelte er Drusilla, die ihm nichts getan hatte. Außer vielleicht, daß sie ihn anbetete und sich als seine Ehefrau ohne Trauschein betrachtete. Sie blickte ihn hinter Tränenschleiern wie ein verwundetes Tier an. Endlich stieß sie hervor: «Was hab ich getan, Mossie?»

«Von heut ab sagst du *Sir* zu mir.» Er schlug weiter auf sie ein.

«Du tust mich so weh, Mossie.»

«*Sir*!» brüllte er. Seine Augäpfel verdrehten sich vor Wut, weil es nur Drusilla war, die er mißhandeln konnte. «Yes, Sir! Hörst du?» schrie er.

«Yes, Sir», schluchzte die Kleine. Was verstand sie mit ihren sechzehn Jahren von dem achtundzwanzigjährigen König der *Saga-Boys*?

Miss Henderson dachte jetzt manchmal an Mr. Herbison. Wahrscheinlich war er längst verheiratet – ein zufriedener Glatzkopf unter Glatzköpfen. Ihre Schwester hatte ihn noch Jahre nach seinem Heiratsantrag «Athenes letzte Chance» genannt, was sie mit einem Achselzucken abgetan hatte. Niemand hätte weniger zu ihr gepaßt als Mr. Herbison, der alles liebte, was ihr gleichgültig war: sorgfältig gekochtes Essen – schließlich führte er ein gutes Hotel in Radlett –, weiche Sessel, Geldverdienen und eine Ehefrau, die ihn bewunderte. Aber, er war auch sehr freundlich und hilfsbereit gewesen. Und dazu ein Mann ohne Launen! Beatrix hätte sich ein Beispiel an ihm nehmen können. Athene hatte den geheimen Verdacht, daß Mr. Herbison und Miss Wickstead keine besonders guten Freunde geworden wären. Einmal träumte sie, daß er ihren kleinen Liebling eigenhändig aus seinem Hotel hinauswarf. Sie war natürlich im Traum mit Beatrix mitgegangen. Natürlich!

Die große Versöhnung war genauso unzulänglich wie alle Versöhnungen. Athene merkte es viel schneller als Trixie, aber sie ignorierte die Tatsache. Sie fand es im geheimen komisch, daß etwas, was zwei Leute zusammenbringen soll – Entschuldigungen und die gewährte Verzeihung – sie offenbar vielmehr erbittert und noch weiter entfremdet. Sie fühlte sich noch einsamer und zog sich ganz von ihren Bekannten zurück. Auch in den Club ging sie seltener, da Beatrix manchmal am Freitagabend zu kommen versprach. Man schätzte Athene im Club. In guter Verfassung war sie ausgezeichnete Gesellschaft: humorvoll, großzügig, scherzhaft derb und überhaupt ein famoser Kerl. *Madam* fragte sogar an, wie es ihr gehe. Alle vermißten sie im Club. Es wärmte sie im ersten Augenblick wie ein Gasfeuer, das gerade von einem Shilling gespeist wird.

Draußen vor ihrem Fenster rollten die sechziger Jahre ihrem Ende entgegen. In diesem Lande folgte eine politische oder wirtschaftliche Krise der anderen. Die technischen Errungenschaften nahmen ein immer größeres Ausmaß an, aber die Glückschancen des Individuums wurden täglich geringer. Was ging das alles Miss Henderson an? Sie hatte sich endgültig aus der Gegenwart zurückgezogen, so wie ihr Vater es getan hatte.

Sie las keine Zeitungen mehr, sie verzichtete auf Informationen durch Radio und Fernsehen. Sie ging nicht mehr ins Kino. Sie unterhielt sich Abend für Abend mit ihren Statuen, an denen Freud seine Freude gehabt hätte, archaische, überdimensionale Mißgeburten, die wenig mit Kunst, aber viel mit Miss Henderson zu tun hatten. Auf jeden Fall waren sie Zeugen ihrer Flucht aus einer Gegenwart, die sie nicht mehr bewältigen konnte. Sie konnte nicht einmal in ihrem kleinen Bereich Ordnung schaffen. Dabei war ihre Welt klein, aber sie war dennoch grauenhaft und unentrinnbar, denn die Statuen, die sie stumm belauerten, waren Protagonisten des Verfalls.

Eines Abends wurde der Fußboden ihres Studios so weich und widerstandslos wie Butter oder die Yorkshire Moore, und sie schrie auf. Sie versank. Nur Drusilla war noch in der Wohnung. Sie schrie zur Gesellschaft wie am Spieß, als sie Athene am Boden liegen sah, half ihr aber weinend auf die Couch und hockte zu ihren Füßen, ein zu Tode erschrecktes schwarzes Lamm. Miss Henderson kam sofort wieder zu sich und erkundigte sich, warum Drusilla da hocke und heule. Obwohl Welten sie trennten, waren sie beide Randfiguren der herrschenden Gesellschaft, und vielleicht waren sie einander deswegen zugetan. Vor Mrs. Grimble hatte die nach außen hin selbstsichere Miss Henderson gewisse Hemmungen oder sogar Schuldgefühle. Bessie Grimble stützte einfach dadurch, wie sie war, die herrschende Gesellschaft und wurde durch sie gestützt. Athene und Drusilla genossen diesen Schutz nur bedingt. Die eine hatte Visionen, die andere eine unerwünschte Hautfarbe.

In London erfuhr Athene die Macht und Verfolgungssucht der Umwelt. In Elstree hatte ihr Vater sie beschützt, ohne daß er oder sie sich darüber klargewesen wären. Jeder kannte und respektierte die Töchter des Professors. In Chelsea war sie einmal im Moor der Träume versunken. Würde sich demnächst das Straßenpflaster öffnen? Sie gab in immer stärkerem Maße das auf, was sie jetzt Hokuspokus nannte – die scheinbare Angleichung an normale Verhaltensweisen. Jetzt hätte sie Mrs. Grimble nicht mehr zu bleiben gebeten. Aber sie blieb, weil sie auf Miss Henderson und das kopflose Huhn Drusilla aufzupassen hatte. Sie brummte und schimpfte öfter leise vor sich hin – aber sie blieb. Sie kriegte auch aus Drusilla heraus, warum sie oft rotgeweinte Augen hatte. Die Kleine hatte Sorgen mit Woody. Aus Miss Henderson konnte nicht einmal Mrs. Grimble etwas herauskriegen. Die Miss brütete finster vor sich hin und wartete auf das *Geschöpf.* «Das kann nicht gutgehn», sagte Mrs. Grimble jetzt öfter zu Haus.

«Du könntest mal wieder Schweinspastete zum Tee geben», erwiderte Mr. Grimble.

Eines Morgens weinte Drusilla so heftig, daß Miss Henderson ausnahmsweise nach dem Grund fragte.

«Is wegen wertlosen Ehemann Moses Wood aus Trinidad.»

«Sei doch nicht so albern, Drusilla. Ihr seid nicht legal verheiratet.»

«Heirat unter Bambus viel, viel besser als legales Verhältnis. Aber ich bin jetzt Luft für ihm.»

«Freu dich», sagte Miss Henderson.

Als Beatrix trotz fester Verabredung am nächsten Freitag wieder nicht erschien, zog Athene sich ihr Smokingkostüm an, kämmte sich die Haare aus der hohen Stirn und fuhr grimmig in den Club. Nicht weil sie eine neue *femme* suchen wollte – sie konnte es plötzlich im Studio nicht mehr aushalten. Selbst die Statuen – ihre eigenen Geschöpfe – machten sich heimlich über sie lustig.

Wie immer war es nett und tröstlich im Club. Dennoch hatte Athene einen akuten Anfall von Rastlosigkeit. Ihre Augen waren gerötet und ihre Bewegungen so hektisch, daß sie zwei Gläser und einen Teller von der Bar fegte. Vielleicht war Beatrix doch noch gekommen? Es war nicht auszudenken, wenn sie sie versäumte. Obwohl sie nichts wert war. Weniger als nichts. Athene hatte das Mädchen fünf Wochen nicht mehr gesehen. Warum war sie so früh fortgefahren? Es könnte doch sein, daß Beatrix anrief. Sie tat es zwar nie, aber vielleicht fiel es ihr ausnahmsweise ein, daß Athene auf sie wartete? Miss Hendersons Herz klopfte heftig, und sie war sehr blaß. Sie versuchte vergeblich, ihre Unrast zu zügeln. War sie schon so weit, daß sie sich nicht einmal vor sich selber schämte? Sie hatte sich in den letzten Monaten wiederholt dabei ertappt, daß sie dem Geschöpf sklavisch gehorchte. Sie, Athene Henderson, die das Befehlen gewohnt gewesen war! Ihr Gehorsam datierte von dem Tag, an dem Beatrix nicht einmal mit dem Versprechen eines großen Schecks hatte ins Studio gelockt werden können. Schon lange wagte Athene keine Fragen mehr zu stellen. Sie wagte weder zu fragen, warum ihr kleiner Engel nicht kommen wolle, noch wohin er wieder ohne sie gehe. Sie zitterte vor den schamlosen und dreisten Lügen, die Beatrix ihr auftischte. Ja, sie zitterte davor, von ihr angeschrien zu werden, denn auch das durfte Beatrix sich jetzt erlauben. Miss Hendersons Konflikt war so quälend, weil ihr angeborener Durst nach Unabhängigkeit in ständigem Kampf mit ihrem neuen Gehorsam lag.

Beatrix hatte in der Tat im Studio angerufen, aber Athene war gerade fortgefahren. Trotz düsterer Pressenotizen über sterbende Teenager war Beatrix jetzt zu Heroin übergegangen. Sie brauchte viel Geld, bedeutend mehr, als der ältere Maler in Hampstead ihr geben wollte. Sie war ein lausiges Modell, fand er, und konnte nicht verstehen, wie sein Freund sie bei sich schlafen ließ. Das war doch kein Mädchen, sondern eine Portion Speiseeis. Aber Beatrix wohnte immer noch in dem Erkerzimmer in Hampstead. Über Geschmack läßt sich nicht streiten.

Athene hätte beinahe einen Radfahrer überfahren, weil sie nicht schnell genug ins Studio zurückkommen konnte. Sie fühlte, Beatrix war endlich gekommen und wartete auf sie wie in alten Zeiten. So war die Jugend eben. Unberechenbar, aber doch nicht so verworfen, wie man manchmal dachte.

Athene riß die Tür zu ihrem Studio auf und hörte im selben Moment einen ohrenbetäubenden Krach. Sie dachte erst, ein Erdbeben sei in Chelsea ausgebrochen. Aber da lag nur die Statue der «Sklavin» am Boden. Ein großer, gut gebauter Mann war in der Eile über das verdammte Ding gestolpert. Mr. Moses Wood aus Trinidad zog sich hastig die Hosen an, nahm Hemd, Jacke und Regenmantel über den Arm und raste zur Tür hinaus. So ein Pech! Er fühlte, daß Miss Henderson ihm niemals glauben würde, daß er gekommen war, um Drusilla etwas Wichtiges mitzuteilen. Er hatte aber nur Beatrix vorgefunden, die in finanzieller Sehnsucht auf Miss Henderson wartete. Sie konnte leider nicht verbergen, daß sie Mr. Wood in total nacktem Zustand Gesellschaft geleistet hatte. Eigentlich wollte sie es auch gar nicht verbergen. Sie erhob sich mit lässiger Grazie von der Couch und griff nach ihren Kleidern. Trotzdem war ihr nicht wohl zumute, denn ihr Make-up blätterte ab wie billige Farbe von einer weißen Wand. «Schon zurück vom Club?» fragte sie kühl und idiotisch.

Athene antwortete nicht. Sie war steinerner als ihre Statuen. Nur ihr Mund öffnete sich und fiel wieder zu wie die Klappe eines Briefkastens. Sie stand riesig, mit blutunterlaufenen Augen und einem furchtbaren Blick vor ihrer zerwühlten Schlafcouch. Sie stieß die Trümmer der «Sklavin» mit dem Fuß fort und schritt langsam auf die Verräterin zu. Sie hatte ihre mächtigen Arme halb erhoben, und ihre rauhen Hände krümmten sich in grausiger Vorfreude. Aber bevor sie Beatrix erwürgen konnte, war das Mädchen schreiend ins Treppenhaus geflüchtet. Dort zog sie sich zu Ende an, erneuerte ihr Make-up und winkte draußen immer noch zitternd einem Taxi. Sie hatte gewußt, daß Miss Henderson sie nicht verfolgen würde.

Athene blickte sich im Studio um, als hätte sie die Statuen noch nie gesehen. Einige waren mit feuchten Leinentüchern bedeckt. Sie riß die Tücher herunter und schlug den Ungeheuern mit der Faust ins Gesicht. Dann erblickte sie zwei Statuen im Hintergrund des Studios, und ihre Augen weiteten sich in irrsinniger Wut. Entweder Mr. Wood oder Miss Wickstead hatten sich einen Spaß erlaubt. Eine Statue trug eine Katzenmaske aus schwarzem Samt mit grünen Glasaugen, die andere war mit einer roten Nylonperücke geschmückt. Miss Henderson nahm einen Hammer aus ihrem Werkzeugkasten und zertrümmerte die Überreste der «Sklavin» und die beiden Statuen in ihrem gespenstischen Putz. In diesem Augenblick ahnte sie, daß ihr kleiner Engel und nicht der Mann aus Trinidad sich diesen diabolischen Scherz erlaubt hatte. Dann schritt sie mit erhobenem Hammer auf die anderen Statuen zu und zertrümmerte sie in wilder Raserei. Kein Laut kam über ihre Lippen, aber mit jedem neuen Hammerschlag zersprang etwas in ihrem Hirn. Nachdem sie ihr Zerstörungswerk vollendet hatte, stand sie einen Augenblick mit erhobenem Hammer zwischen den Trümmern.

Sappho hatte sich vom leukadischen Felsen gestürzt. Sollte Athene den Hammer gegen sich selber richten? Sie dachte an Elstree und ließ ihn sinken. Sie warf sich ein Tuch um die Schultern und floh in die Nacht hinaus. Die Nacht führt überall in den Hades. Zur Geisterstunde unterscheidet die Themse sich wenig vom Flusse Acheron, den die toten Seelen beim Eintritt in die Unterwelt überschreiten müssen. War das die King's Road? Wie lange lief sie schon am Chelsea-Kai entlang? Klagende Stimmen drangen aus der Tiefe des Wassers – der Chor der Abgeschiedenen, die sich nicht mehr der irdischen Freuden und der dunklen Lust der Sappho entsinnen können. Miss Hendersons tiefe Stimme klagte nur nach innen. Sie konnte nicht einmal weinen. Sie war so überflüssig wie ein ausgetrocknetes Tintenfaß. Sie hatte es nun gesehen, das steinerne Antlitz, das Lächeln der totalen Fühllosigkeit. Beatrix war eine kalte Katze, die aus einer wohlmeinenden Lehrerin eine Mörderin machen konnte.

Miss Henderson betrachtete ihre Hände. Hatten diese tüchtigen, fleißigen und ungesegneten Hände wirklich den langen weißen Hals umklammern wollen? Und ihr unbesungenes Pantheon? Staub zu Staub! Sie blickte sich verwirrt um. Am Kai gingen nur noch Nachtschwärmer eng umschlungen dem Mond entgegen. Es donnerte von fern. Dann durchschnitt ein Blitz die Schwärze wie ein weißgoldenes Messer. Das Londoner Wetter! Es änderte sich jeden Augenblick. Regen prasselte herab, und nur Athene stand weiter regungslos am Acheron. Schließlich ging auch sie weiter. Was war das? Eine beleuchtete Straße? Musik aus Nachtlokalen? Moses Wood und Beatrix? Aber nein! Ein anderer Othello und eine andere billige Desdemona. Cheyne Walk. Vergangenheit und Gegenwart wie überall in dieser Stadt. Miss Henderson hatte ihrem Vater in glücklicheren Tagen einen Brief über diese berühmte Straße geschrieben. Dort, Nummer 4, hatte George Eliot gewohnt! Und dort Thomas Carlyle! In der Taverne «Zum Schwan» hatte Samuel Pepys mit seinen Freunden getrunken und gescherzt. Miss Henderson strich sich verwirrt über die Stirn. Seltsam, daß sie an den Ufern ihres Acheron an diese Leute denken konnte! Sie sah ihre prominenten Schatten aus den Häusern mit den geschnitzten Türen und den schmiedeeisernen Gittern treten. Und sie sah genau, wie ein Straßenhund am Haus von George Eliot seine Visitenkarte abgab. Dann verwirrte sich ihr Geist. Sie sah nur noch Fratzen, unmögliche Hüte ohne Köpfe, Vitriol-Gesichter, eine schlenkrige schwarze Wollpuppe: Moses Wood aus Trinidad? Oder es war jemand, der genauso aussah – und Beat-Texte redete – und ein totes oder berauschtes Geschöpf auf seinen Armen zum Chelsea-Kai trug. Das Mädchen war nackt. Wo war die Polizei? Dann sah Athene, daß das Mädchen nur ein hautenges rosa Kleid trug und an der Brust eine rote Wunde hatte, oder war es Johannisbeersaft? Was gingen Miss Henderson diese ekelhaften Sex-Spiele an? Sie floh.

Wo wohnte sie? Sie war todmüde und wollte nach Haus. Um Himmels willen, sie hatte ihre Adresse vergessen! Sie träumte das manchmal und freute sich immer beim Erwachen. Jetzt stand sie wieder auf der King's Road und mußte doch jemanden fragen. Aber plötzlich war ihre alte Scheu aus Elstree über sie gekommen, und sie wagte nicht, an irgend jemand heranzugehen. Sie hatte niemals einen Hammer erhoben und zitterte vor den fremden Gesichtern. Plötzlich sah sie ihre Doppelgängerin, die groß, frei und mutig mit einem Mann den Fahrdamm überquerte. So hatte sie immer sein wollen. So – so frei! So unbefangen! So im Einklang mit der Welt! So wäre sie wahrscheinlich auch geworden, wenn sie vor ihrer Geburt nicht den Tönen einer griechischen Lyra gelauscht hätte.

Sie schlich fröstelnd und durchnäßt an den Häusern entlang, duckte sich angstvoll, damit der Mond, der hinter den Wolken hervorkam, sie nicht erschlage, und blickte den Nachtschwärmern stumm und flehend in die gleichgültigen Gesichter. Konnte ihr niemand sagen, wo sie wohnte? In ein Hotel konnte sie auch nicht gehen. Sie war tot, und außerdem hatte sie kein Geld bei sich. Sie winkte einem Taxi und bat den Fahrer, sie nach Haus zu bringen. Als er nach der Adresse fragte, starrte sie ihn hilflos an!

«Nach Haus – nach Haus!»

Der Mann lachte gutmütig. «Schlafen Sie erst mal Ihren Rausch aus, Madam!» Dann sauste er davon, und sie breitete ihre Arme aus, als ob sie das fliehende Taxi festhalten könnte. Eine große, stattliche Frau, die sie beobachtet hatte, fragte sie, ob sie krank sei. Aber Athene lief ihr sofort davon, denn sie wußte, wer sie war. Persephone, welche die Seelen der toten Frauen im Hades herumkommandierte und sie, Athene, zu endloser Fron verurteilen wollte. Aber nein, es war eine Londonerin von heute, die ihr angewidert nachblickte. Athene stand nun an einer Straßenecke und wußte nicht mehr weiter. Krankenhaus? Sie sah keins. Außerdem nahmen sie dort keine Toten auf, nur Sterbende. Sie zog sich das Wolltuch über den Kopf und halb über das Gesicht, weil Chelsea jetzt von Doppelgängerinnen, Touristen, Künstlern, Personen mit Tierköpfen, griechischen Statuen, Teenagern, Zuchtstieren in steifen schwarzen Hüten, Modepuppen und Studenten wimmelte.

Sie zogen an Athene vorüber, allein oder in kleinen Gruppen und diskutierten über Preise, Politik, Mieten, Mädchen und *femmes*. Sie kamen aus Niemandsland oder aus den Vororten oder vom Kontinent oder aus Hongkong, Afrika und El Caribe, verschwanden in Teestuben und kleinen Restaurants und wurden sofort durch die nächste Karawane ersetzt. Chelsea hatte Platz für Prediger, Bilderstürmer, Avantgardisten und die Nachzügler der Künste. Sie hatten zur Geisterstunde ihre Behausungen verlassen und waren auf die King's Road geeilt. Sie kamen wie Athene aus Studios, die früher Ställe und Kutscherwohnungen gewesen waren, aber auch aus modernen Flats oder kleinen Regency-Häusern. Chelsea war einst das «Dorf der Paläste» gewesen. Alle gehörten hierher – nur Athene nicht. Ihre Kunst-Träume waren ausgeträumt. Sie lagen mit den zertrümmerten Statuen im Staub. Keine Legende, kein Messingschild an einer Haustür würde von Athene Henderson aus Elstree künden. Und doch war sie wie Whistler, Dante Gabriel Rosetti oder Henry James nach Chelsea gepilgert, um in dieser Luft Großes zu schaffen. Die Erkenntnis ihrer künstlerischen Ohnmacht war mit dem Verrat von Beatrix über sie gekommen, und diese Häufung der Niederlagen hatte sie in Verzweiflung gestürzt. Ihr klares, einfaches Gesicht war verzerrt, wie sie da allein an der Mauer stand. Ihre farblosen Lippen waren verklemmt, und die Mundwinkel hingen herab. Nur ihre Römernase gab ihrem zerfallenden Gesicht noch Charakter und Form.

Sie kroch noch mehr in sich zusammen, als eine merkwürdige Gruppe auf sie zukam. Wieder mal eine neue Sekte: die *weed people**, die der Sekte der «Blumenkinder» Konkurrenz machten. Die Blumenkinder versammelten sich in Parks oder auf Plätzen, oder wo immer sie ihre «Meetings der Liebe» abhielten. Sie nannten sich «die Schönen», trugen kleine Glocken, tanzten, rezitierten Gedichte, waren auch Rauschgiften zur Erhöhung der Gruppenharmonie nie abgeneigt und verachteten Solidität, Geldverdie-

* Unkraut-Leute.

nen und das Familienleben. Sie waren noch nicht lange im Schwange, und nun machten die Unkräuter ihnen ihren Platz, ihre Presse und ihr «Glück» streitig. Unkraut bestand ebenfalls aus Blumen, die eben nur am verkehrten Ort wuchsen, nicht wahr? Also war Unkraut ebenfalls bildschön und viel empfehlenswerter, da es nicht so leicht verging. Diese fragwürdigen Bacchanten tanzten übermütig auf Miss Henderson zu. Es waren nur drei Jungen und zwei Mädchen, und sie meinten es nicht bös. Sie waren hochbefriedigt von ihrem Massenmeeting auf dem Lande zurückgekehrt und wollten nach Fulham und Hammersmith, um sich im Elternhaus auszuschlafen. Langhaarig, provisorisch bekleidet und über und über mit grünem Klee, Winden und Disteln dekoriert, verkündeten sie im Sprechchor das Loblied von der Gleichgültigkeit: *All you need is indifference.* Miss Henderson heulte auf wie ein verwundetes Tier und rannte davon. Die Teenager sahen sich ganz betroffen an. Warum hatte die Unbekannte geschrien? Was hatten sie ihr getan? Sie lutschten verlegen an ihren Grashalmen, da indischer Hanf nicht zur Stelle war. Da hatte man es wieder! Diese komische Person war nicht gleichgültig genug. Sie blickten scheu auf Miss Henderson, die schweratmend stehengeblieben war, da ihr Herz ihr bis in den Hals schlug. Der älteste Junge näherte sich langsam und ruhig, reichte ihr eine Distel und sagte sanft: «Gehen Sie in Frieden, Madam! Gott schuf diese Distel, und Er schuf auch Sie!»

Dann hatte die Nacht die Kraut- und Rübenpropheten verschluckt. Athene betrachtete die Distel mit trüben Blicken, war aber etwas getröstet, daß sie nicht die einzige Verrückte in London war. Aber sie war mehr als doppelt so alt wie diese Kinder und hätte sie belehren müssen. Mitten auf der King's Road hätte sie gegen die Gleichgültigkeit Anklage erheben müssen, auch wenn alle gelacht hätten, wie Beatrix wohl immer über sie gelacht hatte. Eins stand fest: die Gleichgültigen haben gut lachen. Sie, Athene, war viel zu müde zum Protest. Sie wollte nur nach Haus und wußte nicht, wo sie wohnte. Sie kam nicht auf den Gedanken, in eine Telefonzelle zu schleichen und ihren Namen und die Adresse herauszusuchen. Ihren Namen wußte sie noch. Sie wußte jetzt auch wieder alles, was geschehen war. Nur *wo* die Trümmer lagen, wo ihr Herz geblutet hatte, wo Drusilla ihre kleinen Kuchen backte, das war ihr entfallen. Sie schloß in äußerster Erschöpfung die Augen. Wie spät mochte es sein? Ihre Armbanduhr lag auch «dort». Sie hatte sie sorgsam auf den Schreibtisch gelegt, bevor sie den Hammer geholt hatte. Jetzt, wo ihre Raserei verflogen und nur Angst und Verlorenheit zurückgeblieben waren, erinnerte sie sich, wie teuer die Uhr gewesen war. Sie hatte sie ja in Sloane Street gekauft – sie hatte nie etwas so Feines und Schönes besessen. *Wo* um Himmels willen lag ihre Uhr auf dem alten Schreibtisch aus Elstree, an dem sie so viele Schulhefte korrigiert hatte? Sie hatte ihrer Schwester Daphne eigentlich eine ähnliche Uhr zur Verlobung schenken wollen, war dann aber doch vor der Ausgabe zurückgeschreckt. Sie brauchte das

Geld für Beatrix. Ja, sie war selbstsüchtig geworden und voller Sünde. Sie gähnte und schloß die Augen. Sie hatte noch nie im Stehen schlafen müssen.

«Was machen *Sie* hier um diese Zeit?»

Athene fuhr auf und blickte dann scheu und argwöhnisch unter ihrem Wolltuch hervor. «Gehen Sie weg!» keuchte sie.

«Aber was haben Sie denn, Miss Henderson?» rief der Kunsthändler Albin Dunn verblüfft. «Ich möchte Ihnen helfen.»

«Mir kann niemand helfen.»

Mr. Dunn faßte die verstörte Riesin am Ellbogen und steuerte sie nicht ohne Schwierigkeiten in eine Teestube. Das heiße Getränk brachte sie wieder zu sich. Mr. Dunn betrachtete aufmerksam die zuckenden Mundwinkel und das erschöpfte Gesicht. Sie sprach kein Wort, und er sagte natürlich auch nichts. War Miss Henderson betrunken, oder hatte sie einen Nervenschock? Auf jeden Fall mußte sie sich niederlegen. Er fragte, ob sie allein nach Haus fahren könne.

«Ich . . . ich hab die Adresse . . . vergessen. Dumm, wie?» Miss Henderson lachte hohl und unmelodisch. Albin Dunn winkte einer Taxe und gab dem Fahrer die Adresse. Wenn er ein Studio in Chelsea kannte, dann war es dieses. Er hatte weder den verstorbenen Maler noch Miss Hendersons Statuen vergessen können. Nach kurzem Zögern stieg er auch ein, obwohl er es nicht nötig hatte, den Schutzengel zu spielen, denn diese Dame gehörte Gott sei Dank nicht zu seinen Lieferanten.

«Da bin ich ja!» Athene suchte nach ihrem Hausschlüssel und fand ihn in ihrer Jackentasche, da sie das Kostüm im Club getragen hatte. «Wo ist mein Wolltuch?»

«Sie haben es in der Teestube liegenlassen.»

«Warum haben Sie es nicht mitgenommen.?»

«Es ist doch nicht *mein* Tuch», sagte Mr. Dunn entrüstet. «Und ich dachte, Sie wollten den alten Lappen loswerden.»

«Alter Lappen? Was verstehen *Sie* von irischer Wolle?» Miss Henderson war beinahe wieder die Alte. «Warum stehen Sie hier herum? Bitte holen Sie mein liebes kleines Tuch.»

«Nein.»

Warum ging der Mann nicht endlich? Sie ließ sich beim Aufschließen nicht gern von Fremden zusehen. Dies war London! Man hatte sie gleich im Club vor Männern gewarnt, die an Haustüren festkleben, was allerdings bei diesem speziellen Club auf der Hand lag.

Bevor sie den Schlüssel in das Yaleschloß steckte, blickte sie den Mann scharf an. Er reichte ihr bis zur Schulter, beinahe ein Zwerg. Das war ja gar kein Fremder! Wo hatte sie ihre Augen gehabt? Sie rief etwas schuldbewußt: «Aber Sie sind ja Mr. Dunn.»

«Wer sollte ich sonst sein?»

«Warum trugen Sie vorhin einen Fuchskopf, Mr. Dunn? Sie sahen scheußlich aus. Oh, entschuldigen Sie!»

«Können Sie allein hinauffinden oder soll ich mitkommen?»

«Vielen Dank», sagte Miss Henderson würdevoll, wenn auch noch etwas benommen. «In meine Wohnung kommt mir kein Mann herein.»

VI

«Schmeckt Sie mein Rumkuchen, Mrs. Grimble?»

«Der Rum ist richtig. Warum hast du Salz statt Zucker genommen, Drusilla? Großer Gott, wein doch nicht wieder!»

«Is alles so schrecklich», schluchzte Drusilla. «Miss Henderson weg. Mein Papa neu verheiratet mit gräßliche Frau von unsere Insel.»

«Ich denke, dein Papa ist unheilbar krank?»

«Nich so unheilbar», sagte Drusilla mürrisch. «Gesund genug, um legale Ehefrau zu fischen. Er braucht mir nich, und sie will mir nich sehen. Und . . . und . . .»

«Was ist denn, Kind?»

«Woody.» Drusilla konnte vor Kummer nicht sprechen und schnappte nach Luft. «Woody is verloren für mir. Kennen Sie Mr. Dunn, Missus Grimble?»

«Nicht daß ich wüßte.»

«Kunsthändler. Steckt seine Nase überall rein, hören Sie? Er findet Mistah Woods weggeschmissene Kunstmalereibilder in Ascheimer. Er *entdeckt* Moses Wood – tut Mr. Dunn. Gibt ihn Farbe und Geld von Kunstclub und läßt ihm in Hampstead-Studio malen und macht Tamtam wegen Mossies Malgenie. So was Dummes.»

«Aber wenn Mr. Wood wirklich Talent haben sollte . . .»

«Quatsch», schrie Drusilla mit ungewohnter Wildheit. «Alle auf Insel schmieren so 'n bißchen rum. Mein Papa viel besser als Mossie Wood. Ich sag zu Mossie: ‹Mistah Dunn verdreht dich dein Kopf, Sir!› Wissen Sie, was er tut? Wissen Sie, was Mossie sagt, Missus Grimble?»

«Woher soll ich das wissen?»

«Er sagt mit wütendes Augenrollen: ‹Raus mit dich, dummer Nigger!› Sagt er zu *mich* und schmeißt mir aus unsere Ehewohnung raus.»

«Sei doch vernünftig, Kind. Du warst doch gar nicht beim Standesamt.»

«Is egal, Missus Grimble. Is nich nötig auf Inseln zu Haus. Wissen Sie, mit wen er rumläuft? Wissen Sie? Wissen Sie?»

«Beruhige dich doch, Drusilla. Komm, trink 'ne Tasse Tee.»

«Mossie Wood läuft mit *Statue* von unsere Miss Henderson rum. Mit diese Wickstead-Statue. Was sagen Sie dazu, Missus Grimble?»

«*Die* gönn ich ihm.»

«Wenn weißes Huhn lange in die Sonne steht, wird es schwarz!» sagt Drusilla rachsüchtig. Sie rührte einen neuen Rumkuchen mit Zucker an. «Ich weiß ja, er zu prächtig für mir. Zu tolerant.»

«Du meinst ‹arrogant›.»

«Ich sag ja, er zu tolerant für mir! *Wo* soll ich hin, wenn Miss Henderson nich wiederkommt?»

«Hör endlich richtig zu, Drusilla! Miss Henderson kommt nächste Woche zurück. Das sagte ich dir doch. Sie hat nun wohl genug von euren Inseln.»

«Sie in Barbados; nich Grenada.»

«Soviel ich weiß, ist Barbados auch eine Insel», sagte Mrs. Grimble stirnrunzelnd. Drusilla widersprach jetzt soviel wie ihr Mann. Miss Henderson hatte geschrieben, daß sie nur komme, um die Wohnung zu räumen. Was sollte aus Drusilla werden? Sie hatte kein Heim mehr. Mrs. Grimble hatte gehofft, Drusilla könnte in der kleinen Kammer schlafen, wo sie selbst immer gebügelt und genäht hatte.

«Wo soll ich hin?» schluchzte die Kleine. «Papa und neue Frau gehn nach Grenada zurück. Sie gutes Ladengeschäft am Hafen. Sie wollen mir nich. Ich hab *so* gebeten. Sie sagt ‹Nein›. Papa nickt. Er sagt nie was. Meine Mama hätt mir aufgenommen. Aber meine Mama lange, lange tot.»

«Ich muß nun 'n bißchen was tun», sagte Mrs. Grimble, der nicht sehr behaglich zumute war. «Weine nicht, Kind! Irgendwas wird sich hier für dich finden. Es findet sich immer was, weißt du?»

«Für weißes Mädchen sicher – sicher.»

«Unsinn.»

«*Kein* Unsinn, Missus Grimble!» Drusilla stürzte auf sie zu, kniete vor ihr nieder und legte ihren kleinen Krauskopf in Mrs. Grimbles Schoß. Ihre kurzen dicken Arme umklammerten die freundliche Frau, die immer Rat gewußt hatte. «Verlassen Sie mir nicht in meine Not, Missus Grimble. Ich immer fleißig und fröhlich, hören Sie?»

«Laß das», sagte Mrs. Grimble rauh. «Du wirst dich noch krank machen, Mädchen! Es wird sich was finden.» Dieses Mal klang es energisch. Was immer Mr. Grimble sagen würde – Drusilla könnte fürs erste in der Küche schlafen, bis eine neue Stellung für sie gefunden war. Und wenn Grimble sich auf den Kopf stellte. Entweder man war ein Christenmensch oder man war keiner.

In diesem Augenblick flog die Küchentür auf, und Miss Henderson stand in Lebensgröße vor ihnen. «Ich habe das Flugzeug genommen», erklärte sie vergnügt. «Tag, Mrs. Grimble. Was machst du für Kniebeugen, Drusilla? Warum heulst du? Der Kuchen brennt an.»

Drusilla schrie und rannte zum Herd. Miss Henderson ließ sich zu einer Tasse Tee am Küchentisch nieder und wollte sich ein großes Stück Rumkuchen absäbeln.

«Der ist versalzen», sagte Mrs. Grimble. «Sie sehen gut aus, Miss. Wollen Sie sich auf den Inseln ansiedeln?»

«Bei Ihnen piept's wohl, Mrs. Grimble? Ich bleib selbstverständlich zu Haus.»

«Denn kann ich weiter in dies kleine Nähzimmer schlafen?» fragte Drusilla und versuchte strahlend zu lächeln.

«Nein», sagte Miss Henderson. «Ich hab doch Mrs. Grimble geschrieben, daß ich das Studio aufgebe.»

«Aber warum?» schrie Drusilla. «Warum, warum?»

Miss Henderson warf der armen Kleinen einen sonderbar sarkastischen Blick zu. «Es zieht in dieser Bude», sagte sie langsam. «Nichts für die reiferen Jahrgänge. Kommen Sie, Mrs. Grimble. Wir wollen die Bücher aussortieren. Und du kannst backen und heulen, Drusilla!»

Drinnen im Studio erzählte Mrs. Grimble alle Neuigkeiten, ohne Beatrix zu erwähnen. Aber sie hätte diese Vorsicht nicht zu üben brauchen, denn Athene war nicht mehr an Beatrix interessiert. Das Leben auf Barbados hatte den großen Abstand geschaffen und ihre Begriffe von Freiheit und Sklaverei wieder zurechtgerückt. Sie hatte viel nachgedacht, während sie in der Sonne am Strand gelegen und aufs Meer geblickt hatte. Sie würde künftig Sorge tragen, daß sie ihre Belastungsgrenze nicht überschritt, und sie wollte versuchen, im Einverständnis mit ihrer Umgebung zu leben. Das würde daheim leichter sein als in der Metropole des Eros.

«Warum ist Drusilla so trübselig?» fragte Athene.

Mrs. Grimble starrte sie an. Hatte die Miss überhaupt kein Herz?

«Die Kleine weiß nicht, wo sie hin soll.»

Miss Henderson war sehr erstaunt. «Ich schrieb Ihnen doch alles über Drusilla! Oder hab ich es vergessen?»

«Ich weiß nichts, Miss Henderson. Das arme Kind sitzt auf der Straße.»

«Aber, schließlich ist Elstree auch ganz nett. Mein Vater ist sehr einverstanden, daß Drusilla mitkommt. Unsere alte Mrs. Blunt kann sich vor Arthritis kaum rühren.» Miss Henderson zog ihre Geldtasche. «Ich hab noch viel zu ordnen. Wir fahren in einer Woche. Bitte, kaufen Sie Drusilla einen warmen Mantel für Elstree! Nicht zu teuer, aber ordentlich. Ohne Pelz natürlich. Und einen Filzhut, Mrs. Grimble. Ohne Kirschen, wenn's geht.»

Miss Henderson räumte weiter das Studio auf. Sie tat es energisch und ohne Bedauern. Sie ging in ihre Schule zurück und würde Drusilla in aller Ruhe vernünftiges Englisch beibringen. Täglich eine halbe Stunde. Sie hielt die Kohleskizze der «Sklavin» in den Händen. Dann legte sie sie in eine Mappe, Papier war geduldig. Beatrix war ein machtloser Schatten geworden. Athene freute sich ehrlich auf ihren Vater. Das Haus, das ihr später gehören würde, war zu leer geworden. Natürlich würde sie gelegentlich nach Chelsea zurückkommen. Warum sollte sie ihren Club nicht besuchen? Sie lebte doch nicht im Kalten Krieg mit dieser Stadt.

Wenn sie den nötigen Abstand hielt, würde alles in Ordnung sein. Sie erinnerte sich an ein nettes Mädchen im Club: schüchtern, nicht allzu klug, aber mit einem Stich ins Präraffaelitische in einem taubengrauen Kleid und langem rotem Haar. Jedenfalls war Urlaub in Chelsea in ihrem neuen

Programm einkalkuliert. Es gab ein nettes und preiswertes Privathotel bei der Sloane Avenue. Gutes altes Chelsea! Im Sommer konnte man mit einer Freundin am Kai spazierengehen. Dann würde man den Tee in der King's Road trinken. Entweder mit der Präraffaelitin oder mit einem anderen bescheidenen wohlerzogenen Mädchen, das Freundschaft und Aufrichtigkeit zu schätzen wußte. Auch *Madam* hatte Besseres verdient, als von Miss Henderson vergessen zu werden. ein Ausflug nach Chelsea war keine große Sache, wenn man die Statuen sich selber überließ.

Und schließlich lag Elstree nur elf Meilen von Marble Arch entfernt.

Heiligtum der Vögel

Tobago

Das Herz ist eine Ziege, man muß es anbinden.
Westindische Weisheit

I

«Man nannte mich Honey wegen meines Haares», sagte Mrs. Fenner. «Das hat meinen Frohsinn vergiftet. Ich meine, wenn man das Leben mit einem Etikett beginnt! Sie haben keine Ahnung, wie gräßlich ...»

Mrs. Fenner blickte ihren Begleiter mit leeren blauen Augen an. Wie Robinson Crusoe waren sie beide auf dieser karibischen Insel gestrandet.

Der Himmel soll mich bewahren, dachte Señor Gonzales. Sie wird mir jetzt ihr Leben erzählen.

In der Tat erzählte Mrs. Fenner nach einigen Drinks ohne die geringste Ermutigung allerlei aus ihrem Leben. Aber ihre indiskreten Details hinterließen in ihren Zuhörern Bestürzung oder Widerwillen oder einfach Langeweile. Selbst der willigste Sklave des Augenblicks, den ihre Schönheit angelockt hatte, merkte, daß es dieser Scheherezade aus den USA gleichgültig war, ob man ihr lauschte oder nicht. Und wie viele willige Zuhörer gibt es schon auf der Welt? Mrs. Fenner fand auf den karibischen Inseln besonders wenig – aber sie konnte sich täuschen. Nur Señor Gonzales schenkte ihr seine ungeteilte Aufmerksamkeit. Das ermutigte sie zu merkwürdigen Redeleistungen, denn es war eine neue Erfahrung für sie. Mr. Fenner hörte niemals zu. *Honey* war mit der Großindustrie verheiratet. Das Ehepaar Fenner lebte entweder in einem exklusiven New Yorker Vorort oder war auf Geschäftsreisen. Daheim galt Prudence als hoffnungslos langweilig, und auch auf Reisen saß sie meistens allein auf einer Hotelterrasse und versuchte zu lesen. Aber nach kurzer Zeit verschwammen Inhalt und Worte vor ihrem geistigen Auge. Sie interessierte sich nicht für Schicksale zwischen Buchdeckeln. Wofür interessierte sie sich überhaupt?

Honey hatte in den letzten zehn Jahren so viele Palmen, Berge, tropische Veranden und Badestrände betrachtet, daß der Anblick sie nur noch ermüdete. Die Fenners waren kürzlich in Bermuda, auf den Bahamas und in Guyana gewesen. Das Mosaik der verschiedenen Kulturen im karibischen Raum interessierte sie nicht. Und Menschen ebensowenig. Das war recht peinlich für ihren Mann, der mit beiden Beinen im amerikanischen Ölgeschäft stand. Er war der Sohn eines Handlungsreisenden aus einer kleinen Stadt und hatte sich hochgeturnt. Mr. Fenner war schon in der Schule für seine Klimmzüge berühmt gewesen.

Señor Gonzales, über dessen Herkunft und Beruf Mrs. Fenner auch nach vierzehn Tagen nichts wußte, war unermüdlich aufmerksam und liebenswürdig. Seine weißen Zähne blitzten, seine Augen blitzten, alles blitzte. Sie saßen jeden Abend auf der «Ozean-Terrasse» des «Blue Haven Hotels» von Tobago. Es war so neu und luxuriös, wie Robinson Crusoes Höhle alt und ungemütlich gewesen war. Zyniker behaupteten, Defoe habe seinen Helden auf einer anderen Insel angesiedelt, aber die Insel Tobago bestand auf ihrem Urheberrecht und auf ihrer Höhle. Sie war die größte Attraktion des Touristenbüros. Mrs. Fenner war trotzdem nicht in die Höhle gekrochen. Wozu?

Señor Gonzales betrachtete ihr klassisches Profil, den langen, anmutigen El Greco-Haus und die ungeschminkten schmalen Lippen, die bittere Erfahrungen andeuteten. Prudence saß regungslos da. Der Passatwind umwehte ihre honigblonde Haarkrone.

Eine schwierige Person, dachte Gonzales. Aber *er* fand sie keineswegs langweilig. Er spürte die seltsame Isolierung dieser Frau. Bis auf ihre sporadischen Anfälle von Beredsankeit war sie beinahe lethargisch. Sie blickte keinen Mann richtig an. Das empfand Señor Gonzales als ein Hindernis für seine Zwecke. Trotzdem sagte ihm sein wacher Instinkt, daß Mrs. Fenner irgend etwas an ihm finden müsse oder von ihm wolle. Ob sie dasselbe wollte wie er? Er hielt es nicht für ausgeschlossen. Sie war ein schöner Paradiesvogel – scheu und flügellahm. Deswegen zügelte er seine Ungeduld. Aber er konnte nicht ewig in diesem teuren Hotel bleiben.

Alles an Prudence war weiß, ihr Gesicht, ihr Kleid und ihre Perlen. Ihr hochgetürmtes Haar war der einzige Farbfleck. Es blühte wild und üppig wie die indischen Poui-Blüten auf dieser Insel. Es wirkte wie ein Protest gegen das Wesen seiner Besitzerin. Señor Gonzales stellte sich das passende Gesicht zu diesem Haar vor. Er war ein Porträtmaler ohne Aufträge, weil er immer zu einer suggestiven Einzelheit Gesichter erfand oder sein Modell grausam interpretierte. Sollte er Mrs. Fenner als Skelett mit flammender Perücke malen? Sie war schon jetzt reichlich schlank und würde in zehn Jahren dürr und in fünfzehn Jahren ein Goya-Modell sein. Wieder betrachtete er sie nachdenklich. Immerhin war sie jetzt bezaubernd. Was hat sie erlebt? fragte er sich und trank langsam den aus Trinidad importierten Rum. Der Señor hatte wenig Erfahrung mit nordamerikanischen Frauen. Aber er sah am karibischen Strand zur Zeit so viele, daß er eine gewisse Angst vor ihnen bekommen hatte. Alles an diesen Frauen war ihm fremd; vor allem die Zähigkeit, mit der sie ihre Ziele verfolgten, und ihr ziemlich theoretischer Liebeshunger. Die Südamerikanerinnen wollten nur Frauen sein, während «Yanqui-Damen» alles mögliche sein wollten: Vorsitzende eines Frauenclubs, Managerin eines Betriebs oder Managerin ihrer Familie. Señor Gonzales ahnte, daß Prudence Fenner von Geburt und Erziehung in dieselbe Kategorie gehörte, daß aber gewisse Erlebnisse sie von ihrer Clique abgesondert hatten.

«Ich habe als Kind etwas Schreckliches erlebt», sagte sie plötzlich und trank ihren Whisky in einem Zug aus. «Eine Sache aus Schweiß und Schmutz.» Sie richtete sich empor wie ein Zirkuspferd, das mit wehender Mähne zum Sprung über die Barriere ansetzt. Señor Gonzales kannte diese Anzeichen, er war auf dem Rennplatz zu Haus.

«Wurden Sie zu zeitig verführt, Señora?» fragte er mit lateinischer Unverblümtheit. «Ich finde, es gibt Schrecklicheres.»

«Was zum Beispiel?»

«Kein Geld oder ein unheilbares Leiden oder eine kalte Frau.» Señor Gonzales nannte die drei fatalsten Übel, die einen Venezolaner befallen können.

Mrs. Fenners Augen flackerten wie feuchtgewordene Kerzen. Der Señor betrachtete sie schweigend. Kam er ihrem Geheimnis auf die Spur? War er diese ganzen Tage blind gewesen? Allerdings fuhr er täglich zum Fischen und Malen fort und sah sie nur am Abend. Im Augenblick trommelten ihre Finger einen Marsch auf der Tischplatte. Sie murmelte: «Stellen Sie sich vor: ein dicker, schlecht angezogener Mann mit grauen Haaren. Ekelhaft!»

Was war daran ekelhaft? Die sexuelle Begierde richtete sich doch nicht nach dem Schneider oder der Haarfarbe. Señor Gonzales erwiderte, ein rüstiger Träumer, der seine Torheiten nicht in der Jugend begangen habe, wolle sie im Alter nachholen. Das war höchstens bemitleidenswert, kam aber jeden Tag vor.

«Er *versuchte* es natürlich nur. Sein künstliches Gebiß wackelte, und er schwitzte. Er hatte aber nicht mit mir gerechnet! Ich schlug einen fürchterlichen Lärm, als ich seine schmutzigen Fingernägel in nächster Nähe sah. Er verlor daraufhin alle seine Musikschülerinnen. Ich schickte ihm später eine Nagelfeile. Natürlich anonym! Ich war damals erst siebzehn und ein Kind. Ich weinte die ganze Nacht, und meine Mutter mußte bei mir sitzen.»

«Aber Sie waren doch schon eine junge Frau!»

«Ich wurde sehr behütet», sagte Prudence Fenner von oben herab. Señor Gonzales wartete auf weitere Bekenntnisse. Er wußte, daß sie weitersprechen würde, da sie einmal angefangen hatte. Es war ein Zwang, wie sexuelle Besessenheit oder das Bedürfnis nach Rauschgift.

«Meine Eltern führten keine sehr glückliche Ehe, aber sie versuchten, es vor mir zu verbergen. Sagte ich schon, daß ich sehr behütet worden bin? Trotzdem verlor ich zu Haus sehr früh meine Illusionen über die Männer. Sehen Sie, meine Mutter war ein *Opfer*. Nur ihr starker Wille und ihr Gott retteten sie vor der Verzweiflung. Sie saß immer mit mir allein. Mein Vater trieb sich mit scheußlichen Personen herum, aber er verdiente enorm viel Geld, und wir blieben bei ihm. Öl!»

Señor Gonzales spitzte die Ohren. «Mutter und ich nannten meinen Vater unter uns *den Fremden*. Das machte uns Spaß. Der Fremde verwöhnte mich, weil er ein schlechtes Gewissen hatte. Aber ich bekam durch seine Seitensprünge frühzeitig Hemmungen. Natürlich hatte Vater saubere Fingernägel und zog sich gut an. Als ich vierzehn wurde, schenkte er mir eine Nerzstola und einen Smaragdring. Ich liebe Schmuck. Er schenkte mir im Laufe der Zeit so viel, daß ich eine Filiale von Tiffany hätte eröffnen können. Mutter war wütend darüber. Ihr schenkte er gar nichts. Es war verständlich, daß das ihr nicht gefiel, nicht wahr? Mit fünfzehn fing ich an zu stottern. Mutter war sehr böse darüber. Wie sollte ich die richtige Partie machen, wenn ich mit einem Sprachfehler herumlief? Sie hatte ganz recht. Aber je ärgerlicher sie mit mir war, desto mehr stotterte ich. Ich ging ihr aus dem Weg. Dabei wußte ich, daß sie nur noch mich auf der Welt hatte und ich nur sie. Der Fremde schickte mich zu einem Psychiater. Das Stottern wurde besser, aber manchmal tue ich es noch. Deswegen bin ich so schweigsam geworden. Es ist sehr peinlich für meinen Mann, wenn wir Eindruck machen sollen. Mein Vater nahm sich später eine eigene Wohnung, besuchte mich aber regelmäßig. Meine Mutter ließ sich natürlich nicht scheiden. Später bekam er ein Blasenleiden.»

Nachdem Mrs. Fenner die Kurzbiographien ihrer Eltern geliefert hatte, schloß sie die Augen.

«Diese Insel hat die Form einer Zigarre», sagte Señor Gonzales. Er bot Prudence eine Zigarette an und blickte ihr dabei tief in die Augen. Aber die Flamme seines Feuerzeugs spiegelte sich nur in einer gläsernen Iris. Dann wandte sie sich ab und murmelte: «Die Aussicht von dieser Terrasse ist hübsch.»

Señor Gonzales zuckte zusammen. Die Aussicht war nicht hübsch. Sie war atemberaubend. Zwanzig Meilen nordöstlich von Trinidad lag diese stille Insel mit ihren Buchten und Hügeln in der Abendsonne, umarmt von den Ausläufern des Orinoko. Abseits von dieser Terrasse im Ozean spielte sich das westindische Leben ab, von dem Prudence Fenner keine Ahnung hatte. Sie schenkte dem tropischen Markt von Scarborough, den weiten Kokosplantagen und Kakaopflanzungen, den tiefen, fruchtbaren Tälern keinen Blick. Sie war niemals auf die alte Festung über der kleinen Stadt Scarborough gefahren, die immer noch vom 18. Jahrhundert träumt, als Spanier, Holländer, Franzosen und Engländer um Tobago gekämpft hatten. Honeys Kämpfe spielten sich auf einer anderen Ebene ab, und die Umgebung lag für sie hinter einem Schleier von Gleichgültigkeit. Sie hatte nie über die Mauern ihrer eigenen Welt hinweggeblickt. Sie träumte ihren privaten und hoffnungslosen Traum.

Hier, auf dem Steinvorsprung am Ozean, war Wirklichkeit und unschuldige Ruhe. Señor Gonzales hatte Mrs. Fenners Bekenntnisse bereits vergessen. Was gingen sie ihn an? Nur sie selber interessierte ihn. Je weiter sie sich von der Wirklichkeit entfernte, desto stärker rückte sie in das Blickfeld seiner eigenen Spekulationen. Er brauchte ihre Gegenwart, wie er das Meer und die Stille brauchte – und die wilden Blumen von Tobago, die er unablässig malte. Er liebte die Immortellenbäume und den westafrikanischen Tulpenbaum, der mit den Sklaven auf die Insel gekommen war. Er malte den wilden Krokus und die Spinnenlilie, die ihn an Prudence erinnerte. Reine weiße Blüten, der goldene Honig des Blütenstaubs und lange, schwertförmige Blätter, die weich und glatt aussahen und verletzten, wenn man sie berührte. Er hätte die beiden gern zusammen gemalt – aber Prudence Fenner würde nicht durchhalten. Sie war nicht einmal an sich selber interessiert.

Er war überzeugt, daß er sie zum Leben erwecken könnte, aber im Augenblick fehlte ihm noch der Mut. Wer sagte ihm, daß Mrs. Fenner ihn nicht rücksichtslos vernichten würde, wie sie als junges Ding den alten Musiklehrer vernichtet hatte? Wahrscheinlich hatte sie den alten Pechvogel provoziert. Sie hatte eben einfach eine andere Methode als die koketten, heißblütigen Südamerikanerinnen, die in der Sonne aufwachsen und natürliche Wärme für den Mann empfinden. Er hielt es für möglich, daß Prudence in ihrer großen Abendtasche ein zusammenlegbares Richtschwert wie einen Knirps-Regenschirm verbarg. Er dachte viel an sie, und das war nicht gut für ihn. Niemals vorher hatte er darüber nachgrübeln müssen, wie er eine Frau gefügig machen könnte. Die Frauen seines Landes liebten einen Mann, oder sie ignorierten ihn. Unter keinen Umständen verbrachten sie ihre Abende mit einem Neutrum. Sie schenkten oder versagten sich. Sie waren kleine Mädchen oder große Damen. Aber auf jeden Fall waren sie lebensklüger als die Nordamerikanerinnen. Die Venezolanerinnen offerierten mit ihrem Geheimnis zugleich dessen Lösung – denn sie rechneten mit der Ungeduld des heutigen Liebhabers.

«Wann kommt Mr. Fenner zurück?» fragte Señor Gonzales beiläufig. Er durfte nicht zeigen, wie gespannt er auf die Antwort wartete.

«Ich weiß es nicht.» Mrs. Fenner gähnte. «Ich warte eben. Wir schreiben uns keine Briefe. Dazu hat mein Mann keine Zeit.»

«Das tut mir leid für Sie, Señora.»

Mrs. Fenner zuckte die Achseln. Ihr schien es nicht leid zu tun.

«Darf ich fragen, Señora, wo Ihr Gatte sich augenblicklich aufhält? Bitte halten Sie meine Frage nicht für indiskret.»

Prudence hielt diese Frage zwar für indiskret, erklärte aber, daß ihr Mann zu Besprechungen in Venezuela sei. Dann sagte sie: «New Yorker

Ehemänner sind immer unterwegs. *Sie* haben offenbar eine Menge Zeit, Mr. Gonzales! Sie müssen in einem andern Jahrhundert leben.»

«Nur in einem andern Klima. Ich lebe in Caracas, bin aber in Maracaibo geboren.»

«Wo liegt das?»

«Im Westen von Venezuela. Es ist die Stadt des schwarzen Goldes. Ihr Gemahl wird Bescheid wissen.»

«Sind Sie auch im Öl?» fragte Mrs. Fenner mit einem Schimmer von Interesse.

«Ich male in Öl», erwiderte der Señor mit leisem Hohn. «Leider nicht ganz dasselbe.»

«Sie haben recht», sagte Mrs. Fenner.

«Wenn ich gewußt hätte, daß ich Sie hier kennenlerne, Señora, hätte ich Ihnen eine *puna* mitgebracht.»

«Was ist das?»

«Eine lange bunte Perlenkette, wie die Goajiro-Indianerinnen sie sich um die Taille und die Hand- und Fußgelenke legen. Sie würde Ihnen wunderbar stehen.»

Mrs. Fenner rieb sich mit einer fahrigen Bewegung die Nase, als verscheuche sie Insekten.

«Eine *puna* fesselt den Körper nur zum Schein. Ein farbiger Scherz. Es würde Sie aufheitern, Señora!»

«So leicht bin ich nicht aufzuheitern. Außerdem hasse ich lange Ketten. Sie erinnern mich an Schlangen, und vor denen habe ich Angst. Ich bin eben keine Indianerin.»

«*Wer* sind Sie, Señora?»

«*Honey*», sagte sie spöttisch. «Bitterer Honig.»

Aus dem Garten kam der Klang einer Gitarre. Eine Männerstimme sang zu spanisch-amerikanischer Musik:

Paradiesvögel aus Tobago!
Wann sehe ich euch wieder?
Ihr kamt aus Neu-Guinea
Mit eurem goldenen Gefieder.

Mrs. Fenner examinierte aus den Augenwinkeln ein unsichtbares Wunschbild. Ihr Körper spannte sich in heimlicher Sprungbereitschaft, aber sie wandte ihren Kopf so zur Seite, daß Señor Gonzales nur die leuchtende Haarkrone sah. Überlegte sie, ob sie sich mit ihm einlassen sollte?

«Woran denken Sie, Señora?»

Wie sanft seine Stimme klang! Er dehnte die Worte zu einer langsamen Liebkosung. Aber zu seinem Pech hatte Mrs. Fenner schlechte Erfahrungen mit sanften Stimmen gemacht. Ihr Musiklehrer hatte so ähnlich geflötet. Und damals hatte sie sich noch auf den Hügeln der Jugend getummelt. Jetzt war sie zweiundvierzig. In einigen Jahren begann der Abstieg ins

Alter – zur einsamen Hochzeitsfeier mit dem Tod. Sie stammte aus einer kurzlebigen Familie. Und ihre panische Angst vor ihrem Mann würde ihr Leben nicht verlängern. Er hatte die Macht. Wenn er wollte, konnte er sie in die Verbannung schicken.

Plötzlich sah sie ihn vor sich – erst verschwommen und dann mit erschreckender Deutlichkeit. Und doch war nichts Erschreckendes an Paul Fenner. Vielleicht gab die tiefe, steile Falte über seiner Nasenwurzel seinem Gesicht etwas Hartes und manchmal etwas Unerbittliches. Honey sah seine korpulente und dabei kräftige Gestalt, die scharfen Augen hinter der Brille, die das Gegenüber beständig prüften, und den vollen Mund mit der vorgeschobenen Unterlippe. Nur als junger Mann war Paul Fenner schüchtern, sentimental und langsam gewesen. Heute trug er silbergraue Anzüge, die zusammen mit seinem silbergrauen Haar den Eindruck erweckten, als bestehe er aus rostfreiem Stahl. Es war verblüffend, daß Mr. Fenner trotz seines rosigen Vollmondgesichts an Stahl denken ließ, aber er hatte seine Persönlichkeit mit großer Energie geformt. Er brauchte auch heute noch eine längere Anlaufzeit als seine Geschäftspartner. Aber wenn er in Gang gekommen war, handelte er mit dynamischer Entschlußkraft. Dann gebrauchte er rücksichtslos seine Ellbogen, die er in der Jugend wohlweislich geschont hatte. Dann schloß er schneller als die Konkurrenz die großen Geschäfte mit südamerikanischen Ölfirmen ab. Dann schickte er seine Frau ohne Federlesen in die Verbannung. Der Gedanke an die Verbannung hing wie ein Richtschwert über Honeys Kopf.

Nach ihrem ersten Fehltritt hatte Paul begonnen, sie Prudence zu nennen. Selbst wenn sie sich benahm, wie man es von Mrs. Fenner erwarten konnte, betrachtete ihr Mann sie nur mit Resignation. Er war nun Anfang Fünfzig und brauchte seine Kräfte für das Geschäft. Er wußte zu genau, daß eine Frau, die man nicht ändern kann, Kräfte frißt.

Die Ölindustrie war ein Staat im Staate Venezuela und ein Faktor der Weltwirtschaft, der in der Zukunft immer ausschlaggebender werden würde. Mr. Fenner war Fachmann für Venezuela. Der Anblick der schwimmenden Bohrtürme von Maracaibo entzückte ihn, wie die Vögel und Blumen von Tobago Señor Gonzales entzückten. Wo immer Paul Fenner in Venezuela Station machte, sah er zwischen Palmen und Aluminiumdächern heutzutage die Inschrift Creole Petroleum Corporation die eine Zweiggesellschaft der Standard Oil von New Jersey ist.

Mr. Fenner konnte sich durch seine Frau nicht davon abhalten lassen, das Öl zu nutzen, solange der See von Maracaibo es hergab. Venezuelas Zukunft und die Zukunft des Petroleums beschäftigten seine Gedanken. Wie lange war dieses Land noch vor den Kommunisten sicher? Leider besaß es nicht nur Öl, sondern auch eine aktive linke Opposition, die im Jahre 1962 im Hafen von Puerto Cabello einen ihrer blödsinnigen Aufstände inszeniert hatte, während Mrs. Fenner sich gerade in der Verbannung befand. Aus diesem Grund blieb sie dort viel länger, als er es vorgesehen hatte. Ihre Bestrafung war durch die Politik zu gründlich ausgefallen.

Aber wie sollte der arme Mr. Fenner auch noch an seine Frau denken, wenn Pipelines gesprengt, Ölschuppen verbrannt und im Namen der nationalen Freiheit ein großer Teil nordamerikanischen Eigentums in Puerto Cabello zerstört wurde? Ganz abgesehen von Probebomben in Büros, Warenhäusern und Kinos, die junge Marine-Offiziere zusammen mit den Rebellen warfen, wie es ihnen gerade einfiel. Während Mrs. Fenner ihren Mann brieflich bat, sie endlich aus der Verbannung zu holen, schwebte er in Lebensgefahr. Er hatte gerade das Kino in Puerto Cabello verlassen, als eine Bombe dort platzte. Man gab einen spanischen Stierkampffilm, und zu seinem Glück war er mittendrin hinausgelaufen: Stierkampf interessierte ihn nicht. Das war ein archaischer spanischer Zeitvertreib. Ein Phänomen, das so wenig in seine Zeit paßte wie seine eigene Frau.

Selbstverständlich wollte Paul nicht, daß Prudence sich in ihrer Verlassenheit in die Karibische See stürzte, aber hätte sie es getan, wären viele Probleme gelöst gewesen, und er wäre mit der Zeit über den Schock hinweggekommen. Denn einen Schock hätte es ihm trotzdem versetzt. Es war ihm selbst unerklärlich, daß er immer noch an ihr hing, obgleich sie ihn stets von neuem in dieselbe peinliche Lage brachte. Er hatte sie in seiner Jugend geliebt, ihre gesellschaftliche Stellung bewundert und war stolz gewesen auf ihre kühle Schönheit. Von dem Rest dieser Bewunderung konnte er sich nicht freimachen. Auf der Höhe seiner geschäftlichen Erfolge fragte er sich manchmal noch, ob er wirklich die gesellschaftliche Sicherheit ihrer Familie erworben habe und wie er es wagen könne, Prudence ohne Federlesen in die Verbannung zu schicken. Er wäre gern weiter stolz auf sie gewesen, wenn sie nur etwas mitgeholfen hätte!

Er hatte nicht gewußt, was er mit dieser Ehe einhandelte. Das geschah Männern jeden Tag, und dieser Gedanke tröstete ihn. Als Bezahlung hatte sein Schwiegervater ihm den Sprung in die Ölfelder der Kontinente ermöglicht, und einige Tropfen des Öls träufelten in seine privaten Wunden. Paul Fenner neigte nicht zu Gewalttaten. Er fand Mörder dumm und voreilig. Er hätte seine hemmungslose Frau niemals eigenhändig von einer westindischen Klippe gestürzt; er setzte sie wortlos in einer Hotelhalle ab und hoffte, daß kein Skandal entstand. Vor zwei Jahren hatte er sie leider wieder in die Verbannung schicken müssen. Er konnte ihr einfach seine Geschäftsfreunde nicht mehr vorstellen. Wenn Prudence wenigstens getrunken hätte! Mit Trinkerinnen wußte man, woran man war. Aber nicht dies!

Paul Fenner fragte sich niemals, wieviel Schuld er an dem allmählichen Absinken seiner Frau hatte. Er war Geschäftsmann und kein Tiefseeforscher. Er war nun einmal nichtsahnend in diese Ehe hineinspaziert, wie man in ein Zimmer tritt, das in einer kostbaren Truhe eine Leiche verbirgt. Es war beinahe komisch, aber Paul Fenner hatte sich in zwanzig Jahren an die Truhe samt Inhalt gewöhnt. Wahrscheinlich hätte ihm der Kummer über Prudence sogar gefehlt, denn dann wäre sein Privatleben noch leerer gewesen. Seine Karriere hatte ihm keine Freunde eingebracht. Die waren allesamt in seiner kleinen Vaterstadt klebengeblieben. Die Stadt kam ihm jetzt exotischer vor als eine Indianersiedlung in den Bergen von Venezuela.

Mrs. Fenner verbannte den Gedanken an ihren Mann aus ihrem Gedächtnis, aber ihr Angstgefühl ließ sich nicht verbannen. Ihr Gesicht war leicht verzerrt. Sie sah aus, als hätte sie Zahnschmerzen.

«Kann ich Ihnen helfen, Señora?» fragte Gonzales mit weicher Stimme.

Prudence zog ihre Augenbrauen so abweisend in die Höhe, daß Señor Gonzales in der von Ampeln belebten Dunkelheit errötete. Sein Gesicht bekam einen violetten Schein.

«Bitte, bemühen Sie sich nicht, Señor! Ich habe alles, was ich brauche.»

«Niemand hat das, Señora! Wofür interessieren Sie sich eigentlich?»

«Für mich! Das tut jeder, aber ich gebe es zu. Finden Sie das schamlos?»

«Darf ich Sie malen, Señora? Señora? Sagen wir, ein Stilleben mit tropischen Lilien?»

«Es klingt verlockend, aber ich stehe niemals Modell.»

«Warum nicht?»

«Das ist mir zu intim. Da können wir gleich eine gemeinsame Zahnbürste benutzen.»

«Wollen Sie mich morgen nach Ingram Island begleiten?»

«Ich würde Sie nur stören, Señor. Mein Mann sagt, das ist mein größtes Talent.»

«Aber Sie würden mich glücklich machen!»

«Tatsächlich? Ihre Vorstellungen von Glück sind außerordentlich bescheiden. Aber es ist sehr freundlich von Ihnen. Ich werde niemals zu etwas aufgefordert. Um welche Zeit müßten wir fahren?»

«Am besten um sieben Uhr morgens. Ist Ihnen das zu früh?»

«Mir ist alles recht. Gute Nacht.»

Sie schritt hochaufgerichtet ins Hotel zurück. Señor Gonzales blickte ihr nach. Morgen fuhren sie also auf die Vogelinsel. Sie würden allein sein. Er hörte den Liebesruf der wilden Paradiesvögel.

II

Ingram Island ist eine von Kolumbus entdeckte Westindische Insel, die das Meer von der dämonischen Betriebsamkeit der Gegenwart isoliert hat. *Klein-Tobago* gehörte den Vögeln, die dort frei und wild herumflogen und dieses kleine Paradies für Neu-Guinea hielten. Zu Beginn des 20. Jahrhunderts hatte Sir William Ingram, der Besitzer von Klein-Tobago, seine gefiederten Freunde auf die sternförmige Miniatur-Insel gebracht. In dieser Nordecke des größeren Tobago genossen die Paradiesvögel und ihre farbloseren Gefährten trotz Atomkrieg und Revolutionen eine Freiheit und Stille wie kein anderes Lebewesen in unserer von Gesetzen eingeengten Welt. Sir William hatte sein «Heiligtum der Vögel», das der heilige Franz von Assisi wahrscheinlich zu seiner spirituellen Heimat gemacht hätte, der Regierung von Trinidad und Tobago vermacht. Seine einzige Bedingung war die Verpflichtung der Erben, in seinem Sinne die Fürsorge für die Vögel zu übernehmen. Einmal in der Woche fuhren Aufseher von den umliegenden Inseln und Buchten in ihrem Boot zum «Vogelparadies», pflegten die Bäume, sorgten für das Trinkwasser der kostbaren Insassen und baten die Besucher aus aller Welt um Ruhe und Vorsicht. Die Spielregeln des Käfigs waren den wilden Vögeln unbekannt.

Señor Gonzales und Mrs. Fenner hatten in der *Speyside*-Bucht ein Boot nach Klein-Tobago genommen und fuhren durch das von Felsen umrahmte Inselreich zu einer Bucht der Vogelinsel hinüber. Die Sonne beschien das tiefblaue Meer. Gischt sprang an den Felsen und Klippen empor wie weiße Spitzenschleier; und dann und wann belebte der Schrei eines Seevogels die morgendliche Stille. Señor Gonzales hatte die Augen geschlossen und schien seine Begleiterin vergessen zu haben. Prudence war nicht weiter erstaunt: wovon sollten sie reden? Sie hatte das Gefühl, schon einmal hier gewesen zu sein. Wo hatte sie die Wälder, die Fruchtbäume gesehen, diese von den Lockrufen der Vögel unterbrochene Stille erlebt? Im Traum? In einer schattenhaften Existenz lange vor ihrer Fahrt auf diese Insel? Es mußte ein bezaubernder Traum gewesen sein. Plötzlich erinnerte sie sich genau daran, atmete mühsam im Bewußtsein eines ungeheuren Verlusts, und ihr Gesicht verzog sich.

«Fühlen Sie sich nicht wohl, Señora?» Ihr Begleiter betrachtete sie unverwandt. Dann nickte er langsam, als ob er Mrs. Fenners Reaktion vorausgeahnt hätte. Die plötzliche Konfrontation mit der Stille wirkt wie ein Schlag auf Menschen, die in großen, lärmenden Städten leben.

«Ich fühle mich ausgezeichnet», sagte Mrs. Fenner kühl. Wieder machte sie eine merkwürdige Bewegung, als ob sie sich die Nase abschneiden wollte. Ihre dunkle Sonnenbrille verbarg den Ausdruck ihrer Augen. Sie war schwierig und kalt und innerlich zerrüttet – Gonzales hatte das sofort gespürt, aber heute würde er trotzdem für seine beispielhafte Geduld belohnt werden.

Er fühlte so verstohlen nach einem Gegenstand in seiner Hosentasche, als ob er heimlich einen Revolver liebkoste. Prudence zuckte zusammen. Sie wurde noch blasser. Alle Farbe war aus ihrer Erscheinung gewichen. Weißes Kleid, weißer Strohhut, weiße Schuhe, weiße Haut. Selbst ihre Perlen – wie viele tausend Dollar waren sie wert? – waren farblos. Ihr Haar war unter dem breitrandigen Strohhut in einem weißen Schleier verborgen. War sie schon halbtot und imitierte aus langer, trüber Gewohnheit die Gesten der Lebendigen? Sie zog ihre Puderdose heraus und vergaß, sie zu benutzen. Sie wollte sprechen, hatte aber Angst zu stottern. Wie konnte sie nur mit einem wildfremden Südamerikaner auf diese abgeschiedene

Insel fahren? Die Vögel waren kein Schutz. Im Gegenteil. Als Kind hatte sie panische Angst vor Vögeln gehabt. Das hatte sie vergessen – sie hätte im Hotel bleiben sollen.

Sie studierte verstohlen das Profil ihres Begleiters. Eigentlich erinnerte Gonzales sie an einen Habicht, aber das war natürlich Unsinn. Er war doch ein Mensch, nicht wahr? Aber was für einer? War er eigentlich ein weißer Mann? Sie mußte im Hotel farbenblind gewesen sein. Seine bläulichen Lippen, seine trockene, dunkelbraune Haut, sein strähniges schwarzes Haar kamen ihr plötzlich verdächtig vor. Hatte er Indianerblut? Im Prinzip war ihr jede Farbe recht, aber mit Indianern hatte sie nie zuvor zu tun gehabt. Sie liebte Sallie – ihre Hausgehilfin. Sallie war Negerin und tröstlich, obwohl sie es nicht gewagt hätte, ihre Missies zu trösten. Señor Gonzales war nicht «tröstlich», wo immer er herstammte. Wieder studierte sie sein Profil: ein Raubvogel! Wieso war ihr das nicht im «Blue Haven Hotel» aufgefallen? Sie hatte ihn nur abends beim matten Licht der Ampeln gesehen.

Sie waren tatsächlich allein auf Ingram Island. Andere Touristen waren zwar auch schon gelandet, aber sie mußten bereits mit einem Führer den verborgenen Vögeln auf der Spur sein. Mrs. Fenner war wieder einmal zu spät aufgestanden. Ihre Unpünktlichkeit war ein weiteres Ärgernis für ihren Mann – Paul hatte einen Wecker in der Herzgegend eingebaut.

Sie hatten das letzte Boot erwischt. Señor Gonzales schien erfreut zu sein, daß sie allein waren. Jetzt fiel ihr ein, wie strahlend er zu ihrer Entschuldigung gelächelt hatte. Seine Zähne waren weiße Meilensteine. Ein unverbrauchtes Raubtiergebiß – oder einfach eine Reklame für die beste Zahnpasta Südamerikas?

Plötzlich hörte Prudence einen schrillen Schrei und fuhr zusammen. Jemand schoß irgendwo einen Habicht herunter. Señor Gonzales lächelte noch strahlender. «Raubvögel sind unerwünschte Gäste in diesem Paradies, Señora. Aber wo in der Welt fehlen sie? Habicht und Taube gehören zusammen. Eine alte Geschichte!» Er schwenkte den Picknickkorb.

Einen Augenblick leuchtete das goldene Gefieder eines Hahnenvogels zwischen den Bäumen auf. Glücklicher Vogel! Er war dem Habicht entwischt.

Es war sehr still. Prudence hörte nur das Geräusch des Wassers, das aus großen Flaschen in bereitgestellte Schalen tropfte. Sie waren zwischen den Bäumen verteilt und verschafften den Vögeln ihr Wasser. Ein Tank befand sich auf halber Höhe hinter einem Bungalow.

«Soviel Getue für alberne Vögel! »

«Nicht albern, nur unschuldig, Señora. Es wäre schön, wenn wir diese Unschuld besäßen.» Die dunklen Augen des Señors blickten melancholisch. Ein merkwürdiger Mensch, dachte sie.

Sie stiegen langsam den bergigen Weg zu dem Bungalow hinauf, wo ihr Führer auf sie warten sollte. Mrs. Fenner fühlte sich schwindlig. Die

Schweißtropfen sammelten sich hinter ihren Brillengläsern, und sie sah die Landschaft und Gonzales ganz verschwommen. Warum um Himmels willen hatte sie diesen Mann hierher begleitet? Er wurde ihr langsam unheimlich. Wäre sie einmal im Leben pünktlich gewesen, dann hätte sie das Vogelparadies in Gesellschaft der anderen Touristen gesehen. Aber in diesem Punkte irrte sie sich. Auf Ingram Island durften immer nur zwei, höchstens drei Leute den Fährten der wilden Vögel nachgehen. Gruppen machten zuviel Lärm, selbst wenn sie sich bemühten, auf Zehenspitzen zu gehen. Hatte Señor Gonzales es gewußt? Er mußte diese Insel schon einmal besucht haben, obwohl er ausdrücklich behauptet hatte, daß er heute zum erstenmal nach *Little Tobago* fahre. Es fiel ihr jetzt ein. Manche Komplikation in Mrs. Fenners Leben kam daher, daß wichtige Dinge ihr meistens zu spät einfielen.

Señor Gonzales unterhielt sie mittlerweile mit sonderbaren Geschichten. So erzählte er ihr, daß der Hahnenvogel im Liebesrausch in der Wolke seines goldenen Gefieders vor den wilden Hennen tanze. Er stoße dann ekstatische Schreie aus und drehe sich wie besessen in seinem Federkleid. Nur die Wälder und wenige vom Glück Begünstigte hätten diesen Vogel jemals tanzen sehen.

«Woher wissen Sie das alles?» fragte Mrs. Fenner.

Señor Gonzales mußte den Argwohn in ihrem Ton bemerkt haben, denn er erklärte eilig, ein Freund im «Blue Haven Hotel» habe es ihm erzählt. Welcher Freund? Prudence hatte ihn niemals mit jemandem sprechen sehen. Allerdings fuhr er täglich nach Sonnenaufgang auf irgendeine Nachbarinsel und verbrachte nur die Abende mit ihr. Was ging es sie an? Sie war wohl zu mißtrauisch. Männer haßten mißtrauische Frauen. Wenn Prudence ihrem Paul persönliche Fragen stellte, ärgerte er sich. «Vielleicht haben wir heute mit dem Hahnenvogel Glück», sagte sie etwas munterer.

Der Señor lachte so nachsichtig, als hätte sie etwas Dummes gesagt. So weiblich und gedankenlos! Wem fiel schon das Glück in den Schoß? Man mußte es auf leisen Sohlen beschleichen, wie er hier die goldenen Vögel beschlich.

«Sind wir bald da?» fragte Prudence. Warum starrte er sie so an? Wohin führte er sie überhaupt? Wenn er so verschwiegen lächelte, erinnerte er sie an sämtliche Indianer, die sich in Hollywood-Filme verlaufen hatten.

«Ich möchte zum Boot zurück, Señor! Ich . . . fü . . . fühle mich nicht wohl.»

«Aber nein, Señora! Sie sagten doch vorhin, es ginge Ihnen ausgezeichnet.»

«Ich habe mich geirrt.»

«Bitte etwas Geduld, Señora. Wir sind gleich am Ziel.» Gonzales griff nach ihrem Arm, um sie beim Steigen zu stützen, aber sie wich mit einem lauten Schrei zurück.

«Warum sind Sie so nervös?» fragte er verwundert. «Sehen sie, dort ist schon die Hütte des Führers. Nur noch einige Minuten. Dann gehen wir die Nester der Vögel suchen.»

«Wo ist der Führer?»

«Er wird irgendwo sein», sagte Señor Gonzales sorglos. «Eigentlich brauchen wir ihn gar nicht. Ich finde mich überall zurecht.»

«Ich gehe ohne den Führer keinen Schritt weiter.»

Señor Gonzales ignorierte die Mitteilung, wie er ihr Stottern ignoriert hatte.

«Bitte, erregen Sie sich nicht, Señora. Vielleicht führt der Mann noch andere Vogelfreunde herum. Wir sind leider sehr spät dran.»

«Ich sagte bereits, daß es mir leid tut.»

«Nur etwas Geduld! Bald werden Sie sich wundervoll fühlen.»

Was sollte *das* heißen? Mrs. Fenners Sonnenbrille war jetzt so beschlagen, daß sie sie abnahm. Ihre Augen blickten schutzlos umher. Señor Gonzales reinigte ihre Brille mit seinem Taschentuch und nahm ihr hilfsbereit den Hut ab. Ihr Schleier war verschwitzt, und sie warf ihn mit einer Gebärde des Ekels zu Boden. Ihre leuchtenden Haare hingen ihr wirr und verklebt in die Stirn. Sie zog automatisch ihren Kamm aus der Handtasche, wobei ein kleines goldenes Etui herausfiel. Gonzales bückte sich und betrachtete es.

«Geben Sie es mir sofort zurück!» schrie sie. Er gehorchte mit hochgezogenen Augenbrauen.

Kein Führer zeigte sich vor der Hütte. Prudence spürte trotz der Hitze eine Gänsehaut auf ihren Armen. Eines wußte sie: niemals würde sie mit diesem Abenteurer den wilden Vögeln nachschleichen. Ihre Kehle schmerzte, als ob sie Glasscherben im Mund hätte. Wann würde dieser Angsttraum enden? Sie versuchte sich mit aller Macht einzureden, daß sie nur träume. Gleich würde sie in ihrem Hotelzimmer aufwachen und die Morgensonne über dem Wasser sehen. Sie nahm sich vor, die Morgensonne mehr als bisher zu genießen. Sie wollte alles genießen, wenn sie nur erst wieder in ihrem Hotel wäre.

Der Señor stieß plötzlich einen Vogelruf aus, der jedem Hahnenvogel Ehre gemacht hätte. sofort erschien ein kleiner grauhaariger Neger aus den dichten Wäldern, verbeugte sich lächelnd und schlug vor, sie gleich in die Höhe zu führen.

«Ist spät, Mistah!»

«Bitte, gehen Sie allein, Señor! Ich . . . ich werde hier warten.»

Gonzales schien über diesen Entschluß entsetzt zu sein und sagte beschwörend: «Aber Señora! Ich werde Sie keinen Augenblick verlassen. Was würde Ihr Gatte sagen? Wenn nun ein wilder Vogel auf Sie herunterstürzt! Kommen Sie!»

Der kleine alte Neger blickte Prudence aus glänzenden dunklen Augen mitfühlend an. «Vögel okay! Mistah scherzt, *Madam!* Wenn *Madam* dem Vogelmännchen nichts tut, tut Vogelmännchen auch nichts. Okay, okay! Cocoa weiß.»

Der kleine Cocoa glich in seinem bunten, mit Vögeln bedruckten Hemd einem westindischen Papageno und hüpfte kichernd zwischen zwei wilden Hennen herum. Er lebte auf einer der verstreuten Inseln der Speyside-Bucht. Er hob seinen vertrockneten Zeigefinger an die Lippen, und der Aufstieg in den Busch begann. Cocoa ging voran, Prudence folgte willenlos seinen Fußspuren, und der Señor schlich hinter ihr her. *Das* hätte ihr jemand in New York sagen sollen, daß ein alter Neger in einem lächerlichen Hemd und einem zerrissenen Strohhut ihr einziger Schutz im Vogelparadies sein würde.

Sie wußte nicht, wie lange sie zwischen den beiden Männern in der Wildnis herumgelaufen war. Gonzales unterhielt sich hinter ihrem Rükken auf spanisch mit dem alten Mann, der mehrere Sprachen radebrechen konnte. Schatten huschten zwischen den Baumwipfeln hin und her. Die Vögel! Da Gonzales in diesem Augenblick einem Vogel nachtanzte, stand Prudence allein mit Cocoa. «Kennen Sie diesen Herrn?» fragte sie atemlos.

«Kommt oft nach Klein-Tobago. Bringt oft Ladies auf Insel mit. Schöner Mann – schöne Ladies!» Cocoa lachte arglos über den Don Juan aus Venezuela. Prudence unterdrückte ein Stöhnen. Er hatte ihr also vorgeschwindelt, daß er zum erstenmal auf Ingram Island sei.

«Wer ist dieser Mann?» fragte sie schnell und verstört.

Über Cocoas Faltengesicht fiel ein Vorhang. «Gennelman aus Venezuela. Malt Blumen, Vögel und alles.»

Mrs. Fenner hatte das feste Gefühl, daß die beiden sich kannten und Cocoa aus irgendeinem Grund nichts weiter sagen wollte oder durfte. Señor Gonzales erschien wieder, breitete Cocoas Baumwolldecke auf dem Boden aus und stellte den Picknickkorb darauf. Cocoa murmelte eilig: «Komm später!»

Bevor Prudence den alten Mann bitten konnte, sie nicht mit dem Fremden allein zu lassen, war er bereits im Dickicht verschwunden. Sie fühlte eine solche Panik, daß sie leblos wie eine Wachsfigur auf dem Tuch saß und weder aß noch trank, während der Señor es sich seelenruhig schmecken ließ. Er aß, als ob er jahrelang kein solides Frühstück mehr gehabt habe. Vielleicht war dem so, denn er sah tatsächlich ganz ausgemergelt aus.

Indianer, dachte Mrs. Fenner verschwommen. Sie hatte entsetzliche Kopfschmerzen. Sie wünschte plötzlich, ihr Mann wäre hier. Gewiß, Paul hatte seine Nücken. Er zeigte ihr zu oft, daß sie ihn langweilte. Er war streng und meistens schlechter Laune, wenn sie allein waren, aber er war anständig und zuverlässig, und er wäre mit Señor Gonzales im Handumdrehen fertig geworden. Prudence wußte es. Sie hatte zu oft erlebt, wie er im Handumdrehen mit lästigen Personen fertig wurde. «Lassen Sie meine Frau in Ruhe», hätte Paul gesagt. «Verschwinden Sie, Mister! Es wäre das Vernünftigste, was Sie tun könnten. Ich weiß allerhand über Sie.» Das hätte Paul ganz freundlich gesagt, aber leider war er in Venezuela. Ihre Lippen bewegten sich, aber kein Ton kam heraus. Sie mußte einige Stahlsplitter in der Kehle haben, denn sie konnte vor Schmerzen nicht schlucken.

«Haben Sie etwas gesagt?» Der Señor verspeiste den letzten kreolischen Reiskuchen. Das kalte Huhn hatte bereits ausgelitten, und das Obst bestand nur noch aus Bananenschalen und Kernen. Auch die Thermosflasche mit dem Kaffee war fast leer.

«Trin . . . tr . . . trinken», keuchte Prudence.

Gonzales erhob sich mit der Anmut eines Limbotänzers und bot ihr den Rest Kaffee in einem sauberen Aluminiumbecher an. Da sie zögerte, setzte er den Becher an ihre Lippen, kniete wie in einem Schäferspiel neben ihr nieder und wollte sie zum Trinken zwingen. In ihrer Panik fürchtete sie Gift und stieß den Becher so heftig fort, daß die Flüssigkeit ihr weißes Kleid befleckte. Der Señor war geschmeidig zur Seite gesprungen und fragte, warum sie plötzlich nicht trinken wolle. «Glauben Sie, ich habe den Kaffee vergiftet?»

Prudence leugnete diesen Verdacht mit so viel Nachdruck, daß Gonzales sie kopfschüttelnd betrachtete. Ein seltsamer Ausdruck verdunkelte seine Augen – eine Mischung von Mitleid, Hohn und schlummernder Brutalität.

«Bald wird Ihnen besser werden, Señora. Ich schwöre es.»

Prudence faßte sich mit einer hilflosen Bewegung an die Kehle. Ihre Hände flatterten wie Vogelschwingen.

«Drückt Ihre Perlenkette, Señora? Sie ist vielleicht zu schwer für Ihren schönen schlanken Hals.»

Bevor Prudence sich wehren konnte, hatte Gonzales geschickt das Sicherheitsschloß gelöst und ihr die Perlen abgenommen. Das war das Ende! Was sollte sie ihrem Mann sagen? Nie im Leben würde er ihr glauben, daß sie diese kostbaren Perlen verloren habe. Er wußte, wie sehr sie an ihrem Schmuck hing. Als sie vor zwei Jahren ohne ihre Smaragde zu Hause erschienen war, hatte er sie sofort in die Verbannung geschickt.

Gonzales nahm ihr nun auch noch die Handtasche mit ihrem Geld und dem Monogramm aus Brillanten ab, untersuchte den Inhalt und legte die Perlenkette in das Fach mit dem Reißverschluß. «Ich muß besser auf Sie und Ihre Besitztümer aufpassen», sagte er milde. «Sie sind *gar nicht* wohl, Señora!»

Sie begann zu schreien. Sie schrie genau wie damals in der Verbannung, als die wehenden Gardinen vor ihrem Fenster die Form von Gestalten angenommen hatten und immer näher auf sie zugeweht gekommen waren. Sie hatte sie nicht fangen und zerreißen können. Die Phantomfratzen hatten gegrinst, wie dieser Fremde sie angrinste.

Gonzales konnte Geschrei wohl nicht leiden, denn er hielt ihr brutal den Mund zu. Seine magere, braune, tabakduftende Hand lag wie ein Schloß vor ihren Lippen. «Die Vögel», murmelte er. «Keinen Laut mehr, hören Sie, wir sind im Paradies.»

Prudence konnte den grimmigen Witz nicht würdigen, da sie mit einem

Erstickungsgefühl rang. Sie war mit Furcht, nein, mit Entsetzen geladen und biß ihn mit letzter Kraft in die Hand. Er sprang mit einem bildschönen spanischen Fluch zurück. Dann preßte er die Lippen zusammen, um seine Wut zu beherrschen. Diese Gans begriff nicht, daß sie schon mit einem Fuß in einem dunklen Eden stand.

«Ent . . . entschuldigen Sie! Ich . . . ich w . . . wweiß nicht, ww . . . wie ich . . .» Mrs. Fenners schönes weißes Gesicht zeigte Risse wie eine übertünchte baufällige Fassade kurz vorm Einsturz. Tränen liefen ihr über das schwache, zitternde Kinn. Gonzales bemerkte zum erstenmal, wie willensschwach es war. Es erzählte ihm seine eigene jämmerliche Geschichte. Mrs. Fenners Kinnladen hatten sich gräßlich gelockert und erinnerten ihn an klappernde Fensterläden, an denen der Wind rüttelt. Wie hatte er dieses Häufchen Elend schön und stolz finden können? Wenn er sie später aus der Erinnerung malen würde, mußte er auf jeden Fall ein Kinn erfinden, das zu diesem klassischen Profil paßte. Er wunderte sich häufig über Konstruktionsfehler in Gesichtern, die ihn faszinierten.

Prudence, deren Name ziemlich unberechtigt war, bemühte sich vergeblich um Haltung. Aber die Tränen rannen weiter aus den schreckgeweiteten Augen über das schwache Kinn und mischten sich mit den Kaffeeflecken auf ihrem weißen Kleid. Ihre Beine zitterten so heftig, daß sie nicht fliehen konnte. Aber sie wußte, es wäre ohnehin vergeblich gewesen. Ohne Cocoa würde sie nie den Weg zum Ufer finden. Außerdem brauchte sie einen Arm, auf den sie sich stützen konnte. Paul, dachte sie beinahe sehnsüchtig.

Gonzales band sein Taschentuch kunstgerecht um seine blutende Linke. Prudence mußte in ihrer Todesangst ganz kräftig zugebissen haben. Seine Züge waren unbewegt, aber die Mundwinkel waren tief herabgezogen und ließen ihn mürrisch und grausam aussehen.

«Wa . . . was wollen . . . Sie . . . vvv . . . von mir? Sie . . . Sie haben doch die Ppp . . . Per . . . Perlen!»

«Greifen Sie meine Ehre nicht an, Señora!» Trotz dieser Mahnung gab Señor Gonzales nicht die Handtasche her. Doch sein Gesicht erhellte sich plötzlich, als ob die Sonne versuchsweise über einer verregneten Felsenlandschaft aufginge, eine ironische, schadenfrohe Sonne, denn sie konnte die erstarrte Frau nicht wärmen.

«Warum haben Sie Angst vor mir?» fragte der Señor. Je freundlicher er lächelte, desto feindseliger wurde sein Ton. Prudence stammelte, daß sie keine Angst habe.

«So ist es recht.» Señor Gonzales sprach plötzlich wie ein Lehrer zu einem begriffsstutzigen Kind. Und er fand Mrs. Fenner in der Tat nicht sehr helle. «Angst würde alles ruinieren, Señora! Die Stimmung wird so unbehaglich.»

Prudence bewegte die Lippen wie eine Heroine in einem Stummfilm. Und sie wirkte genauso pathetisch und leicht lächerlich.

«Haben Sie Mitleid!»

«Das *habe* ich», sagte Gonzales. «Sie wollen offenbar nicht begreifen!» Er zuckte die Achseln. «Frauen unterschätzen fast immer, was man ihnen geben kann. Sie dürsten nach dem Unerreichbaren. Habe ich recht?»

«Ich weiß nicht.»

«Sie sollten es wissen! Sie sind doch eine Frau.»

Prudence schwieg. Sie starrte ins Leere und hörte ein Geräusch, als ob jemand einen Stuhl zurückschöbe – knarrend, kratzend – über rauhe Steinböden. Aber Señor Gonzales hatte sich nur geräuspert.

«Ich könnte Sie *sehr* glücklich machen, Señora.»

Mrs. Fenner war immer noch eine Statue mit einem bebenden Kinn. Also *das* wollte er – außer dem Schmuck und ihren Dollars! «Nein, *nein*», schrie sie, denn sie konnte plötzlich wieder schreien. «Ich ... kann ... nicht! Ich hasse Männer!»

Señor Gonzales lächelte ein uraltes Lächeln.

«Ich kann es nicht ändern», flüsterte sie. «Gehen Sie! *Bitte!*»

Gonzales setzte sich dicht neben sie auf Cocoas Baumwollteppich, von dem er jeden Stein und jeden Zweig entfernt hatte. Er mußte seine paar Anzüge schonen. Er schlief nicht wie Mrs. Fenner in goldenen Betten.

«Ich ... habe keine Lust ...» stieß sie hervor. Dieser Ausspruch paßte so wenig zu der Situation, daß Gonzales ein Lächeln unterdrücken mußte.

«Sie mißverstehen mich, Señora!»

«Machen Sie Schluß mit mir! Mir liegt sowieso nichts am Leben!»

«Sind Sie so müde ... Señora?»

Er griff in seine Hosentasche, und Prudence unterdrückte einen Schrei. Aber er zog nicht den erwarteten Revolver hervor, sondern ein silbernes Zigarettenetui mit einem verschlungenen Monogramm. *L. G.*

«Wie heißen Sie mit Vornamen?» fragte sie in einem irrsinnigen Versuch, die normale Situation wiederherzustellen. Ihre Blicke klebten an dem Monogramm, als ob es eine geheime Botschaft für sie enthielte. In der Tat erzählten die Buchstaben eine Geschichte – nur sie konnte sie nicht entziffern.

«Luis. Ich heiße Luis Gonzales.» Die Besitzerin der zierlichen Kostbarkeit hatte Laura Griffith geheißen. Manchmal gab es glückliche Zufälle.

«Lieben Sie die Musik, Señora? Gesang? Gitarre? Sphärenklänge? Die süße Klage in der Einsamkeit?»

«Lassen Sie mich in Ruh!»

«Damit wäre *Ihnen* nicht geholfen. Ich lasse Sie nicht in Ruh, weil ich Ihnen Frieden geben will. Verstehen Sie das nicht?»

«Nein.»

Er legte den Arm um ihre Schultern. Es war eine leichte Bewegung, aber sein sehniger Arm umschloß sie wie eine Klammer. Sie versuchte, ihn abzuschütteln.

«Still, Señora! Sie sind schwindlig! Sie bedürfen einer Stütze!»

Er ließ sie abrupt los, und sie wäre gefallen, wenn er sie nicht aufgefangen hätte. Einen Augenblick lag sie in seinen Armen und blickte zu ihm auf. Er war nicht besonders rasiert. Sie fühlte, wie grotesk es war, daß sie so kurz vor ihrem Tod solche Nichtigkeiten wahrnahm. Aber sie konnte nicht lieben und war daher nicht blind.

«Machen Sie Schluß», stöhnte sie.

«Wie eigensinnig Sie sind, Señora!» sagte Gonzales sinnend. Er forschte in ihrem Gesicht: leer, angstverzerrt, eine Spinnenlilie im Zerfall! Ohne Zauber, ohne Frucht, ohne das köstliche Stimulans der Begierde. Und trotzdem! Mit ihrem stumpfsinnigen Eigensinn und ihrer sexuellen Kälte und ihrem honiggoldenen, lügnerischen Haar hatte sie trotzdem für ihn den unentrinnbaren Zauber seines Urbilds der Frau.

Der Señor entzündete eine Zigarette und steckte sie ihr zwischen die farblosen Lippen. «Bald sind Sie glücklich», flüsterte er. Bald würde sie zurücksinken in den Schlaf und die Nacht.

Bald, sehr bald! Und er mußte dann fort sein. So schnell wie möglich. Aber noch blieb er und konnte sich nicht losreißen.

«Ich wußte sofort, was Sie brauchen, Señora.» Seine Blicke verfolgten ihre Flucht aus der Angsthölle in den Marihuana-Rausch. Warum fürchteten die reichen süchtigen Frauen, daß er sie besitzen oder etwa töten wollte? Er wollte nur Geld zum Leben und Malen. Dafür lieferte er den Rausch. Aber wie vorsichtig mußte er vorgehen! Er konnte mit dem Marihuana nicht im Handumdrehen herausrücken. Gesetzt den Fall, eine Frau, die er für süchtig hielt, hatte nie von künstlichen Paradiesen gehört und schlug Lärm! Wie oft mußte er sich an alleinstehende Frauen heranpirschen, sie unterhalten und umschmeicheln, und plötzlich reisten sie ab, oder jemand anderer tauchte auf. Oder sie suchten einfach ein Abenteuer! Einen Mann. Irgendeinen. Gonzales hatte es nicht leicht. Ganz abgesehen von den zwanghaften Angstzuständen der Süchtigen, mit denen er fertig werden mußte. Aber er malte, was er wollte. Das war seine Rechtfertigung – allerdings nur in seinen eigenen Augen.

Er hielt immer noch Mrs. Fenners Handtasche. Was bedeuteten Perlen und Geld für diese ... diese arme Kreatur? Verschwanden nicht ihre Qualen und das Gefühl der Leere im Rauch aus Mexiko? Er fühlte sich manchmal als Wohltäter. Wieso lieferten eigentlich nur die weiblichen Hanfpflanzen, die man in Mexiko *Maria-Johanna* nennt, das Gift des Vergessens? Aus Weibertücke?

Er sah Mrs. Fenner regungslos beim Rauchen zu. Er selbst brauchte keine Maria-Johanna zur Erzeugung von Visionen. Er würde noch malen, wenn seine Kunden schon längst Selbstmord begangen hatten oder im Zuchthaus oder Irrenhaus saßen. Der Rauschgifthandel war ein goldenes Spinnennetz, das sich von Kontinent zu Kontinent spannte. Gonzales sagte sich oft, daß er nur ein Fädchen in diesem gigantischen Netz war.

Er betrachtete Prudence neugierig und mit Erbarmen. Er war so wenig aus einem Guß wie andere Leute in dieser lausigen Welt. Eigentlich war diese Frau zu schade für die unabwendbare Zerstörung. Aber sie wollte es nicht anders. Warum ließ ihr Mann sie so allein in der karibischen Welt herumlaufen? Gonzales hatte beim Pottier erfahren, daß Paul Fenner in etwa zehn Tagen im «Blue Haven» erwartet wurde.

Gleich würde sie in dämonische Lustigkeit und zwanghafte Redelust ausbrechen. Danach würde sie müde werden und träumen. Die ganze trübe Wirklichkeit umträumen, bis sie ihr auf den Leib geschneidert war. Wann hatte sie wohl damit begonnen?

Prudence zog den Rauch gierig ein. Jeder Zug erzeugte in ihr Wärme und Lebenslust. Ihre Augen begannen zu leuchten. Ihr Kinn festigte sich in dem Maße, wie ihre moralische Kontrolle sich lockerte. Sie erzählte in diesem Augenblick eine so obszöne Episode aus ihrem Leben, daß Gonzales sich geschämt hätte, wenn er jünger und reiner gewesen wäre.

Vor Jahren hatte Prudence Fenner eine genauso skandalöse Geschichte bei einem Manager-Essen in New Jersey erzählt. Sie hatte Angst vor den vielen unbekannten Gästen und vor dem Stirnrunzeln ihres Mannes gehabt. So war sie hochfliegend wie ein Papierdrache in ihrem großen Abendkleid und ihrem Tiffany-Schmuck erschienen und hatte die wichtigen Leute aus der Ölindustrie, so gut sie noch konnte, unterhalten. Es war das letzte Mal gewesen, daß Paul Fenner seine dekorative Frau mit dem berühmten Familiennamen zu einer offiziellen Gelegenheit mitbrachte. Und es war das erste Mal, daß er sie persönlich am nächsten Tag in die Verbannung verfrachtete und der Empörung seines Schwiegervaters mit stoischem Schweigen begegnete. Jetzt wußte Fenner, warum dieser Ölgewaltige einen obskuren jungen Mann aus einer Kleinstadt als Schwiegersohn akzeptiert hatte. Fenner hatte damals dem Präsidenten des Konzerns erklären müssen, daß seine arme Frau im unpassendsten Moment «Zustände» bekomme und nicht wisse, was sie rede. Der große Mann hatte genickt. Fenner war eine enorm wertvolle Kraft, und niemand konnte etwas für seine Frau. Aber ohne Prudence wäre Fenner niemals in diesen inneren Zirkel der Industrie gekommen. Man mußte für alles zahlen.

Mrs. Fenner lachte in diesem Augenblick wieder einmal hemmungslos. Gonzales hielt ihr den Mund zu. Aber dieses Mal dachte sie nicht daran, ihn in die Hand zu beißen. Wer biß seinen Retter? Sie drückte mit geschlossenen Augen einen Kuß in seine Handfläche. Gonzales sprang zurück: er vermied Intimitäten im Geschäft. Aber dann schmerzte es ihn unvermutet, daß eine Marmorstatue, die er Abende lang bewundert hatte, sich vor ihm erniedrigte. Mrs. Fenner hatte ihm in tiefgekühltem Zustand bedeutend mehr zugesagt. Sie war die schönste Leiche außerhalb eines Sarges gewesen, die man sich denken konnte. Und er hatte sie im Hotel trotz seiner geschäftlichen Pläne mit der rituellen Höflichkeit behandelt, die man einer unnahbaren Toten zollt. Alles, was einmal in diesem achtunddreißigjährigen Mann schamhaft gewesen war, empörte sich bei diesem Handkuß. Übrigens hatte er soviel Indianerblut wie Mr. und Mrs. Fenner.

«Lassen Sie das», sagte er rauh.

Prudence starrte ihn aus verschwimmenden Augen an. Ihre Augäpfel verdrehten sich langsam in unheiliger Ekstase. Sie war schon zu berauscht, um die Zurückweisung zu fühlen. Sie versuchte aufzustehen und ihrem Wohltäter um den Hals zu fallen. Sie wollte ihn fest umschlingen, damit er immer bei ihr bleiben und ihr Maria-Johanna geben werde. Mochte er sie dafür ausplündern! Oder sie töten? Oder «lästig» werden. Was lag daran? Mit jedem Atemzug glitt sie tiefer in ihr wildes Eden, das ihr eigener Mann ihr nicht gönnte.

Gonzales stieß sie zurück, und sie zuckte die Achseln wie eine Prostituierte. Sie lachte leise und ein wenig irre und schloß schließlich die Augen. Gonzales betrachtete sie unter halbgeschlossenen Lidern. Seine Wimpern waren so lang und dicht wie eine Teppichbürste. Dann entnahm er Mrs. Fenners Handtasche das Perlenhalsband und Geld und ließ ihr nur einige Dollars. Und einen Vorrat von Marihuana-Zigaretten.

Mrs. Fenner würde bald schlafen, und Gonzales ließ sie liegen, wo sie lag. Nach dem Erwachen würde Cocoa sie in seinem Boot nach Speyside zurückbringen. Er hatte ein gutes Trinkgeld bekommen, und es war nicht das erste Mal, daß er Wracks verfrachtete. Cocoas Trinkgeld ging auf ein Spesenkonto, das nur Señor Gonzales und die wilden Vögel von Ingram Island kannten.

In diese abgelegene Ecke der Insel führte Cocoa keine Touristen.

III

Die Zigaretten waren aufgeraucht.

Prudence träumte. Sie hatte Flügel wie der Vogel Rock und flog der Unendlichkeit entgegen. Sie lebte nicht mehr ihr enges, schmerzhaftes Leben, in dem sogar die Leere schmerzte, sondern sie erfuhr in Sekundenschnelle die bunte Fülle vieler Existenzen. Dann saß ihr plötzlich die Angst im Nacken, und sie schauerte im Traum zusammen, weil sie sich vor dem Absturz in die Wirklichkeit fürchtete. Doch das ging vorüber, und Maria-Johanna geleitete sie wieder in die Gefilde des Außer-sich-Seins. Das große Glück bestand darin, daß die Zeit für Prudence still stand. Oder vielmehr war sie in mysteriöser Weise mit der Zeit verschmolzen wie ein ekstatisches Wölkchen am Horizont. Paul war nur noch ein beweglicher Punkt ohne Gesicht oder Macht. Er hüpfte irgendwo am Rande des Nichts herum. Der Punkt konnte selbstverständlich jederzeit Gestalt annehmen und sie in der Entziehungsanstalt anmelden, aber was nützte ihm das? Sie war körperlos, schwerelos und ungreifbar. Sie war frei wie die Vögel auf dieser Insel.

Auch Señor Gonzales war nicht mehr gegenwärtig. Prudence hatte seine Existenz völlig vergessen. Obwohl es noch früh am Tag war, flog sie durch dämmrige, von bleichen Sternen erleuchtete Wälder. Sie glühte so intensiv, daß die Sterne sich rot färbten. Sie lieh ihnen etwas von ihrer inneren Glut. Sie flog über die Wälder, Felder und Felsen Westindiens, aber sie waren größer, leuchtender als in Wirklichkeit und leer. Niemand verfolgte sie mit neugierigen oder geringschätzigen Blicken und Fragen. Nur die Vögel umschwirrten sie und sangen. Wilde Nachtigallen. Sie war eine von ihnen. Dann plötzlich verwandelte sie sich in einen Baum und seufzte tief und klagend mit dem Wind, der durch ihre Zweige fuhr. Seufzte sie, weil sie sich bereits der Erde näherte? Ein Baum konnte nicht mehr fliegen. Übrigens war sie ein gläserner Baum, so wie sie ihn einmal daheim zur Weihnachtszeit in einem Schaufenster gesehen hatte. Ihr Vater hatte ihn für sie gekauft, weil sie so verzaubert gewesen war. Damals war er noch nicht der Fremde gewesen und Prudence erst fünf. Ihre liebe Mama hatte aber das Kristallbäumchen nicht leiden können und es weggegeben. Mama hatte beobachtet, wie Prudence unbeweglich das Bäumchen angestarrt hatte, anstatt auf dem neuen Herd eine Suppe für ihre Puppe zu kochen. Prudence hatte nach ihrer lieben Mama geschlagen, als das Bäumchen am Neujahrstag verschwunden war. Sie hatte damals noch nicht einsehen können, daß Mama immer recht hatte.

Und nun war sie selbst ein Kristallbaum – viel kleiner als sie sonst war – und hatte Angst vor den wilden Vögeln, die aus dem Azur auf sie zuflogen und ihre gläsernen Arme zerbrechen und mit den Schnäbeln verletzen konnten. Sie schrie auf.

Ein Habicht stürzte sich auf sie, und er hatte die Gesichtszüge ihrer Mutter. Das konnte nicht sein. Ein Habicht hatte nicht das Gesicht einer Frau, und außerdem war ihre Mutter kein Raubvogel. Das wußte Prudence selbst noch im Traum. Und so verschwand der Habicht unter häßlichem Kreischen, und der schönste Hahnenvogel von Klein-Tobago breitete sein goldenes Gefieder aus, ließ sich auf ihr nieder und begann auf ihren Zweigen zu tanzen. Wieder schrie sie. Sie war aus Glas, und gleich würde sie zerbrechen! Das Gefieder des Hahnenvogels klirrte und peitschte sie, und sie stand schwankend und zerbrechlich unter diesen Hieben. Plötzlich flog der Vogel fort, und sie atmete auf. Aber er kam zurück, und es war kein richtiger Vogel. Es war Señor Gonzales in einem goldenen Federmantel. Er kam immer näher, und sie versuchte zurückzuweichen, weil sie es immer gehaßt hatte, von Männern verführt zu werden, und weil sie aus Glas oder Eis war. Ehe Gonzales sie mit seinem flammenden Federmantel versengen konnte, war sie wieder ein Kind. Doch sie wuchs in wenigen Sekunden zu einer jungen Frau heran. Es war nicht angenehm, so schnell zu wachsen. Es schmerzte in allen Gliedern und im Herzen. Aber der Flammenmantel von Señor Gonzales mußte sie unmerklich versengt haben, denn sie glühte plötzlich vor Begierde nach der Umarmung. Sie wollte in der Glut vergehen, weil Maria-Johanna verborgene Feuerbrände in ihr erweckte. Sie mußte fliegen, sie mußte im Meer ihren Eispanzer wiederfinden. Und siehe da! Sie konnte wieder fliegen und war über dem Ozean in der rosigen Wolke des Sonnenaufgangs.

Dieses weite, leuchtende Meer! Wo aber waren die Karibischen Inseln und die Felsen und die von Gischt umbrandeten Riffe? Mehrere Jahre fuhr Prudence auf diesem leuchtenden Gewässer umher. Wieder fühlte sie die Ekstase, die sie gegen den Alltag wappnete. Einmal meinte sie, die «Ziegen-Insel» zu sehen, an der sie mit Gonzales vorbeigefahren war. Sofort wurde die Luft kalt wie im New Yorker Winter, und der Ozean hatte einen stählernen Schein – wie Pauls Augen, wenn sie aus ihren Träumen erwachte. Paul war leider nicht mehr ein Punkt, sondern wieder ein ausgewachsener Wärter mit der Peitsche. Er fuhr in der Ferne auf einem Polizeiboot herum. Sie konnte ihn nicht erkennen, aber sie wußte, daß diese unbewegliche Gestalt ihr Mann war. Sie vergaß ihn aber wieder, die Luft war von Musik erfüllt. Sie hätte ewig lauschen mögen, während sie auf ihrem Boot über dem Ozean trieb. War es die Karibische See? Was lag daran? Eine unendliche Harmonie umtönte sie: Freude, Trauer, Sehnsucht verschmolzen in diesem Sphärengesang, und er währte zwei bis drei Jahrhunderte. Sie lauschte mit geschlossenen Augen und merkte nicht, wie ihr Boot schwankte und die Musik allmählich verstummte. Da hörte Prudence die schrillen Schreie wilder Vögel. Sie mußten ihr von Ingram Island nachgeflogen sein. Sie schauderte und preßte die Hände an die Ohren. Die eisige Kälte des Ozeans umspülte sie. Ihr Papierboot hatte sich im Wasser aufgelöst. Wie konnte sie nur ein Papierboot besteigen? Als Kind hatte sie in der Badewanne mit solchen Schiffchen gespielt, und Papa hatte ihr erzählt, wohin sie beide damit reisen konnten. Um die ganze Welt, meine Kleine! Aber selbst damals hatte sie schon gewußt, daß Boote aus festem Material sein müssen. Mama hatte immer recht: Ich wäre dir dankbar, wenn du das Kind nicht mit solchem Unsinn aufregen würdest, hatte sie zu Papa gesagt. Danach hatte er Prudence nichts mehr erzählt.

Sie bekam Wasser in die Kehle und schluckte krampfhaft. Sie mußte versuchen, ans Ufer zu schwimmen, an irgendein Ufer, wo die Sonne schien, wo die Leute sich über Ölpreise oder die letzte Mode unterhielten und den *New Yorker* lasen. Da tauchte plötzlich ein neues Papierschiff auf, aber irgendeine Ahnung hielt sie davon zurück, es zu besteigen. Weißgekleidete Menschen waren an Deck und winkten ihr, gaben ihr Zeichen, sie solle an Bord kommen. Sie schickten sogar ein kleines Boot hinüber. Schiff und Boot waren aus solidem Material, doch etwas stimmte nicht. Prudence wollte lieber im Ozean ertrinken als das Boot besteigen. Aber jemand stieß sie hinein, und die weißgekleideten Menschen auf dem Schiff zogen sie schweigend in eine Kabine. Und da war Paul. Er blickte sie grimmig an und auch enttäuscht, weil sie hinter seinem Rücken wieder Träume eingekauft hatte. Sie wollte um Hilfe schreien, brachte aber keinen Ton heraus. Denn sie war plötzlich vor Entsetzen erstarrt.

Sie war nicht auf einem Schiff, wie sie soeben noch gedacht hatte, sondern in der Verbannung! Genau gesagt, im «Lexington-Hospital» in Kentucky, USA, wo man Privatpatienten und auch Häftlinge von Rauschgift entwöhnt. Patienten aller Kreise und Hautfarben, die entweder von verzweifelten Angehörigen oder von der Polizei nach Lexington gebracht worden waren. Vor ihrer Reise nach Tobago hatte ihr Mann Hoffnung geschöpft. Man hatte sie mit *Methadone* behandelt, einer schmerzstillenden Droge, die wunderbarerweise die Sucht einlullen sollte. Man war sich noch nicht ganz sicher. Aber immerhin: ein junger Mann aus Puerto Rico hatte wieder Interesse an seiner Umwelt und seiner Familie bekommen, sein krankhaftes Mißtrauen war geschwunden, und er schien geheilt. Auch bei Prudence gab es Anzeichen moralischer Gesundung. Aber das war nun schon einige Zeit her. Sie hatte bereits wieder Rastlosigkeit und Todessehnsucht verspürt, bevor Señor Gonzales mit seinem Zigarettenetui *L. G.* in Tobago aufgetaucht war. Sie log schon wieder, sie versank in feindseliges Schweigen, wenn Paul sie etwas fragte, sie beantwortete die Briefe ihrer Mutter nicht. So sehr sie Mama liebte, ihre Briefe versetzten sie in eine rasende Wut, und sie zitterte noch stundenlang nach der Lektüre. Dabei fragte Mrs. Parnell nur, wie es ihrer geliebten kleinen Prudence gehe und ob sie auch «brav» sei? Sonst, schrieb Mama, würde Prudence wieder nach Kentucky reisen. Schließlich hatte Paul Fenner seine Schwiegermutter ersucht, keine Briefe mehr zu schreiben. *Er* würde regelmäßig über Prudences Ergehen Nachricht geben. Selbstverständlich hatte Mrs. Parnell diesen Vorschlag ignoriert. Ihre Tochter brauchte ihre moralische Hilfe. Das hatte sie sogar einem New Yorker Psychiater einreden wollen. Der berühmte Mann hatte daraufhin die Behandlung abgebrochen. Familie hatte nichts in seiner Praxis zu suchen. Danach hatte Mrs. Parnell bis zum heutigen Tag die Rolle der Märtyrerin gespielt, die nicht mehr lächeln konnte. Sie vergab Prudence beständig, und davor hatte diese sonderbare Tochter noch mehr Angst als vor der finsteren Miene ihres Mannes. Am Tag vor dem Ausflug nach dem Vogelparadies hatte Mrs. Parnell geschrieben, daß sie es nicht verdient habe, in ihrem hohen Alter von ihrer Tochter herzlos verlassen zu werden, in dem «Prue» ihr einziger Lichtblick sei. Hatte sie dieses Kind nicht vor jedem schädlichen Einfluß geschützt – angefangen bei dem armen Papa? Prudence hatte das Gesicht ihrer Mutter mit den verkniffenen Lippen und der Habichtnase vor sich gesehen und den Brief in die Karibische See versenkt.

Sie war jetzt kurz vorm Erwachen aus Träumen, die in letzter Zeit immer bezaubernd begannen und ihr dann plötzlich dämonischen Schrecken einjagten. Sie war dem Hospital entflohen und wieder in ihrem Papierboot auf dem Ozean. Die Wellen wurden immer gewaltiger: ein Wirbelsturm mußte im Anzug sein. Ihr Herz raste, das Wasser stand ihr an der Kehle. Aber es war ihr eigener Angstschweiß, der ihr in Strömen den Körper herunterrann. Vögel mit gräßlichen Fratzen und dolchartigen Schnäbeln flogen auf sie zu. Sie stöhnte und schrie. Aber sie wußte, daß niemand sie hören konnte. Sie war allein auf dem Ozean der Verdammten.

Aber jemand mußte doch etwas gehört haben. Jemand schüttelte sie vorsichtig aus dem Albtraum heraus.

«Is gut, Madam! Is schon gut!»

Der alte Cocoa beugte sich über sie. «Bißchen schlecht geträumt?» Prudence war sterbenselend zumute. Der Alte führte sie vorsichtig zur Bucht hinunter, nachdem sie sich heftig übergeben und etwas erholt hatte. Ihre Beine zitterten wie Gelee. In ihrem Kopf war auch nur Gelee. Cocoa schwatzte gleichmütig und blickte die fremde Dame nicht an. Sie mußte vom Teufel besessen sein. Von dem bißchen Rauch? Sie war eine schöne, feine Dame, und Cocoa bemitleidete sie schweigend, weil sie sich mit dem Señor eingelassen hatte. *«He switch an switch from witch to witch»* * hatte Cocoa seiner Frau erklärt. Aber er verdiente gutes Geld im Paradies der Vögel, und seine Söhne bekamen *eddication***. «Leben is so», erklärte Cocoa an diesem Abend seiner Frau, die keine Zeit hatte, ihm zuzuhören. «Gibt Menschen, die Rauch brauchen. Gibt welche, die nich brauchen. Rauch-Menschen heut Mensch, morgen Tier, hörst du? Übermorgen Erde und Staub.» Er dachte wieder an die Fremde. Sie erinnerte ihn an die große weiße Teetasse mit einem Sprung, die er billig auf dem Markt in Scarborough gekauft hatte. «Nich so gut – hat Sprung! Preis runtergesetzt», hatte die Händlerin gesagt. Die Tasse war schön und hatte ein englisches Blumenmuster. Aber Cocoa durfte nur lauwarmen Tee hineingießen. Sprung war nich so gut.

Prudence legte sich im Hotel sofort zu Bett. Es stimmte: sie konnte immer weniger vertragen. Es war spät am Abend, und die Ozeanterrasse füllte sich langsam mit Gästen, welche die wechselnden Lichter der See bewundern wollten. Bei einem Glas Fruchtpunsch, bei leisem Gespräch.

Aber Mrs. Fenner fand am Ozean nichts zu bewundern. Er hatte sich heute in ihrem Traum als nördliches Eismeer entpuppt. Nichts war, wie es schien. Kein Mensch, kein Meer, kein Rausch. Prudence krallte ihre zitternden Hände in die leichte Bettdecke und stopfte sich das Kopfkissen in den Mund. Sie durfte nicht wieder schreien. Nicht im «Blue Haven Hotel». Man würde sie ins Krankenhaus bringen, und in einer Woche kam Paul hier an. Wie elend, wie ausgestoßen war sie von Ingram Island zurückgekommen! Und ihr Bargeld und ihre Perlen hatte der größte Raubvogel geschnappt. Sie fühlte bohrende Magenschmerzen oder Gallenschmerzen oder Weltschmerz. Oder es war Hunger? Aber sie hätte keinen Bissen hinunterwürgen können, und Paul wäre sehr böse geworden. Sie klingelte nach dem Stubenmädchen, das ihr zwei Wärmflaschen füllen sollte. Sie schleppte sie durch die ganze Welt mit. Ihr war kalt, wenn alle anderen in der Tropenwärme aufblühten.

Das Stubenmädchen Gladys Shoestring hatte niemals einen so verrückten Gast erlebt. Die Luft war immer noch warm, und die Ausländerin klapperte mit den Zähnen.

«Soll Doktor kommen, Madam?»

Aber Madam wollte nur ihre Wärmflaschen. «*Schnell!*» schrie sie.

* Er schwirrt von einer Hexe zur anderen.

** Schulbildung.

«Sicher, sicher!» Gladys wich angstvoll zurück. Sie jagte den Korridor hinunter und stieß dabei beinahe einen Gast um. «Immer sachte, kleines Fräulein», sagte Señor Gonzales.

Prudence griff nach den Wärmflaschen mit derselben Gier wie heute morgen nach der Marihuana-Zigarette. Das tat gut! Sie seufzte vor Erleichterung.

«Madam heut abend *Limbo-Tänzer* sehen?» fragte Miss Shoestring mit glänzenden Augen. «Alles fertig für Tanz! *Limbo* gut, gut – hören Sie? Richtige Flammen und alles.»

Mrs. Fenner schüttelte den Kopf. Sie hatte viele Jahre in einer Region zwischen Paradies und Hölle zugebracht. Sie war bedient. Vielleicht würde Paul den Verlust der Perlen nicht bemerken. Aber das sah ihrem Mann so unähnlich, daß sie nicht ernstlich an diese Möglichkeit glauben konnte. Wenn sie nicht so müde wäre, hätte sie in diesem Augenblick Señor Gonzales ein Geschäft vorgeschlagen. Eine große Summe in Ratenzahlungen. Oder sofort einen Scheck, denn ihr Scheckbuch war selbstverständlich im Safe des Hotels. Nur Zeit gewinnen! Wenn er ihr nur die Perlen gelassen hätte, bis ihr Mann hier auftauchte. Er blieb immer nur wenige Tage – Prudence konnte es ihm nicht verdenken. Ihre Konversation bestand aus Redepausen.

Was für ein Unsinn! Dieser Indianer aus Maracaibo hatte sich bestimmt mit ihrem Bargeld und ihren Perlen bereits aus dem Staub gemacht. Staub ... St ... aub. Alles zerfiel in Staub.

Was sollte sie Paul sagen?

VI

Als Prudence Fenner am folgenden Abend Señor Gonzales auf der Ozeanterrasse erblickte, fuhr ihr der Schreck in alle Glieder. Sie kannte diese Methoden. Nun würde er sie weiter erpressen – einmal mit der Lieferung neuer Zigaretten, nach denen sie in der Tat hungerte, und dann mit Schweigegeld. Sicherlich hatte er sich beim Portier nach Pauls Ankunft erkundigt. Es war immer dieselbe phantasielose, aber wirksame Methode der *pusher**. Und sie hatte Paul nach dem letzten Aufenthalt in der Verbannung fest versprochen, nicht wieder rückfällig zu werden. Sonst würde er ein Dauerheim für sie ausfindig machen – ein «Sanatorium» mit Gittern, wo sie bis an ihr Lebensende bleiben sollte. Er hatte diesen Plan zwar geleugnet, aber sie hatte in seinem Schreibtisch eine Korrespondenz aufgestöbert und einen Schreikrampf bekommen. «*Was* in aller Welt soll ich mit dir machen?» hatte Fenner gemurmelt, nachdem sie Beruhigungsmittel bekommen hatte.

Was sollte er wirklich mit ihr machen?

* Jemand, der Rauschgift vertreibt.

«Guten Abend, Señora. Ich habe Sie gestern beim Limbo-Fest vermißt. Ich freue mich, Sie noch einmal zu sehen.»

«Reisen Sie ab?»

«Ja und nein. Ich fahre auf eine Nachbar-Insel und komme wieder hierher zurück.»

Das war noch schlimmer. Er würde also mit Paul zusammen hierher zurückkommen. Sie hätte es sich denken können.

«Darf ich Ihnen etwas zu trinken bestellen, Señora?»

«Nein, danke.»

«Sie sind blaß. Ist Ihnen unser kleiner Ausflug nicht bekommen? War es zuviel für Sie? Oder ... zu wenig?»

«Señor Gonzales, ich möchte Sie bitten, mir ...»

«Nun, Señora?»

«Ich bin in großer Verlegenheit.»

«Wie kommt das? Kann ich helfen?»

«Ich ... ich bitte Sie um ... Vv ... Verständnis, Señor!»

«*Das* habe ich in reichem Maße für Sie! Also ... was kann ich tun?»

Entweder war Prudence verrückt oder er war verrückt. Nein, nein – er war unverschämt und siegessicher und weidete sich an ihrer Qual, obwohl er so ernst blickte.

«Es ist mir so peinlich ... Mr. ... Mr. ...»

«Gonzales. Luis Gonzales!» sagte er bitter.

«Natürlich! Es war mir entfallen. Ich vergesse manchmal Namen und so weiter.»

«Man kann sein Gedächtnis trainieren, Señora. Es macht selbstverständlich etwas Mühe, und man erinnert sich dann auch an Dinge, die man mit aller Macht vergessen wollte. Wenn ich mir die Bemerkung erlauben darf, Sie täten gut daran, Señora, sich an Wichtiges zu erinnern. Beispielsweise an Ihren Herrn Gemahl! Wann kommt er?»

«Ich ... ich ww ... weiß ... nicht.»

«Sie haben es gewiß nur im Augenblick vergessen, Señora. Sie sehnen doch sicherlich seine Ankunft herbei?»

«Natürlich», sagte Mrs. Fenner hochmütig.

«Auch dafür habe ich Verständnis. Ich habe für alles Verständnis, was Sie anbetrifft. Aber Sie wollten mich um etwas bitten.»

«Ich brauche meine Perlen», sagte Prudence so angstvoll, daß er sie anblickte. «Ich *muß* sie haben, wenn ... wenn mein Mmm ... Mann kommt. Nur ein paar Tage, bitte!»

«Wann kommt er?»

«Nächsten Freitag», sagte Prudence verzweifelt. Ihr war alles gleich. «Haben Sie sie schon verkauft?»

«Ich weiß nicht, wovon Sie reden, Señora!»

«Meine Perlen! Mmm ... meine Ppp ... Perlen. *Meine Perlen!*»

«Bitte beruhigen Sie sich! Wie könnte ich *Ihre* Perlen verkaufen? Das könnte ich doch höchstens mit meinen Perlen machen. Und ich besitze keine, Señora. Das kommt beim Malen nicht heraus.» Señor Gonzales blickte sie merkwürdig an und zog dann ein Päckchen aus seinem weißen Abendjackett. «Hier sind Ihre Perlen und Ihr Geld, Señora. Ich nahm sie der Sicherheit wegen an mich. Ich konnte sie Ihnen gestern abend nicht geben, weil Sie oben im Zimmer blieben.» Er stand abrupt auf. «Wollen Sie mich bitte jetzt entschuldigen», sagte er heiser. «Ich habe eine Verabredung in Scarborough.»

«Wie . . . wie soll . . . ich Ihnen danken?»

«Ich wünsche Ihnen weiter angenehme Tage, Señora. Ich werde Sie aus dem Gedächtnis malen müssen.»

Er verbeugte sich und ging ins Hotel zurück.

Zwei Stunden später erschien Paul Fenner überraschend auf der Ozeanterrasse. Er wollte seine Frau abholen, da wichtige Besprechungen ihn nach den USA zurückriefen. Man wußte niemals, wann Paul auftauchte. Er sah sofort, daß Prudence die Perlen trug, und atmete innerlich auf. Vielleicht wurde doch noch alles gut. Prudence war vollkommen nüchtern und bestellte sich ein Fruchtgetränk ohne Rum.

«Willst du noch hierbleiben», fragte er. «Du bist so blaß! Schwimmst du nicht?»

«Ich möchte nach Hause, Paul.»

«Das wollte ich dir gerade vorschlagen. Ich habe auch vom Alleinsein genug.»

«Ist das wirklich wahr, Paul?»

«Selbstverständlich ist es wahr», sagte Mr. Fenner mit leiser Ungeduld. «Hier! Ich hab dir etwas aus Caracas mitgebracht.»

Prudence betrachtete stumm ein kostbares Armband.

«Gefällt es dir nicht?»

«O . . . es ist herrlich! Zu . . . zu schön für mich. Ich . . . ver . . . verdiene es nicht!» Sie schob ihm das Schmuckstück zu.

Er stand auf und befestigte das Armband an ihrem Handgelenk. «Paßt tadellos», sagte er befriedigt. «Ich hab zwei Glieder herausnehmen lassen.»

«Warum schenkst du mir das Armband?»

«Nicht wegen schlechtem Gewissen, wenn du *das* denkst.» Mr. Fenner lachte laut. Es veränderte sein strenges Gesicht. «Ich meine . . . du hast es ziemlich eintönig, Prue. Wollte dir auch mal 'ne kleine Freude machen. Deswegen brauchst du nicht zu weinen, Kind!»

«Ich verspreche dir, daß ich . . . nie wieder . . .»

«Ich werde mich überraschen lassen, meine Liebe», sagte Mr. Fenner. Er konnte die Resignation und den Zweifel nicht ganz aus seiner Stimme bannen. Aber sie hatte die Perlen! Sie war brav gewesen.

«Morgen könnten wir noch auf die berühmte Vogelinsel fahren. Was meinst du, Prue? Ich sitz immer in Konferenzsälen und sehe nichts von der Welt.»

«Es lohnt nicht. Ich war da. Nur Vögel.»

«Das erwartet man auf einer Vogelinsel. Aber wie du willst. Es ist nicht dringend. Vielleicht fahren wir lieber zum Schwimmen in irgendeine Bucht. Wo es still ist. Bin ziemlich abgekämpft.» Er blickte sie scharf an. «Was hast du sonst hier getrieben?»

«Nicht viel.» Sie errötete, aber man sah es nicht im Halbdunkel.

«Hübsches Kleid», sagte er. «Steht dir wirklich gut. Neu?»

«Ich hab es schon ein Jahr. Du siehst mich eben niemals an.»

«Niemals ist übertrieben. Vielleicht nicht so oft, wie ich sollte. Ich hab über alles Mögliche nachgedacht.»

«Ich auch.»

Mr. Fenner zog einen Fahrplan hervor und vertiefte sich in die Flugverbindungen. Prudence stand auf und sagte, sie müsse packen.

«Das mach ich schon für dich. Bleib noch sitzen.»

«Paul! Wenn du dich von mir trennen willst. Ich hab nachgedacht. Du hast überhaupt keinen Spaß im Leben. Mit mir!»

«Wenn du vernünftig bist, ist alles okay.»

«Ich hab dir ja versprochen ...»

«Wenn du es nun auch noch hältst, ist alles in Ordnung.» Er blickte von ihr weg auf den Ozean. Vielleicht mußte er wirklich mehr Geduld für sie aufbringen. Aber sie war schon manchmal voller guter Vorsätze gewesen. Immerhin hatte sie die Perlen.

«Hübsche Aussicht, nicht?» sagte sie schüchtern.

Er nickte. «Hübsch» war vielleicht nicht die richtige Bezeichnung, aber er machte auch nicht alles richtig.

VII

Señor Gonzales wußte, daß er die große Dummheit seines Lebens gemacht hatte. Selbstverständlich hatte er Mrs. Fenner berauben und erpressen wollen. Das einzige, was er nicht gewußt hatte, war, daß Paul Fenner so plötzlich zurückkommen würde. Aber da hätte er sich zu helfen gewußt. Er hätte einfach das Päckchen beim Portier hinterlassen mit einer Karte, daß er ihr Eigentum gefunden habe. Er hatte die ganze Zeit nachgegrübelt, wie er diese reiche, lasterhafte Person «melken» könne, und plötzlich hatte er ihr geholfen. Aus freien Stücken. Aus Mitleid? Aus erwachter Ritterlichkeit? Er dachte nicht weiter darüber nach. Sie hatte es mit ihrem Honighaar und ihrer hochmütigen Hilflosigkeit fertiggebracht, Gefühle in ihm zu erwecken, die das Geschäft ruiniert hatten. Er hatte alles vergessen, als sie ihn stammelnd um ihre Perlen bat. Leihweise! Und wenn er weitere hundert Jahre törichte, schwache, reiche Einzelgängerinnen erpressen würde – und er brauchte Geld und Leinwand und auch gelegentlich Schönheit – nie würde er die Dankbarkeit in Prudence Fenners Augen vergessen können. Und doch schüttelte er über sich selbst den Kopf. Wie konnte er sich den Luxus der Ritterlichkeit leisten? Aber er wußte in seinem Herzen, daß er ihren Abscheu und ihre Verachtung nicht ertragen konnte. Manchmal verabscheute er sich so, wie keines seiner Opfer es konnte. Und diese wertlose Yankeefrau, die ihrem Mann das Leben sicherlich über Gebühr schwermachte, hatte ihm ans Herz gegriffen. Er hatte gar nicht mehr gewußt, daß er so was noch hatte. In der Schule des Betrugs und des Traumverkaufs war das Herz der überflüssigste Artikel.

Eine Woche später saß er mit einer eleganten Südamerikanerin wieder auf der Ozeanterrasse. Señora Juana wollte aber keine Träume von ihm kaufen. Sie wollte *abrechnen*. Sie finanzierte den Mittelsmann, vielmehr die vielen Mittelsmänner im Rauschgiftring. Sie hatte nichts von Luis Gonzales gehört und war hierhergeflogen, um nach dem Rechten zu sehen, wenn man es so nennen konnte.

«So ist es nun eben», sagte Gonzales. «Ich hatte mich geirrt. Sie hatte weder Geld noch Schmuck.»

«Und ihr Mann?»

«Sie hatte keinen. Sie war unter falschem Namen hier. Anders ist es nicht zu erklären.»

«Und du meinst, *das* soll ich dir glauben? Machen wir Geschäfte miteinander oder spielen wir Große Oper?» fragte Señora Juana.

«Du kannst glauben, was du willst. Ich habe sowieso genug von diesen Geschäften.»

«Das habe ich schon einmal von dir gehört, Luis.»

Gonzales schwieg. Er sah Prudence vor sich. Er mußte sie weiter schützen. Und sie wußte nichts davon. Sie war ahnungslos, was Männer anbetraf, weil sie nur an sich selber dachte. Sie hatte sein Opfer nicht verdient. Aber welcher Mann hatte jemals eine Frau geschützt, weil sie es verdiente?

«Wie willst du die Spesen für dieses Luxushotel abzahlen, Luis?»

«Ich werde einige Porträts malen. Die Leute werden so aussehen, wie sie es wünschen.»

Auch das hatte sie schon manchmal von ihm gehört. Seine letzte Ausstellung in Caracas hatte lobende Besprechungen und kein Geld gebracht. Aber er hatte die Leute auch nicht gemalt, wie sie sich sehen wollten.

«Ich kann mit deinem Porträt anfangen», sagte er unverschämt.

«Das wird schwer gehen. Ich habe soeben mit dir Schluß gemacht. Unzuverlässige Verbindungsmänner können wir nicht gebrauchen.»

Sie stand auf. Sie hatte ihn völlig durchschaut. Er hatte sich in diese Person – wer immer sie auch gewesen sein mochte – verliebt. Und in dem Zustand wurden die Burschen unzurechnungsfähig.

«Leb wohl», sagte sie feindselig.

«Willst du schon gehen?» fragte er geistesabwesend und idiotisch.

Sie ging wortlos in die Hotelhalle und erkundigte sich nach dem ersten Flugzeug für morgen. Sie erwartete, daß Gonzales hinter ihr herkommen, sich entschuldigen und die Nacht mit ihr verbringen würde. Sie kannten sich viele Jahre.

Sie saß in einer Ecke der Halle und wartete. Ihr ovales Gesicht mit der scharfen Nase und den vollen Lippen war einmal spanisch-schön gewesen. Aber das Geschäft und die ewige Angst hatten tiefe Furchen in ihre Züge gegraben. Dunkle Ringe umgaben die Augen; Mißtrauen hockte in den bitteren Mundwinkeln. Sie war eine Wölfin, die noch zupacken konnte, aber nicht mehr recht an die eigene Raserei glaubte. In ihren Augen brannte jetzt Neonlicht statt Feuer, und ihre Aggressivität erschöpfte sich in Wortgefechten. Sie wurde alt, und sie war müde. Sie war die Kassandra des Rauschgifthandels in diesem Teil der Welt. Sie prophezeite Entdekkung, Verrat und jedes erdenkliche Risiko dieses Geschäfts. Aber sie stieg nicht aus wie Gonzales. Er war ein begabter *pusher* gewesen – mit Vorsicht, guten Manieren und dem Zugriff im rechten Augenblick, den man nicht lernen konnte. Aber jetzt machte er Geschäfte in Moll. Sie schürzte verächtlich die Lippen. Wahrscheinlich hatte die Unbekannte im «Blue Haven» eine angeborene Begabung zum Modellsitzen gehabt.

Gonzales erschien nicht, und sie war nicht sonderlich überrascht, da sie stets das Schlimmste erwartete. Sollte er malen und hungern! Er würde eines Tages wieder bei ihr auftauchen, und die Bedingungen würden schlechter sein. Das war alles. Sie stand auf und ging so langsam in ihr Zimmer, als ob sie hinter sich selber herhinke. Sie hatte Gonzales einige Jahre leidenschaftlich geliebt, und das sollte man nicht tun. Es war gefährlich, einen Mann durch ein Vergrößerungsglas zu betrachten.

Sie hatte plötzlich genug von ihm. Das Umschlagen von Leidenschaft in Kälte lag in ihrem südamerikanischen Temperament. Gonzales war viel zu jung für sie. Und er war ein Narr. Er wußte nichts. Er wußte nicht einmal, daß das Herz eine Ziege ist, die man anbinden muß.

Das Stubenmädchen schlug gerade ihr Bett auf. Señora Juana begann, ihren Handkoffer zu packen.

«Will Madam schon wieder abreisen?» fragte das junge Ding erstaunt. «Tobago schönste Insel. Weiß jeder.»

«Bitte ziehen Sie die Vorhänge zu.»

«Is aber voller Mond heut nacht, Madam. Sterne öffnen sich.»

«Gute Nacht», sagte Señora Juana drohend. Die Kleine lief erschreckt davon, und Señora Juana schloß eigenhändig den Mond aus ihrem Zimmer aus. Er besaß die weiße Unruhe des Todes.

Don Johann in Cartagena

Kolumbien

Menschen, Menschen san ma alle.
Wiener Weisheit

I

«Grüß dich, Paula! Gut schaust du aus! Blendend! Ich kann's noch nicht fassen, daß ich dich wiederseh. Und noch dazu am End von der Welt.»

«Also, da bist du», sagte Paula. Dann dachte sie, daß er allerhand Haare verloren hatte und daß er genauso übertrieb wie vor zwanzig Jahren. Cartagena lag keineswegs am Ende der Welt. Die Stadt war nur ein paar Flugstunden von Bogotá entfernt. In Kolumbien endete die Welt in den Anden und in den einsamen Indianerdörfern. Sie fuhr manchmal dorthin. Was ging es den Johann an? Aber sie erwähnte die Indianerdörfer, denn irgend etwas mußte sie sagen. Wien war doch ziemlich weit von Cartagena de Indias entfernt. Wieder blickte sie den Johann von der Seite an. Er mußte in den letzten zwanzig Jahren viele Palatschinken und Topfenstrudel verkonsumiert haben. Die Mama war eine Spezialistin darin gewesen. War es wohl immer noch. Ob der Johann sie manchmal besuchte? Paula wollte nicht an die Mama denken. Dann sah sie den langen dunklen Gang in der Wiener Wohnung. Die Mama hatte am Ende des Korridors gestanden und gelächelt – immer gelächelt.

«Habt ihr hier viele Indianer?» fragte Johann. Irgend etwas schnürte ihm die Kehle zu. Wahrscheinlich die tropische Hitze. Und da stöhnte man schon in Wien, wenn der Sommer sich wie ein Sommer benahm. Aber in Wien raunzt man halt immer.

Paula erklärte, die Indianer hätten viel länger in Kolumbien gesessen als die spanischen Conquistadores oder die Touristen aus den USA. Ganz zu schweigen von den paar Wienern in Südamerika.

«Ich hab dich ja soviel zu fragen, Paula!» Der Johann wischte sich den Schweiß von der Stirn. Beim Fragen konnte er sich überlegen, wie er es Paula sagen sollte. Vielmehr, wie er es ihr beibringen sollte, ohne daß sie in Ohnmacht fiel. Als junges Ding war sie einmal in Ohnmacht gefallen. In Nußdorf. Beim Heurigen. Aber sie war schließlich achtunddreißig heute. Was hatte sie wohl inzwischen erlebt? Sie sah nicht so aus, als lebe sie wie eine Nonne. Die Paula und eine Nonne! Na was! Er musterte sie verstohlen. Darauf hatte er sich immer verstanden. Wenn man sich eine Frau zu genau anschaut, kriegt sie Ideen! Wozu um Himmels willen hatte er in Cartagena Station gemacht? Kann man nicht Briefe schreiben? Wozu ist die Post da? Wozu bezahlte man die vielen Beamten? In Wien, wo sie sowieso nix tun. Oder in Südamerika, wo sie noch weniger tun. Wegen der Hitz. Schreiben hätt er der Paula sollen. Sie war kein bisserl liebenswürdig oder charmant mit ihm. Dabei war er ihr Erster gewesen. Vor zwanzig Jahren. Er räusperte sich. Also, er würde jetzt einfach sagen: «Schau her, Paula! Wir sind doch alte Freunde! Es is einfach so ... Also kurz und gut: Ich bin noch immer mit dir verbunden, deshalb möcht ich dir erklären ...» Blödsinn, dachte Johann. Nichts ist kurz und gut nach zwanzig Jahren. Schreiben hätt man solln!

Er fragte Paula, ob ihr diese Villa in Cartagena gehöre. Ihre letzte Adresse sei doch in Bogotá gewesen. Sie erklärte, sie verbringe nur ihren Urlaub in Cartagena. Die spanische Villa gehöre Freunden von der Annerl.

«Die Annerl Gruber? Die lebt auch noch?»

«Warum soll die Annerl denn nicht leben? Übrigens hat sie vor einigen Jahren einen steinreichen Südamerikaner geheiratet.» Paula zog die dichten Augenbrauen zusammen. Es gab ihr ein finstres Aussehen. Das goldene Wiener Herz – wo war's?

«Und wen hast du geheiratet, Paula?» Sie sah ihn so an, daß er erstaunt war. Hatte sie etwa zwanzig Jahr auf ihn gewartet? Also so eine Schlingpflanze konnte doch nicht einmal die Paula sein!

«Wen hast *du* denn geheiratet?» fragte er zum zweitenmal.

«Niemanden.»

«Aber geh», sagte er unbehaglich. «Du schaust blendend aus, Paula. Vollschlank. Alles ist am richtigen Platz! Und so kühl schaust du aus. Trotz der Hitz.»

«Danke.»

«Also, du kannst doch jeden Tag einen Burschen angeln, Paulina. Hast du einen Freund?»

«Mein einziger Schatz ist mein Wortschatz. Setz dich endlich, Johann. Galoppier nicht durch den Patio wie ein Lipizzaner. Was machen die Hengste in Wien? Ich war doch immer so auf die Rösser aus.»

«Du warst sehr fesch. Bist besser auf dem Roß gesessen als die Poldi.»

Wozu hatte er das gesagt? Die Paula preßte die Lippen zusammen. Er setzte sich in einen Korbsessel. Dann sagte er, daß er im Augenblick kaum still sitzen könnt. Er sei ja narrisch vor Freud. Er räusperte sich: «Schön hast du's hier, Paula. So träumerisch. Diese Blumenpracht! Lieb sind sie, die Blumerl. Wie die Himmelsschlüsserln im Wiener Wald. Weißt noch?»

«Hier ist alles ein bisserl flamboyant. Man muß sich sehr um die Blumen bemühn, daß sie nicht austrocknen – bei der Hitz. Ich arbeite deshalb schon um sechs Uhr früh im Garten.»

«Das hätt dir einer in Wien sagen solln, Paulina. Sechs Uhr in der Früh!»

«Cartagena ist nicht Wien.»

«Ich sag ja – es ist viel romantischer als die Kärntnerstraße. Man is eben hier am End von der Welt.»

«Bis auf diese Altstadt ist Cartagena eine hochmoderne Handelsstadt. Platin vom San Juanfluß. Ölprodukte von . . .»

«Bist du ein Fremdenführer? Verdirb uns doch nicht die schöne Stimmung, Mäderl! *Das* hast du übrigens schon vor zwanzig Jahren gemacht. Ich kenn niemanden, der einem soviel verpatzen tat.»

«Warum bist du mir dann dauernd nachgestiegen? Im alten Wien, mein ich. Auswahl hast du doch immer gehabt. Ich nehm an, heut kannst du auch noch dankbare Seelen verführen. Du bist doch höchstens dreiundfünfzig?»

«Ich werde fünfzig», sagte Johann Waldbrunner steif. «Dein Gedächtnis hat anscheinend hier draußen gelitten.»

«Nicht nur mein Gedächtnis.»

Er wurde immer verlegener. Peinliche Situation! In den letzten zwanzig Jahren war die Welt verschiedene Male untergegangen und immer hektischer und bedrohlicher wieder aufgelebt. Was hatte man alles in Wien durchgemacht? Die Nazis. Den Zweiten Weltkrieg. Die Lebensangst. Die Todesangst. Die namenlose Angst. Die Besetzung Wiens. Das große Hungertuch nach fünfundvierzig, an dem die Menschen und die Ratten nagten. Den Wiederaufbau. Die Schatten des nächsten Krieges. Syndrome. Atome. Die undefinierbare Desillusion der Nachkriegsjahre, und man wußte nie recht, was Aufbau, Raubbau oder Abbau war. Wenigstens in Wien wußte man's nicht. Und natürlich die Revolution der farbigen Völker. In Cartagena lächelten sie alle. Kurios, dachte der Johann. Er mußte nun endlich mit Paula reden. Aber er sagte nur, er sei von diesen alten karibischen Küstenstädten bezaubert, und Cartagena de Indias sei spanischer als Sevilla.

«Du bist immer noch ein Träumer, Johann. Ein Künstler.»

«Aber geh! Ich war nur der Hanswurst unter den Musen. Außerdem – mit dreißig ist jeder ein Genie.»

«*Ich* war immer eine Rechenmaschine. Nur gut fürs Büro, sagte die Mama.»

«Eine bezaubernde Rechenmaschine. Du, Paula! Dieser Patio mit dem bunten Marmorboden und den Palmen und du in dem weißen Kleid am Springbrunnen . . . hier möcht ich wieder malen.»

«Dann bleib hier und male.»

«Wenn die Pflicht nicht rufen tät. Und der Magdalenenfluß.»

«Also dann geh!»

«Sei doch nicht gleich so garstig, Mädel!» Er trat dicht an sie heran. «Paulina», flüsterte er, «hier könnt ich mich noch mal sterblich in dich verlieben.»

«Ich find die Kulissen nebensächlich.»

«Wir wolln nicht schon wieder streiten. Ich kann's mir nicht erklären, aber mit dir streitet sich's auch heut noch besser als mit jeder anderen.»

«Mit wem streitest du dich denn heuer herum?»

«No ja – einmal mit der – einmal mit der. Es ist ja nicht so wichtig.»

«Du warst eigentlich immer enorm rechthaberisch, Johann.»

«Was du nicht sagst! Aber wenn du dir einbildest, du bist Picassos Friedenstaube ...»

«Ich bild mir nix ein. Ich kenne meine Schattenseiten. Aber ich hab immer frei von der Leber weg gesagt, was ich denk und fühl. Sei nicht bös, Hansl, aber du bist der hinterhältigste Bursch, der mir je über den Weg gelaufen ist.»

«Wenn du noch weitere Liebenswürdigkeiten servieren willst – bittschön!»

«Ich will dich nicht kränken, Johann. Das wär ja noch schöner, wo du mich nur alle zwanzig Jahre besuchst. Ich mein, ich hab dir als junges Mädel alles geglaubt, nur weil du's gesagt hast. Da hab ich einen großen Fehler gemacht. Ich glaub, man kommt großartig mit dir aus, wenn man dir nix glaubt.»

«Und ich glaub, man kommt großartig mit dir aus, wenn man dir den Mund mit einem Kuß zupappt – hab ich recht?»

«Sei doch nicht lächerlich!»

«Ich werd dich nicht auf den Knien anflehn – das ist mir zu mühsam bei der Hitz. Du, Paulina, dies weiße Kleid steht dir! Akkurat das Richtige zu deiner goldbraunen Haut. Weißt du eigentlich, wie fesch du bist?»

«Sonne hat mir immer gestanden. Du hast's nur nicht bemerkt.»

«Aber geh! Wenn ich so grauslich wär, wie du jetzt tust, dann hättst du mir doch nicht die vielen Jahr geschrieben. Wenn eben was gewesen is zwischen zwei Leuten, dann bleibt's. Die Form ändert sich halt.»

«Alles ändert sich.»

«Ich hab dich immer sehr lieb gefunden, Paula. Und du bist mir manchmal richtig abgegangen – in den vielen Jahren. So ein süßes Mädel geht einfach weg aus Wien und ...»

«Damals hast du mir nie gesagt, daß dir irgendwas an mir gefallen hat.»

«Ich hab's dir gezeigt! Übrigens, damals warst du schrecklich blaß. Wie ein geschälter Erdapfel mit zwei Augerln. Deine Mama machte sich große Sorgen wegen deiner Blässe.»

«Die Mama hat sich niemals Sorgen gemacht. Schon gar nicht um mich.»

Johann überhörte die Bemerkung. Herrgott, wenn man auf alles eingehn möcht, was die Frauen daherreden! Wann würde er es ihr endlich sagen können? Also, im Moment war die Stimmung total verpatzt. Und es war nicht wahr, daß Paulas Mutter sich nicht um sie kümmerte. Sie hatte sogar ihre Kleider mit Blumen bestickt. War das nix? Er zündete sich eine Zigarette an. Paula bot er keine an, da er sich erinnerte, daß sie nicht rauchte. Sofort sagte sie, daß sie neuerdings zwanzig Stück täglich verbrauche und daß die Annerl sehr bös darüber sei.

«Ich bin auch bös», sagte Johann Waldbrunner. «Es ist schlecht für deine Gesundheit.»

«Was geht dich meine Gesundheit an, Johann?»

«Erlaub mal», sagte er verlegen. «Wen soll's angehen, wenn nicht mich?»

Sie starrte ihn an. Was wollte er hier? Und wie er sie aus den Augenwinkeln musterte! Er hatte immer etwas von einem Fuchs gehabt. Was war in Wien passiert?

«Ist die Mama gestorben?» fragte sie brüsk.

«Aber geh! Sie ist bei bester Gesundheit. Sie läßt dich sehr grüßen.»

«Ich bedanke mich in jedem Sinne.»

«Ich bin schockiert», sagte Professor Waldbrunner kalt.

«Sei net bös, Hansl! Ich hab's nicht so gemeint.»

«Du meinst es zwar doch so, aber wir wollen es vergessen.» Ganz der väterliche Freund, der im Jänner fünfzig wurde. Dann trat er an sie heran und murmelte, wie still es in diesem Patio sei. Wie in dem kleinen Lokal in Nußdorf, aber natürlich ganz anders.

«Natürlich ganz anders», erwiderte Paula unfreundlich.

«Ja, ja, Paulina – die Jugend kommt nimmer wieder. Aber schön war's mit uns! Weißt noch? Und so wenig Leut sind in unser Lokal gekommen. Nußdorf! Und wie wir da so gesessen sind und wir so geplaudert haben – und dann ist der Mond aufgegangen. Ich war erst neunundzwanzig Jahr damals und glücklich. Was braucht man mehr, wenn man jung ist?»

«Du hast immer schon eine ganze Menge zum Glücklichsein gebraucht, Johann.»

«Was hab ich schon gebraucht?»

«Frauen! Ich war erst achtzehn, und ich habe dich gelangweilt. Mit meiner Liebe. Mit meiner Heulerei. Ich war wirklich schrecklich fad.»

«Süß warst du! Ich seh dich noch in deinem braunen Mantel und dem Kopftücherl. Und deine großen dunklen Augen. Wie ein Reh. Scheu und dabei ein bisserl wild. Zauberhaft.»

«Und's is alles nit wahr», summte Paula. Und wenn sie ganz Wien mitsamt dem Johann begraben hatte – den Nestro hatte sie nicht vergessen.

«Singst du noch?» fragte er. Es war ihm unbehaglich zumute. «Du hattest einen hübschen Sopran.»

«Die Mama sagte, ich hätt ka Spur von einer Stimme. Deswegen bekam ich meine Gesangstunden nicht.»

«Dein Sopran war vielleicht ein bisserl leise, aber sehr lieblich», sagte er eilig.

«Jetzt sing ich nimmer. Wozu?»

Wie sie ihn anstarrte! Er fühlte sein Ohrensausen vor Nervosität. Wenn er im Alter nur nicht taub werden würde! Die Poldi hatte eine tolle Altstimme. Die sang immer noch wie eine unerschrockene Nachtigall. Dunkel und kräftig. Gewiß hatte Paula etwas gepiepst. Aber mit achtzehn Jahren klingt alles rührend. Er zündete ihr die vierte Zigarette an. Jetzt konnte er es ihr nicht sagen – nicht wenn sie so düster blickte. Ihre Augen hatten etwas Drohendes. Man mochte gar nicht zu tief hineinschauen. Da war irgendwas Gefährliches. Die Paula hatte doch immer einen Rehblick gehabt. Beunruhigend war sie. Nichts für den Johann. Er hatte schwer genug gearbeitet in Wien. Er wollte sich in Gesellschaft einer Frau erholen. Schön war die Paula geworden. Ungeahnt schön. Die Poldi hätt gestaunt, wenn sie die Paula in ihrem weißen Kleid gesehn hätt! Ein Schnitt wie aus dem Modesalon der Poldi. Billig konnte *das* Kleid nicht sein. Die Paula hatte wohl außer ihrem Wortschatz doch noch einen zweibeinigen Schatz. Er blickte sie prüfend an.

Sie war wie abwesend und blickte offenbar in die fernen Indianerdörfer. Einmal hatte die Poldi in ihrem Zorn die Paula eine Stimmungsmörderin genannt. Die Poldi hatte immer gewußt, was sie redete. Johann gab sich Mühe, nicht auf sein Ohrensausen zu achten. Die Paula schaute aus, als ob sie vor einem geöffneten Grab stehen tät. Mitten in dieser tropischen Pracht. Makabre Person! *Das* hatte er nötig gehabt! Er hätte gut an Bord bleiben können. Mit seiner Schreibmaschine. Und mit der kleinen Señorita aus . . . Wo war sie schon her? Venezuela! Nicht daß er die junge Señorita aufgestöbert hätte! Sie hatte *ihn* aufgestöbert. Sie war sehr lustig. Und der Johann frischte ohne Honorar sein Spanisch auf. Da verband er gleich das Angenehme mit dem Sparsamen.

«Sag doch was», murmelte er. Er war jetzt tatsächlich verstimmt. Die Paula liebte ihn natürlich immer noch. Aber sie konnt doch nicht zwanzig Jahr beleidigt sein, daß er damals die Beziehungen abgebrochen hatte. Sie war ein Kind gewesen. Herrlich blöd und sehr süß –, aber die Situation war zu schwierig für ihn geworden. So scheu die Paula gewesen war, sie neigte zum Skandalmachen. Die Poldi hatte ihn gewarnt.

«Sag, hast du immer noch so trübe Launen? Deine Mama hat sich oftmals darüber beklagt. ‹Man hat's nicht leicht mit der Paula›, hat sie gesagt. ‹Ich tu alles für sie, und sie schaut drein wie sieben Tage Regenwetter!› Du, Paula – die Mama hat für dich getan, was sie konnte! Sie mußte schließlich Geld verdienen, nachdem dein armer Papa sich so plötzlich . . .»

Paula blickte starr in den Schacht der Vergangenheit. Da stand die Mama: groß, elegant, mit ihren grünen Katzenaugen und dem weißen Haar um das junge Gesicht. Auffallend. Verrückt waren die Männer nach ihr gewesen. Da hatte ein Reh keine Chance gehabt. Auch der Papa nicht. Er saß in seiner staubigen Kanzlei, und wenn er nach Haus kam, war die Mama aus gewesen. In der Oper. Oder mit ihrem Freund. Der Papa als trainierter Pessimist hatte gesagt, daß sie mit dem Freund in der Oper sei. Das hatten aber nur die Kathi und der Pudel «Strudl» gehört. Und die Paula. Sie hatte an der Tür gelauscht, wie die Kathi dem gnädigen Herrn das Backhendl servierte. Der Freund von der Mama war ein Geheimnis gewesen. Niemand hatte ihn jemals zu Haus gesehen. Später hatte Paula allerdings herausgefunden, wer der Freund war: der Johann. kurz darauf war die Paula zur Annerl Gruber nach Kolumbien ausgewandert.

Natürlich wußten weder der Johann noch die Mama, daß Paula alles entdeckt hatte. Vielmehr hatte die Annerl es entdeckt und es der Paula zu ihrem eigenen Besten gesteckt.

«Wie lange bleibst du in Cartagena?» fragte Paula schließlich.

«Unser Schiff läuft morgen abend aus. Von Baranquilla flieg ich dann nach Bogotá. Und dann beginnt mein grünes Abenteuer.»

«Du bist viel unternehmungslustiger geworden», sagte Paula langsam. «Damals, in Wien, hast du dir die Sache so bequem wie möglich gemacht.»

Was sollte das heißen? Hatte die Paula etwa damals herausgefunden, daß der Johann und die Mama . . . Unsinn! Nichts hatte die Paula jemals herausgefunden. Nicht einmal, daß er Schluß mit ihr hatte machen wollen.

«Ich will mit einem kleinen Dampfboot den Magdalenenfluß entlangfahren. Du kennst das wohl alles?»

«Gewiß. Ich leb ja seit Jahren hier.»

«Die Leut an Bord sagen, man könnt auf so einem Schiff den Dschungel beinah mit den Händen greifen.» Der Johann wurde wieder träumerisch. Es würde wunderbar sein. Er würde allein auf dem Deckstuhl liegen, die tropische Welt an sich vorbeiziehen lassen und vielleicht den verborgenen Faden des Glücks aus dem Gewebe seiner Träume ziehen. Es war ihm nämlich etwas Kurioses auf dieser Vergnügungsreise passiert. Er wußte, er hatte endlich einmal Zeit, das heißt Ruhe vor den Frauen, und da wollte er in Muße lesen. Leider hatte er sich Kierkegaard mitgenommen. Etwas von dem existentialistischen Unmut, von dem ungesunden nordischen Pessimismus war auf ihn übergesprungen. Er hatte es zuerst gar nicht gemerkt. Die kleine Señorita war an dem Abend besonders vielversprechend gewesen. Aber er war nicht in Stimmung. Kurz und gut, der Kierkegaard war akkurat so erheiternd wie die Paula. Oder der Raimund. Selbst der Nestroy war nicht so lustig gewesen, wie er getan hatte. Und gar der Grillparzer. Man konnte sogar an den sprichwörtlich so heiteren Österreichern verzweifeln. Da war die Poldi anders. Sie stand mit beiden Beinen in ihrer Modeboutique.

Warum hatte die Paula sich die Haare rot gefärbt? Es sah zwar ziemlich keck aus, oder vielmehr ausgesprochen verführerisch, aber es verfälschte ihr Bild. Es dämmerte dem Johann, daß man niemanden aufsuchen sollte, dessen Bild man noch mit sich herumtrug. Gab's das überhaupt, daß man eine Frau vergaß, die einen so angebetet hatte wie die Paula? Wenn sie ihm heute nur nicht so unheimlich wäre mit ihrem Schweigen und dem Anstarren und dem fremden roten Haar! Es gab da einen Psychiater in Wien – gleich hinter der Pestsäule am Graben –, den sollt die Paula einmal aufsuchen. Aber sie war ja nicht mehr in Wien. Sie lebte am Ende der Welt. *Das* hätt noch gefehlt, daß die Paula jetzt in Wien auftauchen tät! Das wär eine «Posse mit Gesang», bei der sich am Schluß alle aufhängen täten.

«So eine spanische Villa mit den dicken Mauern und den Balkonen und diesem Patio tät mir auch gefallen», sagte der Johann. «Weißt du, was ich mir so vorstelle?»

«Ich habe keine Ahnung.»

«Ich könnt mir denken, daß man in Cartagena ganz auf die Zeit vergißt. Ich mein, die Jahre promenieren langsam durch diesen Patio und verschwinden irgendwo in den Anden. Man merkt kaum, daß sie weggehen. Ich glaub, das meinen die Leut, wenn sie sagen, ‹die Zeit steht still›. Was meinst du?»

«Ich hab keine Zeit, über die Zeit nachzudenken. Ich arbeite sehr hart. Ich bin jetzt grad hier, weil in Bogotá wieder eine kleine Revolution im Anzug war. So ein Revolutiönchen, es hat sich schon verzogen. Aber die Villa hier steht leer. Es ist ganz gleich, wo ich meine Ferien verlebe.»

«Mir wär's nicht gleich. In Cartagena singen Vergangenheit und Gegenwart Duett.»

«Du würdest es hier keine drei Wochen aushalten, Johann. Hier gibt's nur den Inquisitionspalast, die alten Stadtmauern, die Klöster und mich. Alles Reliquien!»

«Sei nicht so bitter, Paulina!»

«Die Wahrheit ist bitter ... Möchtest du etwas trinken?»

«Ein Eisgetränk, bittschön. Wie heiß es hier ist! Dabei haben wir November.»

«Hier draußen stehen die Jahreszeiten auf dem Kopf. Findest du das nicht lustig? Hast du bemerkt, daß die Nacht in Kolumbien veilchenblau ist?»

Er schwieg. Er kannte sich nicht aus mit dieser fremden Person. Er wußte nicht, ob seine plötzliche Begierde sie auch nur streifte. Er wußte nicht, ob sie die Augen vor dem Bilderteppich der karibischen Nacht schloß. Jetzt war Paula zur Liebe geschaffen, aber war sie dazu bereit? *Tragico teatro* nannten die alten Spanier die Liebe. Er stand in Cartagena in einer Arena, in der niemand kämpfte. Hierher gehörten sehr junge oder sehr alte Leute. Ein Schauder lief ihm über den Rücken, aber Paula bemerkte es nicht. Sie starrte irgendwohin – sie schien grausame Komödien zu sehen, denn ihre Brauen zogen sich noch dichter zusammen. Meiner Seel, dachte Johann Waldbrunner, die Paula scheint jetzt auf Mysterien aus zu sein. Ein Mann würd das alles im Handumdrehn ändern. Na was!

Plötzlich belebte sie sich. Sie bedauerte, daß Johann schon morgen abend weiterfahren wollte. Konnte er nicht noch ein paar Tage bleiben? Zum mindesten bis zum 11. November.

«Was ist am 11. November?» fragte er erstaunt.

«Oh, nichts von Bedeutung. Da hab ich Geburtstag.»

Er wurde sehr rot. Er hatte ihr aus Wien jedes Jahr zum Geburtstag geschrieben und ihr eine Kleinigkeit geschickt. Aus der Boutique der Mama natürlich, wo er Prozente bekam. Was war mit ihm los? Wurde er alt? Er murmelte Entschuldigungen.

«Es ist wirklich ganz unwichtig», sagte Paula mürrisch. «Als Kind hat man noch Geburtstag. Wenigstens hatt ich einen, solang der arme Papa lebte. Später –» sie zuckte die Achseln – «später wird man einfach achtunddreißig oder achtundachtzig Jahr.»

Was sollte er darauf antworten. Sie hatte recht.

«Am 11. November feiert man hier das Fest der Befreiung von der spanischen Kolonialherrschaft», sagte Paula ganz munter. «Des is a Hetz! Alles tanzt und singt und tollt durch die Straßen. Die Festung von San Felipe und die Klosterruine von La Popa über der Stadt schauen zu.»

«Wie du dich ausdrückst, Paulina. Blendend!»

«Ein Freund von mir drückte sich so aus. Er ist tot.»

Große Pause. Johann Waldbrunner kannte auf Ehrenwort keine zweite Person, die einem so die Stimmung verpatzte. *Das* wär ein Eheleben geworden! Der Herrgott und alle Heiligen – und natürlich die Poldi – hatten ihn davor bewahrt. Er fragte, ob Paula den Befreiungsfasching nicht mitmachen wolle. Sie sah ihn erstaunt an. Natürlich mache sie mit. Die Annerl und ihr Mann kämen auch her. Sie seien immer eine ganze Gesellschaft. Paula bemerkte düster, daß an Männern kein Mangel in diesem Teil der Welt sei.

«Bleib doch auch, Johann! Der Magdalenenfluß läuft dir nicht davon. Und eine hübsche Südamerikanerin findst du immer wieder. Ich nehm an, du hast eine an Bord?»

«Ich hab nur Kierkegaard und sonst nix.» Paula lachte, und er lachte mit. Wenn sie lachte, war sie wirklich entzückend. Natürlich glaubte sie ihm nicht, daß er allein die Natur genoß, und, wenn er ehrlich mit sich selbst war, sollte sie es auch nicht glauben . . .

«Es gibt fabelhafte Masken am 11. Altspanische Kostüme.»

«Im Namen der Befreiung von Spanien?»

«Warum nicht? Die Kostüme sind bildschön. Und du solltest die handgewebten indianischen *ponchos* sehen! Die wärn eine Sensation in Mamas Boutique.»

«Warum hast du ihr nie so was geschickt? Nett ist das nicht von dir.»

«Die Mama will alles umsonst haben. Das kann ich mir nicht leisten. Ernstlich, Hansl, bleib bis zum 11.! Du wirst staunen, wie die Mädchen im Festzug ihre *ruanas* um die Schultern schwingen. Als ob sie Flügel hätten. Und die Silberkämme im Haar! Ich geh auch so. Und dann die Don Juans! Mit ihren Baretts und dem roten Cape um die Schultern.»

«Seit wann interessierst du dich für die Don Juans?»

«Ich interessier mich für vieles, wovon du nichts ahnst. Immerhin, du solltest die Señoritas der Gegend am 11. tanzen sehn. Da möchtest du staunen, Johann.»

«Ich werd im Jänner fünfzig. Ich schau mich kaum mit einem halben Aug nach den Nymphen am Kohlmarkt um. Ich steig keiner nach, die sich beim Demel mit Sachertorte stopfen tut. Blöde Frauenzimmer.»

Paula war sprachlos. Der Johann stieg den Mädeln nicht mehr nach? Das ging nicht mit rechten Dingen zu. Wer steckte dahinter? Hatte er sich eine Polizistin angelächelt? Aber sie sagte nur: «Du kennst eben alle.

Überdies hast du niemals eine Frau mehrere Mal angeschaut. Die Annerl Gruber hat dich den ‹Don Juan von Nußdorf› genannt. Erinnerst du dich?»

«Die Annerl konnt mich nie leiden, weil ich sie nie leiden konnte. Zwanzig Jahr hab ich nicht an sie gedacht, aber jetzt seh ich sie wieder vor mir. Ein richtiges Gulasch-Gesicht. Man konnt keine Zutat definieren.»

«Jetzt sieht die Annerl sehr fesch aus. Sie ist ganz schlank.»

«Das freut mich für sie. Man hat immer fürchten müssen, sie würd alle Nähte sprengen. Jedenfalls war sie eine schreckliche Intrigantin. Ich bin nie das Gefühl losgeworden, daß sie mich damals bei dir angeschwärzt hat.»

«Das stimmt nicht. Im übrigen ist die Annerl eine noble Person. Davon gibt's nicht viele. Sie hat ein Herz für andere.»

«Davon hab *ich* nie was gemerkt.»

«Um ein Herz zu erkennen, muß man selbst eins haben.»

«Manche verbergen es halt vor neugierigen Blicken. Vielleicht hatte auch Don Juan ein Herz.»

«Möglich», sagte Paula schnippisch. «Wir haben unlängst ein Porträt von ihm gesehn. Ein spanisches Bildnis in einem alten Palazzo. Bei Freunden von Annerls Mann.»

«Ein gutes Bild?»

«Ich glaub schon. Modern. Der Maler hatte dem Don Juan sechs Augen gegeben. Zwei langten ja nicht für alle Frauen, die er anschauen wollte.»

«Ich find das pervers.» Eine verrückte Person, dachte er. Warum ist sie so aggressiv? Wahrscheinlich hatte die Annerl aus Wien Gerüchte über seine bevorstehende Heirat gehört. Wenn Don Juan sechs Augen hatte, dann hatte die Annerl zwölf Ohren. Und Paula war wohl grantig, weil sie es erfahren hatte. Obwohl alte Liebe noch schneller rostete als Eisen oder ewige Treue, hatte keine Frau es gern, wenn der ehemalige Zukünftige sich schließlich zur Heirat mit einer anderen entschloß. Die Zeit spielte da gar nicht so eine Rolle, wie die Leut immer denken. Vor allem, wenn eine Frau offenbar so allein lebte wie die Paula. Selbst wenn sie ihn heut nicht haben wollte – und das konnte der Johann ja mit einem halben Blick sehen, obwohl man nie ganz genau wußte –, aber angenommen die Paula hätte jedes Interesse an ihm verloren, eine andere sollt er trotzdem nicht heiraten. Eine Frau gab den Besitzanspruch niemals auf – auch wenn Weltmeere und Weltkriege und zwanzig Jahre zwischen zwei Menschen lagen. Die Paula war immer eine gewesen, die nichts hatte wegwerfen können. Einen Trödelladen von Souvenirs hatte sie in der Dachkammer in Wien gehabt. Uralte Puppen, denen der Verfall aus den Augenhöhlen schaute und denen die Sägespäne aus den Herzen geronnen waren. Solche Schreckgebilde hatte die Paula aufbewahrt.

Schließlich war er noch ganz nett anzuschaun. Sie mußte ihm diese ganzen Jahre aus purer Besitzgier die Briefe geschrieben haben. Nicht daß jemals was Liebes dringestanden hätt. Aber Paulas Briefe waren alle sechs

Monate gekommen, ob's hagelte, ob die Sonne die Pestsäule am Kohlmarkt beschien, ob er den Nymphen nachstieg oder nicht. Er gehörte zu ihrem Trödelladen. Er konnt ja wohl heiraten, wen er wollte, und wann er wollte, dachte er in plötzlichem Überdruß. Was ging's eine mürrische Jugendliebe in diesem Patio an? Das beste wär, er tränke jetzt seinen Rum aus, verschlösse den leeren Koffer der Vergangenheit und ginge auf sein Schiff zurück. Aber er mußte der Paula vorher seine bevorstehende Heirat mitteilen. Das mußte er. Du lieber Himmel, wann sollte er heiraten? Mit achtzig? Schief, krumm und mit einem Hörgerät? Welche fesche Frau tät ihn dann noch nehmen? «Du, Paula! Ich möcht dir was sagen. Aber du mußt mir versprechen, nicht bös zu werden.»

Paula hörte wieder einmal nicht zu. Sie summte vor sich hin. Noch dazu in Spanisch. *«Blanca sois, señora mia, mas que el rayo de sol: si la dormiré esta noche, desarmado y sin pavor?»* *

«Wer hat dir das vorgesungen?» fragte Johann. Sie war augenscheinlich eine ganz verdorbene Person. Welche Rücksichten hatte er genommen. Er war doch wirklich ein Narr. Er hatte von der kleinen Señorita zu gut Spanisch für seinen Seelenfrieden gelernt: Wie die Paula aussah, wie sie so dastand in dem Dämmerlicht. Zwischen den flammenden Blüten.

«Paula», flüsterte er. Dann wiederholte er die spanische Frage.

«Bist du närrisch?» fragte Paula. «Also ich muß schon sehr bitten, Johann! *So* billig kannst du es heut bei mir nicht mehr haben.»

Sie haßt mich, dachte er. Eine ganz alberne Person! Macht sich rote Haare wie eine vom Graben, singt unzüchtige Lieder, noch dazu in Spanisch, und verletzt jede Spielregel. Kein Wunder, daß sie keinen Ehemann gefunden hat.

«Glaubst du, ich hab zwanzig Jahre auf dich gewartet – gewartet, wie damals am Semmering? Wie du einfach nicht kamst?» sagte sie höhnisch.

«Bittschön – ich hatte Halsentzündung. Allerdings wär kein anderes Mädel deswegen nach Kolumbien ausgerissen. Und noch zur Annerl! Die hatte schon einen netten Ruf in Wien.»

«Du hattest eine Woche später Halsentzündung. Ich erinnere mich genau.»

«Ich denk, du kannst dich an nichts erinnern, was mit Wien zusammenhängt?»

«An diese Halsentzündung erinnere ich mich eben. Danach habe ich genug von Wien gehabt.»

«Du bist weggegangen, weil's sechsundvierzig in Wien nix zu essen gab. Du hattest immer einen sagenhaften Appetit. Alsdann, Paula, alles Gute weiter! Es hat mich sehr gefreut, dich so munter zu sehn.»

«Bleib noch einen Moment, Johann. Ich wollt noch was fragen. Wie

* Du bist schön, meine Señora! Schöner als die Sonne. Kann ich diese Nacht unbewaffnet und frei von Furcht bei dir schlafen?

geht's meiner Mutter wirklich? Ist sie sehr alt geworden?»

«Gut geht's ihr. Sie macht sich höchstens Sorge, weil du nie schreibst.»

«Ich schreib ihr jede Weihnachten. Siehst du die Mama manchmal?»

«Natürlich seh ich sie manchmal.»

«Wie sieht sie denn heut aus? Sie muß doch weit über fünfzig sein.»

«Ich kann's wirklich nicht sagen. Deine Mama ist zeitlos. Sie sieht fabulös aus.»

«Das freut mich.» Paula war plötzlich sehr müde. Sie starrte ihn an. Wie konnte man so wenig geliebt haben? Aber vielleicht waren der erste und der letzte Mann immer von unverdienter Bedeutung. Zwischen diesen beiden suchte man die Männer, die zu einem paßten. Warum war der Johann so verlegen? Wahrscheinlich wollte er heiraten, oder er hatte geheiratet. Was ging es sie an?

«Sonst hast du mir nichts zu sagen?» fragte sie geistesabwesend. Sie dachte an die kurzen Freuden und an die hartnäckigen Leiden, die der Johann ihr seinerzeit verursacht hatte. Nie würde sie darüber hinwegkommen, hatte sie damals gedacht. Noch dazu, wo sie mit ihrer Mutter lebte, die «den armen Papa» ins Grab gebracht hatte. Aber wozu noch reden? Es war alles nicht mehr wahr. Vielleicht war es nie wahr gewesen. Einmal hatte der Johann ihr vorgeworfen, daß sie nicht ihn, sondern seine Luxusausgabe liebe. Ganz aufgebracht war er damals gewesen. Natürlich liebt man mit achtzehn Jahren die Luxusausgaben. Das waren eben die wenigen Festwochen des Gefühls, die das Leben erlaubte. Sie blickte ihn wieder an. Sie war nicht böse, daß er versucht hatte, diese einzige Nacht in Cartagena mit ihr zu verbringen. Das war er sich als Don Juan von Nußdorf schuldig. Er wollte ihr gar nichts beweisen. Er wollte sich beweisen, daß er immer noch unwiderstehlich war.

«Sonst hast du mir nichts zu sagen?» fragte sie noch einmal.

«Doch, Paula. Ich ... werde heiraten. Ich heirate sofort nach meiner Heimkehr.»

«Wer ist die Glückliche? Wieder mal eine Achtzehnjährige?»

«Aber geh!»

«Warum? Du kommst doch langsam in die Jahre, wo du etwas Junges brauchst.»

«So alt bin ich noch nicht», sagte er schroff. Hatte die Poldi nicht immer gesagt, die Paula hätt ihre Hintergründe? Und wenn irgend jemand dieses Reh gekannt hatte, dann war's die Poldi. Jeder wußte, wie sehr sie dieses ungezogene, unbeherrschte Mädel mit dem sanften Getue geliebt hatte. Sie hatte eben das goldene Wiener Herz. Den Himmel auf Erden hatte die Poldi jedem jungen Ding gegönnt, aber sie hatte doch nicht mitansehen können, daß er mit seiner blendenden Karriere an diesem Fratz hängenblieb, der sich ihm an den Hals geworfen hatte. Nie hätt die Poldi das mitansehn können. Die Paula mit ihrer Unordnung und ihrer Faulheit, und ungastlich war sie auch. Die Poldi hätt nicht sehen mögen, wie Paula seine

Kollegen empfangen hätt. Entweder zu kalt oder zu heiß. Die Poldi, seine mütterliche Freundin, empfing seit Jahren seine Gäste. Er war außerdem zu alt für den Fratz gewesen – zwölf Jahr Unterschied! Und er kam damals so leicht ins Saufen – wie junge Leut eben sind. Aber die Poldi hatte ihn zur Räson gebracht. Er war vor ihr gestanden und hatte sie demütig angeschaut wie der historische Fiakergaul. Er hatte eingesehen, daß der Wein eine Gottesgab ist und mit Respekt gesoffen sein will. «Nicht wie der Ochs das Wasser sauft.» Die Poldi drückte sich herzhaft aus. Ganz langsam hatte er sich dann ein bisserl in sie verliebt. Fesch war sie wie nur eine. Aber Würde. Er hätte sie heiraten sollen – niemand hatte es je so gut mit ihm verstanden! Und sie wartete nicht am Haustor, wenn er mit einem Mädel tanzen ging. Selbst bei einem Flitscherl wie die Paula hatte sie nichts gesagt, bis er diese Gans hatte heiraten wollen. Er sei wohl damisch? Weiß der liebe Himmel, die Poldi hatte ihn vor einer Katastrophe bewahrt. Es war nur recht und billig, daß er sie endlich heiratete – jetzt, wo er keinen Spaß mehr am Herumhopsen hatte.

Paula stand am Springbrunnen und fuhr sich mit der Hand durchs Haar. Sie öffnete den Mund – wahrscheinlich zu einer weiteren Unverschämtheit – und schloß ihn wieder. Was hatte sie plötzlich? Wirklich und wahrhaftig, sie war die ungemütlichste Person zwischen Wien und Kolumbien. Natürlich hatte sie plötzlich kohlschwarze Laune – komisch, die Menschen veränderten sich nicht einmal in zwanzig Jahren. Nicht in vierzig und nicht in hundert, falls sie es so weit brachten.

«Was hast du, Paula? Ist dir nicht wohl?»

Sie zog die dichten Augenbrauen zusammen. «Mir ist alles so zuwider.»

«Aber geh! Du bist noch jung. Du hast noch soviel vor dir!»

Sie lachte plötzlich und sah ihn aus zusammengekniffenen Augen an. «Sei doch nicht so banal», sagte sie ungeduldig. «*Was* hab ich vor mir? Das Büro in Bogotá, die leeren Häuser meiner Freunde und den Karneval. Wenn ich wenigstens ein Kind hätte.» Sie sprach zu sich und betrachtete starr die maurischen Kacheln des Patio.

Johann Waldbrunner sah verstohlen auf die Uhr. Warum sah sie sich nicht nach einem Mann um? Zum Kinderkriegen brauchten auch die modernen Mädel normalerweise einen Mann. Bloß fort! Die Paula hatte immer so eifrig Trübsal geblasen wie er selbst die Flöte. Ob die Nachricht von seiner bevorstehenden Heirat ihr doch einen Schock versetzt hatte? Er fühlte Genugtuung. Mehr! Er war gerechtfertigt. Sie hatte also wirklich keinen Mann. Trotz der Aufmachung und der Kaltschnäuzigkeit. Johann nahm an, daß die Männer, die auf ihr Gesicht hereinfielen, sich schnell genug aus dem Staub machten, wenn sie die Launen erlebten. Die Dämmerung fiel ihr in diesem Augenblick um die Schultern. Sie hat ein wunderbares Gesicht, dachte er wider Willen. Große, gerade Linien, leuchtende Augen – ganz ungewöhnlich. Wer hätte das gedacht? Er hatte an Bord neulich Abend mit der jungen Señorita spanische Gedichte gelesen. Nur zur Übung natürlich. Aber jetzt fiel ihm eine merkwürdige Zeile ein: *«la inmensa de tu cara.»* *

«Du bist schön», murmelte er. «Die schönste Frau, die ich kenne.»

«Nochmals viel Glück, Johann! Hoffentlich macht dir die Treue keine Reue.» Paula sah ihn bereits in den Abgründen der Solidität. Don Juan in Filzpantoffeln. Er würde schimpfen, wenn das Essen nicht rechtzeitig auf dem Tisch stand. Seine Nase würde länger und seine Geduld mit seiner Frau von Jahr zu Jahr kürzer werden. In etwa zehn Jahren würde er die Liebe und die jungen Frauen zu hassen beginnen. Mit Intensität und ganz heimlich, wie man nur das unwiederbringlich Verlorene haßt. Nie würde er ihr, Paula, vergeben, daß sie ihn heute abgewiesen hatte. Im übrigen war sie beinahe davon überzeugt, daß er eine Frau seines Alters oder sogar eine Ältere heiraten würde. Wahrscheinlich hatte Don Juan, über den sich Weise und Narren, Giftmischer und Zuckerbäckerinnen seit seinem ersten Auftreten die Köpfe zerbrechen, einen Mutterkomplex gehabt. Wahrscheinlich war er nach jedem Abenteuer zu Mama gelaufen.

«Grüß mir deine Zukünftige», sagte Paula. «Wer ist's denn?» Sie bekam einen akuten Lachanfall und rang nach Fassung. Sie war schon als Kind bei Trauerfeiern mit dieser Eigenart geschlagen gewesen.

Professor Waldbrunner beantwortete ihre Frage nicht mehr. Ihr Lachen trieb ihn aus dem idyllischen Patio ins Nachtleben von Neu-Cartagena. Im «La Pampa» gab es südamerikanische Musik. Er würde seine süße kleine Señorita vom Schiff einladen. Es würde leider allerhand kosten, aber man war nur dreimal jung. Auf der Fahrt zum Hafen fielen der Patio, der Duft der Stille und die Furie am Springbrunnen aus seinem Gedächtnis wie ein Geldschein aus der Brieftasche. Das mußte sein, denn Ärger verursachte ihm sein Ohrensausen. Er hatte vorgehabt, die liebe Paula nach einem erotischen Plauderstündchen ins «La Pampa» einzuladen. Schließlich besuchte er sie nur alle zwanzig Jahre. Zu seinem Verdruß tauchte ihr schönes, verschlossenes Gesicht in der Abendsonne über den Schiffen auf. Wieder hörte er ihr Gelächter. Worüber lachte ein einsames Mädchen? Na! Die Paula war die letzte, die er in ein kostspieliges Nachtlokal laden würde. Ein bitterer Wind umwehte sie. Er, der Johann, hatte den Abgrund der Zeit nicht elegant übersprungen, um Paulas Launen zu bestaunen. Nur er durfte Launen haben.

II

Während Johann seine blutjunge goldbraune Schiffsfreundin, die allerdings so viel schwatzte und kicherte, daß ihm ganz elend wurde, im «La Pampa» zu romantischen Dollarpreisen traktierte, stand Paula wie eine mißmutige Bildsäule im Patio herum. Die anmutige junge Negerin, die sie

* Die Unendlichkeit in deinem Antlitz.

in der leeren Villa umsorgte, räumte geräuschvoll die Gläser auf ihr Tablett und starrte Paula neugierig und teilnahmsvoll an. Sie fragte, ob die Señora Stechen im Kopf habe oder Hunger. Jedenfalls sehe sie so weiß wie eine Leiche aus. Paula wollte nichts zum Abend essen.

«Nicht einmal kleines Fischlein?» fragte Loretta. Oder *peto**. Oder Avocado-Salat? Da Loretta sich leider nicht in ihr analphabetisches Schweigen zurückzog, sondern sich zweifellos anschickte, die kolumbianische Speisekarte zu rezitieren, sagte Paula eilig, daß sie vielleicht später einen Fruchtsaft trinken wolle. *Nichts* essen. Alles sei ihr zuwider. Sie war so blaß, daß Loretta sie ängstlich anstarrte. Die Señora mußte Herzverstimmung haben. Loretta hatte daheim gehört, daß das Herz ein tiefes Wasser sei. Wer konnte auf den Grund blicken?

Paula blickte nicht auf den Grund – er war ihr zu tief. Aber Johanns Besuch hatte sie ins Labyrinth der Erinnerungen gelockt, und das Lustwandeln in Labyrinthen machte ihr schon lange keinen Spaß mehr. Er hatte nicht sich in diese spanische Landschaft gebracht, sondern Wien. Aus der vernebelten Kulisse war plötzlich eine Realität geworden. Das verstimmte Paula. Die Vergangenheit war ein Verlustgeschäft, in das sie als junges Ding alles, was sie besaß, investiert hatte. So war man eben in diesen Jahren. Aber was sie jetzt krank machte, war nicht Johanns verjährter Verrat, sondern Wien: der Kaffeeduft und die königlichen Kellnerinnen beim «Demel», das Parfum der Mama, die Luft im Wiener Wald, die Donau bei Spitz, wo sie mit dem Johann bis Passau hinuntergefahren war. Der gute Tropfen im Waldviertel, der erste große Zank mit dem Johann in Mödling, das Echo seiner leisen Stimme, denn wenn er bös war, dann flüsterte er.

Und der letzte Opernabend, wo der Johann die Mama und sie zum ‹*Rosenkavalier*› eingeladen hatte, und wie die Marschallin – das heißt: die Mama – sang und lächelte und Paula steif und grimmig dabeisaß. Der Johann hatte seinen Arm um die Mama gelegt – im Dunkel der Loge, und ihre grünen Augen glitzerten wie die Smaragde von Bogotá. Man hatte damals nichts zu essen in Wien, aber die Musik ernährte die Leut wie eh und je. Trotzdem hatte die Mama Paulas Gesangstunden gestrichen und sie ins Büro geschickt. Das war, nachdem sie den Papa eines schönen Abends tot im Wohnzimmer gefunden hatten. Die Kathi, die ihm das Nachtmahl serviert hatte, war nur schnell zur Freundin nebenan gelaufen. Sie wurde ganz narrisch in dem stillen Haus, wo der gnädige Herr grübelte oder brummte, wo die Paula zur Annerl lief und die gnädige Frau zum Herrn Johann. Erschossen hatte der Papa sich, wo er doch immer Angst vor Schußwaffen gehabt hatte und überhaupt gegen alles Laute und Auffällige gewesen war. Denn der echte Österreicher ist ein Stiller, der gern sinniert und die Violine den Trommeln vorzieht, hatte der beste Freund vom Papa beim Leichenschmaus gesagt. Mama hatte in Schwarz wie ein Bild ausge-

* Maissuppe mit Milch.

sehen, und dann hatte der Johann sich rührend, aber rührend, um sie und das Mäderl gekümmert. Und die Mama saß kurz darauf in ihrer Modeboutique – lauter Reste aus bessern Zeiten, aber mit Charme dekoriert und angeboten. Und der Johann hatte Kunden geschickt: Amerikanerinnen aus dem besetzten Wien. Sie brachten Stoffe, und die Mama machte Kunstwerke daraus, und aus den Stoffresten machte sie kleine Dinge für die Wienerinnen: eine Bluse, ein Tücherl, ein Garnichts, das nach etwas ausschaute. Selbst Paula hatte sie bewundern müssen, um so mehr, als sie selbst nicht einmal einen Kleidersaum korrekt nähen konnte.

Sie wußte auch ohne die Annerl, daß der Johann und die Mama . . . Und trotzdem blieb ihr die Sachertorte im Hals stecken, wenn sie daran dachte oder die Blicke sah, die Mama dem Johann wie Leuchtkugeln über den Tisch hinüber zuwarf. Sie war damals etwas älter gewesen als Paula heut. Sie hatte nur Talent für Mode und Männer, und heut sah Paula ein, daß man über diese Talente nicht die Nase rümpfen sollte. Sonst war die Mama eine Katz im Wiener Geschmack gewesen. Aber unter der Fassade war sie nicht so schmackhaft. Sie hatte es gern, wenn es den Freunden nicht allzu gut ging. Sie erzählte jedem, daß sie nur für ihren Mann und das «Töchterl» lebe, und dabei hatten beide sich auf ihre eigene Weise aus dem Staub gemacht. Und sie war nur brav, wenn sie schlief. Im Schlaf ist jeder brav. Und im Grunde hatte die Mama außer ihrem Feuerwerk nichts zu sagen gehabt, aber das sagte sie stundenlang. Das war dem armen Papa noch mehr auf die Nerven gegangen als ihre Opernbesuche. Nur für den Johann schwieg sie gelegentlich – es *mußte* also Liebe sein, sagte die Annerl. Die Annerl war zu ihrem Onkel nach Bogotá gegangen, gleich nach dem Krieg. Und sie hatte alles getan, um Paula aus dem besetzten Wien herauszuholen. Das war nun alles zwanzig Jahre her.

Paula blickte in den Mond und seufzte. Loretta stand immer noch mit dem Tablett im leeren Patio. Dort hatte der Johann gestanden und nach verlorenen Illusionen gesucht. Und schließlich hatte er ohne Umstände angefragt, ob er mit ihr schlafen könnt. Weil's grad so paßte. Einmal alle zwanzig Jahr. Paula rührte sich nicht. Männer, dachte sie. Sie liebten die Liebe. Hierzulande hieß es, die Henne des Hasses krieche aus dem Ei der Liebe. Aber in Kolumbien brodelten die Gefühle. Paula haßte den Johann nicht, und sie liebte ihn nicht mehr. Aber sie wollte sich nicht mit ihm einlassen. Man konnt nie wissen, was unter der Asche eines Gefühls noch glüht. Die Schaukel der Lust bestieg sie gelegentlich mit einem einheimischen Don Juan. Jemand, der die Szenerie mit sechs Augen betrachtete, war ungefährlich. Er betrog nicht die Frauen, sondern sich. Aber der Johann, der hatte sie mit ihrer eigenen Mutter betrogen. Eine lachhafte Variation der Blutschande. Und ein Abgrund, aus dem Entsetzen und gefrorenes Lachen aufstiegen und sich mit Straußschen Walzerklängen mischten.

Paula atmete mühsam. «Wie wär's mit kleinem, kleinem Fischlein, Señora?» flehte Loretta. Paula schüttelte den Kopf. Kleine Fische waren nicht groß genug für sie.

III

Professor Johann Waldbrunner,
Cartagena de Indias,
an Leopoldine Seidler, Wien.

An Bord

Liebste Poldi!

Morgen geht's weiter nach Baranquilla, und ich benutze die letzte Nacht in Cartagena, um mit Dir zu plaudern. Ich bin ein bisserl deprimiert – daran hat auch mein Psychiater nix ändern können –, aber wahrscheinlich fehlst Du mir ärger, als ich gedacht hab. Oder ich hab zuviel Kierkegaard gelesen. Ich hab ihn soeben den Fischen zur Lektüre hingeworfen. Und den Jean-Paul Sartre – diesen Existenz-Raunzer aus Paris –, den hab ich sofort hinterdrein geschickt.

Heut abend war ich in Begleitung eines jungen Schiffsfreundes im Restaurant «La Pampa». Er ist Südamerikaner, und ich frische mein Spanisch auf. Das wird mir sehr bei meinem Buch über spanische Geschichte und Kultur helfen. Cartagena de Indias, diese uralte, von Wällen umgebene Stadt, ist spanischer als Andalusien. Erinnerst Du Dich noch an unsere Ferien dort? Vor drei Jahren? Die Madonnen in ihrer schweigenden Barockpracht, und dann der Olivenhain bei Sevilla, wo ich stundenlang Deinen Handschuh gesucht hab! Es war mir ein Vergnügen, Señora! Und als Höhepunkt die Don Juan-Aufführung in Sevilla, wo Du im dritten Akt eingenickt bist. Nicht weil es Dich langweilte, wie Juan Tenorio sich eine Novize aus dem Kloster holt, sondern weil Du so lange mit mir herumgelaufen warst. Ich war selbst müde, ich fand die Aufführung hinreißend. Diese Poesie! «Don Juan, um dein ritterliches Mitleid flehe ich.» Da bin ich nicht zu halten, Schatzi! Aber Du hast immer gesagt, ich bin der Wurschtl unter den Musen.

Verzeih, daß ich nicht vergessen hab, daß Du im Theater geschlafen hast. Es war mir halt unbegreiflich, aber jetzt versteh ich's schon besser. Wir sind leider in dem Alter, wo wir unsere Vergnügungen rationieren müssen, und ich bin Dir schrecklich dankbar, liebste Poldi, daß Du mir dabei hilfst. Mir macht der Gedanke manchmal Kummer, daß ich nun auch schon fünfzig werde. «Es wird ein Wein sein. Und wir wern nimmer sein . . .» Also Du – die Existenz-Raunzer *haben* mich angesteckt. Ich bin doch zu beneiden! Mache diese unvergeßliche Reise, habe einen anregenden Schiffsfreund – und eine reizende Frau soll ich auch in absehbarer Zeit heiraten! Ich muß mir die Trübseligkeit bei der Paula geholt haben.

Und da sind wir nun bei Deiner Tochter. Ich muß schon sagen, daß die Paula ungeahnt schön geworden ist. Das wird Dich sicher schrecklich freuen. Ich weiß ja, wie Du das Mädel liebst. Aber leider ist Paulas Schönheit ein bisserl fragwürdig. Nicht so solid, wie man's von einer Tochter von Dir erwarten tät. Denk Dir, sie hat sich ihr nußbraunes Haar, das ihr so lieb und rührend ums Gesichertl hing, rot gefärbt. Sie sieht aus – na, Schwamm drüber!

Leider ist die Paula – übrigens trug sie ein fabelhaft geschnittenes Kleid –, leider ist Deine Tochter noch genauso launisch und unbeherrscht wie als achtzehnjähriges Hascherl. Es bestätigt meine Lieblingstheorie, daß die Leut sich eben nicht ändern. Nur ich ändere mich, denn ich will mich als Ehemann versuchen. Wenn Du mir nicht so gut zugeredet hättest, *nie* hätt ich auch nur in Gedanken geheiratet! (Übrigens macht mir mein Ohrensausen Sorge.) Die Paula hat sehr nach Dir gefragt. Ich hatte den definitiven Eindruck, daß sie niemals ahnte, daß Du und ich und ich und Du ... Obwohl Du so fest mit Deinen Beinen auf dem Michaelerplatz stehst, hast Du damals Gespenster gesehen. Die Paula sagte sogar: «Es gab nichts, was die Mama *nicht* für mich getan hat.»

Wie sie lebt, kann ich nach dem kurzen Nachmittagsbesuch nicht sagen. Im Augenblick hat sie sich eine spanische Villa ausgeliehen – durch die Annerl Gruber. Ja, die lebt auch noch! Mehr, sie hat steinreich geheiratet. Einen ölglänzenden Señor Diaz. Erdöl natürlich, nicht Haaröl! – Ich kann's überleben, daß die Annerl in Bogotá geblieben ist und ich ihr nicht in Cartagena die Hand küssen mußte. Du sagtest immer, sie ist eine schreckliche Intrigantin. Und sie nannte mich den «Don Juan von Nußdorf». *Mich*, der ich immer nur Augen für Dich hatte! Ich war wirklich nur der Kümmerer von der Paula, ob Du's glaubst oder nicht. Sie war ja damals ein Kind. Übrigens, da wir grad vom «Don Juan» reden, mein Schiffsfreund hat mir erzählt, daß dieser klassische Verführer in Cartagena sechs Augen hätt, weil ihm ein Paar Augen nicht reichten für die Damen. Du hast keinen Grund zur Eifersucht, Poldi. Ich leb akkurat wie ein alter Herr. Mit Diät, Kierkegaard und Ohrensausen.

Cartagena ist so träumerisch, daß ich dort hätt malen können. Diese Stadt ist lange nicht so anstrengend wie Wien oder New York. Sie liegt zwar am End von der Welt – unserer Welt, mein ich –, aber sie wird wie alles hier unten, nicht so wütend von der Technik kontrolliert wie die Städte in Europa. Entweder ist's heiß, oder jemand kontrolliert die Techniker. Natürlich schläft Cartagena nicht. Bis auf die Altstadt, wo die Paula vor sich hin brummt, ist's ein bedeutender Handelsplatz. Platin vom San-Juan-Fluß, Öl von ... aber das ist fad für Dich. Ich hab Angst, Du schläfst mir sonst über diesem Brief ein. Und das wär nicht so gut, denn ich hab Dir was zu sagen. Es ist mir äußerst peinlich, aber vor Dir hab ich seit Jahrhunderten kein Geheimnis. Kein ernsthaftes. Es handelt sich, wie zu erwarten, um Deine Tochter.

Leider, leider weißt Du selbst, daß unsere liebe Paulina nicht immer strikt bei der Wahrheit bleibt. Sie wird Dir jetzt sicherlich nach meinem Besuch einen verfrühten Weihnachtsbrief schreiben. Es ist damit zu rechnen, daß sie eine gewisse bedauerliche Situation nicht ganz wahrheitsgemäß schildern wird. Ich möcht die Paula von vornherein entschuldigen, denn ich hab den Eindruck, sie ist nicht glücklich in dem Paradieserl, vielleicht weil's nur geliehen ist. Sie scheint ziemlich einsam zu sein. Das ist natürlich ihre Schuld, aber wer hat gleich Deinen Charme, Poldi? Da kann man lang suchen – von Wien bis Cartagena! Ich will Dir's nur erklären, wie's kommen ist. Schließlich hast Du mich vor zwei Jahren nicht umsonst zum Psychiater geschickt, ich hab allerhand vom Anton aufgeschnappt, während ich mir die irrsinnigsten Träume und Schuldkomplexe ausdachte, um ihm a Freud zu machen. Er war dann immer ganz glücklich. Er wollt halt was tun für sein Geld. Hatte einen ausgezeichneten Wein hinter dem gesamten Freud, Adler und Jung versteckt, den wir zusammen tranken, wenn ich brav gewesen war. Aber ich hab doch ganz scharf begriffen, was die Einsamkeit den Leuten antut. Nur so kann ich's erklären, daß die Paula – in einem plötzlichen Stimmungsumschwung – mir gewisse Avancen zum Schluß des Besuchs machte. Ich war ziemlich schockiert, weil ich nun solid geworden bin. Und ich hätt es niemals erwähnt, wenn die Paula nicht im Dezember herum an Dich schreiben tät. Ich mein, ich machte ihr einen kurzen Besuch und nahm mit Dank ein Eisgetränk an, aber das bedeutet ja net, daß ich die Nacht bei der Dame des Hauses verbringen wollt. Ich ging mit dem jungen Mann vom Schiff ins «La Pampa«, und was die Paula den Abend unternahm, weiß ich nicht. Wahrscheinlich schaute sie in den Mond. Falls sie diesen Zwischenfall erwähnen sollte – und sie ist ja notorisch indiskret, sie und die Annerl leisteten sich da ja verschiedenes im alten Wien –, also falls sie etwas erwähnen sollte, wird sie Dir schreiben, ich hätt ihr Vorschläge gemacht und sie hätt mich stolz zurückgewiesen. Geh nicht drauf ein, Poldi! Hör einfach net auf sie. Das Mädel ist allein, und da kommt man wohl auch ohne den Anton drauf, wie eine junge Frau sich plötzlich einem älteren Herrn an den Hals wirft. Ich war wohl ein Stück Heimat für sie. Es ist nix passiert. Menschen, Menschen san mir alle. Vergiß die ganze lächerliche Sach, versprich es mir!

Natürlich hab ich der Paula gesagt, daß ich gleich nach meiner Rückkehr nach Wien heiraten werde. Aber Poldi, ich hab ihr in der speziellen Situation – mit zwanzig Jahren unbekanntem Leben zwischen uns – nicht sagen können, daß ich *Dich* heiraten tu. Ich bin ja bald ihr Stiefvater, und irgendwie konnt ich ihr das net sagen, weil sie so ein unberechenbares Geschöpf ist und eben doch noch jung. So viel jünger als wir! Ich hatt einfach Angst, sie macht mir einen ihrer berühmten Skandale. Ich kenn die Warnsignale, hab sie zwanzig Jahr nicht vergessen. Sie kniff außerdem die Augen zusammen. Sie muß es von den Indianerinnen gelernt haben, die von den Bergen zum Markt runterkommen. Sie sah ein Momenterl direkt gefährlich aus. Aber trotz ihrer bösartigen Miene zum Anbeißen! Verstehn kann ich's nicht ganz, daß so ein blitzsaubres Madel keinen Caballero hat. Vielleicht hat's doch einen – irgendeinen unmöglichen Kerl? Du kannst Gift drauf nehmen, die Annerl weiß Bescheid.

Eben verkündet mir der Kabinensteward, wir fahren des Nachts noch nicht nach Barranquilla. Zu blöd! Aber bei einem Frachtschiff – obwohl es äußerst komfortabel ist mit den wenigen Passagieren – muß man mit Verspätung rechnen. Wir kriegen noch Fracht in Cartagena. Wahrscheinlich fahren wir sehr bald. Ich hab meinen Schiffsplatz für die Tour auf dem Magdalenenfluß schon gebucht. Mein Reisegenosse will die Fahrt auch mitmachen. Du weißt: der junge südamerikanische Student aus Venezuela. Dort soll ein tolles Nachtleben sein, sagte er mir im «La Pampa». Ich mach Riesenfortschritte in Spanisch.

Wie geht's Dir immer, Liebste? Ich bin richtig glücklich, daß wir endlich heiraten. So ein Einspänner hat doch was Fragwürdiges. Man sieht's an der Paula. Reizend ist sie gewesen als junges Ding, aber auch damals schon eine Spur extrem.

Leid tut's mir nur, daß ich nicht viel früher auf Dich gehört hab, und wir wären längst verheiratet. Ich sehn mich nach Dir. Ich brauch eben eine Frau, die mit beiden Beinen auf der Erde steht. Ich krieg ja so komische Ideen und Depressionen. Das kommt halt mit den Jahren. Du bist die einzige, der ich so etwas verrate. Du glaubst nicht, wie es mich beruhigt, daß ich Dir alles sagen kann. Oder das meiste. Du sagst mir auch offen, was Dir nicht so an mir gefällt. Da könnt die Paula etwas von Dir lernen. Aber wer kann sich seine Stieftochter aussuchen? Und ihr Getue mit den Hunden! Ich bin überzeugt, sie hat ein Rudel in Bogotá um sich herum. Darin ist sie eine echte Wienerin, nehm ich an. Ich bin Dir schrecklich dankbar, daß Du immer nur einen Pudel hast. An Deinen «Strudl» hab ich mich bereits gewöhnt. Ich bring nur meinen Kanarienvogel in die Ehe mit. Er ist hochmusikalisch.

Poldi, Poldi, ich sehn mich arg nach Dir!

Ich bring Dir auch ein paar lustige Kleinigkeiten mit. Man kann so amüsante und preiswerte Dinge hier einkaufen. Silberkämme, indianische Tücher und herzige ausgestopfte Krokodile. Ich kaufte eins für Dich. Es heißt Pedro, aber Du darfst es Peterl rufen. Der Pedro nimmt wenig Platz ein und ist eine Konkurrenz für Dein Hunderl. Du liebst doch alles Getier, auch wenn's nur ausgestopft ist. Verzeih, daß ich Dir soviel vom Pedro schreib. Bin ganz vernarrt in ihn. Ich lehr ihn singen. Er kann schon «Alles is hin», und seit drei Tagen «möcht er auch amal wieder im Grinzing sein». Er ist immer lustig, wogegen die Wiener es nur beim Heurigen sind. Als Wiener darf ich's vielleicht sagen, auch wenn Du bös dreinschaust. Du hast's gut, liebste Poldi! Du hast das Gleichmaß mitbekommen. Nur eifersüchtig bist Du manchmal. Aber das schmeichelt einem älteren Herrn wie mir. Was macht das Café Landtmann? Grüß mir den Franzl und den Anton schön. Bald bin ich wieder bei Euch. Nicht so bald, so ein Kahn hat ja seine eigene Zeit, und der Magdalenenfluß ist lang – aber die Zeit hüpft und tanzt und fliegt.

Ich umarme Dich und küß Dich in jeder Tonlage.

Dein *Johann*

Johann Waldbrunner
an Leopoldine Seidler, Wien

Cartagena de Indias

Liebe gute Poldi!

Du wirst sicherlich erstaunt sein, daß Du drei Wochen nichts von mir gehört hast. Ich bin einfach nicht zum Schreiben gekommen, denn die Ereignisse haben sich überpurzelt. Wie Du an der Briefmarke siehst – herrliche Marken haben's hier in Kolumbien! –, bin ich immer noch in Cartagena. Mein Schiff ist natürlich abgefahren. Es kann ja nicht warten, bis ich meine Studien hier beendet hab, nicht wahr? Der Magdalenenfluß fließt mir nicht davon. Cartagena ist tatsächlich ein Kulturzentrum an der karibischen Küste. Man ahnt so was ja nicht daheim. Grad im November tut sich hier was. Es wär doch ewig schad, wenn ich's versäumt hätt, sagt die Paula. Neulich gab's eine ganze Woche südamerikanische Volksmusik. Und dann die Wanderungen auf diesem uralten Boden. Ich wär ja kein Historiker, wenn mich diese Festungen, die Klöster, die alten Paläste nicht entzücken täten. Das wirst Du ja einsehn. Einen bessern Führer als die Paula kannst Du Dir nicht denken. Sie interessiert sich für alles und hat ein beachtliches Wissen. Wir waren neulich in der Kirche des heiligen Peter Claver, der sich «der Sklave der Sklaven» nannte. Diese Demut bei dem alten spanischen Stolz! Wir sahen uns die Fresken in den luftigen Klostergängen an. Es war so seltsam, der spanische Heilige umgeben von liebenden, hilflosen Negern! In den Wandelgängen haben die Mönche des Klosters Vogelkäfige aufgehängt, und die Vögel sangen und zwitscherten. Ich war ganz verzaubert, und die Paula mußte mich sanft in die Wirklichkeit zurückstoßen. Wir gehen über alte feierliche Plätze, auf denen sich über vierhundert Jahre Weltgeschichte abgespielt hat. Und die engen, gewundenen Gassen und die vielen dunklen Gesichter, die so sehr den afrikanischen Gesichtern auf den alten Fresken ähneln. Verzeih, daß ich Dich mit meinen Eindrücken belästige, aber ich teil Dir doch immer alles mit, gelt? Ich bin überhaupt nicht müd hier, und mein Ohrensausen ist wie fortgeblasen. Was sagst Du dazu? Leider bleib ich nun doch so lange in Kolumbien, daß wir erst nächsten Winter zusammen reisen können. Ich hoff, es macht Dir nichts aus?

Deine drei Briefe hab ich mit Dank bekommen. Daß Du so viel mit dem Anton meinetwegen zusammensteckst, paßt mir gar nicht. Glaubt nur nicht, daß ich mich noch mal auf eine Behandlung bei ihm einlaß. Ich kann seinen Wein auch trinken, ohne ein Vermögen für Analysen zu bezahlen, die nur ihm helfen. Ich schreib ihm übrigens in allernächster Zeit. Wir sind alte Freunde, und ich werd ihm alles erklären. Eine junge Frau tut mir eben besser als der Freud und der Adler und die Existenz-Raunzer in unserm muffigen Europa. Vielleicht sieht's sogar ein Psychiater ein.

Verzeih, Poldi, wenn ich so deutlich werd. Aber ich hab Dir ja versprechen müssen, Dir immer zu sagen, wie mir zumut ist. Das ist teils Dein wundervolles Verständnis für mich, und dann ist's natürlich auch Dein –

unausgesprochener – Wunsch, mich anzubinden. Wie Deinen Pudel, der ja auch Sprünge macht, sowie Du die Leine lockerst.

Aber die Tatsache ist: ich bin hier so jung wie nicht einmal in meiner grünen Jugend! Der Freud hätt keine Freud mehr an mir.

Jetzt hör zu, Poldi, und fahr nicht vor Zorn in die Lüfte! *Ich wohn hier bei der Paula.* Und was ist, bittschön, dabei? Mein Geld wächst nicht auf den Palmen, und die Villa steht leer. Die Besitzer sind in Europa. Seit ein paar Tagen sind die Annerl und ihr Mann auch hier. Du glaubst nicht, wie lustig wir sind und wie die Annerl sich zu ihrem Vorteil verändert hat. Señor Diaz ist so nett und gefällig und in angenehmster Weise reich und spanisch. Die Annerl hat vielleicht ein Glück! Natürlich weiß ich, daß Kümmernisse und Leiden die Leut seelisch weiterbringen und im günstigsten Fall verbessern. Aber angenehmer sind halt glückliche Leut, und das sieht man bei der Annerl Gruber. Sie ist großartig zur Paula. Sie hat lange mit mir über das Mädel geredet. Sie möcht sie gern verheiraten. Es ist doch nix für so eine schöne junge Frau, für sich allein zu wurschteln und den Blicken der Männer ausgesetzt zu sein. Und wie die Burschen die Paula anstarren – akkurat, wie früher jeder Dir in Wien auf der Kärntnerstraße nachgeschaut hat! Aber die Paula ärgert sich drüber. Sie will ihre Ruh, sagt sie.

Also – ich will Dir alles der Reihe nach berichten. Ich mein, mit der Paula und mir. Das Schiff lag noch drei Tage in Cartagena fest, und da wär's doch blöd von mir gewesen, die Paula nicht noch einmal aufzusuchen. Obwohl sie ein bisserl merkwürdig bei meinem ersten Besuch gewesen war, sah ich keinen Grund, Deine Tochter wie die Pest zu meiden. Um so mehr als mein Schiffsfreund Besuch von Verwandten bekam und ich doch so schlecht allein sein kann. Aber zu zweit schweig ich gern.

Die Paula schreibt Dir auch bald. Wir wollen alle zusammen die Weihnachtszeit in dem Stadthaus von Señtr Diaz in Bogotá verbringen. Sein Bruder ist ein ziemlich hohes Tier an der Universität. Ich werde durch ihn südamerikanische Kollegen kennenlernen und eventuell eine Austauschzeit mit Wien arrangieren. So was ist ja kein Zufall – das ist einfach Bestimmung, nicht wahr? Meine Begriffe über spanische Kultur nehmen hier andere Dimensionen an. Es ist unglaublich, wie wenig ich von allem gewußt hab, und schimpf mich dabei Historiker! Meine geistige Energie wird täglich aktiver, obgleich ich eigentlich nix tu. Das ist ein Paradox, aber die Paradoxe sind nun einmal die Essenz des psychischen Lebens. Frag unsern Anton, wenn Du's mir nicht glaubst.

Es tut mir so leid, daß ich Dir auch noch Deine Weihnachtsferien verpatze, wo ich ja eigentlich nach Europa zurückfliegen wollt. Aber Du bist eine Lebenskünstlerin, und ich nehm an, Du wirst mit dem Anton feiern. Begleit ihn doch zum Skilaufen und lüfte Dich von der Boutique aus. Es ist ein Jammer, daß Du heuer wegen der Krampfadern nicht Skilaufen kannst, wo wir die herrlichen Berge daheim haben.

Ich mache natürlich täglich Notizen über diese karibischen Plätze und diktiere sie der Paula. Es ist alles so ereignisreich hier, weil jeder Stein und jede Mauer mir ihre Privatgeschichte verraten. Die Luft ist mit Symbolen geladen – mit inneren Bildern. Aber ich fürchte, Du findest das fad oder verrückt? Auf jeden Fall: ich bin hier kein Bücherwurm wie in Wien, und ich schlaf ohne Pillen. Da staunst Du, gelt? Cartagena und die Paula haben mich aus meiner Versteinerung herausgesungen. So ist's nun einmal, Poldi! Ich kann nichts dafür.

Denk Dir, ich tanze auch wieder, und mein linkes Bein ist kein bisserl steif, und ich hab auch dann kein Ohrensausen. Ich hab ja immer leidenschaftlich gern getanzt, und ich hätt in Wien nicht plötzlich damit aufhören sollen. Aber Dir macht's ja jetzt leider Mühe, und da hatt ich auch keine Lust.

Die Paula war ziemlich erstaunt, als ich plötzlich wieder bei ihr im Patio erschien. Aber sie war bei meinem zweiten Besuch sehr lieb und gastfrei. Sie schien richtig erfreut, mich zu sehn. Sie ist halt über den Schock des Wiedersehens hinweggekommen. Ich blieb gleich zum Abendessen, und Loretta – eine kleine Schokoladenzofe plus Kochmamsell, ein reizendes Mäderl –, also die Loretta servierte uns ein denkwürdiges Nachtmahl. Allerhand exotische Vorspeisen mit Fischen und Früchten, und dann eine Art Tafelspitz mit tropischen Gemüsen und dazu *papas chorriadas* – das sind Erdäpfel mit Käs und Kräutern und Butter – deliziös! Dazu Eisgetränke und die großen Sterne und die Paula in einem tollen grünen Seidenkleid, an dem nur zwei Knöpferl fehlten. Das is ja *nix* für die Paula, wenn Du Dich noch erinnerst? Sie näht sich ja nichts an. Und die Loretta kocht und lacht und tänzelt mit den Speisen in den Patio. Und irgendwo hinter dieser Villa streckt sich das Meer. Die Paulina hat übrigens immer noch ihren sagenhaften Appetit, aber in dem Klima bleibt sie schlank. Und sie ist halt jung. Danach gab's eine Bananenspeise mit Rum und Tropenfrüchten. Was Besseres braucht mir auch im Paradies nicht vorgesetzt werden, falls ich nach einer Wartezeit doch nach dorthin gelangen sollt. Hoffen wir, daß der Herrgott ein Einsehn mit dem armen Waldbrunner Johann haben wird.

Da ich mich schwer an jenem Abend trennen konnte, schlug die Paula vor, ich sollte wenigstens bis zum 11. November in Cartagena bleiben. Da hat sie ja Geburtstag, und es waren nur noch ein paar Tag bis dahin. Ich holte also mein Gepäck vom Schiff. Mein junger Reisegefährte aus Venezuela war betrübt, daß ich nun nicht mit ihm den Magdalenenfluß befahren würde. Er wär fast in Tränen ausgebrochen.

Du, Poldi – ich male endlich wieder! Du hast ja recht damit, daß ich nur ein Wurschtl unter den Musen bin, aber das Malen ist nun einmal mein größtes Plaisir. Ich malte erst mal die Paula. Dann kam die Loretta dran und die Schiffer im Hafen und die Indianer auf dem Markt. Ich zeigte einige Indianerskizzen dem Mann von der Annerl, und er war beeindruckt. Ob Du's glaubst oder nicht! Ich brauch nur ein bisserl Ermutigung. Dann mal ich wie der Gauguin in seinen minderen Augenblicken.

Wie geht's Dir immer, liebe Poldi? Hoffentlich bist Du nicht bös auf mich? Ich wünscht so sehr, Du würdest auch glücklich in Wien sein, weil ich's so herrlich hier hab. Ich weiß ja, es kann nicht von Dauer sein – dies Idyll in Cartagena. Eines Tags muß man alles Glück, das man empfangen hat, dem Gevatter Tod ausliefern. Aber soweit ist's gottlob noch nicht, wenn's natürlich auch immer später ist, als man denkt. Der Mensch ist ja nun einmal ein Trottel ohne Talent für seine Zukunft.

Nie werd ich den 11. November vergessen. Denn der Geburtstag von der Paula fällt zusammen mit einem Befreiungsfasching, den die Leut in Cartagena eine ganze Woche hindurch feiern. Ich zog mit der Paula und der Annerl und ihrem Mann und dessen Freunden durch die Stadt. Die Annerl hatte mich sehr passend als Don Juan mit Federhut und rotem Seidenmantel ausstaffiert, und ich muß schon sagen, die Madeln haben mir afrikanische Blicke zugeworfen: feurig und dabei doch sanft, mit einem beinah erschreckten Glanz – so schauen sie halt drein in Cartagena. Sie sind intensiv und dabei doch distanziert. Das müssen's von den spanischen Doñas der Vergangenheit gelernt haben. Selbst die Paula hat was von dieser berückenden Distanz. Sie schaut manchmal die Welt durch einen Vorhang an – ganz still und seltsam ist das Madel in solchen Momenten. Und plötzlich ist sie wieder heiter wie ein Kind.

In unserm müden Europa kennen wir solche Volksfeste nicht. Du hättest doch mitkommen sollen, selbst wenn Du Dir's nur vom Balkon angeschaut hättest. Es waren entflammte Stunden! Maskenzüge, Chorgesänge, Tanz in allen Gassen und Gäßchen und dazu die violette Nacht und ein indiskreter Mond. Der karibische Mond ist ein neugieriges Gestirn . . . Er kriegt aber auch wirklich allerhand zu sehn! Ich war ohne Rum berauscht. Diese Düfte, die Fruchtberge, die fremden Gewürze und die geheimnisvolle Essenz der Massenlust in dieser schwülen Nachtluft! Die Paula sah wie ein Bild aus: ihr Haar flammte, ihre Haut leuchtete, sie war ein Teil von Cartagena de Indias. Ich hoff, es langweilt Dich nicht, aber endlich hörst Du etwas über Deine Tochter und diesen Teil der Welt. Und ich hoff auch, daß etwas von dem Zauber der karibischen Nacht sich nach Wien transportiert. Was mir altem Trottel wirklich passiert ist: ich hab der Hirtenflöte des afrikanischen *Pan* gelauscht und kann den Ton nicht vergessen.

Meine liebe Poldi. Was Du mir diesmal verzeihen sollst, ist wahrscheinlich unverzeihlich. Ich muß es Dir jetzt klipp und klar sagen, und es tut mir weh, Dir weh zu tun – *das* glaub mir wenigstens! Ich kann Dich nicht heiraten. Ich hoff, zu allen Heiligen, daß Du mir vergeben wirst, wie Du mir so vieles vergeben hast. Und ich hoff und bete, daß wir gute Freunde bleiben – auch unter zwei Dächern! Sag nix, Poldi. Setz Dich auf Deinen grünen Polsterstuhl und schließ die Augen. Nachher lies weiter, was ich Dir zu sagen hab. Denn ich will's zu erklären versuchen. Ich kann eine Frau wie Dich, die ich so lang und ehrlich bewundert und verehrt hab, nicht mit der einfachen Mitteilung abspeisen. Da tät ich mich noch mehr verachten.

Die Sache ist die: ich bin hier mit den jungen Leuten wieder jung geworden. Vielleicht ist's eine Illusion, aber es ist halt die Lieblingsillusion jedes Mannes. Wenn ich heuer bedenk – ich bitt Dich kniefällig um Verzeihung, daß ich's überhaupt denk, Poldi –, wenn ich mir vorstell, Du bist in zehn Jahren dreiundsiebzig, und ich bin dann immer noch ein Mann in den mittleren Jahren, da krieg ich eine Panik, daß selbst der Anton mir mit hundert Behandlungen zum halben Preis nicht helfen könnt. Du hast das Lügen immer brutaler als die Wahrheit gefunden und so sag ich Dir, so entsetzlich schwer es mir wird, eben die Wahrheit. Meine einzige Entschuldigung ist, daß Du mich partout seit Jahren heiraten möchtest und daß ich endlich einwilligte. Schau, Poldi, es ist vielleicht altmodisch, aber wir sind ja ein bisserl altmodisch in Wien – *ich* hätt wollen müssen! Ich hätt Dich bitten und betteln müssen, daß Du mich alten Nichtsnutz heiratest. Wir passen nicht zusammen als Mann und Frau, liebe gute Poldi. Das ist mir durch die Entfernung erst richtig klargeworden, und es ist viel schwerwiegender als Dein Alter. Du wirst noch in zwanzig Jahren fabelhaft ausschaun, weil Du Deine Gefühle besser im Zaum hältst als die meisten Frauen. Von der Paula gar nicht zu reden. Ich paß einfach nicht in Dein Leben. Du bist eine nüchterne Geschäftsfrau – mit hundertprozentigem Charme natürlich –, und ich bin und bleib ein Phantast. Ich hätt daheim nach unserer Verlobung manchmal rufen mögen: «*Erstaune mich!* Tu etwas Unvorhergesehenes! Etwas Halbverrücktes! Etwas entzückend Sinnloses!» Wie's die Paula ständig tut, ohne sich drum bemühn zu müssen, das süße Ding. Ich sag das mit unpersönlicher Zärtlichkeit, denn glaub nun um Himmels willen nicht, daß ich Deine Tochter heiraten möcht oder sie mich. Ich will Junggeselle bleiben. Aber wenn ich mich von mir aus entschlossen hätt, dann wär's eben doch die Paula – wie vor Jahren. Ich hätt mich an ihren Schwächen ergötzt. Ich hätt nie ganz genau gewußt, woran ich mit ihr bin – und glaub nicht, daß ich's jetzt weiß. Sie ist natürlich eine ganz neue junge Frau für mich, denn alle sieben Jahr soll man ja seine Gewohnheiten und seine Ausdrucksweise ändern, sagt der Anton. Also danach hätt die Paula drei Metamorphosen durchgemacht, seit sie Wien damals verließ, weil ich mich plötzlich intensiv für *Dich* interessierte. Aber ich wußt nicht, wenn ich in Deine grünen Augen schaute, daß Du auf präzise Idyllen aus bist. Ich kann Dir trotzdem niemals genug für alles danken, was Du für mich getan hast. Für Deine Fürsorge und für Deine eisernen Bemühungen, mich zu verstehen. Auch dafür, daß Du meine Socken ausgebessert und meine Schulden bezahlt und aufgepaßt hast, daß ich die Karrier nicht vernachlässige. Ich bin so tief in Deiner Schuld, liebste Poldi. Aber – ich brauch die Abwechslung und das Unerwartete, wie andere Männer das tägliche Gleichmaß und dieselbe Frau brauchen. Und da bin ich nun bei Deinem einzigen wunden Punkt: Deiner Eifersucht! Sei still, Herzerl. Du hast diese bohrende Eifersucht heroisch bezähmt – ein Denkmal müßt man Dir dafür setzen. Aber ich hab die Anstrengung von Deiner Seite gespürt, und das hat mich oft rasend irritiert. Dein betontes Nicht-Fragen, wo ich die Nacht war und mit wem. Deine zusammengepreßten Lippen. Deine schrille

Bewunderung für jede Frau, der ich auf der Straße oder im Lokal nachschaute, ob sie mich interessierte oder nicht. Und wie Du hinter mir herspioniertest. Wenn Du im Geschäft warst, dann hast Du Deine Freundin, die Helen, damit beauftragt. Für wie blöd habt Ihr beiden mich eigentlich gehalten? Und wenn ich nur dran denk, daß die Helen, die ich nicht leiden kann, beständig in unserem gemeinsamen Heim herumtoben tät – totgeschlagen hätt ich sie! Auch wenn sie Deine Busenfreundin ist, diese gräßliche Person mit ihrer frigiden Geilheit und ihrem Dauerschnupfen und ihrem kurzen Verstand! Und ihre Strümpfe, die immer Wellen schlagen wie die Karibische See. Lassen wir die Helen. Hauptsache, sie gefällt *Dir!*

Vielleicht ist es mein Glück und meine Tragödie, daß ich meine Jugend so schwer aufgeben kann. Aber ich werd erst fünfzig im Jänner. Ich kann noch nicht auf den Erstdruck des Kusses verzichten, auf die rührende und unsichere Ekstase einer jungen einsamen Frau und nicht auf die Erneuerung des Geistes durch die neu belebten Sinne. Und ich kann mich eben doch nicht kniefällig bei Dir entschuldigen – immer und immer wieder. Was ich müßte, wenn Du meine Frau wärst. Da würdest Du Dich nicht mehr so zusammenreißen, und es wär Dein gutes Recht, mir Szenen zu machen, wie Du sie – pardon – Deinem armen Mann gemacht hast, wenn er Dich auch einmal zu Haus sehen wollt. Ehemänner werden soviel leichter schlecht behandelt, und sie lassen sich schrecklich viel gefallen, bloß um ihre Ruh zu haben. Ich kann dem Club eben doch nicht beitreten, auch wenn *Du* mich nun hassen und verabscheuen solltest. Nichts wird meinen Entschluß ändern, Poldi! Und tropische Hitze ist Dir auch ein Greuel. Das nur nebenbei.

Natürlich weiß die Paula *nichts* von der ganzen Sache. Da ich ihr verschwieg, daß wir heiraten wollten, verschweig ich ihr logischerweise auch, daß wir nicht heiraten werden. Es geht sie nichts an. Aber sei jetzt nicht auf die Paula bös, versprich es mir. Sie hat nichts mit meinen Kämpfen und Entschlüssen zu tun. Sie hat nicht den kleinsten Versuch gemacht, mich zu sich herüberzuziehen. Sie hat übrigens einen Freund in Bogotá, den Sozius von Señor Diaz. Die Annerl möcht gern diese Glanzpartie für die Paula arrangieren. Aber sie kann sich noch nicht entschließen. Sie schuftet immer noch im Büro und ist ihr eigener Herr, vielmehr ihre eigene Dame. Natürlich hat sie weiter ihre Launen, und neulich war's so arg, daß ich zwei Tage ins Hotel zog. Danach war's wieder gut. Doch in ihren guten Stunden – und sie überwiegen bei weitem –, hat die Paula etwas von jener «schönen, sanften Stille», die unser Stifter einmal erwähnt. Sie kann wunderbar mit mir schweigen – das ist ein beinahe verlorenes Talent bei der modernen Frau. Sie sitzt dann im Patio auf ihrem Korbsessel oder steht am Springbrunnen und wird eins mit der Umgebung. Ich merk sie kaum, aber weiß, sie ist da, und sie wird immer da sein, wenn ich wieder nach Kolumbien fahr. – Im Austausch mit einem Universitätskollegen wird's mich wenig kosten. Das machen alles die Annerl und die Diaz-Herren für mich. Es ist doch kurios, wie wir paar Wiener in dieser fremden Welt zusammenhalten.

Indessen hab ich mich oft mit dem Professor Diaz, dem Schwager von der Annerl, unterhalten. Und ich sehe immer mehr, wie heutzutag auch der Historiker ein Weltbürger sein muß. Er kann Horizonte dehnen, Kontraste mildern und durch vorurteilslose Information in seiner bescheidenen Weise zur Verständigung der Völkergruppen beitragen. Diese Gespräche mit Diaz sind ein großer Gewinn und werden den Bogen meines Buches weiter spannen.

Es gibt ja noch Stille in Cartagena de Indias. Belebte Stille! Wo ein Mann nachdenken kann – auch über die Rolle, die sein eigenes Land in der Vergangenheit und Gegenwart der Welt spielt. Verzeih, daß ich Dich so langweil. Aber ich hab die Gewohnheit, Dir alles zu schreiben, und wenn ich nur von Wien nach Linz gefahren bin. Vielleicht ist's ja der letzte Brief, weil Du mir schreiben wirst, Du willst nichts mehr von mir hören, sehen oder lesen. Und ich könnt's Dir nicht verdenken.

Zu Deinem unerhörten Glück bist Du nicht sentimental, meine liebe Poldi. Du wirst sehr, sehr bös sein, und vielleicht wirst Du mich wirklich hassen, was ich so schwer ertragen tät! Aber das Herz wird Dir nicht wegen dem Waldbrunner-Johann brechen. Das beruhigt mich. Durch den Korridor der totalen Verzweiflung könnt vielleicht die Paula schleichen oder ich. Wenn mich nämlich wieder die kalte Trauer dieser Existenz packt und die Ängste an mir nagen werden. Aber nicht jetzt. *Nicht jetzt.* Jetzt halte ich die Sonne in meinen Händen oder spiel Federball mit dem Mond und umarme die dunkle Anmut dieser Küste. Verzeih mir, wenn du kannst, daß ich einmal im Leben so glücklich bin. Ich weiß, nichts verzeiht sich schwerer . . .

Dein *Johann*

IV

Leopoldine Seidler konnte diesen Brief erst in ihrer Mittagspause öffnen, denn in der Boutique war schon frühmorgens Weihnachtsverkauf. Sie las Johanns Mitteilungen in ihrem Stammlokal am Michaelerplatz und ließ ihr Essen unberührt stehen. Sie las den Brief langsam und sorgfältig, als ob er in einer fremden Sprache geschrieben wäre. Und das war er auch in einem gewissen Sinne. Sie trank drei Glas vom Heurigen, obwohl ihr der Arzt wegen ihres hohen Blutdrucks nur ein Glas erlaubt hatte. Was wußten die Ärzte? Man brauchte nur daran zu denken, wie der Anton dem Johann helfen wollte, als er vor einigen Jahren an seiner Potenzangst litt. Schließlich hatte der Anton zu einer langen Reise und einem Jahr Urlaub geraten, und da hatte man's nun!

Der Wein tat ihr gut und löste ihre Erstarrung. Sie war zu klug und kannte den Johann zu gut, um sich etwas vorzumachen. Er meinte, was er schrieb, und noch deutlicher konnte kein Mann werden. Nie hätte sie ihm soviel Brutalität zugetraut. Wahrscheinlich werden Männer brutal, wenn sie plötzlich herausfinden, daß man sie anbinden will. Aber die Anspielung auf ihren Geburtsschein hätt er sich schenken können. Sie hätte ihn auch so genau verstanden. Der Johann war einer, der die Abwesenden automatisch enterbte. Und jetzt haschte er außerdem nach dem Phantom der Jugend, und die Paula assistierte ihm dabei. Alles drehte sich wie das alte Riesenrad im Prater in der guten Jagdzeit, als sie der Paula diesen Mann ausgespannt hatte. Natürlich hatte er sich in Cartagena auf das Mädel gestürzt, und nicht etwa sie sich auf ihn! Der Johann glaubte daran, daß alte Liebe weder rostet noch etwas kostet.

Poldi saß ganz still. Sie empfand nach dem ersten Schock und Zorn jene melancholische und schwer erklärliche Befriedigung, die sich einstellt, wenn böse Ahnungen sich endlich bewahrheiten. Wenn alles, alles hin is . . . Und wenn man mit dem Nestroy endlich einsah, daß alles «nit wahr» gewesen war. Was war die Liebe bei Licht besehn? In der Jugend sexuelle Erregung, im Lebenssommer eine freundliche Gewohnheit und im Winter gegenseitige Abhängigkeit. Hatte sie es zu deutlich gezeigt, daß der Johann der Krückstock für ihre alten Jahre sein sollte? Hätt sie mitreisen sollen trotz des Geschäfts – und der Krampfadern und der Hitz in jenen blöden Gegenden? Jetzt war es zu spät, um darüber nachzudenken. Der einzige Vorteil bei diesem Zerstörungsakt im heiteren Wien war nur, daß sie, die Poldi, es sich jetzt bequem machen konnte. Sie durfte ehrlich müd am Abend sein, sie durfte zwei Stück Apfelstrudel und sechs Mozartkugeln essen, wenn sie Lust drauf hatte, sie konnte ihre Brille auf der Nase behalten und sich alle trübseligen Genüsse der vom Alter Besiegten leisten. Sie brauchte keine Rücksicht mehr auf einen attraktiven und viel jüngeren Mann zu nehmen. Sie konnt ihm ins Gesicht lachen, falls sie eines Tages die Kraft dazu aufbringen würde.

Sie ging in ihre Boutique zurück und grüßte lächelnd eine Reihe von Bekannten. Sie sah heiter, tüchtig und exquisit wie immer aus. Niemand konnte ihr den Bankrott ihrer Hoffnungen von dem glatten Gesicht ablesen. Als sie aufrecht, aber langsamer als üblich, die Straße überquerte, dachte sie darüber nach, wie sie die Helen foppen könnte. Ihre beste Freundin war merklich kühler geworden, nachdem sie von Poldis Heiratsplänen erfahren hatte. Sie hatte abgeraten – wie jede, die keinen Mann fesseln kann. Der Johann wäre ein Windhund, und wer wüßte es besser als Poldi und die Helen? Jetzt würde sie sich mit Genuß auf die genarrte Närrin stürzen und sie «aufrichten» wollen, als ob sie ein geknicktes Veilchen wär. Die Helen war eine professionelle Aufrichterin. Poldi würde ihr erst einmal gar nichts sagen. Ihr Kopf war so leer, daß ihr im Moment nichts einfiel, was die Helen nicht sofort durchschauen würde. Sie fragte ständig, ob nicht «endlich» Post vom Johann gekommen wär. Nun würde Poldi ihr nur sagen, es sei reizende Post gekommen. Einen Besenstiel mit Kompott wollt sie fressen, wenn das nicht wahr war. Plötzlich war ihr zumute, als ob ihr

Herz sich so verengte, daß kein bisserl Platz für den Johann mehr drin war. Sie dachte in diesem Augenblick intensiv an ihn, aber er war ihr durch seinen Verrat so fremd geworden, wie sie seinerzeit «dem armen Papa» von der Paula fremd geworden war. Damals hatte sie hoch oben gestanden auf dem Riesenrad im Prater, und nun war sie ganz unten – nur weil das Rad sich immer weiterdrehte. Wenn ich so weitermach mit den blöden Ideen, kann ich auch zum Anton psychoanalysieren gehn, dachte sie. Der Anton hätte ihr übrigens sagen können, daß die radikale Entfremdung, die man plötzlich einem geliebten Menschen gegenüber empfindet, die Geburt des Hasses ist.

Als Poldi ihre Boutique betrat, war Hochbetrieb. Sie dachte nur sekundenweise an ihr Malheur. Und wenn der Johann schließlich ihre Tochter heiraten würde, ihr war es gleich. Er war so fern. Natürlich hatte sie keine Sekunde an den jungen «Schiffsfreund» aus Venezuela geglaubt. Sie kannte doch den Johann.

Wieder sah sie ihn vor sich – mit seinem charmanten, leicht maliziösen Lächeln und dem verstohlenen Seitenblick für die fremde Frau. Ein Fuchs. Aber vielleicht war er jetzt ein Narr geworden. Sollte er ruhig an ihre Freundschaft glauben! Natürlich würde sie ihm bald einen Brief schreiben, der von Verständnis und Verzeihung nur so triefte. Man war immer reizend mit Männern, die einen nichts mehr angingen. Und selbst Austauschprofessoren kamen ja gelegentlich zurück. Und der Johann würde erst einmal den Kollegen in Wien bekannt machen und dann nach Bogotá gehen. Warum sollte sie ihn zurückstoßen, wo er doch so gern ihr Freund bleiben wollte. Einen Augenblick stieg ihr die rote Wut in die Kehle, dann lächelte sie und verkaufte eine grüne Seidenbluse zu einem unerhörten Preis. Sie wußte immer, was die Kundinnen zahlen würden – nur beim Johann hatte sie sich in der Rechnung geirrt.

Sie ging eine Stunde früher in ihre schöne, ruhige Wohnung zurück, stellte das Telefon ab und legte sich ins Bett. Sie war an allen Gliedern zerschlagen. Aufregungen waren schlecht für ihren Blutdruck. Sie nahm ihre Pillen und befahl sich Ruhe. Sie sah zum erstenmal in ihrem tätigen und erfolgreichen Leben ihr Alter vor sich. Man mußte sich mit winzigen Portionen des Angenehmen begnügen. Von Glück war keine Rede mehr. Aber vielleicht ein feines Nachtmahl, eine Jause mit einer Freundin (oder dem Johann), ein Abend im Burgtheater und ruhen können, wenn man sich danach fühlte! Man lebte wohl im Alter am Rand der großen, rauschenden Wasser. Wie eine Ameise, für die der Inhalt einer Kaffeetasse den Ozean enthält. Aber die Poldi mußte erst eine Ameise werden, und sie ahnte, daß dieser Prozeß nicht spaßhaft sein würde.

Wieder sah sie den Johann vor sich. Er hatte die besten Jahre ihres Lebens mit ihr verbracht. In etwa fünfzehn Jahren würde er ein alter Mann sein. Dann würden die Leut nicht mehr sagen: «Ja, der Johann, der ist eben ein richtiger Don Juan. Jede kann er haben. Er braucht nur zu winken.» Die Leut würden sagen: «Da geht der arme alte Professor Waldbrunner.

Immer so allein! Der konnt eben keine Frau halten.»

Die Poldi lächelte in ihrem verdunkelten Zimmer. Die Vision vom armen alten Johann gefiel ihr. Sie hatte es recht gern, wenn es ihren Freunden nicht allzu gut ging.

II
Afrikanisches Feuer

Heiße Kämme – Kalte Mienen

Liverpool

I

«Bin voll mit Mißtrauen gegen diese Jumbles*», sag ich zu meine Kusine Leocadia Sixpence. Is sieben Uhr abends, Mittwoch, und Liverpool-Regenwetter. Wir zwei sind Importware von Trinidad. Kusine Sixpence is etwas älter – ich etwas jünger und hübscher. Dafür is sie treu und hilfreich in ihr persönliches Wesen.

«Weshalb bist du mißtraulich, Prunella?»

«Is wegen meine Zimmerwirtin.»

«Meinst du Missus Craddock?» Sie fragt, wie wenn Wirtin über Nacht wechselt. Kusine Sixpence hat großartigen Charakter, is aber klein bißchen neugierig. Sagen alle in Trinidad. Übe mir in ihre Gegenwart in christliche Langmut.

«Missus Craddock und Nachbarn lachen über mir und alle», sag ich.

«Möchte wissen, warum. Sie auch ziemlich komisch.»

«Is doch nett, wenn sie lacht, Prunella. Die meisten Jumbles zu, zu ernst. Wie alt is deine Missus Craddock?»

«Vierzig oder siebzig. Hat nichts mit Sache zu tun. Du bis in ganz Trinidad wegen deine vielen Fragen bekannt, Kusine. Is Nachteil, Mann! Macht dir unbeliebt. Papageifisch sagt Fischermann auch nich, was er in sein Wasser denkt.»

Sie bläht sich auf wie Truthahn. «Prunella Tippet! Du in ganz Trinidad berühmt wegen deine Lästerzunge. Zügle dir, Kind. Pfefferzunge vertreibt Heiratmänner, hörst du?»

«Was geht dir Alter von Missus Craddock an?» frag ich mit Rest von Langmut.

«Will es wissen. Du ohne Wissenslust geboren, Prunella-Girl. Du gut bei Obsternte. Ich besser mit Männer und alles. Meinst du, ich mach weite, weite Reise nach dies England, um drei bis vier Äpfel zu ernten? Hab sogar Fernglas mit nach Liverpool gebracht, um alles genau zu sehn. Is augenblicklich bei Pfandleiher.»

«Du großer, großer Ökonom, Kusine.»

«Werf mir nich Sachen aus dein Wörterbuch an mein Kopf, Prunella Tippet. Is lächerlich. Du, ich hab auch Kummer mit meine Wirtin. Ich hol sie Morgenzeitung rauf und Milch und Briefsammlung – tu sie alles und jedes zu Gefallen. Aber sie macht Blitz- und Donnermiene, sowie sie Auge auf mir wirft.»

«Warum Blitz- und Donnermiene?»

* John Bulls, Engländer.

«Wegen Freundin Virgee aus mein liebes Port of Spain.»
«Ich denk, Virgee Harrison will Klosternonne werden?»
«Hat sich Sache überlegt. Wegen Liebe auf ersten Blick. Is ihr gutes Recht, sagt Kirche. Belmont-Schwestern in Port of Spain wollen auch kein mißvergnügte Himmelsbraut.»
«Haben Belmont-Nonnen dir das erzählt?» frag ich sarkastig.
«Ich sag, was Virgee sagt. Sie erst in London-Stadt gelebt.»
«Warum is sie nich geblieben?»
«Sie sagt, alle sagen, sie kommt aus Jamaika. Dabei echtes Trinidad-Girl. Sie sehr, sehr böse über Jamaika-Sache.»
«Diese Virgee muß aus andere Gründe hierhergekommen sein. Ich mag ihr nich.»
«Macht nichts, Prunella-Girl. Wir müssen in dies fremde Land zusammenhalten. Kalte Zimmer, kalte Herzen, sag ich. Keiner singt mit Vogel in sein Baum um die Wette. Männer auch ziemlich kalt. Kein Wunder bei dies Klima!»
«Weiß ich nich. Kenn nur drei bis sechs. Finde Jumble-Männer viel netter als Frauen dazu.»
«Ich sag, Englischmänner mögen uns nich. Nich wirklich, Prunella.»
«Is mich gleich. Muß dich auch egal sein, Kusine. Hier alles anders. Gras auch nich so grün. Nirgends Hibiskus oder Kokospalme. Alles grau in dies Winterwetter. Warum macht deine Wirtin Essigmiene?»
«Weil Virgee jetzt müdes Haupt in mein Zimmer bettet. Wirtin hat das rausgeschnüffelt. Sie zu, zu neugierig. Virgee soll nu Miete zahlen. Ich denk, ich hab mir verhört. Sie bleibt doch höchstens sieben Monate. Hab es Wirtin gesagt. Weißt du, was sie sagt?»
«Kann ich nich wissen.»
«Wirtin sagt, wir zwei müssen noch heut anderes Möbelzimmer suchen. Wie gefällt dich das?»
Ich sag, wie es mich gefällt. Kusine fragt, ob ich mir an Onkel Johnson Lazarus Sixpence entsinne.
«Klar», sag ich. «Aus Siparia. Große Klappe und große Warze an Kinn und alles. Jeder rief ihn Lala*.»
«Weißt du noch? Onkel Lala bleibt sieben Jahre mit seine schwerhörige Frau und vier ungeratene Kinderchen bei uns in Port of Spain. Trinkt Pappas Angostura-Bittern wie kostenloses Wasser aus Golf von Paria. Tante Rebecca ißt drei, vier Portionen süß-saures Schweinefleisch und spanisches Omelett und alles, weil Essen ihr einziges Vergnügen bei das schlechte Gehör. Und Kinder sind vierundzwanzig Stunden am Tag ungeraten. Onkel Lala zahlt keine Miete und nich mal was für vieles Futter. Aber mein Pappa und meine Mamma sagen noch nach sieben Jahre: ‹Herzlich Willkommen, Bruder und Bruder-Frau!› So is das zu Haus in Trinidad.»

* Lazy Lazarus – Fauler Lazarus.

Ich geb Kusine Zigarette, weil ihre Stimme zittern tut. Sag noch, daß sieben Jahr bißchen lange für kurzen Besuch is. Kusine sagt darauf, daß ihre Mamma nach fünf Jahre heimliche Wallfahrt zu «Schwarze Jungfrau von Siparia» macht. Bittet Jungfrau, daß sie Onkel Lala und alle nach Siparia zurücknimmt. Er zu, zu faul für Port of Spain. Ich frag, ob schwarze Mutter-Gottes Tantchens Gebet erhört hat.

«Jungfrau in ihr Schrein hat zuviel mit Wallfahrer aus ganze Gegend zu tun», sagt Leocadia Sixpence abweiserisch. «Aber nach zwei Jahre kam Mamma Sixpence dran. Onkel Lala und alle gehn nach Siparia zurück. Hat Lotterie gewonnen oder Haus war abgebrannt.» Kusine Sixpence wischt sich Träne aus dem Auge und sagt: «Und Virgee hier wird höchstens sieben Monate bleiben. Dafür schlägt Wirtin auf große Pauke.»

«Kalte Herzen in dies Liverpool», sag ich. «Warum is diese Virgee hier? Sag mich Wahrheit, hörst du?»

«Himmel schickt großes Pech zu Virgee in dies alte London. Ihr Boyfriend schreibt sie großartige Briefe nach Trinidad. Was er für wichtiger Mann geworden is. Dabei is Sam Fairchild aus Jamaika Gepäckträger in Waterloo Station, und diese Virgee denkt, er is Direktor von ganze verdammte Eisenbahn. Allerdings lenkt er Gepäckkarre wie Rolls-Royce durch großen, großen Verkehr. Ich sag, er is zu ruhmsüchtig. Aber Virgee liebt ihm eben, und was tut er in Gegenleistung? Er läuft jetzt mit weiße Frauensperson von Kaltes Buffet rum, und Virgee is verlassene Braut in kaltes London.»

«Geschieht sie ganz recht», sag ich. «Virgee Harrison in ganz Trinidad bekannt, daß sie ihre Freundinnen die Jungs stiehlt, hörst du?»

«Prunella Tippet! Is das christliche Nächstenliebe, wovon du immer redest?»

«Ich red nich davon. Is Pater Donovan. Ich weiß, ich muß diese Katze helfen. Weiß aber nich, was meine Missus Craddock dazu finden wird. Muß alles heimlich sein. Missus Craddock richtige Schnüffelnase.»

«Das sind sie alle in dies alte England.»

«Missus Craddock sagt: ‹Miss Tippet, ich habe Ihnen schon dreimal gesagt, daß Sie in Ihrem Zimmer nicht Ihr Zeug kochen dürfen.›»

«Und was sagst du?»

«‹Is kein Zeug›, sag ich mit gerechte Empörung. ‹Is Garnelen aus Konservenbüchse mit weltberühmte Trinidad-Sauce. Tomatenessig und Ingwer und Knoblauch und alles.› Zimmerwirtin schnüffelt trotzdem weiter und fragt dann, warum ich das Zeug nich in Trinidad koche. Ich sag, weil ich in dies alte Liverpool Geld für Familie verdiene. Pappa tot mit Unfall in Plantage. Meine Mamma auch nicht zu gesund. Drei Brüder in diverse Lebensalter. Missus Craddock is nich beeindruckt. Sie sagt, daß alle Leute ihre Kinder erziehen müssen und daß großer Dockstreik in Liverpool auch kein Vergnügen war. Ich sag, St. Joseph in Trinidad is zu kleiner Ort mit zu schlechte Bezahlung. Brüder wollen später auch in dies England Erziehung lernen und nachher großen, großen Regierungsposten in ‹Rotes

Haus› in Port of Spain kriegen. Nachdem ich mit Geldsack in St. Joseph ankomme und ganzes Dorf staunt. Dann sag ich noch zu Missus Craddock, daß mein Möbelzimmer groß genug für sechs Personen is. ‹Sechs Mieter – sechs Rechnungen›, sagt sie. ‹Und daß sie mir nicht etwa heimlich Ihre Freundinnen hier einquartieren, hören Sie! Und mein Mann und ich wollen in diesem Hause kein Tanzen und Stampfen und keinen Gesang in der Nacht hören.› – ‹Auch nich Gitarre, Missus Craddock?› sag ich. ‹Sie stellen meine Geduld auf eine harte Probe, Miss Tippet.› sagt sie. ‹Weiß nich, was Sie meinen!› sag ich. ‹Sie verstehen mich recht gut›, sagt Missus Craddock und wedelt ärgerlich mit Staubwedel in alle Ecken von mein Möbelzimmer rum. Wozu? Staub morgen wieder da.»

Ich erzähl noch mehr von meine Unterhaltung mit meine Wirtin, merk aber, daß Kusine Sixpence nich zuhört. Macht nix. Sorgen verstopfen allerschärfste Ohren.

«Wo sollen wir hin?» jammert Kusine. «Zimmerjagd in dies Liverpool-England wird immer schwieriger. Entweder: ‹Keine Farbigen›, oder: ‹Zimmer leider grade vermietet›, und schnell Tür zugeschlagen. Virgee sehr, sehr herunter mit ihre paar Nerven.»

«Sie kann doch nach Haus gehen. Ich sag, Port of Spain groß genug für Virgee Harrison!»

«Bist du bei Sinnen, Kusine Prunella? Virgee schreibt immer an Elternpaar in Laventille Hills, wie großartig es sie in dies alte England geht und wie sie weitersaust auf Autostraße zu Geld und Glück. Sie *kann* nich zurück nach Laventille, Mann! Ihre gute Stellung in Port of Spain längst durch unfähige Konkurrentin besetzt. Is Catherine Hawkins. Dicke Beine und Vater berühmter Trunkenbold in Antigua. Und dann . . .»

«Was is?» frag ich ungeduldig. Kusine Sixpense sieht mir an. Regen klopft an Fensterscheibe, und mein Herz klopft auch. Ich weiß, was sie sagen will. Wär besser, sie schweigt still. Aber Schweigen is nich Landessitte in Trinidad.

«Wer will sich zu Haus bemitleiden lassen?» schreit Kusine Sixpence. «Alle neidisch, daß man zu Mutter England reist. Is gelobtes Land in Trinidad, Mann! Schreibst du an deine Mamma über Regenwetter und ‹Keine Farbigen› und unterste Stufenleiter-Stellung? Selbst wenn man so vollgefüllt mit Bildung is, wie alter Staatsmann Gandhi in fernes Indien. Schreibst du?»

«Gandhi längst tot bei seine Ahnen», sag ich. «Und schrei nich so, Leocadia! Hier darf nur Missus Craddock Lärm machen.»

Kusine Sixpence, die zu Haus für trocknen Charakter bekannt is, heult so laut wie Trommelsolo von Steelband.

«Hab ruhiges Herz, Kusine», sag ich schnell. «Ihr schlaft natürlich in mein Möbelzimmer, du und falsche Katze Virgee Harrison. Aber kommt erst nach elf Uhr abends, hörst du. Dann schläft Craddock-Ehepaar.»

«Wir immer vorsichtig, Kind. Lernt man in dies England.»

«Vorsicht auch in Trinidad angebracht, Mann. Aber dies Liverpool hat dabei noch kaltes Wetter. Und wenig Festfeiern. Trink deinen Rum aus, Kusine. Macht schön hitzig.»

«Dank dir mit mein ganzes sorgenvolles Herz. In diese Stadt gibt's nich mal frische Frucht zum Frühstück – kost doch nichts. Wie gefällt dich das?»

Ich sag, wie es mich gefällt. Unser Weg zu Reichtum und Glück zu, zu lang und lästig. Heimweh nagt manchmal an mein fröhliches Gemüt. Geh gestern zu Pier Head und seh, wie Ozeandampfer nach Karibische Inseln abfahren. Werden immer kleiner und kleiner. Bleibe selbstverständlich bei Craddock-Ehepaar und warte in Kaffeebar auf reichen Ehemann. Nicht etwa Kurzezeit-Freund! Wie Boyfriend von Virgee, der immer grade letztes Geld ausgegeben hat, wenn er ihr freihalten soll. Gestern träum ich von Heimatort St. Joseph, Trinidad und von «Pork Souse», wie meine Mamma es kocht. Mit prima Schweinefleisch und alles. Traum hat mich so richtig erinnert, was Heimweh is. Sonntag auf unsere Veranda mit Fruchtpunsch mittendrin in karibische Blütenpracht. Und Verwandte schwatzen von alle wichtige Ereignisse in Umgebung. Wer Kind kriegt, wer stirbt, wer Ehefrau prügelt, wer richtig verlobt mit Heiratsaussicht unter Goldregen und afrikanischem Tulpenbaum sitzt. Und alles. Is sehr friedlich und schläfrig nach Sonntagsessen und Mamma nich in Zuckerfabrik. Und ich nich in Gemüsegarten, wo ich mir täglich abplage. Ganze Welt traulich und grün in unser St. Joseph. Ringsum alte, alte Berge – große Schutzwand gegen Fremde! Nach Mittagessen auch Verwandtschaft schweigsam. Nur Hühner reden von Huhn zu Huhn. Sind zu dumm – wissen nich, daß Sonntag is! Bei uns is Luft so klar und still, daß man an Sonntag Kirchenglocken von Mount St. Benedict hört.

Kusine Sixpence ist immer noch mit ihre Danksagungen beschäftigt. «Is nu genug», sag ich. «Tu nur meine Christenpflicht, dich in deine unverdiente Drangsal beizustehen.»

«Was kann ich dich zu Gefallen tun, Prunella?»

«Kannst mein Haar mit heißem Kamm kämmen. Warum machst du Sauertopfgesicht, Kusine? Ich weiß, macht klein bißchen Mühe mit mein wolliges Haar, bis es glatt ist. Is aber alles kleine Fische gegen meine Wohltaten, hörst du.»

Kusine reißt Augen unnatürlich auf. Wie Kuh in Sterben. Fragt mit messerscharfe Stimme, ob angeborenes Kraushaar nich mehr gut genug für mich, und ob ich «weiß spiele».

«Glattes Haar wie John Bull-Mädchen besser in Liverpool, England», sag ich fest. «Unser Haar hier schlechtes Haar, Mann. Soll ich dir auch heißen Kamm durch Frisur ziehen?»

«Besten Dank für freundliches Angebot», sagt Sixpence-Kusine steif wie Besenstiel. «Angeborenes Haar gut genug für mir. Soll ich dich mal was sagen, Prunella Tippet? Dies England und dein Wörterbuch und alles hat dich deinen Kopf verdreht. Dich fehlt jetzt die rechte Demut! Virgee hat selbe Ansicht.»

«Dich fehlt rechte Dankbarkeit, Kusine Sixpence. Und Virgee Harrison verdient in heißes Kokosöl gebacken. Schmerzt mir, es sagen zu müssen.»

«Können Virgee und ich trotzdem in dein Möbelzimmer schlafen?»

«Eingeladen is eingeladen, ob es mich Spaß macht oder nich. Ihr könnt höchstens sieben Wochen bleiben, hörst du! Mach es nich wie dein Onkel Lala aus Siparia.»

«Was macht dein neuer Freund, Prunella-Girl?»

Ich steh stockstill wie Trinidad-Huhn, das Obeah-Mann* in Stein verzaubert hat. Kusine Sixpence kann und kann ihr Fragen nicht lassen. Sie fragt auch noch, ob er wirklich waschechter weißer Mann ist.

«Zieht Schuhe aus, wenn ihr heut nacht hereinschleicht», sag ich. «Wenn mein Mistah Craddock euch hört, zerbricht er euch zwei, drei Knochen in euer Gestell. Is großmächtiger Boss-Mann in Mersey-Docks. Stahl und Eisen. Sehr gefährlich.»

«Ich denk, dein Mistah Craddock is so süß?»

«Is er. Aber deswegen weiß Esel noch lange nich, was in Kopf von Mistah Eseltreiber vorgeht.»

II

Als ich in Herbst in dies Liverpool ankomme, hab ich bestes Sommerkleid an und meinen Kleidersack auf'm Kopf. Alles lacht über Kleidersack, und Einwanderungsdame gibt mich Wintermantel. Viel zu weit und zu lang. Und ich zittre immer noch trotz Verpackung. Hab in die Schule gelernt, daß England «grünes und liebliches Land» is. Paßt nich für Liverpool.

Mistah Craddock sagt: «Haben Sie denn nicht ein kleines Informationsbuch über dieses Land bekommen? Wir schicken die Dinger kistenweise an die Auswanderungsbehörden.»

«Lehrbüchlein liegt bei Gebetbuch und Rosenkranz mit Salzfisch und Pfeffersauce in mein Kleiderschrank. Salzfisch stinkt. Hab ihm weggeworfen. Lehrbüchlein in guter Verfassung, Sir. Hab's noch nich studiert.» – «Können Sie etwa nicht lesen?» fragt Missus Craddock.

Bin vor Schreck über tödliche Beleidigung stumm, stumm. Sage dann mit einmalige Würde: «Lese alles und jedes und diesen Mistah Shakespeare mit größte Schnelligkeit, obwohl ich farbige Interessentin bin.»

Ich muß laut weinen und such Taschentuch. Nich zu finden!

«Wir sind hier alle Freunde, kleines Mädchen», sagt Mistah Craddock. «Ich will keinen Unsinn mit meinem Tee.»

«Is kein Unsinn. Aber danke Sie mit mein ganzes Herz, Sir!» Ich schlucke Rest von Tränen mit Tee runter, wische Nase sauber mit Kleiderärmel ab und gebe anschließend Mistah Craddock berühmtes Trinidad-

* Dorfzauberer.

Lächeln. Madam runzelt Stirn.

«So ist's besser!» Mistah Craddock lächelt mit alle seine kleinen Scherzfalten um die blauen England-Augen. Ich find ihm süß. Er ruhmvolle Ausnahme in dies Liverpool.

«Warum haben Sie sich nicht über dieses Land orientiert, wenn Sie lesen können?» fragt Missus Craddock. Sie so lästig mit ihre Fragerei wie Kusine Sixpence.

«War zu heiß in Port of Spain.» Man muß diese Frau alles und jedes erklären! «Wartete auf Schiff nach England bei Onkel-Tante Sixpence. Elternpaar von Miss Leocadia Sixpence in Liverpool und Charles Halleluja Sixpence, Esquire, bekannter Bankbeamter in Port of Spain.»

«Aber auf der Überfahrt hatten Sie doch Zeit zum Lesen?» sagt Missus Craddock. Thront so streng in ihr Plüschmöbelzimmer wie Engel mit Flammenschwert in sein Himmel.

«War erst zu seekrank auf Schiff», erkläre ich geduldig. «Dann war es zu lustig mit Tanz und Calypso. Nachher zu kalt zu Lesesport.»

Mistah Craddock lacht laut, und Madam sagt: «Grundgütiger Himmel! Wie wollen diese Leute hier weiterkommen?»

Mistah Craddock sagt: «Immer mit der Ruhe, Mutter!»

«Bin nich *diese Leute*», sag ich laut. «Mein Name is Miss Prunella Tippet aus St. Joseph, Trinidad, Westindien.»

Mistah Craddock zwinkert wieder, um mir zu beruhigen. Er hat allerhand zu tun. Dann schiebt er Schirmmütze mit Ruck zurecht und steht in seine Riesengröße an der Tür. Er geht in sein Pub. Is zu, zu selten zu Haus, finde ich.

Er verschafft mich eins, zwei, drei ungelernte Stellung in Kaffeebar um die Ecke. Viele Seeleute. Auch Hausfrauen um elf Uhr morgens. Um die Zeit arbeitet alles in Trinidad in Feld oder Fabrik oder schläft unter Kokospalme. Ich verdien ganz schön Geld. Ich mein – schön für Trinidad. Hier nich allzuviel. Reicher Ehemann beste Lösung. Noch nich aufgetaucht in Kaffeebar. Bin aber noch jung. Neunzehn Jahre. Ich spül in Kaffeebar Geschirr und bediene auch, wenn blonde Thekenschönheit Cressida Tuttle nich aufkreuzt oder wenn zuviel Seeleute reinströmen. Miss Tuttle hat Dauerwelle und zwei, drei Falten und ganzen Farbtopf in ihr scharfes, pfiffiges Gesicht.

«Nicht so langsam, Prunella!» ruft sie dreißig- bis zweiunddreißigmal am Tag. «Hopphopp!» Sie hopphoppt mit ihre hohen Hacken, bis sie mit Knall hinfällt. Kann nich hochkommen vor Schmerz. Ich lach und lach. Is elf Uhr morgens. Freitag. Liverpool-Regenwetter.

«Das kommt von Hopphopp», sag ich und lach noch mehr. Sie schreit: «Halt den Schnabel, kleiner Nigger!» Heißer Strom sprudelt wie Kaffeewasser in mein Inneres. Ich preß Hände zusammen, damit sie nich um Kehle von diese Miss Tuttle springen. Klickklack, und weiße Lästerzunge is stumm für immer. Wär schön, is aber Sünde. So steh ich da mit meine gefesselte Wut und sag sehr, sehr heiser: «Was haben Sie eben gesagt?»

Miss Tuttle liegt mit schmerzverzerrtes Gesicht da. Dann sagt sie ohne Spur von Angst vor meine glühende Augen: «Behalt dein Hemd an, Mädchen! Ich hab nichts gegen euch. Mein Freund aus Jamaika is auch nich so weiß.» Ich sag nur: «O Pappa!» – «Na und?» fragt Miss Tuttle immer noch in Liegeposition. Sie richtet sich etwas auf und sagt, sie geht mit Jack aus Jamaika in sein Land. Aber erst soll geheiratet werden. Sie hat genug von Liverpool-Wetter und alles. Dann sagt sie plötzlich, sie bittet sich mehr Respekt von mich aus.

«Weil Sie weiß sind?» frag ich sanft, sanft.

«Weil ich dein Boss bin, du Schaf! Einem Boss muß man immer gehorchen. Hautfarbe egal. Schreib dir das hinter deine Ohren, du.»

Wir müssen beide laut lachen, und ich helf Miss Tuttle auf Polstersofa mit giftgelbes Blumenmuster in das kleine Hinterzimmer, wo schon frühmorgens elektrische Birne brennt. Ich koch starken Kaffee und massiere sanft-vorsichtig Miss Tuttles schmerzenden Rücken, wie ich das von meine liebe Großmutter Sophronia Tippet in Trinidad gelernt hab. Miss Tuttle jetzt sehr gemütlich und dankt mich in schmeichelhafte Art und Weise für Sammariterdienst. Sie sagt auch, ich muß ihren Mann kennenlernen. Er hat viele Freunde, sagt sie, und ich kleine Nuß bin zuviel allein, sagt Sie sie. Meint, irgendeiner von die vielen Freunde kann für mich drunter sein. Tuttle is gar nich so gefährlich und abweiserisch wie auf ersten, zweiten Blick.

Is oft so mit Jumbles.

III

Dies England verändert alle. Bin nich mehr Mädchen, das in Trinidad lachte und lachte.

Gestern steh ich bei dies Brunswick Dock. Kräne wie drohende Geisterarme unter kaltem Himmel. Wolken zu mürrisch. Überall in Dockland diese großen Tore und Schwebebrücken und Eisenketten und alles. Mich gefällt altmodische eiserne Laternenpfähle am besten. Und Steinpfosten mit Schifftau. Steht so still wie schlafender Hund neben seine Laterne. Vor meine Füße liegt rostige Eisenstange, Bananenschale, Kokosfasern, Holz, Kringel von Schifftau und kein Geldschein. Is bald Feierabend im Hafen. Schiffssirene heult wie gefangenes Tier. Passagiere laufen an Kontrolle vorbei in die Innenstadt. Is ihr Abend an Land mit Eßlokal und Gin-Palast und Frohsinn gegen Reisescheck. Keiner sieht mir an. Is Schiff aus Costa Rica, sagt jemand.

Merseyfluß murmelt abweiserisch vor sich hin. Ich so, so allein! Renne durch Rauch und Abendnebel zu Canning Place, wo Kusine wartet. Mein Einwanderungsmantel hat nu Schottenfutter von Missus Craddock. Trag zwei Pullovers von Miss Cressie. Um Kopf schönes rotes Tuch von mein Mistah Craddock. Geschenkt zu Namenstag, den ich ihn anvertraute. Er sagt, ich seh mit der Wollkapuze aus «wie ein großäugiges Kind auf dem Wege zur Weihnachtspantomime». Sag sofort, ich bin kein Kind. Nich mehr. Aussehn täuscht.

Renne vorbei an Lagerhäuser mit die roten und grauen Ziegelwände und die hohen, schmalen Gefängnisfensterchen. Hab Angst, daß Häuser eines Tags auf mein Kopf fallen und schönes Geschenk von Mistah Craddock ruinieren. Lauf ganz schnell weiter.

Kneipen zünden erste Lichter an. Seh durch halboffene Tür von Hafenpub, neben Haus mit Schild von Segelmacher, viele, viele Männer. Alle Lebensalter. Alle Hautfarben. Seeleute. Fluß-Schiffer, Hafenbeamte, Rumtreiber und alle.

Gläser klappern. Brauner Mann spielt Gitarre. Plötzlich Gelächter mit Rundgesang. *Loud sang the souls of the jolly, jolly mariners.**

Is nich mein Frohsinn. Is nich mein Lied.

Wind weht Brief für Mamma und Brüder aus meine Einkaufstasche. Heb ihm auf und seh ihn lange, lange an. Erinnert mir an Mammas Stolz auf Tochter in dies England. Muß bald, bald Glück und Geld kriegen – hörst du, Mamma?

Wer nich in Canning Place wartet, das is Kusine Sixpence. Sie zu, zu unzuverlässiglich, seit sie Freundschaft mit diese Virgee hat. Steh aber geduldig wie Trinidad-Esel und warte auf ihr. Warte vor Seemannsheim, wo wir Verabrede machten. Seemannsheim sehr imposant.

Jan sagt, innen alles okay für Seemann. Fünf Stockwerke mit Schiffskabinenzimmer und Gallerien mit verzierte Eisengitter. Jan sagt, wenn Seemann kein Mädchen hat, küßt er nackte Brüste von gußeiserne Meerjungfrauen. Ich sag: «Kuß von Eisen-Jungfrau zu, zu kalt!» Jan runzelt Stirn. Sagt, ich fasse alles zu wörtlich auf. Wie denn sonst? Vor Seemannsheim steht alter schwarzer Mann und wartet auf nix. Schlurft nur rum in Nebelgegend. Trägt braunen Löchermantel mit Strick um Taille und zerbeultes Filzhütchen, wo weiße Haarsträhnen vorgucken. Dann noch schrecklich zerfressenen Pelzkragen um nackten Hals. Große Schuhe mit Löcher. Nackter brauner Zeh guckt durch. Und Stricke als Schnürsenkel, auch um Knöchel gewickelt. Auf den Inseln sitzt so 'n Alter zufrieden auf seine Veranda und hat Sonne und Rum. Familie gibt ihn alles, was er braucht. Wo er wohl herkommt? Westindien? Afrika? London-Stadt? Er sieht mir böse mit runde schwarze Augen an, als ich ihm frage, wo er herkommt, und hebt drohend schmutzige Hand mit dicke Adern. Mein es doch gut mit ihn. Er will nichts von mich wissen. Niemand will was von mich wissen. Bin wohl zu wörtlich und zu schnell beleidigt. Alter Mann sieht aus, wie wenn er in seine Lumpen viele, viele Jahre vor Seemannsheim wartet und niemand ruft: «Tritt ein, Bruder!» Is vielleicht zu schmutzig und zerlöchert für gut geseifte Matrosen und Eisenjungfrau. Is aber doch Bruder von alle und jedem, sagt Pater Donovan in Trinidad. In Liverpool nur Stiefbruder.

* Laut sangen die Seelen der lustigen, lustigen Matrosen.

Es gibt Einwanderer von unsere Inseln, die zu Glück und Geld kommen. Aber die meisten haben nach gewisse Zeit nur Ansammlung von Pfandleihbillets und unbezahlte Rechnungen. Und unsere Mädchen fallen plumps auf kaltes Straßenpflaster und weinen. Aber alle haben großen Mund in Freundeskreis. Bittres Herz allein in ihr Möbelzimmer. Oder die Jungs rauchen böses, böses Kraut gegen Schuldschein. Gibt viel Schmuggelpulver in so 'ne Hafenstadt. Oder Jungs verspielen sauerverdientes Geld von Pappa daheim und sagen, sie lernen Weisheit in Liverpool-Universität. Gibt auch gute Jungs, die Ehre für Familie anhäufen. Aber von die schreiben Zeitungen nix. Leser muß denken, Einwanderer von Karibische Inseln is schlechte Fracht. Wird am besten zurückgeschickt. Oder unsere Jungs jagen hinter weiße Vögel her, machen Baby für schwarzes Mädchen und vergessen Versprechen oder fahren wieder zu See oder verschwinden aus dies Liverpool. Is nich nur Jumbles, die Bitterkeit machen.

Is komisch! Wir nich so sicher in fremdes Land. Auch zu wenig Lachen in uns. Zu Haus sprudelt Lachen raus wie Brauselimonade. Kusine Sixpence meint manchmal, sie is Reisbündel, und jeder schlägt auf ihr los, bis Reiskörner raushüpfen und sie wie leere Hülse auf Bambusmatte zurückbleibt. Und ich bin jetzt rauh wie Kokosnußfaser, wo auf Inseln für Stricke und Matratzen verwendet wird. Bin so angreiferisch, daß ich mir vor mir erschrecke. Seh gestern in mein Spiegelglas Augen wie glimmende Kohle. Augenweiß rötlich wie Anfang von Sonnenuntergang. Meine Mamma sagt oft, ich bin störrischer Esel. Aber fröhlich. Frohsinn mit Wind weggeflogen.

Kusine Sixpence und diese Virgee Harrison sind schon vier Tage heimliche Schläfer in mein Möbelzimmer. Jumbles manchmal zu arglos. Ich schreib heut nach Heilige Messe in Seemannskirche endlich Brief an Boyfriend nach Trinidad. Is Mickie Cane. Sein Pappa hat großen, großen Fruchtgarten in Tacarigua. Bananen, Guavas, Brotfrucht und alles. Mickie Cane hat mir sofort nach Tod von mein persönlichen Pappa mit kleines Gehalt in Garten beschäftigt. Er hat auch Vieh und Ackerland mit süße Kartoffel. Mickie erbt alles, wenn sein Pappa weg muß. Is noch nich soweit. Mistah Cane sehr, sehr rüstig. Mickie will mir gegen Wunsch von seinen Pappa heiraten. Mistah Cane will Schwiegertochter, die Schweinebestand mitbringt oder großen Haufen westindische Dollars oder von große Farm kommt. Aber Mistah Cane wird schließlich weicher, weil er Mickie gern bißchen glücklich sieht. Er sagt schließlich, ich bin sehr gut mit Obst und Vieh und kräftiges Mädel mit günstige Aussicht auf Lieferung von Cane-Enkelkinder. Mickies einzige Schwester lernt Nonne in Port of Spain, und so kriegt Mickie alles. Auch Mangopflanzung und Orangen und Dasheen. Ich kann mir noch nicht entscheiden, weil ich nun in meine schönsten Blütenjahre bin und alten Obstgarten und Viehzeug noch lange genug um mir herumstehen habe. Meine Mamma voll Wut über meine Zögerei. «Warte nich, bis Fluß austrocknet», sagt sie. «Is dein großes Glück, Mädchen! Und deine Brüderchen und ich haben dann immer Obst und Huhn und alles.»

«Laß mir zufrieden, Mamma», sag ich. «Will erst dies England ausforschen. Cane-Farm läuft nich weg, hörst du?» Meine Mamma lacht hohnvoll. «Meinst du?» sagt sie scharf. «Viele, viele Mädchen eifrig hinter Mikkie her. Er auch nich so dunkle Haut wie viele. Er einziger Junge in ganze Umgegend, der mit deine Armut und deine Bockbeinigkeit und deine scharfe Zunge zufrieden is.»

Ich sag, daß das nich nett von meine Mamma is. Aber meine Mamma sagt: «Is Wahrheit!»

Ich schreib nun also an Mickie Cane, wie ich mir Tag und Nacht nach ihn kaputtsehne, obwohl viele Jungs in dies Liverpool mich sehr, sehr bewundern. Wie ich fromme Lüge mit Einzelheiten ausschmücke, um Mikkie in Zustand von glutvolle Eifersucht zu halten, geht Tür auf, und ich leg beide Hände über mein Schriftliches. Is Mistah Craddock! Steht groß wie Samaan-Baum vor mich und zwinkert kein bißchen in seine humoristige Art. Nennt mir plötzlich «Miss Tippet!» Anstatt: «Girlie» oder «Little Miss Prue». Mir is nich gut zumute.

Kurzer Sinn von Craddock-Rede is, daß Kusine Sixpence mit Virgee sofort aus mein Möbelzimmer verschwindet, weil Mistah Craddock keinerlei Unsinn mit seinen Tee duldet. Ich bekomm das große Zittern, weil er mir nu auch raussetzen wird, und heute is Liverpool-Regenwetter und alles. Lagerhäuser und Schuppen nachts abgeschlossen. Mistah Craddock sieht mit seine scharfe Blauaugen, wie ich zittere und bebe wie eine Kokospalme in regelrechtem Wirbelsturm, wo vor einige Jahre Kokospflanzungen auf Insel Tobago vernichtet hat. Er räuspert sich wie Premierminister Williams vor langwieriger Trinidad-Staatsrede und sagt, er will es vergessen, weil ich sonst braves kleines Ding bin. Seine Frau weiß noch nichts von die Einquartierung. Sie darf sich mit ihr Fettherz nich aufregen. Mistah Craddock sagt, er hat die erste Nacht beide Augen zugedrückt, weil er erwarten tat, daß beide Hühner früh für immer weggehen. Ich frag natürlich, wieso er Tatbestand rausgefunden hat. Er sagt nur, wenn ich ihm überlisten will, dann muß ich bedeutend früher aufstehen. Ich heule herzbrecherisch wegen meine liebe treue Kusine Sixpence – und sogar wegen diese Virgee – und frag, wo die armen Mädchen aus mein liebes Trinidad hin sollen. Niemand will sie in dies Liverpool. Mistah Craddock zieht Zettel aus Hosentasche und sagt, Logis is in Chapel Street bei Missus Morton. Nicht weit von Prince's Dock. Er hat es schon mit sie arranschiert. Er kennt alle in Dockland. Als junger Seemann war er oft auf Karibische Inseln und hat mit hübsches Mädchen unsern Karneval in Port of Spain-Straßen mitgetanzt. Teilt es mir neulich mit, als er in famose Laune aus sein Pub kommt, und Madam – schweigsam wie selten – in Küche geht und plättet. Is erste weiße Frau, die ich mit Hausarbeit seh. Sie wäscht tatsächlich Unterhose und Wollhemd und räumt auf. Tut keine weiße Frau auf unsere Inseln. Alles anders in dies England!

Ich bin überkommen mit glühende Dankbarkeit gegen unsern Gönner.

«Sie sind zu, zu süß, Mistah Craddock, Sir», sag ich. «Darf ich Sie Kuß für große, große Güte geben? Dankbarkeitskuß, Sir. Kein Unsinn. Ja, ja?» Schließlich zwinkert Mistah Craddock wie in beste Zeit. Und dann streicht er mir flüchtig übern Kopf und sagt, daß er liebenswürdige Absicht für Tat betrachtet. Bevor ich was sagen kann, is er wieder draußen.

Kusine Sixpence und Freundin Virgee tiefbeleidigt nach Chapel Street verzogen. Als ob ich Schuld an alles hab. Fanden es zu angenehm, umsonstige Schlafstelle auf meinem Risiko in Castle Street zu haben. Dabei haben sie gute Stellung in Fabrik. Aber Kusine spart ihre Pfundnoten für Trinidad, und diese Virgee gibt alles auf Kleiderputz und Haarfrisur aus. Kauft außerdem Handtasche mit Perlenstickerei. Wie in Trinidad-Hilton-Hotel in Port of Spain. Virgee Harrison is größenwahnsinnlich in London-Stadt geworden. Ihr Pappa seit viele Jahre unauffindbar in Trinidad und auch Tobago, und ihre Mamma erzählt, sie hat wichtigen Posten in berühmtes Reisebüro von Lazzari und Sampson, Limited. Scheuert dort Fußböden. Mamma Harrison paßt gut zu Virgees Bräutigam, wo angeblich Eisenbahndirektor und Transportkanone in Waterloo Station, London, is.

Beide Mädchen reden nich mehr mit mich und gehen Arm in Arm verschlungen glatt an mich vorbei. Is Dankbarkeit! Und wir alle aus Trinidad! Virgees Vater war weißer Englischmann. Sie hat trotzdem so dunkle Haut wie ihre Mamma. Hat aber «gutes Haar», was sie nich verdient. Lang, weich und glatt wie Seidenvorhang. Ich beneide ihr glühend um englisches Haar.

Miss Cressida Tuttle aus meine Kaffeebar hat Doktor Jack Edwards aus Jamaika regulär geheiratet, und die beiden wollen in paar Wochen zu seine Familie zurück. Er hat gute Praxis in Liverpool, will aber lieber eigene Landsleute mit Medizin und Ratschläge versorgen. Miss Cressie sagt, Schwiegereltern sehen weiße Ehefrau von einzigen Sohn ohne Begeisterung entgegen. Aber Dr. Jack sagt, er heiratet, wem er will. Miss Cressie kauft Sommerkleider im Dutzend billiger, neue Schminksammlung, Sonnenöl und Sandalen für Strand von Port Antonio. Auch kühnen Bikini für «Blaue Lagune». Doktor Jack mustert Bikini, sagt, dies Auskleidungsstück geht zurück in den Laden. Auch, wenn alle Frauen in Jamaika persönlichen Körper zur Ansicht ausstellen – seine Frau nich! Sie leider auffallend genug mit weiße Haut unter Westindiern, sagt er. Er bringt Cressie echtes Goldarmband als Trostpreis für Bikini. Sein Vater stinkreicher Bananenexporteur in Port Antonio. Cressie hat in großen Glückstopf gegriffen, um so mehr, als sie so begeistert von schwarze Männer is. Ich frag Doktor Jack, ob weiße Mädchen mehr nach seinem Geschmack. Er lacht und lacht. Und sagt, Cressie is sein Geschmack.

Kann nun kein reichen Ehemann mehr bei Doktor Jack treffen. Beide zu sehr beschäftigt mit Übersiedlung und Abfahrtschmerz. Doktor Jack viel trauriger über England-Trennung als Cressie. Er hat in dies Land seine Medizin studiert und spricht Englisch von Königin und alles.

Miss Cressie is zu, zu lieb mit mich in diese letzten Wochen. «Komm mit uns mit, Schäfchen», sagt sie. «Du bist in jeder Hinsicht zu grün für Liverpool. Mein Jack sagt, er liefert dich bei deinem Onkel Sixpence in Port of Spain ab. Wie wär das, Prunella-Girl?»

«Ich bleib in dies Land, Miss Cressie. Nich zu grün für Liverpool. Kusine Sixpence auch hier.» Miss Cressie zuckt Achseln, als ob Moskitoschwarm sie sticht, und sagt – wie Mamma –, daß ich störrisch bin. Sie sagt, Leocadia Sixpence is vernünftiges Mädchen von siebenundzwanzig Jahre. Miss Cressida findet mich noch grüner, als sie erst dachte. Dann macht sie Kaffee, und ich geb sie karibische Küchenrezepte für Schwiegermutterbesuch.

Miss Cressie kann nich verstehen, daß ich Reichtum und Glück in dies Land erwerben muß. Die würden schön lachen zu Haus, wenn ich jetzt zurückkomm, ohne was zeigen zu können. Gestern schreibt Mickie Cane Bewunderungsbrief. Selbst sein Pappa läßt grüßen und wünscht weiter großen Erfolg. Beifall von Cane-Familie tröstet mir über Gegenwart. Mein Seemann kein zu großer Trost, weil er in absehbarer Zeit nach Holländische Antillen fährt. Er gibt mich großes Ansehn in alle Tanzlokale. Name is Jan. Weiter sagt er nix. Is mein erster weißer Mann auf diese Welt. Tanzt feurig wie Trinidad-Jungs bei *Jump-up* und alles. Dabei is er nich lustig. Hellgraue Augen zwinkern nie so nett wie Augen von Mistah Craddock. Ich frage ihm nach seine Heimatstadt. Er sagt Rotterdam. Schluß.

Und ich erzähl ihm von unser St. Joseph und Kosmopoliterstadt Port of Spain und Laventille-Berge und alles. Er trägt schwarzen Seemannspulli, und sein Goldhaar hängt ihn überall in die Stirn wie Sonnenstreifen. Kleiner goldener Bart um Mund und Kinn. Augen so hell wie Kristall und dabei mißtraulich, als ob ich ihm heiraten will. Keine Angst, Mistah Jan! Du nich gut genug. Will Mann mit eignes Grundstück und Vieh. Oder sonst großes Bankkonto. Jan hält sein Geld in Faust zusammen. Aber alles blickt und tuschelt, wenn er Sonnabend abends mit mich kleines Trinidad-Huhn so wild tanzen tut. Neulich macht anderer Seemann mit rotes Sommersprossengesicht übliche Schwarz-Weiß-Bemerkung in unser Kellerlokal. Jan haut ihm mit Whiskyflasche eins über sein Kopf. Wirt schimpft. Stühle und leere Flaschen fliegen durch Luft. Alle prügeln sich plötzlich. Fensterscheibe eingeschlagen. Und *ich* hab Schuld an alles! Wirt sagt, er legt keinen Wert auf meine Kundschaft, und Jan sagt, er legt keinen Wert auf sein Scheißlokal. Danach lachen Wirt und Jan wieder, klopfen sich auf Schulter und leeren Rumflasche in größte Eintracht. Wirt legt wieder Wert auf meine Kundschaft. In Trinidad wird Beschimpfung als Tintenfleck auf persönliche Ehre betrachtet und mit entsprechende Maßnahme gerächt.

Wenn Jan mir küßt, krieg ich das Zittern. Er nich so zärtlich und sanft, sanft. Mehr wie Tiger! Pupille wird immer größer wie schwarzer See, und Iriskreis verschwimmt. Sein Bart kratzt. Gestern frag ich, ob er mir vielleicht nach Holländische Antillen mitnehmen will. Er lacht zu, zu laut und sagt, ich frag zuviel. Sein Haar hängt ihn im Nacken in sein Pulli rein. Manchmal sitzt er da und stiert in sein Glas. Was er wohl mit seine komischen Kristallaugen sieht? Er hat mir dann vergessen. Er schwimmt dann in anderem Strom. Ich weiß nie, was er tun oder lassen wird. Kann ihm nich berechnen wie Mickie Cane oder Doktor Jack. Ein Auge bißchen kleiner als das andere – oder Augenlid fällt drüber, als ob er nur die Hälfte von diese Welt sehen will. Mitten im Tanz hört er manchmal auf und verläßt Lokal. Sagt, daß Schlaf in den Füßen beginnt, und bringt mir nach Haus. Redet kein Wort.

Hab ich ihm mit zarte Andeutung von Antillen-Reise geärgert? Sein Bruder lebt auf Insel Aruba, westlich von Curacao. Bruder is reicher Ladenbesitzer in Oranje-Stadt. Hab ich heimlich in Brief gelesen. Fiel aus seine Hose raus, als zuviel Rum in sein Kopf war. Er schnarcht, und ich lese und lese. Bruder schreibt, is augenblicklich großer, großer Verkauf von karibisch-indianischen Andenken und Holland-Gin. Auch Paris-Parfum. Bruder verkauft alles und jedes. Hat so viele Touristen und Ölleute in Aruba. Bruderfrau weiß nettes Holland-Mädchen für Jan. Warum Jan nicht heiraten will? Bruder schreibt, Jan hat sich lange genug in Europa rumgetrieben. Zeit, daß er sich hinsetzt und regelmäßig arbeitet nach gutem holländischen Brauch. Jan schnarcht immer noch wie ich Bruderbrief studiere. Schreib schnell, schnell Familienname und Adresse auf. Kann ja mal mit Mickie Cane oder andern Jung mit Geld für Schiffbillet Lustreise nach Aruba machen. Dann sag ich: «Hier bin ich!»

Gestern frag ich ihm, warum er nich in Rotterdam bleibt, wo seine Heimatstadt is. Er sagt, wer Pfeffer gekostet hat, kann Suppe nich mehr ohne Pfeffer essen. Ich lach und lach. Jan verzieht Mund und fragt, was so komisch is. Wenn er bißchen Wärme hätte – nich nur Tanzfeuer –, denn wär ich wohl ziemlich glücklich. Kokosnuß-Schale mit Wasser is schon großes, großes Meer für kleine Ameise. Er will Pfeffer, und ich brauch Zukker. Das is ganze Schwierigkeit. Er is in kaltes Bett geboren – dieser Jan.

Neulich sagt er: «Sei nicht so unterwürfig – du bist doch keine Sklavin.» *Ich* nich – aber Vorfahren aus Afrika, denk ich. Ich halt Mund fest geschlossen. Geht ihm nichts an. Er macht mir unterwürfig, obwohl er modernes, unabhängliches Girl vorzieht. Muß scharf aufpassen, daß ich mir nich verbeuge, was ich nie vor Mickie Cane oder andere Jungs tun würde. Weiß nich, was Jan in mich aufweckt mit seine leuchtenden Haare und durchdringliche Augenblitze und Gedanken so dunkel wie Berge am Abend.

«Warum bist du nach Lancashire gekommen?» fragt er gestern.

«Nich Lancashire, Liverpool!»

«Sei nicht so einfältig, Mädchen. Dies ist die Grafschaft Lancashire.» Wenn es möglich wär, denn wär ich wegen seine kalte Stimme weiß ins Gesicht geworden. Er merkt es nich. Is gut. Fragt, was ich hier will. Ich sag: «Reich werden.» Er fragt: «Glaubt ihr eigentlich, daß das Geld hier auf den Straßen liegt?» Ich sag mit leise Heftigkeit, daß Freund von Kusine Sixpence viele Ascheimer ausleert und zwischen Eierschale und Fischköpfe Zehnshillingschein gefunden hat. Is John Oyu Smith aus nachbarliches

St. Augustine. Geld liegt *doch* auf Straße! Genau, wie ich sage. Man kann nich immer und immer Unrecht haben. Selbst nich in dies Lancashire.

Plötzlich muß ich lachen. Ich denk an ersten weißen Mann, den ich als Kind in Trinidad gesehen hab. Wunderte mir in meine Unschuld, was mit seine Haut passiert is. Nich farbecht, denk ich. Entweder hat Sonne ihm ausgebleicht, oder Farbe is mit Schweiß abgetropft. War zu dumm als *Pickney**.

«Warum lachst du schon wieder?» fragt Jan. Ich sag, es is nix. Will ihm nich beleidigen mit sein weißes Gesicht. Er küßt mir heftig, und ich fühl Schwindel. Is aber Glücksschwindlichkeit. Er sagt, ich bin seine «dunkle Lilie». Is zu lachhaft, find ich. Sag aber nix. Ich möchte Wiese unter seine Füße sein oder Vogel, der nur für ihn Lied singt. Jan mag fremde Vögel. Je bunter – je besser, sagt er. Auf den Inseln sagen sie aber: «Zu bunter Vogel glaubt nich an Fruchtbarkeit der Erde.»

Manchmal erzählt Jan Seefahrtscherze, und alle lachen und lachen. Nur er nich. Sagt: «Der Erzähler ist niemals amüsiert.» Is Unsinn, find ich. Wer in Trinidad Scherz erzählt, lacht selber am meisten.

Mistah Craddock hat Sache mit Rotterdam-Jan erzählt bekommen. Sagt, Fliegender Holländer nich das Rechte für so 'ne Unschuld vom Lande. Ich sag, Jan fliegt nich. Tanzt. Er tanzt, wie wenn unsichtbare Trommel aus Afrika ihn ruft. Mistah Craddock sieht mir schweigsam, schweigsam an. Sagt, er gibt es auf.

Miss Cressie und Doktor Jack haben Tee mit Craddock-Ehepaar, während ich in Church Street Einkäufe für meine Mamma mache: Liverpool-Regenschirm. Kasten mit Bild von Buckingham-Palast mit beste englische Biskuitkeks. Imitierte Ledertasche mit Nähzeug und alles. Und britische Flagge und Flugzeug-Spielzeug und Baukasten mit praktische Anweisung und Markenalbum für Brüder. Damit sie auch was lernen. Ich seh in mein geistliches Auge, wie Mamma alle Jumble-Produkte auf Holztisch auf unsere Veranda aufbaut und ganzen Ort zu Ansicht einladet. Alles staunt und staunt. «Schickt meine Tochter aus Liverpool, England», sagt Mamma und läuft über mit Stolz wie Rum aus zu volles Glas. Mamma weiß nich, daß ich so 'ne Luxusgeschenke nich kaufen kann. Hab Konfirmations-Silberschmuck aus Trinidad verkauft. Sag später, hab ihm verloren. Schloß nie sicher. Mamma ahnt nich, wie gut sie es hat. Schimpft zuviel über alles und jedes.

Liverpool-Läden in Church Street und Ranelagh Street zu schön und großartig. Finde Neonlichter viel wirkungsvoller als Trinidad-Sonnenuntergang. Überall reiche Herren und Damen. Aber keiner drängt mit Ellbogen in der Straße voran oder schnappt Ware vor der Nase weg. Oder lacht. Auch kein Boxen. Is anders in dies England. Es muß die Jumbles egal sein, ob sie ersehnten Gegenstand kriegen oder nich. Die Verkaufsdamen is es in jeden Fall egal. Keine preist Ware an wie auf Markt bei uns. Ich seh

* Piccaninnie – Negerkind.

zweimal hin, ob Verkaufsdame nich schläft. Sieht nur so aus. Trotzdem kann niemand winzigsten Gegenstand, der fast nichts kostet, mitgehen lassen. Verkaufsdame schläft nich. Tut nur so auf ihre Jumble-Art. Ich denk so über alles und jedes nach und schlendere mit mein Einkaufsnetz bei Spinney House vorbei. Plötzlich bin ich so glücklich, wie wenn ich in Trinidad in früher Winterzeit blühenden Jacaranda-Baum seh. Liverpool-Wunder is natürlich aus Stein. Richtiges Film-Märchenschloß! Mit schöne runde Steinbögen über Fenstern. Haus breitet wie riesiger Vogel Flügel nach rechts und links aus. Es is so ruhig im Hof. Zu schön! Bebrillter England-Herr mit runden schwarzen Hut sieht mir mit leises freundliches Lächeln an. Murmelt: «Dieses Haus heißt: Bluecoat Chambers, Gefällt es Ihnen?» Bevor ich Begeisterung äußern kann, is fremder Herr durch eine der Türen verschwunden. Is alles wie Traum. Wie kann so 'ne Schönheit in dies alte Liverpool sein? Hab das Gefühl, daß ich Bluecoat Chambers in dieses Straßengewirr nie wiederfinden werde. Gedanke zu traurig.

Wie ich mein Abenteuer erlebe, haben Miss Cressie und Doktor Jack großen Tee mit Craddock-Ehepaar. Sind schon weg, wie ich nach Haus komm. Haben gesagt, ich soll mit ihnen nach Karibische Inseln zurückfahren. Weiß nich, warum jeder das sagt. Missus Craddock sagt, ich bin nich zu glücklich in dies Liverpool. Leugne es natürlich. Sag auch noch, daß Missus Craddock sich bitte um eigene Angelegenheiten kümmern soll. Sie is darauf ungnädig. Warum? Ich sag sie doch auch nich, was sie tun soll. Wenn sie nach Trinidad käm, kann sie auch bleiben, solange sie will.

IV

Nachfolgerin von Miss Cressie tritt wie Wirbelsturm auf. Fegt durchs Lokal und rüttelt an die Einrichtung. Nichts sauber genug für ihr! Klirrt heftig mit Tassen und Gläser und brummt, daß Teeküche sie an Schweinestall erinnert. Ich sag, daß nichts gut genug für neuen Besen is und daß ich als unentbehrliche Helferin von Miss Cressie so 'n Ton nich gewohnt bin. Miss Thomson sagt, ich soll lieber keine freche Lippe riskieren. Ich räche Beleidigung damit, daß ich aus Versehn heißes Wasser über ihre Hand gieße. Sie schreit und sagt, sie braucht ihre ganze «Disziplin», um mir nicht eins in die schwarze Fresse zu haun. Ich sag in Gegenrede, daß Trinidad und Tobago heutzutage genauso unabhänglich wie alte Mutter England sind und daß ich mich nichts von Jumble-Dame gefallen lasse. Sag auch noch, wenn Miss Thomson denkt, daß farbiges Mädchen nich sein Stolz hat, denn kann sie gut und gern heut nachmittag kostenfrei was zulernen. Sag alles so laut, daß Gäste in Kaffeestube es hören können. Besitzer erscheint in Teeküche und fragt ganz überflüssig, wer hier so schreit. Ich sag: «Is diese Nachfolgerin von unvergeßliche Miss Cressie!» Miss Thomson lacht hohnvolle Tonleiter und schreit, daß sie sich von so was wie mir nich beleidigen läßt. Ich werf kurzentschlossen Bratpfanne in Richtung von diese Person. Fällt ihr genau auf linken Fuß. Kein Totschlag und nichts! Lerne Miss Thomson nur ihre Lektion über Benehmen gegen Commonwealth. Besitzer Spencer sagt, daß er mit sofortige Wirkung auf Dienste von Commonwealth verzichtet. Ich sag: «Ihre alte Bude hier auch nichts Besonderes. Kein Vergleich mit Bluecoat Chambers.» Er zahlt Gehalt minus Teekanne, die mir vor Schreck über Entehrung aus der Hand fiel. Ich renn heulend nach Castle Street zurück. Craddock-Ehepaar friedlich bei Tee und Toast und Fußballspiel in Fernsehkiste. Mein Mistah Craddock will andre Stellung beschaffen, wenn ich verspreche, meine Zunge zu ölen und so weiter. Missus Craddock preßt tüchtig Lippen zusammen, weil Ehemann sie immer gebeten hat, mir nich zu reizen.

Ich sag ihn alles, was in mich kocht und brodelt, und er sagt: «Immer mit der Ruhe, Prunella-Girl.» Lacht laut über meine Wurfgeschosse in Kaffeebar, und Mrs. Craddock preßt Lippen noch fester zusammen. Ich sag auch alles über Commonwealth und Unabhänglichkeit und persönliche Würde. Mr. Craddock meint, man kann ruhig höflich sein, auch wenn man noch so unabhängig ist. Er sagt, Leute in dieses Land mögen es nicht so gern, wenn man sie Wahrheiten oder Gegenstände ins Gesicht wirft. Ich seh auch alles ein, weil er es mit soviel Freundlichkeit sagt. Versprech mein Bestes, und Missus Craddock gibt mich schweigsam wie ägyptische Sphinx-Dame im Film Toast und Gewürzkuchen und Tee und gute Ratschläge. Esse alles auf und überhöre Ratschläge. Ich sag sie auch nich, was sie tun soll.

Bin nun schon Tage arbeitslos und geh heut nachmittag zu Tantchen Pott. Hat Frisiersalon mit Handlesen in Dachgeschoß um Ecke von Chapel Street. Tantchen Pott hat schlaues Faltengesicht – ganz ausgedörrt von heftige Jamaika-Sonne. Erzählt alle ihre Besucher, wie gut sie es mit sie meint, und niemand glaubt es. Nich wirklich! Tantchen Pott zu schadenfroh. Unglück von andere Leute macht sie zuviel Spaß. Lacht auch so komisch. Gelächter fängt irgendwo im Bauch an und grollt und brummt und fährt plötzlich wie ausbrechender Vulkan aus ihre Kehle und zerstört Frohsinn von Freunde und Familie. In *mein* Inneres erweckt Tantchen Potts Gelächter finstere Gedanken. Auch Zweifel an meine eigene Person. Is komisch! Ich fühl mir dann immer so verlassen und dumm und möcht am liebsten Ohren zuhalten. Wenn Tantchen Pott denn endlich rausgezogen hat, was alles fehlt zu persönliches Glück, denn stellt sie Gelächter wie Sturmglocke ab und kocht Kaffee und geht zu ihre Geschäfte über. Sie is auch nicht so 'ne gute, gute Mutter, wie sie tut. Tochter Lilian lebte als Kind vor Tantchen Potts Heirat mit alten Pott-Mann fünf bis sechs Jahre bei Verwandte in Jamaika, und Tantchen Pott besuchte Lilian nie. Weiß nich, ob das Jamaika-Familiensitte oder Tantchen-Pott-Sitte is. Is möglich, daß sie 'ne Art Voodoo*-Hexe ist. Hab neulich so was von sie

* Schamanischer Zauber.

geträumt. Sie saß wie immer in ihr Liverpool-Möbelzimmer und aß Filzhut von alten Pott-Mann und trank Rum dazu und lachte wieder so wild, daß ich mit Schrei aufwachte, weil ich in mein Traum wußte, Filzhut is Seele von alten Mann. Kusine Sixpence verlangte mit volles Recht mehr Ruhe mitten in die Nacht. Meine Mamma sagt, daß Kind stirbt, wenn man es in Wiege weggibt. Stimmt aber auch nich. Lilian Pott groß und dick und nich gestorben.

Tantchen trägt zu ihre bunten Baumwollkleider aus Jamaika zwei dicke Strickjacken und auf ihren weißen Wollkopf uralten verfärbten Filzhut von seligen Ehemann. Nimmt Hut niemals ab – auch nich, wenn sie Zukunft von Kundschaft aus Händen liest oder heißen Kamm durch krauses Afrikahaar zieht, um glattes Jumble-Haar draus zu machen. Dabei erzählt sie, was für entsetzliche Prüfungen Einwanderer von Karibische Inseln in dies Land erleben. Hut wackelt dabei hin und her. Niemand weiß, warum Tantchen dieses Kopfstück importiert hat. Leute aus ihr Dorf sagen, sie hat sich nie besonders um Ehemann gekümmert, aber ihm alles Geld aus die Tasche gezogen. Tut das nu mit Kundschaft. Ehemann trug selbigen Hut in Bananenpflanzung. Tantchen Pott sagt: «Ich verzier alten Filzhut mit Band und Plastikblümlein, und nu is er Damenhut. Passend für dies England, hörst du? Alle, alle tragen Blumenhut bei Gartenfest von Königin.» Tantchen Pott lebt in Erwartung, daß Einladung zu diesjähriges Gartenfest jeden Augenblick eintrifft.

Sie führt Schwiegersohn Simeon Perkins aus Jamaika jetzt den Haushalt, weil Tochter Lilian ihn weggelaufen is. «Zuviel Prügel und zu wenig Zuckerzeug», sagt Tantchen. «Tochter Lilian zu nervös für Ehestand, obwohl sie so groß und dick is.»

«Prügelt Schwiegersohn dir auch?» frag ich mit gewisses Interesse.

«Koch doch für ihn, dummes Huhn. Wer prügelt Koch?» Tantchen Pott lacht und gackert und rollt ihre runden schwarzen Augen. «Tochter Lilian nach Fabrikplage zu müde für Küchenplage. Serviert Ehemann Konservenbüchsen, zuviel Jumble-Nahrung und alles. Kriegt bei mir Reis und Erbsen, Salzfisch, Pfeffertopf nach beste Jamaika-Art. Ich sag, mit fortschreitende Zeit gibt es richtigen West-Indien-Markt in dies England, Girl. Jumbles nich so abgeneigt gegen unser Essen – mehr gegen uns.»

Familien Pott und Perkins kamen aus Kingston nach Liverpool, weil Verwandter von Simeon Perkins sie herlockte. Ich frag Tantchen, warum sie denn nich in ihr altes Jamaika blieb. Is immer noch Einleitungsgespräch. Ich will nich sofort mit meine Tragödie in ihren Pfeffertopf fallen, weil sie zu eifrig drauf lauert.

«Schwiegersohn Perkins zahlte zuviel Einkommensteuer in dies Kingston», sagt Tantchen Pott mit ihre kühne Lügenlust. «Is besser in dies Liverpool. Schwiegersohn hier mit Export und Import beschäftigt.»

Simeon Perkins löscht Importware im Hafen und ladet Exportware nach Inseln. Weiß jeder. Frag, wie es Tochter Lilian getrennt von Ehemann ergeht. Bin immer neugierig auf Ehe.

«Lilian eifrig, eifrig mit Geldverdienerei beschäftigt», sagt Tantchen zufrieden. «Hat nu Zimmer für ihr selbst und wohlverdiente Ruhe. ‹Simeon Perkins zu anstrengend mit sein Brummen und Handgreiflichkeit und auch noch wählerisch mit sein Essen›, sagt Lilian. Sie besucht mir, wenn er bei sein Export-Import im Hafen is. Sie bringt Geld und alles, wie sich das für Tochter gehört. Bin zu alt und krank für mehr Arbeit», sagt Tantchen, die überhaupt nichts Rechtes tut und gesund wie Fisch in sein Wasser is. Ich frag, ob Lilian nich manchmal Sehnsucht nach Ehemann hat – is doch noch jung.

«Eheliche Anspannung zuviel für echtes Jamaika-Girl. Lieben ihre Freiheit mehr als knurrendes Mannsbild. Sag mal, warum siehst du so schlecht aus, Prunella-Girl? Zehn Jahre älter als deine Jahre, wenn du mir fragst. Und ich mein es gut mit dich. Was is los, Kind?»

Tantchen Pott spricht mit zuckersüße Stimme, weil ihr nichts so amüsiert wie unglückliches verliebtes Mädchen. Höchstens noch Naturkatastrophe oder Eisenbahnunglück oder sinkendes Schiff. Neuerdings will sie von Kundschaft auf beide Knie um Hilfe angefleht werden, sonst is Kundschaft nichts wert – sie kann glückliche Leute nich so gut aushalten. Bevor ich was sagen kann, erzählt Tantchen Pott, daß weiße Nachbarin in Nebenhaus gestern sang- und klanglos erfroren is, weil Jumble-Nachbarn nich nach sie geguckt haben. Nur Tantchen natürlich! Wundre mir, wieso Nachbarin dann erfroren is, weiß aber, daß Tantchen Pott solche Fragen nich mag. Sie mustert mir immerzu mit ihre alten schlauen Augen und nimmt endlich meine Hand, um Zukunft auszuforschen. Sagt noch, daß es ein Jammer is, daß rote Schminke auf meine Haut nich so aussieht wie bei weißes Mädchen. Schüttelt lange, lange ihren Kopf und sagt schließlich: «Zukunft nich so schön, wie ich es dich wünsche, Girl. Sehr wolkig und katastrophig. Hat Holland-Mann dir nu doch verlassen?»

Ich sag kein Wort. Ich geb nich mein teures Geld für Handlesekunst und Prophezeiung, wenn ich die Arbeit machen soll.

«Er *hat* dir verlassen», sagt Tantchen Pott nach lange Pause mit Stimme von Jüngstes Gericht. Auf ihre Stirn sammeln sich kleine Schweißperlen vor lauter Freude. «Ich hab dir gewarnt, ja oder nein? Is nich das Rechte mit die weißen Kerls, Kind!»

«Er hat mir wenigstens nich geprügelt. Hat weiße Manieren.»

«Hüte deine Giftzunge, Girl. So kannst du mit Tantchen Pott nich reden, hörst du? Simeon Perkins hat alle Manieren, die er in diese Welt braucht. Schneeweißes Hemd für Sonntag und alles.»

Ich bin so zerrissen in mein Herz, daß ich plötzlich laut heulen muß, obwohl ich weiß, wie Tantchen sich darüber freut. Sie kocht auch wirklich sofort guten Kaffee und spendiert sogar Rum, weil ich heute wie getretenes Hündchen. Ich erzähl Tantchen nun Rest von Unglücksfall, den sie in meine Hand gesehn hat. Diese Virgee Harrison mit ihr gutes Haar und ihre Mischlingstücke hat mein Hollandfreund bei Tanz und Spiel gestohlen. Is in ganz Trinidad bekannt für schamlosen Jungs-Raub. Seh diese Virgee wieder vor mein geistliches Auge mit hochgetürmte Modefrisur, halbgeschlossene Augen und herausforderische Lächelmiene. «Hallo, Prunella! Wie nett, daß wir uns treffen.» Sie zwingt mich, mein Jan mit sie bekannt zu machen. Und sie guckt Jan mit ihre dunklen Augen halb an und halb nich und lächelt wie hochtrainierte Soucouyant-Zauberin aus Trinidad, die nachts durch Luft fliegt, durch Schlüsselloch gleitet und leuchtet und Mannsbild behext und dumm macht und alles. Nachher tanzt Jan wild, wild mit diese Virgee, und sie löst glattes schwarzes Schimmerhaar auf und schwingt sich in ihr grünes Seidenkleid wie Zuckerrohr in Trinidad-Wind. Ich hab Jan verloren, und nu will ich, daß Tantchen mich mein Wollhaar mit heißen Kamm glatt und leuchtend macht und daß mein Freund mir wieder ausführt. Zu, zu unglücklich ohne ihm! Und auch noch arbeitslos und wegen meine Pfefferzunge nich so beliebt in dies Liverpool.

Tantchen Pott glättet mein Haar gegen hohe Bezahlung. Geb sie fast alles Monatsgehalt von Kaffeebar und seh mir nachher zweiflerisch in Spiegel an. «Is es hübsch so?» frag ich mit zugeschnürte Kehle.

«Haar muß noch bißchen wachsen, Girl. Regelmäßige Behandlung zu empfehlen.»

Seh mit mein geistliches Auge, wie Tantchen Rechnung über Rechnung für mir anfertigt. Zum Abschied gibt sie mich magischen Stein aus Jamaika und sagt, ich soll ihn diese Virgee bei Mondschein vor die Tür legen. Die wird sich dann wundern. Dann fragt sie nach Schuhnummer von Holland-Jan, nach Vornamen von Urgroßvater und nach sein Geldkonto. Ich bind Kapuze um meinen Kopf und halt den Mund. Is ihr Geschäft, Vorname von Jans Urgroßvater rauszufinden. Sie lacht und summt: *«I waiting at the Church – He left me in the lurch!»* *

«Is nich so nett, mich das in meine Lage vorzusingen!» sag ich zu wütend.

«Is aber so, Girl.» Tantchen Pott kakelt und kichert, und ich schmeiß sie die Wohnungstür vor die Nase zu. Renne die dunklen Wackeltreppen runter und hoffe, daß ich mir Hals breche und alle trostlos sind und vor Reue zerfleischt einsehn, was sie an meine Person verloren haben. Stelle mich vor, wie Jan in sein Taschentuch schluchzt, kann's aber nich recht glauben. Komme leider lebendig unten in Liverpool-Regenwetter an.

In Castle Street trinkt Miss Cressie Tee mit Missus Craddock. Schiff nach Jamaika immer noch nicht im Hafen. Komm mich vor wie Tantchen Pott, weil ich Miss Cressies Glücksmiene schlecht vertragen kann. Sie erzählt grade einen Schwank aus ihre bewegte Vergangenheit. Is die Zeit, bevor Doktor Jack nach dies Liverpool kam. «Mein Damaliger war kein Vergleich mit meinem Jack», sagt Miss Cressie leise.

«Doktor Edwards ist auch etwas Besonderes», sagt Missus Craddock. «Man braucht nur zu sehen, wie er mit Kindern umgeht.»

Miss Cressie sieht plötzlich schrecklich jung und glücklich aus. Sie

* Ich wartete vor der Kirche, und er ließ mich sitzen.

erzählt, daß sie augenblicklich in Doktor Jacks Praxis Instrumente zusammenpackt und trostlose Patienten ins sonnige Jamaika einladet. Doktor Jack sagt, wenn das so weitergeht mit den Einladungen, ist Liverpool in absehbarer Zeit ausgestorben.

«Nimm die Kapuze ab, Prunella», sagt Missus Craddock mit beste Schulmeisterstimme. «Man sitzt nicht mit triefendem Zeug am Teetisch!» Ich nehm langsam, langsam Kapuze ab, und Miss Cressie starrt mir sprachlos an. Missus Craddock sagt erst gar nix. Aber dann lacht sie und lacht und lacht, daß selbst ihre Schürze und Doppelkinn wackeln. Ich starr ihr an und halt mich beide Ohren zu. Sie verhöhnt mir kalt wie Eisblock vor meine einzige Freundin. Miss Cressie gibt ihr kleinen Warnungsblick und denkt, ich seh es nich. Aber ich seh in meine rote Wut mit viele Augen und hör mit viele Ohren. Warnung nützt nix. Missus Craddock lacht weiter. Sie stöhnt: «Ich kann nicht mehr! Bist du verrückt geworden, Mädchen? Du siehst aus wie 'ne nasse Katze!» Gelächter erinnert mir zu sehr an Tantchen Pott. Etwas glüht und sticht und brennt in mein Inneres und treibt mich zu böse, böse Tat. Mund von Missus Craddock wird groß wie Mund von Soucouyan-Hexe, die mir verschlingen will. Lachen dröhnt wie höhnische Posaune in meine armen Ohren. In meine Brust jagt plötzlich wildes Pferd rum und zertrampelt alles Gute, was vielleicht mal drin war. Es wird rot und röter vor meine Augen, wie wenn ich Höllenfeuer seh. Meine Arme heben sich langsam, langsam – meine Hände krümmen sich ohne Zutun von meine Person wie Krallen von wildes Tier.

«Prunella!» schreit Miss Cressie. «Um Himmels willen!» Sie reißt meine Hände von Hals von Feindin weg. Missus Craddock liegt plötzlich auf ihren Teppich. Gesicht ganz weiß, weiß. Hals blau, blau. Ich seh ganz dumm meine Hände an, die noch nie was Böses getan hatten. Immer gut und sorgsam mit Kind und Tier und Pflanze. Ich heul einmal auf, renn in mein Zimmer und schließ Tür fest, fest ab.

Unten is alles still. Zu, zu unheimelich!

Wenn sie nu tot is, kann ich es nich mehr helfen. Jumbles solln mir ruhig einsperren oder am Galgen aufhängen, wenn das noch Mode in dies Land is. Ich denk noch schnell an Mamma und Brüderchen in mein liebes Trinidad. Auch an Jan. Ob er auch über mein neuen Haarkopf lacht? Will nich dran denken. Tut alles zu weh. Weiß nich, wie lange ich auf mein Bett lieg. Mach Augen fest, fest zu. Will nix sehen. Nix und niemand. Will nur, daß Herrgott in sein Himmel und Pater Donovan in Trinidad mich vergeben. Is alles, was ich noch will.

Höre plötzlich, wie Mistah Craddock und Miss Cressie schwere Last die Treppe rauftragen. Muß Leiche sein. Nachher kommt Doktor angerannt. Lausche an Tür. Mistah Craddock ganz heiser. Miss Cressie weint laut. Dann alles totenstill. Schleiche ans Fenster und seh nur noch, wie Auto wegfährt. Öffne Tür mit große Vorsicht. Haus ganz leer. Leiche auch weg. Ich pack Köfferchen mit Kleider, Wäsche und Andenken aus Heimat. Bin zu, zu müde! Renn mit mein Köfferchen auf die Straße und seh mir vorsichtig um. Aber alle Leute in ihre Zimmer bei dies Regenwetter. In Chapel Street klopf ich angstvoll, angstvoll an Haustür. Niemand antwortet. Pfeif schließlich leise Vogellockruf aus Trinidad. Kusine Sixpence in ihr Schlafrock fragt wenig erfreut: «Was willst du bei mir in pechschwarze Nacht, Mann?»

«Nich pechschwarze Nacht. Is acht Uhr abends.» Meine Stimme auch so heiser. «Verzeih bitte unangenehme Störung, Kusine. Nimm mir auf.»

Leocadia Sixpence hält mir elektrische Taschenlampe ins Gesicht und sagt: «Komm! Aber leise, leise, daß Missus Morton dir nich hört.»

Oben packt sie mir in ihr Bett, weil ich das Zähneklappern hab und Missus Craddock wohl in Leichenschauhaus is. Und Liverpool-Polizei auf meine Fersen. Diese Virgee Harrison is nich da. Auch nich ihre Koffer. Ich frag nich, wo sie is. Muß wohl mit Holland-Jan jetzt leben. Is mich zu egal. Tantchen Pott hat recht. Es gibt nich viele gute Tage in dies Leben und Freude zu kurz und lügnerisch.

Kusine Sixpence wirklich zu, zu gut. Fragt doch sonst alles und jedes. Jetzt fragt sie nix. Macht nur Milch auf verbotenen Kocher heiß und gibt mich warme Wolldecke und Zuckerpille. Dann plumpst sie mit übliches Gekrach in Bettgestell von Virgee Harrison und sagt: «Morgen reden wir uns aus. Kannst gut, gut schlafen, Kusine. Ich bin immer für dir da, hörst du!»

V

Am nächsten Nachmittag is Kusine Sixpence weg, wie ich endlich aufwache und nich in mein Möbelzimmer bin. Sende Stoßgebet auf Vermittlungsweg von Heilige Jungfrau zu Gott in sein Himmel, auf daß ER meine arme sündige Seele gnädig sein soll. Dann koch ich mich starken Kaffee und eß alles auf, was ich finden kann. Wußte nich, daß Todsünde mit verstärkten Appetit verbunden is. Kaue immer noch an letzten Bissen von Rosinenbrot — Bäcker um Ecke von Chapel Street bäckt das zu, zu schön —, als Kusine Sixpence klopft. Natürlich hab ich Tür fest verschlossen wegen Polizei und Strafe.

«Bist du komisch?» fragt Kusine. «Sperr mir nich in mein eigenes Möbelzimmer aus, hörst du?» Dann sagt sie, daß sie bei Doktor Jack und Miss Cressie war. Is Sonnabend nachmittag und Kusine hat keine Fabrikarbeit. Sie schöpft Atem, was ich sie übelnehm, weil ich sofort wissen muß, was Doktor Jack weiß. «Rede, Mann», sag ich heiser.

Gott in sein Himmel hat sich über meine wertlose Person erbarmt. Schutzengel und Miss Cressie haben mir im letzten Augenblick von Missus Craddock weggerissen. Sie war nur ohnmächtig, weil sie mit ihr Fettherz keine Aufregung haben darf. Kommt bald mit strenge Diätvorschriften aus Krankenhaus nach Castle Street zurück. Augenblicklich schläft Miss Cressie in mein Möbelzimmer und kocht für Mistah Craddock. Will mir auch mal besuchen, wenn sie mehr Zeit hat. Mistah Craddock muß mich furchtbare Schandtat verziehen haben, denn Kusine sagt, er hat Missus Morton telefonisch gebeten, mir erst mal aufzunehmen. Ich frag, woher er weiß, daß ich bei Missus Morton im Versteck lebe. Kusine Sixpence sucht nach Nahrungsmittel und sagt: «Dein Mistah Craddock nich so dumm wie manche, Mann.» Ich seh in graue Landschaft durch Fenster raus. Will diesen Sonntag vor Heilige Messe mein unausstehliches Charakter beichten und um besseres Benehmen gegen allerlei John Bulls beten.

«Hast du meine Rosinenbrote aufgegessen?» fragt Kusine Sixpence. Ich zähl schnell mein Geld und sag: «Komm! Wir gehn für Tee und Kuchen und diese kleinen schlauen Sandwiches nach Bond Street. Meine Einladung, hörst du?»

Is komisch. Bin jetzt ganz andres Mädchen. Rede nix mit meine Pfefferzunge. Schleich nur so in die Straßen rum wie Verbrecher oder Verrückter, der Angst vor Mann und Maus hat. Is, wie wenn alle Vögel in diese Welt tot sind.

Kusine Sixpence erzählt, daß Jan gestern mit Rotterdam-Lloyd nach Aruba abgefahren is. Nich mal Abschiedkuß oder paar liebe Schreibworte. Diese Virgee is wieder bei ihren Jamaika-Freund in London. Miss Kaltes Büfett hat ihn versetzt. So ist das. Nirgends ein Junge oder Mädchen, auf dem man sich verlassen kann. Kann es nich helfen – denke in diese Zeit immerzu an Mickie Cane. Wie fröhlich er is! Und wie recht Mamma hat.

Mickie fand mir nich zu wörtlich, und Haarfrisur mit Krauslöckchen auch sein Geschmack. Einmal sagt er: «Du bist süßes, patentes Mädel, Prunella! Ich mag es, wenn Frau sich nich alles und jedes von mich gefallen läßt. Wann heiraten wir endlich, Girl?» Und er sah mir tief, tief mit seine leuchtenden Augen an. Und ich sag, ich geh nach England. Trotzdem fährt Mistah Cane meine Mamma in sein eigenen Wagen ins Krankenhaus zu ihre kleine Operation, weil er mir trotzdem als Schwiegertochter betrachtet, sagt Mickie. Nu schreibt er nich mehr. Hat recht. Ich hab ihm verlassen und dachte, er hält sich wie Zitrusfrucht in Eisschrank. Und dabei is es so heiß in Port of Spain. Nichts hält sich da.

Is komisch. Holland-Jan ganz blaß in mein geistliches Auge. Wird täglich blasser. War wohl, weil er nur tanzen und hopsen und Spaß haben wollte mit Trinidad-Girl. Calypso-Lieder und Jump-up bei Karneval und Pfeffer ins Blut! Is aber nich immer Karneval in dies Leben. Holland-Jan hat sich in diese Hinsicht geirrt. Und nu is Aschermittwoch. Versuch, an Mickie Cane Liebesbrief zu schreiben. Kann es nich, weil ich nu weiß, daß er richtiger Junge für mir war. Mickie wird sicher guter Ehemann sein. Is teilnehmerisch in Zeit von Sorge. In seine Gegenwart war ich auch immer sicher und zufrieden. Wußte es nur nich. Mamma schreibt letzte Woche, Mickie Cane kommt immer noch bei sie angefahren. Hat natürlich sein eigenes Auto und bringt sie Fleisch und Delikatesse und frische Frucht aus Cane-Besitztum. Fragt aber nie mehr nach mich. Mamma schreibt, er will sich verloben. Mehr hat er nich gesagt. Mammas Wut so rot wie Hibiskusblüten.

Ich hab nich mal Zimmertür aufgeschlossen, wie Miss Cressie kommt. Und sie meine einzige Freundin in dies Liverpool. Schließlich gibt sie Köfferchen mit meine Sachen bei Missus Morton ab, nachdem sie geklopft und gerufen hat. Schäm mir zu sehr, um sie noch mal ins Auge zu sehn. Was mein Mistah Craddock wohl zu die Bescherung gesagt hat? Natürlich kommt er nich. Verachtet mir zu gründlich jetzt. Er hat seine sorgende Hand mit volles Recht von meine wertlose Person abgezogen. Und ich wein viele Tränen in unser Möbelzimmer, wenn Kusine in Seifenfabrik is. Sie versucht dort Stellung für mir zu kriegen. Is aber noch nich soweit. Ich räum indessen Missus Mortons Zimmer und Keller auf. Sie gibt mich viel zuviel Shillinge für kleinen Dienst. Ich sag, daß ich das auch ohne Gelder für sie tu, weil sie mir sofort aufgenommen hat und kein Naserümpfen und immer, immer nett is. Aber sie sagt, ich soll nich albern sein. Ich arbeite gut und brauch auch ein paar Shillinge. Sie war mit ihr entschlafenen Ehemann als Missionar in Afrika. Ich hab alle ihre Blumen und Topfgewächse vor ihr Fenster wieder in Ordnung gekriegt. Es blüht und grünt mitten in Februar. Missus Morton sagt, ich hab grüne Finger und bin liebe Hausgenossin. Tut mich zu, zu gut. Sie kennt ja mein Verbrechen nich, und so kann ich sie sorgenfrei ins Auge blicken. Oft geh ich nach Pier Head und blick Ozeanschiffe und Fähren nach. Bewundere eifrig Prachtgebäude und Türme und alles. Dies Liverpool viel imposanter, als ich erst dachte.

Gestern fahr ich nach Hausarbeit bei Missus Mortons kranke Freundin – auch gegen nette Bezahlung – nach Sefton Park. Is sanfte England-Landschaft. Muß zu schön in hohen Sommer sein. Und Palmenhaus erinnert mir an Trinidad. Seh in die Ferne den Turm von Mosley Hill-Kirche. Park is weit und still: Wiesen, Bäume und Gottesturm in fernen Hintergrund. Hab nix von Stadtumgebung in die alte Kaffeestube gesehen. In Sefton Park so alte Bäume wie in mein Trinidad. Ich lauf ganz zufrieden rum und bleib auch mal stehn und denk bißchen über alles und jedes nach. Kann das am besten im Park. Bin vielleicht doch nich so für Stadtleben und Staubluft und Lärm. Alte John Bull-Dame mit ihr Ehemann gehn langsam, langsam in Sefton Park rum. Er stützt ihr, und sie stützt ihm. «So soll's sein», würde Mamma sagen. So wird es sicherlich bei Craddock-Ehepaar auch sein, wenn sie malt alt sind. Gehn fein langsam in Sefton Park spazieren. Tut mir leid, daß sie mir zu sehr verabscheuen müssen.

Woche später klopft es an meine Zimmertür. Kriech schnell unters Bett, weil ich Tür nich abgeschlossen hab. Mucks mir nich unters Bett. Mistah Craddock sieht sich um. «Niemand zu Haus?» ruft er. In nächste Sekunde hat er mir mit seine scharfe Blauaugen unters Bett entdeckt. Er sagt, ich soll lieber zum Vorschein kommen, denn sonst muß er auch unters Bett kriechen, weil er mit mir reden will. Ob ich möchte, daß er es so unbequem hat?

Ich kriech raus wie Maus aus ihr Mauseloch und seh ihm nich an. Laß Kopf hängen. Schäm mir zu, zu sehr vor mein lieben Mistah Craddock. Kann es aber durch angeborne Bockigkeit nich rausbringen. Würde gern sagen, daß es mich in die innerste Seele leidtut, wie ich mich gegen seine Frau benommen hab. Und sie hatte mich noch grade vor mein Attentat mit Tee und Rosinenkuchen versorgt.

Er sagt auch nix, wie ich so vor ihn steh. Endlich hebt er meinen Kopf sanft, sanft und sieht mich still in die Augen. Ich sehe in sein Augenpaar nur Milde und Verstehn und Licht von Nächstenliebe. Er bester Christenmensch, auch wenn er zu anglikanische Kundschaft von Herrgott gehört.

«Komm, komm, Girlie», sagt er. «Zu Haus wartet alles mit dem Tee auf dich. Meine Frau hat Apfelpastete gebacken. Die schmeckt dir doch so gut, nicht wahr?»

Meine Zunge is an Gaumen festgeklebt. Ich steh wie Stock da. «Doktor und Missus Edwards sind auch da. Und Kusine Sixpence holt dich nach der Arbeit ab.»

Kann seine Engelsgeduld mit mich nu nich mehr aushalten und sag zu, zu heiser: «Ich . . . ich . . . kann nich . . ., Mistah Craddock, Sir!» Und denn leg ich einfach mein Kopf an seine Brust und heul und heul.

Er streicht mich leise übern Kopf und gibt mich sein Taschentuch. Dann sagt er: «Immer mit der Ruhe!» Bindet mich geschickt seine Geschenk-Kapuze um und holt Mantel aus'm Schrank und zieht ihn mir an. Ich zähl in mein Geist mein Geld nach und sag: «Ich will allerallergrößten Blumentopf mit Alpenveilchen für Ihre Frau kaufen, Sir. Is ihre Lieblingsblume.»

Nach Wiedersehenstee mit Apfelpastete und Alpenveilchen sind Beziehungen zwischen Missus Craddock und meine Person prima, prima. Ich zügle Zunge, soweit es in meine schwache Kraft steht, und sie belehrt mir nich beständig. Sie kann's nich immer lassen, weil sie in ihre Jugend Lehrerin in Liverpool war. Sie muß sich noch schonen. Deswegen hol ich alles ein und koche und lese sie kleine Wünsche von beide Augen ab. Sie hat nich kaltes, kaltes Herz, wie ich dachte. Kann's nich so zeigen.

Auf Karibische Insel redet man noch Jahr und Tag von alte Kränkungen und Missetaten. Tantchen Pott zum Beispiel erlaubt nich, daß einer in ihre Gegenwart vergnügt is, wenn er vor zwanzig Jahre was ausgefressen hat. Is anders in dies England. Gewesen is gewesen. Macht viel nettere Stimmung, wenn man sich nich immerzu schämen oder entschuldigen muß. Missus Craddock zu, zu nett jetzt! Zeigt mir auf schweigende Weise, daß damaliges Gelächter sie vielleicht doch bißchen leid tut. Hat wohl zuwenig in ihr Leben mit uns zu tun gehabt.

Bei Kusine Sixpence liegt dicker Brief von Mickie Cane. Teilt mir wohl seine Hochzeit mit. Obwohl sein Pappa mich als Schwiegertochter betrachtet. Ich seh Brief an und mag ihn nich öffnen.

Is genau, wie ich sag. Mickie schreibt, daß er nun schon vierundzwanzig is und ich auch schon neunzehn, und nu is Zeit, daß wir Familie gründen. Er will nich immerzu Sehnsucht haben. Verdirbt sein ganzen Appetit. Sein Pappa hat Grundstück neben sein großes Besitztum gekauft, und da solln wir leben. Auch Obstgarten und Feld und Viehzeug. Mickie schreibt, er hat viele, viele Mädchen abwimmeln müssen, und nu will er endlich seine Ruh. Er schon vierundzwanzig Jahre! Mr. Cane schickt großen, großen Reisescheck und schreibt, daß ich ja nun alles über dies Liverpool weiß. Schreibt, zu Haus is es am besten für so 'n junges Gemüse. Ich soll mein verdientes Geld an meine Mamma geben. Sie kann's gebrauchen, schreibt er. Und er freut sich.

Kusine Sixpence studiert Briefe dreimal hintereinander und sagt, daß ich bei meine wilden Streiche und verrückte Ideen es doch richtig mit Mikkie Cane angestellt hab. Er bester Fang in ganze Umgegend. Sie wünscht mich großes, großes Herzensglück und gute Ernten. Wir weinen beide kleines bißchen. Dann schickt Kusine mich zu Mistah Craddock. Vielleicht is noch Platz auf Miss Cressies Schiff nach Jamaika und ich kann mit meine Freunde nach Haus fahrn.

IV

Zeit läuft schnell, schnell. Nu stehn wir alle am Pier. Doktor Jack und Miss Cressie und ich in mein neuen Reisemantel von Craddock-Ehepaar und Kusine Sixpence und Missus Morton und Unmenge Patienten von Doktor Jack. Jetzt kommt auch noch Tantchen Pott angelaufen und erzählt von mehrere Katastrophen. Weißes Baby in sein Bad verbrannt. Schwarzes Baby Treppe runtergefallen und beide Beine gebrochen. Weiße Frau in Dale Street hat Ehemann mit schwarzes Baby beglückt. Tochter Lilian zurück bei Simeon Perkins und Krach wie immer. Tantchen Pott tut, als ob sie mir nich bemerkt, weil meine Zukunft angenehm aussieht. Sie gibt Doktor Jack alten Beutel mit magische Steine und großes Päckchen mit Botschaften an Reihe von Unglücksraben in Jamaika. Hofft, daß weiße Frau das Richtige für Doktor Jack is! Endlich bemerkt sie mir und sagt: «So 'ne Heirat auch nich immer, was man denkt, Girl.» Damit verschwindet sie aus mein Leben.

Sirene tutet zum erstenmal, und wir müssen nu bald an Bord. Ich fall Kusine und Missus Craddock um ihre Pelzkragen und wünsch sie alles, alles Gute. Dann muß ich Mistah Craddock Lebewohl sagen. Aber Kehle is wieder fest, fest zugeschnürt. Ich heul in sein Wintermantel rein, und er sagt: «*Bless you, Girlie!* Und vergiß deine Freunde in Liverpool nicht!» Er führt mir sachte über die Gangway, weil ich vor Tränen gar nich richtig sehen kann. Kinder am Pier schreien: «Doktor Jack, Doktor Jack, bleib hier!» Eltern winken mit ihre Taschentücher. Doktor Jack springt noch mal schnell zum Pier zurück, weil er in die Aufregung die Schokolade für «seine

Kinder» noch in seine Manteltasche hat. Auf seine Arme hockt ein kleiner schwarzer Junge und ein blondes kleines Mädchen mit Zuckergußgesicht und hält ihn am Mantel fest. Er muß nu aber zurück aufs Schiff.

Pier Head wird kleiner und kleiner, und schließlich sind unsere Freunde nur noch Punkte in graue Luft. Türme und stolze Bauten und Kirche von St. Nicholas verschwimmen auch schon. Auch Hauptbüro von Mersey Docks und Royal Building. Doktor Jack hat einen Arm um Miss Cressie gelegt und andern Arm um mir. Miss Cressie hat zu Haus von ihre kranke Mutter Abschied genommen. Sie hofft, daß Mutter sich zu Jamaika-Fahrt aufschwingt, wenn es sie besser geht. Aber sie weiß es nich. Sie lacht jetzt kein bißchen. Inseln würden für ihre Mutter so fremd sein wie Liverpool zuerst für Kusine und mir. Zu Haus is starke Sonne und scharfer Schatten. Dies England sanfter in sein Nebelschleier und seine Frühlingssonne. Miss Cressie hat keine Angst vor fremde Welt. Nich mal vor Schwiegermutter in Jamaika! Sie sagt immer, sie wird mit die Dinge fertig, bevor die Dinge sie fertigmachen.

Ich mach mir leise, leise aus Doktor Jacks Arm los und geh auf einsamen Platz auf Oberdeck.

Muß allein von dies England Abschied nehmen.

Schwarze Renaissance

Trinidad

I

«Das war mein letzter Roman», sagte Stephen Mount zu seiner Agentin. «Von jetzt ab verkaufe ich Käse.»

«Unsinn», sagte Miss Baxter. «Pech kann jeder haben. Ganz London weiß, daß du ein großer Erzähler bist.»

«Aber niemand will mich lesen. Wenn ich mich nicht sehr irre, kommt es darauf an.»

Mount hätte nicht sagen können, wann es zuerst im Gebälk geknistert hatte. Er wußte nur, daß sein Erfolg sich gegen ihn wendete. Übrigens sieht bei einem bekannten Autor das erste, leichte Versagen immer noch wie ein Erfolg aus. Man muß ein Weiser aus dem Abendland sein, um Schwächen im eigenen Werk zu entdecken. Mount hatte nur die Kritiken ernst genommen, die seiner Meinung waren. Wenn überhaupt, zeigte Miss Baxter ihm nur stark verzuckerte Beanstandungen. Er gehörte nicht zu jenen Wundertieren, die durch gepfefferte Besprechungen zu Höchstleistungen ermuntert werden.

Sein letzter Roman verkaufte sich noch viel schlechter als der Vorgänger. Genau gesagt: Er moderte in den Buchhandlungen. Sein erster Roman, vor nunmehr zwanzig Jahren geschrieben, war eine Sensation gewesen. Wollte man immer wieder dieselbe Geschichte von ihm lesen? Nun hatte ein bekannter Kritiker behauptet, S. Mount habe sich ausgeschrieben. Miss Baxter hatte diese Zeitung nicht vor ihm verstecken können, da es seine eigene Sonntagszeitung war.

«Rogers reißt neuerdings alles herunter», sagte Miss Baxter. «Er liegt in Scheidung.»

Mount schwieg. Er war tief getroffen. Das Selbstvertrauen eines schöpferischen Menschen ist so solide wie ein Kartenhaus.

Miss Baxter rauchte hastig, und Mount saß wie eine Bildsäule neben ihr. Sehr peinlich! Ein Autor muß Kritik vertragen können.

«Lieber Stephen», sagte Julie Baxter, «du hast doch nie was auf den Zeitungstratsch gegeben!»

«Ich hatte immer eine großartige Presse», sagte Mount steif. Miss Baxter wußte es besser, behielt es aber für sich. Auch sie war bedrückt. Sie hatte Mount jahrelang betreut, ihn ziemlich lange geliebt und fühlte durch die Magie dieser engen Bindung seine Wunden am eigenen Leibe.

«Du bist jetzt müde», sagte sie fest. «Du mußt dich erholen, Stephen. Wie oft soll ich es noch sagen?»

Sie merkte erschreckt die Ungeduld in ihrer Stimme. Mount blickte sie so merkwürdig an – beinahe mitleidig. «Kleine Julie», murmelte er, «streng dich nicht so an!»

Drei Wochen später aßen sie in einem Lokal im Westend. Diesmal hatte Miss Baxter eingeladen. Sie hatte am selben Tag mit Mounts Verlegern gesprochen. Die Firma hatte an seinen beiden letzten Büchern allerhand zugesetzt, und ein Erfolg sei jetzt dringend erwünscht. Julie war außerordentlich vorsichtig, aber Mount bekam trotzdem einen mittleren Tobsuchtsanfall. Es waren Bekannte in dem Lokal. Miss Baxter hatte schon nettere Abende mit Autoren verlebt. Sie war natürlich allerhand gewohnt, aber *das* hatte sie nicht verdient. Mount behandelte sie wie eine Feindin. Es fiel ihm leicht, sich Feinde zu machen. Das war eins seiner Naturtalente – wie seine Metaphern und seine Methode, junge unverwöhnte Mädchen charmant und billig zu verführen. Als er vor fünfzehn Jahren Miss Baxter verführt hatte, war auch sie jung und unverwöhnt gewesen. Heute war sie verwöhnt und wußte alles besser. Ein Glück, daß er sie damals in seinem ersten Erfolgsrausch nicht geheiratet hatte. Er war ziemlich nahe dran gewesen.

Selbstverständlich hatte er sich nicht ausgeschrieben. Es fiel ihm immer noch eine Menge ein, denn die Gewohnheit vieler Jahre stirbt langsam. Trotzdem war er über die ersten drei Kapitel seines neuen Romans nicht hinausgekommen. Zum erstenmal in seiner Karriere hatte er sie Miss Baxter vorenthalten. Er war noch nicht soweit. Er änderte noch. Natürlich schrieb er Tag und Nacht. Leider wußte Miss Baxter genau, daß Stephen Mount in diesen Tagen ziellos in Kensington herumlief, sich selbst bemitleidete und jeden Kollegen, der das Pech hatte, ihm zu begegnen, vor den Kopf stieß.

«Mach eine kleine Reise», riet Miss Baxter. «Italien hat dir immer gutgetan. Nach deinem ersten Urlaub hast du *Purgatorium* geschrieben, deinen zweiten Bestseller.»

«Hollywood nannte ihn ‹Mrs. Greens letzte Liebe›.» Der Titel war eine Tempelschändung gewesen. «Unmögliche Bande!» brummte Mount.

«Das Geld hat dir aber gut gefallen», sagte Miss Baxter trocken. «Doch das ist ja schon Legende. Was du jetzt brauchst, ist Tapetenwechsel.»

«Die Botschaft hör ich», sagte Mr. Mount. «Laß mich in Ruh!»

Kurze Zeit nach diesem vergnüglichen Abendessen saßen sie in Miss Baxters künstlerisch angehauchter Junggesellenwohnung in Chelsea, deren Kosten sie im Augenblick mit einer neuen Autorin teilte. Ruth Wigmore hatte auf Veranlassung von Miss Baxter gerade einen sehr gutgehenden Roman geschrieben. Das Modell war bekannt; aber Miss Wigmore hatte das Lokalkolorit, gewisse sexuelle Abweichungen und die Haarfarbe der Hauptpersonen am häuslichen Herd dazugekocht. Keineswegs so einfach, wie es vielleicht aussieht.

Mount stieß die dünne Porzellantasse so heftig um, daß sie zerbrach und der Tee die geblümten Brokatmöbel tränkte. Sofort nahmen die Blumen einen neuen Ton an – vielleicht hatten sie begossen werden müssen, um ihre ganze Pracht zu entfalten? Miss Baxter war anderer Meinung. Sie war stolz auf ihre Möbel und trocknete sie in heroischem Schweigen mit ihrem Föhn.

Mount fragte gereizt, ob sie das nicht später machen könne. Miss Baxter trocknete unentwegt weiter, und Mount hielt sich die Ohren zu. Er sei gekommen, um sein Manuskript zu besprechen. Was durchaus nicht der Fall war, ihm aber jetzt so vorkam. Der Teufel sollte Miss Baxter holen! Mount wußte, wie ungerecht er gegen sie war. Sie wollte ihm helfen, aber gerade das verbitterte ihn noch mehr. Er wollte keine Hilfe. Er hatte so viel verdient, daß er sein Geld nicht verzehren konnte. Miss Baxter hatte die Summen, welche die Steuer ihm gelassen hatte, großartig angelegt. Sie hatte alles für ihn getan.

Mount starrte sie an. Sie sah in ihrem Schneiderkostüm mit dem glatten dunklen Haar und der Hornbrille wie eine Oberschwester mit häuslichen Komplexen aus und strafte den Kranken mit Schweigen.

«Es tut mir leid», murmelte Mount. «Ich werde die Tasse ersetzen.»

«Ist nicht nötig», sagte Miss Baxter gegen ihre Überzeugung und verschwand mit dem Föhn.

Mount dachte plötzlich an die Vergangenheit. Die Erinnerung an seine verschollenen Erfolge erheiterten ihn nicht. Ein Autor ist beinah so undankbar seinem Werk gegenüber, wie es die Leser sind. Vielleicht war der Glaube an sein überlegenes Können immer eine Illusion gewesen – aber was erreicht man ohne den Traum von Größe? Er war nun achtundvierzig Jahre alt und hatte acht Romane, einige Erzählungen und ein Fragment von drei Kapiteln hinter sich. Ersetzte er heute durch brillante Technik, was ihm an Ursprünglichkeit fehlte? Was war daran verkehrt? Es war der übliche Reifeprozeß. Wieviel mehr verstand Mount heute vom Schreiben, und wie wenige Leute wollten das anerkennen! Er versank in Grübelei. Damals, vor zwanzig Jahren, hatte er London und einen Teil der Welt erobert. Ach, die hellen Wasser um die Insel des Aufstiegs! Das erste Buch erzeugt eine ähnliche Ekstase wie die erste Liebesnacht.

Mount war noch keine dreißig Jahre alt, als sein autobiographischer Roman seine Existenz auf den Kopf stellte. Vorher war er Geschichtslehrer in Ipswich gewesen, und das wäre er wahrscheinlich heute noch, wenn er seinem schöpferischen Impuls nicht gefolgt wäre. Er brauchte natürlich Anerkennung; aber damals wäre er nicht beim dritten Kapitel stehengeblieben, auch wenn das letzte Buch ein Mißerfolg gewesen wäre. Wie naiv, wie sentimental, wie berauscht war er damals gewesen! Dieses kindliche Entzücken, seinen Namen gedruckt zu sehen! Er erinnerte sich noch genau an die saure Bewunderung des Lehrerkollegiums. Natürlich fielen sie aus allen Wolken, daß Mr. Mount – eine mittelmäßige Lehrkraft und streitsüchtig obendrein – einen aufsehenerregenden Roman geschrieben hatte, der außerdem noch literarisch wertvoll sein sollte. Mount simulierte so lange edle Bescheidenheit und Kameradschaftsgeist, daß er zum Schluß den Paukern ganz erschüttert «Lebewohl» sagte. Natürlich zog er nach London. Das war ja wohl selbst dem Turnlehrer mittlerweile klargeworden.

Wie entzückend war Julie Baxter damals gewesen! Blutjung, zierlich und eine erstklassige Agentin am Beginn einer Karriere. Er hatte sie bei einem seiner seltenen Besuche in London in einer Bar in Greek Street kennengelernt. Er war verärgert dahingestürmt, weil seine Londoner Freunde die Schule in Ipswich gelobt hatten. Widerspruch hatte er nie vertragen. Miss Baxter hatte schon in zarter Jugend ihren scharfen, nüchternen Verstand gehabt und ihn hinter einer kindlich-erstaunten Schmollmiene versteckt. Auch ihre Güte ohne Zuckerguß war damals schon erkennbar gewesen. Deshalb hatte Mount ihr wohl nach einigen Cocktails seinen heimlichen Ehrgeiz gebeichtet. Er wollte schreiben. Die kleine Miss Baxter, die in einer bekannten literarischen Agentur in den Betrieb hineinroch, war Feuer und Flamme gewesen. Vielleicht für das künftige Meisterwerk, aber in jedem Fall für Mr. Mount. Nach dieser Begegnung schrieben sie sich jede Woche Briefe, die ausschließlich von Mr. Mount handelten.

Ahnte Julie, daß er sie heute manchmal haßte? Sie war nun wohl zu eng mit seiner Niederlage verknüpft. Ihr Anblick rief Unlustgefühle in ihm hervor. Vielleicht waren sogar Schuldgefühle, daß er ihr soviel Mühe ohne Resultate verursachte. Tatsächlich hatte das Echo auf Mounts letzten Roman auch Julie einen Schock versetzt. Aber niemand konnte sich loyaler benehmen. Trotzdem fühlte Mount sich gedemütigt wie ein Preisboxer, der vor aller Augen *knock-out* geschlagen worden ist.

Mount machte in dem ungewohnten Klima der Unsicherheit allerhand

Fehler. So warf er seiner Agentin vor, sie vernachlässige seine Interessen. «Für neue Autoren legst du dich anders ins Zeug», sagte er gereizt. «Der Roman von dieser Ruth Wigmore ist unmöglich.» Aber Miss Wigmore war zweiundzwanzig Jahre alt, von Optimismus und Geltungsdrang besessen und enthüllte mit einer gewissen pedantischen Unschuld die sexuellen Eigentümlichkeiten ihrer Kollegen vom Bürochef bis zum Laufjungen. Bevor sie zur Bestsellerautorin avancierte, war sie Privatsekretärin gewesen. Ihr Sensationserfolg beruhte zum Teil darauf, daß alle Londoner Privatsekretärinnen nach der Lektüre neue Hoffnung schöpften.

«Gib endlich zu, daß ich erledigt bin», schrie Mount.

«Geht es nicht etwas leiser?» Miss Baxter dämpfte aus pädagogischen Gründen ihre helle, präzise Stimme. «Du *bist* ein echter Erzähler. Leg deine drei Kapitel auf Eis und erhol dich!»

Mount war besänftigt. Julie war doch die beste. Sie mußte schließlich auch ihre Brötchen verdienen, wenn er seine magere Zeit hatte. Sie hatte recht, er brauchte Sonne. In London lebte er im Schatten eines Schattens. Miss Baxter ignorierte weise die Information und mixte Cocktails. Gut, daß sie Italien erwähnt hatte! Mount stammte väterlicherseits von den berühmten, heute ausgestorbenen Montenaris aus Neapel ab. Es mußte eine Familie von Tenören, Genies und Neurotikern gewesen sein. Mounts Vorfahren mütterlicherseits waren so waschechte Londoner wie Miss Baxter. Obwohl sie diese Leute genausowenig kannte wie die Neapolitaner, war sie fest davon überzeugt, daß der englische Teil von Mounts Familie vernünftig, humorvoll, sparsam und legal verheiratet gewesen war. Es stimmte aufs Haar.

Auf dem Höhepunkt seines Erfolgs hatte Mount seine Agentin zum erstenmal nach Neapel eingeladen. Er fuhr jedes Jahr ans Mittelmeer. Sie hatten glückliche Wochen in Neapel verbracht. Aus dieser Zeit stammte Mounts Wunsch, eines Tages in der Campagna Grundbesitz zu kaufen und den Rest seiner Tage mit Meditation und Wanderungen zu verbringen. Er glaubte, sein Seelenfriede hänge von angenehmen Kulissen ab. Autoren sind eben nur in ihren Büchern weise. Mounts rastloses Temperament und seine Phantasie verlangten nach Wechsel und Erregung. Er liebte den Londoner Betrieb, wenn der Betrieb ihn wiederliebte. «Menschen brauchen Menschen», pflegte Miss Baxter zu sagen. Selbst wenn es nicht immer die Richtigen waren, man brauchte sie trotzdem.

Mount *war* müde. Vielleicht brauchte er auch ein junges Ding im Bett. Julie war eine angenehme Gewohnheit geworden, von der Mount in letzter Zeit wenig Gebrauch gemacht hatte. Sie war nun achtunddreißig und sah bei gedämpfter Beleuchtung zehn Jahre jünger aus. In ihrem Büro sah Miss Baxter selbstverständlich wie Miss Baxter aus. Merkwürdigerweise war Mounts Lust auf bekömmliche kleine Abenteuer im Augenblick auch verschwunden. Das erschreckte ihn. Übrigens waren seine zahlreichen Seitensprünge Miss Baxter nicht so unbekannt geblieben, wie er annahm. Sie hatte eine Menge Freunde, die ihr zu ihrem eigenen Besten alle Neuigkeiten über Stephen Mount mitteilten.

Er lag zu Haus auf seiner Couch, las wieder einmal seine drei Kapitel und warf dann das Manuskript mit einem Fluch in den Papierkorb. Nach einer Anstandsfrist angelte er es wieder heraus und verschloß es in seinem Schreibtisch. So dämlich war er nun doch nicht, daß er Manuskripte zerriß. Auch nicht so jung! Wenn er ganz ehrlich mit sich selber war, gefiel seine zweite Garnitur ihm immer noch besser als die neuen Bestseller. Er blickte nach der Uhr. Es war früh am Nachmittag. Warum sollte er ohne Arbeit und ohne Leserbriefe in seiner Bude herumsitzen? Die Leserbriefe kamen nun auch seltener. In seiner großen Zeit hatte seine Sekretärin Überstunden machen müssen. Viele Damen hatten ihm Liebesbriefe geschrieben. Das Feuer in seinen Romanen hatte sie zu schriftlicher Äußerung verführt. Woher sollten diese armen Hühner wissen, daß die Glut der Druckseiten nur dann verbrennt, wenn der Autor kalt bleibt. «Ein Anfänger erhitzt, und ein Könner erleuchtet», hatte Mount seiner Agentin gestern erklärt. Wieder hatte Miss Baxter weise geschwiegen. Ein Autor darf sich so wenig entschuldigen wie ein Ministerpräsident oder ein Bankräuber. Außerdem soll der Autor schreiben und nicht erklären. Mount schlug seine Wohnungstür zu und fuhr in die neue Regent Street ins Reisebüro.

II

Er war immer ein Augentourist und Wolkensegler gewesen. Auch jetzt wühlte er erregt in den Prospekten herum. Dieses Mal brauchte er einen gründlichen Wechsel. Sagen wir: Kokospalmen, einen goldenen Strand, immergrüne Wälder und natürlich exotische Mädchen in Bikinis. Das durften Mitglieder der Wohlstandsgesellschaft der sechziger Jahre erwarten. Und Westindien wußte es. Schon die Namen der Inseln verzauberten Mount: Grenada, Jamaika, Montserrat, Martinique, Trinidad! Die karibischen Bilderbücher versetzten ihn in eine Art von Trance. Der Mond beschien paradiesische Landschaften, die hoffentlich zu siebzig Prozent der Wirklichkeit entsprachen. In der neuen Regent Street war Mount fest entschlossen, wie Rousseau, zur Natur zurückzukehren, um so mehr als man heute Zimmer mit Klimaanlage und eine internationale Küche in Westindien vorfinden würde. Die junge Dame im Reisebüro musterte ihn ungeniert. War dieser hochgewachsene Mann nicht Stephen Mount, der berühmte Autor? Natürlich! Sie kannte ihn vom Fernsehen und aus den Illustrierten. Ob Mr. Mount Material für einen neuen Roman auf den Inseln sammeln wolle? Die junge Dame hatte seine Romane verschlungen.

«Trinidad ist jetzt sehr beliebt, Mr. Mount. Und in Port of Spain werden Sie viele Landsleute finden. Es war ja eine britische Kolonie.»

«Ich fahre trotzdem hin.» Mr. Mount lächelte. Man kannte ihn also doch noch. Er gab dem Mädchen ein Autogramm auf einem Prospekt der Insel Tobago, die zu Trinidad gehörte wie Miss Baxter zu Mr. Mount. Was würde Julie sagen?

Mount fühlte ein leises Unbehagen. In Europa waren sie immer zusammen gereist. Schon weil Julie die Flugkarten buchte, seine Koffer und Notizen packte, rechtzeitig Hotelzimmer bestellte und aufpaßte, daß er das richtige Flugzeug erwischte. Sie hatte auf Reisen stets die Balance zwischen Gemeinsamkeit und seinem sporadischen Bedürfnis nach Alleinsein geschaffen. Ihr einziger Fehler war, daß sie keine Fehler hatte. Mount mußte ihr schonend beibringen, daß er sich allein in El Caribe erholen wollte. Julie würde so schockiert sein wie eine langjährige Wohltäterin, die man sich mit zuckersüßen Reden vom Halse schafft.

Es war alles viel einfacher. Ehe Mount sie vorbereiten konnte, hatte Miss Baxter schon alles entschieden. Schließlich war sie gewohnt, für ihn mitzudenken. Sie hatte bereits für Vertretung im Büro gesorgt und persönliche Besprechungen hinausgeschoben. Es hatte ja festgestanden, daß sie bald irgendwohin reisen würden. Es kam ihr keinen Augenblick in den Sinn, daß Mount allein nach Trinidad fliegen könnte. Darauf konnte sie beim besten Willen nicht kommen. Er wäre verloren ohne sie. Er würde auf den Inseln mit Trinkgeldern nur so um sich werfen, unbekömmliche Sachen essen, eine Westindierin heiraten und aus Versehen in den Asphaltsee fallen. Mount sah es ein.

III

Sie landeten Mitte Oktober in Trinidad, da Mount nicht in die Hochsaison und den Karneval geraten wollte. Sie fuhren vom Flughafen sofort in ihr Hotel. Das kürzlich erbaute «Trinidad Hilton» stand wie ein Leuchtturm inmitten von Palmen, Bergen und Tropenblumen und überblickte zu Dollarpreisen die Savannah und den Golf von Paria, der die Insel vom südamerikanischen Festland trennt.

Wie so manches in El Caribe, stand dieses Hotel sozusagen auf dem Kopf. Man betrat das oberste Stockwerk, in dem Restaurant, Bar, die Terrasse mit dem Schwimmbad und die Arkadenläden lagen, und reiste durch Bergwerkschächte zu den zweihundertsechzig Gästezimmern in die Tiefe. Diese architektonische Sensation war im «Amerikanischen Plan» des Hotels mitinbegriffen und war die einzige Überraschung, die in Westindien nichts extra kostete. Miss Baxter besaß die britische Abneigung gegen sichtbare Extravaganz. Wenn es nach ihr gegangen wäre, hätten sie im ruhigen, ehrwürdigen «Queens Park Hotel» gewohnt. Aber Mount bezahlte kein Vermögen, um sich in einem Milieu, das der Kolonialzeit nachträumte, über das Wetter und die Konservative Partei zu unterhalten. Das konnte er in Torquay haben.

Miss Baxter betrachtete die vor Sauberkeit blitzenden Bergwerkschächte und sagte: «Verrückt!»

«Aufregend», sagte Mr. Mount ungewohnt animiert. «Lach mal, kleine Baxter!»

Mounts Stimmungsumschwung hatte schon auf dem Flugplatz von Piarco begonnen. Das Völker- und Rassengemisch machte ihm viel Spaß. Die afrikanischen und indischen Gesichter mit den dunklen, blitzenden Augen und den weißen Zähnen waren ihm allerdings von London her bekannt. Auch das aparte Englisch und die westindische Redeweise. Es war heutzutage schwierig, in Brixton, Paddington oder Notting Hill englisches Englisch zu hören. Nur der Ausdruck der Gesichter und das Stimmungsklima in Trinidad waren völlig anders. Diese Menschen lebten in der Sonne der Unabhängigkeit. Sie waren selbstbewußt, zu Gesang aufgelegt und so vergnügt wie Kinder ohne ihre englischen Nannies.

Nach kurzer Zeit überließ Mount seine Freundin ihren amerikanischen Bekannten im idyllischen Garten des «Hilton» und ließ sich von einem indischen Chauffeur kreuz und quer durch die von Kolumbus entdeckte Insel fahren. Sie war von Indianern bewohnt gewesen, bevor die Spanier, Franzosen und Engländer sich dort häuslich niederließen und afrikanische Sklaven sowie später ostindische Kontraktkulis für ihre Plantagen importierten. Die chinesischen Geschäftsleute seien erst gekommen, als in Trinidad etwas zu holen war, erklärte Mounts Fahrer.

«Sehr vernünftig», sagte Mount.

«Chinesen bleiben überall Chinesen», erwiderte Mr. Singh hochmütig. Mount hatte sich im Handumdrehen wieder einen Feind angelacht.

Am liebsten wanderte er allein in Port of Spain umher. Diese Stadt mit ihrer bewegten Vergangenheit und ihrem modernen Freiheitsrausch war für ihn ein afrikanisches Neapel. Er mußte das alles einmal im Traum geahnt haben: dieses wilde, farbige Gedränge in den engen Straßen, den Staub und die Glut, das laute Gelächter und das stumme Urerlebnis der Sklaverei. Während der frühen spanischen Herrschaft war Port of Spain noch ein Dorf mit Fischerhütten und Indianersiedlungen auf sumpfigem Mangrovenufer gewesen. Das Leben spielte sich in St. Joseph ab, der ersten spanischen Residenz. Erst im 18. Jahrhundert wurde Port of Spain Regierungssitz und Handelsplatz. In den folgenden Jahrhunderten hatten Eroberer, Revolutionäre und Touristen den Cascadurafisch gegessen: der Legende nach kehrt jeder, der diesen Fisch gekostet hat, nach Trinidad zurück.

Wie in Neapel stand die Vergangenheit an jeder Straßenecke. Dort hatten die Einwohner Goethe und Stendhal, hier spanische Eroberer und Sir Walter Raleigh angestarrt. Nur die Luft in diesem afrikanischen Neapel war anders. Mount atmete so schwer, als regnete es glühendes Metall vom Himmel. Oder war es das Gedränge in der Frederick Street? Das Meer von dunkelglänzenden Gesichtern, das Hupen der Autos, das Geplärr der Taschenradios in höchster Lautstärke? Dadurch hatte Mount Gelegenheit, die Propagandareden des Premierministers Dr. Williams so oft zu hören, daß er sie selbst hätte halten können. Übrigens konnte er sich an den Frauen nicht sattsehen. Die ernsten in Schleiertücher gehüllten Inderinnen mit dem roten Punkt ihrer Kaste auf der Stirn! Ihre kostbaren bestickten Saris* fegten den Straßenstaub, was die Besitzerinnen nicht störte. Die schwatzenden Negerinnen in Cocktailkleidern aus Atlas oder Spitze mit dem Marktkorb auf dem krausen Haar. Dazwischen schlängelten sich wachsame Chinesinnen in blitzsauberen Kitteln an die besten Früchte und das beste Fleisch heran. Sie drängten nicht – sie waren einfach schneller. Manchmal fühlte Mount die beklemmende Angst des Außenseiters im Karnevalsgedränge. Er stand dem eruptiven Frohsinn der Menge fassungslos gegenüber. Was war so irrsinnig erheiternd? Im Augenblick kam er keinen Schritt weiter. Er fühlte nach seiner Brieftasche. Sie war verschwunden. Julie hatte ihn wiederholt davor gewarnt, im Gedränge Geld bei sich zu tragen. Sie habe tolle Dinge im Hotel gehört. Mount war nicht mehr in der Frederick Street – die Menschenwelle hatte ihn in eine Seitenstraße gespült. Er hatte nur ein paar westindische Dollars bei sich gehabt, aber sie waren ein Vermögen für irgendeinen Tagedieb, der nur Rum und Mädchen im Sinn hatte. Mount stand jetzt in einer schattigen Markthalle – und seine Brieftasche war auch da! Ein indischer Bettler streckte seine Hand danach aus. Es war Mount nicht ganz klar, ob er die ganze Brieftasche oder nur einige Cents haben wollte. Auch dieser ausgemergelte Greis aus Bengalen mit den feurigen Augen trug seine Lumpen wie ein Maskenkostüm. Ein Bajazzo aus dem venezianischen Karneval; nur dunkler und unbegreiflicher. Plötzlich stimmte er einen eintönigen Gesang an, und Mount gab ihm einen Schein. Der Alte hatte natürlich nur eine Münze erwartet, aber er betrachtete die Gabe ohne Erstaunen. Alles war vorherbestimmt.

Dann sah Mount das Mädchen. Sie war sehr jung und trug eine grellgeblümte Bluse, einen Atlasrock und rote Sandalen. Allzu viele Goldketten und Ringe, die die Kleine bei Woolworth gekauft haben mußte, leuchteten naiv auf der glänzenden dunklen Haut. In den Augen des Mädchens glühte afrikanisches Feuer – eine Herausforderung an jeden. Mount starrte in dieses Feuer und fühlte plötzlich lähmende Müdigkeit. Er stand angewurzelt in der staubigen Charlotte Street wie in einem Garten Eden, wo man die Früchte der Ekstase im Vorübergehen pflückt. Er hatte einmal geschrieben, daß jeder Mann seine *anima*, sein weibliches Traumbild treffen kann, wenn er sich danach umsieht. Er fühlte, daß er nun am Ziel war. Sie war erschreckend schön und erschreckend greifbar. Wenn er nur einen Schritt machte, könnte er den Früchtekorb auf ihrem Kopf oder ihre Brüste berühren. Wäre er nur nicht so müde gewesen! Hätte er nur nicht zwischen Bezauberung und einer unerklärlichen Hemmung geschwankt!

In diesem Augenblick verbarg ein riesiger Inder in einem seegrünen Turban das Mädchen vor Mounts Blicken. Er fühlte Panik. Seine Knie zit-

* Aus einem Stück bestehendes traditionelles Gewand der Inderinnen.

terten. Machte er zu viele Ausflüge ins Ungewisse? Das bekam ihm wohl nicht mehr mit seinen achtundvierzig Jahren.

Der seegrüne Turban war in der Markthalle verschwunden und das Mädchen wieder zu sehen. Ein Engel aus Kakao! Die Kleine war vielleicht siebzehn, und ihre Nase war zu breit. Mount sah es jetzt, da sie den Blick senkte. Ob sie sich schämte, einen Fremden mit den Augen einzuladen? Aber das Mädchen hob nur eine Münze aus dem Straßenstaub, lächelte Mount zutraulich an und verschwand im Gewühl.

Wo hatte er dieses junge Ding schon gesehen? Er versuchte vergeblich, sich zu erinnern. Niemals hatte er eine solche Verzauberung verspürt. Ihm war, als löse der Kern seines Wesens sich auf und lasse Körper und Geist in Angstschauern zurück. Hatte diese dunkle Diana eine Art von Voodoo praktiziert? Diese Zaubertricks des finstersten Afrika waren auch in den Antillen zu Hause. Aber die Touristen bekamen einen zivilisierten Aufguß zu sehen. Mount fühlte dumpfen Trommelklang in seinen Ohren. Er sah die Silhouette des Mädchens in der schattigen Markthalle, wo die phantastischen Kopfbedeckungen der Händlerinnen wie Schmetterlinge im Halbdunkel flatterten. Eine alte Negerin war ausgeglitten. Alles lachte, weil die Früchte herumrollten. Das Mädchen lachte mit. Dann war es plötzlich verschwunden. Wo sollte Mount die Unbekannte in der chaotischen Stadt wiederfinden? Er schüttelte über sich selber den Kopf. Er mußte seine Phantasie auf sein Manuskript beschränken. Miss Baxter riet es ihm seit Jahren. Aber Julie war plötzlich ein bleicher Schatten unter anderen Schatten, die sich allesamt im «Trinidad Hilton» vor der westindischen Wirklichkeit verbargen.

Mount war langsam zum Woodford Square gegangen und suchte ein Taxi. Er hatte starke Kopfschmerzen, und seine Pillen waren natürlich im Hotel. *Da* – da ging das Mädchen! Mount rannte mit seinen langen Beinen halb um den Square herum und blieb dann atemlos stehen. Die Blicke einiger Touristen ruhten so erstaunt auf ihm, daß er sich einen Ruck gab. Plötzlich war auch ein Platzregen ausgebrochen, und es gab kein Taxi. Mount rannte in das Restaurant «Colibri» in der Frederick Street, das eine Klimaanlage hatte, und bestellte einen starken Kaffee. Er fühlte sich sehr allein unter den fröhlich schwatzenden Menschen. An einem großen Tisch in der Ecke des Restaurants wurde Rumpunsch getrunken und dröhnend gelacht. Weiße, Westindier, Chinesen und zwei sehr wohlhabend aussehende Syrer amüsierten sich dort in exemplarischer Eintracht.

Am Nebentisch unterhielten sich zwei westindische Geschäftsleute in mittleren Jahren in unverblümter Trinidad-Art über ihre intimsten Angelegenheiten. Während er darüber nachdachte, wo er das Mädchen suchen sollte, wurde Mount, ob er wollte oder nicht, Ohrenzeuge eines tragikomischen Ehekonflikts. Versteckte sie sich in der Savannah? In der alten spanischen Festung? Auf den Bergen von Laventille? Oder lächelte sie verstohlen hinter den Bambushainen und Zuckerrohrfeldern der Insel?

«Ich schenk sie Halskette und Fernseher und Dinge», sagte der korpulente Herr am Nebentisch so laut, als sage er bereits im Gerichtssaal aus. «Was tut sie, Mann?» Sein Gesicht glich einem bebenden Schokoladenpudding.

«Was tut sie? Sie mit bestem Freund von mir auf und davon, und Küche dreckig.»

«O weh, o weh!»

«Sag nich ‹o weh, o weh›», murrte der verlassene Ehemann. «Zu Haus lachst du.»

«Is gemeine Lüge», schrie der teilnahmsvolle Freund empört. «*Wer* bist du, Mann? Großer Alleswisser von Trinidad und Tobago? Siehst Tag und Nacht, was ich tue, he? Siehst, ob ich lache? Ob ich pisse? Du ohne Erziehung, Mann! Ich bete für dir zu Haus, stinkender Lügner!»

«Gut, gut – du betest. Nett von dir, Mann.» Der Ehemann holte Luft. «Ich sag dir: ich schenk sie Halsband. Ich koch sie *Sanscoche* mit prima Fleisch und Cassava und Okkra und grüne Feigen und ...»

«Ich kenn *Sanscoche*. Wolln wir gehen?»

Der Ehemann sagte langsam: «Hast hartes Herz, Mann. Verstehst nich! Bist so geboren.»

«Ich versteh prima. Du jetzt allein. Keine Frau. Kein Spaß.»

«Bist so geboren», wiederholte der Schokoladenpudding starrsinnig. «Ich sehr erfreut, daß Frau weg is, hörst du? Hat Pfeffer auf ihre Zunge! Essig, alles Essig, was sie denkt! *Mein Freund fehlt mir!*»

Mount verließ erheitert das Lokal und sah sich die Auslage eines indischen Schmuckladens an. Die Filigranstücke waren wie Gold- und Silberspitzen. «Ich schenk sie Halsband ...» Sollte er Julie etwas mitbringen? Während er noch überlegte, stieß eine ältere Chinesin ihn ohne Umstände beiseite, da er halb in der Ladentür stand. Wozu sollte sie sich entschuldigen? Im unabhängigen Trinidad gab es einen einflußreichen chinesischen Regierungsmann. Die Weißen hatten in Westindien ausgespielt. Vom gefällten Baum macht man Kleinholz. Mrs. Lin sah die Zeit kommen, wo kein Mann des Westens einen Konzern oder eine Firma auf den Inseln leiten würde. Das Goldene Zeitalter von El Caribe war nahe!

Die Sonne brannte wieder aufs Straßenpflaster, und nun gab es Taxis am Woodford Square. Mount fuhr ohne Filigran für Miss Baxter ins Hotel zurück.

Sie saß auf ihrer Veranda mit dem Blick auf die Savannah und das Meer und nähte Knöpfe an Mounts Sporthemden.

«Wie siehst du aus?» fragte sie. «Bist du krank?»

«Ich vertrage keine Ferien, auch wenn du mir immer einredest, daß ich sie nötig habe.»

«*Ich* habe also Schuld?» Miss Baxter lachte etwas schrill. «Es liegt an diesem Hotel! Kein normaler Mensch verträgt solchen penetranten Luxus. Aber *wer* wollte hier wohnen?»

«Ist das alles?»

«Noch lange nicht! Du läßt mich tagelang allein. Was ist los mit dir?»

«Nichts. Das dürfte dir seit langem bekannt sein. Im übrigen: *ich* bin in Trinidad, um Land und Leute zu studieren. Das kann ich nur, wenn ich allein bin. Das weißt du doch.»

«Ich weiß noch viel mehr, du hast dich in ein junges Ding verliebt und möchtest, daß ich abreise. Dabei hast du mich auf den Knien angefleht, dich auf diese blödsinnige Insel zu begleiten.»

«Ich kann mich nicht erinnern», sagte Mr. Mount galant. «Außerdem liege ich niemals auf den Knien, meine Liebe. Das ist mir in meinem Alter zu anstrengend.»

Sie blickten sich voller Abneigung an, und plötzlich lachten sie laut.

«Idiot!» Miss Baxter küßte ihn flüchtig. «Leg dich schlafen.»

Mount duschte, legte sich nackt auf sein Bett und schloß die Augen. Die Jalousien waren heruntergezogen, und das Zimmer lag in einem grünlichen Licht.

Wo hatte er die kleine Westindierin gesehen?

Drei Tage später wußte er es.

Er suchte in den Arkaden des «Hilton Hotel» nach einer geschnitzten Statue für Julie. Schmuck war ihm im Augenblick zu intim. Wie ein guter Ehemann kaufte Mount erst Schmuck, wenn er wirklich ein schlechtes Gewissen hatte. Bei Gedankensünden machte er es billiger.

Die Läden in den luftigen Gängen waren ein internationales Museum, wo man für amerikanische Dollars afrikanische Masken, Karnevalspuppen, Schnitzereien, indische Silber- und Metallwaren, handgewebte Teppiche, französische Parfums, englische Strickwaren, amerikanische Modeartikel, chinesisches Elfenbein, Schweizer Uhren, Calypso-Schallplatten sowie Gemälde und Skizzen westindischer Künstler kaufen konnte. Die Ausstellung spiegelte die Spielfreude, den Farbensinn und das zerbrechliche Glück der karibischen Insulaner. Die Negerstatuen aus Ebenholz waren in ihrer Kraft und sinnlichen Fülle eine Provokation. Man hätte sich mit jeder Statue unterhalten mögen, so lebhaft war ihr Ausdruck. Dagegen war das ostindische Filigran so kompliziert und verfeinert wie die Gedankengänge der Brahmanen. Die chinesischen Elfenbeingötter und Tiere waren kühl, glatt und dauerhaft.

Mount war vor einem Glaspavillon stehengeblieben, in dem Blattpflanzen, Kakteen und leuchtende Tropenblumen in Tongefäßen einen Miniaturpark geschaffen hatten. In der Mitte des Raumes rieselte eine Fontäne. Ein verborgenes Radio spielte einen Calypso-Song:

A Farmer in the country he got angry
*And he start quarrel with his breadfruit tree.**

Mount wollte Miss Baxter Flamingo-Blumen schenken, weil er im Zweifel war, ob sie ihr Luftgepäck mit einer Statue beschweren wollte. Die herz-

* Ein Farmer auf dem Land wurde zornig und fing Streit an mit seinem Brotfruchtbaum.

förmigen tiefroten oder rosa Blüten waren von unwirklicher Schönheit und würden Julie einen Hauch karibischer Poesie vermitteln. Außerdem waren sie bedeutend billiger als eine Statue und spottbillig im Vergleich zu Schmuck. Eine junge, geschmeidige Westindierin drehte ihm im Augenblick den Rücken zu, da sie noch bediente. Sie sah in ihrem farbenprächtigen Kleid selber wie eine Blume aus. Um sie herum waren goldene Poui- Blüten und Orchideen. Plötzlich drehte das Mädchen sich um, blickte Mount an und bat ihn um ein klein wenig Geduld.

Er blickte in runde, glänzende Augen und blieb unbeweglich stehen: es war das Mädchen aus der Frederick Street.

Mount mußte von einer älteren Verkäuferin daran erinnert werden, daß er für Miss Baxters Blumen zu hatte.

IV

Das Mädchen hieß Estelle Destouches. Die afrikanischen Vorfahren hatten die karibische Insel Madinina – die Blumeninsel – bewohnt, welche die Franzosen später Martinique nannten. Josephine Tascher de la Pagerie hatte dort das Licht der Welt erblickt. Für Napoleons erste Kaiserin hatte Mount immer ein Faible gehabt, aber dieses Mädchen lebte heute.

Ihre Haut mußte nach Zimt und Vanille duften. Mount träumte – wie jeder Romancier – mit Einzelheiten. Estelles sorglose Heiterkeit, ihre dunkel-leuchtende Schönheit, ihre natürliche Sanftmut, die zum Teil geistiger Trägheit entsprang, versetzten ihn im Geiste in die magische Existenz der Jugend zurück.

Nur damals hatte er in der Umarmung flüchtig seine Verwandlung erlebt. Den Sturz in den Abgrund der Leidenschaft und – die tragikomische Rückkehr in den Alltag. Auf dem Frühstückstisch Eier und Schinken und Rechnungen in der Morgenpost. Das Skelett einer ekstatischen Nacht in der finsteren Ecke des Raums. Jedes Wort im Gespräch mit seiner Wirtin war eigentlich ein unterdrückter Schrei. Er war eher unglücklich als glücklich gewesen – aber er hatte gelebt. Später hatte er Romane geschrieben.

Das Mädchen von Martinique war in Trinidad geboren. Aber die wilde Tanzlust und der Rum der «Königin der Antillen» waren in ihrem Blut. Während der Französischen Revolution waren Estelles Vorfahren von den Plantagenbesitzern als Sklaven nach Trinidad mitgenommen worden. Estelle lebte jetzt bei Verwandten in Port of Spain. Ihr Vater und die Brüder hatten eine eigene Farm in Trinidad. Ihre Mutter mußte eine Meisterköchin gewesen sein, denn Estelle sagte, der Bauch ihres Vaters trauere noch. Diese Einzelheiten erfuhr Mount bruchstückweise, wenn er die Kleine im Blumenladen aufsuchte oder mit ihr ausging. Abends leuchteten ihre Augen wie schwarze Sterne. Sie hatte bewegliche Hände und kurze, kindliche Daumen, die ihr Anlehnungsbedürfnis verrieten, so wie ihr kurzer, runder Hals von Lebenskraft sprach. Ihre Geldgier ernüchterte Mount für

Augenblicke. Aber der Bann war stärker. Er wußte nicht, was Estelle dachte oder mit wem sie sonst noch tanzte. Ob sie ganz Instinkt war oder träumte und plante. War sie schon glücklich, weil sie keinen Hunger litt und gesund war? Wofür brauchte dieses Naturkind soviel Geld?

Mount wußte nicht, wofür Estelle seine Dollars ausgab, und sie sagte es ihm nicht. Er hatte ihr auch ein ziemlich kostspieliges Schmuckstück geschenkt. Aber da sie es niemals trug, hatte er diesen Unsinn nicht wiederholt.

Estelle glich einem afrikanischen Veilchen, aber im Umgang mit einem Mann wurde sie zu einer Schlingpflanze. Wenn sie tanzte, verwandelte sie sich in einen Flammenbaum. Sie weckte in Mount immer noch ein mit leisem Grauen gemischtes Entzücken. War er im Banne der *diablesses*—jener Teufelinnen, die in Martinique in höllischen Masken den Aschermittwoch eintanzten? Sie sprangen und stöhnten und lachten grell, wenn Estelle tanzte. Die Harfe des schwarzen Orpheus hatte Stephen Mount behext. Er wußte es selber, aber er konnte sich nicht befreien. Wie viele Roman-Autoren war er in die Falle seiner eigenen Phantasie geraten.

Wer ihn nicht kannte, mußte ihn für neurotisch halten. Der flackernde Blick, die Rastlosigkeit, seine unvermutete Heftigkeit beim harmlosesten Einwand gegen die westindischen Sitten verrieten zum mindesten die fehlende Nachtruhe.

Mount war an den streng eingehaltenen Wechsel von Arbeit und Ruhe gewöhnt, ohne den ein schöpferischer Mensch schwer leben kann. Jetzt tanzte er fast jeden Abend bis spät in die Nacht mit dem jungen Ding. Dazu kamen der Schock des Klimas, die schweren Getränke, der Lärm aus tausend Quellen, der zum Vergnügen der Trinidadier gehört. Die dröhnende, trommelnde, eintönig-aufreizende Steelband versetzte Mount in Existenzangst. Manchmal betäubte und schmerzte es ihn so, daß er sich einer Ohnmacht nahefühlte. Aber Estelle konnte es nicht laut genug haben.

Sie tanzten in Hotels, in den Nightclubs der Innenstadt, in alten Plantagenhäusern, deren Besitzer jetzt einen großen Raum und Veranden in Tanzbars verwandelten, um Geld zu verdienen. Diese Familien mieteten einen Barmixer, Kapellen und Calypso-Sänger und zogen sich an solchen Abenden in die entlegenen Privaträume ihres riesigen Hauses zurück. Nur die Töchter des Hauses machten in der Bar die Honneurs. Sie sprachen Englisch, Spanisch, Französisch und Deutsch, denn sie waren in Port of Spain an kosmopolitisches Leben gewöhnt, und jede Hautfarbe und jede Valuta war ihnen willkommen. Mount fand Romanstoffe in den Punschpfützen und in den mit Kunstschätzen und Hausrat angefüllten Räumen, in denen gelegentlich die letzten Andenken aus glanzvoller Kolonialzeit unter Gelächter versteigert wurden.

Estelle tanzte mit weitoffenen Augen, blickte aber Mount nicht an. Manchmal verdrehten sich ihre Augäpfel, und ihre vollen Lippen bebten, als ob sie am Rand der Ekstase stumm frohlocke. Oder war es nur seine Phantasie, die ein ganz alltägliches Produkt der Antillen verzauberte?

Gleichwohl, seine Einbildungskraft war nach langem Winterschlaf wieder erwacht. Aber er schrieb keine Zeile. Er hatte glühende Visionen, wenn er mit geschlossenen Augen neben Miss Baxter im Tropengarten des Hotels Siesta hielt. Verstohlen betrachtete Julie ihn in diesen späten Nachmittagsstunden: seine hohe Stirn war voller Falten, als versuche er durch die Wirrnis unfertiger Phantasiebilder hindurchzuschauen. Wenn er durch die geschlossenen Augenlider ihren Blick fühlte, drehte er abrupt seinen Kopf mit dem dichten schwarzgrauen Haar zur Seite. Er war überempfindlich und zur Isolierung geneigt wie ein Jüngling oder ein Prophet. Die Flügel seiner schmalen, hervorspringenden Nase bebten – Mount war im unruhigsten Ruhezustand, den Julie jemals bei ihm erlebt hatte. Wohin trieb er? Wie sollte das alles enden? Miss Baxter spionierte ihm niemals nach. Sie hörte auch so genug. Jeder im Hotel wußte über Mounts Besuche im Blumenladen Bescheid, und jeder kannte Estelle Destouches. Da Mount das Mädchen niemals erwähnte, hielt Miss Baxter sich weise zurück. Mount vertrug nun einmal keine Kritik an seinen Freunden. Übrigens hatte Julie zum erstenmal Angst, daß er sich im Ernst einfangen lassen und lächerlich machen würde. Er war zwar diskret, aber seine Kontrolle brökkelte ab. Miss Baxter war von vornherein gegen diesen Ausflug ins Ungewisse gewesen.

Ich reise ab, dachte Mount, wenn er nachts allein auf seinem Balkon das Meer und die Savannah betrachtete. Estelle bedeutete für ihn eine Verlokkung der vegetativen Existenz, die sein klarer Geist ablehnte. Wie jeder Mensch ersehnte er die Seligkeit des Herdentieres; aber wie jeder Künstler wollte er erkennen, verstehen und formen. Kurzum, Mr. Mount wollte in schöner Naivität seinen Kuchen essen und behalten. Vor allem fürchtete er die Entzauberung. Er hatte in seiner Phantasie so viel vorweggenommen, daß die Vereinigung wahrscheinlich der Epilog werden würde. Er brauchte Zeit. Er wollte auch Estelle noch die nötige Zeit lassen, sich wirklich an ihn zu binden. Bis jetzt hatte er nicht den Eindruck, als ob sie sich gebunden fühlte, und das schmerzte ihn heftig.

Er verließ das Hotel jetzt immer schon am frühen Morgen und fuhr mit seinem indischen Chauffeur über das nördliche Bergland durch dichte Tropenwälder zur Maracas-Bucht hinunter. Die Kokospalmen, der Strand und das Meer beruhigten ihn. Die Stille in der Natur gab Kraft. Seine Wünsche schlummerten, wenn er in Maracas den Staub und die Glut von Port of Spain abschüttelte. Ob er in dieser Bucht leben und schreiben könnte? Estelle würde ihm Fische und *Calaloo** kochen, und wenn sie wollte, würden sie zum Tanzen nach Port of Spain fahren. Aber vielleicht würde sie nicht mehr tanzen wollen, wenn sie erst seine Frau wäre. Er fuhr bei diesem Gedanken in die Höhe. War er total verrückt? Was verband ihn mit diesem Mädchen? Nichts als die Luftbrücke seiner Träume. Aber nachdem der Heiratswunsch einmal aufgetaucht war, konnte er ihn nicht mehr unter-

* Fleischragout mit tropischen Gemüsen.

drücken. Er war gesund und kräftig, und Julie sagte immer, er sei viel jünger als sie.

Mount blickte sich um. Rund um die Bucht lagen Bungalows. Ob Estelle sich hier wohl fühlen würde? Er würde versuchen, sie glücklich zu machen. Das arme Kind war im «Hilton Hotel» in einer ihr wesensfremden Umgebung. Und dem Leben auf einer kleinen westindischen Farm war sie entwachsen. Für Mount war das unbezweifelbar, wenn er sie tanzen sah. Sie brauchte einen Beschützer, einen reifen Mann, der sie formen und bilden konnte, auch wenn er aus einer anderen Ecke der Welt stammte. Übrigens verstand sie mit der Schreibmaschine umzugehen. Das hatte sie in der Klosterschule gelernt. Er würde ihr seine Romane diktieren. In einem Bungalow an der Maracas-Bucht. Ob man in Trinidad Grundbesitz kaufen konnte? Was sollte er ohne Estelle in einer Villa in Italien? Sie widersprach ihm nie. Mount sah nur ihren nackten, glatten Rücken, die kraftvollen Hüften und die kleinen, starren Locken um ihren runden Kinderkopf. Sie glich einer Statue aus Ebenholz, wie sie so dastand und regungslos aufs Meer blickte. Vielleicht sah niemand in Estelle, was er in ihr sah. Julie hielt sie sicherlich für primitiv, monoton und nicht einmal schön. Vielleicht wäre es ihm ebenso ergangen, wenn er sich nicht ein Bild *seiner* Estelle geschaffen hätte. Nur besaß er dieses Bild nicht – es besaß ihn. Estelle drehte sich um, und Mount sprang auf. Eine wildfremde junge Frau blickte gleichmütig an ihm vorbei, als er auf sie zustürzte.

«Hallo!» sagte sie. «Sie sind ein bißchen stürmisch!»

«Ich bitte um Verzeihung», murmelte Mount. «Eine ... eine Verwechslung.»

Die Fremde lachte rauh und gutartig. «Nichts da, Verwechslung! Macht nichts, Mister. Kleine Lüge – kleiner Schade.»

«Aber, ich versichere Ihnen ...»

Die Westindierin lachte wieder. Ein ganz schwacher Anflug von Angriffslust mischte sich in die rauhen Töne. «Hund will beißen – ja, ja?» Sie rülpste behaglich. «Kommt von kreolischer Sauce – viel, viel Zwiebel, grüner Pfeffer!» Sie zählt genüßlich die weiteren Zutaten dieser Spezialität auf, die sich die Trinidadier über den Fisch gießen. «Gute Sauce, Mister ...»

Aber Mount war davongeschwommen. Sie zuckte die Achseln. Männer! Ob sie schwarz, braun, gelb oder weiß waren – wenn man sie durchschaute, schwammen sie davon.

Mount fuhr in lauer Verzweiflung zum Hotel zurück. Es dämmerte. Estelle war schon fort. Er wußte nicht einmal, wo sie wohnte. Sie ließ sich nicht nach Haus bringen. Ob sie ihm das armselige Heim am Hafen nicht zeigen wollte? Sie hatte ihm selbstverständlich nichts verboten. Sie war doch nicht Miss Baxter. Sie hatte ihn gebeten, sie allein gehen zu lassen. Was sollte ihr zustoßen? Sie hatte hell gelacht.

«War's nett?» fragte Miss Baxter.

«Eine herrliche Bucht. Warum bist du nicht mitgekommen? Ich hab mich richtig entspannt.»

«Dafür siehst du reichlich verzappelt aus. Sag mal, bekommt dir das Klima wirklich so gut? Wie wär's mit einer Nachkur auf Capri? Du bist schließlich nicht mit Trinidad verheiratet.»

«Nein», sagte Mr. Mount.

Nach diesem Tag tanzte er jede Nacht mit Estelle. Oft unter freiem Himmel im Mondlicht, wenn die Steelband die Einladung zum Rausch über die Grasflächen der Savannah schickte. In die Urwaldtrommeln mischte sich manchmal die langgezogene maurische Klage, die mit den spanischen Eroberern auf die Insel gekommen war. Manchmal murmelte Estelle mit geschlossenen Augen: «Gibt Leute, die Sachen reden. Gibt Leute, die Sachen tanzen.»

Mount war in einen Karneval geraten, dessen Raserei und Farbenpracht ihn verstörten. Nachts tanzten singende Masken in flammenden Seidenfetzen vor seinen geschlossenen Augen, und Estelle gab sich riesigen Negern hin, während er hungerte und dürstete. Er stöhnte dann im Halbschlaf, denn er wanderte durch Sümpfe der Demütigung, und sein Kopf wurde plötzlich eine Blechtrommel, auf die Estelle kichernd einhämmerte. Dann wieder hielt er sie in seinen Armen, und sie tanzten quer durch die Insel. Estelle wurde lebendige Glut, schleudernde Sonne und riß ihn in einen dunklen Strudel hinab. Sie fiel mit ihm.

Das war der afrikanische Shango-Tanz.

Als Mount an einem Sonntagmorgen die Straßen von Port of Spain nach Estelle absuchte, sah er sie aus der Kathedrale kommen. Ihr Haar war von einem schwarzen Spitzentuch bedeckt, und sie hielt die Augen gesenkt. Zu seinem Erstaunen entdeckte Mount einen Hauch von Entrücktheit auf ihrem ernsten, runden Kindergesicht. Dann erinnerte er sich, daß Estelle im Kloster in Belmont erzogen worden war. Wie viele Leben hatte dieses Mädchen? Wie viele Einflüsse und Erinnerungen aus verschiedenen Welten stürmten auf sie ein? Sie sah so ernst und still aus, daß Mount sie nicht ansprach. Aber vielleicht würde er nun erfahren, wo und mit wem sie ihre Sonntage verbrachte.

Er wartete etwa seit vier Minuten in einer Seitenstraße, als ein klappriges Auto vor der Kathedrale hielt. Ein junger, kraftvoller Neger sprang heraus und half Estelle in den Wagen. Dann fuhren sie lachend und schwatzend davon.

Mount stand noch an derselben Straßenecke und ließ die Menge an sich vorüberfluten. Einen Augenblick fühlte er einen dumpfen Stoß an seinem Herzen und plötzlichen Haß. Er hätte darauf kommen müssen, wenn sein Kopf nicht immer so schmerzte. Er ging langsam wie ein alter Mann zum Woodford Square. Auf der Fahrt ins Hotel fiel ihm ein, daß Estelle ihm einmal von zwei Brüdern erzählt hatte. Das war es! Sie fuhr aufs Land, um ihre Familie zu besuchen. Liebe kleine Estelle! Wie süß und gedankenvoll hatte sie ausgesehen mit ihrem Spitzentuch und dem Meßbuch in der Hand.

Trotzdem überfiel Mount wieder der Zweifel. Er konnte Estelle nicht fragen, wer dieser junge Mann gewesen war, mit dem sie vertraulich gelacht und geschwatzt hatte. War er doch zu alt für sie? Auf Trinidad waren Jugend und Alter unüberbrückbar getrennt. Die Jugend tanzte im Wirbelsturm, und das Alter beugte das Haupt wie reifes Korn. Mount hatte sich bis jetzt niemals zu alt für ein hübsches Mädchen gefühlt. Aber das war in London gewesen. Wenn er Estelle nur besser begreifen könnte! Sie blieb ihm fremd. Ihre afrikanische Seele kannte keinen Übergang von hellem Gelächter zu finsterer Schwermut. Dennoch wollte er sie heiraten, auch wenn das Glück von kurzer Dauer sein würde. Das wäre mehr, als den meisten beschieden war. Erst einmal wollte er einen kleinen Besitz auf der Insel erwerben und keine Entscheidung treffen, bevor Miss Baxter nicht abgereist war. Sie hätte Augen zu seinen Plänen gemacht. Arme Julie!

Im Hotel ging er sofort ins Schwimmbad und fühlte sich danach frischer. Er bestellte Punsch für Julie und sich. Es war alles ganz einfach. Er hatte von Anfang an sechs Monate in Trinidad bleiben wollen, und Miss Baxter hatte drei Monate für sich vorgesehen. Von seiner Zeit waren erst sieben Wochen vergangen. Nicht einmal Julie konnte es merkwürdig finden, wenn Mount seine Ferien bis zu Ende genießen wollte. Sie fand es keineswegs merkwürdig. Sie war sehr freundlich und hatte ihren Rückflug bereits gebucht.

Außerdem war sie kein weltbekannter Autor und konnte nicht so lange vom Büro wegbleiben. Alles in bester Ordnung! Wenn in Mount der leise Verdacht aufkam, Miss Baxter sei deshalb so freundlich zu ihm, weil er sie nichts mehr anging, dann erstickte er diesen albernen Gedanken im Keim. Wenn sie erst das Manuskript des großen Romans aus Trinidad las, dann würde sie sich wieder für Stephen Mount interessieren.

Er blickte sie von der Seite an und zeichnete mit den Augen ihr reines feines Profil mit der geraden Nase und der schönen, gewölbten Stirn nach. Er konnte den Ausdruck ihrer Augen nicht sehen, aber er fühlte ihren ruhigen und doch innerlich bewegten Blick, der die Wirklichkeit und ihr Abbild scharf, aber nicht unerbittlich aufnahm. Julie war tolerant, und er hatte stets gedacht, diese Toleranz sei unerschütterlich. In Trinidad zweifelte er zum erstenmal daran. Es geschah ihm hier zuviel zum erstenmal, seine Gewohnheiten schmolzen wie Halbgefrorenes in der Sonne.

Julie regte sich nicht. Er dachte immer, er habe sie erforscht, wie einen Berg oder eine Pflanze oder diese Insel. Und jetzt machte sie ihn unsicher, weil sie sich schweigend von ihm entfernte. Er hätte das nie für möglich gehalten. Wann hatte er sie zum letztenmal umarmt? Er wußte es nicht mehr. Es war lange her. Vielleicht war die Zuneigung einer Frau nicht so unveränderlich, wie Mount angenommen hatte? Er fühlte einen leichten Schmerz, während sein Blick auf Julie ruhte. Er ahnte, welch große Verlustliste das Leben im Laufe der Zeit für jeden Menschen bereithält. Er selbst hatte Julie gezwungen, ihre Liebe zu ihm zu verdrängen, und nun wußte er plötzlich, daß Verdrängung eines Gefühls meistens Verarmung bedeutet.

Mount bemerkte die tiefe senkrechte Falte zwischen Julies Brauen und ihre leicht herabgezogenen Mundwinkel, die beherrschte Unlust verrieten. Er blickte fort, als hätte er nicht das Recht, ihr geheimstes Wesen von ihrem Gesicht zu erforschen. Estelles Gesicht war für ihn ein Buch, in dem er mit Entzücken las, auch wenn er die Botschaft nicht verstand. Julies Ausdruck war ihm vertraut – er kannte Licht und Schatten dieser Züge und hatte sie wohl deshalb lange nicht mehr aufmerksam betrachtet. Warum war sie plötzlich so nachgiebig? Es war ihm unheimlich, wie sie jetzt mit allem einverstanden war, obwohl es zu ihren Eigenschaften gehörte, immer alles besser zu wissen. Julie setzte sich mit einem Ruck auf, und sie tranken schweigend den «Sonnenschein der Antillen».

«Hast du die Sprache verloren?» fragte Mount schließlich. Miss Baxter erwiderte freundlich, sie rede niemals, wenn es nichts zu sagen gebe. Gestern hatte er ihr Ohrringe geschenkt. Julie hatte entzückende Ohren: zart und windungsreich, mit wohlgeformten Ohrläppchen. Sie trug sein Geschenk nicht – das war noch niemals vorgekommen. Es sah so aus, als wolle sie die Ohrringe ihrer Sekretärin als Abfallprodukte aus dem karibischen Paradies mitbringen.

Der Rum der Insel Trinidad ist dunkel, schwer und schmeckt nach Zukker, unbekannten Gewürzen und flüssigem Feuer. In kleinen Mengen produziert er einen ungefährlichen Schwebezustand, da er seine Wirkung langsam entfaltet. Mount trank mehrere Gläser rasch hintereinander.

«Trink nicht soviel», sagte Miss Baxter. «Es ist schlecht für dich.»

«Es ist gut für mich, kleine Furie.» Einen Augenblick lächelten sie sich an, als wären sie noch in London und Mount lebte weit entfernt von Rausch und Seelenverrat. Die Geräusche aus dem Swimmingpool drangen schwach zu ihnen herüber, das Wasser plätscherte wie schläfrige Musik, und Mount fühlte Zimtduft, den bitteren Geschmack von Angostura und süßes Feuer auf der Zunge. Die abendliche Luft war klar und sanft. Ein Elixier gegen den Londoner Nebel und die Abgase seiner Fabriken.

«Bist du mir eigentlich böse, Julie?»

Miss Baxter blickte Mr. Mount so erstaunt an, daß er rot wurde. Wahrhaftig, er war noch kindlicher als Estelle! Er schloß die Augen, und sie schwiegen ohne Eintracht weiter. Die unsichtbare Tür war wieder zugefallen. So leise, wie Julie alles machte.

«Warum soll ich mir Grundbesitz in Italien kaufen», fragte Mount schließlich.

«Das frage ich mich seit Jahren.» Miss Baxter ermunterte sich. «In Surrey oder Sussex gibt es nette Häuser mit Gärten, die Pflege brauchen. Die beste Sache für die Figur, mein Lieber. Ich habe mir vor der Reise Verschiedenes angesehen. Ein Häuschen auf dem Lande ist das einzig Wahre. Das habe ich immer gesagt.»

«Du sagst es in diesem Augenblick zum erstenmal, meine Liebe. Hast du dir die Häuschen auf dem Lande etwa für *mich* angesehen?»

Niemand konnte erstaunter sein als Miss Baxter. «Für *mich*», erwiderte sie nicht ohne Schärfe. «Ausnahmsweise dachte ich einmal an *meine* Zukunft. Ich möchte meine alten Tage nicht in einem staubigen Büro vor einem Haufen von Manuskripten verbringen.»

«Staubiges Büro ist gut. Du hast Zwangsideen, was Sauberkeit anbelangt.»

«Vielen Dank», sagte Miss Baxter.

«Du bist viel zu jung, um an deine alten Tage zu denken. Wenn ich es täte, wäre das zu verstehen.»

«Ich denke, du fühlst dich in Trinidad zwanzig Jahre jünger? Wenigstens hast du es vorgestern gesagt. Aber natürlich ist niemand ganz so jung, wie er sich fühlt.»

«Vielen Dank», sagte Mr. Mount.

«Die Zeit spielt einem immer ihre kleinen Streiche.»

«Geht das auf mich?» fragte Mr. Mount.

«Wieso glaubst du, daß alle meine Gedanken um dich kreisen? Das wären doch Zwangsideen», sagte Miss Baxter milde. «Ich meine: es ist für uns alle immer etwas später, als wir denken, nicht wahr? Der Kalk rieselt, und wir halten es für Waldesrauschen. Übrigens, Stephen . . .»

«Nun?»

«Ich hätte noch gerne einen *Planter's Punch*, bevor es zu spät ist.»

V

Estelle fuhr jeden Sonntag zu «ihren Leuten» in das Dorf Tunapuna. Sie fragte Mount schüchtern, ob er nicht einmal mitkommen möchte. Er sagte erfreut zu. Wahrscheinlich war der junge Mann vor der Kirchentür nur ein Verwandter gewesen. Ein Bruder oder Cousin? Was ging es ihn an, Estelle hatte ihn eingeladen.

Wirklich erschien derselbe riesige junge Mann am kommenden Sonntag pünktlich zur Abfahrt ins Innere der Insel. Er trug ein grasgrünes Sporthemd, auf dem sich Delphine so wild tummelten, daß einem schwindlig wurde. Ferner ein mit Kolibris bedrucktes Tuch in der Brusttasche und dazu einen winzigen Strohhut mit einem karierten Band. Der Hut war viel zu klein für den mächtigen Schädel mit den krausen Locken, und Mount mußte wieder an den Karneval denken. Dazu trug der junge Mann eine mit Perlmutter und falschen Steinen geschmückte Sonnenbrille. In seiner großen Arbeitshand hielt er eine Landkarte von Trinidad und Tobago, die er Mount stumm überreichte. Er hieß Jacko.

Zu Mounts Erstaunen setzte Estelle sich wie eine Dienerin neben Jacko, während er selber in einsamer Glorie im Rücksitz des alten Klapperkastens thronte. Er fand es merkwürdig, und es paßte ihm nicht. War Jacko etwa ihr Liebhaber? Aber Mount blieb liebenswürdig. Einmal im Leben wollte er sich keine Feinde machen. Übrigens hatte Jacko ein sauberes Baumwolltuch über den rissigen, mit Flecken besäten Sitz gebreitet. «Nicht so sehr sauber!» Dazu hatte er aus vollem Hals gelacht. Entweder amüsierte der Zustand seines Autos ihn über jedes vernünftige Maß, oder der weiße Mann erregte seine immer bereite westindische Lachlust. Mount stimmte nur gedämpft in das unbegreifliche Gelächter ein. Denn auch Estelle lachte mit wilder Heiterkeit, als Mount hinten Platz nahm und das Tuch herunterfiel. Niemand hob es auf.

Mount betrachtete Estelles feste, dickwandige Ohren. Sie wirkten wie einzelne, eigenwillige Lebewesen: derb und seltsam formlos im Vergleich zu ihrer sonst vollkommenen Schönheit. Estelles Ohren waren ein Anzeichen ihrer primitiven Egozentrik und ihrer starken Lebenskraft. Er würde ihr große Ohrringe schenken.

Nach einer halben Stunde hielten sie bei einer Tankstelle am Wegesrand. Das Benzin war ausgegangen. Jacko fand auch *diesen* Vorfall sehr komisch. Er drehte seine Hosentaschen nach außen, um zu zeigen, daß sie leer waren. «Geld schmilzt schnell in der Sonne, Mistah!» Estelle schüttelte sich vor Lachen. Sie hielt Jacko offenbar für den größten Witzbold von Trinidad und Tobago. Ein ahnungsloser Engel, dachte Mount nachsichtig. In England lachte man natürlich über andere Dinge als in Westindien, wo man sichtbare Zielscheiben schätzte. Welten trennten Estelle und Jacko von dem tiefsinnigen Humor der englischen Klassiker oder der «Schwarzen Komödie» moderner Autoren. Mount würde eben in Zukunft seinen Swift oder die Zeitgenossen allein genießen müssen. Übrigens waren Miss Baxter und er bekannte Premierentiger im Londoner Westend gewesen. *Gewesen?* Mount fühlte einen tiefen Schreck. Aber wer konnte alles zugleich auf der Welt haben? Allmählich waren Julie und Estelle Symbolgestalten für zwei getrennte Zonen der Erfahrung geworden. Wenn Mount nicht weiter von Spannungen gequält werden wollte, mußte er sich entscheiden. Hatte er sich denn nicht in Maracas Bay entschieden? Verdammt, dachte er. Warum hatte er Julie jahrelang die Entscheidungen für sich treffen lassen? Es mußte seine Trägheit gewesen sein. Sie war so tüchtig und verlangte nicht einmal Dank. Sie sagte immer: «Deine Arbeit ist wichtiger als deine Propaganda. Das mach ich schon.» Von nun an mußte er selbst hinter allem her sein. Was bedeutete das schon, wenn Estelle ihm neue Inspiration brachte? Obwohl sie seinen Geist nicht ansprechen konnte, hatte sie mit der geheimnisvollen Kraft eines Naturwunders sein Leben erneuert. Seine psychische Energie war langsam zurückgekehrt. Ideen bildeten sich, Bilder tauchten auf, und der Wille zur Gestaltung erwachte. Mount fühlte sich in Trinidad jünger und schaffensfroher als in seinen jungen Jahren. Er hatte keine Bedenken mehr, so ein blutjunges Mädchen zu heiraten.

Im Augenblick lachte Estelle über einen Bettler, dem der Wind seinen zerlöcherten Hut entführt hatte. Der Alte hinkte fluchend hinterher. Mount fand ihn bedauernswert, und Estelles Gelächter schockierte ihn. Doch er sagte sich sofort, daß die Welt für dieses junge Ding noch eine

Quelle des Gelächters sei. Er mußte sich hüten, ungerecht gegen die Jugend zu werden. Als ob ältere Leute in einem Londoner Kino nicht auch über das Mißgeschick anderer oder über die Tücke des Objekts lachten! Mount nahm sich in diesem Augenblick vor, toleranter zu sein und keine vorschnellen Urteile zu fällen. Er mußte in diese Welt hineinwachsen, wenn er mit Estelle leben wollte. Ob seine intensive Beschäftigung mit menschlichen Eigenheiten ihm neues Leben erleichtern würde?

Estelle kicherte immer noch, und Jacko stieß sie derb in die Seite. Sie verstummte und senkte schuldbewußt den runden Lockenkopf. Mount war empört und verblüfft über Estelles sklavischen Gehorsam. Trotz seiner neuen Toleranz betrachtete Mount Jackos Profil mit ausgesprochener Abneigung. Der junge Riese hatte sich Estelle zugewandt und wartete auf eine Zigarette, die sie ihm anzünden und in den Mund stecken sollte. Jacko hatte seine dicken Lippen bereits geschürzt. Er erinnerte Mount an ein selbstherrliches und aggressives Walroß. Wie konnten Geschwister so verschieden sein? Aber waren sie wirklich Geschwister? Mount wollte es annehmen, aber er fühlte Zweifel und er war bedrückt. Estelle hatte Jacko nicht als ihren Bruder vorgestellt. «Dies ist Jacko.» Das war alles gewesen. Ob sie von verschiedenen Vätern stammten? Das war nichts Unübliches auf diesen Inseln. Männer und Frauen schlossen und lösten Bindungen rascher als in Europa. Die *Common-Law-Marriage**, ein Überbleibsel aus der Sklavenzeit, war noch ziemlich verbreitet. Estelle würde sicher gern einen höflichen Dauer-Ehemann gegen den groben Jacko eintauschen, falls der wirklich ihr Liebhaber sein sollte. Mount war fest entschlossen, sich mit der sorglosen Insel-Moral abzufinden. Er mußte Estelle haben. Er würde die entscheidende Frage an sie richten, sobald Miss Baxter abgereist war. Leider war Julie immer noch da.

Jacko hielt wieder an, weil er eine Verkaufsbude mit Limonaden und Kokosnüssen entdeckt hatte. Dieses Mal kehrte er seine Hosentaschen nicht nach außen, sondern holte wortlos die Erfrischungen und wartete, daß Mount bezahlte. Es handelte sich um eine lächerliche Summe, aber Mount ärgerte sich über dieses Benehmen. Jacko hätte ihn zumindest fragen müssen. Aber vielleicht hatte der junge Mann doch keine so dicke Haut, wie Mount annahm. Er murmelte nämlich nach einem Seitenblick auf das verärgerte Gesicht des Ausländers: «Kleines Loch in Geldtasche is schlimmer als großes Loch im Knie.» Dann lachte er gutartig, und Mount akzeptierte gnädig die sogenannte Entschuldigung. Er schrieb heimlich diesen afrikanischen Sinnspruch in sein Notizbuch. Ein Autor kann auch von einem Walroß etwas lernen. Für den Rest der Fahrt schwieg Jacko sich aus. Er hatte Estelle zuliebe mit diesem steinreichen Fremden eine höfliche Unterhaltung geführt. Und nun hatte er genug. Niemand kann sich vorstellen, wie schnell und gründlich die Westindier genug von etwas bekommen.

* Ungesetzliche Ehegemeinschaft – «Wilde Ehe».

Kleines Loch in Geldtasche . . .

Sie fuhren durch grüne Idyllen. Mount war die Eastern Main Road schon mit seinem indischen Chauffeur entlanggefahren, tat aber Estelle zuliebe, als sähe er diese fruchtbare Gartenlandschaft zum erstenmal. Sie erklärte ihm übrigens die Wunder der karibischen Natur, als wäre er ein zurückgebliebener Schuljunge.

«Dies Zuckerrohr, siehst du? Hier Kakaobäume. Und ehrliche Ananas.» Mount sah zum erstenmal «ehrliche Ananas» und unterdrückte ein Lächeln. Estelle meinte wohl, daß Früchte leicht erkennbar seien. Sie sah so verzückt aus wie damals vor der Kirchentür. «Avocado!» schrie sie. Wieder gab Jacko ihr einen Stoß. «Mister hat faule Augen», murmelte sie entschuldigend. Sie drehte sich zu dem Faulpelz um und flüsterte: «Du liebst Avocado, ja? Dies hier Cassava. Hat Gift im Stengel. Sieh! Paß auf! Mango. Yama. Kennst du Dasheen? Nein, kennst du nicht! Merk dir Dasheen, hörst du. Trinidad ist großer, großer Garten.»

«Viel Armut auf dem Land. 'ne dicke Menge Auswanderer nach England. Besonders von Jamaika. Dumme Brüder erwarten Gold in Liverpool», sagte Jacko mit leisem Hohn. Dann fuhr er schnell weiter. Wenn die alte Karre über einen Stein holperte und Mount von einer Ecke in die andere flog, lachten die beiden schallend. Einmal wurde er heftig nach vorn geschleudert, was erneuten Anlaß zur Heiterkeit gab. Ob Estelle auch lachen würde, wenn er sich das Genick brach? Mount verscheuchte diesen skandalösen Verdacht. Er wußte selbst nicht, warum er plötzlich so deprimiert war. Er hatte sich so auf diese Fahrt gefreut. Verdarb Jacko ihm die Laune? Es gehörte ja niemals viel dazu, Mounts Laune zu verderben. Aber Jacko leistete in dieser Beziehung Rekordarbeit. Mount fand es selber lächerlich, daß er sich über den jungen Mann ärgerte. Einen Sonntag konnte er Estelles «Leute» schließlich ertragen. Noch bevor sie die Farm erreichten, war Mount fest entschlossen, diesen Ausflug nicht zu wiederholen. *Wer* war Jacko? Zum Teufel mit ihm.

Estelle sagte: «England is großer Unsinn, hörst du? Freundin schreibt, Engländer lachen nie. Sehen immer gerade aus. Sprechen nichts. Straßen grau. Früchte teuer.» Mount schwieg gegen seine Gewohnheit. «In Tunapuna alles grün. Leute froh. Familie pflanzt an, was man ißt. Vater lacht, Mutter singt, alles singt.»

«Satter Bauch liebt Musik. Hungriger Bauch hat keine Ohren», brummte Jacko. Wenn etwas zu seinen Gunsten sprach, dann war es sein gesunder Menschenverstand. Den mußte selbst Mount ihm lassen.

Estelle hatte sich ein buntes Tuch um den Kopf gebunden und war ein glückliches Naturkind. Ihr Englisch aus der Klosterschule wurde immer westindischer – die Syntax tanzte. War ihr wahres Leben hier auf dem Lande? Dieses Mädchen hatte keine Ähnlichkeit mit der wilden Tänzerin von Port of Spain. Wenn Estelle sich an Jacko wandte, war sie aufreizend demütig und gehorsam.

Estelle hatte gewollt, daß er die Farm besuchte, wo sie geboren war. Das war Mount im Augenblick genug. Es hatte ihn gerührt. Es zeigte, daß sie es ernst meinte, obwohl er noch nichts von Heirat gesagt hatte. In Wahrheit hatte sie ihre Stellung im «Hilton Hotel» am letzten Freitag aufgegeben, aber Mount wußte nichts davon.

Port of Spain war nun weit entfernt. Hinter der stillen Stadt St. Joseph begann der Garten Eden. Mount hatte oft von einem solchen Paradies geträumt, wenn die Menschenmengen und die roten Autobusse in Oxford Street und Piccadilly ihn überwältigt hatten. Wie still war es auf dem Lande! Die Bedürfnisse der Menschen waren noch nicht künstlich gesteigert wie in der Frederick Street in Port of Spain, wo man heutzutage fast alles kaufen konnte, was die Rue de la Paix oder Bond Street den städtischen Verbrauchern als unentbehrlich aufschwatzen.

Frauen mit Fruchtkörben auf dem Kopf wandelten langsam und aufrecht ihren Hütten entgegen, deren armselige Fronten und Dächer von Blütenkaskaden verhüllt wurden. Scharlachrote Poinciana, sterngleiche Frangipangi, der goldene Regen der Cassiabäume und die violetten Glokken des Jacaranda-Baums. Mount schloß die Augen: er konnte diese verschwenderische, leuchtende Schönheit kaum ertragen. In seinem Geist war Estelle ein Teil davon.

Männer in Turbanen oder Strohhüten saßen friedlich unter dem Laubdach eines riesigen Baumes. In der Ferne winkten hohe Farne auf den Berghöhen. Mount starrte in dunkle Gesichter mit schneeweißen Zähnen – diese Menschen hatten keine Ahnung, wie fotogen sie waren. Und sicherlich waren sie auch glücklich.

«Hast du großen, großen Baum gesehn?» fragte Estelle mit Besitzerstolz. Sie sprach im Flüsterton weiter, da Jacko die Stirn runzelte. Ihre harte Stimme war für Mount schwer zu ertragen, aber daran mußte er sich gewöhnen. Estelle erzählte, die Urbewohner der Insel hätten geglaubt, daß die Früchte der Antillen auf einem einzigen großen Baum gewachsen wären: Guavas, Papayas, Kokosnüsse, Bananen und überhaupt alles.

«Alte Kariben hatten ihre Schlauheit im Hintern», bemerkte Jacko elegant.

Das Dorf Tunapuna schlief in der brütenden Mittagshitze. Die Farm lag in der Nähe. Sie war nur eine von Tausenden winziger Inselfarmen, die sich wie grüne Taschentücher hinter Palmen und Flammenbäumen vor den großen Zucker- und Kakaopflanzungen, Bananenwäldern, Reisfeldern und den modernen Fabriken von Trinidad verbergen.

Mounts Besuch schien Estelles Leute aus dem Holzhaus vertrieben zu haben. Sie behauptete zwar, ihr Vater und ihre Brüder besuchten sonntags öfter Verwandte in Tacarigua, aber Jacko lachte laut und nicht gerade taktvoll. Doch er nahm sich sofort zusammen. Er lieferte sogar eine Entschuldigung für den Rest der Familie Destouches. Sie hätten eben auch ihre Schlauheit im Hintern – genau wie die alten Kariben. Sie glaubten, Ausländer wären bitter, selbst wenn sie von Kopf bis Fuß aus Zuckerrohr beständen. Die Destouches meinten natürlich die Weißen in Trinidad. Das war Mount, der seine Schlauheit im Kopf sitzen hatte, durchaus klar.

Estelle lächelte ihn entschuldigend an – sie war an Ausländer gewöhnt. Mount lächelte angestrengt zurück. Entweder war er von London zuviel Weihrauch gewohnt gewesen, oder er war, wie Julie meinte, krankhaft empfindlich. Was hatte er in diesem schläfrigen westindischen Dorf erwartet? Englische Würde? Japanische Höflichkeit? Französische Grazie? Chinesischen Mutterwitz? Er hatte sich doch schon in London vorgenommen, zur Natur zurückzukehren. Er konnte sich seine wachsende Nervosität nicht erklären. Was stimmte hier nicht? Irritierte ihn Estelles Gehorsam und Respekt vor Jacko? War es seine übertünchte Grobheit? Mount hatte das beklemmende Gefühl, fern von Julie und dem «Hilton» seinen Gastgebern ausgeliefert zu sein. Jacko wollte etwas von ihm – deswegen hatte er versucht, höflich zu sein. Aber was konnte er wollen? Wieder sagte sich Mount, daß seine Phantasie mit ihm durchgehe. Aber dieses Mal stimmte es nicht. Die Kollektiv-Erfahrung des weißen Mannes hatte ihm ein Signal gegeben. Mit Jacko war tatsächlich nicht gut Bananen essen. Er war wild und heftig, wenn es nicht nach seinem Kopf ging. Und Estelle? Zu Mounts Entsetzen wurde sie ihm von Minute zu Minute fremder und unverständlicher. Er hatte es ja schon auf der Fahrt gespürt, daß er sich an eine Illusion klammerte. Selbstverständlich mußte er noch heute die Wahrheit über Estelles «Leute» erfahren. Eine seiner typischen Depressionen mit cholerischen Untertönen war im Anzug, aber er beherrschte sich weiter. Julie hätte ihre Freude an ihm gehabt.

Mount beherrschte sich vor allem, weil er instinktiv ahnte, daß Jacko sonst ein unversöhnlicher Feind werden und seine Heiratspläne mit Estelle zerstören würde. Estelle gehorchte Jacko aufs Wort. Aber er, Mount, würde schon mit ihm fertig werden. Er hatte sich vorgenommen, Arm in Arm mit Estelle durch den Garten Eden zu gehen. Aber daraus wurde nichts. Jacko sagte kurz zu ihr: «Koch Fisch! Mach *Calaloo* und *Tum Tum*!* Alles zum Kochen bereit. Nimm Beine in die Hand, hörst du. Wenn Gast aus ‹Hilton-Hotel› wartet, schimpft er.»

«Ich habe keinen Hunger», sagte Mount kalt. Er ignorierte den Unterton von Hohn in Jackos Stimme, und Jacko überhörte Mounts Mitteilung. Er brachte Rum und Kokosmilch und bot Mount die Erfrischungen an. Mount erkannte widerwillig Jackos gastfreundliche Anstrengungen an. Schließlich hatte der Bursche dafür gesorgt, daß Estelle alles zum Kochen vorfand.

Mount hatte wenig Lust zu einer Rundfahrt in der glühenden Hitze. Aber Jacko wollte ihm zeigen, was man in dieser Gegend anpflanzte. «Port of Spain ist großes Konserven-Mistbeet», erläuterte er und schob seine Lippen vor. Mount konnte sich vorstellen, was Jacko an England aussetzen würde, da er schon soviel Tadelnswertes in seiner eigenen Heimat fand. Aber warum war er plötzlich so eifrig? Er sprach und erklärte ununterbrochen und zeigte mit seinem riesigen dicken Zeigefinger auf die verschiede-

* Bananenmus.

nen Anpflanzungen.

«Arbeitet eine ganze Familie auf dieser kleinen Farm?» fragte Mount.

Jacko lachte nachsichtig. Natürlich bewirtschafteten nur Estelles Vater und er selber dieses kleine Grundstück. Estelles Brüder arbeiteten in benachbarten Fabriken oder auf großen Farmen und Plantagen.

Mount zuckte zusammen. Also Jacko war kein Bruder. War er ein Farmarbeiter? Ein Verwandter war er wohl in jedem Fall. Jacko hob die mächtigen Schultern und breitete seine Hände aus. Er murmelte: «Farm viel zu klein. Wir sparen jeden Dollar. Wird vielleicht bald viel, viel größer.» Er starrte Mount an. Seine Pupillen waren riesige schwarze Spiegel. Sein Kraushaar schien sich zu sträuben, die Adern traten plötzlich auf seiner gewölbten Stirn mit den Sorgenfalten heraus, und seine vollen Lippen zuckten. Was war mit diesem Menschen los? Mount hatte ein unheimliches Gefühl, während Jacko ihn anstarrte. Plötzlich packte er Mounts Arm und hielt ihn wie in einem eisernen Schraubstock.

«Estelle kein Spielzeug, Mistah! Gehört zu Farm hier. Zu Tunapuna, hören Sie?» Mount hatte Jackos Hand abgeschüttelt. Er war sprachlos. «Wer sind Sie, Mann?» schrie Jacko. «Ich schnell fertig mit Sie, das sag ich Sie. Sie Mädchenhändler mit graues Haar und Zucker-Rede? Estelle is Trinidad-Mädchen. Bleibt bei ihre Leute. Das sag ich Sie!»

«Was fällt Ihnen ein? Ich habe Estelle ein paarmal zum Tanzen eingeladen. Das ist alles.»

«Sie geben sie schöne Blicke!» Jacko verdrehte seine Augäpfel, um zu zeigen, was für schöne Augen Mount machte. «Ich kenn Sie und Ihre Sorte, Mistah! Bündel Dollars – Bündel Lügen! Sie wollen Estelle kidnappen? Nach England schleppen. Sie zu dumm für Jacko, Mistah!»

Jacko ballte die mächtigen Fäuste. Mount kam sich vor wie in einem viktorianischen Drama mit westindischen Kulissen. Er war der Schurke, Jacko der Gerechte. Mount schlug wortlos den Weg zur Farm ein. Jacko ging hinter ihm her. Die Lage war lächerlich, aber doch bedrohlich. Sie waren weiter vom Farmhaus entfernt, als Mount angenommen hatte. Plötzlich lief Jacko zum Wagen zurück, fuhr schnell an Mount heran und stellte sich ihm in den Weg. Sein Schatten stand groß und finster im glühenden Staub. Aber Jacko drohte nicht. Er hob vielmehr seine riesigen Hände mit den hellen Handflächen beschwörend in die Höhe. Er stellte sich Mount in den Weg, weil er seine Argumente vorbringen wollte. Das afrikanische Stimmungs-Barometer war wieder einmal blitzschnell vom Siedepunkt zur Normaltemperatur abgesunken.

«Mistah! Mistah Mount! Hören Sie! Tut mir leid. Ich manchmal wütend – macht nichts. Schnell, schnell vorbei. Sonne scheint wieder, sag ich. Verstehen Sie?»

Mount schwieg. Es war das Vernünftigste, was er tun konnte.

«Warum die Eile, Mistah? Ich mein es gut mit Sie!»

«Nett von Ihnen.»

«Ich weiß hier Bescheid.» Jackos Arme deuteten auf ganz Tunapuna.

«Ich meine – Ziege gehört zu Ziege, Hund zu Hund, Schaf zu Schaf. Hören Sie? Ja, nein?»

«Ich bin nicht taub», sagte «Mistah» Mount trocken.

«Estelle gehört zu ihre Leute», sagte Jacko laut. «Schön, schön – sie macht Geld – als Tanz-Hostess – hören Sie?»

«Ich höre.»

«Hier ziemlich kleine Menge Dollars», brummte Jacko. «Estelle gibt Geld zu Farm. Gut so, recht so. Farm gibt sie Glück. Wenn mein Sohn erst groß, dann ist er billige Arbeitskraft. Stark wie Ochse, mein Sohn.»

Also war Jacko verheiratet. Ob seine Frau auch Verwandte besuchte? Warum war der Bursche so heftig geworden? Hatte Estelle ihn, Mount, zu vertraulich angelächelt? Oder zu liebevoll? Ob Jacko einen reichen Farmer für seine «Freundin» im Auge hatte? Es sah so aus. Estelle war schön, jung, kraftvoll und «Farm gab sie Glück». Aber sie würde in Maracas auch im Grünen leben.

«Sehen Sie Feld hier, Mistah? Will das kaufen für Frau und Sohn. Nettes Reisfeld, ja?»

«Sehr nett.» Mount unterdrückte ein Gähnen.

«Estelle wünscht sich Reisfeld für Familie mit ihr ganzes Herz», murmelte Jacko plötzlich. Er blickte Mount lauernd von der Seite an. «Sie mögen Estelle, Mistah? Sie ganz entzückt von sie? Leihen Sie sie Geld für Reisfeld. Nur *leihen*, Mann! Dann alle glücklich.»

Also *das* war es. Deswegen hatte Estelle ihn hierhergeschleppt und Jacko ihm die Pflanzungen gezeigt. Mount hatte bereits in diesen Wochen mit Staunen die Stärke der westindisch-afrikanischen Liebe zur Erde bemerkt, und er war sich darüber klar, daß dieses Gefühl und die Liebe zur eigenen Familie für unverbrauchte Menschen das Natürlichste auf der Welt ist. In dieser Beziehung konnten alle Europäer hier etwas lernen. Aber Reisfelder für die Familie Destouches zu kaufen, das ging Mount nun doch zu weit. Er lächelte beinahe über Jackos plumpe Arglosigkeit. Wenn der junge Mann glaubte, «Mistah Mount» würde die Landwirtschaft in Trinidad finanzieren, dann hatte er sich geirrt. Wahrscheinlich hatte er Estelle, die Tochter der Destouches, so lange bearbeitet, bis sie Mount auf die Farm gebracht hatte. Jacko hatte die Lippen geöffnet – wie in Erwartung des Dollarsegens. «Wir brauchen Geld schnell, schnell. Sonst Reisfeld weg. Ist kleiner Dreck für Sie, Mann! Morgen schon vergessen.» Wieder starrte Jacko seinen Gast an. Das Weiße in seinen großen runden Augen glänzte. «Estelle sagt, Sie haben viele, viele Dollars.»

Das gefiel Mount ganz und gar nicht. Wie konnte Estelle ihn als Millionär hinstellen? Ihn, dem die Steuer so wenig ließ, daß es gerade noch für das «Trinidad-Hilton» reichte. War das etwa ein Komplott vor idyllischen Kulissen? Unsinn! Estelle war ein Kind. Wenigstens wußte er nun, daß sie das Geld nicht verschleuderte, sondern ihrer Familie helfen wollte. Wahrscheinlich war Jacko an der Farm beteiligt. Dann mußte er mit den Destouches verwandt sein und wahrte nur Familieninteressen.

Es gab viele Familien-Formen auf der Insel. «Ich muß es mir überlegen», sagte Mount mit ungewohnter Vorsicht. Sein Verstand arbeitete plötzlich wie in den besten Zeiten. Er hatte keine Lust, wieder am Arm gepackt oder erwürgt zu werden. Jacko raste über die Landstraße und überfuhr beinahe einen Hund.

«Passen Sie auf!» schrie Mount.

Jacko bremste. «Was liegt an Hund?» fragte er erstaunt. Dann sagte er, viele Ausländer kauften heutzutage Grundbesitz in Trinidad. Ob Mount das Reisfeld für sich kaufen wolle? Jacko würde es bewirtschaften. Die neue Regierung wünsche fremde Kapitalanlagen.

Natürlich wußte Mount, daß die Regierung Anlagen von englischen oder amerikanischen Fabrikanten und Industriellen ermutigte. Trinidad brauchte Maschinen und Fabriken. Aber für *wie* einfältig hielt Jacko ihn?

Estelle hatte das Essen fertig. Sie setzten sich in der schattigen Veranda um den Holztisch, und das Mädchen brachte die Speisen. Zu Mounts Erstaunen bediente sie Jacko zuerst. Er beobachtete, wie sie ihm demütig die gefüllten Schüsseln und Teller hinstellte. Sie hatte die Augen gesenkt. Es war, als ob sie in Gedanken vor ihm kniete.

Es gibt Augenblicke der blitzartigen und endgültigen Erkenntnis. Endlich hatte Mount die Situation erfaßt. Obwohl er ruhig dasaß, überfiel ihn die Erkenntnis wie ein Wirbelsturm, der seine zerbrechlichen Träume ein für allemal fortfegte.

Bevor Jacko und Estelle mit der Wahrheit herausrückten – aber sie waren sich gar keiner Heimlichkeiten bewußt –, hatte Mount begriffen, daß Estelle ihren *Ehemann* bediente und daß der künftige Farmhelfer Jakkos und ihr Sohn war. Übrigens war Estelle dreiundzwanzig und nicht siebzehn, und der dreijährige Sohn des jungen Paares lebte mit ihr bei ihrer Schwester in Port of Spain. Und nun sollte geheiratet werden. Deswegen hatte Estelle ihren Posten im Blumenladen aufgegeben.

Das alles kam nach und nach unter Heiterkeitsausbrüchen zur Sprache. Die kindliche junge Frau hatte jeden Dollar für ihre grandiose Hochzeitsfeier gespart, wie es auf den karibischen Inseln üblich ist. Das ganze Dorf Tunapuna und Jackos Freunde und Verwandte aus Tacarigua sollten eingeladen werden. Nach westindischer Tradition würde es nach der kirchlichen Trauung hoch hergehen, und der Rum mit seinem Hauch Bitterkeit würde in Strömen fließen. Die guten Nonnen von Belmont, die Estelles Sohn in ihrem Kindergarten betreuten, würden sich ehrlich freuen. In Trinidad mußte eine Mutter Superior viel Geduld und Hoffnung haben, und die europäische Mutter Superior von Belmont hatte sie. Um Estelles Glück zu vervollständigen, sollte der liebe Mister Mount nun eine beträchtliche Summe für ein Grundstück vorstrecken, die das junge Paar auch beim besten Willen nur im Schneckentempo – wenn überhaupt – abzahlen konnte. Hatte Estelle gedacht, Mount würde ihr ein Reisfeld schenken, weil er ihr gelegentlich Schmuck und Dollars gegeben hatte? Er hatte seine Wunschträume teuer genug bezahlt. Die Situation hatte ihre eigene Komik, aber Mount lachte nicht. Noch niemals war er sich so dumm vorgekommen. Du lieber Himmel! Romanautoren galten als jedermanns Seelenarzt – nur sich selbst konnten sie nicht helfen. Mußten sie jede Tollheit, die sie mit tiefer Ironie beschrieben, erst selber begehen? Vielleicht unterschieden sich Romanciers nur in einem Punkt von anderen Pechvögeln der Leidenschaft: sie objektivierten in einsamen Reifeprozessen ihre Leiden, bis sie für die Schreibmaschine oder das Tonband richtig zugeschnitten waren. Vielleicht würde er, Mount, eines Tages dieses demütigende Erlebnis zu einer Tragikomödie gestalten – aber nicht jetzt. Nicht jetzt.

Er würgte heroisch die schmackhaften Speisen hinunter und betrachtete die Bananenbüsche. Auch diese Früchte waren von Afrika nach Trinidad verpflanzt worden. Sie waren gierig und zogen gleichmütig ihre Kraft und leuchtende Schönheit aus der westindischen Erde.

«Schmeckt es sehr gut?» fragte Estelle mit bescheidenem Stolz. «Is gute, gute Köchin», sagte Jacko. «Zufriedener Magen schimpft nicht.» Er lachte seine junge Frau mit blitzenden Zähnen an – die senkrechte Falte auf seiner Stirn hatte sich geglättet.

Mount unterhielt sich mit ihnen und suchte heimlich in ihren Gesichtern nach Zeichen von Hinterlist und verborgenem Hohn. Aber die beiden waren völlig unbefangen. Sie lieferten ihm Rohmaterial für seine Romane. Die Ahnungslosigkeit des glücklichen jungen Paares rettete wenigstens seine Würde.

Estelle war sich keiner Schuld gegen Mount bewußt. Sie hatte viele Abende mit Touristen in Port of Spain getanzt. Sie tat es mit Leidenschaft – aber sie gab sich nur dem Rhythmus hin und nicht dem Partner. Sie war zu keiner Erklärung über ihr Privatleben verpflichtet gewesen, und schließlich hatte Mount sie nie danach gefragt. Sie schien so jung und naiv.

«Ich schenk sie Halskette.» Mount hörte in diesem Augenblick die Klage des verlassenen Ehemannes im Restaurant «Colibri». Erst tönte sie leise, dann wurde sie schrill, und schließlich dröhnte sie posaunengleich. Er preßte die Hände gegen die Ohren.

«Schmerz im Kopf?» fragte Estelle. Jacko starrte ihn an. Niemand konnte sagen, was er dachte. Der Gast schien ganz kaputt zu sein. Er war Jacko vom ersten Augenblick an zu verliebt in seine Frau gewesen. Der verdammte Engländer hatte sie eben für eine leichte Beute gehalten.

«Soll ich kaltes Tuch holen?» fragte Estelle besorgt.

«Es ist nichts», sagte Mount vorsichtig, denn das Sprechen strengte ihn an. «Wahrscheinlich habe ich zuviel Sonne bekommen.» Die Unterhaltung war ein Spinngewebe, und jedes Wort zerlöcherte es weiter.

Männer waren Narren. Aber er kam sich wie ein Supernarr vor. «Ein kluger Reisender läßt sein Herz zu Haus», sagte man auf den karibischen Inseln.

Mount hatte einmal geschrieben, ein blitzartig enttäuschter Mann könne ohne Übergang von glühender Leidenschaft in Apathie oder eisige Gleichgültigkeit verfallen. Später hatte er es in Stendhals Notizen bestätigt gefunden. Natürlich dachte er in diesem Augenblick weder an sein eigenes Werk noch an den großen Franzosen. Er dachte überhaupt nicht. Nur die Leere wuchs in ihm.

Im allgemeinen reagierte er in schmerzhaften Situationen mit Haßgefühlen. Aber er konnte Estelle nicht hassen. Was ging ihn jetzt noch diese junge Westindierin mit ihrer breiten Nase und ihrer verspäteten Hochzeit und ihrer sklavischen ehelichen Demut an? Sie existierte jenseits von Schuld und Unschuld im fruchtbaren karibischen Lebensraum – durch Welten getrennt von seinen Visionen. Estelle lebte auch jenseits der konventionellen europäischen Moral; sie war eine starrsinnige und doch demütige Tochter der Kirche, die den Himmel durch ihre verspätete Heirat zu versöhnen suchte. Dieses Kind aus heißeren Zonen gehörte nicht in ein amerikanisches Luxushotel. Soviel hatte Mount erkannt: Estelle war eins mit den gewaltigen Bergketten dieser Insel, eins mit den Zuckerrohrfeldern und Regenwäldern, mit den kleinen Farmen und den Orchideen, die wie rosa Tränen von den Bäumen hingen. Niemals hätte sie ein kleines England in Maracas Bay ertragen. Gewiß, sie war eine Schlingpflanze, aber sie löste sich so schnell, wie sie sich anklammerte. Sie gehörte in ihrer vitalen Ursprünglichkeit keinem Tänzer und keinem Käufer – sie gehörte Jacko. Die Zusammengehörigkeit mit dem Mann aus dem Nachbardorf war ihre Art der Existenz – ohne zärtliche Worte und Gesten, ohne Romantik. Aber sie hing an ihm mit der epischen Treue jener Frauen, deren Vorfahren aus Afrika und Martinique nach Trinidad gebracht worden waren. Sie teilte mit Jacko die Urerfahrung der schwarzen Einwanderer. Sie kannte aus Instinkt und Gesängen die Legenden der afrikanischen Vorzeit. Die Sklaventrauer, den rituellen Schrei. Aber sie erlebte auch die Hoffnungen und sang die Lieder der neuen, freien Generation. Mount wußte nichts davon. Er hatte seine eigenen Stammeserinnerungen und Lieder – genau so poetisch, aber sehr anders.

Er blickte Estelle an und fühlte nichts. Sie war für ihn ein flammender Wind gewesen. Er suchte verstohlen nach der Magie, die ihn verjüngt hatte. Aber da saß nur eine hübsche, zufriedene junge Frau mit herrlichen Augen, einem schalkhaften Lächeln und derben Ohren. In diesem Augenblick lächelte Estelle ihn an wie damals in der Frederick Street. Es ließ ihn kalt. Ich wollte sie heiraten, dachte er verstört und blickte Estelle nochmals von der Seite an. Sie war unverändert reizend – eine beinahe perfekte Kohleskizze, die vor seinen Augen verblaßte. Es war beinahe unheimlich. Deshalb erzählte er schnell einen Witz über das englische Wetter. Estelle war begeistert. Jacko schob die Unterlippe vor. Er bemerkte aus heiterem Himmel, daß es bald einen Platzregen geben würde, und Mount sprang erlöst auf. Dann solle man sofort nach Port of Spain zurückfahren. Er setzte sich im Auto auf seinen Stammplatz, und Estelle winkte mit ihrem bunten

Kopftuch. Der Aufbruch ging in einer Eile vor sich, als ob jeden Augenblick eine Sintflut hereinbrechen könne.

Estelle winkte Mount immer noch nach, obwohl sie nur noch ein Umriß war. Mount winkte zurück. Jacko sang vor Erleichterung. Er freute sich auf die Abendmahlzeit, die seine junge Frau auf der Farm vorbereitete. So würde es nun immer sein. Selbst wenn die Bananenbüsche oder der Sohn erkranken sollten – sie wären beieinander. Jacko wollte das Kind heimholen, sobald er Mount im Hotel abgeliefert hatte. Irgendwie und irgendwann würden sie das Reisfeld kaufen und abzahlen. Estelle wollte ihren Schmuck verkaufen. Was sollte sie in Tunapuna mit dem kostspieligen Kram? Aus «Mistah Mount» war nichts mehr herauszuholen, nachdem der Tanz vorbei war. Jacko hatte es ziemlich schnell begriffen. Aber Estelle hatte starrsinnig behauptet, daß dieser ältere Herr, der allerdings wie ein Junger hopsen konnte, ihr nichts abschlagen könne. Jacko ärgerte sich, daß er nachgegeben und das Gespräch auf das Reisfeld gebracht hatte. Das kam davon, wenn die Henne klüger sein wollte als der Hahn!

Mount hatte die Augen geschlossen. Jacko nahm an, er schlafe. Das war sehr gut. Jacko hatte seinen Vorrat an Höflichkeitsreden aufgebraucht. Er sang in der Dämmerung leise vor sich hin. Aber Mount schlief nicht. Er regulierte seine unregelmäßige Atmung. Die Dämmerung war seine depressive Zeit. Er begrüßte nie den Anbruch der Nacht, sondern beklagte nur das Sterben des Tages. Es glich dem Sterben der Jugend – seiner Jugend. Zu spät – Jahrzehnte zu spät – war er der Aphrodite der Felder begegnet. Seine dichten dunklen Augenbrauen zogen sich zusammen; ein vergrämter Zug um seinen Mund machte ihn um Jahre älter, und seine Mundwinkel zogen sich in tiefere Unlust herab. Wenn Jacko sich umgedreht hätte, wäre er über dieses Antlitz erstaunt gewesen. Oder auch nicht, denn in Trinidad war jemand jung oder alt. Graue Haare, wie sie sich an Mounts Schläfen mehrten, waren die zögernde Handschrift des Todes. Alte Männer saßen auf ihrer Veranda, verfolgten das Blühen und Welken in der Natur und belächelten den Vogelfang der Jugend. In keinem Fall durchtanzten sie die Nächte mit jungen Frauen, wie viele Europäer es taten. Dafür, daß Mount ein Millionär war – Jacko wußte nicht, womit er sein Geld verdiente –, also dafür hatte er Estelle nicht allzu großzügig beschenkt. Wahrscheinlich importierte Mount das gute Trinidad-Öl in sein Mutterland. Da hätte er mehr springen lassen können! Jacko schob wieder seine Unterlippe verächtlich vor.

Mount betrachtete die verschleierten Berge und die vorübersausenden Autos. Die bläuliche Dunkelheit strömte wie Tinte aus einem unsichtbaren Riesenfaß. Ampeln, Laternen oder nackte Glühbirnen erleuchteten große Landhäuser und die Farmhütten. Mount erholte sich allmählich von seinem Schock, aber zur Seelenanalyse war er zu erschöpft. Das Schicksal hatte aus seinem Idyll eine Farce gemacht. Er zog sein Notizbuch hervor und schrieb die Stichworte «Idyll-Farce» auf. Er fühlte sich bereits erleichtert, weil er nun sein Dilemma formuliert hatte.

Der tropische Abend war still und doch lebendig. Von Regen natürlich keine Rede. Die friedlichen Felder, die erleuchteten Tankstellen, die Coca-Cola-Reklamen und Jackos gedämpfter Gesang hatten für Mount etwas Unwirkliches. Er zündete sich eine Zigarette an. Was war schon geschehen? Er hatte in glühender Sonne Milieustudien in Tunapuna gemacht und war nun müde. Das war alles.

Mount starrte in das mit Lichtpunkten gesprenkelte Dunkel. Er seufzte. Man lebte so kurz. Und viel zu selten im Licht der Erfüllung. Den Rest des Lebens brachte man in geschäftiger Resignation zu. Trotzdem erleuchtete nur das intensive Gefühl diese flüchtige Existenz und produzierte am Ende das Werk. In London hatte Mount nichts mehr tief empfunden – deswegen war sein formvollendeter letzter Roman ohne Echo geblieben. Eine neue Welle der Verzweiflung überflutete ihn, während Jacko gleichmütig weitersang. Mount erinnerte sich, daß er auch in Europa Enttäuschungen erlebt hatte. Traf es ihn jetzt tiefer, weil er älter war? Die Zeit war eine listige Ratte, die auch Estelle eines Tages aus dem Hinterhalt angreifen würde. Mount stellte sich vor, wie sie in zehn oder fünfzehn Jahren auf dem Markt einkaufen würde: eine stumpfsinnige, dickliche Negermammi mit einem lächerlichen Blumenhut auf dem Kopf. Es nützte nichts. Jetzt war sie jung und schön und hatte Gewalt über seine Sinne. Er gab einen gurgelnden Laut von sich – wie langsam ablaufendes Badewasser.

Sofort fragte Jacko: «Sie krank, Mistah?»

«Es ist nichts.» Mount starrte sekundenlang in die dunklen Augen mit der schimmernden Iris und entdeckte einen Schimmer von Mitgefühl. Nichts war ihm unerwünschter. Aber der junge Mann fuhr bereits die Anhöhe zum «Hilton-Hotel» hinauf.

VI

Es ist höchst verwirrend, aus dem Klima der Erschütterung in eine Welt zurückzukehren, in der sich nichts geändert hat.

«Warum kommst du so spät?» fragte Julie. «Wir haben Besuch.»

«*Du* hast Besuch. Ich lege mich schlafen.»

«Das würde ich nicht tun.» Julie erklärte, daß ihr Golfpartner, ein bekannter amerikanischer Verleger, heute abend ins «Hilton» gekommen sei. Raymond Fenton lebte im «Queen's Park Hotel», wo Miss Baxter ebenfalls gern gewohnt hätte. «Er will dich kennenlernen», sagte sie bestimmt.

«Das kann er sich sparen, meine Liebe. Warum hast du ihm nicht gesagt, daß ich nicht mehr schreibe? Mußt du mich ständig harmlosen Leuten anbieten?»

«Ray Fenton ist nicht harmlos.» Miss Baxter sah Mount scharf an. «Sag mal, Stephen, bist du krank? Wie siehst du aus?»

«Wie ich immer aussehe. Kurz vorm Abkratzen! Ich komme in einer halben Stunde herunter. Ich möchte nur duschen, wenn du nichts dagegen hast.»

«Dein Haar könntest du auch kämmen.»

Die Haarsträhnen hingen Mount wild ins Gesicht. Seine Züge waren verzerrt. Was war geschehen? Miss Baxter hätte ihn um die Welt nicht gefragt, aber sie fühlte, daß Mount etwas sehr Unangenehmes erlebt hatte. Plötzlich hatte sie Angst um ihn.

Als er später gefaßt und liebenswürdig auf der Terrasse erschien, hatte er seine Berufsmaske aufgesetzt. Er war witzig, brillant, vielleicht ein wenig hektisch, und machte eine großartige Figur. Miss Baxter war zufrieden. Er war eben doch ein Zirkuspferd.

Der amerikanische Verleger war mittelgroß, leicht gebückt, mit einem munteren Jägerblick hinter den Brillengläsern. Seine schmalen Lippen waren hart, und wenn er lachte, hüstelte er. Er strömte Vorsicht, Intelligenz und eine gewisse Abwehr aus. Vielleicht war er doch nicht so begierig, einen berühmten Autor auf dem absteigenden Ast kennenzulernen? Er wurde Mount allmählich unsympathisch, und Mr. Fenton schien auch nicht mehr so begeistert zu sein. Es konnte nicht lange dauern, und Mount hatte einen neuen Feind. Miss Baxter beobachtete diese ihr so bekannte Situation mit wachsender Besorgnis.

Zu Mounts Ärger nannte Mr. Fenton Julie beim Vornamen und legte mehrfach seinen Arm um ihre Schulter. Mount wunderte sich nicht wenig über diese Intimität. War das beim Golf herausgekommen? Aber wie hatte er auch annehmen können, daß eine so reizende kleine Person im Hotel versauern würde, nur weil er sich nicht um sie kümmerte? Sie trug übrigens heute abend keine Brille und hatte zum Dinner seine Ohrringe angelegt. Er konnte sich nicht genug wundern, wie aufgelebt sie war, wie charmant sie mit diesem hergelaufenen Golfpartner umging.

«Werden Sie über Westindien schreiben?» fragte Mr. Fenton beim schwarzen Kaffee.

«Ich habe das Schreiben aufgegeben», sagte Mr. Mount steif.

«Das ist doch wohl ein Scherz?» Mr. Fenton lächelte so überlegen, daß Mount ihn verwünschte. «Wir wären nicht uninteressiert an einem westindischen Roman von Ihnen. Bitte, sehen Sie doch Miss Baxter nicht so böse an. Sie hat mir nicht zugeredet. Ich bewundere Ihre Bücher seit Jahren.»

«Das ist doch wohl ein Scherz?» sagte Mount.

Fenton hüstelte. «Jeder Autor braucht doch mal 'ne Atempause. Danach schreibt er um so besser. Ich wollte Sie sowieso bei meiner nächsten Europareise in London aufsuchen.»

Mount war ehrlich überrascht. Er hätte Fenton nicht für so vernünftig gehalten.

«Ich habe ein nettes kleines Sommerhaus in Long Island», sagte der Verleger. «Fern den Geschäften, wissen Sie. Wir schwimmen dort und essen oder schlafen. New York frißt Nerven.»

«London auch», sagte Mount. «Es geht nur etwas langsamer.»

Dann schwieg er, und auch Fenton sagte nichts mehr. Miss Baxter blickte ihn an und senkte die Augen. Mount starrte von einem zum andern. Was ging hier vor? Julie machte ein bedrücktes Gesicht, was Mount noch mehr erstaunte. Vorhin war sie doch strahlend gewesen. Hatte sie sich wieder über ihn geärgert? Da er sich ausgeschrieben hatte, war es nur anständig, einem Verleger das zu sagen.

«Ich würde mich freuen, wenn Sie Julie und mich eines Tages in Long Island besuchten», sagte Mr. Fenton. «Wie gesagt *procul negotiis.*»

Mount sprang auf und stieß dabei sein Glas um.

«Du heiratest einen wildfremden Mann?» fragte er heiser. Er starrte Julie an und hatte Mr. Fenton vergessen.

«Ray ist kein Fremder für mich», sagte Julie. «Wir kennen uns schon lange beruflich.»

«Du kannst doch nicht jeden heiraten, den du beruflich kennst!» sagte Mount sehr laut, während nun Mr. Fenton verwundert von einem zum andern blickte.

«Er ist mein Autor», sagte Julie schließlich entschuldigend.

«Das ist offensichtlich», sagte Mr. Fenton.

«Warum willst du plötzlich heiraten?» fragte Mount schroff. Julie lachte. «Es ist noch nicht soweit. Ray ist immer zehn Meilen voraus.»

«Das einzig Mögliche im Verlagsgeschäft», bemerkte Fenton. Mount hatte selten jemanden getroffen, der so zufrieden mit sich war. Er fühlte plötzlich einen bohrenden Kopfschmerz. Julie mußte Spaß machen, oder er träumte. Sie gehörte doch zu ihm wie die Insel Tobago zu Trinidad. Das wußte jeder in London – von den Journalisten bis zum Milchmann.

«Warum trinken Sie nichts, Mr. Mount? Ist Ihnen der Punsch zu stark? Mir gefällt der Rum auf dieser Insel – er hat eben eine Spur von Bitterkeit. Meinen Sie nicht auch?»

Mount stürzte sein frischgefülltes Glas herunter. Er wollte Julie gern sagen hören, daß alles Unsinn sei, aber sie sagte es nicht. Warum sollte sie? Er hatte sie jahrelang als ein selbstverständliches Requisit angesehen, das ihm lästige Dinge abnahm, ihn großartig beriet und ihn tröstete. Nur Julie konnte das. Und da saß dieser selbstzufriedene Mensch, noch älter als er selbst und für seinen Geschmack gar nicht attraktiv, und wollte ihm seine Julie stehlen. In diesem Augenblick blickte Ray Fenton Miss Baxter an, und sein eigentliches Gesicht erschien hinter der verbindlichen Maske: ein verliebter, scheuer und einsamer Mann.

Mount mußte das letzte Glas Punsch zu hastig hinuntergestürzt haben, denn er fühlte sich wie betäubt. Da spazierten ganz einfach fremde Leute in die eigene Existenz hinein. Man hielt sie für gar nichts Besonderes, und plötzlich wurden sie wichtig. Plötzlich wurden sie lebensentscheidend.

Mount fühlte, wie ihm der kalte Schweiß ausbrach. Er hörte Jackos Gelächter, das Hüsteln des Amerikaners und einen Trommelwirbel im Hinterkopf, als ob eine Steelband sich dort niedergelassen hätte. Der Tisch mit den Gläsern schwankte, der Rum war rot wie Poincianablüten. Die brennenden Ampeln auf der Terrasse und die elektrisch beleuchteten Glasblüten im Gebüsch schwirrten wie fliegende Untertassen durch die Luft. Julies Ohrringe waren kleine Dolche.

Ich schenk sie Schmuck.

Mount erhob sich mit enormer Anstrengung, denn es wurde ihm schwarz vor Augen, und er schwankte. Irgend jemand hielt ihn im Sturz auf. Ein Kellner, oder Julies neuer Mann, oder ein hilfsbereiter Dämon aus Tunapuna, der wie Jacko aussah.

Julie schrie: «Um Himmels willen, Stephen!»

Aber Mount hörte es nicht mehr.

VII

Mount hatte einen Nervenzusammenbruch erlitten und lag einige Wochen im Krankenhaus. Später zog er mit Julie in eine stille Villa bei der Maraval Road. Sie hatte ihn aufopfernd gepflegt und ihre Abreise auf unbestimmte Zeit verschoben. Ihr Büro mußte nun eine Weile ohne sie auskommen, und sie würde ja ohnehin bald nach Amerika übersiedeln. Fenton war längst nach New York zurückgeflogen. Julie schrieb und empfing viele Briefe, und Mount nahm an, daß die meisten von Fenton kamen. Sie sprach niemals darüber, aber sie strahlte nicht mehr.

Es war sehr still in Maraval. Berge ringsum. Die Queen's Park Savannah, der Golfplatz und die Ruhe, die kein Eindringling störte, trugen zu Mounts Gesundung bei. Er fühlte sich von Tag zu Tag kräftiger. Julie ging auf Zehenspitzen umher, als Mount seine ersten Notizen machte oder auch nur ins Grüne blickte. Trotz ihrer bestimmenden Art hatte sie nie den Respekt vor einem Schreibenden verloren. Sie bewunderte es aufrichtig, daß jemand aus der Luft ein glaubhaftes Universum aufbauen konnte. Ihre englischen Freunde hatten ihnen dieses Haus angeboten, da sie für einige Monate auf die Insel Barbados gereist waren. Es war ein großes, kühles Tropenhaus mit einem herrlichen Garten und freundlichen Bediensteten.

Mount wußte, daß das Leben in dieser Villa nur eine Chance zur Besinnung für ihn war. Nachher mußte er sein Arbeitsleben in London wiederaufnehmen. Nur Julie würde fehlen. Aber im Augenblick stand die Zeit erfreulich still.

Langsam wurde die Farm bei Tunapuna in Mounts Geist der Schauplatz eines westindischen Charakterdramas, in dem sein eigenes Erlebnis nur noch eine Episode war. Estelle hatte ihm helfen sollen, den Alltag durch Ekstase zu überwinden; aber er hatte nun eingesehen, daß das nur durch Energie möglich war. In dem Maß, in dem das Romankonzept Gestalt gewann, veränderten sich Estelles und Jackos Natur. Nicht etwa, daß Mount sie idealisierte – aber er mußte ihren Charakter steigern und gleichzeitig vertiefen, um sie lebensecht zu machen. In diesem seltsamen Prozeß trat Estelle zu Mounts eigenem Erstaunen hinter Jackos kraftvoller Erscheinung zurück. Je weiter dieser junge Westindier sich aus Mounts Wirklichkeit entfernte, desto schärfer wurde sein Profil. Jackos ursprüngliche Redeweise, seine Selbstgenügsamkeit, seine ehrliche Grobheit, sein sporadischer Frohsinn und die leidenschaftliche, von Geldsorgen bedrängte Liebe zu seiner kleinen Farm gaben ihm jetzt die Bedeutung, die Mount in Tunapuna nicht hatte erkennen können. Jacko würde im Roman zum Exponenten der karibischen Farmer werden, die in einer politischen Übergangszeit und einer sich wandelnden Gesellschaft zäh und verbissen um das Existenzminimum für sich und ihre Familie kämpfen. Sie hatten kein Geld für arbeitsparende Maschinen. Die neue Regierung mußte erst einmal die großen Betriebe und ihre eigenen Pflanzschulen finanzieren. Sie hatte ideale Ziele und die entsprechenden Propagandamittel – aber wie Jacko und tausend andere Farmer mußte auch die neue Regierung aus ihrer moralischen Unabhängigkeit erst in die ökonomische Freiheit hineinwachsen. In diesen ersten Freiheitsjahren trug das englische Mutterland noch einen großen Teil der finanziellen Bürde.

Mount hatte erfaßt, daß Jacko zwischen dem archaischen Betrieb seiner Vorfahren und der modernen Gewerkschaftsbewegung stand. Zwischen legendärer Sklavendemut, die niemals die Initiative zu ergreifen erlaubte, und der aggressiven Haltung der neuen Staatsbürger gegen die Kolonialmacht der Vergangenheit. Jacko besaß die Kraft zum Durchhalten. Wenn eine Anleihe, wie in Mounts Fall, schiefgegangen war, zuckte er die Achseln und schuftete singend weiter. Dies war ein Teil der Kraft, die seine Vorfahren in langen Wander- und Leidenszeiten erworben hatten. Jacko und seine Söhne würden einen harten Existenzkampf kämpfen, aber vielleicht war ihr Weg schon das Ziel? Und sie besaßen die afrikanischen Schätze des Gebets und des Familienlebens, die in Mounts Europa in erschreckendem Maße geringer wurden. Selbstverständlich kannten sie außerdem alle Tricks des Überlebens. Und an ihrer Seite lebten Frauen wie die junge Estelle, die eine Zeitlang die Ernte ertanzten und dann die Geschenke der Zivilisation in Felder und Fruchtbäume umwandelten. Nach einem Zwischenspiel in der großen Stadt wurden diese jungen Frauen Mütter und Hüterinnen der karibischen Erde.

Mounts Roman würde vielleicht nur diese eine gültige Vision spiegeln. Aber auch in diesem Fall hätte er seine karibische Ernte unter Dach und Fach gebracht.

Julie erschien mit dem Schachbrett – es war beinahe wie in Chelsea. Bis auf die Negerin, die den Teewagen hinter ihr herrollte. Sie hieß Idelma und lebte mit ihren Kindern auf diesem Grundstück. Ihr Mann, «Mocca» genannt, war vor einigen Jahren verschwunden. Idelma hatte es in Ruhe ertragen. Wer davonlief, wußte nicht, wo er sterben würde. Idelma würde es wissen. Nächstes Jahr wollte sie mit ihren Kindern in ihr Dorf zurück. Sie überlegte noch, wie sie es ihrer lieben englischen Missie schonend beibringen könne. Idelma hatte ein weiches Herz und war überströmend dankbar. Mistah und Missie schickten Idelmas Söhne in die Schule und bezahlten alles, was die vaterlosen Kinder brauchten. Aber sie mußte endlich zu ihren Leuten zurück. Eines Tages würde auch Mocca ins Dorf zurückkommen – älter, schäbiger und ohne seine Lieder. Und ihr «dummer Nigger» würde auf dem Feld arbeiten, als wäre er niemals ausgerissen. Idelma wußte es.

Sie stellte lächelnd den Teewagen vor Mount hin und murmelte: «Wünsche schönen Tee, Mistah Mount, *Sir*!» Sie war mit ihren fünfundvierzig Jahren eine Kolonial-Reliquie, ein wahrer Schatz an Fleiß und Ergebenheit, und verströmte Wärme und mütterliche Sorglichkeit. «Sehr viel besser?» fragte sie mit einem Seitenblick auf Mounts blasses Gesicht. «Nicht ärgern, Sir! Sie nur lachen, hörn Sie! Leben zu laut und listig in diese große Stadt.»

«Vielen Dank für den Tee, Idelma.» Mount lächelte ihr zu, und sie verschwand selig in die Küche. Mistah Mount war so schön wie ein Filmstar im Kino. Deswegen wollte Idelma ihm heut abend *pork souse* kochen – ein berühmtes kreolisches Gericht mit Schweinefleisch, Gurke, Zitrone, Zwiebeln und roten Pfefferschoten.

Julie goß den Tee ein und setzte sich schweigend neben Mount. Sie war viel stiller geworden. Milder als in London oder im «Hilton-Hotel». Die letzten Wochen hatten ihre alte Vertraulichkeit wieder aufleben lassen, aber Mounts Zuneigung zu Julie enthielt jetzt ein Element der Zärtlichkeit, wie er sie nur in den ersten Jahren ihrer Beziehung empfunden hatte. Julies sorgfältig verborgene Tugenden lagen jetzt offen da – wie Blüten aus einem englischen Garten, in dem alles langsamer reift und bescheidener leuchtet als in Trinidad. Estelle hatte für Mount die Beredsamkeit der Sinne besessen, aber Julie hatte die Beredsamkeit des Gefühls. In diesen Wochen der Selbstbesinnung hätte Mount ihr ehrlich sein befreites Herz anbieten können, aber jetzt war es zu spät. Wie hätte sie ihm glauben können, nach allem, was sie in Trinidad mit ihm erlebt hatte? Und doch konnte nur sie ihm die gefahrlose Liebe und wortkarge Treue geben, die er brauchte. Seine Arbeit fraß immer gieriger Nerven und Kräfte, sie verschlang den ganzen Mann. Sie machte ihn einsiedlerisch, egozentrisch, launenhaft, ungeduldig und nicht selten grausam gegen die, die ihn liebten. Es blieb so wenig, was er ihnen außer seinem Werk geben konnte. Aber Julie hatte das Wenige schon als Reichtum empfunden.

Natürlich geisterte Estelle immer noch durch seine Träume, aber er sah seltsamerweise nur Fragmente: ihre Augen oder ihre vollen, schmollenden Lippen, den Schwung der Hüften, den Früchtekorb auf ihrem Kopf – niemals die ganze Estelle. Er hatte nie zuvor diesen Zerfall eines geliebten Menschen in Bruchstücke erlebt.

Dabei machte er sich keine Illusionen über Julie, dazu kannte er sie zu gut. Sie hätte auch in der Ehe alles besser gewußt. Und auch er wäre gelegentlich wieder auf Seitenwege geraten. Aber er war immer zu Julie zurückgekehrt wie der Grieche Antäus, der nach langen Wanderungen die Heimaterde küßte. Nun gab es keine Rückkehr mehr.

«Wollen wir Schach spielen?» fragte Mount.

«Aber du darfst mich nicht gewinnen lassen!» Julie war vor Jahren seine Schachschülerin geworden und heute noch eifrig und ehrgeizig wie ein Kind. Er hatte sich damals nach den ersten Schachkämpfen in sie verliebt, weil sie mit großen Mühen die Tränen verschluckte, wenn sie wieder einmal verloren hatte. Heute spielte sie recht gut, aber Mount war Meisterklasse.

Er ließ sie dieses Mal so raffiniert gewinnen, daß sie es nicht merkte. Dann schob sie das Schachbrett beiseite. Mount studierte ihr Gesicht.

«Irgend etwas mit New York nicht in Ordnung?» Er nannte Mr. Fenton grundsätzlich «New York». Es war seine übliche Neigung, unangenehme Tatsachen zu verkleiden. Miss Baxter sagte, alles in New York sei in Ordnung. Auch ohne sie.

«Was heißt das?»

«Ich habe Ray geschrieben, daß ich ihn nicht heiraten kann. Es ist mir sehr peinlich. Aber er ist stark und wird darüber hinwegkommen. Männer seiner Art finden immer, was sie wollen.» Julie starrte vor sich hin.

Mount hob ihr Kinn in die Höhe und blickte ihr in die Augen. «Warum?» fragte er sanft.

Miss Baxter machte sich los. «Wahrscheinlich bin ich ein Idiot, aber . . .»

«Aber?»

«Neue Umgebungen bekommen mir nicht. Ich bin an London gewöhnt», sagte sie unfreundlich. Mount sah Tränen in ihren grauen Augen.

«Wein doch nicht», sagte er. Julie weinte um ihn, und er konnte es nicht ertragen. Er rauchte ihr eine Zigarette an. «Komm, komm», murmelte er.

Miss Baxter putzte sich energisch die Nase und rauchte schweigend, bis Idelma das Essen auf die Veranda brachte. Sie vermied Miss Baxters Blick und verschwand gegen ihre Gewohnheit schweigend von der Bildfläche. Julie hatte eine so zarte Haut, daß sie noch verweint aussah, wenn der Platzregen vorüber war. Sie unterhielten sich jetzt ruhig über die kreolische Speisekarte, westindisches Englisch und die Probleme dieses jungen Staatswesens.

«Wie lange bleibst du noch in Trinidad?» fragte Julie plötzlich.

«Ich fliege mit dir zurück.»

«Meinetwegen brauchst du deinen Aufenthalt nicht abzukürzen», sagte sie scharf.

«Friß mich nicht gleich! Ich fahre meinetwegen.»

Nach einer Pause sagte Mount wie im Scherz: «Sag mal, wen wirst du jetzt heiraten?»

«Niemanden. Ich hab mich mit mir selber eingerichtet. Gute Nacht.»

«Gute Nacht», sagte Mount.

Am Abend vor ihrer Abreise saßen sie noch einmal auf der großen Veranda.

«Warum sagst du nichts», fragte Mount.

«Es gibt nichts zu sagen.»

«Ich wüßte allerhand. Aber ich fürchte, du wirst mich anfauchen.»

«Hast du Angst vor mir?» Miss Baxter lachte laut. «Das wäre das erste Mal.»

«Alle Männer sind Feiglinge. Julie, du ...»

«Was ist?»

«Warum heiraten *wir* eigentlich nicht?» fragte er scherzhaft.

«Das ist nicht einer deiner guten Witze!»

«Ich hatte schon vor fünfzehn Jahren die Absicht», sagte Mount beleidigt.

«In den fünfzehn Jahren ist allerhand passiert. Übrigens, warum kommst du jetzt erst damit heraus?»

«So einen ernsten Schritt muß man doch reiflich überlegen.»

Sie sahen sich an und lachten laut.

«Genug gescherzt», sagte Miss Baxter. «Ich muß packen.»

Er hielt sie am Arm fest und küßte ihren Nacken.

«Laß das!»

«Was ist schon dabei? Wir kennen uns doch lange genug und sind überhaupt die einzigen Menschen, die zusammenpassen. Und ich kenne eine Menge Leute.»

«Nicht zur Zeit. Die meisten hast du vor den Kopf gestoßen.»

«Ich werde gewußt haben, warum», sagte Mount steif. «Hör zu, Julie! Ich bin vielleicht kein Musterknabe ...»

«Das Gegenteil wäre richtig. Du bist unzuverlässig, launenhaft und ...»

«Unterbrich mich nicht dauernd, kleine Furie. Eigentlich haben wir uns in den vielen Jahren ganz gut zusammengerauft. Jetzt würden wir friedlich zusammen leben und wahrscheinlich glücklich sein.»

«Du machst mir Spaß», sagte Miss Baxter. «Eheglück ist nichts für dich. Viel zu ereignislos.»

«Du hast wie immer keine Ahnung, daß ich ...»

«Bitte unterbrich mich nicht beständig, Stephen. Im Augenblick hätte die Ehe den Reiz der Neuheit für dich. Besonders, wenn ich Tag und Nacht aufpassen würde, daß du hübsch glücklich bleibst.»

«Weißt du, was du bist? Eine kalte, phantasielose, selbstgefällige Person!»

«Das hast du mir immer an den Kopf geworfen, wenn ich deine Verrücktheiten nicht mitmachen wollte. Ich kenne dich besser, als du dich kennst.»

«Du weißt ja alles besser», sagte Mount ärgerlich.

«Sei doch vernünftig, Stephen. *Du* kannst überhaupt mit Glück nichts anfangen. Es ist ein statischer Zustand. Und du kannst nichts darüber schreiben.»

«Ich will nichts darüber schreiben», sagte Mount sehr laut. «Ich will – zum Donnerwetter – einfach glücklich mit dir sein, du Gans!»

«Du machst schon einen netten Anfang», sagte Miss Baxter.

«Sag mal, bist du aus Prinzip gegen die Ehe? Oder nur gegen mich?»

«Ich bin nur in meinem eigenen Fall dagegen. Ich bin jetzt Ende Siebenunddreißig.»

«Vor unserer Reise bist du gerade achtunddreißig geworden.»

«Vielen Dank», sagte Miss Baxter. «Du hast tatsächlich mehr Talent zum Ehemann, als man dir zutraut.»

«Na also!»

«In meinen Jahren lebt es sich angenehmer unter dem eigenen Dach, Stephen!»

«Aber du lebst doch in London mit Miss Wigmore unter einem Dach», sagte Mount. «*So* nett bin ich auch noch. Und ich rede viel weniger.»

«Findest du?» Miss Baxter versank in Schweigen.

Mount sagte zögernd: «Alles, was ich sage, muß dir natürlich komisch oder verlogen vorkommen. Du hast natürlich jeden Grund . . .»

«Jeden», sagte Miss Baxter.

«Jeden Grund, mich zu verabscheuen. Du hast dich wie eine Heilige benommen. Wie kann ich dir danken?»

«Ich will keinen Dank von dir», rief Julie mit ungewohnter Heftigkeit. «Wenn du denkst, daß du mich heiraten solltest, weil ich dich hier gepflegt habe, dann irrst du dich. Ich hätte das für jeden getan.»

«Trotzdem habe ich Schuldgefühle», sagte Mr. Mount aufgeräumt. «Sieh mal, jetzt muß ich mich kniefällig für jedes Glas Fruchtsaft bedanken. In der Ehe ist es deine verdammte Pflicht, deinen Mann zu pflegen, und niemand verliert ein Wort darüber.»

«Eben . . .» sagte Miss Baxter.

«Ernstlich, Julie . . .»

«Ich muß jetzt deine Sachen packen. Es dauert Stunden, bis ich deinen Kram aus allen Ecken zusammengesucht habe. Du weißt ja nicht, daß Schränke dazu erfunden worden sind, daß man Sachen hineinräumt.»

«Es genügt, daß du es weißt, kleine Furie», sagte Mount zärtlich. Er wollte sie in die Arme nehmen.

«Es hat keinen Sinn, Stephen», sagte sie und lief ins Haus.

Es *hatte* keinen Sinn. Julie begann Mounts Hemden und Socken zusammenzusuchen. Es hatte Jahre gegeben, wo sie sich leidenschaftlich die Ehe mit Mount gewünscht hatte. Jetzt war es zu spät. Wäre Mounts Episode mit dem westindischen Mädchen zu einem glücklichen Ende gelangt, wo wäre sie? Sie wußte nicht, was geschehen war und wollte es nicht wissen; aber sie konnte Mounts Gesichtsausdruck nach seinem Ausflug nach Tunapuna nicht vergessen. Er war wie zerstört gewesen. Sie hatte die ganzen Wochen eine solche innere Leere empfunden, daß Fentons Freundlichkeit, seine Gelassenheit und sein Bemühen ihr wohlgetan hatten. Sie hatte versucht, an eine Zukunft mit ihm zu glauben. Vielleicht war es ihr nicht gelungen, weil sie nur angenehme Stunden zusammen verlebt hatten. Sie hätte es in den überheizten Zimmern von New York sowieso nicht ausgehalten. Sie hatte nichts dagegen, daß es aus allen Ecken in Londoner Häusern zog. Sie saß gern stundenlang in der Eisenbahn einer fremden Person gegenüber und freute sich, daß niemand sprach oder Fragen stellte. Sie war beruflich mehrere Male in New York gewesen, und die Stadt hatte einen starken Eindruck auf sie gemacht. Aber sie zweifelte, ob sie in New York ebenso gute Erdbeeren und so erstklassige Milch bekommen könne wie zu Hause.

Während sie diese Überlegungen anstellte, wußte sie, daß sie sich selber etwas vormachte. Selbstverständlich hätte sie sich mit ihrer geistigen Beweglichkeit an fremde Verhältnisse gewöhnt, wenn die innere Bindung an Fenton stark genug gewesen wäre. Sie war langsam zu der Erkenntnis gekommen, daß sie durch viele schwere Erlebnisse an Mount gebunden war. Es war sehr lästig, aber so war es eben.

Sie packte methodisch Mounts Notizen und sein Bildmaterial zusammen und ertappte sich dabei, daß sie die große Mappe streichelte. In diesen Tagebuchblättern und Notizen lebte der Stephen Mount, den sie stets bewundert und umsorgt hatte. Sie allein wußte, wie seine Arbeit ihn dem Alltagsleben entfremdete. Wie erschöpft er davon war, jeden Tag von neuem dem Geheimnis eines Menschen nachzuspüren. Deshalb brauchte er ihre nüchterne Gegenwart als das Brot, das ihn nährte. Sie hatte ihn auch in Trinidad in die Realität zurückgeholt.

Das würde sie weiter tun. Aber heiraten? Sie würde so unsicher sein wie in einem Zimmer auf dem Meeresgrund, wo die Geschöpfe der Tiefsee um den Teetisch schwirren. Wie bisher würde Mount nur gelegentlich merken, daß auch sie existierte. Aber bei diesen Gelegenheiten würde er ihr weiter seine ungeteilte Aufmerksamkeit schenken, die sie wunderbar belebte. Dieses Geschenk war so kostbar, daß sie es um keinen Preis verlieren wollte. Sie verlor nun Fenton und mit ihm vielleicht für immer das angenehme Leben. Sie würde Mount niemals so besitzen, wie sie es heimlich wünschte. Handelte sie richtig? Das würde sie vielleicht in fünf oder zehn Jahren wissen.

Sie wickelte Mounts Arbeitsmappe in ihren indischen Seidenschal und verstaute sie sorgfältig im Handkoffer.

Mount stand noch immer auf der Veranda und nahm Abschied von der Insel. Eine mattbrennende Ampel wetteiferte mit dem aufgehenden Mond. Die dunkelnde Savannah dehnte sich meilenweit. Ringsumher standen Villen, Regierungspaläste, ein schottisches Privatschloß, die «White Hall» in maurischem Stil und eine elegante französische Residenz im Geschmack des zweiten Kaiserreichs. Sie hätte in Paris oder auf Martinique stehen können. Jeden Augenblick konnten Kaiserin Josephine oder

Estelle herausspazieren – aber Mount lief ihnen nicht mehr nach. Sie waren Luftgeister eines toten Tages und würden bei seiner Annäherung kichernd zurückweichen.

Sein Zimmer war noch beleuchtet. Julie packte seine Sachen. Liebe kleine Julie! Er konnte ihr jetzt nichts geben. Er konnte nur empfangen, was sie ihm geben wollte.

Wie still war die Queen's Savannah! Am Tag spielte die Jugend dort Kricket und Fußball. Jetzt reckten die Palmen am Wiesenrand sich aufatmend in der abendlichen Kühle, und die ersten Feuerfliegen schwirrten umher. Diese Inseln waren uralte Lagerplätze der Menschheit. Und wie jung waren ihre Söhne und Töchter. Mount fühlte, daß er selber alt und müde auf diese Welt gekommen war – ein Nachzügler der bleichen Karawane, die aus dem müden Europa nach El Caribe gesegelt war. Vor Jahrhunderten waren die Europäer gekommen, um zu ernten, was ihre Sklaven säten. Es war eine goldene Ernte gewesen, und nun war es damit vorbei.

Aber die karibische Natur war reich, und sie teilte aus ihrer Fülle auch heute noch Pilgern und Reisenden aus aller Welt Geschenke aus. Sie gab ihnen Nahrung für die blutarmen Seelen, eine schwarze Demeter – uralte Schmerzensmutter der Sklaven –, die in großartigem Schwung die Saaten über die Felder der Inseln streute.

Die Savannah wartete gelassen auf die gefräßige Nacht, die bald die letzten Reste des Tages verschlingen würde. Morgen war wieder ein Tag. Neu, jung, zur Freude und zum Schmerz bereit, würde er sich in den Wind der Erwartung stürzen.

Mount wartete auf den Morgen.

Gottes Haustiere

Port of Spain

I

Ich sag zu Miss Betty Smoker: «Du bist dumme junge Person, auch wenn du Nase hoch trägst!»

Betty is meine Nichte. Wir sind alle in Trinidad geboren: Betty und ihre Mamma Trixie, meine ältere Schwester.

Trixie und ich lebten als *pickny** mit Großem Pappa und unserer Mamma in der Caroni-Ebene mit die riesigen Zuckerfelder und nur weiße Herren und Aufseher auf Pflanzung. Is alles Jahre her.

Weiße Herren reich, reich. Wir arm wie Küchenschaben. Großer Pappa

* Piccaninny – Negerkind.

schneidet Zuckerrohr. Mamma reißt Unkraut in Regenzeit aus. Trixie und ich laden in Erntezeit Rohr auf Ochsenkarren für Zuckermühle. Feldarbeit is kein großer Spaß. Wir sind abends zu, zu müde.

«Macht nichts», sagt Großer Pappa. «Wir sind Gottes Haustiere. Herrgott hat es so bestimmt. Große Leute haben großen Sorgensack. Kleine Leute haben Sorgensäckchen. Seid zufrieden mit euer Los, Kinderchen. Beneidet keinen für sein Glück. Sieht nur so aus. In diese Welt fällt Regen auf jedes Dach.»

Großer Pappa hat immer Recht. Regen fällt auf teures Ziegeldach von Mistah Inspektor. Ziegel fällt auf Inspektor. Er krank mit Loch im Kopf. Pappa lacht. Mamma lacht. Wir alle lachen. Danach sagt Pappa, wir müssen für Mistah beten. Is alles lange her.

Unsre Trixie geht nach Port of Spain. Wird Köchin. Heiratet eines Tages den Krämer Petrus Smoker. Es is häßlich wie Nacht, singt aber wie Mann-Engel im Himmel. Großer Pappa schon dort, wie Trixie heiratet. Mamma auch tot. Schwester Trixie nimmt mir in ihr Heim auf. Petrus Smoker is ziemlich reicher Mann. Trixie sagt, er muß nett zu mich sein. Er ist so nett, wie er kann. Schwester Trixie is nich so klug im Kopf, hat aber gutes, gutes Herz. Sie lernt mich feine Küche – kreolisch und ausländisch. Später verschafft sie mich weiße Stellung in Port of Spain. Ich koch nu in eine große Küche, wie es für weiße Leute paßt. Wir kochen mit große Kochlöffel: Schweinefleisch, Fisch, Pudding, Kuchen. Kein Unsinn über Geld. Ich eß tüchtig und leck noch Finger ab.

«Sally, Sally», sagt Schwester Trixie, «du wirst dicke Tonne. Du zu jung für dicke Figur. Junge Männer tanzen nich gern mit schwere Fracht. Zu heiß in Port of Spain.»

«Paddle dein eigenes Boot», sag ich in Gegenrede. «Du bist auch ganz schön dick, hörst du?» Schwester Trixie lacht.

«Ich hab Ehemann gefangen. Is anders. Petrus Smokers Tanztage und sein Unsinn längst vorbei. Is Vater von drei Kindern.»

Ich will weniger essen, klappt aber nich. War wohl zu hungrig als *pickny*. Ich weiß, ich bin zu fett für achtzehn Jahre. Is alles Gottes Wille. Muß auch Fettklöße geben. Weiß jeder. Is alles viele Jahre her. Fünfunddreißig Jahre. Schaltjahr nich mitgerechnet.

Nu hat Schwester Trixie Smoker zwei große Söhne und Tochter Betty. Betty is siebzehn. Gestern treff ich sie in Independence Square. Hieß in meine besten Jahre noch Marine Square.

Schwager Petrus Smoker sagt: «Marine Square nich gut genug für neue Unabhänglichkeit.» Er sagt: «Neue Freiheit – neue Straßen! Aber alter Dreck liegt immer noch in alle Ecken von Port of Spain.» Dann trinkt Schwager Smoker seinen Rum und macht Rülpser wie Kanonendonner. Er singt auch nicht mehr wie ein Mann-Engel. Mehr wie Posaune von Jüngstes Gericht.

«Bis du nich für neue Freiheit?» frag ich Petrus.

«Häng Korb nich höher, als du rauflangen kannst», sagt er mürrisch.

«Ich bin jetzt alter Nigger, Sally. Trixie is ziemlich alte Frau. Du auch nich so jung, he? Was sollen wir mit neue Zeiten und neue Reden anfangen? Wir bleiben deshalb dieselben alten Haustiere. Weiß jeder.»

«*Gottes* Haustiere», sag ich scharf. «Weiß jeder.» Schwager Smoker brummt. «Warum brummst du», frag ich. «Wer Demut hat, rückt einen Platz auf. Herrgott gehört zu unsre Leute.»

Petrus Smoker sagt: «Herrgott is alles, was wir haben. *Er* liebt arme Hunde besser als reiche Büffel. Alte Sache.»

«Du bist aber reicher Büffel mit deinem Krämerladen und prima Kunden», sag ich in Gegenrede. «Ich arm wie Laus.»

«Ich war aber viele Jahre bettelarmer Hund. Zog rum mit Karre mit Kokosnüsse», sagt Schwager Smoker. «War aber immer eifriger, lauter Beter. Hab so laut in Kirche gesungen, daß schlechte Leute Ohren zuhielten. Weiß jeder. Gesang zählt bei große Abrechnung im Himmel.»

«Aber ...»

«Kein Aber von dich, Sally! Was sagst du zu meine Tochter Betty Smoker?»

«Nichts», sag ich vorsichtig. «Was is mit deine Tochter?»

«Gut Nacht», sagt er.

«Ich geh von allein. Ich brauch nich deine Fingerzeige, Petrus Smoker! Is spät. Was is mit deine Tochter?»

«Ich hab gut Nacht gesagt», sagt Petrus Smoker.

II

«Was is los?» frag ich Nichte Betty am nächsten Tag in Duke Street. Betty is feine junge Dame wegen Geld von ihrem Pappa. Hat piekfeine Erziehung aus Klosterschule. Was nützt sie das jetzt? Sie sagt schließlich, sie erwartet Baby, und Vater is auf und davon. Is auf andere Insel gefahren. «Welche Insel?» frag ich scharf. «Is Barbados? Oder Grenada? Oder Jamaika? Oder ...»

«Hör auf mit Inseln», sagt Miss Betty. «Weiß nicht, wohin er ausgerissen ist. Er will schreiben.»

«Glaubst du an Brief, Betty Smoker?» frag ich bißchen sanfter. «Sieh mich ins Gesicht, Kind!» Miss Betty weint auf offne Straße. Ich sag: «Nun ja, er hat mit dich geschlafen.»

«Mit *dir*!» sagt Miss Betty.

«Ich kenn ihn nich, Betty. Ich bin alte Schachtel. Er mit *dich* geschlafen. Nu is er weg. Freu dir, Mädchen!»

«Ich freu mich nicht.»

«Unterbrich mir nich», sag ich zu Betty. «Dein Mann is *No-good*-Mann! Führt süße Reden ohne Herz in sein ungewaschenes Maul. Mein Pappa sagte: ‹Lieber ein Negerherz ohne Zuckerworte als Zuckerworte ohne Herz.›»

Betty schreit: «Hör auf mit deinem Pappa!»

«Schrei nich so, Betty!» sag ich streng. «Wo sind teure Manieren aus Klosterschule? Du hier auf öffentliche Straße. Nich zu Haus.»

«Entschuldige bitte, Tante Sally», sagt Nichte Betty. «Ich bin so unglücklich. Was nützen mir die Redensarten von deinem Pappa? Ich brauch Geld für Baby und mich.»

Ich sag sie, daß ihr Pappa genug Geld hat für sechs Babies. Aber sie sagt, er gibt sie nichts, weil er böse mit sie is. Ich will sie klarmachen, daß Gott immer hilft, wenn kleines Baby kommt.

«Kann ich nicht finden», sagt Miss Betty wieder mit Nase hoch in der Luft. «Womit soll ich Baby füttern, wenn ich meine gute Stellung später verliere. Vater will mich rauswerfen. Aber ich geh von selbst.»

Sie heult wieder, und ich klopf sie auf die Schulter. Ich sag: «Husch, Baby!» Das sagte ich schon, wie sie noch *pickny* mit zwei steife Zöpfchen war und immer zu mich gelaufen kam, wenn's brannte. Sie is immer noch jung und dumm – trotz ihre großartige Redeweise und Handelskursus und Stenografie in Büro in Frederick Street. Aber Betty is eben 'ne Frau wie wir alle. Mann gibt Frau bittres Kraut zu essen. Weiß jeder.

«Vater wütet den ganzen Tag», sagt Miss Betty und schluckt wieder an ihre Tränen rum. «Er war immer so ehrgeizig für mich.»

«Is klar! Du bist einzige Tochter.»

«Er freute sich immer über mein Englisch und meine helle Haut und alles», sagt Miss Betty und wischt neue Tränen ab. «Er redete immer von einer großen reichen Heirat für mich. Im Hotel. Und mit einer Steelband und allem. Ich sollte besser heiraten als meine Mamma, sagt er immer.»

«Is einzusehn», sag ich. «Dein Pappa soll still sein! Er lief deine liebe Mamma auch vor der Hochzeit weg. Und sie hatte schon deinen Bruder Jonathan Smoker und dich. Aber deine Mamma fing deinen Pappa wieder ein und schimpfte mächtig. Und plötzlich war Hochzeit. Erst Kirche. Wie sich das gehört. Dann große Feier mit Rum und Pfeffertopf und alles. Und du und Bruder Jonathan Smoker habt weiße Kleidchen und streut Blumen. War zu schön. Dein Bruder Samuel Smoker kam dann vier Monate nach Hochzeit. Wie sich das gehört.»

«Laß doch die alten Geschichten, Tante Sally.»

«Dein brummiger Pappa war zuckersüß bei seine Hochzeit. Man streut immer viel Zucker auf verbranntes Stück Kuchen! Wein nich, Betty. Du hast immer noch deine Tante Sally, hörst du?»

«Ich höre», sagt Miss Betty im Brummton wie ihr Pappa.

Ich frag meine Nichte zum Trost, warum sie sich mit ein einziges Baby so anstellt. Ich erzähl sie, daß ich allein mit drei Babies von drei *No-good*-Vätern dasaß und daß ich keine Träne hinter die Kerle herweinte.

«Wenn du glaubst, daß mir das gefällt ...» Miss Betty rümpft und faltet ihre Nase wie Ziehharmonika. Ich seh nur Mund und Augen. Sie fragt, was ich vom Leben hab. Sie sagt, mein Sohn is weg. Sie sagt, meine Tochter lebt mit Ehemann in Tobago. Sie sagt, ich koche immer noch bei fremde Leute und hab meine Jüngste auf'm Buckel. Sie sagt, ich bin altes Haustier. Sie sagt, Haustier is nich gut genug für sie.

«Laß die großen Reden!» sag ich scharf. «Mit deine Tante Sally kannst du nich so reden. Du Kohlkopf bist im selben Boot. Und mein Leben braucht dich nich zu gefallen, hörst du? Hauptsache, es gefällt mich.»

«*Mir*», sagt Miss Betty. «Das ist Englisch.»

«*Mich*», sag ich laut. «Das is Wahrheit.»

III

Drei Monate nach Gespräch mit Betty in Duke Street besuche ich Schwager Petrus Smoker. Schwester Trixie weint und kocht Avocado-Birnensuppe, Lieblingsessen von Petrus Smoker. Betty wird dicker und dicker. Man kann vieles verbergen in diese Welt. Aber nich *pickny* von sechs Monaten. Ich sag zu Schwester Trixie: «Leben is große, große Zwiebel. Man weint beis Schälen. Schadet nichts», sag ich, «Zwiebeln sind gesund.»

«Hör auf mit deine Zwiebeln, Sally. Was soll ich tun?»

«Tu grünen Pfeffer in die Suppe. Und Teelöffel Salz. Das sollst du tun.»

Schwester Trixie is gute Person, hört aber nie zu. «Zuhören is Medizin», sag ich immer. «Schmeckt oft sauer oder brennt. Gute Wirkung kommt später.» Ich tu Pfeffer und Salz in die Suppe. Trixie hat nich zugehört. Sie jammert wegen Betty und alles.

«Meine Betty is so fein mit ihre Erziehung und ihr Englisch und so weiter.»

«Unser Pappa sagte: ‹Wer zu hoch zielt, schießt daneben›», sag ich.

«Paß auf! Suppe kocht gleich!»

«Und nun macht meine Betty so Sachen wie jede», sagt Trixie.

«Is klar», sag ich und versuch, 'ne Prise Verstand in meine Schwester reinzureden. «Jedes Mädchen is wie jedes andere Mädchen. Schönes junges Huhn wie eure Betty hockt nich im Winkel. Was gibt's nach Birnensuppe?»

«Bettys Pappa is zu, zu wütend.»

«Was gibt's nach Birnensuppe», sag ich etwas lauter.

«*Bhaji**. Du denkst nur an Essen, Schwester.»

«Hält Leib und Seele und alles zusammen. Weiß jeder. Vergiß den Knoblauch nich!»

«Meine Betty spricht nich mit mich. Sie zu, zu ruhig.»

Ich tu Knoblauch, Zwiebel und Kokosöl in die Suppe. Und frag, was es nach *bhaji* zu essen gibt.

«Nix», sagt Trixie und wischt sich Schweiß von die Stirn.

«Nich mal Kuchen und so?» frag ich.

* Spinat.

«Gut Nacht, Sally. Ich seh, mein Essen is nich gut genug für dir.»

«Ich nehm mit alles und jedes vorlieb», sag ich scharf. «Weiß jeder in Port of Spain und Umgegend. Ruf mich, wenn Suppe fertig is, hörst du! Koch sie nich zu lange. Wo is dein Mann? Sah ihn nich auf seine Veranda.»

«Petrus sitzt in sein eigenes Privatzimmer. Hat jetzt Schild an Tür genagelt: *Eintritt verboten.* Wie Staatsminister.»

Ich lach so laut, daß Trixie zusammenfährt. «Nich so laut», flüstert sie. «Petrus Smoker will's nich hören. Bleib hier, Sally! Du darfst nich zu ihn reingehen.»

«Darf ich nich?» Ich geh schnurstracks zu Petrus Smoker in sein Zimmer mit Fernsehkasten und teure Möbel und Rumflasche und *Eintritt verboten* und alles.

«Hast du Schild nich gesehn?»

Ich nehm keine Notiz von seine Wut. Da macht Schwester Trixie großen, großen Fehler. Sie nimmt Notiz.

«Schwager Smoker», sag ich ziemlich laut, «du bist böser Pappa. Wie im Kino. Is lächerlich, wenn du mir fragst.»

«Hast du Schild nich gesehn?» fragt er noch wütender. Ich kann es nich helfen – er is bei sein großen Kummer um Betty heimlich stolz auf sein Schild und *Eintritt verboten* und alles. Männer sind so.

«Deine Frau heult», sag ich. «Und eure Betty erst recht. Was is los mit dich? Du hast Betty und Bruder Jonathan *lange* vor deine eigene Hochzeit gemacht. Weiß jeder.»

«Ich schmeiß jeden raus, der mich was von meine ungeratene Tochter erzählen will.»

«Ich geh von selber gleich nach'n Essen. Hab auch mein Stolz und alles. Gibt heut nur Suppe und *bhaji.* Aber schreib dich das hinter deine großen Ohren, Petrus Smoker! *Herrgott* oben in *sein* Himmel sieht zu, was du wegen deine Eitelkeit mit Tochter Betty anstellst.»

«Halt den Mund, sag ich.»

«Port of Spain is voll von Kletterern», sag ich. «Einer will immer höher klettern als Nachbar. Immer höher auf Schulter von Nebenmann! Und *du* bist Bergsteiger, Petrus Smoker. Böser Pappa und Kletterer.»

«Ich hau dich eine hinter *deine* Ohren.» Aber er wagt es nich, und er weiß das, und ich weiß das. «Ich hab dir durchgefüttert, wie du *pickny* ohne was warst», schreit er. «Und nu *das*! Is zuviel! Raus, sag ich. Schnell raus aus mein eigenes Privatzimmer!»

«Petrus», sag ich sehr, sehr leise. «Wer meint es gut mit dich? Deine Schwägerin Sally. Weiß jeder. Ich hab Angst um Heil von deine wilde Seele, Petrus Smoker. Steig runter von Thron und vergib deine Tochter, wie Herrgott hoch in Himmel *dich* eines Tages vergeben soll.»

«*Das* laß Sorge von *Herrgott* sein», sagt Petrus Smoker. Aber ich seh trotz seine hochnasige Redeweise, daß er bißchen Angst bekommen hat. Petrus is ganz netter Christ. Wenn auch nich regelmäßig.

«Ich zahl feine Bildung für Betty», brummt er und wendet Blick von Muttergottes-Bild über Tisch mit Rumflaschen und Bitters und alles. «Ich geb Betty Englisch und amerikanische Bluse und Manieren und alles! Ich such sie reichen Mann und tu mein Bestes. Und denn *das*! Ich zieh meine Hand von sie ab, hörst du?»

«Jeder kratzt sich schlimmste Wunde mit eigene Nägel, Petrus Smoker. Tochter bleibt Tochter. Egal was is.» – «Betty war Schmuckstück in dieses Haus. Edelstein in diese kleine Familie, hörst du?»

«Edelstein paßt nich zu dich, Mann. Du kein Minister trotz *Eintritt verboten*. Betty is deine Tochter und braucht dir nu!»

Petrus Smoker rennt aus sein Privatzimmer und knallt Tür zu. Geht was trinken mit Freunde um die Ecke von Charlotte Street. Ich sag zu Trixie, daß ihr lieber Mann mich das Haus verboten hat, und wie sie so was gefällt.

Trixie lacht, und denn macht sie ernste Miene. «Du weißt, was er alles für dir übrig hat, Sally. Laß Petrus in Ruh mit deine Stachelreden, sag ich. Er immer so stolz auf Betty! Soo stolz! Er is guter, dummer Mann – is mein Petrus. Weint nachts in sein Bett wegen seine Betty. Ich tu, wie wenn ich schlaf.»

Ich geb Schwester Trixie mein Taschentuch, weil ihrs nasser Lappen is, und rühr *bhaji* um und sag nu auch nix.

«Meine Betty is noch nich zu Haus», sagt Trixie ängstlich mit Blick auf Küchenuhr. «O Sally! Wenn meine Betty sich nu was antut?»

«Quatsch», sag ich laut. «Betty mit ihre teure Kloster-Erziehung macht das nich.»

Ich tu noch bißchen Salz in die Suppe. Duftet gut. Trixie is famose Köchin, wenn sie Sinn auf Kochtopf richtet. «Nich weinen», sag ich. «Nützt nix, Schwester! Ich glaub, Betty wartet in meine Küche. Sie kommt doch immer zu ihre Tante Sally, wenn was brennt.»

Trixie sieht mir groß an. «Glaubst du das wirklich?»

«Klar», lüg ich. «Klar wie Wasser in sein Wasserglas.»

IV

Wer sitzt zu Haus in meine Küche? Miss Betty Smoker. Ich sag heimlich stilles Stoßgebet.

«Ich tu mir etwas an», sagt Betty in ihr feines Englisch.

«Schäm dir was», sag ich scharf. «Is Todsünde in Auge von Herrgott und Kirche. Weiß jeder.»

Ich klopf sie die Schulter und wisch sie ihr kleines Gesicht mit Taschentuch ab und geb sie *Calaloo* von heut mittag, und Fisch und alles. Betty ißt alles und is bißchen getröstet. «Es schmeckt ausgezeichnet», sagt sie und wischt letzte Träne aus Augenwinkel. Ich sitz bißchen müde auf Küchenstuhl und seh zu, wie es Nichte Betty schmeckt. Das hat mich immer *so*

Freude verursacht – nur so zusehn, wie sie *Calaloo* und alles aufißt. Ich geb sie noch zwei Stück Ananaskuchen von Mistah und Missies Mittagessen. Beide eingeladen in großes Haus bei Staatsminister. Eintritt erlaubt!

«Dein Kuchen ist herrlich, Tante Sally!»

«Meine Mamma hat immer gesagt: ‹Je schwärzer die Hand, desto weißer der Teig.› Iß tüchtig weiter, Kind. Freut mir, daß es dich schmeckt. Hier is noch Orangen-Gelee. Schmeckt dein kleines Baby auch gut, hörst du?»

Bettys hübsches kleines Gesicht wird finster wie Nacht. «Was soll ich tun? Ich geh nicht nach Haus. Vater tobt! Mutter weint. Ich bin schon ganz wirr im Kopf.»

«Heut schläfst du in mein Bett, Kleine!»

«Und wo schläfst du, Tante Sally?»

«Ich hab Matte», sag ich kurz. «Morgen besuch ich alte Mutter Oberin. Sprech mich wegen dir mit sie aus. Sie weiß immer Rat. Kommt von vieles Beten. Und bald is dein Pappa wieder gut.»

«Vater ist unmöglich.» Betty rümpft Nase wieder wie Ziehharmonika.

«Sag nichts gegen deinen guten Pappa, hörst du? Hat harten Schädel und weiches Herz und gab viel, viel Geld für dir aus.»

«Das war einmal», sagt Miss Betty in ihr kostspieliges Englisch. «Jetzt existiere ich nicht für ihn.» Sie weint wieder.

«Sieht nur so aus, Kind! Er hat böse, harte Zeit wegen dich.»

Wir beide hören Geräusch wie Räderrollen. «Putz deine Nase, wisch Augen. Schnell, schnell! Dein Pappa kommt angefahren, hörst du?»

Ich seh durch angelehnte Küchentür, wie Petrus Smoker seine Tochter wie kleines Baby auf'n Schoß nimmt und vorsichtig Tränen mit sein großes knallrotes Taschentuch abtrocknet. «Husch», sagt er. «Is schon gut.» Ich bin still wie Maus in meine dunkle Vorratskammer. Auf Bord steht noch Rest von gekochte Guavafrucht und Kokoscreme. Ich wisch leise mit Finger Schüssel aus. Schmeckt gut. Will es morgen für Betty kochen.

«Komm, mein Zucker», sagt Petrus Smoker. «Auto wartet. Deine Mamma wartet. Alles wartet.»

«Ich sag schnell Tante Sally gute Nacht!»

«Aber schnell, schnell», sagt Petrus Smoker mit leisem Ton von alte Ungeduld.

Aber Tante Sally is nich vorhanden. Ich bin durch Tür von Vorratskammer zu meine Freundin in Nachbarvilla gelaufen. Sie kocht sehr nett – aber nich wie ich. Es fehlt sie die rechte Liebe und Geduld. Wir trinken Kaffee und stehn hinter die großen Poinsettia-Bäume, die in die Dämmerung wie dunkles Feuer brennen. Ich mein, wie Herdfeuer kurz vors Verlöschen. Wir sehn noch, wie Petrus Smoker seine ungeratene Tochter in sein großes Auto hebt, als ob sie von Glas is.

«Vorsicht mit die Stufe, Puppe», sagt er ganz ängstlich. «Paß jetzt immer gut auf dir auf, hörst du? Enkelsohn darf nich gerüttelt und geschüttelt werden wie Bohnen im Sack.»

Ich geh still in mein Küche und freu mir auf mein Bett. Ich wasch noch schnell Bettys Teller und alles auf und nick die Muttergottes übern Spültisch zu, weil sie mir immer verstanden hat.

Petrus Smoker hat zu sein großes Glück doch noch Angst vor Herrgott in Sein Himmel und vor seine Schwägerin Sally in Port of Spain.

Weiß jeder.

III
Ostindisches Intermezzo

Schleier der Maya

Trinidad–London

Alles, was kräht, war einmal ein Ei.
Ostindische Weisheit

I

«Wie haben dir die Englishers gefallen, mein Sohn?»

«Großartig! Smart. Und so freundlich.» – «Und wie hast *du* ihnen gefallen?» fragte die alte Mrs. Bannerjee mit leiser Ironie.

«Sie waren entzückt.» Weltreisender Nabil Bannerjee schwieg einen Augenblick. Dann erklärte er seiner Großmutter, es gebe gelegentlich Mißverständnisse zwischen den Engländern und Westindiern, da Völker sich auf verschiedene Weise amüsieren oder langweilen. Da gebe es urkomische Vorkommnisse. Nabil nannte einige Beispiele und lachte laut. Viel lauter, als er früher in Trinidad gelacht hatte.

«Ich finde nichts Komisches daran», sagte die alte Mrs. Bannerjee. Ihre scharfen indischen Augen leuchteten verstohlen den jungen Heimkehrer ab. Nabil trug eine schottisch karierte Reisemütze wie jeder John Bull und dazu ein eingeplättetes Lächeln.

«Nimm die Mütze ab, Nabil. Sie steht dir nicht.»

«Das ist eine Sache des Geschmacks, Großmama.» Mr. Bannerjee war tief beleidigt und hätte seiner Großmutter gern seine Meinung über *ihren* Geschmack mitgeteilt. Aber niemand kritisierte die alte Dame. Der Respekt saß selbst dem Weltreisenden Nabil Bannerjee so in den Knochen, daß er vorsichtiges Schweigen bewahrte. Außerdem war er gegen offene Aussprachen. Man sagte dann immer Dinge, die man gar nicht sagen wollte. Oh, Mr. Bannerjee war auch nicht gestern auf diese schwierige Welt gekommen.

Hinter der alten Mrs. Bannerjee, die hochaufgerichtet in ihrem Sessel saß, hockten noch zwei Frauen auf der großen Tropenveranda: Ayah, die langjährige Dienerin und Vertraute der Hausherrin, und Indira, Nabils junge Frau – unbeweglich wie eine indische Statue, nur nicht so schön. Alle drei Frauen waren niemals aus Trinidad herausgekommen und lebten in der fruchtbaren Caroni-Gegend in beneidenswerter Ruhe und Unwissenheit. Nur Mr. Rahamut Bannerjee in San Fernando war ein Mann der großen Geschäfte, der in dieser Gemeinschaft der Hindus in Westindien viel Ansehen genoß.

«Dein Onkel Rahamut ist sehr böse auf dieses England», sagte die alte Mrs. Bannerjee. «Es soll dort Plakate geben: *No Coloureds please. Keep Britain white!* Oder: *Blackie, go home!* Stimmt das?»

Nabil war plötzlich in tiefes Sinnen verfallen. Er studierte die Linien in seinen Handflächen – eine seiner Lieblingsbeschäftigungen. Diese ungenierte Versunkenheit hatte den Londonern ein Lächeln entlockt. War das indisch, oder war es Mr. Bannerjee? Er runzelte die Stirn. Die Kopflinie in seiner rechten Handfläche schien stark verkürzt. Das gab ihm zu denken. Es konnte bedeuten, daß er keinen vollen Gebrauch von seinen glänzenden Geistesgaben machte. Ist es ein Wunder? dachte er ärgerlich. Um sich wunschgemäß zu entfalten, brauchte er wortreiche Bewunderung. Er dürstete richtig danach. Und sie mußte so viel Zucker enthalten wie die Raffinerien der Bannerjee Sugar Corporation in San Fernando. Die wortkargen Londoner mit ihrem trockenen Witz hatten Mr. Bannerjee da schwer enttäuscht. Selbstverständlich war keine persönliche Kränkung beabsichtigt gewesen. Ein Engländer haßt nichts so gründlich wie laute Bewunderung seiner Person. Er mag ein Herzog, ein Rauschgifthändler oder ein Geschäftsreisender sein – er haßt es eben. Wer ihn so schamlos lobt, der muß ein falscher Hund sein. Jeder kennt sich schließlich seit Jahren und weiß es besser. Nicht so Mr. Bannerjee! Trompetenstöße der Schmeichelei, erstickender Weihrauch – er vertrug sie vierundzwanzig Stunden hintereinander. England war schuld, daß sein Genie sich nicht in seiner tropischen Fülle entfaltet hatte.

«Ich habe dich etwas gefragt, Nabil. Bist du schon wieder geistesabwesend? Ich habe dich nach England geschickt, damit du es dir abgewöhnst.»

Mr. Bannerjee war so gekränkt, daß er einige Atemübungen machte, um höflich zu bleiben. Seine Großmutter konnte mit ihren poesielosen Fragen ein Lamm zur Raserei bringen. Wie er das Spinnennetz der Realität verachtete! Zuckerpreise in Trinidad, Börsenkurse in London, Onkel Rahamuts Ermahnungen, Politik, dreiste Frauen und *Keep Britain white*. Echte Denker wie Mr. Bannerjee wußten natürlich, daß das Weiße nicht weißer und das Schwarze nicht schwärzer wurde. Er blickte seine Großmutter nachdenklich an. Sie sah immer noch so streng aus wie in seiner Kindheit, als er vor ihr gezittert hatte. Alle ihre Worte waren Machtworte gewesen. Die ideale Sanftmut der Hindufrauen konnte niemals ihre Sache gewesen sein. Sie gehörte eher zu den nach Trinidad emigrierten Nachkommen der Göttin Kali, deren mysteriösen Zorn die Bewohner dieser Hindukolonie in Caroni auch noch Ende der sechziger Jahre mit Opfergaben zu besänftigen suchten. Niemand hätte genau sagen können, warum diese Göttin so häufig mit kostspieligen, getöteten Ziegen, den Früchten der Felder und Blumenarrangements in bessere Laune versetzt werden mußte. Im großen Indien würde man es wissen.

Sein angestaubtes Kastensystem verlor in der afrikanisch-orientierten Völkergemeinschaft der karibischen Inseln langsam seinen Einfluß. Gold oder Woolworth-Flitter, Bankkonten, der Lärm der Steelband, Hollywood-Filme, Coca-Cola, Ölgesellschaften und der Geist der politischen Unabhängigkeit hatten zumindest in den Städten die einflußreichen Inder dem Kastengeist entfremdet. Keiner würde eine Einladung zu einer eleganten *Black Party* absagen, vor allem nicht, wenn man dort Geschäfte tätigen konnte. Da die Hindus ihre Privatsphäre zu wahren verstehen, kamen sie heil und gesund aus afrikanischen Kreisen in ihr Heim zurück. Im übrigen nahmen «hohe Personen» wie Onkel Rahamut oder die alte Mrs. Bannerjee nicht an den *pujas** für die Göttin Kali teil. Sie gaben höchstens eine nicht allzu große Geldsumme. Nabil hatte als Junge mit Ayah solche Zeremonien heimlich mitgemacht. Aber auch damals war ihm das Stirnrunzeln seiner Großmutter wichtiger gewesen als die Stimmung der Göttin Kali vor Empfang der Ziege. Selbst Ayah beteiligte sich nicht immer an dieser speziellen *puja*, denn ihr fehlte nichts. Sie hatte eine eiserne Gesundheit, und ihr Becher war mit Bannerjee-Zuckersaft gefüllt. Auf den karibischen Inseln mit den fruchtbaren Tälern und Hügeln, den Fischen im Meer, dem patriarchalischen Familiensystem und dem Zuckerrohr von Caroni hungerte niemand.

Weltreisender Bannerjee riß sich vom Studium seiner Handlinien los. Die Stimme seiner Großmutter hatte ungeduldig geklungen. Das war ein Warnsignal. Er durfte Mrs. Kali Bannerjee nicht schon gleich nach seiner Ankunft verstimmen. Er würde also mit edler Geduld ihre endlosen Fragen nach London beantworten und die Schulden in Port of Spain, die er noch rasch vor diesem Familienfest gemacht hatte, nicht erwähnen. Er hatte sich dort drei Wochen aufgehalten und die Familie ohne Entschuldigung warten lassen. In Port of Spain war ihm das modern und selbstverständlich erschienen, aber auf der Farm seiner Großmutter sah die Sache anders aus. Es war ein Verbrechen, und daß Mrs. Bannerjee noch nicht davon gesprochen hatte, machte die Sache noch bedenklicher. Nabil hatte nie gewußt, wann bei seiner Großmutter der Sturm losbrach. Warum interessierte sie sich so für das Problem der Farbigen in England?

«Ich weiß nichts davon», sagte er fest. «Möglich, daß solche Plakate in irgendeiner obskuren Gegend in Süd-London herumhängen. Zum Beispiel in Brixton oder Paddington. Dort wimmelt es von Schwarzen.»

«Wir sind auch nicht weiß und wollen es nicht sein.»

«Ich versuche dir klarzumachen, daß solche Warnungen nur den Negern gelten», erklärte Mr. Bannerjee mit vorbildlicher Langmut. «Wir Inder mit unserer alten Kultur sind drüben hoch angesehen. Das weiß jeder.»

«Ich wußte es nicht», sagte die alte Mrs. Bannerjee mürrisch. «Onkel Rahamut auch nicht. Aber es sollte mich freuen.»

«Wir *müssen* in der Fremde Bewunderung erregen», sagte Mr. Bannerjee nachdrücklich. «Üben wir uns nicht schon daheim in der Kunst zu gefallen? Außerdem haben wir Gesellschaftsmanieren.»

«*Was* haben wir?»

«Wir richten unsere Manieren nach der Gesellschaft, in der wir uns

* Hindu-Zeremonien.

befinden. Ich werde es dir erklären, Großmama.»

«Das ist nicht nötig. Wir essen gleich. Ich möchte in Ruhe speisen.»

Mr. Bannerjee überhörte die Ablehnung. Er war zum Erklärer geboren und kümmerte sich nicht darum, ob seine Ausführungen Gehör fanden.

«Ich muß es dir aber erklären. Man lebt in London im Zentrum einer Verschwörung.» – «Ich denke, die Engländer gefallen dir so gut?»

«Deswegen können sie mir doch gefallen. Es gibt besonders nette Verschwörer. Ich fürchte, ich muß deutlicher werden.»

«*Das* fürchte ich auch. Ich warne dich, Nabil. Meine Geduld hat Grenzen. Ich will jetzt endlich von dir hören, warum du in London ...»

«Ich meine keine Hollywood-Verschwörung mit öffentlichen Umzügen und Tränengas», sagte Mr. Bannerjee eilig. «In England verschwören sich alle Inländer äußerst wohlerzogen gegen alle Ausländer. Selbst Onkel Rahamut würden staunen, obwohl er alles besser weiß. Aber ist er jemals aus Trinidad herausgekommen? Gedulde dich einen Augenblick, Großmama. Ich will dir in aller Kürze erklären, daß selbst weiße Ausländer Opfer dieser Verschwörung werden. Was sagst du dazu?»

«Nichts.»

Nabil verdrehte die Augäpfel. Seine Stimme sank zu einem Flüstern herab. «Hört mich an, meine Lieben. Man kann das Englisch der Königin sprechen, man kann *Gurus** oder Filmstars oder Millionäre in der Familie haben, man kann England sogar als seine Amme betrachten – man ist und bleibt ein Zuschauer. Die Verschwörer bedienen sich einer Geheimsprache, die man auf der Universität nicht lernen kann. Sie schaffen sich eine Moral oder Unmoral nach ihrem Geschmack.»

«Bist du bald fertig?»

«Noch einen Augenblick, Großmama. Ich wollte dir nur noch erklären, daß die Engländer in ihrem Land seit Jahrhunderten eine soziale Situation geschaffen haben, die sie vollkommen beherrschen. Ganz gleich, ob sie Geld haben oder nicht, ob sie ein Weltreich verloren haben oder nicht, ob die Chinesen oder die Afrikaner diese Welt erobern werden oder nicht.»

«Das war in Indien seit Jahrtausenden üblich», sagte die alte Mrs. Bannerjee nicht ohne Stolz. «Ein Hindu bleibt ein Hindu, ein Herrscher in seinem eigenen Heim. Es ist ihm gleich, was sich vor seiner Tür abspielt. Genau dasselbe, hörst du?»

«Es ist keineswegs dasselbe», erwiderte Mr. Bannerjee sehr erregt. In seinen Augen blitzte ein Fünkchen Fanatismus auf, das vor seiner Weltreise nicht dort gewesen war. «Engländer in Indien waren niemals wie Inder in England. Ich werde dir erklären ...»

«Ich will jetzt nichts mehr hören. Du bist erregt und übermüdet.»

«Ich bin die Ruhe selbst», sagte Mr. Bannerjee zitternd. «Du mußt mich anhören, Großmama. Entweder sind wir wankelmütig, oder die Engländer sind zu stark für uns. Sie stecken uns an. Und weißt du wie?»

* Weise Männer.

«Nein.»

«Nach einiger Zeit fühlt man sich als Engländer. Ist das nicht entsetzlich? Unser eigener ehrwürdiger Boden entschwindet uns unter den Füßen. Unsere Wurzeln verdorren, wir hängen in der Luft. Im Herbst im Nebel! Ein Drama größten Ausmaßes.»

Mr. Bannerjee stöhnte mit Lust, da er die indische Leidenschaft für Drama besaß.

«Ich habe keine Ahnung, wovon du redest», sagte die alte Mrs. Bannerjee zornig. «Schweig, oder sprich klar und deutlich, hörst du?»

Mrs. Bannerjees Schleier wehte heftig durch die Dämmerung. «Von deinem gelehrten Unsinn wird der Reis nicht gar. Höre, Nabil! Ich will endlich wissen, was dir da drüben geschehen ist. Das würde mir gewisse Tatsachen erklären. Warst du in London eine Person von geringerer Kaste? Ja oder nein? *West-Indians, go home?* Ja oder nein?»

Mrs. Bannerjee zog in ihrem Zorn den Atem scharf ein. Es war ein Geräusch wie das Aufprallen nasser Wäsche auf Felsgestein, und es irritierte Mr. Bannerjee in hohem Maße. Er zwang sich zur Ruhe. Es hing zuviel davon ab.

«Bitte, beruhige dich, Großmama. Ich habe in Kreisen verkehrt, in denen man vielleicht in einer flüchtigen Verstimmung etwas Unfreundliches über uns denkt, aber es niemals aussprechen oder es gar an die Häuserwände malen würde. Verstehst du mich?»

«Vergiß es», sagte Mrs. Bannerjee schroff. Sie blickte Nabil nicht an. Ein Schreck durchzuckte ihn. Was wußte sie? Sie konnte doch nichts wissen!

«Es ist mir großartig in London ergangen», sagte er heiser. Er unterdrückte den dringenden Wunsch, seine Handlinien wieder zu studieren. «Wer könnte uns ablehnen, Großmama? Wir sind drüben stets höflich und versöhnlich. Wir kleiden uns nach dem Geschmack des Landes–*keine* auffälligen Farben! Selbstverständlich nur einen Ring für beide Hände!»

«Schrecklich, schrecklich», sagte Ayah.

«Gar nicht schrecklich! Noch etwas, Großmama. Ich habe, so schwer es mir auch wurde, auf jede autobiographische Andeutung über meine Person verzichtet. Das ist sehr wichtig in England. Und natürlich habe ich in Gesellschaft niemals Gebrauch von meinem besseren Wissen gemacht.»

Mrs. Bannerjee schwieg. Indira starrte ins Leere. Sie erkannte ihren jungen Gatten nicht wieder. Wie fremd konnte man sich werden!

Ayah servierte Nabil das dritte Glas Ananassaft. Sie kicherte grundlos und betrachtete verstohlen ihr Uhrarmband, ein Geschenk ihrer Negerfreundin «Mamma Ellis». Die Uhr war eine Attrappe mit einem Zifferblatt und Ayahs größter Stolz.

«Gibt es einen Neger, der im Ausland ein einziges Mal zur richtigen Zeit den Mund hält? Übt er ein einziges Mal unsere Sanftmut? Gibt es einen solchen Neger, oder gibt es ihn nicht?» schrie Mr. Bannerjee.

«Es gibt überall in der Welt Hähne, die zu laut krähen.» Mrs. Bannerjees

Augen sprühten Funken. «Ich kenne sehr nette und gesittete Neger, hörst du?» Sie äußerte dies aus reinem Widerspruchsgeist. Natürlich kannte sie solche Westindier, aber sie teilte mit den meisten Hindus eine heimliche Abneigung gegen Afrikas politisch mächtige Nachkommen in Trinidad. Warum war der neue Premierminister kein Inder?

«Die Neger zu frech – frech in Trinidad», sagte Ayah, die aussprechen durfte, was zu äußern die alte Mrs. Bannerjee unter ihrer Würde fand. Dabei war Mamma Ellis die Spenderin der Uhr und eine ambulante Coca-Cola-Verkäuferin, eine wahrhaft gute Seele. Sie gab Ayah das Getränk «für umsonst», wenn sie am Markttag ins Dorf kam. Mamma Ellis war eine wandelnde Legende im Zuckerrohrgebiet von Caroni. Sie nannte ihre drei Söhne «Nummer Eins», «Nummer Zwei» und «Monsieur Pierre», da dieser einen längst entschwundenen französischen Matrosen zum Vater hat. Die ganze Familie Ellis behandelte Monsieur Pierre mit großem Respekt, und Ayah hatte oft deswegen mit ihrer alten Freundin geschimpft. Der Lümmel saß rauchend im Rücksitz des alten Autos und half seiner Mutter nicht einmal beim Aufstellen der Verkaufsbude. Dafür trank er ununterbrochen Coca-Cola. «Hauptsache, daß es ihm schmeckt», murmelte Mamma Ellis auf Ayahs Vorwürfe. Bei den Hindus bedienten nämlich die Söhne die Mütter und nicht umgekehrt. «Monsieur Pierre zu fein – fein für mir», sagte Mamma Ellis ungerührt und bediente ihn weiter. «Nummer Eins» hatte einen gutgehenden Rumladen und hatte seiner Mutter den fahrbaren Getränkestand geschenkt, den er laufend versorgte. «Nummer Zwei» war Zimmermann und hatte ihre Holzhütte gezimmert, die durch die Kokospalmen und Ananasbüsche malerischer wirkte, als sie war.

«Wie geht es Monsieur Pierre?» fragte Mr. Bannerjee, der seiner alten Amme eine Freude machen wollte.

«Er is jetzt in feste Position in Venezuela. Nummer Eins hat ihm dahingeschickt, weil Monsieur Pierre zu, zu klug für Trinidad.» Nummer Eins hatte seiner Mutter auf seine eigene Weise die Wahrheit gesagt. Monsieur Pierre befand sich zur Zeit tatsächlich in fester Position. Nämlich im Gefängnis in Caracas.

«Ist dir der Abschied von London schwer geworden?» fragte die alte Mrs. Bannerjee. Sie freute sich doch etwas, daß Nabil sich noch an die Gestalten seiner Kindheit erinnerte.

«Ob mir der Abschied schwer geworden ist?» wiederholte Mr. Bannerjee düster. «Ich war trostlos. Vernichtet! Die Engländer sind unbeschreiblich gastfreundlich. Zum Beispiel ihre Gartenfeste. Auch die bei der Königin. Natürlich mit Einladungen. Da kann nicht jeder einfach hereinstürmen, stundenlang bleiben, alles aufessen und austrinken wie bei uns in Trinidad.»

«Bist du auch bei den Königlichen eingeladen gewesen?»

«Bin ich der Premierminister von Trinidad und Tobago? Oder ein Häuptling aus dem finstersten Afrika?» fragte Mr. Bannerjee nicht ohne Neid. «Ich war nur Student wie tausend andere, nur aus besserer und reicherer Familie. Die westindischen Studenten sind übrigens recht frech und anmaßend.» Diese Behauptung stand zwar im direkten Widerspruch zu Mr. Bannerjees Lobpreisung der indischen «Gesellschaftsmanieren», aber seine Großmutter schwieg dazu.

Ayah war erstaunt über den jungen Herrn. Vor seiner Englandzeit war er schüchtern und schweigsam gewesen. Jetzt sprach er so viel wie eine Heiratsvermittlerin und stolzierte herum wie der beste Hahn im Hühnerhof. Mrs. Bannerjee und Ayah hatten den elternlosen Jungen zu einem guten Hindu erzogen. Seine Mutter war bei seiner Geburt gestorben, und sein Vater war auf einem Flug nach Delhi abgestürzt. Onkel Rahamut erzählte noch heute, selbstverständlich sei es eine Geschäftsreise gewesen. Bannerjees hatten kein Geld für Vergnügungsreisen übrig. Ayah schüttelte ihren alten Kopf. Alle Heimkehrer aus Europa machten sich auf den Inseln wichtig. Trotzdem entschuldigte sie den jungen Herrn Nabil in ihrem Herzen. Er war doch so viel klüger und reicher als die andern.

Indira hatte noch kein Wort gesprochen. Nabil zog ein Notizbuch hervor und las den drei Frauen klingende englische Namen und Adressen vor. Seine bewegliche Oberlippe bebte vor Stolz. Jetzt mußten sie begreifen, wie sehr man ihn dort geschätzt hatte. Onkel Rahamut hatte sich stets an ihm versündigt, und auch Indira hatte nie genug Dankbarkeit und Begeisterung über ihre Glanzheirat gezeigt. Seine Großmutter hatte ihn immer eingeschüchtert. Kurz und gut, sie alle waren schuld daran, daß er die Anerkennung, nach der er dürstete, in Trinidad nie erhalten hatte. Der einzige, der niemals an etwas schuld war, war Mr. Bannerjee selbst. Bei dem Gedanken an seinen Onkel Rahamut – eine Schlüsselfigur in der Familie und in der «Gesellschaft der Zuckerpflanzer von Trinidad und Tobago» – verfinsterte sich Nabils hohe, glatte Stirn. Wie die Moral es verlangte, wünschte er seinem Onkel das Beste. Gleichzeitig wünschte er ihn entweder weit weg von Trinidad oder in *Devil's Woodyard** – in die seltsamen Schlammvulkane, die etwa elf Meilen von San Fernando entfernt sind. Mit seinen dreiundzwanzig Jahren hatte Nabil nicht einmal ein eigenes Bankkonto – Onkel Rahamut war dagegen. Beim Gedanken an diese grimmige Vaterfigur wurde Nabil elend zumute. Er mußte um ein viertes Glas Ananassaft bitten, das Ayah ihm demütig darbot. Er blickte sie sekundenlang beinahe sehnsüchtig an. *Sie* war die Sanftmut selbst. Trotz ihrer Waschungen im Morgengrauen war Ayah dunkel wie der kleine braune Schrank, der jahrelang in einer Ecke des Hauses Staub angesammelt hatte. Ein Wandschrank, in dem Mrs. Bannerjee ihre Geheimnisse verschloß. Sie hatte Nabil als Kind vor Onkel Rahamuts Zorn versteckt.

Auch das war hundert Jahre her. Man sollte seine Verwandten nicht hassen, aber Nabil haßte Onkel Rahamut. Er hatte nur Zuckerpreise im Kopf. Doch hier tat er seinem Onkel unrecht. Mr. Bannerjee sen. konnte zwar die letzten Weltmarktpreise für Zucker herunterschnurren wie Verse

* Teufels Waldwinkel.

aus den Heiligen Schriften der Hindus und war im Vorstand sämtlicher Pflanzerkorporationen von Trinidad, aber das war keineswegs alles, was er im Kopf hatte. Er las jeden Abend auf der säulengeschmückten Veranda seiner rosa Villa im *Ramayana* und ergötzte sich an den Heldentaten des Prinzen Rama. Gelegentlich unterbrach er diese altmodische Lektüre und verfaßte schneidige Telegramme. Oder er diktierte strahlend vor Besitzerstolz auf seinem Diktaphon einen Privatbrief, wenn er nicht gesalzene Mahnbriefe an faule Zahler verfaßte. Das Diktaphon war in San Fernando und Umgebung genauso berühmt wie Onkel Rahamut, den der Kontrast zwischen *Ramayana* und den Spielzeugen des technischen Jahrhunderts bezauberte. Er hatte tatsächlich einen unersättlichen Appetit nach Mitteilungen auf elektrischem Wege. Wenn er gar nichts anderes zu tun hatte, telefonierte er stundenlang mit Leuten, die ihm völlig gleichgültig waren. Es war eben ein Inder – ein glänzender Geschäftsmann, der sich privat sein eigenes, bizarres Universum schuf. Es hatte Raum für den lustigen Affenkönig Hanuman, den traurigen Affen Nabil Bannerjee und westindische Zuckerpreise. Seine dritte Leidenschaft war sein monatliches Zankdrama mit seiner Frau oder seinen Söhnen und Töchtern: eine kleine vertraute Armee, die er im Wortgefecht spielend besiegte. Geldgeschenke für die Söhne und vage Versprechungen, seinen Damen Juwelen zu schenken, waren seine Anerkennung für diese explosiven Plaudereien im Familienkreis.

Es war merkwürdig, daß er seinen Neffen Nabil nicht leiden konnte, obwohl er dessen Vater geliebt hatte. Vielleicht fiel der Vergleich zu Nabils Ungunsten aus, aber vielleicht war man auch gegen die eigene Generation nachsichtiger. Auf jeden Fall hatte er den verwaisten Jungen stets mißbilligend angeblickt. Nicht daß es heute dem Weltreisenden Nabil Bannerjee das geringste ausmachte, ob sein Onkel ihn liebte oder nicht, denn der war nur ein Provinzler in einem Palast. Leider war er außerdem ein Drache. Wie sollte er, Nabil, gegen Drachen in San Fernando kämpfen? Er dachte natürlich gar nicht daran. Aber das änderte nichts an der Tatsache, daß er in den nächsten Tagen seinen Onkel und Vormund besuchen und ihm im Schatten der Immortellenbäume allerhand erklären mußte. Mr. Rahamut Bannerjee war fraglos der einzige Mensch zwischen England und Trinidad, dem Nabil nichts zu erklären wünschte.

Er fror plötzlich in der tropischen Schwüle. Er lebte am liebsten in Regionen, die mehrere Bannmeilen vom Alltag entfernt waren. Jeder Dummkopf konnte ihn tödlich verletzen – Nabil schlug nur in der Phantasie zurück. Der Mond war sein Planet und das Wasser sein Element. Er lebte zwischen mehreren Welten. Seine Großmutter lebte nur für die Farm. Onkel Rahamut war Onkel Rahamut. Und Indira? Nabil kannte sie kaum. Er war erst sechs Monate verheiratet gewesen, als er nach London geflogen war. Im Gedanken an die Aussprache mit Onkel Rahamut krampfte sich sein Magen zusammen. Und dabei würde bald das Festmahl aufgetragen werden. Es würde üppig und scharf gewürzt sein, aber die süßen Speisen würden ihn leider an den Bannerjee-Zucker erinnern. Sie würden ihm in der Kehle steckenbleiben. Aber er würde alles aufessen müssen, denn seiner Großmutter war Essen heilig. Jeder Bissen war in ihren Augen kostbarer Besitz. Sie hatte niemals gehungert, denn sie stammte von reichen Trinidad-Farmern ab. Aber eine mystische Erinnerung an ein fernes Hungerland, das sie nie gesehen hatte, und ein intuitives Wissen von den Schrekken des indischen Hungertodes waren in ihrem Blut. Vor etwa einhundertunddreißig Jahren waren die Vorfahren der Hindus in Westindien als Kontraktkulis nach Trinidad gekommen. Sie hatten vor Ehrgeiz glühende Träume gehabt und dabei den zähen und ergebenen Arbeitswillen indischer Farmer, die um ihr vertrocknetes Reisfeld trauern, wenn der Monsun zu spät kommt und die Hülsen entmutigt zu Boden sinken. Auch die ersten Bannerjees in Trinidad hatten so lange in den Zuckerrohrgebieten der Insel für weiße Plantagenbesitzer geschuftet, bis sie etwas Boden hatten pachten können. Eine Generation später hatten sie ihr erstes Stückchen Land erworben. Und Onkel Rahamut hatte Nabil auf die London School of Economics schicken können. Es hatte ein hübsches Stück Geld gekostet, aber Nabil war begabt, und sein Onkel betrachtete das «Englisch der Königin» als Kapitalanlage.

Nabil sprach immer noch von seinen englischen Eindrücken, während sie auf das Festessen warteten. Er sagte im «Englisch der Königin»: «Ihr solltet London sehen! Das Westend am Abend! Filmpaläste, mit denen sich Onkel Rahamuts Villa nicht vergleichen kann. Hochelegante Läden. Vom Preis kann man nichts herunterhandeln. Die ganze Stadt ist am Abend eine Kette von Lichtern.»

«Mir genügt der Mond von Caroni», sagte die alte Mrs. Bannerjee in Hindi. «Dein Studium in London hat ein Vermögen gekostet. Es ist leichter ausgegeben als verdient.» Sie hüstelte.

Mr. Bannerjee preßte seine vollen Lippen zusammen. Er war zu tief verletzt, um die richtige Antwort zu finden. Er mußte vergessen haben, daß in indischen Familien Bargeld so wichtig ist wie das Rad des Schicksals oder die Ernte. Vor allem für die Frauen und Mütter. Die Männer besaßen schweifende Phantasie und träumten Hinduträume. Die Frauen mußten tagaus, tagein in der Wirklichkeit leben. Es hieß nicht umsonst, daß eine Hindufamilie wie ein brüchiges Tongefäß auseinanderfällt, wenn die Mutter stirbt. So hielt auch die alte Mrs. Bannerjee ihre Farm und ihr Kapital zusammen.

«Ich werde dir deine Auslagen gelegentlich zurückerstatten», sagte Nabil in seinem alten mürrischen Ton – und in Hindi.

«Das sollte mich freuen.» Mrs. Bannerjee hüstelte zum zweitenmal. Ihr Silberschleier wehte in der Dämmerung. Sie machte sich auf eine lange Wartezeit gefaßt. Nabil war ein Lippenzahler. Trotzdem hing sie an diesem Sohn ihres jüngsten Sohnes. Ein Haus ohne Jugend war ein Friedhof. Warum war Nabil so leichtsinnig, während sie doch alle sonst so solide waren? Nabil hatte sich jetzt auf Kosten der Familie drei Wochen in Port of Spain herumgetrieben. Niemand hatte ihm offenbar noch einen westindischen Dollar geliehen. Narr, dachte Mrs. Bannerjee beinahe mitleidig. Sie mußte sich zur Geduld zwingen. Wie die Süße im Zuckerrohr steckt, so steckte Torheit in einem jungen Mann. Sollte Nabil sich heute abend wichtig machen! Alles, was kräht, war einmal ein Ei.

Mrs. Bannerjee grübelte. Wäre es besser gewesen, diesen jungen Mann nicht aus seinen Gewohnheiten zu reißen? Vor drei Jahren hatte er in Caroni bei seiner jungen Frau bleiben wollen. Ein Band war leichter zerrissen als geknüpft. Niemand hatte damals an Indira gedacht und daran, ob sie ohne Nabil einsam sein würde. Sie hatte nur ein paar Monate bei den Bannerjees gelebt. Eine Fremde aus dem Nachbardorf. Aber das Leben einer altmodischen Inderin bestand nun einmal aus Warten, und Indira war kein moderner Stadtschmetterling aus Port of Spain. Sie hatte sich nie beklagt. Sie schwieg überhaupt zu allem. «Honigreden» erwartete auch niemand von ihr. Ob Indira unglücklich war? Die alte Mrs. Bannerjee erschrak bei diesem Gedanken, weil ihr diese Vermutung erst heute abend kam. Sie blickte Indira verstohlen an. Die junge Frau saß gelassen in ihrer Ecke.

«Genügsamkeit ist eine wichtige Tugend», murmelte Mrs. Bannerjee. Warum versteckte Indira ihre Tugenden?

«Man darf sich nicht begnügen», rief Nabil mit plötzlicher Leidenschaft.

«Rede keinen Unsinn, Sohn! Fasten ist die beste Medizin.» Niemand lachte über diese Behauptung, obwohl alle auf das Essen warteten.

Ayah befragte ihre Geisteruhr und verschwand im Küchenhaus. Sie mußte dafür sorgen, daß die Diener die Speisen sorgsam garnierten. Indira schob die Unterlippe vor. Nur Leute mit vollem Magen hielten Fasten für die beste Medizin. Für Indira gab es nur die Satten und die Hungrigen. Engel oder Dämonen, Glück oder Vernichtung, Ehe oder Witwenstand. Diese Tochter der ländlichen Hindutradition in Trinidad zog immer noch die Sterne dem Neonlicht vor und das ehrwürdige Handmesser zum Schneiden des Zuckerrohrs den westlichen Maschinen. In der Tat war das Handmesser das überlegenere Produkt – man konnte jemanden damit erstechen. Was konnte Mr. Bannerjee heute mit Indira anfangen? Sie sprach nur, wenn sie angeredet wurde. Und in Gegenwart von Männern schwieg sie. Er ahnte nicht, daß es Indira schmerzte, wenn er sich bei seinem Bericht ausschließlich an die Patriarchin wandte. Diese alte Frau war tatsächlich so scharfzüngig und wissend wie die Inderinnen im unbekannten Mutterland oder die selbständigen jungen Damen in Port of Spain. Aber Mrs. Bannerjee fuhr ja oft nach San Fernando, der zweitgrößten Stadt der Insel, dachte Indira. Trotzdem bestand ein großer Unterschied zwischen Mrs. Bannerjee und den unabhängigen Damen in Indien und Trinidad. Indira hörte manchmal deren Reden über das Radio, und Onkel Rahamut sprach kopfschüttelnd über ihre Heldentaten, von denen er in den Zeitungen las. Sie widersprachen ihren eigenen und anderen Männern – und nicht zu knapp! Indira wußte instinktiv, daß Mrs. Bannerjee ihrem verstorbenen Mann niemals offen widersprochen hätte. Sie hatte ihre Ziele auf weniger aufdringliche Weise erreicht.

Indira starrte Nabil unter dem Schutz ihrer langen Wimpern mit glühenden Augen an. Dieser elegante anmaßende Mann war ihr wildfremd. Was war die «School of Economics», die er so oft erwähnte? War «Piccadilly» ein bestimmtes Dorf, wohin er abends gefahren war? Indira zog in der Anstrengung des Denkens ihre dichten Augenbrauen zusammen. Ihr scheuer junger Ehemann war in der Fremde ein Habicht mit unheiligen Schwingen geworden. Obwohl sie nichts wußte, ahnte sie, daß seine Lippen fremde Lippen berührt und seine Arme fremde Körper umarmt hatten. Habicht, dachte sie noch einmal. Denn er erinnerte sie tatsächlich trotz seiner Politur an den Krämer und Pfandleiher in ihrem Heimatdorf, den sie heimlich so genannt hatten. Mr. Dayal hatte sich auf den kleinsten Reissack und die letzten Chilis gestürzt, wenn ein Farmer verschuldet war und die Saris und das bißchen Silberschmuck von Frau und Töchtern längst verkauft waren.

Auch die alte Mrs. Bannerjee schwieg jetzt. Sie hatte gehofft, Nabil würde gereift und nüchtern nach Trinidad zurückkommen. Aber wer änderte sich in einigen Jahren oder Jahrzehnten? Hatte sie sich geändert, oder Indira? Mrs. Bannerjee seufzte unhörbar. Das Alter lud ihr zusätzliche Bürden auf. Langsam, langsam sank die heitere Fassade der westindischen Welt in den Abgrund ihrer eigenen unbarmherzigen Wahrheiten. Dabei war sie in ihren Wünschen so bescheiden geworden. Was wollte sie noch von dieser Existenz? Die Kühle des Abends, die Stimmen ihrer Toten, die Stille im Dorftempel. Wieso mußte sie plötzlich an Monsieur Pierre denken? War sie für Nabil nicht auch nur eine Geldquelle, wie Mamma Ellis es für ihren mißratenen Sohn war? Nein! Vergleiche waren unsinnig. Weder sie und die alte Marktfrau noch diese beiden jungen Männer ließen sich miteinander vergleichen.

Dennoch, Nabil hatte heute abend ihre letzten Hoffnungen zertreten. Er dachte nur an sich. Vielleicht war es Mrs. Bannerjees Mißgeschick, daß sie sich einer Wahrheit nicht verschließen konnte. Der Wirbelsturm der Erkenntnis hatte immer wieder das Erdreich ihrer Hoffnungen verwüstet. Ihr eigener Mann war in seinen jungen Jahren oft nach Port of Spain gefahren, und sie wußte, daß es keine Geschäftsreisen gewesen waren. Nabils Vater, ihr Lieblingssohn, war tot. Und Nabil selber hatte trübe Geheimnisse und ein verdorrtes Herz aus England heimgebracht. Sie wußte es, und Indira schien es zu ahnen. Trotzdem war Indira ganz ruhig. Sie verstand es, einen Zustand der Ruhe aus dem Chaos des Leidens zu schaffen. Aber wollte sie es jetzt?

Bis zu ihrer Heirat mit Nabil hatte Indira mit ihrem Vater das gepachtete Reisfeld besorgt, Kokospalmen, Mangobüsche und etwas Zuckerrohr gepflanzt und bei der Ernte auf der Bannerjee-Plantage geholfen. Das hatte etwas zusätzliches Geld in die Hütte gebracht. In der Regenzeit konnte man nichts verdienen. Kurz vor ihrer Heirat hatten sie eine magere Ernte gehabt, weil der Vater an einem tropischen Fieber erkrankt war und nicht hatte arbeiten können. Er war ganz plötzlich gestorben. Und Indira, die trotz ihrer Jugend immer Rat wußte, hatte handeln müssen. Ohne ihren Vater konnte sie die Pacht nicht bezahlen. Sie wollte nun auf der Bannerjee-Plantage ihren Reis und ein Dach über dem Kopf verdienen. Die ganze Gegend lief in der Not zur alten Mrs. Bannerjee. Denn sie gab nicht nur guten Rat – eine indische Leidenschaft –, sondern sie half mit der Tat, wogegen viele indische Ratgeber eine Abneigung haben.

Mrs. Bannerjee und Nabil saßen damals auf der großen Veranda und aßen Früchte und Süßigkeiten, als Indira mit ihrer Kuh ankam, deren Milch sie stets in ihrem Dorf verkauft hatte. Patma war eine gute Kuh, und außerdem galt eine Kuh bei den Hindus als glückbringend. Indira hätte Patma gern einem *Guru* als Respektgeschenk gebracht. Aber sie brauchte Geld für die Begräbniszeremonie, und so brachte sie ihren einzigen Schatz zu den Bannerjees. Nabil, jung, verwöhnt und bereits für eine passende Braut in San Fernando bestimmt, hatte niemals ein Mädchen wie Indira kennengelernt. Trotz ihrer Jugend besaß sie Würde und verbreitete Ruhe. Ein seltenes Talent. Indira war nicht schön. Ihre Hände und Füße waren derb und ihr Gesicht zu rund, aber sie hatte anmutige Bewegungen. Sie trug nicht einmal silberne Ohrringe. Ihre Jugend war ihr einziger Schmuck.

Damals hatte Nabil einen selbstlosen Traum geträumt. Er war nach Couva gefahren und hatte Schmuck für Indira gekauft. Aus alter Gewohnheit hatte er ihn auch im Traum für seine Großmutter anschreiben lassen. Kurze Zeit nach diesem Traum hatte er seiner Familie seine Heiratsabsichten mitgeteilt. Onkel Rahamut hatte getobt, und die Heiratsvermittlerin war mit langer Nase abgezogen. Die alte Mrs. Bannerjee hatte ihre Enttäuschung stoisch verborgen. Heute war ihr Indira eine liebe Gefährtin. Die Ehe war kein Erfolg geworden. Nabil langweilte sich sehr schnell mit seiner jungen Frau, denn sie verstand sich weder auf Schmuck und Kleider noch auf Schmeichelei. Natürlich war es möglich, daß sie diese uralten Werbemittel ablehnte. Wer kannte sich in Indira aus? Einen Sohn hatte sie auch nicht empfangen. Auch diese Enttäuschung trug die alte Mrs. Bannerjee mit Fassung, während Onkel Rahamut sich heimlich freute, daß er recht behalten hatte.

Aber Nabil und Indira waren jung. Sie konnten noch genug Söhne für das Besitztum bekommen. Das würde allerdings schwierig werden, wenn Nabil sich weiter so geringschätzig gegenüber seiner Frau verhielt, wie er es heute abend tat. Er hatte ihr noch keinen Blick geschenkt. Allerdings gab es bei ihr nicht viel zu sehen, denn Indira trug einen alten Sari und hatte sich weder parfumiert noch ihre Hand- und Fußnägel rot bemalt. Und ihre glatten schwarzen Haarsträhnen schauten hier und da unter dem Schleier hervor. Nabil betrachtete dies als eine persönliche Beleidigung. Er war an die kunstvollen Frisuren der Londoner Mädchen gewöhnt. Indiras

Einfachheit, die ihn entzückt hatte, erschien ihm heute nicht mehr begehrenswert. Er sah darin nur einen Mangel an Respekt und Dankbarkeit.

Mr. Bannerjee grübelte vor sich hin. Wenn Indira ihre Pflicht getan hätte, wäre sein Sohn heute über zwei Jahre alt und hätte ihm zum Willkommen eine Blumenkette um den Hals gehängt. Trotz seiner Verwandlung in einen Weltmann erinnerte er sich der indischen Weisheit, daß auf ein festliches Mahl das Aufstoßen folgen soll und auf die Brautnacht der Sohn. Plötzlich lächelte er seine Frau an. Er würde sich in Ruhe überlegen, wie er sie für ihre zahlreichen Versäumnisse strafen könne, und dieser Gedanke machte ihm Spaß. Daß er keinen Sohn hatte, ließ an seiner Männlichkeit zweifeln, und Mr. Bannerjee war nicht jemand, der solche Kränkungen schnell vergaß. Im Gegenteil! Er begoß sie bei Mondlicht mit Essig.

Wo blieb das Mahl? Ayah und ihre Helfer hantierten geräuschvoll im Küchenhaus. Es war jetzt still auf der Veranda. Selbst Nabils hektische Beredsamkeit war plötzlich vertrocknet wie ein Reisfeld ohne Regen. Sah seine Großmutter ärgerlich aus, weil sie seine Gedanken nicht mehr lesen konnte? Niemals hatte Mr. Bannerjee sich so gründlich geirrt. Sie las seine Gedanken nur zu gut. Sie wußte, daß die Insel, die Plantage und ihre Bewohner zu klein geworden waren für den großen Mann aus London. Nur das Essen schmeckte ihm, nachdem es endlich unter dem üblichen Zeremoniell aufgetragen worden war.

Nabil belebte sich, während er mit Genuß die heimischen Delikatessen verspeiste. Endlich fiel ihm wieder ein, was er noch über England sagen wollte. Nämlich, daß dort die Dummen viel klüger und die Armen viel reicher seien, als sie vorgäben. Daher die vielen Mißverständnisse.

«Ist das nicht überall so?» fragte die alte Mrs. Bannerjee.

«Keineswegs. Überall auf der Welt ist ein Mann stolz auf seine große Stellung oder sein Bankkonto oder seine Talente. Oder auf alles zusammen. In England versteckt man alles, was Ruhm eintragen könnte.»

«Das kann mir nur gefallen.» Mrs. Bannerjees Ton war drohend. Sie blickte Nabil starr und glühend an. «Sonst hast du mir nichts mitzuteilen, mein Sohn?»

Mr. Bannerjee sprang auf. Die kandierte Ananas blieb ihm in der Kehle stecken, und er spuckte sie wie ein Landarbeiter auf die Marmorfliesen. Er wischte sich mit seinem Taschentuch aus irischem Leinen den Schweiß vom Hals. So hatten sich seine Vorfahren den Schweiß in den Zuckerfeldern abgewischt. Nur hatten sie ein Platanenblatt dazu verwendet.

«Schrecklich heiß ist es hier noch am Abend!» sagte er heiser. In seiner Erregung sah er Indira in einem golddurchwirkten Sari. Im nächsten Augenblick brannte sie in ihrem alten Sari auf dem Scheiterhaufen. Mr. Bannerjees glatte Stirn zeigte tiefe Falten. Er mußte Indira fortschicken. Wie konnte er das bewerkstelligen? Heutzutage war es nicht so einfach, eine ungeeignete Ehefrau loszuwerden. Mr. Bannerjees Vorfahren hatten es da besser gehabt. Sie hatten nur «Unter dem Bambus» geheiratet. Während Nabil und Indira legal getraut worden waren. In San Fernando gab es genügend Anwälte, die einer unerwünschten Ehefrau helfen konnten, zu ihrem Recht und ihren Unterhaltsansprüchen zu kommen. Das würde alles Geld kosten, was Nabil nicht hatte. Auch er würde einen Rechtsbeistand beschäftigen müssen – das war die neue Zeit. Übrigens ahnte er, daß Indira sich nicht würde fortschicken lassen, selbst wenn sie ihn noch so finster anblickte. Sein scharf geschnittenes Gesicht mit der kühnen Nase und dem weichen Mund verzerrte sich. Indira sah es. Ihr Blick verschleierte sich. Durch diesen Schleier sah sie ihren Mann wie auf einem verwischten Foto.

«Ich fahre noch etwas herum.» Nabil war so rastlos und feindselig, daß seine Hände sich ohne sein Wissen zusammengeballt hatten. Er konnte diese schweigenden Frauen nicht mehr ertragen. Er griff sich an den Hals, als ersticke er. Dann jagte er in dem großen Familienwagen durch das blütengeschmückte Gartentor auf die Landstraße nach Couva. Seine karierte Reisemütze lag auf dem Boden der Veranda. Ayah hob sie auf und pustete mit gespitzten bläulichen Lippen den Staub ab. Es sah drollig aus, aber niemand lachte. Plötzlich war Ayahs verwittertes Gesichtchen schmerzverzerrt. Indira blickte erstaunt auf. Wußte Ayah etwas, was sie selbst nicht wußte?

«Geh schlafen, Ayah», murmelte Mrs. Bannerjee. «Verteile das Essen draußen! Das Fest ist zu Ende.»

Ayah und die Diener räumten die Metallschalen ab, in die Götter und Flötenspieler eingraviert waren. Sie waren noch halb gefüllt, denn Mrs. Bannerjee und Indira hatten so gut wie nichts gegessen. Auch die Körbe mit den kandierten Früchten waren noch voll. Aber die Herrin ignorierte die Verschwendung.

«Setz dich zu mir, Indira. Ich habe mit dir zu reden.»

Indira kniete vor der strengen alten Frau nieder und verhüllte ihr Gesicht mit dem Saum ihres Saris. Uralte Gebärde der Trauer. Sie murmelte: «Verzeih mir! Ich gehe in mein Dorf zurück. Mein Gatte kann sich in San Fernando auf moderne Weise von mir trennen lassen. Es wird ihn erheitern, da er es so wünscht.»

«Warum willst du uns verlassen, Indira?»

«Ich bin nicht gut genug für meinen Gatten und war es nie. Der Astrologe konnte lange nicht das passende Datum für unsere Hochzeit bestimmen. Erst nach Monaten nannte er es. Nicht gut genug», schloß Indira finster. «Ich muß gehen.»

«Bleib!» Es war eine Bitte, aber sie klang wie ein Befehl. «Ich muß mit dir reden, Indira. Als Nabil nicht mehr aus London schrieb, zog mein Sohn Rahamut Erkundigungen über ihn ein. Es war leicht für meinen Sohn bei seinen Beziehungen und seinen elektrischen Geräten und allem. Übrigens hat er immer behauptet, schlechte Nachrichten hätten Flügel.»

Mrs. Bannerjee verweilte bei Onkel Rahamuts Aussprüchen und Eigenheiten, als ob Indira zum erstenmal von seiner Existenz erführe. «Er ist schlau und gewandt, mein Sohn Rahamut! Wäre er sonst ein hochgeehrtes Mitglied der Handelskammer von Port of Spain?»

«Ich weiß es nicht», sagte Indira noch finsterer.

«Die Auskünfte über meinen Enkelsohn Nabil waren nicht günstig.» Die alte Mrs. Bannerjee sprach so tonlos, daß Indira aufblickte. «Soll ich dich mit heilkräftigem Balsam massieren, Großmutter? Was kann ich für dich tun?»

«Zuhören», sagte Mrs. Bannerjee mit ihrer gewohnten Stimme. Also hörte Indira zu. «Ich kann es nicht glauben», flüsterte sie endlich. «Aber es ist so. Mein Enkelsohn Nabil lebte zu fern von seinen Verwandten und zu nahe am Wasser.»

«Er braucht eine Weltfrau», murmelte Indira. «Ich konnte ihm schon lange nicht mehr nützlich sein. Seitdem der Astrologe . . .»

«Ich weiß, ich weiß», sagte Mrs. Bannerjee eilig.

«Eine Weltfrau», wiederholte Indira starrsinnig. «Schlau, träge, parfumiert, mit zarten Gliedern und flinker Zunge.» Indira mußte lange über Weltfrauen nachgegrübelt haben. Sie murmelte noch einmal: «Ich war niemals gut genug für ihn.»

«Du warst immer *zu* gut für ihn, hörst du», sagte die alte Mrs. Bannerjee steinern.

II

Nabil raste die Straße nach Couva entlang. Diese Stadt war die Hochburg der ostindischen Juweliere. Mr. Bannerjee hoffte, der Anblick der handgearbeiteten Schmuckstücke und die Kühle des Abends würden ihn beruhigen. Er betrachtete Silberfiligran und Juwelen mit derselben gespannten Aufmerksamkeit wie die Londoner ihr Fernsehprogramm. Alle, alle auf der nächtlichen Flucht vor sich selbst oder dem täglichen Einerlei! Londoner! Was hatte er mit ihnen erlebt! Herzzerbrechende «Mißverständnisse», ein halbes Dutzend Demütigungen pro Tag. Er stöhnte in seinem Wagen. Niemals würde er einsehen, daß seine Neigung zur Nabelschau, verbunden mit plötzlicher Angriffslust, an vielen beschämenden Vorfällen schuld gewesen war. Vielleicht war er zu streng gehalten gewesen und dabei zu behütet in einer Gesellschaft aufgewachsen, deren komplizierte Tabus und Handlungsmotive sich grundlegend von der Moral und Praxis der Engländer unterschieden. Mißverständnisse erlebte jeder Ausländer in England, wobei die Hautfarbe durchaus nicht immer den Ausschlag gab. In diesem Land blieben die Ausländer eben Ausländer, und ein Exil blieb ein Exil. Mr. Bannerjee hatte sich öfter gewundert, warum so viele Westindier sich in England ansiedelten, während die Afrikaner aus Afrika nur das eine Ziel hatten, ihre in England erworbenen Kenntnisse der Heimat nutzbar zu machen.

Mr. Bannerjees England-Erfahrungen waren besonders schmerzhaft gewesen, weil er aus ostindischem Milieu stammte. Afrikaner reagierten anders auf gleiche Erfahrungen. Nabil hatte öfter junge und gebildete Neger über Meinungsverschiedenheiten zwischen ihnen und den Engländern lachen hören. In keinem Fall nahmen sie sie ernster, als sie es verdienten, und sie vergaßen unbeabsichtigte Kränkungen schnell und großmütig. Inder neigten dazu, aus einer Komödie der Sitten ein klassisches Trauerspiel mit kompliziertem Nachspiel zu machen. Sie konnten nicht vergessen. Daher war Nabils London-Erlebnis zum großen Teil unfruchtbar geblieben. Er hatte Racheakte ausgebrütet, die von keinerlei praktischer Wirkung waren. Sobald er in seinen Londoner Erinnerungen herumwühlte, verspürte er abwechselnd Wut und Trauer. Auf jeden Fall fassungsloses Erstaunen über die Dinge, die *ihm* passiert waren. Sie lagen ihm auch jetzt noch auf dem Weg nach Couva wie Steine im Magen.

Nabil stöhnte noch einmal. Hauptsächlich wegen seiner Großmutter. Die alte Frau wußte zuviel. Er hatte es gegen Ende des Festmahls in den Knochen gespürt. Ihre Reden waren so ungenießbar geworden wie kalter Reis. Aber *was* wußte sie? Und wer hatte ihr etwas gesagt? Auf die nächstliegende Person, Mr. Rahamut Bannerjee, kam Nabil nicht, weil er zum Nächstliegenden immer nur auf schwierigen Umwegen gelangte.

Die Sonne versank hinter den Bergen. In «Klein-Indiens» verstreuten Hütten und Veranden flammten Öllichter und Glühbirnen auf. Die Lämpchen zitterten im Abendlicht wie verlorene Geister. Mr. Bannerjee verschmolz mit den Flämmchen und nickte ihnen schwermütig zu. Seine weichen, vollen Lippen bebten. Er wollte am liebsten sterben – in seiner Situation wäre es bestimmt das bequemste. Aber wie üblich konnte er sich nicht zu praktischen Schritten entschließen. Wie einfach wäre ein Sturz von der Westminster Bridge gewesen. Warum hatte er so viele Gelegenheiten zur Rettung verpaßt? Trotz dieser düsteren Überlegungen verspürte Mr. Bannerjee plötzlich wütenden Hunger. Die Süßigkeiten daheim waren ihm im Halse steckengeblieben, und die üppigen Speisen hatte er längst verdaut. Bei allen seinen Leiden erfreute er sich eines robusten Magens – es war seine einzige Ähnlichkeit mit seinem Onkel in San Fernando. Aber was nützte ihm seine Gesundheit? Er seufzte tief und nicht ohne Genuß. Da er seine Fehlschläge meistens vorher in seinen Handlinien las, überraschte ihn das Scheitern seiner goldenen Hoffnungen nicht. Leider hatte ihn in London diese Begabung immer mehr verlassen. Selbstverständlich würde er der Familie sein Fiasko andeuten, aber keine Einzelheiten erzählen müssen. Wer wollte Einzelheiten wissen, wenn das Fett im Feuer verbrannt war? Onkel Rahamut wollte es.

Friß mich nur nicht auf, Tiger-Mann! Die Engländer bewunderten mich, ob du es in deinem San Fernando glaubst oder nicht. Geh doch nach London und finde heraus, was das Leben in dieser verdammten Stadt kostet, hörst du. Mr. Bannerjee war so sehr in sein heftiges, aber gefahrloses Gespräch mit seinem Onkel vertieft, daß er beinahe einen Hund überfuhr. Ein Neger in einem grellen Hemd und einem kleinen Strohhütchen fluchte hinter ihm her. Echt Trinidad, dachte Mr. Bannerjee angewidert. Den Burschen hätte er in Piccadilly sehen mögen – mit seinem Hütchen und seinen ungehobelten Redensarten. *No Coloureds, please!*

Nabil fuhr mit lebensgefährlicher Geschwindigkeit weiter. Er hatte kein festes Ziel, und das gefiel ihm. Er fühlte sich immer besser und hungriger. Wie friedlich waren diese Dörfer! Warum hatte er sie verlassen? Bei diesem Gedanken hätte er am liebsten geweint. Aber er konnte nicht gleichzeitig fahren und weinen. Warum hatte der Mensch nicht drei oder vier Augen? Sofort zügelte Mr. Bannerjee sein Tempo und seine Phantasie. Er konnte als Mißgeburt wiedergeboren werden, wenn er sich Mißgeburten vorstellte. Amitié hatte es ihm ohnehin prophezeit. Sie hatte an allem schuld. Sie hatte ihm *Obeah** an den Hals gewünscht. Er ihr übrigens auch – aber erst am Schluß ihrer Freundschaft, als sie ihn *Zombi*** genannt hatte, und er fürchtete, es sei die Wahrheit. Was hatte eine *Voodoo*-Hexe aus Haiti in diesem London zu suchen? Warum hatte er sie treffen müssen? Sie jagte ihm solche Angst ein, daß er manchmal nachts laut geschrien hatte, was seiner Zimmervermieterin mißfiel. Keine hatte ihn dann haben wollen.

Wie sollte er das alles Onkel Rahamut erklären? Er würde ihm einfach sagen, seine Karten seien gemischt gewesen, bevor er in London landete. Das war die Wahrheit, und jeder Hindu verstand sie. London war unheimlich. Amitié ebenfalls. Aber die Dame Amitié in London – das wünschte man seinem schlimmsten Feind nicht. Dazu hatte sie Mr. Bannerjee mit ihrem Küchen-Französisch, das er nicht verstand, mürrisch und mürbe gemacht. Amitié sprach nur französisches Cockney-Englisch, wenn es gar nicht anders ging. Einmal hatte Nabil sie gefragt, warum sie nicht nach Paris gegangen sei, wo sie doch aus Haiti stamme. Aber sie hatte ihn kichernd einen kleinen Narren genannt, obwohl er zwei Köpfe größer war als sie. Er durfte nie mehr an Amitié denken. Und schon gar nicht an ihre Kräuter. Sie hatte ihm für seine letzten englischen Pfunde *Ortie* verkauft – ein Kraut gegen «Wahnsinn und innere Verrenkungen». Wahrscheinlich war es getrockneter Spinat aus einem Laden in Lambeth gewesen. Sofort dachte Mr. Bannerjee an Onkel Lals Gemüse- und Krämerladen für heimwehkranke Westindier in Lambeth. Seine Augen wurden ganz leer.

Da dachte er noch lieber an Onkel Rahamut. Bei ihm wußte er wenigstens, woran er war. Er würde ihn respektvoll daran erinnern, daß die *Gita**** das Wachstum der Seele vor den weltlichen Erfolg setzt. Brüll mich nicht so an, geehrter Onkel. Meine Karten waren gemischt, Mann! Ich werde alles abzahlen. Du mußt mir nur etwas Zeit lassen. Du weißt doch, ich bin zuverlässig und halte, was ich verspreche. Warum lachst du, Onkel Rahamut? Du lachst wie ein Schakal, wenn ich mir den Vergleich erlauben

* Böser Zauber, Westindien.

** Ein Körper ohne Seele.

*** Heilige Dichtung der Hindus.

darf. Ich gehe jetzt, Onkel Rahamut. Ich habe mich in London in anderer Gesellschaft bewegt. Ich bin tobende Verwandte nicht mehr gewöhnt. Du glaubst wohl, du kannst dir Manieren sparen, weil du so reich bist? Lebe wohl, verehrter Vormund!

Mr. Bannerjee runzelte die Stirn und verlangsamte sein Tempo. Warum sollte er überhaupt nach San Fernando fahren? Er hatte sich soeben in aller Ruhe mit Onkel Rahamut ausgesprochen. Tiger-Mann war so beeindruckt gewesen, daß er nichts geantwortet hatte. Nun sehnte Nabil sich nach Stille. Aber die konnte er nicht einmal im ländlichen Trinidad haben. Auch diese kleine Welt würde immer geräuschvoller. «Radio Trinidad» zerriß die Abendstille der Felder und Savannen mit so dröhnenden Darbietungen, daß die Kokospalmen zitterten. Mr. Bannerjee wurde alle paar Minuten dringend ermahnt, seinen Wagen mit Benzin der Couva Garage Limited zu füttern. Er sollte Coca-Cola trinken. Er sollte seine Hemden nur bei Gebrüder Soundso in San Fernando kaufen. Von einer Veranda ertönte ein spanisches Lied: «Radio Venezuela». Dort meditierte Monsieur Pierre auf Staatskosten. Der hatte nicht Mr. Bannerjees Sorgen, glücklicher Bursche! Und Mamma Ellis war eigentlich in jedem Fall bedeutend umgänglicher als die Göttin Kali auf der großen Plantage. Nabil hielt einen Augenblick und hörte Radio Venezuela. Es kostete nichts. Die träumerische Melodie konnte übrigens den harten spanischen Realismus nicht verzukkern, aber Mr. Bannerjee war gegen diese Tatsache unempfindlich.

Weil ein armer Dorfjunge
ein Ei gestohlen hat,
schwingt er am Galgen in der Sonne,
Aber ein anderer begeht tausend Verbrechen
und niemand bestraft ihn.

Wenn du Pfiffe erwartest,
hörst du Flötenspiel.
Wenn du Flötenspiel erwartest,
gibt es Pfiffe.

Wie außerordentlich wahr, dachte Mr. Bannerjee verbittert. So ging es überall zu auf der Welt. Natürlich auch in England. Besonders in England, das ein Produkt seiner Phantasie und der rachsüchtigen Wirklichkeit gewesen war. Wie hatte er Flötenspiel erwarten können?

Der Anblick einer auf Pfählen erbauten Gaststätte am Wegesrand heiterte ihn auf. Auf der von nackten Glühbirnen erleuchteten, staubigen Hauptveranda hockten Feld- und Fabrikarbeiter. Männer jeden Alters, in langen geflickten Baumwollhosen oder ehemals weißen Shorts oder Dhotis. Nackte Füße in uralten Sandalen. Weiße, gelbe, rosa und grüne Hemden. Sehenswerte Kopfbedeckungen. Die Männer spielten auf einer zerrissenen Fußmatte Karten, oder sie tranken und schwatzten oder waren schweigend vergnügt, weil die Arbeit für diesen Tag beendet war. Nun genossen sie das Leben. Frauen und Mädchen waren nicht dabei. Diese fröhlichen Herren erinnerten Nabil an das Londoner «Clubland» in der St. James' Street. Aber nur die Abwesenheit der Damen und die vollen Gläser stimmten. Im Londoner «Clubland» lachte niemand so laut und so lange. Niemand war so gesprächig. Niemand sang unanständige Lieder, und niemand trug ein knallrotes Hemd mit aufgedruckten Schlangen oder Kokosnüssen. Die Londoner Bruderschaft bezog ihre Verkleidungen aus der Saville Row oder um die Ecke.

Mr. Bannerjee sog mit Genuß den Essensgeruch ein und sah sich das Gasthaus näher an. Die ganze Hinterwand der Veranda wurde von einer Theke eingenommen. Darüber hing ein von roten Glühbirnen erleuchtetes Plakat: *Riverbanks Speisehaus. Caribische Spehzialiteten. Ostindische Cuisina. Alle Getränke der Welt. Kredit für Stammgäste! Fühlen Sie sich wie bei Mama oder wohler. Herzlich willkommen.*

Mr. Ezekiel Riverbank, der Besitzer des Restaurants, hatte dieses Epos persönlich verfaßt, mit windschiefen Buchstaben aufgemalt und in den Glühbirnenkranz befördert. Eine wacklige Holzstiege führte zu einer Seitenveranda und Wiesen und Feldern. Auf der kleinen Veranda hockten zwei Frauen vor ihren Öfchen und bereiteten scharf gewürzte, durstfördernde Speisen. Salzfisch, pikante Krabben, gebackenes Gemüse und *Chapattis**. Die fleißigen Köchinnen waren Mrs. Gulab Riverbank und ihre Tochter Margaret, «Papas Augapfel» genannt. Mr. Riverbank hatte eine Inderin aus der Caroni-Ebene geheiratet. Miss Margaret war mit ihren vierundzwanzig Jahren noch zu haben, weil sie eine *Dugla*** war und in keine Völkerfamilie richtig hineinpaßte. Mrs. Riverbank nannte ihre Tochter starrsinnig *Madhuri*, was das junge Mädchen übelnahm. Ständig beklagte sie sich bei Papa. Mr. Riverbank verabreichte dann seiner unbelehrbaren Gattin eine Tracht Prügel und schrie: «Dies für Madhuri! Tochter heißt Margaret. Papas Augapfel. Schreib dich das hinter deine langen Ohren, hörst du.»

Mit der Erwähnung ihrer Ohren hatte Papa die Schwelle ihrer Toleranz überschritten. Als direkte Folge verbrachte er die Nacht mit einer hübschen jungen Dame aus der Nachbarschaft. Die arme Gulab, die ihre langen Ohren mit Glasperlenschmuck zu verdecken suchte und sie dadurch noch auffallender machte, drohte jahrelang, Madhuri im Gepäck ihrer Wege zu ziehen. Der große dicke Mr. Riverbank nahm diese Drohung mit Gleichmut hin. Er wußte warum. Außer ihren drei alten Saris besaß Gulab kein Gepäck. Und Margaret würde ihn niemals verlassen. Außerdem wollte Gulabs Familie mit niemandem Reis essen, der mit einem Neger «Unter dem Bambus» lebte. Gulab drängte seit Jahren auf die legale Heirat, aber Mr. Riverbank konnte seine wertvolle Zeit nicht an überflüssige

* Indische Pfannkuchen mit Curryfleisch-Füllung.
** Mischling von Inder und Neger.

Formalitäten verschwenden. Wenn Gulab zu aufdringlich wurde, sagte er beruhigend: «Du schon lange, lange Mrs. Riverbank und damit basta.» Gulab senkte ergeben den Kopf mit dem glänzenden Zopf und klirrte mit ihren Ohrgehängen. Heimlich bewunderte sie Mr. Riverbank wegen seiner Männlichkeit. Er schlug seelenruhig zu, wo ihr Vater und ihre Brüder nur wildblickend gedroht hatten. «Dein *Daddyji** is richtig, richtig», sagte sie oft zu ihrer gähnenden Tochter. Im Anschluß flehte sie Madhuri an, auf das Essen aufzupassen: «Spar nich mit das Öl, Mensch, *roti*** brennen schwarz, schwarz.»

Als Mr. Bannerjees Wagen vor dem Hotel hielt, war der Zank zwischen Mutter und Tochter auf dem Höhepunkt angelangt. Miss Riverbank schüttelte drohend ihren Krauskopf und schrie: «Der Name is Margaret Honorarabble Riverbank. Genau wie in Zeitung. Schreib dich das endlich hinter deine langen Ohren, Mama!» Sie warf die verbrannten *roti* verächtlich in den Hühnerhof und drehte ihrer Mutter den Rücken zu, während sie mit einem Blick auf ihre goldene Armbanduhr Papas *calaloo* umrührte. Diese Speise mußte alle fünfzehn Minuten umgerührt werden, und nur Papas Augapfel nahm diese Mühe auf sich. Der Lohn waren einige westindische Dollars und ein schmatzender Kuß.

Mr. Bannerjee lief leichtfüßig zur Hauptveranda hinauf. Er kannte dieses Gasthaus seit seiner Schulzeit. Das erleuchtete Schild, dessen Text alle paar Jahre erneuert wurde, die feuchte Theke, die Mr. Riverbank gelegentlich mit seinem giftgrünen Taschentuch säuberte, Gulabs Sari und Margarets kurzes, geblümtes Kleid, das zum Entsetzen ihrer Mutter die fetten runden Beine enthüllte – Mr. Bannerjee kannte das alles. Auch die wohlgefüllte Bar und die malerisch gekleideten Stammgäste. Es beruhigte ihn. Natürlich hatte er niemals zuvor diese Gaststätte betreten dürfen. Dafür hatte seine Familie gesorgt. Sie mischten sich nicht mit anderen Schichten der Bevölkerung. Onkel Rahamuts Kastengeist, den er aus Geschäftsgründen vor amerikanischen Partnern belächelte, hätte ihm niemals erlaubt, zu Mr. Riverbank zu gehen. Und wenn er seinen Neffen heute abend in dieser Bude gesehen hätte, wäre Nabil das gute Diktaphon an den Kopf geflogen.

Übrigens unterschied Nabil Bannerjee sich äußerlich wenig von Mr. Riverbanks Stammgästen. Seine Londoner Manieren waren vom Nachtwind verweht. Sein zerzaustes Haar, das verschwitzte Sporthemd, das ihm jetzt nach heimischer Sitte lose über die Hosen hing, der zerknüllte Seidenschlips um den offenen Hemdkragen – niemand hätte auf den ersten Blick in diesem Trinidad-Mann den Weltreisenden Bannerjee mit der schottischen Reisemütze erkannt. Seine innere Verwirrung hatte seine Eleganz vernichtet. Nur seine feinen, gepflegten Hände konnten verraten, daß er ein Kopfarbeiter war, falls er arbeitete. Er hielt sie in den Hosentaschen. Er

* Geehrtes Papachen.
** Indisches Omelett.

setzte sich ans äußerste Ende der Theke und bestellte im Dialekt der Gegend geeisten Rum mit Früchten. Auf der Farm seiner Großmutter wurden nur Fruchtsäfte und Milch serviert. Ungeniertes Trinidad-Gespräch und dröhnendes Gelächter brandeten um Nabil herum. Insel-Englisch, Insel-Spanisch, geflüstertes Hindi in einer Ecke. Niemand sprach hier Küchen-Französisch.

Hatte Mr. Bannerjee jemals das Englisch der Königin gesprochen?

Die Flut der Gespräche stieg ihm bis an den Hals. Ihm war, als zerfalle er lautlos in Stücke. Der Prozeß hatte in London begonnen. Tatsache war, daß Nabil nirgends mehr hingehörte. Der kräftige Realismus und die sorglose Fröhlichkeit dieser westindischen Saufbrüder war ihm fremd geworden. *Erst trink Rum, stirb später!* Aber Mr. Bannerjee wollte erst essen. Der Speisenduft aus der Kochveranda erinnerte ihn an Amitiés Kochkunst in einem Londoner Hinterzimmer. So verhängnisvoll sie auch für ihn gewesen war, sie hatte herrlich gekocht. Er durfte nicht mehr an Amitié denken. Er schloß in großer Ermüdung die Augen und hätte sich gern die Ohren verstopft, denn Mr. Riverbanks Gäste sprachen laut und ungeniert über die Dinge, die man in London höchstens gedämpft andeutete: Geldsorgen, Ehebruch, Liebesbruch, Skandale, Sex ohne Zuckerguß und anderer Leute Geheimnisse. «Die Frau macht mir krank, Mann!» Der Kranke war ein vergnügter riesiger Neger, den so leicht nichts umwarf. Sein Gesprächspartner ging nicht auf Mr. Reeds Leiden ein, denn er hatte das alles zu oft gehört. Er erkundigte sich teilnahmsvoll nach den letzten Fußballkämpfen.

«Die Frau bringt mir ins Grab, hörst du? Laß mir mit dein Fußball in Ruh! Sie is zu, zu großmächtig geworden. Schreit und wirft mich den Topf mit teures Essen an den Kopf. Ich hau mit Bierflasche zurück. Sie schreit. Was soll ich tun, Mann?»

«Schick ihr weg, Mann. Immer das einfachste. Sonst schlägst du ihr noch tot.»

«Tu ich», sagte Mr. Reed geschmeichelt und reckte die mächtigen Arme. «Treu is sie mich auch nich, hörst du? Kaum daß ich weg bin, hurt sie hinter mein nichtsahnenden Rücken mit ihre Fabrikarbeiter rum.»

«Hast du ihr ertappt?»

«Noch nich. Aber bald.» Mr. Reed begann plötzlich dröhnend zu lachen und gab eine saftige Zote zum besten.

Mr. Bannerjee litt Qualen beim Zuhören. Er wandte die Augen von den beiden ab und betrachtete die zwei Inder in der Ecke, die sich wohlerzogen von der Menge abgesondert hatten. Sie besprachen die Tagesereignisse. Mr. Satrughna war die wandelnde indische Lokalzeitung. Er berichtete seinem Freund Ram die letzten Neuigkeiten in Trinidad-Englisch, damit der unbekannte Inder an der Theke auch etwas davon hatte.

«Weißt du das Allerneueste, Mann? Bannerjee-Neffe zurück in Trinidad. Saß lange ins Gefängnis in dies London.»

«Du bist zu flüchtig beim Zuhören, Mann. Mamma-Ellis-Sohn sitzt in

Caracas. Monsieur Pierre. Bannerjee-Neffe in London Geldsachen studiert. Wer hat dich was von Gefängnis erzählt?»

Mr. Satrughna begann zu flüstern. Er flüsterte grundsätzlich in Hindi und schrie in Englisch. Beide Herren hatten nie ein Mitglied der Familie Bannerjee zu Gesicht bekommen. Nicht einmal auf Zeitungsfotos. Selbst Onkel Rahamut, der seinen Geschäftsfreunden vieles zuliebe tat, ließ sich nicht fotografieren. Das brachte Unglück. Sein Freund Ananda Kathuria von Kathuria Limited Iron and Steel hatte nach einem fotografischen Angriff auf seine Person am selben Abend ein Magenleiden entwickelt. Nach Ansicht des Arztes aß Mr. Kathuria zu viel, zu fett und zu süß. Trotzdem sprachen alle Anzeichen gegen das Fotografiertwerden. Wenn prominente Mitglieder der Handelskammer bei ihren hitzigen Diskussionen über die Zuckerindustrie für den *Trinidad Guardian* geknipst wurden, verbarg Onkel Rahamut voller List sein Gesicht in seinem Taschentuch und tat, als ob er heftigen Schnupfen hätte. Ein Magengeschwür hätte ihm gerade noch gefehlt. Genug, daß ihm sein wertloser Neffe im Magen lag.

Nabil hätte sich gern die Ohren abgeschnitten, denn Mr. Satrughna verbreitete sich weiterhin über Gefängnisse.

«So was heißt *Tower* in London. Sehr vornehmes Gefängnislokal, für Fürsten und reiche Leute. Hab's im Film in San Fernando gesehen. Bannerjee-Neffe saß auch im Tower. Kein Wunder bei dies Geld!»

Kein Zweifel, Mr. Satrughna in seinem Kastenstolz hielt eine Haft im Londoner Tower für eine Auszeichnung. Er hatte den Film ‹*Anna Boleyn*› gesehen.

Nabil versteckte nach Onkel Rahamuts Beispiel sein Gesicht in seinem Taschentuch und drehte den beiden Verleumdern den Rücken zu. Der Vergleich mit Monsieur Pierre hatte ihn tödlich beleidigt. Als ob er Gelder unterschlagen würde! Er hatte vergessen, wie die Leute in Trinidad klatschten. Die Menschen waren grausam. Und warum hörten sie niemals richtig zu? Wahrscheinlich, weil in Trinidad jeder am liebsten selber sprach. Natürlich war der Tower Mr. Bannerjee nicht unbekannt. Wie jeder Ausländer hatte er diese historische Stätte besichtigt. Und zwar auf Wunsch der blonden englischen Margaret. Sie hatte auf diesem Besuch bestanden. Mr. Bannerjee hatte nach einer gründlichen Erforschung seiner Handlinien festgestellt, daß der Tower ihm Angst einjagen würde. Genausoviel Angst wie Margarets Mutter ihm einjagte. An die beiden durfte er auch nicht mehr denken.

Aus der Kochveranda des Restaurants drangen Schreie auf die Veranda der Gäste. Gulab Riverbank zankte sich heftiger als sonst mit ihrer Tochter. Madhuri durchbohrte ihr das Herz mit vergifteten Reden, während sie Papa Essen fertigmachte. Natürlich konnte Gulab die Bestellungen der Gäste nicht pünktlich ausführen, da ihr das Herz brach. Mr. Bannerjee wartete ergrimmt. Unter gewöhnlichen Umständen hätte er Krach geschlagen, denn in Trinidad werden Ermahnungen in Moll ignoriert.

Aber er wollte nicht auffallen, obwohl niemand ihn in dieser unwürdigen Gaststätte kannte. Vorsichtshalber setzte er sich seine schwarze Sonnenbrille auf, obwohl der Mond aufgegangen war. Mit seinem scharfen Profil ähnelte er ein wenig einem indischen Sherlock Holmes auf Verbrecherjagd. Aber Nabil wollte niemanden jagen. Er wollte nur Fleischbälle in Currysauce, gefüllte Eierkuchen und *ladoo* – die schwere, tröstliche Süßspeise.

Endlich brachte Gulab das Essen, und er stürzte sich darauf, als hätte er jahrelang gehungert. Die Inderin mit den großen Ohren kochte gut. Aber warum sah sie so finster aus? Und sie klirrte so laut mit ihren wertlosen Ohrgehängen, daß Nabil Kopfschmerzen bekam. Aber wer Honig essen will, der muß mit Bienenstichen rechnen. Er genoß die heimatlichen Speisen, was immer auch später über ihn hereinbrechen mochte. Seine Laune besserte sich, und plötzlich mußte er an Indira denken, die auf der Farm auf ihn wartete. Er verspürte ein leichtes Schuldgefühl. Selbstverständlich war er immer ohne sie essen gegangen. Aber vielleicht war sie erstaunt, daß er an seinem ersten Abend in Trinidad davongelaufen war. Erklärungen war er ihr nicht schuldig, und er würde sie ihr auch nicht geben. Mr. Bannerjee beruhigte sich mit dem Gedanken, daß Indira stets schwieg und jede Situation akzeptierte. Auf jeden Fall aß er jetzt mit Seelenruhe. Wie die beiden unbekannten Inder in der Ecke gebrauchte er die Finger dazu. Nur nicht auffallen! Die scharfen Gewürze, der Hauch von Zimt und Zitronensaft und der reine Geschmack der entwässerten Butter brachten durch die Macht des Gegensatzes Visionen von billigen Londoner Speisehäusern zurück, die er in letzter Zeit dort besucht hatte. In der indischen Küche vermählten sich Fleisch und Gemüse mit den Gewürzen. Die englische Neigung, scharfe Saucen über fade Gerichte zu gießen, kränkte Mr. Bannerjee noch heute. So hatte er einmal an einem Novemberabend mit einem trocknen Roastbeef gekämpft, als Amitié sein Restaurant in der Baker Street betrat. Das heißt, sie hatte es nicht betreten, sie mußte durch die rauchige Luft geflogen sein.

Schließlich war sie eine Hexe, und Hexen können fliegen. Mr. Bannerjee wollte nicht daran denken, was sie sonst noch gekonnt hatte. Auf jeden Fall saß sie ihm damals frierend in ihr Wolltuch gehüllt gegenüber und blickte ihn aus feurigen schwarzen Augen an. Sie hatte die lustigsten, leuchtendsten Augen, in die er je geblickt hatte, und den traurigsten Körper. An jenem Abend wartete sie auf ihre Freunde: *Lusty, Mellow Yellow* und *Tarzan V.* Alle aus Jamaika. Auch Amitié, die aus Haiti stammte, war einem Mann nach Jamaika nachgereist. Sie reiste gern jemandem nach. Sie nannte es «die Inseln wechseln». Sie hatte eine Zeitlang mit diesem Mr. Hicks in Jamaika gelebt und hatte ihn dann bis nach England verfolgt. Angeblich hatte jemand sie in einem Reissack eingeschmuggelt. Sie war so winzig. Der Matrose Hicks war dann eines Tages aus Lambeth verschwunden. Niemand wußte wohin. So war sie in London geblieben. Das bedeutete natürlich nicht, daß sie dort lebenslänglich sitzen würde. Sie war die einzige Westindierin, die Nabil Bannerjee zufällig in London kennengelernt hatte.

Es geschahen ihm so oft Dinge ohne seinen Wunsch und Willen. Seine Karten waren gemischt. Er hatte von Anfang an seine Landsleute gemieden. Das war einfach, weil er kein Geld und keinen Rat von ihnen brauchte. Seine Familie hatte ihm ein Bankkonto bei Barclays eingerichtet, das in regelmäßigen Abständen aufgefüllt wurde. Dafür sollte er in regelmäßigen Abständen Wissensstoff auffüllen. Er war unter Tausenden von arbeits- und wohnungssuchenden Westindiern eine Ausnahme, aber in seiner prächtigen Isolierung wußte er es nicht. Lange Zeit merkte er wirklich nichts von der Stimmung gegen exotische Einwanderer, die sich gegen Ende der sechziger Jahre mehr oder weniger offen in bestimmten Wohnbezirken und auf den Arbeitsstellen manifestierte. Ein Student mit eigenen Mitteln und guten Manieren schien immun zu sein.

Er war in der ersten und in der allerletzten Zeit sehr einsam in London gewesen, aber das war nichts Besonderes und hatte nichts mit seiner Herkunft zu tun. Diese Stadt wimmelt von unfreiwilligen Einsiedlern und Asketen wider Willen, die sich heimlich und beschämt nach Leben und Gesellschaft sehnen. Nabil war durch sein ausgedehntes Familienleben und das gesellige Klima von Trinidad nicht gewöhnt, sich ohne Publikum die Zeit zu vertreiben. Bei jedem Anlaß zur Freude oder Trauer hatten sich Dutzende von Bannerjees auf der Farm oder in San Fernando versammelt und Tag und Nacht gegessen, getrunken, gesungen und geschwatzt. Und wenn Nabil niemanden gehabt hatte, dann war da Indira – eine Zuhörerin auf Lebenszeit. Oder der Sportplatz. Oder Restaurants, die den Bannerjees gut genug waren. Niemand hätte Nabil daheim sagen können, daß London aus vielen kleinen Städten und Dörfern mit verschlossenen Häusern besteht. In Trinidad spielte sich das Leben auf Veranden und in Gärten ab, und jeder konnte jeden sehen und beobachten. Nabil hatte einmal versucht, durch eine Londoner Gardine hindurch das Innere eines Wohnzimmers zu erspähen, was bei den niedrig gelegenen Fenstern nicht schwierig war. Ein älterer Herr mit einem puterroten Gesicht und einer Bulldogge an seiner Seite hatte zurückgestarrt. Mr. Bannerjee war geflohen und hatte diesen verzweifelten Versuch, am Leben der Engländer teilzunehmen, nicht wiederholt. In Trinidad hätte man ihn sofort hereingebeten.

Er war erst zwanzig Jahre alt und ganz unerfahren. Zuerst lebte er in einer soliden Pension in Belsize Park. Er bewohnte das Zimmer für sich allein statt mit sechs bis acht Personen. Dort war alles gepflegt und höflich. Onkel Rahamut hatte für ein passendes Logis gesorgt, nicht zu teuer und nicht zu billig. Er hatte beim westindischen Konsulat in London seine Wünsche für seinen Neffen angemeldet. «Ein geräumiges Zimmer für eine Person ohne Hund. Zivile Preise. Religiöse Toleranz erwünscht. Ebenfalls erwünscht: indisches Frühstück*.»

* Garnierter Reis, Chapatti, frische Früchte und Musik.

Das Konsulat gab nur die Forderung nach zivilen Preisen an die Agentur weiter, bei der Mrs. Grey, Nabils Wirtin, registriert war. Der Rest von Onkel Rahamuts Forderungen verschwand im Papierkorb der Konsularabteilung. Der war geräumig und nahm alles auf.

Natürlich aß Mr. Bannerjee bei Mrs. Grey sein englisches Frühstück, das zu den besten der Welt gehört, und lauschte westlicher Schlagermusik aus seinem Transistorradio. Es mußte nicht Calypso-Musik sein, die man überall in Londoner Nachtlokalen oder auf Schallplatten hören konnte. Und selbstverständlich auch in Trinidad.

Mrs. Grey war mit einem Marineoffizier verheiratet gewesen und hatte sich nach dessen Tod mit einer Freundin eine Teestube in einer Kathedralenstadt eingerichtet. Das Lokal hieß: «Die fleißige Biene». Niemand wußte, wer eigentlich die fleißigen Bienen in diesem Unternehmen waren. Entweder waren es Mrs. Grey und ihre Freundin oder die Touristen, die nach Besichtigung der Kathedrale Tee, Toast, Rosinenbrötchen, Sandwiches und kleine glacierte Kuchen haben wollten. Dies alles ohne Musik. Es gab viele Bienenkörbe in kleinen englischen Städten, deren Anziehung entweder eine Kathedrale oder ein Markt war. Nach einer in Pianissimo geführten Aussprache mit ihrer Busenfreundin ließ Mrs. Grey sich auszahlen, kehrte in ihr Haus nach Belsize Park zurück und ließ reparieren, was ihre Mieter in ihrer Abwesenheit ruiniert hatten. Ihre neuen Mieter konnten weniger Mobiliar zertrümmern, denn die Zimmer waren jetzt dreiviertel leer. Das beste Stück war das Gasfeuer, das die Mieter mit Shillingen füttern mußten – eine beträchtliche Ausgabe für Tropenpflanzen. Nabil saß meistens mit der schottischen Reisemütze auf dem Kopf in ein dickes Plaid gehüllt an diesem häuslichen Herd und meditierte. Oder er hörte sich die englischen Gruppensänger an, die gerade modern waren und ihr Bestes taten, heulenden Derwischen zu gleichen.

Mrs. Grey war eine passionierte Tierfreundin und besaß außer ihren drei springlebendigen Katzen eine Sammlung von Glastieren, wie sie sie in der «Fleißigen Biene» verkauft hatten. Sie hatte außerdem handgewebte Tücher, getrocknete Kräuter und selbst eingekochte Marmelade mitgebracht, die sie an ihre Mieter verkaufte. Miss Bell im ersten Stock war für Jahrzehnte mit diesen Artikeln eingedeckt. Die meisten Gäste blieben nur ein bis zwei Nächte in diesem grauweißen mit mutlosen Säulen und hohen Schiebefenstern versehenen Haus. Es waren vorwiegend Herren aus der Provinz, die ihr Geld lieber in Soho als in den teuren Hotels im Westend ausgeben wollten und die Vertrauen zum Honig der «Fleißigen Bienen» hatten. Im Augenblick waren die Stammgäste Miss Jane Bell, Sekretärin aus einer Kleinstadt, die London und ihren Chef mit der Schreibmaschine erobern wollte. Dann noch Mr. Bannerjee und ein Mr. Kabir Rai, ein großer dekorativer Sikh mit üppigem schwarzem Bart, der zu seinen gutgeschnittenen englischen Anzügen einen seegrünen Turban trug. Mrs. Grey lud ihre beiden Herren gelegentlich zum Tee in ihre eigenen Räume ein. Miss Bell wurde niemals gebeten. Vielleicht war sie zu jung und hübsch, oder Mrs. Grey hatte in der «Fleißigen Biene» endgültig ihren Geschmack an Damengesellschaft verloren. Ihre Teegäste waren fast nur Ladies gewesen. Mrs. Grey hatte nie herausgefunden, warum die Männer wegblieben. Ob die Atmosphäre zu zivilisiert für sie gewesen war? Männer verabscheuten offenbar Gespräche über Poesie, selbsteingekochte Marmelade, Glastierchen in allen Preislagen, Beutel mit getrockneten Nüssen und Bienen in mittleren Jahren. Mr. Rai war anders. Er fühlte sich sehr wohl bei Mrs. Grey, und ihr Tee war gut. Mr. Bannerjee fühlte sich weniger wohl. Außerdem war er beleidigt, weil Mrs. Grey ihn nicht mit ihren englischen Freunden einlud. Er war nicht von Trinidad nach London gepilgert, um Mr. Rai kennenzulernen. Seine Familie hatte für die Sekte, der Mr. Rai angehörte, nichts übrig, obwohl die Sikhs ebenfalls Hindus waren. Mr. Rai war besonders freundlich zu Mr. Bannerjee, aber ganz ohne Erfolg. Wahrscheinlich lächelte er heimlich über ihn. Alles, was kräht, war einmal ein Ei.

Die Familie Rai war im Jahre siebenundvierzig von Lahore nach Delhi geflüchtet, als die Teilung Indiens und Pakistans stattfand. Sie hatte schon vorher Wertsachen an Verwandte nach Delhi geschickt und das Geld auf eine amerikanische Bank. Ihr Teppichgeschäft florierte in der Verbannung so glänzend, daß Mr. Kabir Rai, der jetzt dreiunddreißig Jahre alt war, sich nach London absetzen konnte. Er hatte Mrs. Grey viel von dem schweren Schicksal seiner Familie erzählt und Tee und Sympathie erhalten. Er sprach mit allen in Delhi und in London – das heißt mit allen, die es verstanden – sein heimatliches *Punjabi.* Im übrigen war er international gesinnt. Er verbrachte täglich die Stunden von sechs bis acht Uhr abends allein in seinem mit Teppichen geschmückten Eckzimmer und sprach laut mit sich selbst in *Punjabi.* Mrs. Grey nahm an, er rezitiere die Heiligen Schriften seiner Sekte, aber Mr. Rai rechnete nur in seinen Geschäftsbüchern. Er war ein leidenschaftlicher Rechner.

Der junge Mr. Bannerjee wies Mr. Rais Annäherungsversuche eines Nachmittags so arrogant zurück, daß Mrs. Grey ihn nicht mehr zum Tee einlud. Sie war entrüstet und machte Mr. Rai gegenüber kein Hehl daraus. Aber er strich sich nur langsam seinen Patriarchenbart und sagte nachsichtig, Mr. Bannerjee sei noch zu jung. Trotz aller Nachsicht klang es, als ob Mr. Rai meinte, Nabil würde auch im Kreis seiner zukünftigen Enkel nicht mehr Verstand zeigen. Kabir blieb unverändert verbindlich und für einen so jungen Mann erstaunlich gesetzt und würdevoll. Tagsüber arbeitete er in einer respektablen indischen Teppichfirma und zeigte Nabil einmal im Korridor eine Gruppenaufnahme. Niemand hatte sein Gesicht hinter einem Taschentuch versteckt. Einmal die Woche besuchte Mr. Rai das Indische Institut für Weltkultur und erzählte Mrs. Grey öfter davon. Nach Beendigung seiner Rechen-Orgien verschwand er allabendlich und kehrte sehr spät in der Nacht heim. Mrs. Grey, der er sonst so viel erzählte, wußte auch nicht, wo er seine Abende verbrachte, und war viel zu englisch, um ihn zu fragen.

Manchmal fühlte Mr. Bannerjee sich so verlassen, daß er am liebsten mit Kabir Rai gegangen wäre. Aber dafür war es nun zu spät. Er hätte ihn ruhig darum bitten können. Es hätte Mr. Rai nichts ausgemacht. Im Gegenteil! Viel später fand Nabil heraus, warum dieser Sikh ihm am Anfang eine engelhafte Geduld entgegengebracht hatte. Natürlich tat Mr. Rai nichts Engelhaftes ohne einen Grund und unterschied sich in dieser Hinsicht wenig von anderen Menschen. Nur Mrs. Greys einzige Tochter, die bei der Heilsarmee arbeitete, anstatt sich um ihre Mutter zu kümmern – wenigstens war dies Mrs. Greys Ansicht – nur Mary Grey war darin eine Ausnahme. Sie arbeitete aus purer Menschenliebe für ihre Schützlinge, damit sie nicht im Winter unter den Brücken oder in der Waterloo Station übernachten mußten. Miss Grey gab täglich etwas von ihrem Herzen für gar nichts und fand das in der Ordnung. Nabil sah sie manchmal in ihrer Uniform zu ihrer Mutter gehen. Sie war blaß, blond und ruhig. Eine geheime Kraft ging von ihr aus. Nabil hätte schrecklich gern Tee mit ihr getrunken, aber Mrs. Grey lud ihn nicht mehr ein. Er sagte sich, sie wolle nicht, daß er nette Leute kennenlerne. Sie war an allem schuld. Er war viel zu scheu, um Miss Grey anzusprechen, obwohl sie ihn freundlich und mitfühlend im Korridor grüßte und sogar einmal eine Bemerkung über das Wetter machte. Leider hatte Nabil den Ball nicht aufgefangen. Mary Grey blieb niemals lange bei ihrer Mutter, denn auch bei ihren seltenen Besuchen beschäftigte diese sich zuviel mit ihren Katzen. «Ich liebe meine Katzen! Sie spielen mir keine Streiche», pflegte Mrs. Grey ihrer Tochter zu erklären. Sie blickte sie dabei an, als ob Marys Eintritt in die Heilsarmee ein Streich gewesen wäre. Auf eine Frage nach Mr. Bannerjee, der sehr schüchtern und verlassen zu sein scheine, erwiderte Mrs. Grey, daß er sich im Gegenteil zuviel herausnehme. Und wer sei er denn schließlich?

«Ein Mensch wie du und ich, Mutter.» Mrs. Grey preßte die Lippen zusammen. Ihre Tochter war nicht bei Trost. Ob ein Psychiater sie vielleicht in Ordnung bringen könnte? Aber diese Leute nahmen Preise! Absolut lasterhaft. Ihre Katzen brauchten keine Behandlung – wieder ein Vorteil.

Nach mehreren Monaten in der School of Economics, wo für Nabil alles zu schnell vor sich ging, befiel ihn eine tiefe Niedergeschlagenheit. Er hatte dort nicht die erwarteten englischen Freunde gefunden. Er hatte überhaupt niemanden gefunden. Zwei westindische Studenten von den «Kleinen Inseln» Montserrat und St. Kitts hatten ihn freudig als einen der Ihren begrüßt. Nabil hatte so frostig reagiert, daß die Herren von den Kleinen Inseln den Mann aus Trinidad fortan ignorierten. Es war Nabil durchaus recht. *Das* konnte er auch an der Universität von Westindien in Jamaika haben. Manchmal hörte er ein Kichern hinter seinem Rücken. Pack, dachte er. Mr. Scratcher und Mr. Miller von den Kleinen Inseln hatten Stipendien. Sie hatten nicht einmal genug Geld, ihr Studium zu bezahlen. Nichts für Mr. Bannerjee von den Zucker-Bannerjees! Er gab es auf, um die englischen Studenten zu werben, weil Mr. Scratcher und Mr. Miller zusahen. Einmal sah er zu seinem fassungslosen Erstaunen die «Kleinen Inseln» mit zwei englischen Studenten Tee trinken. Das versetzte ihm einen Stoß. Er verstand sich und die Welt nicht mehr. Wie vergnügt die vier waren! Die beiden Engländer schienen keine Ahnung davon zu haben, daß Mr. Bannerjee aus einer ersten Familie stammte und die passende Gesellschaft für sie wäre. Er hatte immer gedacht, es herrsche ein gewisser Kastengeist auch in diesem England.

Mr. Scratcher war sehr schwarz und Mr. Miller nicht viel weißer. Sie galten als brillante Studenten. Da konnte man nur laut lachen! Mr. Bannerjee lachte. An diesem Abend wagte er sich ins Westend. In den letzten Wochen hatte er immer häufiger von seinen Büchern und Notizen aufgeblickt, um seine Handlinien zu studieren. Sie empfahlen ihm eine Abwechslung. Nach einem Abendessen in einem indischen Restaurant in der Finchley Road bestieg er den Bus und fuhr ins Abenteuer. Er kannte das Westend nur bei Tageslicht. Jetzt war Soho eine phantastische, verwirrende, flimmernde Welt von grenzenlosem Stegreifreiz. Wollten die Leute sich hier vergnügen oder sich in den farbigen Lichtwellen ertränken? Alle Nationen, alle Hautfarben, alle Sprachen bedrängten den jungen Mr. Bannerjee, der bis jetzt nur den Alltag bei Mrs. Grey erlebt hatte. Auf den Straßen, in den Ecken, in der vom fremdem Speiseduft und Schicksal geschwängerten Luft lauerten Lockung und Verderben. Mr. Bannerjee zitterte wie ein verirrter Vogel in diesem Soho, wo niemand leiden, hungern oder altern wollte. Der Augenblick war alles. Erst trink, dann stirb! Hier gab es keine Erinnerung und keine Zukunft. Aber die Restaurants in diesem Viertel kochten und dämpften und würzten die Erinnerungen an Hongkong, Spanien, Italien, Deutschland und an die Länder der politischen Diktatur.

In Soho konnte man feststellen, wie hoch jemand im Rausch fliegen und wie tief beim Erwachen sinken konnte. Hier hätte Nabil, wenn er dazu imstande gewesen wäre, die Rohmaterialien des Londoner Nachtlebens aufsammeln können: Sofortliebe, knitterfreies Glück nach der Uhr, Skandalmädchen, Sex mit umgekehrtem Vorzeichen, Miniträume, *pusher*, Damen, die bessere Männer gesehen hatten, Peitschen, Delikatessen, «Kaufen Sie Cadbury-Schokolade für Ihren Steuerberater», Massage, «Hier wird in jeder Sprache geschwiegen!», kleine Händler, große Gauner, Weekend-Diebe, Weekend-Liebe, Whisky, Tränen, Chianti, Blut, Zuhälter, Touristen, Schausteller, Frauen, so nutzlos wie ein Fahrplan vom vorigen Jahr. Kinder, Hunde, asketische Lüstlinge, Köche, Weinkellner, Rechnungen, Gaukler, Messerstecher, Familienväter und Mr. Nabil Bannerjee aus Trinidad – Westindien.

Wollte er chinesischen Tee? Japanisches Lächeln? *Voodoo? Obeah?* Indische Opern? Englische Popsongs? Afrikanischen Tanz? Eine spanische Wand? Er brauchte nur zu winken und zu zahlen. In Soho wurde das Nachtleben niemals abserviert. Ob man zu Fuß, per Bus, im Rolls-Royce oder auf der Tragbahre dorthin eilte. Eine Gegend, die aus lauter Brennpunkten besteht.

Mr. Bannerjee lief verschreckt an Restaurants und Nightclubs vorüber – eingehüllt in Neonlicht und Nebelstaub. In der Nähe der Greek Street blieb er atemlos vor einem Schaukasten stehen und zog sich seinen Wollschal enger um den Hals. Der Novemberwind war sein erklärter Feind. Seine Hustenpillen lagen in seinem Zimmer. Wie unvorsichtig von ihm, sich ohne Gegengifte ins Nachtleben zu stürzen. Sein Blick blieb zufällig an den Fotos im Schaukasten hängen: nichts als Frauen, die ihn aufforderten, seiner monologischen Lebensweise ein Ende zu machen. Sie forderten nicht mit Worten zu Schäfer- oder Schläferstündchen auf. Sie zeigten, was sie zu bieten hatten. Mr. Bannerjee verspürte Schwindel angesichts dieser massiven nackten Tatsachen. Die hochgetürmten Frisuren der Damen erinnerten ihn an Mrs. Greys Haarturm. Aber natürlich war seine *Landlady* nicht nur mit einem Samtband im Haar bekleidet. Das ist das Laster, sagte er sich zitternd. Es führte zur Hölle. Auch nicht ein Koffer mit Opfergaben für die Göttin Kali würde ihn retten können, wenn er sich diese Fotos noch länger hungrig und dabei entrüstet betrachtete.

Er schluckte krampfhaft, dachte benommen an Indira in Caroni und floh aus der lackierten Rumpelkammer des Eros. Etwas nahm ihm die Luft: Neid oder kalte Trauer. Vielleicht beides. Er raste an jungen Paaren vorbei, die Arm in Arm oder anderswie verschlungen durch Soho streiften. Sie lachten, sie küßten sich vor dem dämonischen Schaukasten und lachten – lachten, während sie die Fotos studierten und ihre blonden Haarmähnen wie Füllen ins Mondlicht warfen. Mr. Bannerjee beneidete sie glühend – nur ihr Lachen konnte er nicht verstehen. Er fühlte sich so steif und überflüssig wie ein alter Filzhut. Aber er rannte ziellos weiter. Das ist schwierig in Sohos engen, überfüllten Straßen, und so rannte er prompt in eine im Dienst erblondete ältere Nymphe hinein. «He, he», sagte die Dame, und er erstarrte. Er stammelte Entschuldigungen, die sie kurz abwies. Es war ihre beste Geschäftsstunde. Er starrte in das harte, bemalte Gesicht. Die Dame, die ein lustiges Federhütchen und unechten Schmuck trug, war zwar gelangweilt, aber fest entschlossen, das älteste Gewerbe der Welt bei Mr. Bannerjee zum Tragen zu bringen. Er trug eine kostbare Schlipsnadel unter seinem verrutschten Halstuch und ein schweres, mit Sicherheitsschloß versehenes Armband. Er stieß den Fleischpudding mit dem Federhut beiseite und rannte mit seinen langen Beinen in eine stillere Seitenstraße – verfolgt vom gutmütigen Gelächter dreier Seeleute und den ungarischen Schimpfreden der Nymphe mit den weißgepuderten Krampfadern unter dem viel zu kurzen Mantel.

Mr. Bannerjee hatte keinen Ton in der Kehle, um seinen Abscheu in die Nacht zu schreien. Ihm war, als fielen die gestreiften Markisen vor den kleinen ausländischen Speisehäusern auf ihn herunter. Oder war es der Mond, der verstohlen hinter Soho Square aufging? Das Straßenpflaster leuchtete wie Perlmutter und knirschte unter seinen Schritten. Vor ihm wandelten zwei Inder in ernstem Gespräch. Da sie im Rücken keine Augen hatten, ahnten sie nicht, daß Nabil Hindi verstand. Er ging jetzt langsam wie ein Schlafwandler, so erschöpft war er von seiner Flucht vor dem hart arbeitenden Laster.

«Nichts zu machen, Arjun! Ich kaufe keine Bräute», sagte der ältere Inder.

«Überlege gut und sorgsam, Krischna. Es ist ein großes Geschäft. Man weiß nie, wie lange es anhalten wird. Durch die neuen Einwanderungsbeschränkungen blüht es wie Jasmin in der Wüste.»

Mr. Bannerjee hätte genausogut Griechisch hören können. Dabei handelte es sich um eine ganz einfache Sache. Arjun «kaufte» englische Bräute für Scheinheiraten mit einwandernden Indern. Nur so konnten sie England betreten. Es wollten immer mehr Landsleute aus Bombay und Kalkutta des Nachts in Soho flanieren. Es war so leicht, für gutes Geld zu erreichen, was legal nicht erreicht werden konnte. Aber Herr Krischna Prashad blieb bei seiner Weigerung. Kürzlich war ein solcher Fall in die Sonntagszeitungen geraten. Scotland Yard verdarb einem immer wieder die besten Chancen. Nein, Mr. Prashad kaufte keine Bräute. Er handelte geschickt und eifrig mit «Heilmitteln für Einsame»: Haschisch! Rauschgift hielt den Mund, was «die Bräute» leider nicht immer taten.

Mr. Prashad und sein Freund Arjun betraten ein spanisches Restaurant, und Mr. Bannerjee schlich hinterher. Er wagte sich nicht allein in ein ausländisches Lokal. Es war sehr voll im «Spanischen Grill». Die Theatervorstellungen waren zu Ende, und das Publikum strömte durstig und animiert in die kleinen exotischen Speisehäuser. Die beiden indischen Freunde waren in einem reservierten Zimmer hinter einem Blumenvorhang – Plastikblumen auf Baumwolle appliziert – verschwunden. Sie feierten mit einigen Landsleuten ein Fest im «Spanischen Grill». Nur Männer und keine einzige Braut.

Endlich fand Nabil einen Eckplatz, den ein langer rothaariger Engländer soeben verließ. Nabil wollte sich für die Freundlichkeit, ihm einen Platz zu überlassen, bedanken. Aber der Herr sah ihn nur erstaunt an, murmelte, daß es in Ordnung sei, und verschwand mit Windeseile. Er haßte es, von Unbekannten angesprochen zu werden. Er hatte sein Dinner beendet und ging.

Nabil blickte sich verloren im Lokal um. Die «Casa» gab sich alle erdenkliche Mühe, ihren Besuchern an einem Londoner Novemberabend das sonnige Spanien vorzugaukeln. Bis auf lebende Stiere war alles vorhanden: Grünbemalte Gitterwände – Laub aus der Konservenbüchse – teilten das Restaurant in einzelne Lauben. Das Murmeln des Meeres besorgten kochende Kessel in der kleinen, hinter der Theke liegenden Küche, die durch einen Vorhang vom übrigen Restaurant getrennt war. Palmen schufen eine Art Allee zwischen den Lauben, die sich an beiden Seitenwänden der «Casa» ausbreiteten. Es war alles viel spanischer als Spanien, da die *natura morta* pedantischer ist als die alte unordentliche Mutter Natur.

An den Laubenwänden hingen Weintrauben und Zitronen aus Plastik, die mit Draht leicht befestigt waren, damit sie im spanischen Wind schwebten. Die Weintrauben gerieten Mr. Bannerjee ständig in die Haare, da er müde seinen Kopf an die Wand lehnte. Eine Zitrone hatte sich halb gelöst und drohte, ihm jeden Augenblick auf den Kopf zu fallen. Aber er beschwerte sich nicht. Er war so damit beschäftigt, den Dekorationen auszuweichen, daß der Kellner ihn zweimal ermahnte, sein Essen und seine Getränke zu bestellen. Erschreckt wählte Nabil die ersten Speisen, auf die sein Blick fiel – Kartoffeln in Wein, was er nicht anrührte, und ein Hühnchen mit Tomaten und fein gehacktem Knoblauch, das sein Gleichgewicht wiederherstellte. Dazu trank er Zitronensprudel, vielmehr hatte er dieses Getränk bestellt. Der Kellner brachte aber spanische *Limonada,* ein Mischgetränk aus Rotwein, Weißwein, Zucker und feingeschnittenen Zitronenschalen. Es schmeckte besser zum Huhn und kostete mehr. Mr. Bannerjee schluckte gehorsam ein Getränk, das er nicht bestellt hatte. So ging es ihm immer in London. Alle hatten sich gegen ihn verschworen.

Da er allein an dem kleinen Tisch saß, während ringsum fröhliche Gruppen das Leben genossen, fühlte er sich noch einsamer als bei Mrs. Grey. Für die Glücklichen schlägt keine Uhr – aber er hörte das Ticken seiner goldenen Armbanduhr (mit Sicherheitskette!) wie die Schläge von Big Ben. Er schluckte mühsam und betrachtete starr den schwarzen spanischen Hut über der Theke. An der Wand hingen Fotos von Stierkämpfern, die angeblich alle im «Spanish Grill» von Soho ihre Kartoffeln in Wein verzehrt hatten. Wenigstens verkündeten das die Unterschriften. Sie waren alle von der gleichen Hand geschrieben. Der Kellner zündete die Kerzen auf den Tischen an. Selbst die Kerzen steckten in Weinflaschen. Nabil war der erste Gast, der in der «Casa» Zitronenwasser bestellt hatte. Man würde ihn nicht um sein Autogramm für die Thekenwand bitten. Aber der breitrandige spanische Hut würde ihm großartig stehen. Er war jünger und hübscher als die Stierkäm fer auf den verblaßten Fotos. Er gab es sich ohne falsche Bescheidenheit zu. So einen Hut würde er nach seiner Heimkehr beim Karneval in Trinidad tragen. Aber – würde er jemals heimkehren? Würde die School of Economics ihn jemals mit Ehren entlassen? Drei Wochen war er jetzt nicht dort erschienen, sondern hatte in seinem Zimmer geraucht, Musik gehört und dem Schicksal gegrollt. Wie weit war Trinidad entfernt! Wie schattenhaft der Karneval! Er bestellte verzweifelt vor Heimweh noch eine *Limonada* und dazu *Palma Biskuits,* da der Kellner diese *pasta* empfahl. Es war eine Spezialität des Hauses. Im Laufe des Abends verzehrte Mr. Bannerjee zwei Dutzend dieser kleinen gezuckerten und mit glasierten Kirschen verzierten Kuchen.

Der Abend hatte erst begonnen. Auf jeden Fall würde er einen langen Brief nach Haus schreiben, von seinen Fortschritten in der Universität berichten und diesen bezaubernden Abend schildern. Er würde schreiben, englische Freunde hätten ihn in diese «Casa» eingeladen und sie hätten den lustigsten Tisch gehabt. Warum sollte er das nicht schreiben? Es hätte doch sein können! Wenn die Studenten etwas freundlicher gewesen wären und die «Kleinen Inseln» ihm nicht unlautere Konkurrenz gemacht hätten. Auf jeden Fall würde Onkel Rahamut über den feinen Umgang seines Neffen staunen.

Mr. Bannerjee verlor sich in seine Phantasien und schreckte auf, als ein blonder junger Mann an seinen Tisch trat und höflich bat, Platz nehmen zu dürfen. Der junge Mann, dessen Haut von Natur sowie vom Londoner Nachtleben bleich wie Wasserlilien war, hieß George. Es wurde ein wundervoller Abend. George war älter als Nabil – sicherlich Mitte Zwanzig und lebhaft und wendig wie ein Wiesel. Er lachte viel mit seinen etwas zu viereckigen Zähnen und war wirklich freundlich wie ein Gott. Mr. Bannerjee befand sich in milder Euphorie. Sein Brief nach Haus würde die reine Wahrheit sein. Er würde George mit Mrs. Grey zum Tee in sein Zimmer laden und dachte bereits an Tischdekorationen und indische Opernarien auf Schallplatten und an ein Gastgeschenk für seinen ersten englischen Freund. Eine gute Silbersache mußte es sein, von Sotheby's bei der nächsten Auktion. Etwas, das nicht nach Woolworth aussah. Das war viel wichtiger als die «School». Vielleicht würde er zwei- oder dreimal zu den Auktionen gehen müssen. Sicherlich hatte George einen exquisiten Geschmack. Er sah wie ein Herzog aus mit seinem feinen Gesicht und der schlanken, leicht gebeugten Figur. Er war so höflich. Er beugte sich vor, um nichts von Mr. Bannerjees Reden zu verlieren. Er wollte alles wissen. Wo Nabil herkomme, wo er in London wohne, wie er heiße. Im letzten Augenblick erinnerte Nabil sich an Onkel Rahamuts Mahnungen, keinem Fremden, auch nicht «Ihrer Majestät der Königin», seinen Namen und seine Londoner Adresse zu verraten. Das mußten Geheimnisse zwischen der Bannerjee-Sippe bleiben. Nabil sagte zögernd, er heiße Ram Kathuria und habe in Highgate ein Zimmer. Ja, aus Port of Spain. George fragte nicht weiter und sagte, Highgate sei entzückend. Er sagte, London sei im Augenblick *the swinging town*. Er fragte, wie Mr. Bannerjee das Nachtleben gefalle und lächelte ihn mit seinen blauen, etwas verwaschenen Augen an. Nabil war plötzlich trostlos. Wie sollte er George nach Highgate einladen? Aber Onkel Rahamuts Mahnungen saßen zu tief. Es mußte ein Restaurant sein. Vielleicht wieder das «Spanische Grill», wo ihre Freundschaft begonnen hatte. George aß und trank nach Herzenslust, während Nabil berichtete, daß er für gewöhnlich abends früh schlafen gehe.

«Da versäumen Sie aber alle besseren Sachen, mein Freund!»

George hatte «mein Freund» gesagt. Nein, Nabil würde ihm gestehen, wo er wohne und wie er heiße und wer die Bannerjees seien, und der Tee in Belsize Park würde stattfinden. Onkel Rahamut war ein Narr. Was verstand er von der Welt? George war so lustig. Er bezeichnete die «School» als grimmige Bude – welche Respektlosigkeit, aber wie lustig! – und steckte Nabil um Mitternacht seinen Namen, Adresse und Telefonnummer in dessen Brusttasche. Dabei drückte er ihm herzlich die Hand – so herzlich, daß Nabils goldenes Armband schmerzte. Er schloß einen Augenblick die Augen vor Glück. George hatte ihm die Hand gedrückt! Im nächsten Augenblick sagte George nach englischer Art sehr kurz Lebewohl und «Bin jederzeit für meine Freunde übers Telefon zu erreichen». Er war schon aus dem Restaurant, bevor Nabil aufstehen und ihn zeremoniell zur Tür geleiten konnte. Er blieb ganz verblüfft mit der riesigen Rechnung auf seinem Sitz zurück. George hatte es so eilig gehabt. Mit ihm waren zehn englische Pfund aus Nabils Brusttasche verschwunden. Dort war nur ein leerer Zettel. Nabil war so entgeistert, daß er ganz ruhig blieb. Er prüfte das Sicherheitsschloß seines goldenen Armbands – deswegen hatte George ihm so herzlich die Hand gedrückt! Indische Verschlüsse konnte niemand so leicht öffnen – diese Arbeit gehört zu den besten Goldschmiedearbeiten der Welt.

Mr. Bannerjee war ganz grau im Gesicht. Er erhob sich mühsam und ging zur Toilette, die nicht zu den Glanzstücken der «Casa» gehörte. Nachdem er sich gründlich übergeben hatte, öffnete er sein Hemd und zog einen Beutel an einer dünnen Silberkette heraus. Er enthielt seine Brieftasche. George hatte ihm den Zettel beim besten Willen nicht unter Pullover und Hemd stecken können. Mr. Bannerjee dachte zum erstenmal in seinem Leben dankbar an Onkel Rahamut, der Silberkette und Seidenbeutel eigenhändig zum Flugplatz nach Port of Spain gebracht hatte. Er nahm sich vor, jetzt eifrig zu studieren und mit Ehren heimzukommen. Er hatte wirklich an diesem Abend den besten Willen – jeder Staatsanwalt hätte es zugeben müssen.

Mr. Bannerjee bezahlte mit zuckenden Lippen die enorme Rechnung. Er selbst hatte einen denkwürdigen Appetit, aber nichts gegen George! Und George hatte nur Whisky getrunken – ein ungewohntes Getränk in der «Casa». Nabil sah so verstört aus, daß der ältere Zahlkellner ihn prüfend ansah. Was war diesem jungen Mann geschehen? Aber er sagte nichts. Der junge Mann war offenbar zu grün für das rote Licht. «Guten Abend, *Sir!* Besten Dank, *Sir!* Hier um die Ecke geht es nach Soho Square! Ich hoffe, es hat Ihnen bei uns gefallen.»

Soho Square war still und würdevoll und eine andere Welt. In London lagen so viele Welten ganz dicht beieinander. In Caroni gab es nur Felder und Wälder und Farmhäuser. Soho Square stammte aus dem späten 17. Jahrhundert und strömte Ruhe und Schönheit aus. Es gab trotz des kommerziellen Jahrhunderts noch viele alte vornehme Residenzen, die Mr. Bannerjee schweigend zur Fassung zwangen. Die Gärten mit der Statue Charles' II. lagen im Mondlicht.

Nabil setzte sich auf die Stufen von St. Patrick's Kirche – er konnte nicht sofort weiterwandern. Er kam sich so hilflos vor wie ein Küken, das eben aus dem Ei gekrochen ist und die Welt noch nicht versteht. Schritte von Fußgängern. Gedämpfte Stimmen. Ein junger Mann und ein blondes Mädchen gingen Arm in Arm vorüber. Sie waren in ihr Gespräch vertieft und sahen Mr. Bannerjee nicht.

«Wann heiraten wir?» fragte der junge Mann.

«Noch nicht, Darling. Ich habe meine Aussteuer noch nicht zusammen. Und die Stellung will ich auch nicht aufgeben. Meinst du, daß ich weiter arbeiten kann, wenn wir ...»

«Alles, was du willst.» Küsse. «Oh, Margaret!»

Margaret war vorübergegangen und hatte Mr. Bannerjee nicht bemerkt.

III

San Fernando. Trinidad W. 1.

Lieber Neffe!

Sechs Monate sind vergangen, und Deine Großmutter und ich haben nichts von Dir aus diesem London gehört. Uns und Deiner Frau geht es gut. Du weißt, ich war gegen diese Heirat, aber Indira macht sich nützlich und ist im Gegensatz zu manchen Leuten ruhig und bescheiden.

Ich bin äußerst erstaunt über Deine Forderung nach größeren Schecks. Das ist ausgeschlossen. Du kostest uns auch so gerade genug, und wenn Deine geselligen Verpflichtungen Dir über den Kopf wachsen, dann schränke sie ein! Wir hatten kürzlich eine lange Diskussion über die industrielle Lage: die Zuckerproduktion in Trinidad ist in einer schweren Krise. Wage nicht, mir zu schreiben, daß ich das immer sage. Die Krise ist eben immer da, und Deine Großmutter und ich leben sparsam und bescheidener als der Rest der Zuckerkönige in der Welt. Auch Indira ist anspruchslos und trägt in richtiger Erkenntnis ihrer Lage (sie brachte nur sich selbst in diese Ehe mit) ihre alten Saris. Sie kauft niemals Schmuck. Das ist mehr, als ich von meiner Frau und meinen Töchtern behaupten kann. Aber diese haben lange Haare und einen kurzen Verstand und bekommen leider von mir, was sie haben möchten. Ich bin zu edelmütig.

Von Dir erwarte ich, daß Du Dich mit Deinen zweiundzwanzig Jahren endlich wie ein Mann benimmst. Wenn Du weiter Schulden machst, wirst Du eben ins Schuldgefängnis wandern. Dort war auch der Vater von Charles Dickens, wie meine ältere Tochter neulich aus ihrem Bibliotheksbuch erfuhr.

Ich hoffe, Du bist wirklich ein guter Student. Da Du schreibst, Du bist der Beste, möchte ich fünfzig Prozent glauben. Hoffentlich verrätst Du Deinen vielen englischen Freunden weder Deine noch meine Adresse, und vor allem nicht Deinen Wohnsitz in Belsize Park, den ich Dir mit beträchtlichen Telegrammkosten gesichert habe. Je vornehmer die Leute sind, desto vorsichtiger muß man sein. Das gilt nicht nur für England. Deine Großmutter freut sich auf Deine Heimkehr in etwa einem Jahr.

Ob Indira sich freut, weiß ich nicht. Schicke ihr doch eine Ansichtskarte vom Tower oder einem Palast, wo Du verkehrst. Sie wird dann glauben, Du denkst an sie.

Hier zu Hause ist bis auf die Zuckerkrise alles in Ordnung. Nur auf einer

Nachbarfarm, die zum Glück viele Meilen von Deiner Großmutter entfernt ist, geschah vorige Woche ein Unglück. Die Frauen heulten und wimmerten, daß einem Hören und Sehen vergehen konnte. Die Schwiegertochter einer Familie, mit der Deine Großmutter seit Jahrzehnten befreundet ist, gebar ein Rakas-Kind. Bei seiner Geburt war es von normaler Größe, hatte aber starre Augen und gummiartige Glieder. Sein schwarzes Haar reichte ihm bis zum Rücken herunter. Nach einigen Stunden kletterte der Rakas aufs Dach des Hauses und verschwand. Da in solchem Fall immer ein Hausbewohner stirbt, geschah es auch hier. Glücklicherweise war es nur der Sweeper* – die Dämonen hielten ihn für den Vater. Ich habe Deiner Großmutter verboten, dieses Haus zu betreten, und will hoffen, daß Indira nach Deiner Rückkehr mehr Glück mit dem Bannerjee-Erben haben wird. Die unglückliche junge Mutter war auch ein armes Mädchen gewesen. Aber ein Rakas kommt auch in den reichsten Familien vor. Gestern hörte ich im tiefsten Vertrauen, die Hebamme habe die Mißgeburt sofort getötet, bevor sie aufs Dach klettern konnte. Trotzdem müssen die Prems nun einen neuen Sweeper suchen. Höchst unbequem! In Trinidad will niemand mehr niedrige Dienste leisten. Das haben wir von der Unabhängigkeit!

An der Börse fiel Zucker um zwei Prozent. Aber ich trage den Niedergang der Wirtschaft mit Fassung. Wer um ein Schaf winselt, wird eine Kuh verlieren. Deine Großmutter ist derselben Ansicht. Was Indira denkt, weiß ich nicht. Mit besten Grüßen von uns allen,

Dein Onkel Bannerjee (Rahamut).

Nabil beantwortete auch diesen Brief nicht. Nicht nur die Zuckerproduktion befand sich in einer Krise – auch er. Er hatte den Besuch der «School» aufgegeben. Vielmehr hatte sie ihn für eine gewisse Zeit aufgegeben. Er war für drei Monate suspendiert worden, da er sich in der Universität mit Mr. Scratcher von den «Kleinen Inseln» in einen Nahkampf eingelassen hatte; genauer gesagt, Nabil war ihm an die Kehle gesprungen, und Mr. Scratcher war schon graublau gewesen, als die beiden von anderen Studenten getrennt wurden. In diesem Augenblick hatte der Dozent den Raum betreten. Mr. Scratcher behauptete natürlich, er habe mit Mr. Miller über einen «soziologischen Witz» gelacht. Pferde hätten es in England besser als Frauen, habe in einem Witzblatt gestanden. Nicht im Traum hätten sie über Mr. Nabil Bannerjee gelacht. Er sei in ihren Augen eine traurige Figur. Mr. Scratcher war verwarnt worden, seine Zunge zu hüten, und Mr. Bannerjee wurde für einige Monate von der Quelle des Wissens verbannt. Er war so getroffen, daß er überhaupt nicht mehr hingehen wollte. Wenn er wieder Mr. Scratchers grinsendes Gesicht und sein höhnisches Getuschel erlebte – dann würde er ihn mit seinen beiden Händen erwürgen. Er wußte es. Da er nicht wußte, was er anfangen sollte, ging er entweder ins Kino oder in ein Café-Restaurant in die Baker Street. Wei-

* Auskehrer, Feger.

ter wagte er sich nicht mehr nach dem gemütlichen Abendessen mit George in Soho. In dem Baker Street-Restaurant gab es gedämpftes Licht, gedämpfte Speisen und müde Passanten. Im Gegensatz zum «Spanischen Grill» verschmähte die englische Gaststätte suggestive Dekorationen. Sie war nüchtern wie der englische Sonntag. Wem es nicht paßte, der konnte gern nach Soho gehen. Niemand würde ihn vermissen. Es mußte aber vielen Leuten passen, denn auch dieses Lokal war stets überfüllt. Mit der Vorsicht der Einsamen nahm Mr. Bannerjee sich immer Lesefutter in ein Lokal mit. Außerdem wollte er sein Englisch nicht vergessen – es würde seine einzige Rechtfertigung in Trinidad sein. Mit Ausnahme des Radios sprach ja niemand mehr mit ihm. Aber der Rundfunk wandte sich an die anonymen Millionen, und Mr. Bannerjee dürstete nach Sonderbehandlung.

«Sie auch von den Inseln?» fragte jemand über seine *Daily Mail* hinweg. Er ließ die Zeitung sinken und starrte in leuchtende afrikanische Augen. Später fand er heraus, daß diese Augen vor Bosheit funkelten. Die Fragerin hatte ihren kleinen Buckel unter einem grellgemusterten Wollschal versteckt, der hin und her rutschte. Bannerjee, ein Ästhet, erschrak beim Anblick des Buckels, und die Fremde verhüllte ihn kichernd. Wie konnte man über seine eigene Verunstaltung lachen?

«Ich stamme aus Trinidad», sagte er schließlich widerwillig.

«Große, große Insel! Ich aus Haiti. Sie schon lange in dies London?»

«Einige Zeit.»

«Zwei Monate? Zwei Jahre? Zwei Ewigkeiten, he?» Sie kicherte.

«Darf ich Ihnen etwas zu trinken bestellen?»

«Tee mit viel, viel Rum. Is gut bei dies Wetter.»

«Ich fürchte, hier gibt es keinen Rum, *Madam*.»

«Bin Mademoiselle Amitié de la Farge. Nix *Madam*! Rum is hier.»

Sie klopfte mit harten Fingern auf ihre Plastiktasche, deren Plumpheit und Billigkeit Mr. Bannerjee beleidigten. Fabrikware war gegen jede Moral.

«Wo wohnen Sie in dies London, Mister?»

Mr. Bannerjee überhörte die Frage. Warum wollte jeder seine Adresse wissen? Er winkte einer jungen Kellnerin und bestellte: «Tee für zwei.» Eine Kanne mit zwei Tassen, hauchdünne Butterschnitten und kleine Kuchen mit rosa Glasur. Die Kellnerinnen trugen hellblaue Puppenkleider mit kleinen weißen Kragen. Dieses Mädchen sah entzückend darin aus. Sie war rosig und süß wie ein Zuckerkuchen. Ihr Kopf mit dem weizenblonden Haar stieg wie eine Seerose aus dem Rauch und Speisendampf empor. Ihr Gesicht hatte klare Linien. Nur die Nase war etwas derb, sonst wäre sie schön statt nur hübsch gewesen. Hinter ihrer glatten Stirn tummelten sich keine Phantasien. Und keine *Folies de Grandeur*. Margaret Bruce glaubte an das, was sie sehen und greifen konnte, und das war gut für sie. Das Greifbare zu begreifen, garantiert ein bescheidenes Maß von Zufriedenheit. Mit ihren achtzehn Jahren war Margaret, die Mr. Bannerjee flüchtig auf dem Soho Square gesehen hatte, eine liebliche Realistin und würde später eine harte Realistin werden. Sie gehörte zu den vielen arbeitenden und bescheidenen jungen Londonerinnen, die vom Fernsehen und den Illustrierten nicht beachtet werden, weil sie weder extravagant noch lasterhaft, noch «mitten drin» sind. Trotzdem bilden sie immer noch das Rückgrat eines sich auflösenden «unteren Mittelstands». Margaret wollte weder ein Fotomodell noch eine Stripteasetänzerin sein. Sie wollte nicht einmal einen Millionär heiraten oder es beim Film versuchen. Sie wollte einfach ihren jungen Mann heiraten und Kinder bekommen. Sie war Ende der sechziger Jahre wegen ihrer Unauffälligkeit so auffallend, daß man sie im Britischen Museum hätte ausstellen können. Sie hatte sich nicht einmal ihre blonden Wimpern dämonisch geschwärzt und brachte die Hauswäsche nicht als Circe von Bethnal Green in die Laundrette. Sie besaß Jugend, Mutterwitz und einen festen Willen und stolperte nie über ihren Schatten.

Margaret paßte in keiner Weise zu Mr. Bannerjee. Sie litt nicht einmal an Angstneurosen, denn ihre kleine Welt war heiter und geordnet, bis Mr. Bannerjee sie betrat. Margaret verbrachte auch niemals schlaflose Nächte in der Furcht, das Verkehrte gesagt oder getan zu haben. Nach einem kurzen Blick wußte Mr. Bannerjee, daß er das Mädchen mit ihrem jungen Mann auf dem Soho Square gesehen hatte. Sie wartete gelassen am Tisch, bis er seine Bestellung gemacht hatte, und streifte Mlle. de la Farge mit keinem Blick, obwohl sie in ihrem knallroten Satinkleid und dem karierten Schal nicht gerade zu übersehen war. Doch Margaret behielt Mr. Bannerjee im Gedächtnis. Er war so jung und geschmeidig und goldbraun. Er hatte ein schönes fremdartiges Profil und schwermütige Augen. Ob er beim Film war? Auf jeden Fall strömte er etwas Beunruhigendes aus – selbst die nüchterne Margaret spürte es. Aber sie ahnte nicht, daß dieser junge Mann den Einbruch der Phantasie in ihre kleine Welt bedeutete. Natürlich schenkte sie ihm keinen Blick und lächelte ihn nicht einmal an. Und ihr Lächeln hätte viel für ihn bedeutet. Sie konnte das beim besten Willen nicht wissen, denn Mr. Bannerjee hatte sein hochmütigstes Gesicht aufgesetzt. Er tat, als sei Miss Bruce ein Teebrett auf zwei Beinen. Sie brachte den Tee und legte diskret die gefaltete Rechnung neben seinen Teller. Dabei berührte ihre Hand unabsichtlich die seine, und sie hatte Mühe, ihre Verwirrung zu verbergen. Sie hatte etwas Glühendes berührt.

In diesem Augenblick kicherte Amitié so spitz und heiser, daß Margaret hinblickte. Sie erschrak und wußte nicht warum. Die Augen der winzigen Negerin hatten sich an ihr festgesaugt. Sie wollte erforschen, was Mr. Bannerjee zum Zittern gebracht hatte. Plötzlich blies sie Margaret den Rauch aus ihrer kurzen Pfeife ins Gesicht. Das junge Mädchen drehte ihr schweigend den Rücken zu und bediente den Nachbartisch. Mlle. de la Farge drehte sich ungeniert nach ihr um, wobei das Wolltuch ihr wieder von der Schulter rutschte. Margaret spürte den hypnotischen Blick, sagte sich aber sofort, wie albern sie sei! Was hatte dieser vornehme junge Mann mit einer solchen Person zu tun? Im nächsten Augenblick hatte Margaret die Frau aus Haiti für immer vergessen.

Mr. Bannerjee war in Meditation versunken. Er würde sein goldenes Armband versetzen, um Margaret Schmuck zu schenken. Vielleicht würde sie dann seine Hand streicheln. Das wäre das Paradies. Da er noch kein Wort mit Miss Bruce gesprochen hatte, sah er sie im goldenen Nebel seiner eigenen Vorstellung. Aber selbst als er sie später nach vielen inneren Monologen endlich ansprach, sah er sie auch nicht, wie sie war. Die einzige Person, die er verstehen konnte und die die Sprache der Inseln sprach, war Amitié aus Haiti. Sie trug zwar Schlauheit, Dämonie und Galle im Herzen, aber sie tat in den ersten Monaten ihrer Bekanntschaft Honig auf ihre Lippen, weil Nabil echten Schmuck trug und beim Kennenlernen eine gefüllte Brieftasche hervorgezogen hatte.

Er war unvorsichtiger geworden, aber was hätte ihm Vorsicht bei Amitié und ihren Freunden aus Jamaika genutzt? Diese Herren betraten eine halbe Stunde später die Teestube in der Baker Street. Margaret war bereits abgelöst, und Nabil freute sich heimlich darüber. Die drei Herren aus Jamaika waren in seinen Augen unmöglich. Vor allem, was Kleidung und Lautstärke anbetraf. Bunt wie Kakadus und ungeniert, als ob die Teestube ihnen gehörte, stürmten sie an den Tisch. Amitié stellte Mr. Ram Kathuria, falls er so hieß, ihren Freunden vor und zwinkerte dabei verschlagen. Die drei Herren verstanden. Dieser junge Inder brauchte nur einen kleinen Stoß, und er fiel jede Treppe hinunter. Er war reich und weich. Lusty betrachtete ihn so ungeniert wie ein Ausstellungsstück, und Amitié versetzte ihm dafür unter dem Tisch einen warnenden Fußtritt. *Sie* führte hier Regie – mit und ohne Voodoo. Sie schlug Nabil vor, den angebrochenen Abend bei Mr. Mellow-Yellow und Co. fortzusetzen. Mr. Bannerjee zögerte. Er war niemals zuvor mit drei Männern aus Jamaika und einer Hexe aus Haiti zusammengewesen. Onkel Rahamut würde sich die Haare raufen, wenn er mitginge. Aber Onkel Rahamut saß mit seiner Familie in seiner rosa Villa und hatte viel Besuch. Er, Nabil, war allein, und er konnte den Gedanken, einen weiteren Abend in seiner Zimmerwüste zu verbringen, nicht mehr ertragen.

Er fuhr mit ihnen in Tarzans klapprigem Auto nach Paddington.

Seine Karten waren gemischt.

Nach der geselligen Nacht in Paddington hatte Mr. Bannerjee keine Zeit mehr für die School of Economics. Seine Suspendierung war längst überholt, und er hätte ungestört weiterstudieren können. Leider war er morgens viel zu müde dazu. Er lag im Bett und träumte lieber von Margaret. Am frühen Nachmittag fuhr er ins Classic Cinema in die Baker Street und erweiterte seine Kenntnisse über Europäer und Amerikaner, ohne selbst etwas dazu zu tun. Dieses Filmtheater brachte ältere Filme, und Mr. Bannerjee erlebte alle Liebesgeschichten des Zweiten Weltkriegs auf gefahrlose Weise. Seine Illusionen wurden noch goldener und noch verhängnisvoller. Seine Traumbauten wuchsen nun in den grauen Londoner Himmel. Seine einseitige Beziehung zu Margaret war eine Abstraktion und dazu eine falsche. Sie war nicht Margaret Bruce – ein hübsches, vernünftiges Mädchen aus Fleisch und Blut –, sie wurde in diesen Monaten für Mr. Bannerjee *die Weiße* – die erhöhte Symbolfigur einer unerreichbaren Kaste. Als er sie später kennenlernte, war er verwundert, daß sie gern *bingo* spielte, stundenlang einem Fußballkampf zusehen konnte und niemals Gedichte las. Auch war es ihr nicht gegeben, einen Liebenden durch etwas Unerwartetes zu überraschen, etwa durch eine Bemerkung oder Handlung, die den Tag verwandelte.

Warum sollte Miss Bruce den Tag verwandeln? Sie sprach und tat das Erwartete, und das würde auch so bleiben. Bevor Nabil das erste Wort mit dieser Göttin sprach, dachte er bereits an die endgültige Trennung von Indira. Er wußte noch nicht, daß Miss Bruce, ohne es zu wollen, die Träume eines Mannes zertreten konnte. Der junge Mann vom Soho Square war kein Träumer gewesen. Es hatte ihm also nichts geschadet. Trotzdem war die geplante Heirat in die Brüche gegangen. Nigel Dishwater wollte plötzlich Schauspieler werden, statt seinem Vater weiter im Krämerladen zu helfen. Margaret fand das besonders dumm von ihm, weil der Laden so günstig gelegen war. Er lag in der Leman Street, die zu den Londoner Docks führt, und behauptete sich starrsinnig und altmodisch neben den Selbstbedienungspalästen. In Leman Street war das Seemannsheim, und die Dockarbeiter und heimkehrenden Seeleute kauften ihren Kram weiter bei «Papa Dishwater». Die Familie Bruce betrachtete die Bühne mit Mißtrauen, zum mindesten die klassische Bühne, der Nigel seine Neigung geschenkt hatte. Margarets Eltern beklagten den Verfall der Music Hall, wo sie sich als junges Paar köstlich amüsiert hatten. Nigel wollte sich also das Gesicht bemalen und sich wie ein Clown kostümieren. Margaret fand den Gedanken empörend. Nigel und sie brachen ihrer gemeinsamen Zukunft im gleichen Augenblick den Hals. Sie weinte nicht einmal. Sie war verwundert und erbittert über seine «Albernheit».

Trotzdem hätte Nigel auch als Schauspieler bedeutend besser zu ihr gepaßt als Mr. Bannerjee mit seinem Hindu-Erbe. Als er sie endlich ansprach, konnte er ihr keinen echten Schmuck mehr schenken. Er hatte riesige Spielschulden bei den Herren Lusty, Mellow-Yellow und Tarzan. Die ersten Male hatten sie ihn gewinnen lassen. Das war Amitiés kluger Rat gewesen. Sie selber beteiligte sich nicht an dem Kartenspiel im Hinterzimmer eines verfallenen Hauses in Paddington, sondern residierte mit ihren Kräutern und Tricks im Dachzimmer dieses Hauses. Am dritten Abend traf Mr. Bannerjee im «Spielsalon», den nur farbige Londoner kannten, einen Herrn, der ihm bekannt vorkam. Wo hatte er den seegrünen Turban und den englischen Anzug gesehen? In seinem Logis in Belsize Park! Mr. Kabir Rai, der dieses Haus gekauft hatte und eine ziemlich hohe Miete von den Spielratten einkassierte, war wenig entzückt, Mr. Bannerjee in dieser Gesellschaft wiederzusehen. Nabil war sehr schockiert. Er hatte fest angenommen, Mr. Rai verbringe seine Nächte in ernstem Gespräch mit anderen Sikhs.

«Wie kommen *Sie* hierher, Mr. Bannerjee?»

«Wie kommen *Sie* hierher, Mr. Rai?» Einmal im Leben machte ein Schock Nabil schlagfertig. Einen Augenblick drehte sich das Zimmer um ihn, und der Kalk von den brüchigen Wänden rieselte ihm auf den Kopf. Der wacklige Tisch drehte sich betrunken im Kreis. Die nackte Glühbirne verlosch. Warum hatte Mr. Rai nicht wenigstens einen seiner Teppiche in diese Spielhöhle gebracht? Eine Schale mit Blutorangen stand auf einer mit blinden Spiegeln geschmückten viktorianischen Anrichte, welche die weißen Leute dagelassen hatten, als das Haus «farbig» wurde. Amitié zahlte keine Miete im Dachgeschoß – sie leistete Mr. Rai gewisse Dienste. Sie hatte ihm einmal ein Kraut gegeben, das nach Pfefferminz roch und Asthma vertrieb. Der stattliche Mr. Rai hatte durch den Londoner Nebel Asthma bekommen. Das Kraut konnte er außerdem noch zur Haarwäsche gebrauchen. Das gefiel ihm. Trotz seiner Neigung zum Luxus sparte er, wo er konnte. Er hatte außerdem «Interessen» in einem Nightclub in der Wardour Street, wo Yellow-Mellow dem Westend-Publikum gefühlvolle Sklavenlieder aus Jamaika vorsang. Rai war kein junger romantischer Narr wie Nabil Bannerjee. Er rechnete mit Leidenschaft und hätte in dieser Beziehung nicht schlecht zu Miss Bruce gepaßt. Immer noch besser als Mr. Bannerjee, dessen Nerven trotz seiner blühenden Jugend langsam in Stücke gingen. Er war nach den Geldverlusten im Spielsalon so erschöpft, daß er nachts weinte. Wie würde alles enden? Er sehnte sich immer heftiger nach Margaret, da er sie für einen Engel der Heilsarmee ohne Uniform hielt. Sie war in seinen wilden Träumen eine nackte Marmorstatue mit Teebrett und Rechenblock. Selbst ihr Lächeln war weiß.

Eines Abends bekam Mr. Bannerjee eine Sprachstörung, obwohl Lusty ihn endlich einmal gewinnen ließ. Wenn man dem Vogel den Hals ganz zuschnürte, starb er. Mr. Rai hatte sich angeboten, Nabils Schmucksachen zu versetzen – er war selbst der Pfandleiher, beklagte aber die Wucherzinsen mit sonorem Abscheu. Er hatte eine Orgelstimme, und alles, was er sagte, klang unwiderruflich. Übrigens hatte er auch den kleinen Finger der linken Hand im Rauschgifthandel. Nabil entdeckte bis zu seiner Abfahrt nicht, daß Mr. Rai mit beiden Füßen in Londoner Nightclubs stand. Mr. Kabir Rai mit seinem Turban, seinem Patriarchenbart, mit seinem «Institut für Weltkultur», mit seinen Teestunden bei Mrs. Grey und seiner Peitsche für Pechvögel! Eine Kriegerkaste wie die Sikhs kann sich auch heutzutage kein schwächliches Mitleid leisten. Bei alldem trieb Mr. Rai die vorgeschriebene Meditation und läuterte sich an vorgeschriebenen Feiertagen.

Amitié behandelte Mr. Bannerjee wegen seiner Sprachhemmung – die eigentlich komisch war, weil doch gerade er so gern redete. Und wirklich war ihm seine Plaudergabe nach drei teuren Behandlungen, von denen die letzte überflüssig war, zurückgekommen. Amitié war eben mit Mächten vertraut, die ihm unbekannt blieben. Ihre Großmutter war in Haiti Voodoo-Priesterin gewesen – eine Respektsperson im Bannkreis der Magie, der ekstatischen Verrenkungen, der uralten Gesänge. Die tief wurzelnde Dämonenfurcht der Westindier in Port au Prince hatte ihren Ruf begründet. Amitié war keine Priesterin. Sie betrieb in Paddington eine Art von magischem Gemüseladen und verkaufte Kräutermischungen und sonderbar riechenden Balsam gegen Grippe, Krämpfe, Tollheit, Durchfall und «Blutverlust», und winzige Gebilde aus Baumrinde zur Erweckung von «Gegenliebe». Man mußte nur die Angebetete damit berühren oder dieses Abfallprodukt der Magie vor ihrer Türschwelle deponieren. Das war verhältnismäßig einfach in einem Dorf in Haiti, doch in London war es ein Problem. Mr. Bannerjee hatte keine Ahnung, in welchem Teil der Stadt sich Margarets Türschwelle befand. So mußte er eine günstige Gelegenheit in der Teestube in der Baker Street abwarten – natürlich konnte das viele Monate dauern.

Plötzlich war es Frühling geworden, und der Frühling in London war wie oft so lieblich, daß Mr. Bannerjee immer romantischer wurde. Die Gärten in Hampstead wurden zarte Blütenlauben. Nabil war den Blumen zugetan und grüßte die Primeln und Narzissen mit erlesener Höflichkeit. Sie neigten sich ihm liebend entgegen und waren rein und frisch. Aber nicht einmal die Mandelbäume konnten ihn vor den Gauklern, die ihn immer enger umkreisten, beschützen.

Amitié hatte zu dieser Zeit jeden Respekt vor ihm verloren, da sie ihn unter ihrer Kontrolle hatte. Manchmal blies sie ihm unverschämt den Rauch aus ihrer kurzen Pfeife ins Gesicht, so wie sie es bei Margaret in der Teestube gemacht hatte. Dann dachte Nabil sehnsüchtig an Mamma Ellis daheim – wie gut und mitfühlend war sie gewesen! Er war nun auch nichts Besseres mehr als Monsieur Pierre. Sie beteten nur an verschiedenen Altären, vergaßen jedoch die Lehren der Religion, sobald diese ihrem Instinktleben einen Riegel vorzuschieben drohten.

Wenn Amitié in Trance war, riß sie die Augen auf und verdrehte die Augäpfel in schauerlicher Weise. Ihre Lippen wichen von ihren starken weißen Zähnen zurück. Heisere Laute entrangen sich ihrer angespannten Kehle. Sie war trotz ihrer Deformierung unglaublich gelenkig, und ihr Buckel führte beim Tanz ein Eigenleben. Er zuckte und bebte wie ein schiefes Dach im Wirbelsturm. Manchmal würzte sie ihre Gesänge mit wilden Drohungen oder obszönen Scherzen, und der puritanische Mr. Bannerjee litt Qualen der Wohlerzogenheit. Wohin hatte er sich verirrt? Amitiés Scherze galten nicht selten diesem erstarrten jungen Hindu, der immer wieder Geld von der Bank holte. Einmal machte Amitié eine boshafte Bemerkung über Margaret, aber sie stockte mitten in der Beschimpfung. Nabils Augen gefielen ihr nicht. Wenn er in rote Wut geriet, schien er imstande, sie zu zertreten wie ein Stück Baumrinde. Diese plötzliche Wut war das Unerklärliche an diesem «Milchsuppen-Knaben». Schwarze Pein – rote Wut – man mußte sie ruhen lassen. Amitié strich Margaret aus ihrem Gedächtnis. Sie machte niemals wieder eine Anspielung auf die «rosa Hündin.»

Nabil bezahlte ihr ohne Wimperzucken Onkel Rahamuts Dollars für ihre «Heilkuren». Sie waren erstaunlich. Sie heilte eine Reihe von Zweiflern in Paddington, bei denen die Ärzte nicht weitergekommen waren. Es war gleich, ob sie die Kräuter vorher gegen zusätzliche Bezahlung beschwor oder nicht. Ausschläge verschwanden durch ihre Tees, Stotterer verloren das Stottern, und Mr. Bannerjee verlor sein Geld. Sie hypnotisierte nicht nur ihn – aber sie hatte nie das Wort «Hypnose» gehört. Übrigens kannten die meisten Bewohner der karibischen Inseln die Heilkraft gewisser Kräuter, doch sie hatten keinerlei Gaben der Suggestion. Amitiés Welt in Paddington blieb unberührt vom Westen und der Wissenschaft. Sie sprach Küchen-Französisch und Cockney-Englisch durcheinander, aber ihre funkelnden Augen sprachen die Sprache afrikanischer Magie, die kein Mensch des Westens definieren oder analysieren kann. Im übrigen war Mlle. de la Farge Zauberin und Opferlamm zu gleichen Teilen. Nach einer Behandlung mit Beschwörung und Gesang brach sie zusammen und stöhnte schauerlich in ihrer verschlossenen Dachkammer, bis sie in einen todähnlichen Schlaf versank. Danach trank sie Rum aus großen Flaschen und war für die Kundschaft gerüstet. Eine Saboteurin des rationalen Denkens, lebte Amitié in Paddington, wie sie in Haiti und später in Jamaika gelebt hatte. Vielleicht verlieh ihr der stumme und starre Protest gegen die englische Umwelt rätselhafte Immunität. Niemals hatte ein Engländer sie wegen ihrer Hautfarbe beleidigt. Bis auf den Gemüsemann um die Ecke lehnte sie jeden Kontakt mit «Englishers» ab.

Als Mr. Bannerjee fahlen Gesichts die alte Teestube betrat, fragte Margaret Bruce ihn erschreckt, ob ihm nicht wohl sei. Ob sie etwas für ihn tun könne? Aber er verlangte nur heiser seine Rechnung. Sie legte sie neben seinen Teller, und irgend etwas kratzte an ihrer Hand. Sie zuckte zurück. Stach sie etwa eine Stecknadel, die sich auf den Tisch verirrt hatte? Mr. Bannerjee stand auf, lächelte mühsam und steckte den Talisman aus Baumrinde wieder in die Tasche. Es nützte Margaret nichts – sie mußte ihn jetzt lieben. Im Rausch dieser Erkenntnis bat er sie, mit ihm zu Abend zu essen. Konnte sie sich zwei Stunden später mit ihm in einem benachbarten Lokal treffen? Sie zögerte, und Mr. Bannerjee litt. Dann aber siegte ihre Neugierde, und sie sagte zu. Nabil strahlte, aber eine merkwürdige Unruhe ging von ihm aus, die sich auf das ruhige junge Mädchen übertrug. Er fuhr nach Haus und tränkte sich und sein frisches Hemd mit französischem Parfum. Kein Wunder, daß Miss Bruce sich ganz betäubt fühlte. Mr. Bannerjee hielt es für erwachte Leidenschaft. Es war ein warmer Abend, und sie gingen im Regents Park spazieren. Margaret fand ihn romantisch und etwas übertrieben, sehr unvernünftig und vornehm wie einen der Maharadschas, die sie aus Filmen kannte. Einer hatte genau wie «Mr. Kathuria» ausgesehen. Nabil träumte von leidenschaftlichen Küssen, aber Miss Bruce sagte beim Abschied: «Passen Sie gut auf sich auf, Mr. Kathuria.» Es war eine freundliche Redensart, aber er hörte liebende Besorgnis heraus. «Passen Sie gut auf sich auf!» Es war Gesang, Mahnung, Angst um ihn. Der Zauber wirkte. Er hatte auch genug Geld gekostet.

«Darf ich Sie wiedersehen?» stammelte er.

«Wenn Sie wollen? Es war ein netter Abend. Vielen Dank.» Er wollte sie im Taxi nach Haus bringen. Aber sie winkte energisch ab. Nicht weil sie Angst vor Zudringlichkeiten hatte. Mr. Kathuria war der schüchternste Junge der Welt. Miss Bruce hatte im Schatten der alten Bäume einen Kuß erwartet. Merkwürdig. Sie fuhr gedankenvoll nach Bethnal Green zurück. Sie machte die Strecke jeden Tag, und *Mum* sollte nicht herumschnüffeln, mit wem sie «ging». Mum hatte was gegen Ausländer, und eine dunkle Haut war auch nicht ihr Fall. Aber wie vornehm war Mr. Kathuria! Ob er noch nie ein Mädchen gehabt hatte? Natürlich hatte Nabil ihr nicht verraten, daß er verheiratet war. Er würde es nicht bleiben. Er würde Margaret heiraten. Miss Bruce schlief ausgezeichnet in dieser Nacht, während Mr. Bannerjee sich unruhig in seinem Bett wälzte. In seiner Privatwüste in Belsize Park wuchsen Flammenbäume aus dem Sand. *Take care of yourself*, hatte Margaret ihn angefleht. Endlich schlief er ein, und seine Traumlandschaft war golden, grün und weiß.

IV

Kurz nach diesem Erlebnis fiel das Tablett aus Margarets Händen. Sie hatte wieder ein Kratzen gespürt, als sie den Tee vor Nabil hinstellte. Das Geschirr war aus Plastik, und der einzige Schaden waren Teeflecke auf Mr. Bannerjees hellgrauem Sommeranzug. Aber da es Margaret war, unterdrückte er seinen Unwillen. *Das* hätte Indira sich leisten sollen! Er dachte sonst kaum mehr an seine junge Frau, es war ihm unbehaglich. Brauchte er jemanden nicht mehr, vergaß er ihn – er war kein Sträfling der Vergangenheit. Und seine kurze Ehe war in London rasch Vergangenheit geworden. Er hatte Indira zu einem Schatten degradiert. Amitié ging es in dieser Zeit nicht viel anders. Sie konnte ihn nicht verfolgen, denn Mr. Kabir Rai hatte ihr nie Nabils wirklichen Namen verraten und auch nicht, daß er mit ihm im selben Haus wohnte. Inder hielten gewohnheitsmäßig zusammen, und außerdem konnte dieser junge Narr im Rausch gesprächig werden, falls die Polizei plötzlich erscheinen sollte. Das konnte man nie wissen, denn Jagd auf *pushers* war ein Gewohnheitssport der Londoner Polizei geworden.

Mr. Rai hatte seinen Kulturklub und seine gute Stellung bei der Teppichfirma. Er konnte nur durch Amitiés Freunde geschnappt werden. Darum hatte er sich aus Paddington zurückgezogen, überwachte aber Mr. Bannerjees Streiche wie eine Glucke. Einmal hatte er ihn schlafend auf Mrs. Greys Treppe gefunden. Er schleppte ihn, innerlich fluchend, wie einen Mehlsack die Treppe hinauf und warf ihn auf sein Bett. Bei dieser Gelegenheit versteckte er Marihuana-Zigaretten in Nabils Kleiderschrank, den er unverschlossen vorfand. Solch sträfliche Nachlässigkeit verdiente Strafe. So schlug er zwei Fliegen mit einer Klappe. Sollte einmal Haussuchung stattfinden, so würde man eben das «Zeug» bei Mr. Bannerjee finden, der nun schon einen süchtigen Blick und die typischen fahrigen Bewegungen angenommen hatte. Mr. Rai bemerkte an ihm nach seiner Bekanntschaft mit Miss Bruce eine leichte Besserung, ließ aber wohlweislich das «Zeug», wo er es so raffiniert versteckt hatte. Niemals in den eigenen vier Wänden, lautete der erste Glaubensartikel in diesem Geschäft.

Mr. Bannerjee traf jetzt Miss Bruce zweimal wöchentlich, sobald sie mit ihrer Arbeit fertig war, und da der Sommer dieses Jahr so herrlich war, hatte er im Schutz der alten hohen Bäume von Regent's Park das Stadium scheuer Küsse erreicht. Er schloß dann die Augen und flüsterte unhörbar *doolahin**. Vielleicht war es gut, daß Miss Bruce kein Hindi verstand. Sie wäre doch etwas erstaunt gewesen. Der Wechsel von Frost und Glut, den Mr. Bannerjee bei diesem Vorspiel zeigte, war nicht etwa Technik, wie Miss Bruce angenehm erregt dachte, sondern seine Natur. Aber Mr. Bannerjee war glücklich. Er konnte mit diesem Mädchen im tiefsten Dickicht sitzen und nur ihre Hand oder ihr Haar streicheln, es blieb immer eine Spur Helligkeit, wo sie war.

Amitié gab sich im übrigen keine Mühe, «Mr. Kathuria» in London zu suchen. Sie wußte, er würde wiederkommen, wenn die rosa Puppe ihn fortjagte. Sie hatte sich ihren Reim auf diese idiotische *amour* gemacht. Mr. Bannerjee sprach im Rausch und hatte manchmal «Margaret» geschrien. Amitié summte: «Warte, mein Freund, warte! Warte auf deinen Tod!» Ein altes Lied aus den Antillen und ein junger Narr paßten immer zusammen. Sie kicherte vor sich hin. Ihr Buckel zitterte vor Spaß.

Mr. Bannerjee blieb der Universität weiter fern. Er hätte unter Margarets Einfluß wieder studieren können, aber er fürchtete die spöttischen Blicke seiner Feinde von den «Kleinen Inseln». Auch diesmal war seine Furcht unbegründet. Mr. Scratcher und Mr. Miller hatten andere Sorgen. Sie waren zwei Jahre früher als Nabil auf die Universität gekommen und hatten alle Examen mit Glanz bestanden. Sie packten bereits ihre «Siebensachen» und würden daheim mit donnernden Ehren empfangen werden. Die Zeitungen würden über sie berichten, die Ministerien würden sie weiter fördern, und sie würden Beispiel und Triumph der «Kleinen Inseln» sein. Als Mr. Bannerjee sich noch überlegte, wie er diese beiden strafen und zurückweisen könnte, gaben die englischen Studenten, die Nabil damals mit ihnen gesehen hatte, ein hübsches, lustiges Abschiedsfest für Mr. Scratcher und Mr. Miller. Adressen wurden getauscht, und die beiden Engländer wurden auf die «Kleinen Inseln» eingeladen. *Thank you, dears!*

Wer könnte Nabil tadeln, daß ihm sein extravagantes Traumleben anregender erschien als die Wissenschaft? In San Fernando würde es, wenn der geheime Familienkrach überstanden war, genügen, daß er einige Jahre die

* Braut.

Londoner Universität besucht hatte und das Englisch der Königin sprach. Nur Onkel Rahamut würde Zeugnisse und Medaillen sehen wollen. Ein Grund für Nabil, ihn am gründlichsten zu vergessen.

Brokatwände schirmten ihn von der Realität ab. Die Zeit mit ihrem blutigen Lächeln und dem verhängten Blick hatte ihre Bedeutung für ihn verloren. Der Vietnam-Krieg, der schon jahrelang die Gemüter erregte, die wachsenden Steuern, der todbringende Verkehr in den Londoner Straßen, ein neues Musical im Westend, Arbeitslose, Schlangen von Einwanderern ohne Heim und Reis, die Millionäre der ausgehenden sechziger Jahre, die Bankrotteure, die politischen Taschenspieler oder Idealisten, Hexen, Engel und Fotomodelle und eine blonde Kellnerin in der Baker Street – alles war Traum oder Albtraum. Mr. Bannerjee lebte fern von dem Getriebe: ein Pandit ohne Weisheit, ohne Demut. Selbst die religiösen Feste seiner Jugend, die Lichtpunkte des Hindujahres, hatten ihre Macht über seine Seele verloren. Shivas Geburt, Krischnas Geburt, alle feierlichen, blütenbekränzten Zeremonien, was waren sie in London? Nur die Göttin Kali in ihrem schwelenden Zorn besaß noch einige Macht über ihn, bis er Margarets Mutter kennenlernte. Manchmal schnappte er nach Luft wie ein Fisch auf glühend heißen Steinen. Margaret war dann vorübergegangen, die Arme voller Rosen.

Nabils Verrat an der Heimat und an seinen Erinnerungen reichte bis in die Region des Unbewußten. Er wollte kein Inder mehr sein. Es wäre besser für Margaret und ihn. In seinem möblierten Zimmer dürstete er nach unerreichbarer Verwandlung, und so bezeichnend es für ihn war – es war auch sein Hindu-Erbe. Wiedergeburt war eine Realität. Wenigstens wollte er in Geist und Seele etwas für Margaret werden, was er äußerlich nicht sein konnte: ein weißer Mann! Er träumte selten davon, sie zu besitzen, er schrak sogar davor zurück. Sein Ziel in diesem Sommer war tastende Eroberung, poetischer Rausch, war Selbstbestätigung.

Miss Bruce ahnte nicht, was ihre anspruchslose Person in Mr. Bannerjee angerichtet hatte. Sie konnte es nicht ahnen. Seine Küsse gingen ihr noch nicht ins Blut – es waren Sommerküsse für eine Achtzehnjährige. Nabil war ihr nur gegenwärtig, wenn sie ihn sah. Und sie sah ihn zweimal die Woche. Welch ein Sommer! Über Wiesen und Rosengärten lag schillerndes Licht. Als sie wieder einmal Arm in Arm, jeder in seine eigenen Gedanken vertieft, im Rosengarten von Regent's Park spazierengingen, gab ihnen der Alltag die erste Ohrfeige. Eine Kundin von Margarets Vater, die gelegentlich den Weg nach Bethnal Green machte, um einen soliden Schrank zu kaufen, erkannte Margaret Bruce, grüßte verwundert und musterte Mr. Bannerjee ohne Freundlichkeit. Ließ die junge Tochter von Alfie Bruce sich jetzt mit Farbigen ein? Mrs. Mitcham zog ihre Handschuhe so fest am Gelenk hoch, als ob sie Margaret oder Mr. Bannerjee mit dieser Geste ihre stumme Empörung zeigen wollte. Sie blieb nicht lange stumm. Am nächsten Morgen erfuhren Mr. und Mrs. Bruce, mit wem ihre Tochter neuerdings Arm in Arm durch Rosengärten spazierte. Mrs. Mitcham meinte es gut. Das nette junge Ding sollte nach Geschäftsschluß keine «Dummheiten» machen. Was wußte man mit achtzehn Jahren? Mrs. Mitcham hatte so wenig gewußt, daß sie Mr. Mitcham geheiratet hatte.

Bei ihrem nächsten Zusammensein war Margaret ungewöhnlich blaß. Bläuliche Schatten lagen unter ihren Augen. Sie wich Nabil aus, als er sie küssen wollte, obwohl nur die Schwäne ihre Zeugen waren. Sie waren weiß – bis auf ein einziges schwarzes Prachtexemplar, das sich von den anderen abseits hielt. Margaret schwieg lange. Schließlich lud sie Mr. Bannerjee für nächsten Samstag zum Tee in ihr Elternhaus ein. Im Namen ihrer Mutter natürlich. Sein Herz klopfte. Konnte es sein, daß ihre Eltern baldige Heirat vorschlagen würden? Leichte Panik erfaßte ihn, obwohl es sein großer Wunsch war. Wovon sollten sie leben? Und da war Indira. Onkel Rahamut müßte eine bescheidene Farm kaufen und sie ihr schenken. Unsinn – verpachten! Sein Onkel hatte sich lobend über Indira ausgesprochen. Sie besaß jetzt auch eine Menge Schmuck. Und später, viel später, wenn Nabil nach Onkel Rahamuts Tod die Fabrik leiten würde, sollte auch Indira gut dastehen. Ewig konnte selbst Onkel Rahamut nicht leben! Vielleicht stand es in den Sternen, daß er ohne körperliche Beschwerden der Jugend Platz machen würde. Ein rascher Übergang von San Fernando in andere Regionen. So würde es kommen. So mußte es kommen. Nabil machte sich keine Sorgen mehr. Er hatte vergessen, daß Onkel Rahamut selten das tat, was man von ihm erwartete.

In der nächsten Woche war Mr. Bannerjee sehr beschäftigt. Er mußte ein Geschenk für Mrs. Bruce kaufen und Orchideen für Margaret. Da er im Augenblick sein Geld nicht bei Amitié oder im Spielsalon verlor, konnte es eine schöne Silbersache für seine zukünftige Schwiegermutter sein. Er war nie in Bethnal Green gewesen und erwartete ein großes, vornehmes Haus, wie seine Familie es bewohnte.

Margaret erwartete ihn an der neuen Untergrundstation. Sie war nervös und ausgesprochen verlegen. Selbst Nabil bemerkte es. Wo war ihre Ruhe, die er so liebte. Er konnte gut fragen. Er hatte die Szene nicht miterlebt, die Mrs. Bruce ihrer Tochter gemacht hatte.

«Ich weiß alles, Miss! Also du treibst dich mit Schwarzen in den Büschen rum. Schämst du dich nicht?»

«Nein.»

«Soll es dir gehen wie der Doris von nebenan? Hast du den Verstand verloren, Mädchen? Jetzt sitzt die Doris mit dem schwarzen Bündel da, und der Papa ist zurück nach Jamaika.»

«Darf ich auch mal was sagen, Mum?»

«Da bin ich gespannt.» Mrs. Bruce holte Luft. Ihr altmodisches Korsett drückte. Ihr Herz machte Sprünge.

«Mr. Kathuria ist kein Schwarzer, Mum. Er ist ein vornehmer Inder. Kommt von reichen Zuckerpflanzern in Trinidad.»

«Sonst noch was? Ich möchte *einen* Farbigen erleben, der nicht aus einem Schloß kommt, wenn er hier unsere Töchter verrückt macht. Frag doch Onkel Herbert, dummes Mädchen! Er kennt die Sorte. Er hat in den Docks rauhe Haufen davon. Wenn sie Lust haben, kommen sie zur Arbeit. Wenn nicht, dann spielen sie Karten oder singen.»

«Das ist nicht wahr. Onkel hat grade neulich gesagt, einige sind prima.»

«Alle lebten wie Prinzen in den wilden Ländern», wiederholte Mrs. Bruce.

«Mein Freund studiert an der Universität. Er ist kein Dockarbeiter.»

«Sieh einer an», sagte Mrs. Bruce langsam. «Unsere Jungens sind nicht mehr gut genug, weil sie ehrliche Arbeit leisten. Lauf nicht raus, wenn ich mit dir rede, Miss! Du wirst dich nicht länger mit einem Blackie in den Parks rumtreiben. Ist das klar?»

«Ich habe meinen Freund für nächsten Sonnabend zum Tee eingeladen.»

«Bist du von Sinnen, Mädchen?»

«Du sollst ihn kennenlernen, Mum. Dann wirst du anders denken.»

«Meinetwegen. Ich werd ihm meine Meinung sagen. Er soll mich auch kennenlernen.»

«Wenn du Theater machst, geh ich auf und davon, Mum.»

Mrs. Bruce bekam einen Schreck. Was war in dieses Kind gefahren? Margaret war hochrot im Gesicht, und ihre Hände zitterten. «Hör gut zu, Margaret», sagte sie ruhiger. «*Mußt* du etwa diesen Burschen heiraten?»

Margaret war sprachlos. Der schüchterne Mr. Kathuria und so was! Sie sagte, daß nichts «passiert» sei und daß Mum ihre Freunde nicht beleidigen solle.

«Also gut, Margaret. Sei nicht bös. Ich bin deine Mutter und mache mir Sorgen.»

«Dazu hast du keinen Grund!» sagte Margaret kühl. Lag wirklich kein Grund zur mütterlichen Besorgnis vor? Margaret war nie so nervös gewesen wie vor der Untergrundbahn von Bethnal Green. Die Szene mit ihrer Mutter lag ihr in den Gliedern. Mum hatte immer alles am besten gewußt. Und was wußte sie von diesem Nabil Kathuria? (Sie wußte nicht einmal, daß er Bannerjee hieß.)

Nabil hatte einen sechsten Sinn für einen Wetterwechsel, weil er so leicht gekränkt war. Er fühlte sich plötzlich unsicher. Er fragte unvermittelt, ob er Margarets Eltern auch wirklich willkommen sei. Ihr Erstaunen tat ihm wohl. Dann sagte sie allerdings: «Aber natürlich. Wir haben ständig Leute zum Tee.»

«Soso», sagte Mr. Bannerjee. In seinen Ohren summte es. Warte, Freundin, warte! Warte auf meinen Tod.

«Da sind wir schon», rief Margaret. Mr. Bannerjee betrachtete fassungslos das kleine Schaufenster, wo Mr. Bruce seine soliden Schränke und einige mit Sachkenntnis und Liebe reparierte Sessel aufgestellt hatte.

«Vater ist der beste Tischler der Gegend», erklärte Margaret mit ihrer alten Wärme. «Er sagt immer: ‹In Brick Lane gibt's neue Möbel. Bei mir gute.›» Sie war stolz auf ihren *Dad* und lächelte. Mr. Bannerjee sagte kein Wort. Es war gute Arbeit. Er sah es sofort. Hätte er einige dieser Möbel in Chelsea ausgestellt gesehen, er hätte sie vielleicht sogar bewundert. Aber sie standen im East-End. Nabil faßte sich mühsam. Der Vater seines Idols arbeitete mit den Händen! Er betrachtete Margaret von der Seite. Sie sah nach hoher Kaste aus. Aber in zehn Jahren? Das war eine lange Zeit. Mr. Bannerjee rechnete entweder bis zum nächsten Morgen oder in Äonen.

Er betrat das *parlour* der Familie Bruce mit trüben Ahnungen, die sich sämtlich bewahrheiten sollten. Auch Mrs. Bruce war nach der Aussprache mit ihrer Tochter nicht ganz ihr derbes, vergnügtes Selbst. Es war wirklich erstaunlich, wie ein einziger junger Mann eine zufriedene kleine Familie auseinanderbringen konnte. Mrs. Bruce blickte anscheinend leidend unter ihrem hochblonden Haarturm auf den fremden Vogel. Ihr Gesicht litt unter doppelter Röte: Aufregung und frühe Wechseljahre. Margaret war blaß und schwieg, nachdem sie ihren Freund vorgestellt hatte. Der einzige, der wirklich freundlich und natürlich blieb, war Margarets Vater. Er schüttelte Mr. Bannerjee kräftig die Hand. Nabil war ganz erstaunt über die sehnige Kraft dieser Hand. Er hatte Mr. Bruce für kränklich gehalten, da er so dünn und bleich war, als ob er seine Tage in einem seiner soliden Schränke verbringe. Auch seine Hosen schlotterten – er bekam hier wohl nicht genug zu essen. Alfie Bruce war besonders nett zu dem scheuen, höflichen jungen Mann, da er ihn seiner Hautfarbe wegen für empfindlich hielt. Mr. Bannerjee war in der Tat so sensitiv, daß die besondere Freundlichkeit ihn kränkte. Er wollte von Alfie Bruce wie ein Freund, nicht wie ein Gegenstand aus Glas behandelt werden. Trotzdem faßte er eine spontane kindliche Zuneigung zu Margarets Vater: er war ein guter Mann. Beim Tee unterhielt Mr. Bruce den Gast aus einer anderen Welt mit herzhaften Anekdoten, die ihn zum Lachen bringen sollten, aber nicht das richtige Echo bei Mr. Bannerjee hervorriefen. Er lachte schrill und mit solcher Anstrengung, daß der menschenfreundliche Mr. Bruce das Thema wechselte. «Seine Damen» hatten die Sprache verloren.

Mr. Bruce erzählte seinem Gast von dem großen Unglück, das im Jahr dreiundvierzig in der alten Untergrundstation passiert war. Mr. Bannerjee belebte sich, als er hörte, bei einem Fliegeralarm seien zweiundsiebzig Leute durch ein plötzliches Gedränge erdrückt worden. Eine Tragödie hatte immer einen guten Einfluß auf ihn, falls sie ihn nicht persönlich betraf. Er fragte Mr. Bruce, wie viele Männer und wie viele Frauen damals umgekommen seien. Mr. Bruce wußte es nicht mehr. Schließlich war es über fünfundzwanzig Jahre her.

«Was sind fünfundzwanzig Jahre, *Sir*?» fragte Mr. Bannerjee. «Eine armselige Sekunde nach dem Zeitmaß der Ewigkeit.»

Mr. Bruce verschluckte sich an seinem Tee, stand auf und eilte in sein Pub. Mr. Bannerjee sollte wochenlang über diesen plötzlichen Aufbruch grübeln.

Margaret ging frischen Tee holen und ließ Nabil zu seinem Entsetzen mit Mrs. Bruce im *parlour* zurück. Margaret brauchte eine unheimlich lange Zeit für den Tee – aber natürlich keine fünfundzwanzig Jahre. Mrs. Bruce war wirklich nicht sie selbst. Sie suchte krampfhaft nach einem Gesprächsstoff und fand keinen. Ihre Füße schmerzten wie wild: sie stand die ganze Woche in einem Schuhgeschäft in der Brick Lane. Sie musterte den elegant gekleideten und überhöflichen Gast mit unterdrücktem Ärger. Sie würde später Margaret ihre Meinung sagen. Mr. Bannerjee mußte ja mit Handschuhen angefaßt werden. Diese Parole war von Mr. Bruce am Morgen des Besuchstages ausgegeben worden. Mutter sollte sich zur Abwechslung zusammennehmen. Daß aus der Freundschaft seiner Tochter mit diesem fremden Vogel nichts Vernünftiges herauskommen konnte, war Mr. Bruce nach Nabils Bemerkung über die fünfundzwanzig Jahre sonnenklar. Aber Mr. Bruce fing es viel klüger an als seine Frau. Widerstand würde Margaret unweigerlich ins Standesamt treiben. Mr. Bruce hatte eine großartige Idee und hatte seine Frau gebeten, seine Ratschläge zu befolgen. Es würde das einzige Mittel sein, Margaret von Albernheiten zurückzuhalten. Alfie wußte, daß sein kleines Mädchen ordentlich war. Die Moral im East-End war bedeutend strenger als im Westend. Mr. Bannerjee wußte nicht, was ihn mehr entsetzte, Mrs. Bruce mit ihrer steifen Dauerwelle und der billigen kunstseidenen Bluse oder die gehäkelten Tellerdeckchen und die drei vergilbten Weihnachtskarten, die neben einem Steingutmops, der Pennies schlucken konnte, den Kaminsims aus Marmor, selbstverständlich imitiertem, schmückten. Die guten Sessel von Mr. Bruce hatten Leinenbezüge von Mrs. Bruce. Mr. Bannerjee hatte nie Schrecklicheres gesehen. Arme, geschmacklose Person. Margaret war nicht zu beneiden. Mr. Bannerjee zog schlechten Charakter jederzeit einem schlechten Geschmack vor.

Schließlich stellte Mrs. Bruce die Schicksalsfrage, obwohl Alfie sie gewarnt hatte. Aber sie konnte nicht länger warten. Das Telefon klingelte auch nicht. War etwas mit Alfies Plan schiefgegangen? Bei diesem Gedanken fühlte Thora Bruce ein Stechen im Herzen. Alfie schaffte doch alles. Wieso klingelte das Telefon nicht?

«Wie lange wollen Sie in London bleiben, Mr. Ka ... ka ...»

«Mr. Kathuria, *Madam*.»

«Ich bin die Namen nicht gewohnt», entschuldigte sich Mrs. Bruce.

«Es ist einer der einfachsten indischen Namen, *Madam*.»

Mrs. Bruce wiederholte die Schicksalsfrage. Natürlich, Mr. Kathuria wollte ihr entschlüpfen. Ihre kleinen hellblauen Augen waren zusammengekniffen. Sie saß am Teetisch wie ein Beamter der Einwanderungsbehörde. Nur würde Mr. Bannerjee sich von ihr nicht grillen lassen. Er erwiderte etwas tückisch, daß er sich wahrscheinlich in London niederlassen werde.

Margaret erschien mit dem frischen Tee und riß die Augen auf. Daß

Nabil Kathuria sich in London niederlassen wollte, war das Neueste. Es war auch für ihn das Neueste.

«Ist das vernünftig, Mr. Kathuria?»

«Ich denke ja, *Madam*. Ich will mich hier ja nicht allein niederlassen.»

Mr. Bannerjee sprach so unnatürlich sanft, daß Margaret nichts Gutes ahnte. Er war sehr böse, wenn er so sprach. Sie hatte es einmal in der Teestube erlebt. Aber damals waren seine dunklen, melancholischen Blicke im Einklang mit der Sanftheit gewesen. Jetzt blickten seine Augen hart und etwas gefährlich. Margaret sagte verwirrt: «Laß doch das Fragen, Mutter. Noch etwas Tee, Nabil?»

Mrs. Bruce liebkoste den Mops auf dem Kaminsims. Sie kannten sich seit Jahrzehnten und hielten des öfteren stumme Zwiesprache. Auch der Mops sah entrüstet aus. Margaret hatte ihrer Mutter nie zuvor geraten, was sie tun oder lassen sollte. Natürlich würde Mrs. Bruce soviel reden und fragen, wie es ihr paßte. Dies war noch immer ihr Haus, nicht wahr?

Warum ging das Telefon nicht? Alfie hatte doch alles sorgfältig vorbereitet.

Margaret blickte von ihrer Mutter zu Nabil und wieder zurück. Nein, die beiden verstanden sich nicht besonders. Margaret benutzte diese Untertreibung unbewußt. Sie haßte Drama. Nigel hatte sie wegen seiner Schauspielerlaufbahn verlassen. Wie es ihm wohl ging? Er hätte seine Ex-Braut wenigstens einmal anrufen können. Müssen! Er hatte sie doch geliebt. Sie fühlte plötzlich, daß sie nichts von Männern verstand. Am wenigstens von Nabil. Er war ihr beinahe unheimlich mit seinen funkelnden Augen und der Zuckerstimme. Haßte er ihre Mutter? Mum war von der guten Sorte – nur etwas schwierig. Aber Dad kam großartig mit ihr zurecht. Als Kind hatte Margaret verkündet, sie wolle später Dad heiraten, und sie würden alle glücklich zusammenbleiben. Es war ein weiter Weg von Dad zu Mr. Kathuria. Auf jeden Fall hatten Dad, Mum und sie selbst noch nie so einen ungemütlichen Teenachmittag verlebt.

«Ich meine, London muß Ihnen sehr fremd vorkommen, Mr. Kathuria! In Ihren Ländern ist doch sicher alles anders?»

«Ich habe nur *ein* Land, *Madam*. Westindien.»

«Natürlich, ganz richtig. Ich denke mir immer, jeder fühlt sich im eigenen Land am wohlsten. Mein Mann wollte mich schon dreimal nach der Bretagne schleppen. Es gibt jetzt die verbilligten Fahrten.»

«Wie interessant.»

Idiot, dachte Mrs. Bruce ärgerlich. Was war interessant an verbilligten Fahrten. «Jeder fühlt sich zu Haus am wohlsten, Mr. Kathuria.»

«Jeder kann nur für sich selbst sprechen, *Madam*. Mein eigener Horizont umfaßt die ganze Welt. Und gerade London ist mein großes Abenteuer. Ich liebe das Unerwartete, *Madam*.»

Mrs. Bruce blickte hilfesuchend ihren Mops an. Er schlief auf dem Sims. Er war zu beneiden. Margaret wußte einfach nicht, was sie von Nabil denken sollte. Hatte sie sich jemals mit diesem boshaften Snob im Regent's

Park geküßt? Dieser Mann war ihr wildfremd. Er beleidigte ihre Mutter, die ihm nichts getan hatte, auf Umwegen, die Margaret überhaupt nicht verstand. Übrigens kam er ihr daheim viel dunkler vor. Sonderbar. Margaret starrte in ihre Tasse mit dem erkalteten Tee.

«Die Kontraste innerhalb der englischen Gesellschaft bezaubern mich», erklärte Mr. Bannerjee dem Mops auf dem Sims. «Man macht so seine Studien.»

«Ich weiß nicht, wovon Sie reden, Mr. Kathuria.» Mrs. Bruce war jetzt genauso wütend wie manchmal seine Großmutter, wenn er über ihren Kopf hinweg philosophierte. Mrs. Bruce sollte sich ärgern.

«Ich werde es Ihnen erklären, *Madam*. Vorige Woche war ich beispielsweise bei Lord und Lady Spencer-Smith eingeladen. In ihrem Stadthaus in Belgravia. Alistair Spencer-Smith ist mein Studienfreund von der hiesigen Universität.»

Mr. Bannerjee studierte eifrig die Gesellschaftsnachrichten der Zeitungen und der Illustrierten und begann, den beiden Damen das Haus, die weite Halle, die Treppen und die Gemälde – alles Originale natürlich – zu schildern. Er würde die Abbildungen dieses stattlichen Hauses auch seiner Familie in Trinidad zeigen. Er *hätte* doch dort eingeladen werden können! Auch Lord und Lady Spencer-Smith standen unter den Adressen, die er später seiner Großmutter auf der Farm aus seinem Notizbuch vorlas. Er beschrieb die Wedgwood-Porzellane, die alten kostbaren Brokatmöbel, Lady Spencer in Person, die auch aus der Illustrierten ihrem Bewunderer aus Trinidad zugelächelt hatte. Er kannte sie alle.

Margaret hatte nie etwas von diesen großen Bekanntschaften gehört. Wann studierte Nabil eigentlich? Er hatte immer Zeit, wenn sie ihn sehen wollte. Mrs. Bruce gähnte. Nichts interessierte sie weniger als die Smith-Sippe mit Sohn Alistair und Tochter Caroline, die anläßlich der Einladung in «die Gesellschaft» eingeführt worden war. Eine Debütantin – ein Überbleibsel aus Vorkriegszeiten, dachte Mrs. Bruce. Sie tat Caroline unrecht. Das junge Mädchen arbeitete in einem Modesalon und führte Sportkleidung vor. Nur zum Spaß. Aber Caroline arbeitete bedeutend gewissenhafter als Mr. Bannerjee.

«Diese Gegensätze», sagte Mr. Bannerjee träumerisch. «So ein Palast in Belgravia und dann ein reizendes Stübchen wie hier! Es fasziniert mich, *Madam*.» Er musterte das halbdunkle *parlour* mit offenem Abscheu. Mrs. Bruce war erblaßt. Unverschämter Nigger, dachte sie. Sie erlebte zum erstenmal das, worüber sie sonst in ihrem Blatt las: die Frechheit der Farbigen! Daß sie Mr. Bannerjee ebenfalls provoziert hatte, vergaß sie. Man durfte ja wohl fragen, wie lange so ein verdammter Einwanderer in ihrer Stadt bleiben wollte! Sie richtete sich auf. Sie war zum Kampf bereit.

In diesem Augenblick klingelte das Telefon. *Endlich!* Gott segne Alfie! Mrs. Bruce riß ihrer Tochter den Hörer aus der Hand und sprach mit freundlicher Alltagsstimme. Sie hatte bis jetzt drei Oktaven höher gesprochen.

«Selbstverständlich, *dear*. Nichts wäre netter. Wir sitzen beim Tee. Wir freuen uns sehr. Ja natürlich, Margaret ist auch da.»

Sie legte den Hörer mit munterem Knall in die Gabel zurück. «Wir bekommen lieben Besuch», teilte sie ihrem Mops mit. Triumphierend blickte sie umher – es hatte geklappt. Die Atmosphäre hatte sich gewandelt. Eine neue Spannung lag in der Luft. Sie riß an Nabils Nervenenden, aber er konnte nicht sagen, was sich seit dem Telefonanruf geändert hatte. Mrs. Bruce in guter Laune erschreckte ihn noch mehr. Er sagte sich, er habe seine Wahl getroffen, und es müsse gleichgültig sein, was Mrs. Bruce dachte. Margarets Vater war auf jeden Fall auf seiner Seite. Er starrte haßerfüllt auf die lächelnde Frau in ihrer vollen, aber mürben Reife. Auf ihr herumzutrampeln mußte ein Genuß sein. Er fühlte, daß seine Heiratspläne oder besser Liebesträume bedroht waren. Er fühlte die alte Angst, und sie schwemmte seine Anmaßung weg. Er war es sich schuldig gewesen, dem «unteren Mittelstand» seine Beziehungen zur «Gesellschaft» zu enthüllen.

Er stand abrupt, aber mit gewohnter Anmut auf.

«Du willst schon gehen?» fragte Margaret erschreckt. Er nickte wortlos. Er war blaugrau vor Kummer, und die Angst würgte ihn am Hals. Große Schweißtropfen sammelten sich auf seiner Stirn. Er mußte fort. Er würde nächste Woche alles mit Margaret in Ordnung bringen. Er hatte nicht die Absicht, noch eine alte Tante kennenzulernen. Wer sonst würde so intim und zufällig zum Tee eingeladen?

In diesem Augenblick klopfte es, und Mr. Nigel Dishwater spazierte wohlgelaunt ins Zimmer. Er gab Mrs. Bruce einen schallenden Kuß auf die Wange und Margaret einen Kuß auf den Mund.

«Da bin ich wieder», rief er vergnügt. Dad hatte vor drei Tagen von Mann zu Mann mit Nigel gesprochen und nach drei von ihm spendierten Gläsern Bier und den kleinen «Bittren» dazu aus dem jungen Mann alles herausgeholt, was er wissen wollte. Natürlich kam er über Margaret nicht hinweg. Mr. Bruce wunderte sich nicht. *Wer* konnte seine Tochter vergessen. Nigel schnappte zu, wie ein Fisch den Köder schnappt. Er war zu verletzt und auch zu unbeholfen gewesen, um die «Dummheit» mit Miss Bruce ins reine zu bringen.

Margaret war sehr rot geworden. Lieber Nigel! Er war doch der Beste. Sollte er ruhig Theater spielen!

«Ich hatte einen Krach mit der Bühne, *Ducky*.» Nigel sah ihr tief in die Augen. «Ich bin wieder weg davon. Helfe meinem Vater – wie gehabt.»

Mr. Bannerjee erkannte den jungen Mann vom Soho Square sofort wieder. Dort hatte er romantischer und imposanter gewirkt. Der Mond war ein alter Betrüger. Mr. Dishwater war im Sonnenlicht vierschrötig und gutmütig und lächelte den Fremdling freundlich an.

«Wie gefällt Ihnen unser altes London, *Sir*?»

Bevor Nabil eine höfliche, aber schneidende Antwort parat hatte – sie fiel ihm erst nachts um zwei Uhr ein –, wandte Nigel sich wieder seiner Ex-

Braut zu. Hatte der Fremde zu lange nachgedacht?

«Wann wird geheiratet?» flüsterte er ihr ins Ohr.

«Mach's dir bequem, alter Bursche», flötete Mrs. Bruce. Ihr Gesicht glühte wie die Abendsonne. Sie wollte nie wieder schimpfen, wenn Dad einmal ohne sie ins Pub ging. Er hatte die Schlacht für sein kleines Mädel gewonnen. Dad, der so tat, als ob er nicht bis drei zählen könne.

«Ich mach frischen Tee», murmelte Mrs. Bruce. Sie blickte Margaret und Nigel zufrieden an und zwinkerte. «Ihr junges Volk könnt indessen alles unter euch ausmachen.»

«Klar», sagte Mr. Dishwater.

«Klar», sagte Miss Bruce. Sie strahlte vor Glück.

Sie alle hatten Mr. Bannerjee vergessen.

Nabil trug schwer an seinen verlorenen Illusionen. Er mied Teestuben in der Baker Street und verschrieb sich fortan den Gauklern. Er sagte sich wieder und wieder, diese Leute in Bethnal Green seien vulgär und seiner Familie nicht würdig. Es half nichts. Er hatte Margaret eine Lilie ans Herz heften wollen, und sie hatte ihm einen Ladenschwengel vorgezogen. Er konnte sie nur bedauern – aber zum Schluß bedauerte er sich selbst. Nur Mr. Bruce behielt einen Ehrenplatz in Nabils Herzen. Er hätte eine Verbindung mit ihm begrüßt. Aber die netten Männer hatten alle nichts zu sagen. Das war in Bethnal Green dasselbe wie in Trinidad. Und Margaret? Es mangelte ihr nicht an Liebreiz, nur an Seelengröße; aber sie wollte sich aus Verwicklungen heraushalten. Mr. Bannerjee vergaß, daß er selbst eine ähnliche Politik betrieb. Er war einem Wortgefecht mit Onkel Rahamut stets ausgewichen.

Margaret hätte gern Mr. Kathuria alles erklärt. Daß Nigel einfach wieder in seine Rechte eingesetzt worden war. Und sie wollte Nabil auch für die vielen Freundlichkeiten und Einladungen danken. Aber kein Nabil Kathuria lebte in dem Haus in Kensington, das er genannt hatte. Margaret mußte es aufgeben. Sie hatte vor der Hochzeit viel zu tun. Nach einigen Wochen hatte sie den jungen Westindier vergessen. Sie hatte sowieso nicht recht gewußt, was sie mit ihm reden sollte. Sie konnten sich doch nicht die ganze Zeit küssen.

Als Nabil eine Woche später die Gaukler besuchte, war er Amitié willenlos ausgeliefert. Sie verkaufte ihm in kleinen Portionen das Kraut des Vergessens, und ihre Wucherpreise, bei denen sie das Risiko einkalkulierte, ließen ihm nur das Geld für die Miete und für Mahlzeiten von Tee und Reis, die er in seinem Zimmer einnahm. Angstvoll kochte er seinen Reis auf zitternder Petroleumflamme. Natürlich durften die Mieter in Belsize Park nicht kochen. Er hätte seinen Reis auch im indischen Restaurant in der Finchley Road essen können, aber die Beilagen waren dort die Hauptsache, und er gab außerdem riesige Trinkgelder: *La Folie de Grandeur*. Er hatte kaum Appetit und nahm erschreckend ab. Bald bettelte und flehte er um die Droge des schönen Augenblicks. Er erniedrigte sich vor Amitié. Er lebte jetzt wie auf einem Bahnhof, auf dem niemals ein Zug hält.

Mr. Rai hatte von einem Tag zum anderen sein Zimmer bei Mrs. Grey geräumt. Er war nach Delhi zurückgeflogen, hieß es. In Wirklichkeit lebte er mit seinem Rauschgift im Gepäck unter dem Namen Singh in Portobello und hatte seine Verbindungen mit den Gauklern von Paddington gelöst. Dort war Polizei erschienen und hatte Lusty mitgenommen. Tarzan war als blinder Passagier auf dem Weg nach Jamaika, und Mellow-Yellow hatte jetzt so gute Angebote in Nightclubs, daß er ausgezogen war. Nur die Hexe von Haiti lebte noch im Dachgeschoß. Der Spielsalon ging unter der Leitung anderer Leute weiter. So änderte sich alles. Mr. Kabir Rai trug jetzt einen rosa Turban, und falls die Polizei ihn wegen Rauschgiftverkauf suchte – der Name Singh kam alle naselang in Portobello vor. Sie konnten lange suchen. Aber Mr. Rai war nur «Tourist» in Portobello. Er würde, sobald er bei seiner Firma nicht auffiel, nach Delhi zurückfliegen. Das Londoner Pflaster war heißer geworden als die Sonne Indiens.

Eines Nachts wurde der Spielclub ausgehoben und auch Amitié verhaftet. Man hatte kleine Mengen von indischem Hanf in ihrem magischen Gemüseladen gefunden. Sie klagte Mr. Singh und Mr. Kathuria an – beide *pusher* waren unauffindbar.

Nun war Nabil ganz verlassen. Er wußte nicht, wo er das Kraut des Vergessens kaufen konnte und lag tatenlos auf seinem Bett. Nabil verwandte den Rest seiner Denkkraft und Aktivität auf die Suche nach jemandem, der Diplome von der Universität gegen gutes Geld zu fälschen bereit war. Aber er fand niemanden, der ihm den kleinen Gefallen tun wollte, der sein Familienglück in Trinidad gerettet hätte. Er konnte Mrs. Grey und ihre Mieter nicht fragen. Er konnte niemanden fragen. Es war wohl nicht erlaubt? Aber die Welt war voll von unerlaubten Dingen.

Nabil hatte jetzt wieder Geld und suchte weiter nach «Künstlern», die Diplome herstellten. Nach Paddington wagte er sich nicht mehr. Er hatte Glück gehabt. Er stand jetzt lange vor Druckereien und Geschäften, die Bestellungen auf Briefköpfe und Visitenkarten annahmen. Aber er wagte nicht zu fragen. Endlich fand er einen chinesischen Laden, der den Auftrag erfreut annahm. Nabil schrieb Text und Lobeshymnen auf. Als er sein Dokument abholte, war es ein *Nachruf* auf den betagten und tugendhaften Mr. Nabil Bannerjee geworden, der im hohen Alter von fünfundneunzig Jahren diese Welt verlassen hatte, betrauert von Verwandten, Freunden und Sterndeutern. Nabil bekam einen mittleren Tobsuchtsanfall, und der chinesische Künstler verlangte sein Geld. Es war ein großartiger Nachruf, und «kleines Mißverständnis» änderte nichts am Preis. Mr. Bannerjee zerriß seinen Nachruf in kleine Stücke und warf diese auf den niemals gesäuberten Boden des Hinterzimmers in Soho. Der Chinese wies ihm lächelnd die Tür, und Nabil schritt würdevoll hinaus. Chinesen hielten immer irgendwo ein krummes Messer verborgen.

Da er nicht wußte, was er nun beginnen sollte, machte er in diesem letzten halben Jahr Ausflüge und Busreisen durch London und Umgebung. Es war ein milder, sonniger Herbst, und die Themse lockte ihn immer wieder. Wenn nur Margaret an seiner Seite gewesen wäre, aber sie hatte ihn verraten wie alle anderen. Er dachte jetzt des öfteren an die Farm, und selbst Indiras geschändetes Bild bekam manchmal einen matten Glanz. Er haßte Mrs. Bruce mit lächerlicher Leidenschaft. Was hatte sie denn wirklich verbrochen? Sie hatte ihn mit Tee und Kuchen bewirtet und gefragt, wie lange er in London bleiben wolle. Sie wurde allmählich die Göttin von Bethnal Green und war an allem schuld. Sein Haß war eine rasende, eingedämmte Flut und hatte so wenig Beziehung zur Realität wie seine «Liebe» zu Margaret. Die Isolierung tat ihm nicht gut. Er hatte sich völlig in dem komplizierten Netz der sozialen Anerkennungen oder Ablehnungen in diesem wesensfremden Land verstrickt. Er hätte sich dieser Schlinge nur durch Besinnung auf sich selbst entwinden können. Auch die Werte der Hindugemeinschaft in Trinidad waren jetzt verblaßt.

Auf dem Weg nach Hampton Court dachte er wieder an Margaret und ihre armselige Romanze mit Mr. Dishwater. Nabil hatte ihr die hohe Aufgabe zugedacht, eine neue Lebensgeschichte für ihn zu erfinden: seine endgültige Verwandlung in einen Londoner. Sie hatte versagt. Sie wollte sich ein kleines Nest bauen – mit diesem vierschrötigen jungen Mann! Das Nest in Leman Street würde ein Bollwerk gegen fremde Einflüsse sein. Nur Vögel vom gleichen Gefieder. Natürlich brauchten Miss Bruce und Mr. Dishwater keine neuen Lebensgeschichten für sich zu erfinden. Sie paßten in ihre Umgebung, so wie sie waren. Mr. Bannerjee war tief verdrossen darüber. Er tröstete sich mit dem Gedanken, daß das junge Paar sein Nest mit Woolworth-Artikeln aus Whitechapel High Street möblieren würde. Und er besuchte eigens einen Woolworth-Laden in der Finchley Road, um sich über die Dutzendwaren zu entsetzen.

Meistens lag er auf den Wiesen der Parks, die in hoher Endsommerschönheit zur Muße luden. Er blickte den Wolken nach. Seine Gefühle waren totes Holz. Nur sein Groll auf die Londoner blieb lebendig. Er kaufte ein Schreibheft und richtete unter den Baumkronen von Regent's Park ein «Schuldbuch» ein, in dem er gewissenhaft die Missetaten seiner Widersacher notierte. Die gleichgültige Mrs. Grey, der geldgierige Kabir Rai, Amitié, die Gaukler, George aus dem «Spanischen Grill» und Mutter und Tochter Bruce aus Bethnal Green. Nur Alfie Bruce und Major Mary Grey von der Heilsarmee erschienen nicht in dem Schuldbuch. Sie waren gute Leute, auch wenn sie von dem Reichtum seines Geistes keine Ahnung hatten. Die «Kleinen Inseln» hatte Nabil vergessen. Sie waren mit der Universität verknüpft, und diese Stätte deprimierte ihn. Er schrieb sich selbst ein Diplom aus. Er hätte ja Großes erreicht, wenn Margaret nur an die Wahrheit seiner Lügen geglaubt hätte. Er legte sich sein Diplom auf die Brust, blickte in die Baumkronen und merkte nicht, daß ein Windstoß das «Dokument» entführte. Zum zweitenmal machte er sich nicht die Mühe. Schicksal! Seine Karten waren gemischt gewesen.

Er fuhr mit den roten Autobussen kreuz und quer durch die Stadt und wunderte sich, wie viele westindische Schaffner und Schaffnerinnen es in London gab. Manchmal lächelten sie ihn strahlend an. «Sie auch von den Inseln, Mister?» Er nickte, gab aber keine weitere Auskunft. Einmal fragte ihn ein älterer englischer Schaffner: «Warum bleibt ihr Leute eigentlich nicht in eurem sonnigen Jamaika? Ich meine, da seid ihr sicher glücklicher als hier.»

«Ich bin nicht ‹ihr Leute›! Ich bin Mr. Kathuria aus Trinidad. Ich verbitte mir Ihre Dreistigkeiten.»

Der Schaffner murmelte, daß er ihn nicht habe beleidigen wollen, und ignorierte Mr. Bannerjee für den Rest der Fahrt. Er hatte es gut gemeint, und das war der Dank. Der junge Bursche hatte so verlassen ausgesehen und war der letzte Passagier im Bus gewesen. Was ihn, Mr. Wimble, anbelangte, so war er nach diesem Zwischenfall mit den Einwanderungsbeschränkungen für farbige Gäste einverstanden.

«Du verstehst die jungen Leute nicht», sagte Mrs. Wimble abends beim Tee. Sie war Lehrerin und hatte viele exotische Kinder in ihrer Klasse. «Ich weiß, diese Leute wirken manchmal dreist, aber eigentlich sind sie nur scheu und unsicher. Man muß diese Art Frechheit einfach übersehen, William.»

«Ich *habe* sie übersehen», sagte Mr. Wimble. «Sonst hätte ich dem Burschen eine gelangt. Was gibt's im Fernsehen, *love*?»

Mr. Bannerjee fuhr manchmal nach Westminster oder ins Victoria- und Albert-Museum. Oder er stand auf Londoner Brücken, die alle eine alte Geschichte hatten, und seine Augen folgten dem Lauf der Themse. Einmal bat ihn ein Bobby auf der Waterloo Bridge, sich nicht so weit vorzubeugen. «'n bißchen Vorsicht am Wasser schadet niemals, *Sir*!» Mr. Bannerjee dankte dem Bobby überschwenglich für seinen wohlgemeinten Rat. Er wollte ja nur ein bißchen Höflichkeit erfahren. Aber der Bobby hatte ihn auf einen Gedanken gebracht, und Gedanken trieben in seinem Hirn sonderbare Blüten. Wie wäre es, wenn er sich zu weit vorbeugte? Damit würde er allen Schwierigkeiten in Trinidad entgehen. Es mußte nicht unbedingt Waterloo Bridge sein. Man hatte eine imponierende Auswahl von Brükken.

Er dachte darüber nach, als er eines Abends das Restaurant «Das Spinnrad» im alten Hampstead betrat. Die englische Atmosphäre, die knorrigen Dachsparren und die georgianischen Girlanden aus Schmiedeeisen hatten es ihm angetan. Im «Spinnrad» wurde nicht billig gesponnen, aber es war friedlich, sehr gepflegt und international. Nabil wartete noch auf seinen Sherry und die gerösteten Mandeln, als Margaret und Nigel Arm in Arm das Restaurant betraten. Mr. Bannerjee schrak in seiner Ecke zusammen. Ihm wurde schwindlig. Margarets Haar schimmerte in der matten Beleuchtung wie reines Gold, aber ihre Füße waren aus Lehm. Mr. Bannerjee gab sich große Mühe, vom Rad der Illusionen abzuspringen und Miss Bruce und Mr. Dishwater nicht zu bemerken. Er verließ das Lokal mit hungrigem Magen und Siegermiene.

«War das nicht der alte Nabil?» fragte Miss Bruce.

«Keine Ahnung! Ich finde, die Leute sehen alle gleich aus. Was willst du essen, *love*? Nein, nein, sieh heute nicht nach den Preisen! Das ist meine Einladung. Wie gefällt dir der Laden?»

Margaret war so beeindruckt von den gedeckten Tischen, dem Kristall und den Kellnern, daß sie mit großen Augen nickte. Nigel klopfte mit dem Daumen entweder auf sein Herz oder seine Brieftasche. Sollte Ducky die ganze Speisekarte runter essen! Nach der Hochzeit würde wieder gerechnet werden.

Mr. Bannerjee war noch erregt, als er das «Golden Curry» betrat und ein ganzes indisches Huhn mit zwei Portionen Pulao-Reis vertilgte. Je unglücklicher er war, desto hungriger wurde er. Irgendwie mußte die innere Leere gefüllt werden. Während er auf das Essen wartete, studierte er wieder einmal seine Hände. Was er irrtümlich für seine Intelligenzlinie gehalten hatte, schien ihm die Todeslinie zu sein. Sie hatte sich in den letzten Monaten vertieft. Er aß alles auf, aber Margarets Bild störte sein Vergnügen. An diesem Abend kroch er trostlos ins Bett. Nicht einmal die Lektüre des Schuldbuches erheiterte ihn. Schließlich betrat er die Schwebebrücke zwischen Nacht und Morgen. Im Traum erwürgte er den jungen Mann mit dem vergnügten roten Gesicht, der den Arm um seine Margaret legen durfte. Danach verfiel er in traumlosen Schlaf. Er würde nie wieder fliegen können.

Seine Träume wurden immer quälender. Eines Nachts war er ein *Rakas* geworden. Er wandelte im Schlaf vor den Spiegel und sah seine langen Gummiglieder, sein strähniges schwarzes Haar und seine starren, entsetzlichen Augen. Er schrie so laut, daß Mrs. Grey erwachte. Er schrie immer noch, als er im Halbtraum aufs Dach kletterte und entwischen wollte und Amitié kichernd einen magischen Kreis um ihn zog. Dazu sang sie schauerlich und schwenkte das Messer, mit dem sie ihre Kräuter hackte. Aber nein, es war gar nicht die Hexe. Mrs. Bruce schwang das Messer. Nein, es war Margaret, aber sie hatte einen Buckel. Also mußte es doch Mlle. de la Farge sein.

Er schrie noch, als Mrs. Grey sich über ihn beugte und ihm den Schweiß von der Stirn wischte. «Sie schreien mir noch das Haus zusammen, Mr. Bannerjee. Das geht nicht. Wenn Sie noch einmal solchen Lärm machen, müssen Sie leider ausziehen.» Sie brachte ihm aber Tee.

Panik ergriff ihn. Wohin sollte er gehen? Er hatte noch eine Medizin von Amitié. Sie sollte gegen «Werwölfe und Übelgesinnte» helfen. Außerdem hatte er vor einigen Wochen für sündhaftes Geld eine magische «Mausefalle» bei ihr gekauft. Diese *piège* sollte kleine Dämonen wie Mäuse fangen. Mr. Bannerjee stellte sie ans Fußende seines Bettes und schlief eine Woche recht gut. Dann schrie er nachts wieder, und Mrs. Grey bat ihn, ihre Pension zu verlassen. Sie äußerte ihr aufrichtiges Bedauern, denn sie mochte Inder gern. Aus unbekannten Gründen zog sie den Trennungsstrich bei Afrikanern. Sie konnten noch so nett und gebildet sein – sie zog trotzdem ihren Trennungsstrich. Sie hatte einmal beim Tee Mr. Rai erklärt, durch Neger würde sie ihre Dauermieterin verlieren. Aber Miss Bell wäre niemals deswegen ausgezogen. Ihr Boyfriend war in Nigeria geboren. Miss Bell wollte ihn heiraten und mit ihm in Nigeria leben und arbeiten. Er war Kinderarzt, und so hatte er in seinem Dorf genug zu tun. Mrs. Grey wußte so wenig über Miss Bell, wie Nabil über die Familie Bruce gewußt hatte. Miss Bell vertraute sich ihrer Landlady nicht an.

Nabil suchte den ganzen Tag ein Zimmer. Er gab vorher seine Koffer bei der Gepäckaufbewahrung in Liverpool Station auf für den Fall, daß er kein passendes Logis fände. Er fand keines. Er wurde immer mutloser. Bei Anbruch der Dunkelheit ging er auf die Westminster Bridge. Wenn er sich doch ins Wasser stürzen mußte, sollte es von der schönsten Londoner Brücke geschehen. Er hätte ein Hotel aufsuchen können. Aber lohnte es sich noch? Diese Stadt war zu erschreckend für ihn und zu lustig für andere.

Die Themse war dunkel. Während Mr. Bannerjee darauf wartete, seinen Entschluß in die Tat umzusetzen – warum stieß ihn niemand ins Wasser? –, verfiel er in sanftes Delirium. Er hatte große Angst vor dem Wassertod, aber seine Angst vor Onkel Rahamuts Zorn über das hinausgeworfene Geld war stärker. Gebäude und Laternen spiegelten sich schwach und unwirklich in den Wassern. Eine Vision in Bruchstücken – das erleuchtete Zifferblatt von Big Ben, die gotische Silhouette der Parlamentsgebäude, die schweigende City. Von Zeit zu Zeit gingen Menschen über die Brücke – meistens zu zweit. Engel mit Beatnik-Freunden, Beatniks mit Engeln in alten Mini-Röcken. Man trug schon wieder Röcke übers Knie. Er wanderte langsam zum Südufer – das angestrahlte Wasser verwirrte ihn. Wäre die Battersea Bridge geeigneter? Dort hatte er einmal Seemöwen flattern sehen. Sie waren gute Gesellschaft gewesen. Dies war das endgültige Alleinsein, und er litt tief und unaufhaltsam. Er ließ die Schultern sinken – eine Geste totaler Hilflosigkeit. Er mußte ein Ende machen. Noch ein Viertelstündchen! Eine halbe armselige Stunde! Wem lag etwas daran, wann er den Kopfsprung in die nächste Existenz tat? Ob Onkel Rahamut weinen würde? Unsinn! Er weinte niemals.

Kein Zweifel: er, Nabil, hatte Fieber. Sein Puls raste. Er prüfte ihn befriedigt. Aber wen ging sein Puls etwas an? Wer kümmerte sich darum, ob er krepierte oder lebte? Er fand plötzlich den unerschütterlichen Fatalismus seiner Familie höchst ärgerlich. Niemand hatte ihn geliebt und um ihn gebangt, wie er es brauchte.

Eine Nachtpatrouille der Heilsarmee kam vorüber. Eine junge Frau in Uniform reichte ihm eine Tasse Tee und ein Rosinenbrötchen. Sie sah silbern im Mondlicht aus.

«Aber Mr. Bannerjee! Was treiben Sie um diese Zeit an der Themse?» fragte Major Mary Grey. Sie sah Nabils wilde Augen, die zitternden Hände, sein wirres Haar.

Er wollte ihr alles erklären, aber seine Kehle krampfte sich zusammen.

Er stürzte den starken, süßen Tee hinunter und fand die Sprache wieder.

«Was ich hier treibe? Können Sie sich das nicht denken, Generalin? Ihre Mutter hat mich auf die Straße gesetzt.»

«Bitte, beruhigen Sie sich, Mr. Bannerjee. Wir haben eine Reihe von Hotels und Herbergen, und ich werde Ihnen ein Logis besorgen. Haben Sie keinen Mantel?»

«Es war doch warm heute. Die Sonne schien.»

Die Nachtpatrouille stand und wartete auf Major Grey und ihren Findling am Fluß. Eine Sergeantin brachte eine zweite Tasse Tee, die Mr. Bannerjee in plötzlicher Wut in die Themse warf.

«Aber nicht doch, Mr. Bannerjee!»

«Vergeben Sie mir, Generalin», flüsterte er demütig. «Ich . . . ich weiß eben nicht, ob Sie es wirklich sind. Habe ich Sie manchmal in Belsize Park im Korridor gesehen? Oder sind Sie eine Stellvertreterin?»

«Natürlich bin ich es.»

«Das ist durchaus nicht natürlich, *Madam.* Ich bin von Feinden umgeben.» Nabils Stimme sank zu einem geheimnisvollen Flüstern herab. «Sie müssen wissen, ich hatte lange mit den Gauklern zu tun. Da war Mlle. de la Farge – eine mit seltenen Talenten begabte Aristokratin aus Haiti. Sie hatte nur eine schlechte Adresse. Wer lebt in Paddington oder Bethnal Green? Aber lassen wir das! Mlle. de la Farge warnte mich vor Engländern. Es tat mir leid, weil ich sie bewundere. Aber ich konnte diese Warnungen nicht in den Wind schlagen, *Madam.* Ich fürchte, Sie sind eine Luftspiegelung. Ein böser Geist! Sie wollen mich ins Schuldgefängnis locken. Oder in den Tower. Ich habe dort die Gefängnisse besichtigt. Ich bin nicht seit gestern in London. Ja, ja, ich bin auf der Hut, Generalin. Aber ich kann mich nicht wehren. Das gefällt Ihnen wohl, wie?»

«Bitte, kommen Sie, Mr. Bannerjee.»

«Rühren Sie mich nicht an, Generalin», schrie er. «Machen Sie sich mit Ihren Helfershelfern aus dem Staub, hören Sie! Mir können Sie nichts mehr vormachen. Ich kenne euch! Hier ist das Schuldbuch! Sie kommen jetzt auch hinein, Frau Polizistin! Mlle. de la Farge warnte mich vor Dämonen in Uniform.» Er wich mit ausgestreckten Armen zurück.

«Ich fürchte, Sie haben ein böses Fieber. Bitte, kommen Sie mit uns, Mr. Bannerjee. Ich bringe Sie sofort ins Hospital. Später werden wir weiterreden.»

Nabil blickte in Mary Greys milde blaue Augen. Sie hatten die ehrliche Himmelsfarbe. Seine Raserei verließ ihn so plötzlich, wie sie über ihn gekommen war. Aber er leuchtete zur Vorsicht mit seiner Taschenlampe Marys Gesicht ab.

«Ich bitte Sie kniefällig um Verzeihung. Ich fürchte, ich habe mich nicht korrekt betragen. Ich werde selbstverständlich die Tasse ersetzen. Ich habe ein beträchtliches Bankkonto, Generalin. Und Ihnen werde ich nach meiner Gesundung ein Sühnegeschenk überreichen. Unser Gold daheim leuchtet heller als die Sonne. Unser Silber beschämt den Mond. Helfen Sie mir! Ich bin zum Sterben müde. Man hat mich aus den Räumen der Lebenden gejagt.» Er schloß die Augen in tiefer Erschöpfung und schwankte. Dann flüsterte er: «Wenn ich nur einen Baum für mich selbst in diesem London gehabt hätte! Ich hätte in seinem Schatten ruhen können. Nur einen Schattenbaum, Generalin!»

Major Grey brachte Nabil in das Krankenhaus der Heilsarmee. Er hatte ein Nervenfieber und lag dort einige Wochen. Später brachte sie ihn bis zu seiner Abreise in einem ihrer Hotels unter. Sie schrieb an Rahamut Bannerjee nach San Fernando, daß sein Neffe mit den Nerven herunter sei. Ihrer Mutter machte sie Vorwürfe. Wie hatte sie so einen hilflosen jungen Mann auf die Straße setzen können. «Hast du kein Mitleid mit ihm gehabt, Mutter?»

«Mir taten meine Mieter leid», sagte Mrs. Grey gereizt. «Und wem tue ich leid?»

Rahamut Bannerjee schrieb Major Grey einen langen, recht vernünftigen Brief. Sein Neffe sei immer etwas leichtsinnig gewesen, aber vielleicht hätten sie ihn doch zu jung in die Fremde geschickt. Er dankte Mary für ihre großmütige Hilfe, schickte einen Scheck für seinen Neffen und eine beträchtliche Spende für die Heilsarmee und bat sie, Nabil sobald wie möglich nach Westindien zurückzuschicken. Rahamut Bannerjee schloß seinen Brief mit Segenswünschen für Miss Grey, woran sich auch die alte Mrs. Bannerjee beteiligte. Im übrigen bat er, den Briefwechsel vor seinem Neffen geheimzuhalten. Er würde sich in San Fernando mit ihm aussprechen.

Mary Grey begleitete Nabil an den Zug nach Liverpool, dort erwartete ihn sein Schiff. Er war sehr erregt und stammelte seinen Dank.

«Alles Gute, Mr. Bannerjee», sagte Major Grey stocksteif. Aber sie stand bis zur Abfahrt des Zuges an seinem Abteil und blickte ihn freundlich und beinahe beschwörend an. «Machen Sie's gut, Mr. Bannerjee.» Sie zögerte einen Augenblick. «Wissen Sie, Mißverständnisse gibt es überall in der Welt. Vielleicht sind wir in diesem Land nicht besonders geschickt mit Ausländern. Wir möchten gern das richtige Wort finden, aber . . .»

«Sie sind so edelmütig», rief Nabil stürmisch.

«Unsinn, Mr. Bannerjee.» Sie suchte nach Worten und sagte dann schnell: «Es hat viel Dunkles hier für Sie gegeben, junger Freund. Und ich bin sehr dankbar, daß Sie mir Ihr Vertrauen geschenkt haben.»

«Es mußte alles kommen, wie es kam», sagte Nabil gepreßt. «Meine Karten waren gemischt.»

«Ich hoffe, Sie werden freundlich an uns denken. Es war nicht *alles* dunkel, nicht wahr?»

«Ich weiß es nicht mehr.»

«Es *gibt* das Licht», sagte Mary Grey fest. «Sie müssen daran glauben. Leben Sie wohl. Gott segne Sie!»

Sie drehte sich rasch um und wollte den Bahnsteig verlassen. Aber Nabil hielt sie einen Augenblick am Arm fest. Dann glitt ein schweres goldenes

Kettenarmband in ihre Hand. Er hatte es rechtzeitig bei Mr. Rai eingelöst, bevor dieser sich in Mr. Singh im rosa Turban verwandelt hatte.

«Aber Mr. Bannerjee», rief Mary erschrocken. «Das kann ich nicht annehmen.» Sie wollte ihm das kostbare Schmuckstück zurückreichen. Aber der Zug rollte schon aus der Halle. Mr. Bannerjee schwenkte seine schottische Reisemütze. Es war kalt in London geworden. Man konnte nicht mehr unter den großen Bäumen liegen.

V

Wie weit lag das nun zurück! Mr. Bannerjee saß noch immer in der «Riverbank-Gaststätte» am Weg nach Couva und rechnete mit seinen Feinden ab. Das Schuldbuch hatte er auf der Rückreise nach Trinidad verloren – wie so vieles andere. Aber Amitié, die Gaukler und alle anderen waren schon Schatten. *Was* hatte er eigentlich gegen sie gehabt? Auch Margaret Bruce war verblaßt, seitdem er London den Rücken gekehrt hatte. Vielleicht war es von ihm nicht korrekt gewesen, daß er der Familie Bruce seinen richtigen Namen und seine Ehefrau Indira verschwiegen hatte. Er hätte gern die Meinung der Generalin eingeholt – aber Trinidad war zu weit von London entfernt.

Das Speisehaus war halbleer. Mr. Bannerjee trank immer noch Rum, und Mr. Riverbank flüsterte mit seinen Freunden. Plötzlich zerriß ein wilder Schrei die schläfrige Stille. Gulab Riverbank rannte heulend auf die Gästeveranda.

«Ich gehe», schrie sie. «Ich komme nie wieder. Hörst du?»

«Du bleibst, dummes Weib», schrie Mr. Riverbank zurück und erhob sich zu seiner ganzen Höhe. «Du zankst dich immer mit Margaret. Geh in die Küche, hörst du?»

«Madhuri schlecht, schlecht.» Mrs. Riverbank hatte zwei Bündel in der Hand, und ihr schmaler Kopf mit den großen Ohren war halb verhüllt. «Du wirst schon merken», schrie sie ihren Mann an. «Du nichts wie großes Wickelkind ohne mir.» Sie schwenkte das Bündel mit ihren zwei Saris und den armseligen Reissack. Ihr Mann sah die Bündel mit plötzlichem Schrecken. Er wollte sie ihr entreißen, aber Gulab war bereits auf den dunklen Feldweg gelaufen.

«Mach dir wichtig, wichtig», schrie sie. «Nutzt dich alles nix, alter Hahn! Alles, was kräht, war einmal ein Ei, hörst du.»

Mr. Riverbank stand wie angewurzelt auf der riesigen Matte. Sein großes, dunkles Gesicht zeigte Wut, Verwirrung, Ratlosigkeit. «Sie is gegangen», flüsterte er ungläubig seinen Freunden zu. «Weg is sie. Hat mir verlassen. Was soll ich tun ohne ihr?»

Margaret erschien hinter der Theke. «Was stehst du da, wertlose Tochter?» schrie Mr. Riverbank seinen Augapfel an. «Lauf nach deine gute Mama, hörst du? Bring ihr zurück und benimm dir wie Tochter zu Mutter, sag ich.»

«Sie kommt nich wieder, Papa. Sie sagt, Faß is übervoll. Sie . . . sagt . . .» Margaret brach in Schluchzen aus. «Mama kommt nicht wieder.»

«Laß ihr laufen», sagte Mr. Riverbank heiser. Er lief schwerfällig die wacklige Verandatreppe hinunter.

«Paß auf Getränke auf, Tochter», schrie er. «Ich muß deine Mama suchen. Is nich so gut ohne ihr, hörst du?»

Seine riesige Gestalt verschwand in den Feldern. Er breitete die Arme aus und schrie: «Frau! Frau! Ich heirate dir morgen, hörst du? Alles legal! Mit Dokumente.» Er rannte tränenblind durch Nacht und Feld. Er hatte Gulab verloren. Und er wußte es.

Mr. Bannerjee gab Margaret Riverbank ein Geldstück und fuhr in panischer Eile auf die Farm zurück. Wenn Indira ihn nun auch verlassen hatte? Dann würde er so allein wie in London sein. «Frau, Frau», hatte der große Neger geschrien. Wahrscheinlich hatte Indira ihn jetzt verlassen. Während er mit seiner Großmutter gesprochen hatte, mußten Fluchtpläne in ihr erwacht sein. Bei ihrer Heirat war sie wie der Akee-Baum mit seinen kleinen weißen Blüten gewesen. Er hatte die Blüten zertreten, bevor der Baum seine festlichen roten Früchte tragen konnte. Er hatte sie immer verraten – in Trinidad und in London. Das würde ihm in seiner nächsten Existenz nicht gerade groß angerechnet werden.

Er stöhnte. Indira war nicht Gulab Riverbank. Seine Großmutter hatte ihr Schmuck und gestickte Saris und ein Bankkonto gegeben. Aber auch die geldlose Gulab würde nicht zurückkommen.

Die Farm lag im Dunkeln. Die indischen Cassia-Bäume standen um die Terrasse herum. Goldene Blüten regneten von ihren Zweigen. Er blickte zu den Veranden empor. Dort stand Indira unbeweglich im Licht der Nacht. Ihre glänzenden schwarzen Haare fielen ihr über die Schultern. Ihr Profil war der milden Nacht zugewandt. Sie war so still wie ein abgeschiedener Geist. Sie würde ihn nicht empfangen. Seine Augen irrten von den Cassia-Bäumen zu Indira zurück. Auf einem Tisch lagen die beiden Hälften einer geöffneten Kokosnuß. Bei ihrer Hochzeit hatten sie die Milch aus der Frucht getrunken und dann das weiße Fleisch gegessen, damit sie ein Fleisch wurden und derselbe Saft in ihnen kreiste.

Er starrte die beiden Hälften der Kokosnuß an. Im Mondlicht schimmerten die braunen Schalen wie dunkles Gold. Indira hatte jetzt Cassia-Blüten im Haar. Aber sie grüßte Nabil nicht und stand wie abgeschieden in ihrem eigenen Bannkreis.

Er fuhr den Wagen in die Garage und stieg dann langsam die Treppen zu Indira hinauf. Er mußte nun warten, bis sie ihm Fleisch und Milch der Kokosnüsse reichen würde.

Aber – was waren eine Nacht, drei Nächte, tausend Nächte des Wartens?

Nur eine Sekunde im Schuldbuch der Ewigkeit.

Flucht zu den Flamingos

Holländische Antillen

Frauen zerspringen schneller als Gläser.
Ostindische Weisheit

I

«Hier bin ich, Mister. Pünktlich wie eine Schweizer Uhr. Sie würden nicht glauben, wie viele Schweizer Uhren wir in Willemstad haben. Sie kriegen einfach alles, was Sie wollen, in Punda. Das ist das alte Geschäftsviertel. Ich erwähne es, weil ich einen guten Freund in der Heerenstraat habe. Der verkauft Ihnen auf meine Empfehlung eine erstklassige Schweizer Uhr zu einem Spottpreis. Ich bin geradezu gefürchtet in Willemstad, weil ich alle Preise genau kenne. Ich bin ein bescheidener Mann, eine Null, und ganz unweltlich. Das liegt in meiner Familie. Wenn es Ihnen recht ist, führe ich Sie sofort wegen der Uhr nach Punda. Sie wollen keine Uhr kaufen, Sir? Da wären Sie der einzige Tourist in Curaçao, der sich diese Gelegenheit entgehen läßt. Sie sollten sorgfältig überlegen, Sir. Oder wie wäre es mit einem kleinen Ballen indischer Seide für die Dame Ihres Geschmacks? Da kenne ich mich selbstverständlich großartig aus. Wie Sie sehen, bin ich indischer Herkunft – sozusagen ein holländischer Hindu. Es gibt ja alles in Curaçao: Holländer, Inder, Westindier, Portugiesen, Spanier, welche die Holländer in früheren Zeiten nach Venezuela auswiesen, Afrikaner, um nicht zu sagen ‹Schwarze›, und natürlich Chinesen. Die sind zu schlau und geldhungrig für meinen Geschmack. Der Chinese sagt Ihnen, er gebe Ihnen Spottpreise, aber ich gebe sie.

Was ich an Sehenswürdigkeiten besonders empfehlen könnte, sind außer der Schwebebrücke und dem Denkmal von Peter Stuyvesant unsere indischen Metallwaren in Madurostraat. Ein Freund von mir schenkt sie geradezu weg, wenn *ich* mit einem Kunden komme. Sie wollen keine Messingschale, *Mister*? Sehen Sie sich die Kunstwerke aus dem alten Indien an – und Sie werden kaufen. Ich bin schon einige Jahre Fremdenführer in Willemstad und habe noch keinen Amerikaner erlebt, der meinen Spottpreisen widerstehen konnte. Meine Frauen daheim sagen immer: ‹Der Herr dieses Hauses ist ein Wohltäter der Touristen.› Wenn Sie mich an Ihre Landsleute weiterempfehlen wollten, wäre ich dankbar. Sie glauben nicht, wie aufdringlich die anderen Fremdenführer auf dieser Insel sind. Nehmen Sie einen Neger, und er will Ihnen sofort eine Zulu-Statue, einen Kopfputz und seine älteste Tochter verkaufen. Ich sage immer: Fremdenführer ist ein glänzender Beruf, denn er hat mit Juwelen zu tun. Sagen Sie selber, *Mister*: Ist Willemstad ein Juwel oder nicht? Im ‹Orientalischen Kunstpalast›, auch in der Heerenstraat, kann ich Ihnen indisches Silber zu einem Preis verschaffen, daß Sie ohnmächtig hinfallen werden. Natürlich kommen unsere Haupteinnahmen auf diesen Inseln von den Ölraffinerien in Curaçao und Aruba. Aber die amerikanischen Touristen liegen auch ganz vorn im Rennen.

Ich liebe die Amerikaner! Oh, ich bitte inständig um Verzeihung, *Sir*. Ich wußte nicht, daß Sie Engländer sind. Für mich sind die Engländer das bewundernswerteste Volk der Welt. Ich hoffe, Sie sind mir wirklich nicht böse, denn für mich sehen farblose Leute alle gleich aus. Sind Sie im ‹Hotel Americano› zufrieden? Für Engländer ist dieses ehrwürdige Haus angenehmer als das ‹Curaçao Intercontinental›. Das ist schmerzhaft modern. Alles, was Dollars hat, wohnt dort. Können Sie mir sagen, wozu der Mensch hundertfünfundzwanzig Zimmer braucht, *Sir*? Wir Inder leben zum Beispiel mit hundertfünfundzwanzig Personen in einem Zimmer. Und wir sind alle hundertfünfundzwanzig miteinander verwandt. In dieser Beziehung haben Hindu-Familien große Ähnlichkeit mit holländischen Familien. Die Holländer verbringen ja auch die ganze Zeit in ihrem Heim, ob es ihnen Spaß macht oder nicht.

Habe ich schon erwähnt, daß ich sechs Frauen zu Hause habe? Wenn ich mir die Bemerkung erlauben darf, die Engländer sind bewundernswerte Einzelgänger. Es kommen ja viele aus Britisch Guyana auf unsere Insel, und sie sind immer allein. Ich weiß sehr nette, poetische Mädchen, Sir, falls Sie Gesellschaft wünschen. Aber ich muß Sie bitten, *mich* den Preis aushandeln zu lassen. Die Mädchen von den ABC-Inseln, das heißt von Aruba, Bonaire und Curaçao, sind Geier, die sich als Kolibris verkleiden. Dabei anmaßend und übelnehmerisch wie reiche Verwandte. Mein Vater sagte: ‹Mein Sohn Anand, hüte dich vor hübschen Frauen! Sie zerspringen leichter als Gläser und sind trotzdem zäher als Schuhleder!› Ich fragte meinen Vater, was mit den häßlichen Frauen los sei. Er strich sich seinen Bart, rollte einen Ballen indische Seide zusammen und sagte dann: ‹Genau dasselbe.› Hätte ich nur auf meinen Vater gehört! Und hätte er doch auf sich selbst gehört. Er heiratete im hohen Alter von sechsundvierzig eine junge Person, die sein Geld durchbrachte, seinen Seidenladen ruinierte und seine Würde den Fischen vorwarf. Witwer sind *so* gefährdet, Sir. Ich heiratete auch zum zweitenmal, und heut hat niemand in Curaçao so viele beleidigte Weiber um sich herum wie ich, aber ich will nicht mit Steinen nach meinen Kochtöpfen werfen.

Warum sind Sie so schweigsam, Sir? Mißfällt Ihnen meine Redegabe? Mein Vater sagte: ‹Anand, dein Redefluß überschwemmt die ganze Stadt. Lege einen Kaktus unter deine Zunge.› Mein werter Vater gab mir da einen preiswerten Rat, Kakteen gibt es genug und umsonst in den holländischen Antillen! Sind alle Engländer so wortkarg, Sir? Wenn Sie sich doch zu einem landesüblichen Strohhut entschließen wollten – meine beiden Tanten flechten sie, und ich verkaufe sie. *Etwas* müssen diese faulen Frauen schließlich tun, nicht wahr? Dies hier ist der berühmte ‹Schwimmende

Markt›. Meine Schwiegermütter verkaufen dort Früchte, Gemüse und einige Seidenballen, die ich gerettet habe.

Wie gefällt Ihnen das Gewimmel? Alle Völker, alle Farben, und dazu einige Milch- und Kaffee-Mischlinge. Ich hab Leute gern einfarbig. Und Sie, Sir? Sie bevorzugen natürlich weiß – wozu frage ich? Wenn ich so sagen darf – mich erinnern weiße Leute immer ein wenig an Gespenster in Hollywood-Filmen. Nicht Sie, *Sir*! Im allgemeinen gesprochen. Hat heut noch jedes Haus in Ihrem England sein Spukgespenst? Ich denke es mir sehr lustig. Wie oft wird in der Regel gespukt? Schade, daß Sie es mir nicht verraten wollen, Sir. Ich hätte es gern gewußt. Mein Wissensdurst ist, wie gesagt, grenzenlos. Selbstverständlich stehen Ihnen hier Tennisclubs und andere sportliche Einrichtungen zur Verfügung. Das sagt Ihnen alles der Portier Ihres Hotels. Sie sind ein Freund des Speer-Fischens, Sir? Welch blutiger Geschmack, wenn ich so sagen darf. Sie essen sicher Ihre Steaks auch recht blutig? Verzeihung, Sir, ich muß mich einen Augenblick an diese Wand lehnen – mir wird beim Gedanken an Fleisch immer schlecht. Daheim erlaube ich gerade noch Fisch, und das mit innerem Zögern. Wozu braucht ein guter Hindu Fische zu essen? Können Sie es mir sagen, Sir? Sie können es nicht. Ich hoffe, Sie werden in Ihrer nächsten Existenz kein Fisch, den ein Engländer hier in Curaçao mit dem Speer erlegt. Es wäre ein Anlaß zur Trauer für mich.

Bewundern Sie jetzt bitte die ‹Koningin-Emma-Brug›! Sie öffnet sich gerade, um ein Schiff aus dem Hafen zu lassen. Wollen Sie über diese Schwebebrücke gehen? Ich werde mir mit Ihrer Erlaubnis die Fähre leisten, wenn wir in den anderen Teil der Stadt gelangen wollen. Ich werde seekrank auf dieser Schwebebrücke. Aber Sie als Engländer sind natürlich so seefest wie Lord Nelson. Die ‹Koningin-Emma-Brug› stammt aus dem Jahre achtundachtzig. Das wird Sie sicher freuen, weil Engländer so historisch sind.

Ich habe einen Film über London gesehen und war entzückt von den vielen altertümlichen Palästen. Ich hörte aus zuverlässiger Quelle, daß heute die Herzöge selber den Fremdenführer in ihren Häusern spielen. Es bestätigte mir, wie vornehm mein Beruf ist.

Unser ‹Fort Amsterdam› hier bei der Schwebebrücke ist auch nicht neu. Ich finde keinen Geschmack an amerikanischen Wolkenfressern, pardon, ‹Wolkenkratzern›. England hängt eben an seinen düsteren Traditionen. Ich habe den Tower im Film gesehen. Die Amerikaner hätten längst ein Geschäftshaus mit achtzig Stockwerken daraus gemacht. Wir Inder haben immer den englischen Starrsinn bewundert, Sir. Besonders nach der Unabhängigkeitserklärung unserer großen Mutter Indien. Die ‹Koningin-Emma-Brug› wurde von einem amerikanischen Konsul erbaut. Er erregte damit den Ärger der holländischen Bürger von Willemstad. Mit Recht. Es war nicht sein Geschäft, seine Nase in die holländischen Antillen zu stekken, nicht wahr? Aber das ist amerikanisch, habe ich mir sagen lassen. Denken Sie an Vietnam, *Sir*! Ich werde Ihnen später die hochmoderne

Siedlung der amerikanischen Shell-Rajah* zeigen. Sie ist so berühmt wie die Synagoge von Willemstad: das älteste Bethaus der spanischen Flüchtlinge in den Antillen. Die Holländer sind unverständlich tolerant. Jede Religion ist ihnen recht, solange sie ihren Calvin oder die katholische Kirche haben. Auch Mohammedaner oder wir Hindus leben ungehindert in unserer Tradition.

Wie finden Sie mein Englisch, *Sir*? Wir haben in den holländischen Antillen die besten Schulen von allen Inseln. Das weiß jeder. Und wer es nicht weiß, dem sage ich es. Ich spreche das Holländisch der Königin, das Englisch der Königin, und mit meinen ungelehrten Frauen zu Hause muß ich *Papiamento* sprechen. Das ist ein Gemisch aus Holländisch, Spanisch, Portugiesisch und einigen Brocken Afrikanisch. Ich werde Ihnen gleich einen Satz vorsprechen – Sie wollen es nicht hören? Ich stamme aus einer gelehrten Hindu-Familie und hatte eine große Karriere vor mir. Nun bin ich schon ein älterer Mann von siebenundzwanzig Jahren und habe nichts mehr zu hoffen. Ich sollte ein Stipendium für die berühmteste Universität in Holland bekommen, aber Intrigen meiner Mitschüler und ein kleiner persönlicher Nervenzusammenbruch bewirkten, daß das Stipendium einem ganz dummen Neger gegeben wurde. Ich sagte mir: ‹Schicksal› und teile mein Wissen jetzt den reichen Touristen von Curaçao mit.

Sind Sie verheiratet, *Sir*? Leben Sie mit einer großen Familie in London? Dann werden Sie vielleicht ahnen, was ich durchmache. Wie gesagt, ich habe sechs Frauen in meinem äußerst bescheidenen Heim außerhalb von Willemstad. Wenn Sie wollen, nehme ich Sie wegen des Lokalkolorits einmal dorthin mit. Aber vielleicht ist Ihnen das zuviel Lokalkolorit? Da ist die Mutter meiner verstorbenen Frau. Da ist meine verstorbene Frau Kamala, die meinen Geist verwirrt, da ihre Mutter sie ständig gegen meine jetzige Frau ausspielt. Da ist die Mutter meiner jetzigen Frau, die sich ständig mit Kamalas Mutter zankt. Und dann leben noch zwei Tanten von meines Vaters Seite in meinem bescheidenen Heim. Sie waren immer da und werden deshalb da bleiben. Sagen Sie selbst, *Sir*: Wohin sollten zwei unangenehme, vertrocknete Tanten gehen? Vielleicht nach Venezuela? Zugegeben, das ist ein Katzensprung von Aruba aus. Aber meine Katzen springen nicht. Haben keine Initiative.

Wundern Sie sich, *Sir*, daß ich so unterhaltend bin? Einerseits bin ich ein rhetorisches Talent, andererseits komme ich zu Hause nicht zu Wort. Da schnattern alle in *Papiamento*, bis mein armer Kopf dröhnt. Es ist schade, daß ich Ihnen nichts in dieser Sprache rezitieren soll, Sie würden dann nämlich wissen, was ich auszustehen habe. *Papiamento* ist so hart wie der Schädel eines echten Holländers. Haben Sie im Hotel schon den ‹gefüllten Käse› probiert? Ein köstliches holländisches Nationalgericht, das an Unverdaulichkeit in diesem Tropenklima nur noch von holländischer Erbsensuppe übertroffen wird. Selbstverständlich ist die niederländische Kü-

* Sanskrit: Herrscher.

che bewundernswert. Ich habe da einen Freund in der Punda. Er hat ein winziges Restaurant. Der macht Ihnen einen ‹gevulde Kaas›, daß Sie vor Entzücken wahnsinnig werden.

Ich flehe Sie auf den Knien an, die Adresse des Restaurants nicht im Hotel zu verraten. Der Koch vom ‹Americano› würde mir einen Topf kochender Erbsensuppe über den Kopf gießen, wenn er wüßte, daß ich seinen berühmten Gast in eine kleine Taverne entführe. Der Koch hat ein widerliches Temperament, obwohl er mein bester Freund ist. In einer so kleinen Stadt wie Willemstad muß man mit den Freunden und der Speisekarte vorliebnehmen, die man findet. Ich selbst ziehe natürlich unsere weltberühmte indische Kochkunst den holländischen Erzeugnissen vor. Meine Frau Santha wird Ihnen auf unserer Veranda, die für diesen Zweck gefegt werden wird, einen Reis und Curry mit zehn Beilagen vorsetzen, daß Sie niemals mehr etwas anderes anrühren wollen. Sie sind selbstverständlich mein Gast, *Sir*. Es wird ein Ehrentag in meinem Leben, obwohl so eine Mahlzeit ihr gutes Geld kostet. Bitte sagen Sie, wann Sie kommen wollen. Vielleicht in drei Wochen? Vielleicht in drei Jahren? Sie werden immer willkommen sein, *Sir*. Welch ein Unglück, daß Sie schon in acht Tagen abreisen wollen.

Ist London größer als Willemstad? Der Film hat mir kein rechtes Bild gegeben. Ich habe nur einzelne Ausschnitte gesehen wie Beilagen zu Reis und Curry. Ihre Polizisten haben mir gefallen. Die weißen Handschuhe werden sicher oft gewaschen werden müssen. Ist es wirklich wahr, daß diese Hüter der Ordnung keine Schußwaffen bei sich tragen? Sehr unvorsichtig, besonders bei Anbruch der Dunkelheit. Übrigens hörte ich aus zuverlässiger Quelle, daß Londoner Zeitungsverkäufer ihren Haufen Zeitungen und eine Geldbüchse einfach auf der Straße stehen lassen, wenn sie auf ein Bier in ihr Stammlokal gehen. Ich hörte weiter, daß weder Zeitungen noch das Geld gestohlen werden. Ich nehme an, das ist ein Märchen?

Wie wäre es mit einer kleinen Erfrischung, *Sir*? Wir laufen nun schon eine ganze Zeit in Punda herum und Sie kaufen überhaupt nichts. Ich bin ein wenig ermüdet, wenn Sie nichts dagegen haben. Darf ich Sie zu einem Glas Rum mit Coca-Cola einladen? Das ist doch selbstverständlich, indische Gastfreundschaft ist sprichwörtlich in der ganzen Welt. Vergessen Sie bitte nicht, daß Sie noch ein Curry-Essen bei mir zugute haben. Nun, wenn Sie mich durchaus einladen wollen, dann eine Limonade für mich, bitte. Die Gläser sind hier ziemlich klein, sagen wir: drei Gläser Limonade. Ich bin sehr traurig, daß Sie meine Einladung zu Ihrem Rum abschlagen. Aber bei mir hat der Tourist immer recht. Kühn, wie Sie Ihren Rum heruntergießen, *Sir*. Ich trinke meistens Milch, deswegen bin ich ein zaghafterer Charakter. Aber neulich habe ich meiner älteren Tante ein Glas Milch an den Kopf geworfen. Sie sollte wirklich nach Venezuela gehen.

Sir, hier ist nun das Denkmal des kühnen Peter Stuyvesant, der sicher auch seinen Rum in einem Zuge heruntergoß. Er war im Jahre sechzehnhundertdreiundvierzig Gouverneur von Curaçao. Sein eines Knie wurde auf dieser Insel begraben. Er verlor es bei einem Feldzug gegen unartige Inseln. Bitte betrachten Sie die Statue ganz genau. Alles Bronze! Können Sie mir sagen, welches sein Holzbein ist?

Ausländische Touristen sagen uns immer, Willemstad mit seinen alten spitzgiebligen Häuschen im holländischen Kolonialstil und seinem niedlichen kleinen Hafen und seinen hübschen kleinen Mädchen sei vom Wasser aus eine richtige Spielzeugstadt. Darf ich fragen, ob London auch eine Spielzeugstadt ist? Ich meine es ernst, *Sir*. Wir Inder sind ernste Leute. Wir haben zum Glück keinen Humor. Aber wir haben brennenden Wissensdurst, eine fanatische Neugier, die vielleicht lästig, aber dennoch lobenswert ist. Da Willemstad klein und meine Welt eng ist und meine sechs Frauen sie mit ihrem *Papiamento*-Geschnatter erfüllen, habe ich mir von den Trinkgeldern, die alle Touristen mir edelmütig zum Honorar hinzufügen, im ‹El Globo› ein Fernglas gekauft. Der Abteilungsleiter ist mein guter Freund. Eine Empfehlung von mir, und Sie bekommen Ihr Fernglas beinah für umsonst! Ich habe eine bestimmte Verwendung für mein Fernglas, aber die kann ich nicht einmal Ihnen mitteilen, obwohl ich Sie zu Erfrischungen einlade und Sie in meinem Hause bewirte. Wenn ich das Fernglas nicht hätte, dann wüßte ich manchmal nicht, was ich tun sollte. Warum sehen Sie mich so sonderbar an, *Sir?* Warum drehen Sie sich um? Wollen Sie schon ins Hotel zurück? Ich will Ihnen doch noch das ‹Franklin-Roosevelt-Haus› auf dem Hügel von Ararat zeigen. Die Holländer von Curaçao haben es den Vereinigten Staaten zum Geschenk gemacht. Da sehen Sie, was die Holländer verdienen. Das Haus ist jetzt das Generalkonsulat der Vereinigten Staaten. Aber das interessiert Sie wohl nicht.

Bitte, *Sir*, laufen Sie mir nicht davon. Ich will Ihnen noch die alte Sklavensiedlung zeigen und das Fischerdorf bei West Point, wo meine erste Frau herkam. Das muß Sie doch interessieren. Sie würden alles viel besser mit einem Fernglas sehen können. Danke sehr für das große Trinkgeld, *Sir*. Ich bin dieser Summe kaum würdig, da Sie nur die Hälfte von dem gesehen haben, was ich Ihnen zu zeigen habe. Der Portier im ‹Americano› wird böse mit mir sein. Danke sehr, *Sir*. Es ist sehr freundlich, daß Sie dem Portier nichts davon sagen wollen.

Habe ich zuviel geredet? Gefällt Ihnen mein Fernglas nicht? Gefalle ich Ihnen nicht? Ich habe mein Bestes getan, *Sir*. Sie sind mein Freund. Aber meine Freunde wollen nichts von mir wissen. Eine erschreckende Erfahrung. Leben Sie wohl, *Sir*.»

II

In meinem Hause tobte Aufruhr, als ich den Besuch meines neuen englischen Freundes ankündigte. Meine beiden Schwiegermütter entwarfen zitternd vor Aufregung das Menu und die Blumenarrangements. Endlich gelang mir die Mitteilung, daß mein Freund vielleicht in drei Jahren kommen würde. «Was sind drei Jahre?» fragte Kamalas Mutter und pustete verächtlich ihre fetten Backen auf. «Er wird nie kommen», sagte Santhas Mutter. «Wer wird den Mann meiner bedauernswerten Tochter besuchen?»

Vielleicht hatte Santhas Mutter recht. Der Londoner war beim Abschied recht kühl gewesen, aber selbstverständlich gab ich es den Weibern gegenüber nicht zu. Und dabei ist doch das Abschiednehmen so ein wichtiges Ereignis. Bei uns gibt es ein Festmahl, Blumenketten und Segenssprüche. Wenn meine beiden Tanten nach Venezuela fahren werden, dann bekommen sie ein üppiges und rührendes Abschiedsfest, wo wahr ich Anand Bhavan heiße. Aber erst einmal fragte meine ältere Tante stirnrunzelnd, warum ich dem Engländer keinen ihrer selbstgeflochtenen Strohhüte verkauft hätte. Meine jüngere Tante meinte höhnisch, ich sei immer ein maulfauler Bursche gewesen. Das war eine wirkliche Beleidigung, wofür ich sie bei passender Gelegenheit strafen werde. Mein Vater hatte stets meinen Redefluß gerühmt. Es ist einfach schrecklich, was die Frauen auf meiner Veranda zusammenreden.

Endlich brachte meine Frau das Essen. Auch Santha sah mich schief von der Seite an, wagte aber nichts zu sagen. Entgegen indischer Tradition essen die Frauen mit mir zusammen, was den Nachteil hat, daß sie sich ungeniert die besten Bissen heraussuchen können. Natürlich essen sie alle noch mit den Fingern, während ich als zivilisierter Touristenführer Löffel und Gabel benutze. Niemand kann sich vorstellen, was ich mir deswegen anhören muß. Schließlich kommt es doch öfter vor, daß ein Fremder mich in eine Gaststätte einlädt. Der würde Augen machen, wenn ich mit den Fingern äße, obwohl es eine alte ehrwürdige Sitte ist. Also esse ich immer zwischen zwei Stühlen.

Unser Sohn Surya klammerte sich an Santhas Sari und schrie wie stets bei meinem Anblick. Er sollte mit seinen drei Jahren wissen, wie sehr mich das kränkt. Ich sagte: «Sei still», aber Surya schrie weiter wie am Spieß. Ich fragte ihn drohend, ob ich ihm mißfiele, woraufhin er seinen Kopf in den Gewändern seiner Mutter versteckte. Erst als ich ihn mit blutendem Herzen verprügelte, begrüßte er mich zeremoniell mit einer kleinen Verbeugung und legte seine Handflächen höflich aneinander, so wie ich es ihn gelehrt habe. Ich kann Surya nicht früh genug zur Höflichkeit erziehen, da er mein Geschäft erben soll. Es sieht nicht so aus, als ob Santha mich mit weiteren Söhnen ehren wird. So muß ich das Beste aus diesem ungezogenen Bengel machen.

«Da sieht man es wieder», sagte Kamalas Mutter. «Der Mann meiner verstorbenen Tochter prügelt seinen einzigen Sohn. Allerdings erziehst du den Knaben sehr schlecht, liebe Santha. Meine Tochter Kamala hätte einen Musterknaben erzogen, wenn Gott sie am Leben erhalten hätte.»

Santhas Mutter spuckte empört auf die Fußmatte und schrie: «Deine Tochter Kamala hat nicht einmal einen Sohn zur Welt bringen können, den sie besser erzogen hätte. Aber natürlich ist unser elender Schwiegersohn an allem schuld.» Meine Tanten verteidigten mich unverzüglich, wie es ihre Pflicht ist. Sie schrien so laut, daß man es von Curaçao bis Venezuela hören konnte. Aber natürlich schrien sie dieses Mal in einer gerechten Sache. Ich war so wütend, daß ich sie am liebsten alle erwürgt oder erstochen hätte. Nur der Gedanke an mein Fernglas hielt mich von einer Gewalttat zurück. Wenigstens warf ich jeder Tigerin einen glühend heißen *chapatti* an den Kopf und befahl Santha, neue *chapattis* zu backen. Mein Weib weigerte sich – eine erschreckende Erfahrung! Dadurch ermutigt, warfen mir sämtliche Frauen, bis auf die tote Kamala, die *chapattis* vor die Füße und stürmten in den Kochschuppen, wo sie sich später mit duftenden Genüssen vollstopften. Selbst Surya, mein Sohn und Erbe, warf mir einen Mehlkuchen auf meine linke Sandale. Auch das war noch nie dagewesen. Ich warf ihm einen furchtbaren Blick zu, und er rannte schreiend hinter den Frauen her. Ich ging hungrig zu Bett, da der letzte Autobus nach Willemstad abgefahren war und in unserer Einöde kein Gasthaus ist.

Wir wohnen so weit von Willemstad entfernt, daß ich nur Kakteen oder einen Zweig des Divi-Divi-Baumes hätte essen können. Wie kahl und schwermütig ist unsere Insel, sobald man die Spielzeugstadt mit ihren roten Dächern und buntbemalten Häusern hinter sich läßt. Ich stellte mich unter den Divi-Divi-Baum vor meinem Haus. Er ist so verkrümmt wie Santhas Mutter und dreht sich nach dem Wind wie Kamalas Mutter. Ich hörte ihre schrillen Stimmen. Dann zischten sie meinen Namen. Sie sind wütend, weil ich meine Trinkgelder, die Prozente von Restaurants und Läden und meinen Führerlohn aus guten Gründen für mich behalte. Wer weiß, wie lange ich mir dieses Familienleben noch gefallen lasse? Wozu soll ich ihnen mein gutes, schwerverdientes Geld in den Rachen werfen, da meine Tanten genug mit ihren Strohhüten verdienen, meine Schwiegermütter Obst und Fische auf dem schwimmenden Markt verkaufen und meine Frau kocht.

Mir war elend zumute. Ich gebe diesen Weibern ein Dach über ihren wertlosen Häuptern und bessere es aus, wenn es einmal im Jahr regnet. Das heißt, wenn ich Zeit dazu finde. Es regnet so wenig in Curaçao, daß das Ausbessern sich nicht lohnt. Ich versorge die unwissenden Frauen mit guten Ratschlägen und erziehe meinen Sohn zu einem Jüngling, der sich in Willemstad vor den Touristen sehen lassen kann. Leider fühle ich keine Leidenschaft mehr für meine Frau, denn Santha wird ihrer Mutter täglich ähnlicher. Trotzdem liege ich gelegentlich bei ihr, denn der arme Mann muß die Frucht essen, ohne nach dem Baum zu fragen. Farbenprächtige Flamingos kann ich mir nicht leisten. Höchstens durch mein Fernglas.

Santhas Mutter rief von ihrer Schlafveranda: «Anand Bhavan sollte meine bemitleidenswerte Tochter um Verzeihung anflehen!» Ich rief zurück, daß ich die Mutter meiner Frau nächstens an einem Kaktus aufhängen würde. Meine Schwiegermutter schrie, jeder wisse, daß ich meine erste Frau eines Nachts beinahe erstochen hätte. In Wahrheit hatte ich Kamala wegen ihres dreisten Benehmens nur eine unbedeutende Fleischwunde an der Schulter beigebracht. Mit diesem Denkzettel hatte ich mir ihren Respekt bis zu ihrem plötzlichen Tod gesichert. Was ging das Santhas Mutter an? In meinem Hause tue ich mit meiner Ehefrau, was mir paßt. Im Londoner Tower taten sie mit ihren Prinzen auch, was ihnen paßte. Das habe ich im Kino gesehen, und Filme lügen nicht.

Wieder dachte ich an meinen Engländer von heute morgen. Ob er mich vielleicht doch besuchen wird? Er wird sicher nach Curaçao zurückkommen, denn Willemstad ist so schön und friedlich, daß die Europäer es nie vergessen. Ich weiß, mein englischer Freund würde jeden anderen Führer durch Curaçao ablehnen. Es ist alles so rätselhaft. In meinem Beruf bin ich geehrt und gesucht, weil ich mehrere Sprachen spreche, aber daheim ernte ich, ein pflichttreuer guter Hausvater, keinen Dank. Nur Vorwürfe und Hohn in *Pipiamento*! Ob ich bei den Flamingos mehr Zuneigung finden würde? Seit Jahren denke ich an diese schönen Vögel auf der Insel Bonaire. Ein Freund von mir ist dort geboren. Er arbeitet in der Ölraffinerie in Curaçao. Er hatte ein Bild der Flamingos an der Wand seiner Hütte. Seitdem ich dieses Bild gesehen habe, bin ich den Vögeln verfallen. So etwas gibt es. Bestimmt sind die Flamingos zu höflich, um sich – oder gar mich – anzuschreien. Ihr rosenrotes Gefieder ist eine Wolke von Schönheit. Santha hat Plattfüße. Die Flamingos haben lange, schlanke Beine und majestätische Manieren. Ich sah das sogar auf dem Farbdruck. Wenn ich an die Manieren meiner Kollegen in Willemstad denke, wird mir dunkel vor Augen. Neulich fragte ein durchreisender Franzose den Portier eines bescheidenen Rasthauses: «Wenn Sie mich morgen früh um fünf Uhr wekken, kann ich dann Kaffee auf mein Zimmer bekommen?»

«Jawohl, Monsieur.»

«Oder ist es vielleicht zu früh?» – «Es ist zu früh, Monsieur!»

Ich traf den durstigen Herrn vor der Schwebebrücke und bot mich zur Führung durch die Insel an. Er trug ein goldenes Uhrenarmband, eine echte Schlipsnadel und einen feinen Tropenanzug. Er erzählte mir lachend sein kleines Erlebnis mit dem Kaffee.

«Ein Skandal, Monsieur», sagte ich entrüstet. «Wenn ich mir die Bemerkung erlauben darf, Sie sind zu zartfühlend, Monsieur. In den Antillen müssen Sie befehlen, sonst ist es immer zu früh.»

Natürlich hätte ich ihm auch so früh keinen Kaffee aufs Zimmer gebracht. Aber ich hätte es doch wenigstens versprochen. Diese Schwarzen haben keine Manieren.

Was antwortet der Franzose mir, seinem Schutzengel auf dieser Insel? «Sie machen mich mit Ihren Reden ganz nervös, guter Mann.»

«Ich bin nicht Ihr guter Mann, Monsieur. Ich bin Mijnheer Bhavan.»

«Bringen Sie mich jetzt bitte ins ‹Curaçao-Museum›.»

«Aber, Monsieur, was wollen Sie in diesem Museum? Das ist doch nichts für den modernen Touristen. Nur holländische Antiquitäten, Gemälde aus der Kolonialzeit, und im Garten eine Ansammlung von Blumen und Pflanzen, die Sie ohnehin auf den Antillen sehen können. Die größte Sehenswürdigkeit dieser Stadt ist das Kaufhaus ‹El Globo›. Ferngläser, Fotoapparate von Agfa bis Zeiss und lachhaft niedrige Preise, wenn *ich* Sie begleite. Das ‹El Globo› ist gleich um die Ecke in der Heerenstraat. Darf ich Sie dorthin geleiten, Monsieur?»

Der Franzose lief rot an. Dann warf er mir einen merkwürdigen Blick zu, der mich durcheinanderbrachte. «Ich ... ich tue mein Bestes. Glauben Sie ...» Meine Zunge stolperte. Ich konnte den Satz nicht zu Ende sprechen. Der Franzose sagte ganz ruhig: «Sie tun mir leid, Monsieur!»

Einen Augenblick war ich der Sprache beraubt. Ich, der beste Mann im Touristenhandel, sollte diesem Menschen leid tun? Endlich stieß ich hervor: «Warum, Monsieur?»

«Das finden Sie am besten selbst heraus», sagte der Franzose und ließ mich stehen. Ich fror in der Tropensonne.

Später erfuhr ich, warum dieser Tourist ins Museum wollte. Er war ein Gelehrter aus Paris. Aber was tut ein Kunsthistoriker ohne ein Fernglas? Wenn er ein wenig Geduld gehabt hätte, wäre alles in Ordnung gewesen. Ich hätte diesem Professor sogar den billigsten Fotoapparat besorgt, und er hätte denkwürdige Aufnahmen von der Insel machen können. Meinetwegen hätte er auch ins «Curaçao-Museum» gehen können, ich hätte geduldig im Garten gewartet. Der Tourist hat bei mir immer recht. Aber die Ungeduld der Franzosen ist bekannt von Paris bis Martinique. Ein wirkliches Laster dieser gelehrten und liebenswürdigen Nation.

Was soll ich von meinen Erfahrungen halten? Bisweilen kommt es mir so vor, als ob meine Mitmenschen mich unterschätzen. Das schmerzt, aber es kann einen Hindu nicht brechen. Er kann sich immer von Touristen und sechs Frauen zurückziehen, wann er will. Er kann sich von den Lockungen und Bürden der Umwelt befreien, wann ihn danach gelüstet. Als Knabe lernte ich den Sanskrit-Vers: «Opfere alles der Erlangung deines inneren Friedens. Strebe vor allem nach der Reinigung und Vervollkommnung deines Geistes.» Mein innerer Friede ist seit Jahren in höchster Gefahr. Ich muß mein Leben vollkommen ändern. Ich werde endlich einen Kaktus unter meine Zunge legen und mich der Einsamkeit und den Flamingos widmen. Ich, Anand Bhavan, trete von der Szene von Willemstad ab. Der Vorhang senkt sich über meine rastlose Geschäftigkeit und meine verzeihliche Lust am Profit. Die Touristen, die Portiers, die Verkäufer importierter Waren werden merken, wen sie verloren haben, wenn ich Curaçao verlasse. Ich nehme nur mein Fernglas in meine neue Einsamkeit mit. Es wird mir gute Dienste leisten.

Monatelang habe ich meinen Rückzug von dieser Welt der Geschäfte vorbereitet. «Wo ist Anand?» werden die Frauen daheim händeringend fragen. «Wo ist Mijnheer Bhavan?» werden ratlose Touristen im «Americano» und den bescheideneren Rasthäusern fragen. «Wir wollen diese Insel nur mit ihm erforschen. Nur mit Bhavan!» Mein Sohn Surya wird sich schluchzend vor dem Divi-Divi-Baum verbeugen.

«Er ist nicht länger in Curaçao», wird der Portier des «Americano» in tiefer Trauer murmeln.

«Ist mein Freund gestorben?» wird mein Londoner fragen, der wieder nach Willemstad zurückkommt, um bei mir sein Festmahl zu verspeisen.

«Ich weiß es nicht, Sir», murmelt der Portier im «Americano». «Ich weiß es nicht. Unser teurer Freund war eines Tages spurlos verschwunden. Vielleicht ist er gestorben. Vielleicht lebt er als heiliger Mann auf irgendeiner Insel. Er war nämlich ein frommer Hindu.»

Betretenes Schweigen im «Americano».

Wo ist Bhavan?

Warum habe ich mich nicht früher in Schweigen gehüllt? Warum habe ich diesen herzlosen Touristen meine Seele erschlossen und ihnen von meinem Heim erzählt? Wer die Leute in Unwissenheit hält, der gewinnt Macht. Bhavan wird fortan schweigen.

Man kann jeden Freitag mit dem Motorboot von Curaçao nach der Insel Bonaire fahren. Ich werde den Flamingos als Begrüßungsgabe eine Flasche Curaçao-Likör mitbringen. Ich bekam sie von einem Skandinavier geschenkt, den ich auf seinen ausdrücklichen Wunsch in die weltbekannte Destillerie in der Zoonstraat führte. Er kaufte eine ganze Kiste dieses entsetzlichen Orangen-Likörs. Er wußte nicht, daß ein Hindu Milch oder Fruchtsäfte trinkt.

Ich bin ganz ruhig.

Morgen ist Freitag.

III

Ich bin niemals allein gewesen. Zuerst habe ich mit meinem Vater und den Tanten gelebt und dann ... Ich will nie mehr an meine Schwiegermütter denken. Der Mutter meines Sohnes wünsche ich das Allerbeste – ich hoffe, sie wird diesen ewig schreienden Bengel zu einem würdevollen und geehrten Mitbürger von Curaçao erziehen. Sie hat zwar keinerlei pädagogisches Talent – woher auch? Bis jetzt spricht mein Sohn nur *Papiamento*. Wer wird ihn Holländisch und Englisch lehren? Vielleicht in der höheren Schule? Ich hoffe, daß Santha seine Studien nicht durch ihr Geschwätz stören wird. Genug von meinem undankbaren Sohn. Er ist bereits drei Jahre und muß anfangen, für sich selbst zu sorgen.

Bonaire ist eine winzige Insel. Bei den Salzsümpfen gibt es nur die Flamingos und den Himmel und vereinzelte Vogelforscher aus Amerika und

Europa. Sie sprechen nicht mit mir, und ich habe einen Kaktus unter der Zunge. Ich bin so schweigsam hier geworden, daß ich mich selbst kaum erkenne. Manchmal fasse ich mich an die Nase und frage mich: Bist du es, Anand Bhavan? Der Redekünstler von Curaçao? Der Ratgeber, der Freund der Fremden?

Ich hielt es für einfach, ein anderes Leben anzufangen. Vielleicht erwartete ich zuviel, vielleicht übte ich mich nicht genügend in der schwierigen Tugend der Geduld. Dabei weiß ich, daß das Leben sich wie ein Zwirnsfaden verknotet, wenn hastige Finger am Werke sind. Ich will selbstverständlich meine Ruhe haben, deswegen habe ich sechs Frauen in Curaçao gelassen. Aber wenn niemand mit einem redet, wenn man niemals Sätze und Worte vernimmt, bekommt man ein leeres Gefühl im Kopf. So muß ein Fisch sich fühlen, dem die Eingeweide herausgenommen werden, so daß nur das Fleisch übrigbleibt. Es gibt gute Fische auf Bonaire, aber die Fischer sind Einfaltspinsel, grob und auf den Mund gefallen. Die Schlauen und Schnellen sind allesamt in die Ölraffinerien von Curaçao und Aruba abgewandert. Nirgends gibt es so viele Frauen wie auf Bonaire – alle ohne Männer und daher nicht zum Plaudern aufgelegt. Besonders die Nachkommen der Indianer schweigen mit einer gewissen Tücke, wenn ich sie freundlich etwas frage. Mein Vater sagte: «Öl und Bestechungen glätten rauhe Sitten», aber das scheint nur auf Willemstad und andere Metropolen zuzutreffen. Mit den Mulatten lasse ich mich erst gar nicht ein. Wozu sollte ich Menschen umwerben, wenn ich die Flamingos habe? Leider ist Bonaire noch trockener als Curaçao. Gestern sah ich zwei Frauen mit Wassergefäßen auf dem Kopf. Ein mürrischer Esel, ebenfalls mit Gefäßen beladen, trottete hinter ihnen her. Alle drei sprachen kein Wort, obwohl ich sie höflich fragte, wo die Grotte von «Boca Onima» sei. Ihre Indianergesichter blieben stumpf und hölzern, und der Esel schlug mit dem Hinterbein nach mir. Dabei gibt es in dieser Grotte uralte Indianer-Inschriften und -Zeichnungen: ein Fressen für einen Fremdenführer. Die Frauen mit den Wasserkrügen schienen nichts von ihren Vorfahren zu wissen – welche Nachlässigkeit!

Wenn ich mich nicht für den Beruf eines Einsiedlers entschlossen hätte, könnte ich Touristen alles mögliche hier zeigen und mit ihnen in einem Boot mit gläsernem Boden angenehm plaudernd die Wunder der Tiefsee betrachten. Nebenbei könnte ich ihnen zu billigstem Preis kleine schreckliche Schmuckgegenstände aus Muscheln und Schildpattkämme mit unsichtbaren Fehlern verkaufen. In dem Laden an der Wasserfront kostet das alles zuviel. Im Unterbieten war mir noch niemand über! Aber zu den Flamingos am Salzsee würde ich niemanden bringen. Höchstens einen Liebhaber der Vögel, der dann auch Liebhaberpreise zahlen würde.

Profitlose Spekulationen! Bhavan hat sich vom Fremdenverkehr zurückgezogen. Wohl ihm! Meine zahlreichen Freunde in Willemstad behaupteten, ich sei den reichen Touristen gegenüber ein Schmeichler und Erpresser gewesen. Besonders Pieter Kwambala, ein Gepäckträger in Willemstad, zerriß sich sein großes Maul über mich. Das mußte ich von einem Schwarzen ohne höhere Ambitionen erwarten. Sollte ich meinen englischen Kunden erzählen, daß Großbritannien seinen historischen Kolonialglanz eingebüßt hat? Das wissen sie selbst. Und die «Yanquis» wollen nichts über ihre Farbigen und deren Krachmacherei hören. Ich preise den Dollar – und wer kann mich tadeln? Ich hätte nicht gedacht, daß jemand, der sich als Einsiedler auf einer so einsamen Insel etabliert, immer noch an das alte unwürdige Leben in Willemstad denkt. Sogar die Plattfüße meiner Frau und das Winseln meines Sohnes sind mir noch gegenwärtig. Wenn man bereits die erste Stufe der Weisheit erklommen hat – völlige Abkehr von der Welt und von den Geschäften –, dann sollte auch die Erinnerung an ein unerträgliches Familienleben diskret verblassen und entschwinden. Ich muß hoffen und beten, daß mit meiner Frau auch die Erinnerung an ihre köstlichen *chapattis* und Currygerichte meinem Gedächtnis entschlüpft.

Da ich viele lange Stunden schweige und meditiere, habe ich gelegentlich das Bedürfnis, mit jemandem zu reden. Sicherlich eine Berufskrankheit aus meiner früheren Existenz. «Glauben Sie mir, Mister», sagte ich gestern zu einem von mir erfundenen amerikanischen Touristen, «als Einkaufsparadies kann die kleine Stadt Kralendijk es nicht mit Willemstad aufnehmen. Bonaire hat niemals den Ehrgeiz besessen, ein zweites Willemstad oder New York zu werden. Die vielen Ziegen und Schafe dieser bezaubernden Insel würden eine ernsthafte Verkehrsstörung auf dem Broadway von Kralendijk hervorrufen. Ich weiß nicht, ob die Aufzucht dieser Tiere ein wichtiger Industriezweig in New York ist. Hier sind die Ziegen und Schafe neben der Fischerei die wichtigste Industrie der zurückgebliebenen Einwohner – ich meine derjenigen, die nicht in die Raffinerien Ihrer Ölgesellschaften abgewandert sind. Ich liebe und bewundere die Amerikaner, Mister! Hoffentlich haben Sie in Willemstad – immer der wichtigste Hafen Ihrer karibischen Lustreise – im ‹Hotel Curaçao Intercontinental› gebucht. Jeder versteht, daß Sie als Öl-Rajah nicht weniger als hundertfünfundzwanzig Zimmer bewohnen wollen. Das liebe kleine ‹Americano› hat etwa fünfundvierzig Zimmer. Ich empfehle es Europäern und natürlich den Engländern wegen der ‹Koningin-Emma-Brug› und des melancholischen Zustands des Pfundes. Kürzlich zeigte ich einem englischen Freunde einen Zipfel von Curaçao – er schwieg sich begreiflicherweise über den Zustand seiner Währung aus, obwohl er für einen Briten ungewöhnlich gesprächig war. Aber irgendwie sind die Engländer schroff wie die Felsen der Insel Bonaire. Wenn ich so sagen darf: unsere Gäste aus New York und Detroit machen aus ihren großen Herzen keine Mördergrube. Wen ich nicht leiden kann, das sind die Franzosen. Ich hatte da neulich in Willemstad einen französischen Kunden, der wegen seiner unausstehlichen Ungeduld meinen Unwillen erregte. ‹Sie tun mir leid, Monsieur›, sagte ich. Natürlich wollte er den Grund wissen. Aber ich sagte ihm, den müsse er selbst herausfinden.

Sie lieben Ruhe und Schweigsamkeit, Mister? Ich bin erstaunt. Ich weiß aus Filmen, daß die Amerikaner unheimlich gesellig sind. Gut, Sie sind also eine Ausnahme! Ich nehme es zur Kenntnis und werde mich kurz fassen. Ich habe lange, lange auf dieser Insel geschwiegen. Vielleicht sprudele ich deswegen über wie eine Brauselimonade. Besucher auf Bonaire sind Kostbarkeiten, Mister! Ich las gestern in einer Statistik in Kralendijk, daß im Jahre neunzehnhundertdreiundvierzig ein Amerikaner und zwei Engländer hier lebten. Sie sind nun im Jahre achtundsechzig der zweite.

Jawohl, mein Herr. Ich habe mich freiwillig auf diese schläfrige, entzükkende Insel zurückgezogen. Ich bin ein holländischer Hindu und kann Jahrzehnte schweigen. Wenn man Ihnen in Willemstad das Gegenteil weismachen will, glauben Sie es nicht. In so einer großen, geschäftigen Metropole wird viel gelogen. Das ist anders auf Bonaire. Wer sollte auf dieser winzigen Insel wen belügen?

Sie finden Bonaire eintönig? Idyllen sind immer eintönig. Deswegen sind es Idyllen.

Ich flehe Sie an, Mister, seien Sie vorsichtig! Beinahe hätten Sie Ihren feinen Tropenanzug an diesem albernen Kaktus zerrissen. Die Kakteen schießen hier wie Denkmäler aus dem Boden. Darf ich fragen, was der Anzug Sie gekostet hat? Ich bitte um Verzeihung, ich wußte nicht, daß es ein Staatsgeheimnis ist.

Lieben Sie holprige Inselwege, Mister? Dann sind Sie auf Bonaire am Ziel Ihrer Wünsche. Es kränkt mich, daß Sie mir den Preis Ihres Anzugs nicht anvertrauen wollen. Ehrlich gesagt: zweitklassiges Material. Ich hab den Fetzen nur aus Höflichkeit gepriesen.

Gewiß – hin und wieder wagen sich kühne Autos auf diese Inselpfade. Ich kann Sie billigst zu den berühmten Grotten mit den indianischen Ornamenten fahren. Oder zu den alten steinernen Hütten der Sklaven am Südende der Insel. Dort kann ein Mann nur stehen oder schlafen – drollig, nicht? Wenn so ein Sklave in den alten Zeiten nach der Arbeit im Salzsee Besuch haben wollte, mußte der Besuch vor der Hütte sitzen, und der Gastgeber konnte ihn nicht in sein Häuschen bitten. Das muß der Geselligkeit vergangener Jahrhunderte Abbruch getan haben, meinen Sie nicht auch? Stellen Sie sich eine Ihrer Cocktailparties in den Steinhütten vor. Zum Ersticken komisch, nicht wahr?

Da haben die Prinzen von der ‹Königlich Holländischen Shell Co.› oder Ihre eigenen Standard-Oil-Rajahs es in Aruba bedeutend bequemer. Andere Zeiten, andere Parties, he? Wo denken Sie hin, Mister? Inder waren niemals Sklaven wie die Afrikaner. Unsere Vorfahren kamen dreiviertel verhungert, aber als freie ehrenwerte Kontraktkulis auf die karibischen Inseln. Daß Sie das nicht wissen, kränkt mich, und ich würde Ihnen gern eine Portion Madras-Curry über Ihren schäbigen Anzug gießen. Jetzt haben Sie Ihr linkes Hosenbein an diesem reizenden Kaktus zerrissen. Warum rennen Sie mir davon? Hätten Sie auf mich gehört, hätten Sie kein Loch in Ihrer Hose!

Sie wüßten gern etwas über die religiösen Tendenzen von Bonaire? Sind Sie Missionar, Mister? Baptist oder Presbyterianer? Da haben Sie wenig Chancen auf Bonaire. Die spärliche Bevölkerung besteht vorwiegend aus Katholiken. Manche recht weiß und manche recht schwarz. Sind Ihnen die Namen der kleinen, buntbemalten Villen nicht aufgefallen? Die Häuser haben doch Schilder wie ‹Mutter des Himmels› oder ‹Sankt Petrus› oder ‹Jerusalem Bonaire› oder ‹Licht des Meeres›, womit wieder die Mutter des Jesus-Kindes gemeint ist.

Hier haben Sie eine typische Farm von Bonaire. Sicherlich zu primitiv für New Yorker Geschmack. Sehen Sie nur, die Frau des Farmers geht mit ihrem Wassergefäß auf dem Kopf zum Brunnen. Fließendes heißes Wasser gibt's hier nicht. Auch kein kaltes. Die Neuzeit beginnt im ‹Curaçao Intercontinental› und im ‹Americano› in Willemstad und bei den Öl-Herrschern in Oranjestad. Gewiß, im ‹Beach Club Hotel› hier gibt es Bäder.

Nun ist die Farmersfrau beim Brunnen angelangt. Man bekommt richtig Durst, nicht wahr? Im ‹Flamingo Beach Clubhotel› gibt es Getränke für jeden Geschmack und jede Religion.

Wie gefällt Ihnen der kleine Hafen? Reizend, nicht wahr? Natürlich legen gelegentlich Schiffe hier an. Holländer in den Antillen spielen mit praktischen Spielzeugen. Deswegen werden auch auf dem winzigen Fischmarkt echte Fische verkauft. Übrigens kommt jeden Freitag ein Motorboot von Willemstad nach Bonaire. Ich habe es auch benutzt, als ich mich hierher flüchtete. Aber der meiste Verkehr geht mit Schonern und Schaluppen vor sich. Ich sage ja, Sie sind auf Bonaire in eine Idylle geraten.

Laufen Sie mir bitte nicht davon, Mister! Sie könnten sich nach ‹Klein-Bonaire› verirren. Dieses Inselchen ist selbst für Einsiedler ein wenig zu idyllisch. Um es gerade herauszusagen: ‹Klein-Bonaire› ist völlig unbewohnt. Vielleicht löst Ihnen dort ein Haifisch Ihre Reiseschecks ein? Aber ich möchte es nicht beschwören.

Sie sind wieder einmal im Irrtum, Mister! Diese Kakteen sind keine Kakteen, sondern Aloe-Pflanzen. Eine wichtige, die Medizin fördernde Ernte dieser Insel. Ideal für kontemplative Farmer, da die Aloe wenig Betreuung braucht. *Vorsicht!* Sie laufen einer wilden Ziege direkt in die Arme. Natürlich ist eine wilde Ziege wild. Dabei fällt mir ein: wenn Sie nette, wilde Mädchen haben wollen – reisen Sie ab! Das Nachtleben in den holländischen Antillen findet im ‹Chobolobo› in Curaçao statt. Auch im ‹Bahia-Nachtclub› können Sie frohlocken. Dort ist es intim, und elektrische Luftkühlung dämpft eingeborene Leidenschaft. In beiden Etablissements habe ich gute Beziehungen zu den Kellnern. Ein Wort von mir, und Sie können den Tänzerinnen bis ins Herz blicken. Ach so, ich bin ja nun Einsiedler auf Bonaire! Ein kleiner Rückfall in die alte Existenz, Mister.

Selbstverständlich gibt es Frauen auf Bonaire. Massenhaft sogar. Im Übermaß möchte ich sagen. Ich selbst ließ sechs Frauen in Curaçao zurück. Über die Gründe muß ich – wie über vieles andere – schweigen. Gewiß, der Boden ist karg und dürr auf dieser Insel, aber die Ziegen sind damit zufrieden. Die Trockenheit verhindert eine blühende Landwirtschaft. Sie steigt vom Boden unmittelbar in die menschliche Kehle. Mein Durst ist wirklich unerträglich, Mister!

Wie gefällt Ihnen das ‹Beach Club Hotel›, Mister? Es ist wirklich ideal für vermögende Einsiedler. Jeder Bungalow hat außer den Betten sein Bad und seine kleine persönliche Vorhalle. Drei solide holländische Festmähler am Tage, und das Hotel hat seinen eigenen Pier. Gibt es Intimeres? Besten Dank für die sechs Coca-Cola, Mister! Bitte, wenden Sie Ihren werten Blick endlich von mir ab. Ich weiß – ich bin eine Sehenswürdigkeit auf Bonaire. Aber ich liebe es nicht, so durchdringend angestarrt zu werden, hören Sie?

Ich verabschiede mich jetzt endgültig von Ihnen. Wagen Sie es nicht, mir zu meinen Freunden, den Flamingos, zu folgen. Ich habe es Ihnen sofort angesehen, daß Sie lieber Whisky trinken, als bei diesen Vögeln verweilen. Deswegen habe ich Sie nur ins ‹Flamingo Beach Club Hotel› gebracht. Ich habe die Vögel nicht erwähnt. Sie sind mir zu teuer, und Sie, Mister, sind mir zu billig. Ich warne Sie! Bleiben Sie hier im Hotel. Es würde furchtbare Folgen haben, falls Sie mir zum Salzmeer folgten. Ich habe unversehens diesen beschämenden Rückfall in mein altes Geschäftsleben erlitten. Es wird nicht wieder vorkommen. Ich muß einen größeren Kaktus unter meine Zunge legen.

Leben Sie wohl, Mister! Meine besten Wünsche werden Sie verfolgen, falls Sie mich nicht verfolgen werden. Seit einiger Zeit meide ich alles, was sich *Mensch* nennt. Den Anfang habe ich mit sechs lästigen Frauen in Curaçao gemacht. Dabei bin ich einst gesellig und mitteilsam gewesen. Jetzt verschwimmen mir manchmal die Worte wie die Felsen dieser Insel in der Dämmerung. Oder meine Gedanken kleben zusammen wie die beiden Teile eines Briefumschlags, den man vorsichtig mit einem Messer aufschneidet. Dabei passierte es mir vorgestern, daß ich drei wertvolle Gedanken zerschnitt. Eine persönliche Katastrophe, die wenige mir nachfühlen können, da sie sich den Luxus eigener Gedanken nicht leisten. Es ist angebracht, daß ich mir eine eigene, den Vögeln abgelauschte Sprache erfinde. Erst dann werde ich mich zu den Eingeweihten zählen dürfen. Lachen Sie, soviel Sie wollen, Mister. Am vielen Lachen erkennt man den Narren. Wird in New York viel gelacht?

Meine eigene Sprache, die ich nur gegen hohes Honorar auf Bonaire lehren werde, erscheint mir notwendig und erheiternd. Bis jetzt habe ich mir – wie jeder Esel oder Papagei – Redewendungen aus dem Holländischen, dem Englischen und *Papiamento* geborgt. Das muß aufhören. Mein Gehirn ist ein überfülltes Haus: das Stimmengewirr raubt mir den wohlverdienten Schlaf.

Leben Sie wohl, Mister! – Dies ist die Adresse des besten chinesischen Schneiders in Willemstad. Die Prozente, die Mijnheer Ching mir für meine Empfehlungen gibt, sind chinesisch. Man kann sie also nur durch ein Fernglas erkennen. Ich werde meinen Frieden erst nach Ihrer Abreise wiederfinden, Mister. Wer sind Sie? Ein eingebildeter amerikanischer Tourist. Bhavan hat Sie gefunden, und er löscht Sie jetzt aus seinem Gedächtnis aus, weil er es so wünscht. Er ist frei wie die herrlichen Vögel dieser Insel.

Glücklicher Bhavan! Beneidenswerter Bhavan! Was sind Ihre Wolkenkratzer in Ihrem New York oder Ihrem Chicago, Mister? Steinhütten für größenwahnsinnige Sklaven.

Verduften Sie, Mann!»

IV

Gibt es Wünsche gefahrvoll, aber unvermeidlich? In der Dämmerung, wenn die Flamingos zu regem und geheimnisvollem Leben erwachen, bin ich tatsächlich glücklich. Wenn sie im Frühjahr ihre Nester im Salzmeer bauen, stehe ich regungslos am Strand wie die alten Obelisken. Durch mein Fernglas kann ich die großen, runden Nester genau erkennen. Diese Stille, dieser brütende Ernst, die schwebende Freude, wenn die jungen Flamingos im rosa Federkleid erscheinen. Auch ich bin dann ganz schwindlig vor Freude. Selbst die Luft und das Wasser zittern im Perlmutterglanz. Und dann die großen Flamingos im Purpurschmuck ihres Gefieders! Ihre Schönheit, ihr majestätischer Hochmut, ihr rauschender Flug treiben mir Tränen in die Augen. Glücklicherweise können meine Schwiegermütter mich hier nicht belauern. «Warum weinst du, Faulenzer?» würden sie kreischen. «Flick lieber das Dach dieses miserablen Hauses. Kauf ein Spielzeug für deinen unglücklichen Sohn. Schick deine Tanten nach Venezuela.» Ich weiß nichts über die Schwiegermütter anderer Männer, aber meine hatten immer Arbeit für mich, auch wenn ich todmüde von den höflichen Gesprächen mit meinen Touristen nach Hause wankte. *Wankte.*

Wie bescheiden in ihren Gewohnheiten sind diese königlichen Vögel! Kleine Garnelen in den Salzlagunen genügen ihnen. Ich möchte ihnen diese bescheidene Nahrung im Sand kniend servieren. Es wäre mir nie zu früh oder zu spät oder zu heiß. Aber ich bin noch kein Eingeweihter, und sie wollen meine demütigen Dienste nicht in Anspruch nehmen. Das versetzt mich in tiefe Trauer, aber ich sage mir dann: Fasse dich in Geduld, Bhavan! Du kannst den Flamingos noch ein ganzes Leben dienen. Ich ermahne mich in meiner geschützten Ecke, wohin die Touristen-Einzelgänger und Vogelforscher wie ich selten dringen, ständig zur Geduld. Aber die Flamingos sollen meine Botschaft hören. Ich muß beinahe säuseln, und ich darf ihnen nicht nahe kommen. Ich schleiche auf Zehenspitzen am Ufer entlang – Geräusche und das Klicken von Fotoapparaten verscheuchen sie tiefer in den Salzsee oder in die Lüfte. Vielleicht liebe ich diese Vögel bis zur Raserei, weil sie so schwer erreichbar sind. Meine Frau Kamala und meine jetzige standen mir stets zur Verfügung. Das lähmte meinen Schwung. Nicht ein einziges Mal wandten sie sich von mir ab, obwohl sie entweder mürrisch oder beleidigt aussahen – ich sah es genau im Mondlicht. Wie heiter wirkten die Holländerinnen! Wie lockend die Amerikanerinnen! Vielleicht waren diese Damen genauso launisch wie Kamala oder so stumpf wie Santha – sie zeigten es nicht. Vielleicht verweigerten sie sich ihrem Mann trotz ihrer Heiterkeit oder ihres smarten Lächelns – um so besser. Meine Frauen sind zu ernst und zu willig, oder von lästiger, trübsinniger Leidenschaft. Über Engländerinnen in Curaçao kann ich mir kein Urteil erlauben: sie begleiten ihre Männer selten. Sie geben ihnen ihre Fotos mit. Sehr vernünftig und billig noch dazu. Ich las, es gäbe Altersheime in diesem England. Warum können meine Tanten nicht dorthin fliegen? Nein, sie sitzen lieber in meinem Haus herum. Es muß eine indische Angewohnheit sein. Ich fürchte, meine Tanten werden mit ihrem *Papiamento* in Venezuela unangenehm auffallen. Aber das ist *ihr* Begräbnis.

Ich wandere an den Obelisken vorbei. Der blaue Obelisk war in alten Zeiten das Wahrzeichen für die Schiffe, die auf Bonaire Salz luden. Wenn ich den weißen und den Orange-Obelisk hinter mir habe, bin ich am Strand bei den Flamingos. Es gibt noch andere Vögel auf Bonaire: Pelikane, Papageien, alles mögliche. Aber die Flamingos im «Pekelmeer» werfen einen rötlichen Schein auf das Wasser, oder sie fliegen wie Feuerwolken in Gruppen durch die Dämmerung. Kein Laut. Nur das Rauschen der Flügel. Eines Tages werde ich mit ihnen fliegen. Wann?

Geduld, Bhavan! Entwinde dich erst einmal dem Netz deiner Ängste. Sonst wirst du höchstens als Reiher wiedergeboren werden.

Mein Fernglas – herrlich wie am Tag als ich es im «El Globo» kaufte – brennt Löcher in den glitzernden Himmel. Die Salzkristalle flimmern am Strand. Er streckt sich Meilen am «Pekelmeer» entlang. Heiliges Nordufer von Bonaire! Ich knie im Sand und hebe anbetend beide Hände den Flamingos entgegen. Kein Pilger im fernen Indien könnte den Ganges frommer grüßen.

Ich weiß nicht, wie lange ich schon auf Bonaire lebe. Ich trage den Rest meines Geldes in einem seidenen Beutel unter meinem Hemd. Es gibt eine Bank in Kralendijk, aber ich bin ein wenig mißtrauisch von Natur. Nichts ist solider als eine holländische Bank, ich weiß. Aber als ich das erste Mal von einem Bankkrach – einem verjährten Krach – in Amerika hörte, dachte ich mir: Was in New York passiert, kann auch in den Antillen passieren, obwohl die Holländer eine vorsichtige Nation sind.

Ich trage jetzt nur rosa Hemden und rosa Hosen, damit die Flamingos merken, daß wir zusammengehören. Möglich, daß die Bewohner dieser Insel mein Gewand für eine Verkleidung halten. Bitte sehr! Mein langes rosa Hemd flattert im Wind. Neulich lachte ein pausbäckiger holländischer Junge, als er mich sah. «Sieh, Papa: ein Flamingo auf Menschenbeinen!» Der Mijnheer machte: «Schschsch . . .» Aber ich verbeugte mich vor dem unwissenden Knaben, der mir das größte Kompliment meines Lebens gemacht hatte. Er starrte mich verwundert an, seine blauen Augen waren zwei kleine Obelisken: kalt und steinern. Ich hüpfte davon. Ich meine: ich schritt davon. Aber mein Gang hat in diesen Monaten etwas Hüpfendes, beinahe Schwebendes angenommen, und in meinem Kopf schwirren bereits Vogelstimmen – manchmal leise, manchmal ein Jubelchor. Ich muß mich sehr zusammennehmen, nicht hüpfend oder schwirrend mein bescheidenes «Rasthaus» am Rande von Kralendijk zu betreten. Diese Halb-Indianer würden das nicht gern sehen. Ihr Quantum Holländerblut ist voller Mißtrauen gegen mich.

Vielleicht befinde ich mich bereits in der Wiedergeburt als Flamingo. Warum nicht? Vor meiner Flucht nach Bonaire wäre ich gern als Portier des «Americano» – ohne meine sechs Frauen natürlich – wieder zur Welt gekommen. Jetzt erscheint mir diese Form der Existenz kläglich. Leider kann man sich die Form seiner nächsten Existenz nicht aussuchen. Aber meine langen, dünnen Beine lassen mich hoffen, daß sie demnächst nicht von Flamingo-Beinen zu unterscheiden sein werden. Pieter Kwambala, jener unwissende Neger in Willemstad, wollte im nächsten Leben entweder ein katholischer Heiliger oder ein amerikanischer Millionär werden. Aber die Millionen umgaukelten ihn eindringlicher als das Kreuz.

«Rede keinen Unsinn, Mann», habe ich einmal zu ihm gesagt; «dein Gott vergaß, dich weiß anzustreichen. In Amerika sind weiße Millionäre an der Tagesordnung. Außerdem haben nur wir Hindus die Aussicht auf viele neue Wiedergeburten. Manche herrlich, manche nicht so gut. Aber du bist und bleibst Gepäckträger in Willemstad. Nachher bist du schwarzer Staub, hörst du?»

Pieter Kwambala ist für sein gutes Herz und seine gute Laune bekannt. Aber dieses Mal blickte er finster. Erst brummte er, daß er nach Beendigung dieses Lebens als weißer Engel in weißem Gewand «Halleluja» singen müsse, und als ich fragte, woher er wisse, daß es keine schwarzen Engel gebe, schlug er mir seine Rumflasche um die Ohren und warf mich brutal zu Boden. Ich kämpfte mannhaft, aber Kwambala ist ein Boxer von Natur. Er schrie: «Du bist schon immer verrückt im Kopf gewesen, alter Bhavan.» Eine unverschämte Lüge, da ich nur in zarter Jugend einen kleinen Nervenzusammenbruch erlitten habe. Er fiel ungefähr mit dem Bankrott des Seidenladens meines Vaters zusammen. Wie dem auch sei, ich lag zehn Tage im Krankenhaus. Der schwarze Engel hatte gründliche Arbeit geleistet. Ein Wunder, daß er mir nicht sämtliche Knochen zerbrochen hatte.

Immerhin, Pieter ging in sich, beichtete seine Missetat seinem katholischen *Guru* und erschien dreimal mit belämmertem Lächeln und Fruchtbündeln im Krankenhaus. Das war dreimal öfter als meine sechs Frauen kamen. Pieter war recht zerknirscht und flehte mich mit Tränen in seinen Kulleraugen um Vergebung an. Der Rest Rum war bei dieser Gewalttat aus der Flasche gelaufen. Kwambala sah darin offenbar die empfindlichste Strafe des Himmels. Der Riese kniete unbeholfen vor meinem Lager, senkte zerknirscht seinen runden Krauskopf und schwor hoch und heilig, fortan mit Hilfe seines Schutzheiligen alle meine Feinde niederzuschlagen, bis sie mausetot seien. Bei seinem dritten Besuch gewährte ich ihm Verzeihung, obwohl er es nicht verdiente. Aber er war der einzige, der sich um mich kümmerte. Er brachte mich auch nach Haus. Da er Gepäckträger war, lud er mich wie einen Koffer auf seine mächtigen Schultern und setzte mich mit großer Vorsicht nach der Busfahrt auf meiner Veranda nieder. Meine verstorbene Frau besuchte mich allerdings einmal im Hospital. Aber sie hatte es nicht für nötig erachtet, mir einige Paradiesfrüchte mitzubringen. Geizige Person.

Ich sah Pieter Kwambala vor meiner Flucht nach Bonaire nicht wieder. Er ging mir wohl aus dem Weg. Wer wird gern an Mord und Totschlag erinnert, die er beinah begangen hat? Er ist nicht der einzige in Curaçao, den mein Blick an seine Missetaten erinnert. Glücklicherweise habe ich nicht den Ehrgeiz, beliebt zu sein. Eine allgemein beliebte Person kann sich Tag und Nacht nicht vor Besuchern retten, die alle mit indischer Gastfreundschaft bewirtet werden wollen. Natürlich bin ich außerordentlich gastfreundlich, aber meine Situation und sechs Frauen erschweren mir die Ausübung dieser Tugend. Wenn ich bedenke, was Kamalas Leichenfeier gekostet hat, wie alle Verwandten und Bekannten herbeiströmten und sich unter Wehklagen auf meine Kosten vergnügten!

Nein, es gibt Grenzen der Trauer und der freudigen Anlässe. Indische Familien kennen diese Grenzen im allgemeinen nicht. Als mein Vater Bankrott machte, kamen auch alle wieder bei uns an, um sich noch schnell am Eigentum der Gläubiger gütlich zu tun. Auch mein Vater war in unbegreiflich guter Laune und feierte, musizierte, aß und trank mit den anderen, bis der Morgen graute. Mir graute ebenfalls: ich war ein entehrter Jüngling. Wen kann es wundern, daß ich diese Familie verließ?

Bonaire ist nur zweiundvierzig Meilen von Curaçao entfernt, aber Welten liegen zwischen den Vögeln und meinen sechs Frauen. Ich denke manchmal, ich wäre damals in Willemstad in Verkleidung herumgelaufen. Ich bin hier ziemlich menschenscheu geworden. Meine Sprachkenntnisse nützen mir nichts auf dieser Insel, denn falls ein Mann mich anredet, hüpfe ich wortlos davon. Mein Geld wird noch eine Zeitlang reichen: unser Volk gewöhnt sich leichter ans Hungern als an einen vollen Magen. Wenn das Geld zu Ende ist, werde ich entweder auf Bonaire mit den Fischern fischen oder vielleicht schon mit den Vögeln fliegen. Es gibt hier riesige Wahoo-Fische und schöne blaue Merlins. Ich könnte schließlich auch Kämme und Kästen aus Schildpatt, französisches Parfum und kleine Schmuckstücke aus Muscheln oder Korallen in Kommission nehmen und verkaufen. Aber es gibt wenig Touristen hier, und die wenigen kaufen alles in Willemstad, und dann weiß ich nicht, ob solche Geschäfte den Flamingos gefallen würden. Die höchste Kaste handelt nicht.

Nachts ist es unheimlich am Salzsee. Ich bin ein mutiger Mann. Schließlich schlug ich Pieter Kwambala seine verdammte Rumflasche um die

Ohren und warf ihn beinahe zu Boden. Aber nachts am Salzsee verläßt mich der Mut. Die Nacht war von jeher meine Feindin. Warum ist sie schwarz? Ein skandinavischer Tourist in Willemstad erwähnte Norwegens helle Nächte. Er murrte darüber – der Glückliche! «Sie sollten dankbar für dieses Wunder sein», sagte ich, nicht ohne Vorwurf. «Eine helle Nacht ist das Schönste, was es gibt.»

«Wie können Sie etwas schön finden, was Sie nicht kennen?» fragte der Fremde ungeduldig und nicht gerade freundlich. Seine Frage erstaunte mich. Nur das Unbekannte ist schön. Wenn ich genau wüßte, was meine Flamingos tun oder denken, dann wären sie vielleicht nicht besser als die sechs Frauen in Curaçao. Aber ich werde es niemals wissen, und das ist mein Glück. Mein Vater betrachtete die sichtbare Welt als ein Gefängnis, dem der Weise mit Freuden entflieht. Nachts ist diese Insel tatsächlich ein Kerker, denn meine Furcht überwiegt meine alte Sehnsucht nach Einsamkeit. Ob ich mir nur einbildete, daß ich allein am glücklichsten wäre? Jetzt möchte ich manchmal vor mir selber davonlaufen.

Warum erscheint mir der Salzsee am Abend wie ein Abgrund, der mich verschlingen möchte? Auch die Vögel verwandeln sich in schwarz-graue Kreaturen ohne Schönheit und Stolz. Wenn ich nur schon in den Tag entfliehen könnte!

Wieder ist eine Nacht gekommen. Die Flamingos schlafen. Auch die tropischen Fischer bei den Korallenriffen rühren sich nicht. In den Indianerhöhlen verstummen die Seufzer der Vergangenheit. Der merkwürdige Berg von Bonaire droht, ins Meer zu fallen. Auch die Obelisken spenden mir keinen Zuspruch. Aber was kann man von Obelisken erwarten? Wenigstens halten sie den Mund, was meine Frauen des Nachts nicht taten. Alles schläft. Nur ich – ehemals Anand Bhavan, jetzt ein Menschenvogel – flattere rastlos am Strand herum und zittere vor etwas Unbekanntem, das aus dem See emporsteigt und auf mich zufliegt. Natürlich kein Flamingo, sondern ein geflügelter Dämon.

Bonaire wird trostlos. Ich hasse die stachligen obszönen Kakteen, die Dämonen der Luft und das tiefe Wasser. Gestern nacht raste ich keuchend vom Strand fort und verbarg mich später in einem leerstehenden Millionärsbungalow des «Flamingo Beach Hotels», bis die Morgenröte mich nach Kralendijk zurückscheuchte. Ich muß gestehen, es gefiel mir in jener Luxushütte. Ich nahm ein erfrischendes Bad und stieg nachts von einem Bett ins andere, nur um zu sehen, wie die reichen Leute es treiben. Einen Augenblick wünschte ich sogar, meine Frau läge in dem Zwillingsbett, aber mein Bündnis mit den Flamingos verbietet mir frivole fleischliche Lust. Was hat man überhaupt davon? Die Lust verflog immer allzuschnell. Am nächsten Morgen brummte und gähnte die Frau wieder und kratzte sich in den Achselhöhlen. Wenigstens taten es meine beiden Frauen nach jeder Liebesnacht. Kamala hatte, da sie jung war, eine glatte Haut. Santha ist älter und sollte ihre Haut mit duftendem Öl behandeln. Sie ist wie vertrocknetes Gras. Mich geht es nichts mehr an.

Wie viele Monate lebe ich nun schon auf Bonaire? Die guten Leute von Kralendijk nennen mich: *Der Stumme.* Mein Geld ist beinahe zu Ende. Ich bin in eine Fischerhütte gezogen und verkaufe Fische auf dem Markt. Er ist klein, aber rein. Die Fischer schimpfen und schreien in *Papiamento,* und jetzt lasse ich mir alles gefallen. Ich bin nicht mehr Bhavan, der Sprachkundige, der beste Touristenführer von Willemstad. Ich nicke mit dem Kopf, wenn die Fischer mit mir schimpfen. Ich werde immer dünner. Meine Nase ragt wie ein Schnabel aus meinem ausgehöhlten Gesicht. Gut so. Jede freie Minute verbringe ich bei den Flamingos. Ich habe mir von meinem letzten Geld ein purpurrotes Gewand angeschafft, denn jetzt geht es zum Herbst. Wenn das Gewand im Winde flattert. Still! Ich muß geduldig sein. Ich muß warten, bis Brahma, der Schöpfer des Weltalls, der Bewahrer und Zerstörer, mich zum Flamingo macht. Wo versteckt die Sonne sich eigentlich bei Nacht? Und wo sind die Sterne am Tage? Die Vögel wissen die Antwort. Bald werde ich zusammen mit meinen gefiederten Freunden den Hymnus der Schöpfung anstimmen dürfen.

Aber – sind die Flamingos wirklich meine Freunde: Ich möchte wissen, ob sie meine Gefühle auch nur im geringsten erwidern. Manchmal packen mich Zweifel, und dann flattert mein Herz wie ein ängstlicher Vogel in meiner Brust und schlägt mit den Flügeln gegen das Gefängnis meines elenden Leibes. Was geschieht hier mit mir? Hat der Kaktus unter meiner Zunge sich zu einem Schwert mit vergifteter Spitze ausgewachsen? Wenn ich eine Antwort geben soll, wenn die Fischer mich rauh in die Seite stoßen, dann stottere ich ängstlich oder winsle wie ein getretener Hund. «Feigling», rufen sie dann und lachen. Sie machen sich einen Spaß daraus, mich zu demütigen. Sie wissen ja nicht, daß ich bald ein Flamingo sein werde.

Mein Fernglas habe ich nun an die Kralendijk Trading Company am Kerkweg verkauft. Wenn ich in der Dämmerung alles so recht überlege, hat niemand meine Liebe oder Bewunderung geschätzt oder gar erwidert. Es ist wirklich mein Glück, daß ich nicht beliebt sein will. Wie hätte ich sonst darunter gelitten, daß der englische Tourist meine Einladung zu einem Festmahl verachtete. Noch öfter denke ich jetzt an jenen Franzosen, der plötzlich sagte: «Sie tun mir leid, Monsieur!» *So* war es doch, nicht wahr?

Da ist ein großer, herrschsüchtiger Flamingo, den ich heimlich *den General* nenne. Er ist mein ganzer Stolz, mein Vorbild und mein Entzükken. Sein purpurrotes Gefieder ist ein Königsmantel. Ich rede ihn immer in holländischer Sprache an und tanze und flattere für ihn in meinen roten Gewändern. Aber er zuckt manchmal so verächtlich mit den Schwingen wie jener Franzose mit den Achseln. Seit gestern kommt es mir so vor, als ob der General der Flamingos mein Feind sei. Eine erschreckende Erfahrung! Er starrt mich aus runden, glänzenden Augen an und macht mir angst. Ich fühle es: er will mich nicht in seinen Kreis aufnehmen. Kein Zweifel, er flattert drohend um mich herum. Einschüchterungsmanöver, ich weiß.

Dabei hat Bhavan viel mehr Buchwissen als der General und spricht Holländisch und Englisch. Aber er spricht noch nicht die Sprache der Flamingos. Armer Bhavan! Wenn der General mich mit seinen starren Augen verfolgt, gerate ich in Trance. In diesem Zustand werden Hindus entweder Erleuchtete oder drehen durch.

Der General starrt vom See zu mir herüber. Ich will entfliehen, kann aber kein Glied rühren. Sein Auge wird immer größer und ist von tödlichem Glanz. Es ist zuerst ein Kreis und dann eine lodernde Flamme. Der General haßt mich. Gleich wird er zu mir fliegen und mich zerfleischen. Oder er wird mich unter seinem riesigen roten Gefieder ersticken. Ich schreie laut auf, als er mich einkreist, kann mich aber nicht bewegen. Und als ich heule und wimmere und um Gnade bitte, erheben sich alle Flamingos auf einen Flügelschlag des Generals zum Angriff. Sie kommen näher. Sie umkreisen mich. Ich schreie «Hilfe, Hilfe» und falle rücklings in den Sand. Sie wollen mich an meinem Gewand in den Salzsee zerren.

Jemand beugt sich über mich. Es ist ein weißer Mann mit einem freundlichen rosa Gesicht und einem blonden Haarschopf. Er spricht Holländisch. Er ist ein Holländer. Ich blicke ihn verwirrt und sprachlos an. Meine Feinde haben sich, schlau wie sie sind, mit dem General an der Spitze in den Salzsee zurückgezogen.

Der holländische Arzt, der mich vor den Flamingos rettete, brachte mich ins Krankenhaus und später nach Curaçao zurück. Er bezahlte alles. Sogar den Besuch eines Nervenarztes – eines fröhlichen Holländers ohne Nerven. Ich erholte mich ziemlich schnell von meinem Erlebnis, und da der Nervenarzt so interessiert war, schmückte ich aus Dankbarkeit einige Situationen etwas aus.

Bald war ich so weit hergestellt, daß ich nach Hause fahren konnte. Man riet mir, mich noch zu schonen, da ich gelegentlich zittere und manchmal auch noch ein wenig herumflattere. Als ich langsam den Fußweg zu meinem bescheidenen Heim zurückgelegt hatte, stand meine Frau allein auf der Holzveranda. Sie stieg nicht die Treppe hinunter, um mich zu begrüßen. Dabei hatte das Krankenhaus ihr den Tag meiner Entlassung mitgeteilt und erwartet, daß eine der sechs Frauen mich abholen würde. Ich zuckte die Achseln, als meine unhöfliche Frau einfach auf der Veranda stehenblieb. Mein Vater sagte immer: Nur eine Eule kennt den Wert einer Eule. Aber ich will nicht von Vögeln sprechen.

Was weiß meine Frau von mir – was wird sie jemals von mir wissen?

V

«Da bist du», sagte sie. Santha sagt immer das Offensichtliche, und ich muß es mir anhören. Sie glotzte mich an und kaute an einem Zipfel ihres Saris – etwas, was ich nicht ausstehen kann. Sie legte mir zur Begrüßung keine Blumenkette um den Hals.

«Serviere mir das Essen», sagte ich barsch. «Ich bin hungrig und habe seit dem Frühstück im Krankenhaus nichts gegessen.»

Santha rührte sich nicht. «Bist du taub?» schrie ich.

Endlich war ich wieder Herr im Haus. Es gefiel mir nach der Behandlung, die ich vom General der Flamingos zu erdulden gehabt hatte. Meine Frau hielt die ganze Zeit die Augen gesenkt, wie es sich gehört. Aber plötzlich blickte sie mir dreist ins Gesicht, was sie nie zuvor gewagt hatte.

«Wenn du essen willst, dann hole dir was!» sagte sie grob. Sie besitzt eine Reibeisen-Stimme, die mir Kopfschmerzen macht. Ihr Sari hatte zwei Löcher, und das Haar hing ihr wirr ins Gesicht. Ich sollte mir mein Essen holen? Ich muß gestehen, ich traute meinen Ohren nicht. «Bist du verrückt geworden?» brüllte ich.

«Wieso?» schrie sie zurück. «Ganz Curaçao weiß, wer der Verrückte in diesem Hause ist. Man nennt dich den ‹Flamingo-Mann›. Alle lachen über dich. Mein unglücklicher Sohn wird es in zwanzig Jahren auszubaden haben.»

Mir wurde heiß und kalt. Vor meiner Heimkehr hatte ich beim Portier des Hotels «Americano» vorgesprochen. Er war zwar freundlich, aber nicht hilfreich gewesen. Auf meine Versicherung, daß ich schon nächste Woche wieder seine Gäste herumführen könne, hatte er nur geantwortet: «Wir werden sehen. Reg dich nur nicht auf, Bhavan. Du brauchst Ruhe.» Ich sagte etwas hitzig, daß ich auf Bonaire und im Krankenhaus genug Ruhe gehabt hätte. Er wandte sich einem Gast zu und ließ mich einfach stehen. Selbstverständlich gehe ich nächste Woche wieder hin. Wovon soll ich denn leben?

«Tagedieb, Verschwender, Idiot!» schrie meine Frau. «Einfach zu verschwinden und uns hier allein sitzenzulassen! Ich hatte nicht einmal das elende Kochgeld, das du immer noch gegeben hattest. Wovon haben dein Sohn und ich wohl die vielen Monate gelebt, he?»

«Ich weiß es nicht.»

«*Das* glaube ich gern», sagte Santha höhnisch. «Dein Sohn und ich lebten von der Arbeit der vier alten Frauen. Deine unglücklichen Tanten flochten sich die Finger an den Körben und Hüten wund. Deine alten gebrechlichen Schwiegermütter verkauften Fische auf dem schwimmenden Markt, bis sie vor Erschöpfung umfielen.»

«Die beiden alten Dinger sind kerngesund und werden uns alle überleben. Zieh dir einen sauberen Sari an und bringe mir dann mein Essen. Hörst du?»

Ihre starren, runden Augen erinnerten mich an den Flamingo-General. Mir wurde so schwindlig, daß ich mich an dem Verandapfosten festhielt. Meine Kehle war zugeschnürt, Santhas Gesicht war gräßlich verzerrt. Gleich würde sie vor Wut platzen. Mein Vater hatte wieder einmal recht gehabt: Frauen zerspringen noch schneller als Gläser.

«Von nun an wirst du tun, was wir dir befehlen!» sagte meine Frau.

«Sonst schicken wir dich zu den Flamingos zurück.»

Ich begann zu zittern und hob beschwörend die Hände. Dann fiel ich zu meiner ewigen Schande meiner Frau zu Füßen und verbarg mein Gesicht in ihrem Sari. Er roch nach Schweiß und verfaulter Frucht. «Nur nicht zu den Flamingos», wimmerte ich und klammerte mich an sie. Sie schüttelte mich ungeduldig ab. Dabei war sie immer geduldig und demütig gewesen, wenn auch sonst nichts mit ihr los gewesen war.

«Du wirst von jetzt ab mit Kamalas Mutter Fische verkaufen. Sonst gibt's kein Essen, hörst du?»

Entsetzen lähmte mich. *Ich* sollte mit den Weibern hocken! Ein Flamingo-Mann! War ich überhaupt noch ein Mann?

Ich stand mühselig auf und schlich stumm in den Kochschuppen, wo ich einige halbverkohlte Mehlkuchen hinunterwürgte, die mein Sohn verschmäht hatte. Surya hockte vor der Tür, aß eine köstlich duftende Mahlzeit aus sechs kleinen Schüsseln und tat, als ob ich nicht da wäre. «Begrüße deinen Vater», schrie ich. Doch statt einer zeremoniellen Verbeugung griff er mit jeder Hand nach einer Schüssel und lief schreiend davon. Hatte er mich nicht erkannt? Hatte ich mich so verändert? Auch der Portier des «Americano» hatte mich so merkwürdig betrachtet. Gut, ich bin auf Bonaire erschreckend abgemagert, aber ein Sohn muß auch einen mageren Vater erkennen. In meinem Herzen wußte ich, daß Surya mich genau erkannt hatte.

Ich stürzte fort. Ich verließ das Haus meines Vaters, wo kein Platz mehr für mich war. Ich lief kopflos in die Dämmerung hinein. Plötzlich stand Pieter Kwambala vor mir. Mein schwarzer Freund, mit dem ich in glücklicheren Zeiten spaßhafte Kämpfe ausgefochten hatte.

«Bist du krank, Mann?» fragte Pieter ganz ängstlich. Er trug mich auf seinen mächtigen Armen in seine Hütte. Antje, seine dicke freundliche Frau, bettete mich auf ihre einzige Matte und brachte mir mit Tränen in den Augen eine Gemüsesuppe und Fruchtsaft. Später beteten beide für mich zu ihrem Jesus-Gott und dessen Mutter Maria. Ich hörte ihr Gemurmel, als ich aus unruhigem Schlaf auffuhr. Antje wischte mir den Schweiß von der Stirn, und Pieter sang mir mit seiner tiefen Säuferstimme ein «Lied zum Augenschließen» vor.

Zwei Wochen später erhielt Pieter eine gute Stellung in einer großen Ölraffinerie in Aruba. Was sollte aus mir werden? Nun, Antje hatte vorgesorgt und ihren Bruder in Aruba gebeten, auch für mich in der Raffinerie einen kleinen Posten zu beschaffen. Wir arbeiten dort mit den Nachkommen der karibischen Indianer, mit Mischlingen von Spaniern und Holländern und einigen wenigen Afrikanern. Die großen Posten haben natürlich die Weißen, Holländer und Amerikaner und Engländer. Sie haben diese Fabriken gegründet.

Wir leben ruhig und zufrieden in Aruba. Mein kleines Heim, das Pieter und ich zimmerten, ist ganz in der Nähe des seinen. Wir sind weiter gute Freunde, aber Pieter und Antje wissen selbstverständlich, daß ich einmal etwas Besseres gewesen bin. Wir sprechen natürlich niemals von den Zeiten, als ich noch der Stolz von Willemstad war. Pieter trinkt immer noch zuviel, und Antje wird immer fetter. Aber sie haben ein gutes Herz. Ich schneide öfter die Hecke um ihren kleinen Besitz und werfe zerlöcherte Pfannen, Cocoa-Cola-Flaschen, Zeitungen und verfaulte Früchte fort. «Mach dir doch nicht die Arbeit», sagt Antje und lacht sorglos. Ich fische auch manchmal und bringe Barracuda-Fische und rote Schnapper nach Haus. Antje kocht großartig. Ich liebe die beiden, und vielleicht haben sie auch mich ein wenig gern. Sonst hätten sie mir doch nicht den Arbeitsplatz in Aruba verschafft. Pieter ist zuverlässig. Er schwankt so wenig wie die Ayo-Felsen. Ein Felsen türmt sich über dem anderen, aber niemals stürzen sie ins Meer. So ist Pieter.

Ich muß es zugeben, die Ayo-Felsen sind eine Touristen-Attraktion. Genau wie die Fütterung der Haifische oder die Geisterstadt Balashi, wo man einst Gold gefunden hat. Ich sah dort Touristen, die im Flußbett mit sieben vergeblich nach Goldstaub fischten. Man kann Touristen ja alles einreden, wer wüßte es besser als ich? Ein unmoralischer Beruf. Ich werde ihn nie wieder ausüben. Langsam vergesse ich das Holländisch der Königin und auch das Englisch der Königin. Ich spreche nur noch *Papiamento*. Es genügt mir. Seitdem ich durch Antjes Küche wieder zu Kräften gekommen bin, verdiene ich gutes Geld in der Raffinerie und habe für meinen undankbaren Sohn heimlich ein Bankkonto eingerichtet, das ihm ausgezahlt werden wird, wenn er meine Nachfolge in Willemstad antritt. Außerdem wird er dereinst meine neue Schlafmatte und meinen neuen Milchkrug erben. Ein Vater bleibt ein Vater. Suryas Bankkonto wird ein Drittel meiner gesamten Ersparnisse betragen. Alles andere werden Pieter, Antje und ihre Kinder einmal erben. Der erste kleine Kwambala ist bereits auf dem Wege.

Ich bin weiter schweigsam und bisweilen ein wenig düster. Aber ich bin keineswegs unglücklich. Wer mit sechshundert Flamingos auf Bonaire und mit sechs Frauen in Curaçao leben mußte, der ist mit allem zufrieden.

Der Juwelenbaum

London

«Wer sich in dieser Welt vom Gegenstand seiner Wünsche und Begierden abhängig macht, der wird die Früchte der Weisheit und Freiheit nicht kosten. Er wird mit seinen falschen Träumen untergehen, bevor er die wahre Brahma-Stadt erreicht.»

Aus den «Chhandogya Upanischaden»
(Sanskrit: Geheime Sitzungen)

I

«Hallo! Bist du es, Mutter?»

«Natürlich. Wer sollte es sonst sein?»

«Störe ich dich?»

«N-nein. – Ist bei dir irgendwas nicht in Ordnung?»

«Ich . . . er . . . hm . . .»

«Bitte, sprich etwas lauter, Hester. Oder sind da wieder Geräusche? Es ist ja kein Ende abzusehen mit der Bauerei und den Preßlufthämmern im Asphalt.»

«Laß doch, Mutter. Ich wünschte, sie würden mein Haus abreißen und mich mit raustragen.»

«Ich muß in die Küche, Mädchen. Entweder du sagst, was bei euch passiert ist, oder . . .»

«Nichts ist passiert. Er redet nicht mehr mit mir. Seit letztem Sonntag.»

«Freu dich! Wenn dein Mann nichts sagt, ist es am besten.»

«Ich kann's nicht mehr aushalten, Mutter!»

Mrs. Digby packte den Telefonhörer wie eine Streitaxt. «Hör mir mit deinen Klagen auf, Hester. Ich hab das nun alles schon hundertmal gehört. Moment, die Suppe brennt an. Ich komme gleich wieder. – Also, was ist los?»

«Hast du überhaupt kein Verständnis für meine Lage, Mutter?»

Mrs. Digby hüstelte. «Wenn einer weiß, wie du dich gebettet hast, dann bin ich's, meine Liebe. Ich war von Anfang an gegen diese Heirat, aber du wolltest ja nicht hören. Es tut mir leid, aber seit letztem Sonntag ist dein Mann Luft für uns. Was bildet er sich eigentlich ein? Wie kann er es wagen, mir in meinem Wohnzimmer eine Szene zu machen?»

«Du mußt nicht alles auf die Goldwaage legen, Mutter.»

«Wenn ich deinen Rat brauche, werde ich um ihn bitten. Dein Vater sagt ja wirklich nicht viel, aber das ging selbst ihm zu weit. Entschuldigt hat dein Mann sich auch nicht.»

«Er hat mich gebeten, es für ihn zu tun. Deswegen rufe ich an.»

«Gib dir keine Mühe, Hester. Dein Mann denkt gar nicht daran, sich zu entschuldigen. Eher klettert auf die Nelson-Säule. Tut mir leid, ich hab den Burschen sofort durchschaut. Unverträglich, ewig beleidigt und dazu noch ...»

«Hör auf, Mutter!»

«*Wer* hat angerufen, du oder ich? Hallo. Bist du noch da?» Mrs. Digby änderte ihren Ton, als sie ihre Tochter schluchzen hörte. Sie war diesem schwierigen Burschen eben nicht gewachsen. «Weine nicht, mein Kind! Das nützt doch nichts. Du mußt versuchen, mit ihm auszukommen. Mit Dad und mir hat das nichts zu tun. Übrigens ...» Mrs. Digby stockte. Dann sagte sie energisch: «Wenn du dich so gehenläßt, kannst du dich nicht wundern. Warum läufst du auch den ganzen Tag in dem alten Morgenrock rum? Es gibt so nette billige Dinger bei Marks and Spencer, und wenn er dir nicht paßt, kannst du ihn umtauschen. So 'n Fetzen gefällt keinem Mann, ganz gleich, wo er herkommt. Und deiner scheint in dieser Beziehung verwöhnt zu sein.»

«Wozu soll ich mich auftakeln, wenn er mich doch nicht ansieht?»

«Ich muß in die Küche. Also, ich akzeptiere seine Entschuldigung. Schon gut, Hester. Ich werde es Dad ausrichten. Gleich brennt mein Kuchen an. Ich muß aufhören. Winifred kommt doch heut mit dem Baby.»

«Nanu! Wieso weiß ich nichts davon? Will Winnie mich nicht sehen?»

«Sei doch nicht so dumm, Hester. Ich hab so viel um die Ohren, daß ich vergessen habe, es dir zu sagen. Überlaß das Beleidigtsein deinem Mann.»

«Wie lange bleibt Winnie bei euch?»

«Wahrscheinlich 'ne Woche. Oder etwas länger. Bis Jack zurückkommt. Ich weiß nicht, warum meine Töchter niemals auf mich hören. Jack ist natürlich in Ordnung, aber er ist eben nie zu Haus.»

«Das ist meiner ja auch nicht.»

«Ich sagte deiner Schwester vor der Verlobung: ‹Ein Seemann ist meistens auf See.› Aber Winnie wollte auch nicht hören. Jetzt sieht sie's ein. Und jetzt kommt ihr beide dauernd angelaufen.»

«Schließlich bist du doch unsere Mutter!»

«Allerdings», sagte Mrs. Digby. «Andere Mütter ... Schwamm drüber! Dad sagt, da kann man nichts machen. Winnie klebt ja an uns. Und dabei war sie gerade diesen Sommer mit uns zusammen in Butlin's Ferien-Camp.»

«Uns habt ihr dazu nicht aufgefordert.»

«Du lieber Himmel! Ich hätte deinen Mann bei Butlin's erleben mögen. Da hätte er sich täglich mit fünfhundert Leuten verkracht. Oder sie sich mit ihm.»

«Das wär ja auf den Versuch angekommen.»

«Wir haben es natürlich sehr nett mit Winnie. Aber ich bin ja nun auch nicht mehr die Jüngste, und mein Rheumatismus plagt mich sehr, und Dad kommt abends todmüde aus der Fabrik. Ich finde, deine Schwester müßte allmählich lernen, mit sich selber auszukommen. Und schließlich hat sie unser süßes Baby.»

«Das Baby schreit ihr doch nur die Ohren voll.»

«Das ist sein gutes Recht», sagte Mrs. Digby kriegerisch. «Dafür ist Winifred jetzt eine Mutter. Wenn ich mich noch erinnere, was ihr beide zusammengebrüllt habt. Unser Jack ist das beste Baby auf der Welt. Und so klug!» – «Aber er macht schrecklich viel Arbeit.»

«Das ist sein gutes Recht. Soll sich der arme Bursche seinen Porridge selber machen? Sag mal, Hester, warum bist du so komisch?» Mrs. Digby fragte sich tatsächlich seit einigen Monaten, ob Hester ein Kind erwarte und deswegen so reizbar sei. Sollte man es wünschen?

Sie sagte mit falscher Munterkeit und etwas verlegen: «Mach's gut, Kleine! Es wird schon alles werden.»

«Ich hab dir doch gesagt, er spricht nicht mit mir.»

«Also, ich muß jetzt nach meinem Braten sehen.»

«Noch 'n Augenblick, Mutter. Ich werd hier wahnsinnig. Und ich hab Angst vor diesen komischen Leuten im Haus. Du, kann ich zum Tee kommen? Ich hab doch Winnie so lange nicht gesehen. Bitte, Mutter.»

Mrs. Digby fühlte sich unbehaglich, um nicht zu sagen schuldig. Ihre hübsche, nette Hester, die immer den Kopf so hoch getragen hatte und vor der Heirat eine gute Sekretärin gewesen war, bettelte darum, in ihrem Elternhaus Tee trinken zu dürfen.

«Natürlich kannst du kommen, dummes Mädchen», sagte sie rauh. «Seit wann wartest du auf eine Einladung?»

«Soll ich mein Blaues anziehen, Mutter? Das magst du doch so gern. Ich muß nur noch den weißen Kragen plätten. O Mutter, ich hab kein Geld, um dem Baby was zu kaufen.»

«Baby hat genug Spielsachen. Er schlägt doch alles kurz und klein.» Mrs. Digby war betroffen, ließ sich aber nichts anmerken. Sie fragte nur, ob Hesters Mann keine Arbeit habe, wo doch alle Elektriker so gut zu tun hätten.

«Er hat genug zu tun», sagte Hester eilig. «Aber er schiebt alles auf die lange Bank. Oder er sagt, die Leute sind unfreundlich zu ihm. Auf jeden Fall gibt er mir zu wenig Geld. Aber *er* hat dauernd neue Schlipse. Und Haarcreme. Und Rum ist immer im Haus. Vielleicht gibt er das Geld mit seinen Freunden aus. Du weißt ja, diese Leute sind so sorglos und denken nie an morgen.»

«Komm nicht zu spät zum Tee, Hester.» Mrs. Digby ging in die Küche, um Kartoffeln zu schälen. Eigentlich sollte Winnie keine Kartoffeln essen, denn sie ging schon etwas in die Breite. Aber wenn es ihr schmeckte? Wieder dachte sie an Hester. Das war 'ne schöne Geschichte, und sie hatte sie vorausgesehen. Dad mußte unbedingt mit Hesters Mann ein ernstes Wort reden. Am besten in seinem Pub. Mr. Digby war nicht mehr dazu zu bringen, Hester in ihrer Wohnung zu besuchen, obwohl sie doch sein Liebling war. *Seine* Kleine, *seine* Kluge, *seine* Hübsche! Mrs. Digby mochte nicht daran denken, wie stolz er immer auf Hester gewesen war. Jetzt lebte sie möbliert bei einem Hauswirt aus Pakistan, der das Haus verkommen ließ. Dad war entsetzt, auch über Hesters Wohnung. Sie hatte es doch von zu Haus anders gekannt. «Kannst du nicht mal 'n bißchen aufräumen, Mädchen?» hatte er seine Tochter gefragt. Und sie selber lief auch verschlampt rum.

Mrs. Digby wußte nicht, daß Dad seit einiger Zeit seiner Tochter das Geld für Gas, Telefon und Elektrizität gab. Der Schwiegersohn bezahlte nur die Miete und dachte offenbar, damit hätte es sich. Mrs. Digby wußte vieles nicht, was sie hätte wissen müssen. Am wenigsten wußte sie über ihren Schwiegersohn Vaidya Prashad aus Trinidad.

II

Kurz nach fünf Uhr kam Vaidya in die leere Wohnküche zurück. Er hatte auf karibische Art gegessen und dann Schallplatten angehört, anstatt seine Kunden zu besuchen. Er stieg langsam die dunkle, wacklige Treppe zur Wohnung hinauf und fand Hesters Zettel zwischen den unaufgewaschenen Schüsseln auf dem Küchentisch: Bin bei Mutter zum Tee. Essen im Ofenrohr. Milch auf dem Fensterbrett. Gruß, Hester.

Vaidya knipste die kahle Glühbirne an, für die Hester seit einem Jahr einen Lampenschirm machen wollte. Dann setzte er den Wasserkessel auf den Herd – für heißes Wasser zum Abwaschen. Das war in seiner Heimat eine Arbeit, die nur Leute von niedriger Kaste übernahmen. Aber in London war alles anders. Am liebsten hätte er seiner Frau den schmutzigen Suppentopf vor die Füße geschleudert. Auf seine Weise war er genauso penibel wie seine Schwiegermutter. Es war ihre einzige Ähnlichkeit. Er wußte, daß Mrs. Digby ihn für die Schlamperei ihrer Tochter verantwortlich machte. Aber was wußte diese Frau überhaupt! Beim Abwaschen betrachtete er die Bilder über dem Ausguß: eine Ansichtskarte aus seinem Heimatort Curepe, das Bild der Königin Elisabeth und ein Pin-up-Girl unbestimmter Herkunft. Das Bild der Königin war ein Hochzeitsgeschenk der Familie Digby gewesen. Vaidya betrachtete die Postkarte von Curepe, die mit ihren grellen Farben einen ironischen Gegensatz zu der verwahrlosten, düsteren Wohnküche bildete. Der Mann aus Pakistan kassierte nur die Miete und führte niemals Reparaturen aus. Einmal hatte Vaidya die Wände auf eigene Kosten geweißt, aber die Feuchtigkeit drang immer wieder durch, und so ließ er es eben, wie es war. Die Karte aus Trinidad zeigte den Hindutempel des Affengottes Hanuman mit leuchtenden weißen Kuppeln, deren Farbe niemals von Feuchtigkeit befleckt wurde. Ein herrlicher

Tempel! Vaidya war als Knabe oft mit seinem Vater dort gewesen und hatte die Pfauenfedern bewundert, welche die Stirn des tanzenden Gottes Krischna schmückten.

Er hatte sich immer gewünscht, eines Tages das Leben dieses Gottes zu führen: Flötenspiel, Pfauenfedern, Essen in silbernen Schüsseln, Nichtstun, Tanzen und um sich herum parfumierte, sorgfältig geschmückte Tanzmädchen. Natürlich hatte er längst herausgefunden, daß diese Träume sich schlecht mit der Wirklichkeit vertrugen. Selbst mit der Wirklichkeit in Trinidad, wo man allerdings sehr viel mehr lachte und tanzte als in London. Und wie hübsch die Mädchen sich anzogen! Selbst die ärmsten Arbeiterinnen auf einer Plantage schmückten sich nach Feierabend für den Mann – und bedienten ihn trotz der neuen Freiheit in traditioneller Demut und Bescheidenheit. Wenigstens taten sie es in Curepe. Eine mürrische und rebellische Frau, die ihren Gebieter im verwaschenen Morgenrock empfing, war überhaupt keine Frau. Sie war ein Hindernis für das Glück eines Mannes. Bei diesem Gedanken runzelte Vaidya seine sonst glatte Stirn. Er sah mit geschlossenen Augen das Kastenzeichen auf Krischnas göttlicher Stirn und das kleine perlengeschmückte Herz an einer Kette um seinen Nacken. So hatte er, Vaidya, sein Herz für Miss Digby mit Perlen geschmückt, aber sie hatte immer nur an das geglaubt, was sie sehen und anfassen konnte. Er hatte mit dieser Heirat einen großen Fehler begangen und sann seit einigen Monaten auf Flucht. In der Erinnerung sah er Curepe als das kleine Tropenparadies, das es wirklich war. Aber eine innere Unrast – sie hatte seinen Vater immer bekümmert – hatte ihn in die Metropole des englischen Lebens getrieben.

Heute, an diesem Novemberabend, war London noch grauer als sonst. Curepe war eine echt karibische Hindu-Siedlung, wo man in Frieden und Einverständnis miteinander lebte. Jeder wußte, daß Vaidyas Vater zur Kaste der Brahmanen gehörte. Pandit* Prashad wäre nicht entzückt gewesen, wenn er gewußt hätte, daß sein Sohn bei einem Mohammedaner hauste. In Curepe bildeten die wenigen Mohammedaner eine Gruppe für sich, die meisten gingen nach Port of Spain, wo man alles sein konnte, was man wollte. Auch Katholik oder protestantischer Missionar, Buddhist, Jude oder Taoist. Sie saßen alle an einem Tisch, wie Vaidya mit der Familie Digby.

Pandit Prashad war keineswegs ein Kapitalist, was sich ja auch mit einem Weisheitslehrer schlecht vertrüge, aber er hatte von seiner Familie eine kleine Ananasplantage geerbt und lebte in seinem Holzhaus in seiner eigenen geistigen Welt. Er war auf Trinidad geboren, hatte aber zahlreiche Inkarnationen im indischen Mutterland erlebt, das er nur vom Hörensagen kannte. Er besaß wenig praktischen Sinn und hatte wie jeder echte Philosoph keine eigenen Wünsche oder Bedürfnisse. So hatte er auch niemals den Wunsch verspürt, «dieses London» zu sehen, das seinem Sohn offen-

* Weisheitslehrer.

bar so gut gefiel. Auf die Bekanntschaft mit seiner Schwiegertochter verzichtete er schon, weil er kein Reisegeld hatte, und zudem lag ihm jede Neugierde fern. Es hatte keine Eile mit diesem Sich-kennen-Lernen. Vielleicht würde Vaidya sie in zehn Jahren nach Curepe bringen, und dann war immer noch Zeit, die junge Engländerin mit den Grundsätzen der indischen Philosophie bekannt zu machen. Pandit Prashad nahm mit Recht an, daß Hester niemals etwas von den Veden gehört hatte. Arme Person! Er entnahm Vaidyas spärlichen Briefen, daß London Unruhe, Hast, Lärm und Betriebsamkeit bedeutete. Piccadilly Circus konnte der Meditation nicht förderlich sein!

Vaidyas Vater war sich darüber klar, daß sein einziger Sohn seine Kaste verraten hatte. Miss Digby war für ihn eine «Unberührbare», obwohl sie so weiß war wie der Schnee, den Pandit Prashad nie gesehen hatte. Er hatte längst ein passendes Mädchen aus der Nachbarschaft für seinen Sohn ausgesucht gehabt, aber damit war es nun vorbei. Vaidya hatte gewählt. Pandit Prashad war sehr böse auf seinen Neffen Hari aus Fyzabad, der Vaidya dieses London so glühend angepriesen hatte. Haris Eltern hatten nicht nur Vaidyas technische Ausbildung bezahlt, sondern ihm auch das Reisegeld und einen Scheck für die ersten Monate gegeben. Sie waren reich und fortschrittlich und liebten den Lärm der Welt. Pandit Prashad hatte zu alldem den Kopf geschüttelt, aber keinen Widerspruch erhoben.

Sein Sohn würde niemals ein Weisheitslehrer werden. Und doch: gab es etwas Besseres, als die Jugend unter den Kokospalmen zu seinen Füßen zu versammeln und ihr in diesem westindischen Dorf ostindische Weisheit nahezubringen? Die Fruchtplantage wurde von einem Aufseher, der zur Familie gehörte, verwaltet. Pandit Prashads Schüler halfen, ohne daß sie dafür entlohnt wurden, bei der Ananasernte mit, und so war alles aufs beste bestellt. Vaidya hatte das falsche Leben gewählt. Pandit Prashad ahnte, daß keine Brücke vom Tempel des Affengottes zur Eros-Statue in Piccadilly Circus führte.

Er erkundigte sich niemals nach der Familie Digby, obwohl sie nun Vaidyas Verwandte und Gönner waren. Ahnte er, daß er diese Londoner niemals verstehen würde? Vielleicht. Aber vielleicht war Pandit Prashad nur ein weises Krokodil, das seinen eigenen Fluß nicht verließ.

Vaidya dachte an seinen Vater, als er das Essen in dem Kochtopf in der Röhre sah. Wäßriger Kohl und Fleischstücke in einer trüben Brühe! Er gehörte nicht zu den Leuten, die in Geduld leiden, und warf den Kohl mit einem Fluch in den Abfalleimer. Außerdem war er satt. Es kam ihm nicht in den Sinn, daß seine Frau nach dem Tee im Elternhaus vielleicht noch etwas Warmes essen wollte. Er dachte nicht an Hester. Sie war so trübe und unfreundlich wie dieser Novembertag.

Nach dem Essen bei Amrita war Vaidya in der Kunstgalerie von Whitechapel High Street gewesen und hatte das Radio von Mr. Wollheim über seiner Kunstbetrachtung vergessen. Dieser Kunde, ein Schneider in Middlesex Street, wartete schon so lange auf die Reparatur, und so konnte er wohl ruhig noch etwas länger warten. Mr. Wollheim, dessen Vorfahren von Polen nach Whitechapel eingewandert waren, mußte einen langen Geduldsfaden haben. Er war immer freundlich zu dem «Kaffee-Boy», wie er Vaidya nannte, wenn er mit seinem Freund über die neuen Einwanderer in Großbritannien sprach. Die Neger wurden in diesem Teil der Stadt als *Blackies* bezeichnet. Trotz seiner Geduld hörte Mr. Wollheim aber gern Radiomusik, wenn er Hosen schneiderte oder die endlosen Fragen seiner Frau beantwortete. Warum kam der Kaffee-Boy nicht endlich? Aber aus irgendeinem Grunde tat der junge Mann dem alten Schneider leid, und er schrieb immer noch nicht die ärgerliche Postkarte, die der Faulpelz verdiente. Der Boy war so neu in London! Mr. Wollheims Großvater war schon Schneidermeister in Middlesex Street gewesen, als diese alte East End Street noch *Petticoat Lane* hieß.

Mr. Wollheim flickte gerade Mr. Rabinskys älteste Hose, als dieser in der Tür erschien. Sie waren langjährige Freunde. Mr. Rabinsky hatte einen kleinen Juwelierladen hinter dem «Sonntagsmarkt».

«Wissen Sie, wer mir neulich ein echt goldenes Armband verkauft hat?»

«Woher soll ich das wissen, Rabinsky?»

«*Ihr* Kaffee-Boy. Haben Sie Worte?»

«Warum arbeitet Prashad nicht, wenn er Geld braucht?»

«Woher soll ich das wissen, Wollheim? Was meinen Sie, das Armband gehört entweder Prashads Frau, oder er hat's in Commercial Street gefunden.»

«*Der* nicht, Rabinsky! Der Prashad stolpert über Steine. Der findet keine Armbänder, und wenn er von Spitalfields nach Stepney auf beiden Füßen läuft. Das Ding hat wohl seiner Frau gehört – *nebbich!*»

Beide Herren hatten Mrs. Prashad niemals gesehen, aber Mr. Wollheim hatte richtig getippt. Das Armband war Hesters einziger Wertgegenstand gewesen, und sie hatten mit dem Erlös die dringendsten Schulden bezahlt. Hester hatte ihrer Mutter erklärt, sie habe das Armband verloren. Mrs. Digby hatte die Augenbrauen hochgezogen, Hester einen scharfen Blick zugeworfen, aber nichts gesagt. Natürlich hatte sie kein Wort von dem Unsinn geglaubt. Dad hatte vor der Hochzeit noch eine Sicherheitskette an dem Armband befestigt. Es war von allen Digbys zusammengespart worden und ein solides, gut gearbeitetes Stück gewesen. Dad ließ sich nichts aufschwatzen, wenn er so tief in die Tasche griff.

«Englische Wertarbeit», murmelte Mr. Rabinsky.

«Wo so 'ne Inderin das wohl her hat?» Beide Herren waren davon überzeugt, daß Mr. Prashad eine Kaffeebraune zur Frau hatte. Eine aus der «heißen Gegend». Komische Vögel, diese Inderinnen! Sie schleiften im Londoner Wetter lange, zarte Gewänder durch Staub und Ruß der Fabrikgegenden, klapperten vor Kälte in ihren alten, verwaschenen Strickjacken, die einen melancholischen Kontrast zu den leuchtenden Saris bildeten, und trugen wehende Schleier und ein rotes Pflaster auf der Stirn. Es war wie ein kleiner Blutfleck auf goldbrauner Haut. Mr. Wollheim wunderte sich oft über das rote «Pflaster» auf den ernsten Stirnen, und Mr. Rabinsky hätte seine Frau in diesem Aufzug beim Einkauf sehen mögen. Komische Vögel! Es gefiel den beiden Männern nicht, daß die Inderinnen Farbe, einen Fetzen Traum und irgendein Geheimnis in das gewohnte Straßenbild brachten. Niemand ist konservativer als die Eingesessenen des East End.

«Tragen Inderinnen eigentlich auch Nasenringe?» fragte Mr. Rabinsky mißbilligend.

«Das sind die Damen aus Afrika.»

«Auch 'ne ‹heiße Gegend›! Für den Unterschied möcht ich seiltanzen», sagte Mr. Rabinsky. Er ertrug es nicht, im Irrtum zu sein. Übrigens fand er die Miniröcke der Londoner Mädchen genauso *meschugge* wie die Verpackung der Inderinnen. Gott sollte ihn davor bewahren, Mrs. Rabinsky im Minirock in Middlesex Street zu begegnen! Der Schlag würde ihn treffen. Sie war eine gute und tüchtige Frau, aber nicht für die heutige Ausziehmode geschaffen. Mr. Rabinskys Gedanken kehrten zum Armband der Inderin Prashad zurück. Er hatte bereits seine Abneigung gegen Vaidya auf dessen unbekannte Ehefrau übertragen. Er war der Ansicht, daß man Leute nicht zu kennen brauche, um sie scheußlich zu finden.

«Nehmen Sie sich vor diesem Prashad in acht, Wollheim! Wenn Sie mich fragen – er kommt mir nicht *koscher* vor.»

«Kunststück», sagte Mr. Wollheim logisch und nachsichtig. «Der junge Prashad ist harmlos – trotz seiner finsteren Blicke. Sein Sie nicht böse, Rabinsky. Sie verstehn was von Schmuck. Aber nix von Leuten! Möglich, daß die Kaffee-Boys bei sich zu Haus umgänglicher sind.»

«Ausgeschlossen! Kahle Bäume spenden keinen Schatten.»

«Waren Sie auf den karibischen Inseln, Rabinsky? Was wissen Sie, wie so 'n Prashad sich bei uns fühlt?»

«Wissen *Sie* es?»

«Ich kann's mir denken. Die Leute fühlen sich hier nicht am Platz. Sie laufen rum wie verirrte Schafe, selbst wenn sie Geld machen. Aber wer macht schon Geld von denen? Sie sind närrisch, hierherzukommen.»

«Wieso?» Mr. Rabinsky war derselben Ansicht, wollte aber widersprechen. «Westindien gehört zum Commonwealth. Die Leute sind unsere Brüder.»

«Warum sind Sie dann nich 'n bißchen netter zu Ihrer Familie, Rabinsky? Sie sind ungeduldig wie ein Stier vorm Kampf. Was wissen die Einwanderer von unserm Leben? Mein Großvater flickte schon Hosen in Petticoat Lane und . . .»

«Ich weiß», sagte Mr. Rabinsky. «Und meiner brachte einen Rubin in dieses Land. Was brachte Mr. Prashad?»

«Soll er Juwelenbäume nach Whitechapel tragen? Immerhin brachte er das Armband.» Er hüstelte. «Wetten, daß er mein Radio heut wieder nicht bringt?»

«Sie haben schon gewonnen, Wollheim! Vom Singen und Tanzen repariert sich nichts. Wie stellen diese Burschen sich ihre alten Tage vor?»

«Sie glauben nicht ans Alter. Sie sind Narren.»

«Meinen Sie?» fragte Mr. Rabinsky ironisch. «Haben Sie noch nicht gehört, daß die Inder eine erhabene Philosophie geerbt haben?»

«Nicht die in Commercial Street», sagte Mr. Wollheim fest.

«Man kann's den Boys nicht recht machen – Trinidad, Bombay oder London! Sie hätten Prashads Gesicht sehn sollen, als ich fragte, ob das Armband, Gott soll schützen, reguläre Ware ist.»

«Das war nicht freundlich, Rabinsky.»

«*Wer* sagt mir, ob Scotland Yard sich nicht für das Stück interessiert? Ich war dumm genug, es ihm abzukaufen. Wer sagt mir, ob das Armband *koscher* ist?»

«*Ich* sag es Ihnen, Rabinsky! Ich hab 'ne Nase für so was. Alle kommen sie zum alten Wollheim und fragen, was mit dem oder mit dem los ist. Ich sag Ihnen: Der junge Prashad ist kein Dieb. Er ist der geborene *Schlemihl*!»

Vaidyas Ohren hätten eigentlich klingen müssen, aber ihm war dumpf im Kopf. Nichts klang. Mr. Wollheims Radio stand immer noch auf dem Kaminsims neben dem Mops Hector, einer Muschelvase und zahlreichen Fotos der Familie Digby. Hector stammte aus der viktorianischen Steingutzeit. Er hatte Hesters Großmutter gehört, und nun hatte sie ihn mit ins Logierhaus gebracht. Er war ihr guter Freund und gehörte eben bedeutend länger zur Familie als Vaidya Prashad, der den armen, unschuldigen Hector haßte. Der Mops hatte ihm seinen ersten Schock versetzt. Hector sah aus, als ob er ihn jeden Augenblick beißen wolle. Vielleicht blickte Hector wirklich grimmiger drein als früher, da er, wie Mrs. Digby, nicht gern mit Ausländern zusammen war. Umrahmt von den Digbys im Sonntagsstaat, fühlte er sich selbst in diesem Logierhaus geborgen. Er war auch genauso weiß wie die Digbys. Wenn man Hector in die Höhe hob, gab er klirrende Protestgeräusche von sich. Es waren aber nur die Shillinge und Pennies, die er in seinem Sparbauch für Frauchen aufbewahrte. Man konnte ihm das Geld nur entreißen, wenn man den Streifen Klebpapier von seinem Bauch entfernte oder ihn zertrümmerte. Mr. Prashad hatte diese Methode im Sinn. Hector mußte verschwinden. Er war der einzige, mit dem Hester plauderte und scherzte. Ja, Hector war in Gefahr! Kein Wunder, daß er so grimmig blickte.

Die Kälte im Zimmer kroch Vaidya bis ans Herz. Er suchte in seinen Taschen nach einem Shilling für den Gaskamin mit dem halb zerbrochenen Gitter. Er mußte ein ernstes Wort mit Mr. Kasim, seinem Hauswirt, reden. Aber dazu mußte er erst die fällige Miete bezahlen. Er wußte genau, daß Mr. Mohammed Kasim ihn weniger brauchte, als er ihn. Wo sollte er eine Wohnküche mit Schlafecke finden? Allerdings konnte er den Plastikvorhang, der sein «Schlafzimmer» von der Wohnküche trennte, mitnehmen. Mr. Kasim, ein Mitglied der Moslem-Liga in London, war gegen einen einzelnen aus Trinidad entlaufenen Hindu wie Mr. Prashad wohl gewappnet, aber er wäre auch mit einer Majorität von Hindus in Aldgate spielend fertig geworden. Er war ein würdevoller, ernst blickender Herr, der unter der Hand zeitgemäße Geschäfte in London abwickelte. In dem begreiflichen Wunsch, mehr Landsleute in dieser Stadt der Ungläubigen zu versammeln, brachte er regelmäßig Einwanderer aus Pakistan von Ostende nach London. Diese illegalen Ankömmlinge warteten in einem stinkenden Hinterhaus in Ostende, wo sie der Polizei als «Feriengäste» gemeldet waren, auf das Schiff nach der paradiesischen britischen Insel.

Im Augenblick wohnten zwölf Pakistani bei Mr. Kasim, und weitere sieben wurden erwartet. Mr. Kasim behielt sie für eine unverhältnismäßig hohe Miete, bis sie flügge wurden oder starben. Sie huschten gesenkten Blicks, stumm oder laut diskutierend durchs Treppenhaus und erschreckten Hester Digby, ohne es zu beabsichtigen. Was ging sie diese rothaarige, sommersprossige Engländerin an, die mit einem Hindu lebte? Wenn die Pakistani bei Hesters Anblick die Stirn runzelten und die dichten Augenbrauen enger zusammenzogen, dann taten sie es, weil ihnen wahrhaftig nicht zum Lachen zumute war. Sie hatten noch mehr Angst vor Hester als sie vor ihnen. Diese Pechvögel waren mit dem Flugzeug von Karachi ohne Retourbillet und ohne Gepäck bei Mr. Kasim gestrandet und schliefen zu sechs Mann in Kammern, die höchstens für zwei ausreichend waren. Sie sprachen wenig oder gar kein Englisch. So verstand Hester wenigstens ihre Verwünschungen nicht, die sich ausschließlich gegen ihren Wohltäter richteten. Die Reise von Karachi nach Ostende hatte sie die Ersparnisse ihres Lebens gekostet, und ihr restliches Bargeld hatte Mr. Kasim fürsorglich an sich genommen, damit es ihnen in der fremden Stadt nicht gestohlen wurde. Er gab ihnen nur ein Taschengeld von mikroskopischer Größe. Der Skipper, der sie nach London hineinschmuggelte, hatte verlangt, daß sie europäische Kleidung trügen, um nicht aufzufallen, aber sie wirkten nur wie Löwen ohne Mähne.

Niemals hörten sie ein freundliches Wort von ihrem Beschützer, denn Mr. Kasim war der Ansicht, daß Lob die Menschen aufblähe. Ob er mit diesen armseligen, verwirrten Löwen den Einfluß der Moslem-Liga in London stärken würde, war zweifelhaft. Er versank deswegen nicht in Trübsinn, denn die Illegalen waren ein gutes Geschäft, solange Scotland Yard nicht dahinterkam. Aber falls das passieren sollte, würde der sprachgewandte Mr. Kasim alles in fließendem Englisch erklären können. Und selbst falls seine Schützlinge schon einige Grundkenntnisse dieser Sprache erworben hatten, so würden sie aus Angst vor Mohammed Kasim kein Wort herausbringen. Er war furchtbarer als die Polizei.

Auch Vaidya Prashad schreckte vor einem Wortgefecht mit ihm zurück, obwohl die Baupolizei den schadhaften Gasofen nicht erlauben würde. Wie leicht konnte ein Feuer ausbrechen! Und wenn das geschah? Wenigstens würde er das Foto seiner Schwiegermutter loswerden, und auch der Hund Hector würde nach langem Widerstand bersten. Vaidyas Blick blieb mit tiefem Widerwillen an Mrs. Digbys Abbild hängen. Sie war so dürr, wie Hector fett war. Eine Spionin, die ihn durch ihre dicken Brillengläser aus der Entfernung beobachtete. Er sah nur die spitze Nase, die scharfen Linien, den viel zu jugendlichen Tüllhut auf dem ergrauten Haar. Mrs. Digbys energisches Kinn und ihr trockenes Lächeln, das Humor und versteckte Güte verriet, konnte ihr Schwiegersohn nicht erkennen. Man mußte in englischen Gesichtern lesen können, wenn man erfahren wollte, wer Gladys Digby war. «Schlange», sagte Vaidya laut.

Wieder erlebte er die Szene vom letzten Sonntag im Wohnzimmer von Hesters Eltern. Vaidya konnte heute noch nicht verstehen, wie es dazu gekommen war. Er wußte nur, daß Mrs. Digby ihn über das erträgliche Maß gereizt hatte, und er war nun einmal reizbar und witterte im fremden Land überall Beleidigungen. Mrs. Digby war ärgerlich gewesen, daß er immer noch nicht genug verdiente, um das Logierhaus von Mr. Kasim zu verlassen, wo sie wiederholt Haussuchung gehalten hatte. «Meine Tochter gehört dort nicht hin», hatte sie gesagt und ihr Kinn leicht vorgeschoben.

Vaidya hatte ihre verarbeiteten Hände und die Gardinen aus steifer Nottingham-Spitze gemustert. Und die Geranientöpfe vorm Fenster erschienen ihm unerträglich armselig, wenn er an Trinidads Blütenreichtum dachte. Was bildete Mrs. Digby sich eigentlich ein? Er hatte durch diese Heirat die Wälder der Meditation für diese kümmerliche Existenz in Aldgate verlassen. In Curepe ernährte ihn die Ananas-Plantage. Es genügte, daß er technische Wissenschaft studiert hatte. Niemand erwartete, daß er wirklich elektrische Anlagen ausbesserte, um Geld zu verdienen. Nur die John Bull-Gesellschaft erwartete es, und Mrs. Digby war ihr Präsident. Aber was verstand *sie* von Hindu-Kasten? Dieses System hatte jahrhundertelang die Ordnung der sozialen Vielfalt Indiens gesichert. Hoch war hoch und niedrig war niedrig, und dagegen konnte man nichts machen. Mr. Prashad war glücklich genug, von der höchsten Kaste, den Brahmanen, abzustammen. Dieses im indischen Mutterland bereits zerfallende, nach Westindien importierte System war ein Universum, in dem die Familie Digby eine ziemlich niedrige Stufe einnahm. Mr. Prashad enthielt sich jeder Anspielung, aber er machte Mrs. Digby darauf aufmerksam, daß ein Hindu von hoher Kaste die Hütte des Denkens überall aufschlagen könne – auch im Logierhaus von Mr. Kasim. Keine Umgebung konnte ihn beflecken. War es nicht ein Vorrecht für Hester, die Frau eines solchen Mannes zu sein? Mr. Prashad warf den Gardinen und den Teetassen von Woolworth einen scheelen Blick zu.

«Ich stamme von Brahmanen ab», sagte er hochmütig. «Wissen Sie, was das bedeutet, Mrs. Digby?»

«Ich weiß nur, daß meine Tochter mit finsterem Gesindel in einem Haus leben muß.»

«Ich stehe hoch über den Unannehmlichkeiten, die diese Ehe mir auferlegt», erwiderte Mr. Prashad mit seltenem Takt. «Aber meine spirituelle

Entwicklung geht dennoch ihren vorgeschriebenen Gang. Meine Familie in Trinidad erfreut sich der höchsten Wertschätzung. Es vergeht kaum ein Tag, ohne daß mein verehrter Vater Gaben der Dankbarkeit und Arbeitsleistungen seiner Schüler empfängt. Wir sind Brahmanen.»

«Ich dachte, Sie sind Elektriker.»

«Ich bedaure Ihre Unwissenheit, Mrs. Digby. Aber ich muß Sie bitten, meiner Herkunft mehr Respekt zu erweisen.»

Mrs. Digbys blasses Gesicht hatte sich gerötet. Sie wollte diesem unverschämten Einwanderer gerade ihre Meinung sagen, als Mr. Digby seine Stimme erhob. Das geschah sehr selten. Dad blieb ruhig, obwohl er erzürnt war. Seine Frau sollte sich wegen ihres Herzens nicht aufregen, aber sie regte sich über diesen jungen Narren auf. Hester saß mit weißem Gesicht dabei. Sie brachte vor Schreck über das Betragen ihres Mannes kein Wort heraus. Ihre Eltern waren unangreifbare Respektspersonen in ihrer Welt.

«Junger Mann», sagte Mr. Digby, «meinen Sie nicht, daß Sie eine Menge Unsinn reden? Sicherlich ist Ihr Vater ein geachteter Mann in seiner Heimat, und sicherlich besitzt er mehr Verstand als Sie.»

«Lassen Sie sich erklären, *Sir*. Von Mann zu Mann ...»

«Jetzt spreche *ich*! Dies ist England, Mr. Prashad! In diesem Lande verdient man sich den Respekt seiner Umgebung, wenn man seine Arbeit tut und für seine Familie sorgt. Ist das klar? Bitte, Gladys, überlaß mir das!»

Vaidya Prashad sprang auf und stieß dabei seine Teetasse um. «Ich lasse mich nicht von Ihnen beleidigen, *Sir!* Wer sind *Sie*?» schrie er.

«Bitte, etwas leiser, Mr. Prashad!» sagte Mr. Digby mit gefährlicher Ruhe. «Wenn Sie wünschen, daß wir weiter miteinander verkehren, dann entschuldigen Sie sich bitte sofort bei meiner Frau.»

Vaidya lachte schrill. Es war ein Kreischen oder Stöhnen aus dunklen Tiefen. Er war blaugrau im Gesicht und zitterte am ganzen Körper. «Entschuldigen? Das geht zu weit.»

«Ich teile Ihre Meinung. Guten Abend.»

«Sie werfen mich aus Ihrem Haus – mich, Ihren Schwiegersohn?»

«Ich schlage Ihnen nur vor, in Ihrer eigenen Umgebung über alles nachzudenken.»

«Heuchler», schrie Vaidya mit neuer Kraft. «Ihr *Jumbles* heuchelt der ganzen Welt was vor. Wissen Sie, was man über euch auf den Straßen singt? *White is right**. Ich sage Ihnen ...» Er rang nach Luft.

«Jetzt muß ich Sie tatsächlich bitten, mein Haus zu verlassen, Mr. Prashad! Weine nicht, Hester! Bring sie nach oben, Mutter.»

Hester hatte die nächsten zwei Nächte bei ihren Eltern übernachtet, war aber ins Logierhaus zurückgekommen. Vaidya sprach nicht mehr mit ihr. Sie hatte ihn verraten und saß mit seinen Todfeinden an einem Tisch. Er fühlte, daß er im Hause Digby eine Niederlage erlitten hatte. Entweder

* Der Weiße hat immer recht.

hatte er stumpfe Pfeile verschossen, oder an den *Jumbles* prallte alles ab. Vielleicht hätte er schweigen sollen. «Wer zuviel redet, geht mit seinem Leichentuch um die Schultern spazieren», sagt man in Trinidad.

Er war seiner zweijährigen Ehe überdrüssig. Sie war hart und ungenießbar wie erkaltetes Fett. Er streifte Hesters Morgenrock mit haßerfülltem Blick und dachte an Amrita. Sie kochte zwar nur in ihrem indischen Restaurant, aber wie schön war sie! Gerade heute hatte er wieder bei ihr gegessen. Sie nahm keine Bezahlung, weil er ein Landsmann war. Er hatte sie die ganze Zeit angestarrt. Auf ihrem Arbeitskittel blühten Blumen, und ihr glattes schwarzes Haar duftete nach Jasmin. Natürlich servierte Amrita ihm die Reste des Tages-Menus, aber wie verstand sie es, sie anzurichten. Diese Inderin aus Trinidad senkte auch im heutigen London die Augen und hätte niemals einen Minirock getragen. Vaidya sah in diesem Augenblick Hesters dünne Beine und die verrutschten Strümpfe. Ein Wohltäter der Menschheit mußte den indischen Sari erfunden haben.

Amrita arbeitete für ihren Mann, wie man es von einer Gattin erwartete. Sie war die Seele des Restaurants. Er mußte sie wirklich einmal fragen, ob sie nicht eine schöne, bescheidene Inderin für ihn wisse. Er sehnte sich leidenschaftlich nach den Fluten des Gefühls. Seine melancholische Passivität machte ihn krank, obwohl er doch die Hütte der Meditation überall aufschlagen konnte. Heute abend wünschte er sich den Unternehmungsgeist der *Jumbles*. Aber was hätte er unternehmen können? Aktivität in einer Sackgasse beschränkte sich darauf, mit dem Kopf gegen die Wand zu rennen. Wer sich dann freute, war die Wand. Nein, Vaidya lebte besser im Schatten der Weisheit. Er setzte sich auf den Küchenstuhl und versuchte sich vorzustellen, daß alles in der Tatsachenwelt nur *Maya** war. Aber entweder war Mr. Prashad des Meditierens entwöhnt, oder der Mops auf dem Sims störte ihn. Hectors Anblick erinnerte ihn jedenfalls daran, daß die Familie Digby und sein eigener Geldmangel keine Illusionen waren. Mr. Prashad verließ die vorgeschriebene Haltung der Meditation und zerschlug den armen Hector in tausend Stücke. Er sammelte die Shillinge und Pennies auf. Es war eine armselige Ernte, aber Hector hatte sie treu bewahrt. Vaidya fegte die Scherben zusammen. Er verspürte keine Reue. Der Mops war zu dünkelhaft für seinen Geschmack gewesen. Falls Hester unangenehm werden würde, er, Mr. Prashad, konnte noch bedeutend unangenehmer werden. Wenn sie klug war, würde sie seinen Zorn nicht wecken. Aber war Hester klug?

Wann würde sein Vater ihm endlich Geld zur Flucht schicken? Vaidyas Cousin Hari aus Fyzabad stellte sich jetzt taub, obwohl er ihn nach London gelockt hatte. Vaidya sah in diesem Augenblick Haris Froschgesicht mit den dunklen Glotzaugen und lachte hell auf. Dann verdüsterte sich seine Miene wieder. Das Linoleum wölbte sich unter seinen Füßen – der Hauswirt tat auch dagegen nichts, obwohl man sich ein Bein brechen konnte.

* Illusion.

Was bedeutete das für Mr. Kasim? Er ließ seine Gäste, die in einer Sackgasse steckten, verkommen und nahm noch Geld dafür. Der Kochherd hatte schwarze Stellen, die Plastikblumen in der Woolworth-Schale waren befleckt und geknickt wie die Bewohner dieses Hauses. Das Klosett war geradezu eine Schande. Die Wasserleitung funktionierte seit Tagen nicht – sie war überlastet. Das Klosett war für höchstens sechs Leute gebaut worden. Es stank wie die Pest. Vaidya wandte den Blick – den inneren Blick – von den Symbolen seiner Erniedrigung ab. Er dachte an Trinidad. Dort hatte er die Mädchen mit Blicken und Liedern beeindruckt, hier konnte seine Stimme den Rauch und Trübsinn des Novemberabends nicht durchdringen. Seine indische Laute verstaubte in der Ecke. Gesang war Wahrheit. Gesang war Sex ohne Schuldgefühl.

«Die tanzende See rauschte in unserem Blut,
als wir am Ende der Nacht
durch Gesang
den toten Mond zum Leuchten brachten.
Unsere Herzen schlugen im Takt,
als wir die wilden jungen Sonnen töteten.
Dann trieben wir dahin.
Auf der tiefen, tiefen Flut unserer Küsse . . .»

Der Flut folgte die Ebbe und dem Kuß die Ehe. Mr. Prashad hatte vor zwei Jahren an einem Sommerabend dieses Liebeslied des Buddhadeva Bose für Hester gesummt. Sie waren im Teehaus des Viktoria Parks gewesen. Ost-Londons grüne Oase! Sie fuhren Hand in Hand auf dem See spazieren, wanderten durch den Blumengarten und küßten sich im Palmenhaus. Vaidya hatte Miss Gibgy von den Blütenbäumen der karibischen Inseln erzählt, und sie hatte mit großen Augen zugehört. Damals hatte sie noch zugehört. An diesem Abend trieben sie auf der tiefen Flut dahin, denn Orpheus singt, wenn London sich zu einer Sommernacht entschließt; dann versinken die Fabriken, verstummt beschämt der Straßenverkehr, verschwimmen die finsteren Logierhäuser der Einwanderer im Mondlicht. Vaidya hatte Hester schön gefunden, weißer als die Wasserlilien. Ihr rotblondes Haar war in dieser Nacht eine goldene Flut gewesen. Mr. Prashad hatte niemals echte Locken berührt. Die Krausköpfe der karibischen Afrikanerinnen waren hart und drahtig, und die Inderinnen hatten glattes Haar.

So hatte Hester den jungen Prashad an ihren Haaren herbeigezogen. Sie heirateten gegen den Willen ihrer Eltern. Eigentlich auch gegen seinen Willen. Hester hatte seine Liebe und seine Küsse wörtlich genommen. Ein großer Fehler. Was hatte indische Romantik in Aldgate zu suchen? Jeder Steingut-Mops schlug sie tot. Im East-End wurde eben immer noch geheiratet, was auch die Hippies, die Pop-Sänger, die Huren und die übrigen Nachtschwärmer im Westend dazu meinten. Aber die Ehe war eine schwierige Erfindung: die Gefühle verdorrrten, und die Schulden wuchsen. Heute hatte Mr. Prashad erkannt, daß seine Sinnlichkeit und seine monologische Existenz ihn in der großen Stadt in die Sex-Falle gelockt hatten. Allerdings gehörte Mondlicht dazu. Im Tageslicht hatte er Miss Digby, als er die Leselampe ihres Vaters reparierte, kaum beachtet. Als er sich mit Mrs. Digbys Staubsauger beschäftigte, hatte Hester ihn gefragt, ob er nie tanzen gehe. Ihr Boyfriend tanze nämlich jetzt mit einer anderen. Mr. Prashad hätte niemals gewagt, sie zu fragen. Er tanzte auch nicht sofort mit ihr, er ging erst einmal ins Kino und hielt nicht einmal ihre Hand. Außerdem zog es, und der Saal war kalt. So behielt der an tropische Sonnen gewöhnte Boyfriend seine Hände lieber in den Manteltaschen. Zu seinem Unglück gab es selbst in England Sommernächte.

Tatsächlich paßten sie in keiner Weise zusammen, hätten es auch nicht getan, wenn Mr. Prashad weiß gewesen wäre wie frischgefallener Schnee. Hester wollte in der Ehe Sicherheit, die er ihr nicht geben konnte oder wollte. Er wollte träumen und frei sein.

Jetzt hing Hesters schönes Haar in Strähnen um ihr blasses Gesicht. Es leuchtete auch nicht mehr. Die Laufmaschen in ihren Strümpfen brachten ihn zur Raserei. Warum steckte sie sich niemals Blumen ins Haar? Warum trug sie keine Silberglöckchen um Handgelenke und Knöchel. In ihrem Zimmer könnte sie es doch wohl für ihn tun! Er hatte einen Laden gesehen, wo solcher Schmuck in billiger Ausführung hergestellt wurde. Mr. Prashad war schon so resigniert, daß selbst Imitationen ihm eine Illusion von Schönheit und Romantik vermittelten. Außerdem hatte Hester in den zwei Ehejahren keinen Sohn zur Welt gebracht. Sie wollte keine Kinder, denn zu spät sah sie täglich in dieser Stadt das Schicksal der Mischlingskinder. Die armen Würmchen gehörten nirgendwohin. Selbst mit ihrer Mutter hatte Hester niemals über diesen Punkt gesprochen. Wenn Vaidya Prashad gewußt hätte, daß seine Frau Pillen zur Empfängnisverhütung nahm, hätte er sie totgeschlagen. Ein Inder heiratete an erster Stelle, um Söhne zu bekommen. Liebte er seine Frau, dann war es besonders gut; liebte er sie nicht, blieb sie immer noch die Mutter seiner Söhne. An dieser uralten indischen Einstellung konnten weder das westindische Exil noch die Londoner Existenz etwas ändern.

Vaidya hatte immer die Nacht geliebt, aber jetzt war sie nur eine schäbige Brücke zum Tage. Er lag wie ein Stück Holz neben seiner jungen Frau. Da sie nicht wußte, daß er eine durch Gespräch belebte Ouvertüre zum Liebesakt brauchte, hatte sie langsam jeden Reiz für ihn verloren. Es war natürlich nicht ihre Aufgabe, blumige Reden zu führen, das fiel dem Mann zu. Aber sie mußte ihn zu dieser Leistung anregen. Denn er berauschte sich an seiner Rede. Wenn Hester endlich eingeschlafen war, stöhnte er lautlos in sein graues Kissen. In diesem Hinterhof konnte die Wäsche weder in der Sonne trocknen noch im Winde wehen. Auch das nahm er Hester übel.

Er dachte über seine Ehe nach, während er das Geld zählte, das er Hector entrissen hatte. Es würde für einen Abend mit seinen Freunden reichen. Sie hatten ein Pub gefunden, wo sie beinahe unter sich waren. Dem Gastwirt war es gleichgültig, wer die Getränke bezahlte. Die Westindier hatten einen recht netten Verbrauch, der den Ausfall der englischen Stammgäste wettmachte. Wenn seine Frau dies beklagte, zuckte er die Achseln. So war es nun einmal im heutigen London. Mr. Prashad wollte gerade seinen Mantel anziehen, als es an die Tür klopfte. Wer wollte *ihn* besuchen? Hester trank immer noch Tee mit ihren Eltern, ihrer Schwester Winifred und Baby Jack. Im Fernsehen klopfte immer der Hauswirt wegen der fälligen Miete oder ein Beamter von Scotland Yard. Niemals der Erbonkel.

Mr. Prashad saß festgenagelt auf dem Küchenstuhl und spielte abwesend. Mr. Kasim war der letzte, den er sehen wollte. Und bis jetzt hatte er außer Hector noch niemanden umgebracht.

«Öffne, Mann! Guter lieber Freund aus Trinidad», rief eine fröhliche Stimme.

Vaidya öffnete zögernd die Tür: vielleicht wollte Mr. Kasim in der Verkleidung eines Landsmannes die schuldige Miete erschleichen? Er atmete auf, als er seinen Jugendfreund aus Curepe, Krishna Miser Dal, erkannte. Der junge, fröhliche, rundliche Mann trug seinen Spitznamen *Miser** mit Stolz. Die ganze Familie Dal in Curepe war äußerst vorsichtig mit Geldausgaben und hatte niemals einen westindischen Dollar verliehen. Freigebig war sie nur mit Ratschlägen.

Mr. Dal behielt Mantel und Wollschal an – es war sehr kalt bei Freund Prashad. Es war überhaupt ziemlich kalt in diesem London, aber Mr. Dal war entschlossen, seine kostspielige Studienreise bis zum letzten Penny auszunutzen. Er war über Prashads Umgebung entsetzt. London war riesig. Hatte der Sohn von Pandit Prashad nichts Besseres finden können? Die spärlichen Fransen der Hängelampe in der Schlafecke erinnerten ihn an verwelkte, ausgefranste Palmenblätter. Auch Vaidya sah verwelkt aus.

«London ist eine herrliche Stadt», sagte Mr. Dal munter.

«Ein tiefer Brunnen für Eingeweihte», sagte Mr. Prashad vieldeutig. «Was willst du hier, Miser?»

«Studiere zum Abschluß moderne Medizin. Mein Papa wird alt, und wir haben zwei Dörfer zu versorgen, Mann.»

«Ich erinnere mich», sagte Mr. Prashad ungeduldig. Dr. Dals Patienten gingen ihn nichts an. «Wir werden alle alt, Mann.» Er holte die Rumflasche und vergaß einzuschenken. Mr. Dal betrachtete ihn aufmerksam. Dann sagte er vorsichtig: «Du siehst aus, als ob du lange nicht gelacht hast, Mann.»

«Ich bin verheiratet.»

«Weiß ich, weiß ich.» Miser, der mit dem Rum anderer Leute freigebig umging, goß die Gläser voll – solche kleinen Gläser – und murmelte einen heimatlichen Trinkspruch. Vaidya schluckte mühsam. Er fragte heiser, wie es seinem Vater gehe.

* Knicker, Geizkragen.

«Es geht Pandit Prashad gut, sehr gut.» Mr. Dal suchte in den weiten Taschen seines englischen Reisemantels und gab Vaidya ein Päckchen. «Vorsichtig auspacken. Es ist kostbar. Dein Vater sagt, du sollst es allein und in Ruhe betrachten.»

«Warum schickt er mir kein Geld?»

«Er schickt dir dieses Päckchen. Hab es wie drei Augäpfel gehütet.»

«Vielen Dank», sagte Mr. Prashad höflich. Er legte das Päckchen mit dem angeblich kostbaren Inhalt in die Küchenschublade. Der Anstand gebot, jede Begierde, auch die Neugierde, in Anwesenheit eines Gastes zu unterdrücken. Miser betrachtete stumm die Fotografien auf dem Sims.

«Deine neue Familie?»

«Ja. Sehr vornehme Leute. Echt englisch. Meine Frau ist blond.»

«Herzlichen Glückwunsch! Kommst du gut mit deiner neuen Familie aus? So echt englisch? Dies Land ist nicht Trinidad, Mann!»

«Wir sind innig befreundet.»

«Sag mal, sind die Jumble-Damen im Bett anders als unsere?»

«Alle Frauen sind gleich», sagte Mr. Prashad gegen seine Überzeugung. «Ich meine, nach einer gewissen Zeit. Hester ist ganz reizend», fügte er nach einer Pause düster hinzu. «Sie behält ihre Meinungen für sich, das ist englisch.»

«O weh, o weh! Wie kannst du dann wissen, was sie über dich denkt?»

«Frag nicht so dumm, Mann. Natürlich weiß ich, was meine Frau über mich denkt.» Niemals hatte ein Ehemann ein wahreres Wort geäußert.

«Wenn ich nach Curepe zurückkomme, werde ich auch heiraten. Erinnerst du dich an Devi? Dein Vater hatte sie eigentlich für dich bestimmt. Aber ...»

«Ich bin ja nun verheiratet», sagte Mr. Prashad mürrisch. «In England wird Bigamie bestraft. Zu komisch, was die Leute hier bestrafen! Man kann natürlich Namen und Adresse wechseln, wenn man sich eine zweite nimmt. Dann weiß die eine nichts von der anderen. Kommt aber manchmal vor Gericht raus.»

«Ich muß gehen, Mann. Bin schon einen Monat hier, aber alles Neue war zuviel für meinen armen kleinen Kopf. Die Wohnung. Das ewige Lernen an der Universität. Und alles. Ich bin zum Glück probritisch. Die englischen *Gurus* gefallen mir. Sie reden natürlich anders als dein Vater.»

«Selbstverständlich.»

«Studium ist kostspielig hier.»

«Du bezahlst es doch nicht. Aber dir tut ja selbst das Geld leid, das dein Vater für dich ausgibt.»

«Warum bist du so gereizt, Mann? Bist du nicht glücklich?»

«Wo wohnst du?»

«Hab schönes teures Zimmer in Bayswater, aber meine Wirtin spart am Licht. Ich tu abends eine starke Birne rein und morgens wieder die schwache von der Wirtin. Geht sehr gut.»

«Laß sie ruhig zahlen.»

«Du mußt mich mit deiner Frau besuchen.»

«Wann?» fragte Vaidya eifrig. Hester und er wurden nirgends eingeladen, denn ihre Freunde mißfielen ihm.

«Bald! Recht bald», sagte Miser ausweichend. Was war mit Prashad los? Wer nahm Einladungen wörtlich? Und warum die Eile? Vaidya schien wie die indischen Lianen ein Teil seiner Umgebung geworden zu sein. Das war gar nicht gut, denn er hatte ihm etwas zu sagen.

«Ich bin schon richtiger Jumble-Mann. Esse morgens Eier und Toast», sagte Mr. Dal gedankenverloren. «Wenn Wirtin auf Wochenende zu ihrer Tochter reist, mach ich mir *chapatti* in der Küche.»

«Hat sie dir das erlaubt? Hier darf man nur mit Erlaubnis kochen.»

«Wenn ich sie fragte, würde sie es erlauben. Also wozu soll ich fragen?»

Eine Pause entstand. Es war so wenig Rum in der Flasche, daß Miser ein Einsehen hatte. Er befragte seine schwere goldene Uhr und kam, nach indischer Sitte, sozusagen zwischen Tür und Angel auf den Zweck seines Besuches zu sprechen.

«Dein Vater wünscht deinen Besuch in Curepe, Vaidya.»

«Ich habe kein Geld für Wochenendfahrten nach Trinidad.»

Mr. Dal riß die Augen auf, um sein höfliches Erstaunen zu zeigen. Aber er sagte nichts. Er fühlte panische Angst bei dem Gedanken, daß Prashad ihn etwa anpumpen könnte. So eng befreundet waren sie nun wieder nicht.

«Warum will mein Vater mich sehen?» fragte Prashad ohne die gebotenen indischen Umschweife.

«Das ist nicht mit drei Worten zu erklären.» Dies war wirklich eine passende Bemerkung. Welcher Hindu würde etwas mit drei Worten erklären, wenn er dreißig dafür nehmen kann? Mr. Dal goß sich entschlossen den Rest des Rums ein. Prashad starrte vor sich hin und fühlte ein Zittern in den Knien. «Geht es meinem verehrten Vater gesundheitlich nicht nach Wunsch?» fragte er. «Das würde mich aufs tiefste bestürzen.» Wenn Prashad Angst bekam, wurde er die Förmlichkeit selbst.

«Ich erwähnte bereits, daß Pandit Prashad sich bester Gesundheit erfreut», erwiderte Miser genauso förmlich. Er verschwendete seine Zeit nicht gern mit Wiederholungen. Besonders nicht in London, wo die Zeit eine Kostbarkeit war. Er fand, man gehe in Trinidad viel zu sorglos damit um.

«Ich kann mir nicht denken, warum mein Vater meinen Besuch wünscht. Will er plötzlich meine Frau kennenlernen? Will er herausfinden, warum ich noch keinen Sohn habe?» In seiner Erregung vergaß Vaidya Prashad jede Vorsicht und jede Förmlichkeit. Seine Augen begannen gefährlich zu funkeln. Maßlose Wut über seine Demütigung vor diesem selbstzufriedenen, vermögenden Landsmann packte ihn. Ein Mann ohne

Sohn ist kein Mann. «Meine Frau wird in keinem Fall nach Trinidad gehen.»

Miser Dal riß seine runden Augen noch weiter auf. Hatte Prashad sich nicht soeben seines Eheglücks gerühmt? «Warum wird sie nicht mitkommen?» fragte er neugierig. Beide wußten, daß Vaidyas «Besuch» in Wahrheit seine Heimkehr bedeuten würde, und vermuteten, daß das Päckchen das Reisegeld enthielt. Umsonst hatte Pandit Prashad Miser Dal nicht beschworen, das Päckchen niemals aus den Augen zu lassen. Auch beim Schlafen nicht. Da Miser nicht wußte, wie er das machen sollte, hatte er sich nachts das Päckchen mit einer Schnur um den Hals gebunden. Sein Kabinengenosse aus Jamaika hatte große Augen gemacht.

Vaidyas Laune hob sich. Sein Vater hatte ihm also doch Geld geschickt. Endlich würde er frei werden. Natürlich hätte Pandit Prashad das Geld überweisen können, aber kein *Guru* in einem westindischen Dorf traute den Banken. Vaidya lauerte darauf, daß Miser ging, damit er endlich seine Dollar zählen konnte.

«Warum will deine Frau nicht nach Trinidad kommen?» fragte Miser noch einmal.

«Sie wird das Klima nicht vertragen. Zu heiß, zu feucht, zu sonnig.»

«Wenn sie den Londoner Nebel verträgt, dann wird sie vielleicht unser herrliches Klima auch vertragen», sagte Miser beleidigt. Natürlich glaubte er Prashad kein Wort von dem Unsinn. Die ganze Welt wußte, daß die karibischen Inseln das beste Klima auf der Welt hatten, außerdem die beste Regierung, die besten Ehefrauen, die beste Unabhängigkeit.

«Wenn mein Vater meine Frau sehen will, kann er nach London kommen», sagte Prashad verbissen. Er würde Hester zur Liebenswürdigkeit gegen den alten Mann zwingen. Wenn es nicht anders ging, mit Gewalt.

Miser war sprachlos. Dann fragte er, ob Freund Prashad in diesem London den Verstand verloren habe. Der Pandit erwarte seinen Sohn, nicht dessen Frau. «Das heißt, er will natürlich deine Engländerin kennenlernen», fügte Mr. Dal eilig hinzu. «Aber ihr Besuch hat ja etwas Zeit.»

«Hat mein Vater sich so ausgedrückt?»

«Er hat überhaupt nichts über deine Frau gesagt. *Ich* denke mir, es eilt ihm nicht mit dem Sichkennenlernen.»

«Darf ich endlich erfahren, was mein Vater denkt? Oder was er plant?»

«Pandit Prashad will Trinidad verlassen. Fortgehen! Verschwinden!»

«*Was* will er?» fragte Vaidya ohne jede Zeremonie.

«Du hast mich gehört», sagte Mr. Dal sehr ungeduldig. «Dein Vater will endlich an sich selbst denken.»

«Er hat niemals etwas anderes getan. Nicht daß ich es nicht verstehe, er hat jedes Recht dazu.»

«Ich freue mich, daß du noch ein Inder geblieben bist, mein Freund. Kurz und gut, der Pandit meint, er habe das Leben eines Lehrers und Hausvorstands lange genug geführt. Er wird sich nun ausschließlich seiner spirituellen Entwicklung widmen. Er will den Rest seiner jetzigen Existenz als *Sannyasi** verbringen.»

«Das kommt zu unerwartet», sagte Vaidya mühsam. «Wohin will mein Vater sich zurückziehen?»

«Er will dorthin pilgern, woher unsere Vorfahren als Kontraktkulis auf die Inseln kamen», sagte Krischna Dal feierlich. «Pandit Prashad kehrt zur alten Mutter Indien heim.» Seine behagliche Stimme zitterte.

«Aber . . .»

«Kein Aber! Dein Vater ist ein heiliger Mann. Curepe ist stolz auf ihn. Ganz Trinidad ist stolz.»

«Und woher kommt das Geld für die Passage?»

«Cousin Hari-Vater macht sich eine Ehre daraus. Der Pandit fährt im Zwischendeck, obwohl Hari-Vater ihm die Erste-Klasse-Passage bezahlen wollte. Ganz Fyzabad ist aus dem Häuschen. Alle werden ihn zum Schiff nach Port of Spain geleiten. Es werden große Abschiedszeremonien in Curepe stattfinden. Der Tempel des Hanuman wird schon neu gemalt. Ich meine die Kuppeln! Der viele Regen letztes Jahr . . . Hari-Vater läßt einen Juwelenbaum anfertigen – als Opfergabe für das Mutterland. Die Juwelen werden so groß sein wie Ananasfrüchte.»

Dafür hat mein Onkel Geld, dachte Vaidya Prashad.

«Du mußt natürlich bei den Abschiedszeremonien in Curepe dabei sein», sagte Mr. Dal immer noch erregt. «Du wirst ihm ja die erste Blumenkette zum Abschied um seinen geehrten Hals hängen. Mann, du bist glücklich zu preisen!»

«Und was soll aus mir werden, wenn ich des Beistands und des Rates meines Vaters beraubt werde? Die Plantage gehört meinem Onkel in Fyzabad. Dem Mann mit den Juwelenbäumen.»

«Das wird sich finden», sagte Miser vage. «Ist das so wichtig, Mann? Denk an die einzigartige Ehre! Die Zeitungen in Port of Spain werden lange Berichte bringen, sagt Hari-Vater in Fyzabad.»

«Besonders über seinen Juwelenbaum.»

Krischna Dal starrte den Jugendfreund an. Er war entsetzt. Vaidya mußte Fieber haben. Wie seine Augen funkelten. Hatte er jeden Sinn für den inneren Glanz eines Brahmanenlebens verloren? In welches Milieu hatte sich Prashad verirrt? Er sah schäbig und finster aus.

«Wann wird mein Vater Trinidad verlassen?»

«Ziemlich bald. In einem Jahr, meint er. Oder in drei Jahren. Sowie sich der passende Lehrer der Jugend gefunden hat. Das kann auch in fünf Jahren sein. Also, in absehbarer Zeit.» Mr. Dal blickte auf seine Uhr. Er hatte den Zerstreuungen dieser Welt noch nicht Lebewohl gesagt. In seiner Manteltasche war ein Theaterbillet für ein Westend-Musical vom Broadway. Zugegeben, eine unwürdige Unterhaltung, die weder seinen Geist

* Wandernder Asket, Heiliger.

stärken noch seine Seele reinigen würde. Aber wer war gleich ein wandernder Asket? Miser gefielen die Tänzerinnen mit ihrer weißen schimmernden Haut ganz außerordentlich. Natürlich waren sie zum Ansehen, vielleicht auch einmal zu Scherz und Kurzweil da. Sie waren schamlos und bezaubernd – aber welcher vernünftige Hindu würde sie heiraten? Ob Vaidyas Engländerin auch so verführerisch war? Und wenn sie so wäre? Der Raum sah verwahrlost aus. Sie sorgte offenbar nicht gut für ihren Mann. Vaidya Prashad war ein Narr.

«Lebe wohl, mein Freund. Ich muß gehen. Du mußt mich bald mit deiner Frau besuchen.»

Krischna Dal war gegangen, ohne ihm seine Londoner Adresse gegeben zu haben. Prashad war tief gekränkt. So wurde er, der Sohn eines Heiligen, von dessen Bewunderern behandelt! Immerhin, Hester würde endlich begreifen, wen sie geheiratet hatte, und voller Hochachtung sein. Auch wenn Vaidya nur in Gedanken die Pilgerfahrten seines Vaters mitmachte. Das Päckchen mußte die Ersparnisse Pandit Prashads enthalten. Vaidya konnte nun heimlich verschwinden, die Zeremonien für seinen Vater vorbereiten und die Prashads in Fyzabad um den Gegenwert eines Juwelenbaums anpumpen. Miser hatte recht: es würde sich alles finden, wenn er erst einmal in Trinidad war. Er würde Hester aus Curepe schreiben. Sie sollte sich ruhig legal von ihm trennen, damit sie wieder heiraten konnte. Sie war noch so jung. Aber sie hatte ihm Unglück gebracht. Er würde sich daheim ein schönes reiches Mädchen suchen, das ihm in die Wälder der Meditation folgen konnte. Wenn Hester mit ihm unglücklich war, dann war es ihre eigene Schuld. Frauen waren immer an allem schuld. Wenn sein Vater auf dem historischen Seeweg sein Heil suchte, dann mußte er, Vaidya, seine Rettung bei den Prashads in Fyzabad suchen. Sein Onkel, der «Cousin Hari-Vater» genannt wurde, saß gut im Öl. Fyzabad, die alte Siedlung indischer Kontraktkulis aus Kalkutta, war heute ein Zentrum bedeutender Ölgesellschaften. Onkel Prem Prashad hielt wenig von spiritueller Perfektion und um so mehr vom Geldverdienen und hatte gute Aktien der Trinidad Apex Oilfields Ltd. Aber natürlich war auch er stolz auf den Asketen von Curepe, und so große Ehre verlangte nach einem Juwelenbaum von ebenbürtiger Dimension. Vaidya konnte sich in den Asphaltsee stürzen. Er war bequem von Fyzabad zu erreichen. Genauso bequem wie der Ort Couva, wo die indische Juwelierkunst und ihre Juwelenbäume blühten.

Vaidya hatte plötzlich Angstgefühle und starrte das Päckchen aus Curepe unverwandt an. Es war rechteckig – eine kleine Schachtel mußte darin verborgen sein. Schließlich riß er mit zitternden Fingern die Schnüre auf und erbrach die Siegel, die wie Blutflecke oder rote Sonnen auf den Schnüren funkelten. Ein gleichfalls versiegelter Brief und ein Holzkästchen kamen zum Vorschein. Guter Vater! Man konnte eine Menge Dollars in einem Kästchen unterbringen! Vaidya entfernte die seidenen Hüllen, die das Kästchen wohl vor Schaden durch Seewasser schützen sollten, und starrte das Geschenk seines Vaters an. Ein winziges Juwelenbäumchen. Ein indischer Künstler hatte die Zweige aus Silberdraht mit Juwelen geschmückt – natürlich waren es ganz kleine Juwelen. Eine kostspielige Spielerei. Eine Botschaft, deren Sinn Vaidya nicht enträtseln konnte. Dabei kannte er sich schließlich in indischen Botschaften aus: sie waren stets verschlüsselt und gaben ihr Geheimnis nicht auf den ersten Blick preis.

Vaidya fühlte Leere im Kopf und Kälte in allen Gliedern. Der Frost der Enttäuschung war noch schlimmer als ein ungeheiztes Zimmer im November. Pandit Prashads Brief war mit den Hüllen auf den schmutzigen Küchenboden gefallen. Vaidya steckte ihn in die Tasche, warf die Seidenhüllen in den Mülleimer und dachte nicht einen Augenblick daran, daß Hester sich ein schönes Taschentuch aus der schweren indischen Seide hätte nähen können. Speisereste, eine halbleere Dose Tomatenmark und der zertrümmerte Hector waren zuviel für die Seide. Vaidya warf noch Zigarettenasche hinterher. Er konnte vor Wut kaum atmen. Ohne den Brief seines Vaters zu lesen, schritt er zur Tat. Er brach die kleinen Juwelen aus dem silbrigen Geäst und legte sie in den Umschlag einer unbezahlten Rechnung. Er trampelte auf den Filigranzweigen herum und schrie und keuchte, hob die Arme und krümmte die Finger. Seine Augäpfel verdrehten sich, während er seinen Zerstörungstanz ausführte. Dann hörte er abrupt mitten in der Drehung auf, trocknete den kalten Schweiß von seiner Stirn, ließ Wasser über seine Handgelenke laufen, atmete ruhig und besonnen und verließ das Logierhaus. Im Treppenhaus begegnete ihm einer von Mr. Kasims unseligen Schützlingen aus Pakistan. Der Mann grüßte höflich, aber Mr. Prashad grüßte nicht zurück, sondern stieß ihn zur Seite. Mr. Ahmed Khan nickte zufrieden: er war der letzte Dreck der Welt und verdiente eine solche Behandlung.

Mr. Prashads Kopf klärte sich trotz der nebligen Luft. Er hatte nichts gegen diesen Mohammedaner. Er würde sich gelegentlich bei ihm entschuldigen. Nicht schon morgen. Irgendwann. Vielleicht in einem Jahr. Er fuhr zu Mr. Rabinsky, um ihm die Juwelen zu verkaufen. Damit konnte er nicht so lange warten wie mit seinen Entschuldigungen für Mrs. Digby und Ahmed Khan. Das tiefe Schweigen der Familie Digby bedrückte ihn. Was planten sie hinter den Vorhängen aus Nottingham-Spitze?

Es war gegen sieben Uhr abends. Die Straßen des East-Ends leerten sich. Viele Läden hatten schon geschlossen. Dockarbeiter und Büroangestellte eilten nach Haus. Ihre Gesichter waren halb unter wollenen Halstüchern verborgen. Der Londoner Nebel war ein Vampir, der den Leuten das Blut aussaugte. Auch Mr. Prashad zog seinen Schal enger um den Hals und hüstelte sich selbst etwas vor. In einer Kneipe diskutierten Dockarbeiter über den nächsten Streik. Mr. Prashad hörte ihre kräftigen Cockney-Stimmen und auch Gelächter. Man blies hier keine Trauermärsche, wenn es sich um Streiks handelte. Vaidya stand abseits an der Theke und stürzte ein Glas Rum herunter: Hector zahlte. Er zitterte vor der feuchten Kälte der

Straße. Aber er mußte eilen, denn er wollte nicht gern Mr. Rabinskys Privatglocke läuten. Wie ein Arzt war dieser Juwelier jederzeit zu erreichen.

Neben ihm gingen zwei Frauen im eifrigen Gespräch, die eine grauhaarig und vertrocknet wie Mrs. Digby, die andere jung und rosig. Beide trugen Wolltücher, die der Wind ihnen von den Haaren zerrte. Sie sprachen über die steigenden Lebensmittelpreise und die Labour-Regierung. «Ich bin tief enttäuscht», sagte die ältere Frau.

Mr. Prashad nickte verständnisinnig. Wer wurde in diesem Leben nicht bitter enttäuscht? Was hatten die beiden Damen erwartet? Honig und Juwelenbäume? Der Gedanke amüsierte ihn, und er kicherte, was ihm einen verweisenden Blick von der Grauhaarigen eintrug. Daraufhin lachte er laut. Dies war ein freies Land. Die Damen stellten sich so taub, wie es nur Engländerinnen können. Mr. Prashads Lachen verstummte. Er hatte keinen Spaß mehr am Spaß. Man lacht über andere und weint um sich selbst.

Mr. Rabinskys Juwelierladen hatte sich über Nacht erstaunlich verändert. Wo waren die Glaskästen mit dem Schmuck? Wo die Familienbilder aus Polen? Auch der eiserne Tresor war fortgeblasen, soweit man bei diesem altmodischen Ungetüm von Fortblasen reden konnte. Auch Mr. Rabinsky hatte keinerlei Ähnlichkeit mehr mit seinem weißhaarigen und ironischen Selbst. Er war blond, jung und fröhlich. Er fragte nach Vaidyas Wünschen und erntete einen verstörten Blick. Alle Ketten, Armbänder und Gürtel waren mit Glöckchen besetzt, so wie die indischen Tänzer sie tragen. Die Glockenmode hatte im Sommer begonnen – Signale aus dem Orient oder was die westlichen Geschäftsleute dafür hielten. Dieser Schmuck war wenigstens billig. Jedes Stück kostete zwei Shillinge und elf Pennies. Dafür lieferte das klingelnde London Magie und Beschwörung. Die Jugend war ganz wild auf den Schmuck. Es war das neue Zeitalter der Liebe. Jetzt merkte auch der einfältigste Knabe, was die Glocken geschlagen hatten. Die Blumenkinder, die Distelkinder, die Pop-Fans, die Hippies – alle klingelten jetzt bei ihren Meetings in Sälen, Parks und Kellern der neuen «Stadt der Liebe».

«Ich möchte Mr. Rabinsky sprechen», stieß Vaidya hervor. Der freundliche Herr hielt einen Gürtel in die Höhe und die Glöckchen klingelten. Aber sie klingelten keineswegs Mr. Rabinsky herbei, sondern ein junges selbstbewußtes Paar. Für sie und nicht für Mr. Prashad hatte der Herr die Glocken geläutet. Vaidya lehnte schwindlig an der Tür. Die Zeit verging, und er mußte seine Juwelen loswerden. Er starrte den Jungen und das Mädchen an – welcher von beiden war überhaupt ein Mann? Beide trugen lange Haare, lange Hosen und grelle, lackierte Jacken unter den Regenmänteln. Sie waren Hippies auf dem Weg zu den «Blumenkindern». In diesem Augenblick warf der männliche Schwärmer seinen Mantel und die rosa Lackjacke ab und bat um Ketten mit Glocken. Mr. Prashad starrte ihn an. Das mußte ein Träumer sein. Der bebrillte, langhaarige, hagere Blumenjunge, der tagsüber normal gekleidet und halbwegs gekämmt in einem Büro arbeitete, trug jetzt einen indischen Brokatrock, einen Schal mit Fransen und einen leuchtenden Seidenschal ums Knie. Er hatte auch schon Perlenschnüre um den Hals gewunden, und nun wollte er was zum Klingeln. Das Liebesfest fand in Chalk Farm statt – ein ganz netter Weg vom East-End. Aber das war nichts für einen falschen Inder aus der Commercial Road.

Vaidya fragte laut: «Wann kommt Mr. Rabinsky?»

«Er wohnt hinterm Markt, *Sir*. Hier gibt's nur Glocken.»

Der bebrillte junge Mann hätte für sein Leben gern gewußt, ob der Inder seinen Anzug «echt» fand, aber er war zu scheu, um zu fragen. Natürlich verdarben seine derben Schuhe den ganzen Eindruck, darum drehte er sich nachts auf bloßen Füßen. Er hatte sie extra in heißem Seifenwasser gewaschen, und Mum hatte geschimpft. Diese Jugend war die Grenze des Vorstellbaren. Der junge Mann ahnte auch nicht, daß sein englisches Gesicht den indischen Eindruck beeinträchtigte.

Vaidya eilte weiter. Das Kostüm des jungen Mannes war echt gewesen. Er war geschmeichelt und gleichzeitig empört. Es war ungerecht von ihm. Wenn er englischen Tweed trug, warum sollten die Jumbles nicht indische Seiden tragen? Dies war ein freies Land.

Er fand Mr. Rabinskys neuen Laden, der im Halbdunkel lag und nach der Neonbeleuchtung der Glockenwerkstatt wie eine Höhle wirkte. Der alte Mann betrachtete die kleinen funkelnden Juwelen durch seine Lupe. Vaidya wartete zitternd. Seine Passage nach Westindien würde dabei herauskommen – vielleicht noch mehr. Seine Augen brannten unter den schweren Lidern. Er plante fieberhaft die Strategie seiner Flucht. Die Digbys würden sich umsehen, wenn er bereits die karibische Küste dämmern sah.

Mr. Rabinsky hatte seine Schätzung beendet und nannte eine lächerlich kleine Summe. Vaidya war so erstarrt, daß er einen Augenblick nicht reden konnte. Der alte Fachmann hielt einen kleinen Stein ins Licht – er leuchtete herrlich und sinnlos.

«Aber, es sind doch echte Diamanten, Mr. Rabinsky!»

«Woher haben Sie sie? Die Steine sind aus einer Fassung herausgebrochen. Ich muß wissen, woher sie kommen.»

«Mein Vater in Trinidad hat sie mir geschickt. In unserer Familie gibt es keine Diebe.»

«Wer hat das behauptet?» fragte Mr. Rabinsky unfreundlich und musterte abwechselnd die Juwelen und Mr. Prashad. Plötzlich pickte er mit seiner Pinzette einen Stein auf. Der Rest eines Silberzweigs, dem bloßen Auge kaum sichtbar, hing noch gebrochen an dem Stein. Mr. Rabinsky betrachtete das Fragment. Das war einmal ein indischer Juwelenbaum gewesen – eine zarte, kostbare und aussterbende Arbeit. Handgearbeitet! Er hatte nur einen einzigen Juwelenbaum im Museum gesehen – dies war der Überrest des zweiten.

«Es tut mir leid», sagte er etwas milder. «Dies muß ein kleiner Juwelenbaum gewesen sein. Ein Museumsstück in diesen miesen Fabrik-Zeiten. Ich hätte allerhand dafür bezahlt, Mister!» Er nannte eine Summe, die Vaidya in seinen kühnsten Träumen nicht geahnt hatte.

«Pech, junger Mann!» Mr. Rabinsky drehte den Kopf und schnupperte. Er wollte seinen Tee und seinen Fisch. Niemand brauchte ihm zu sagen, daß dieser *Schlemihl* selbst das Bäumchen zerstört hatte. Er sah es den aufgerissenen Augen an, dem grauen Gesicht, den Schweißtropfen auf der Stirn. Der junge Mann würde sich eines Tages bei seinen Purzelbäumen des Unverstands den Hals brechen. Er sah zerrüttet aus. Ein geschlagener junger Greis.

«Jane», rief Mr. Rabinsky nach oben, «bring Tee und Gebäck! Dem Kunden ist nicht wohl!» Aber Mr. Prashad dankte. Er dankte heiser, nahm den kleinen Betrag für die Steine, die ein Kunstwerk gewesen waren, und fuhr ins Logierhaus zurück. Mr. Rabinsky schüttelte den Kopf.

Hester wartete schon im alten Schlafrock. Sie hatte einen netten Nachmittag mit den Eltern, Winifred und Baby Jack verbracht und war nun müde und schlechter Laune.

«Wo bist du so lange gewesen, Vaidya?» – «Unterwegs.»

«*Wo* ist Hector?» fragte Hester so laut, daß er zusammenfuhr. Der Porzellanmops war seinem Gedächtnis total entfallen.

«Er ist vom Kamin gefallen», murmelte er und sah seine Frau nicht an. Er betrachtete die gestickten indischen Pantoffeln, die er ihr zur Hochzeit geschenkt hatte. Sie waren zwei Nummern zu klein gewesen. Hesters «zierliche Füße» lagen auch im Massengrab seiner Illusionen. «Du meine Güte! lüg doch nicht wieder! Willst du mir weismachen, daß Hector sich von selbst vom Kamin gestürzt hat?» Hester begann zu schluchzen. «Mein armer kleiner Liebling!»

«Hör auf mit dem Gewinsel, hörst du?»

«Du zerstörst mir alles, was ich gern habe», sagte sie plötzlich leise und haßerfüllt.

«Und du nimmst mir alles, was ich brauche», schrie er. «Ich brauche Schönheit, hörst du? Wie siehst du aus? Dieser schlampige Morgenrock . . . Meinst du, der ist gut genug für mich? Meinst du das? Ja, ja?»

«Wenn dir mein Morgenrock nicht gefällt, kauf mir einen neuen! Ich muß meine paar Kleider schonen, du, du Herumtreiber!»

Vaidya Prashad erwiderte nichts. Er blickte seine Frau wie eine Fremde an. Wenn er sie jetzt verprügelte, würde sie ihn wohl wegen Körperverletzung verklagen. Seelen durfte man ruhig verletzen. Hester ahnte immer noch nicht, wie tief sie unter ihm stand, sonst hätte sie es nicht gewagt, ihn, ihren Herrn und Gebieter, zu beschimpfen. Und er hatte sie für einen Juwelenbaum gehalten. Er griff in die Tasche und warf ihr die Geldscheine des Juweliers vor die Füße. «Kauf dir den Fetzen! Und einen Besen! Und . . . und . . .»

«Wir haben einen Besen», murmelte Hester. Sie sammelte das Geld auf und warf es ihm an den Kopf. Dann ging sie ohne ein weiteres Wort in die Schlafecke und zog den Vorhang zu.

Er blickte ihr erstaunt nach. Sie wollte Geld und Geld und Geld. Und wenn er es ihr endlich gab, warf sie es weg. Wen die Götter straften, dem gaben sie eine tote Kuh und ein launenhaftes Weib.

Er holte seine Laute aus der Ecke, wo sie hinter dem berühmten Besen und schmutzigen Spültüchern vom alten Indien träumte. Er legte das einzige Kissen, das sie besaßen, auf den Küchenboden und setzte sich mit gekreuzten Beinen darauf. Ein verirrter Einsiedlerkrebs von tropischen Küsten . . . Er sang langsam und leise – mit der zehrenden Trauer, die aus indischen Stimmen klingt, wo immer sie auch ertönen. Es war nun dunkel in der Wohnküche. Vor dem Fenster dehnte sich die Stadt – eine graue, mürrische Riesin – in einem Nebelcape.

Er sang lange, und Ruhe überkam ihn, während die Lieder, eintönige Weisen von unergründlicher Schwermut, immer düsterer wurden. In der Ecke lag etwas Weißes neben den Geldscheinen, die seine Frau ihm zurückgeworfen hatte. Es war der Brief seines Vaters aus Trinidad.

Vaidya Prashad hüllte die indische Laute in ihre Lumpen, machte Licht und las die Botschaft des Weisen.

Curepe, Trinidad 1968

Mein lieber Sohn Vaidya,

Dein alter Freund Krischna Dal wird Dir ein kleines Geschenk und diesen Brief aushändigen. Er wird Dir auch mitteilen, wie ich mir den Rest meiner Existenz in ihrer jetzigen Erscheinungsform gestalten werde. Ich fühle Dein Mißfallen an meinem Entschluß und ignoriere es aus voller Überzeugung. Du bist bist noch weit in Deiner Entwicklung zurück, mein Sohn! Der Wechsel Deiner Stimmungen, den Deine Londoner Briefe spiegeln, zeigt an, wie wenig die erhabenen Lehren unserer Philosophie bis jetzt bei Dir ausgerichtet haben. Ich tadle Dich mit blutendem Herzen – aber ich tadle.

Wenn Deine Frau Dir nicht mehr gefällt, dann nimm es in Ergebung hin. Unsere Schriften beschreiben drei Arten von Frauen: die Rehe, die Stuten und die Elefanten. Wenn Miss Digby sich von einem Reh in einen Elefanten verwandelt, so ist das der übliche Lauf der Entwicklung, und Du hast keinen Grund, darüber zu murren. Behandle sie mit Nachsicht und Wohlwollen, und sie wird die treue Stute werden, die Dir ein Füllen nach dem anderen bescheren wird. Natürlich wäre Dir ein wohlerzogenes Hindumädchen vertrauter – aber Du hast gewählt. Eine Frau ist eine Lampe in einem dunklen Haus – putze sie, und sie wird Licht verbreiten.

Ich bin Deiner Narretei müde, mein Sohn. Deine Ehe ist schlecht, weil Du falsch denkst, falsch liebst und falsch handelst. Aus diesem Grunde rate ich Dir zur Heimkehr in die Hindugemeinschaft von Curepe. Was beschriebenes Papier nicht zustande bringt, das wird das Wort Deiner Lehrer, zu denen ich mich zählen darf, vermögen. Es ist oftmals zu spät zur

Reise, es ist niemals zu spät zur Heimkehr. Da Du mit Deinem elektrischen Wissen sicherlich leicht die Passage verdienen kannst, habe ich meine Ersparnisse an verdienstvolle Arme in unserer Gemeinde verteilt. Ich selbst nehme nur den Wanderstab und das glühende Verlangen, die Muttererde zu küssen, auf meine Pilgerschaft. Du wirst mich vielleicht nicht wiedersehen. Was bedeuten familiäre Bindungen, wenn ich mein Selbst durch Opfergang und eine höhere Form der Kontemplation überwinden und auslöschen will? Falls Du nicht mich, sondern meinen Nachfolger als Lehrer der Jugend in Deiner Heimat antreffen solltest – wir wissen nicht, wann der Geist uns vorwärts stößt –, gebe ich Dir noch einen Rat zur Verbesserung Deiner ehelichen Beziehung.

Es ist nicht mein eigener einfältiger Ratschlag. Unser großer Lehrmeister Shankara, der die aus vielen Quellen zusammengeströmte Weisheit der «Upanishaden» in ein System zusammenfaßte – ein indisches System, das Raum und Freiheit für die Seitensprünge unseres armen Verstandes läßt –, also Shankara empfiehlt für alle Krisen des Geistes und des Gefühls abadha *– das Unterlassen jedes Widerspruchs, auch wenn die rasche Zunge hitzige Gegenrede vorzieht. Aus Deinen Briefen geht leider hervor, daß Du Deiner Gattin beständig widersprichst. Willst Du weiser sein als der große Shankara? Ich habe durch* abadha *eine ruhige und zufriedene Ehe geführt. Wie jeder weiß, kehrte Deine Mutter mit meinem vollen Einverständnis fünfzehn Jahre vor ihrem Tode in ihre Heimatstadt Couva zurück. Es wurde ihr zu still in unserem Dorf. Ich lehrte die Jugend im Tempel. Meine hohe Aufgabe verhinderte mich zu meinem Schmerz daran, mich so ausgiebig mit Deiner Mutter zu beschäftigen, wie sie es unvernünftigerweise erwartete. Ich erwähne diese Phase meines Lebens aus einem bestimmten Grunde: einmal, damit Du Deiner Frau in keinem Falle widersprichst, falls sie nicht nach Curepe mitkommen möchte. Vielleicht ist das Leben in einer Hindugemeinschaft nicht das Ziel ihrer Wünsche, obwohl ich es kaum glauben kann. Vielleicht lebt sie lieber in London als in Westindien. Vielleicht lebt sie lieber allein als mit Dir? Es ist alles möglich bei den Frauen. Wenn selbst Deine Mutter aus einer vorbildlichen Ehegemeinschaft nach Couva zurückging, dann soll mich nichts wundern, was Miss Digby tun oder lassen möchte. Darum: übe* abadha, *mein Sohn!*

Ich erwähne die Rückkehr Deiner Mutter nach Couva aus einem zweiten Grunde. Es ist die Stadt des uralten indischen Kunsthandwerks. So habe ich als Abschiedsgabe einen kleinen Juwelenbaum für Dich anfertigen lassen, da ich weiß, daß Dir diese Gabe mehr wert sein wird als westindische Dollars, die Du doch nur mit unziemlicher Hast ausgeben würdest. Du hast die Neigung zum Verschwenden von Deiner bewundernswerten, lieben Mutter geerbt, und dagegen hilft nur eins: keine Geldgeschenke.

Der bescheidene Juwelenbaum hat edlere Bedeutung als ein Haufen Banknoten, mein Sohn. Betrachte das Bäumchen in tiefer Ruhe, mit entspanntem Körper und einem nach Wahrheit dürstenden Geiste. Unsere erhabenen Lehrer machten uns in den «Veden» immer wieder klar, daß es so viele Wege zur Wahrheit gibt wie Bäume im Wald. Und so viele Früchte der Erkenntnis wie Früchte auf unseren Bäumen. Doch während Ananas und Mangos sich in unseren elenden Leibern in Exkremente verwandeln, bleiben die Früchte der Erkenntnis Edelsteine von zeitlosem Wert. Möge dieser kleine Juwelenbaum Glanz und Wahrheit in Deine Londoner Existenz bringen! Und möge das Bäumchen Dich in der Fremde daran erinnern, daß die karibischen Inseln kleine Juwelen im Weltmeer sind. Ihr bescheidener Glanz wird auch dem englischen Wetter standhalten. Ich erfuhr aus zuverlässigen Quellen, daß es in London immer regnet.

Empfange nun meinen Segen und meinen Gruß! Ich wünsche Dir und Deiner Frau Zufriedenheit und viele gesunde Söhne. Ich selbst verspüre nur noch den Wunsch nach vollkommener Wunschlosigkeit.

Dein Vater
Nirad Prashad

III

Mr. Kasims Logierhaus leerte und füllte sich wieder. Die einzigen Stammgäste waren das Ehepaar Prashad und Ahmed Khan, der alle Leute im Haus höflich und vergeblich grüßte. Ahmed hatte Arbeit als Lastträger im Hafen gefunden und hätte sich ein besseres Logis leisten können. Aber er blieb, weil er niemanden kannte, der ihn aufgenommen hätte, und weil Mr. Kasim aus Pakistan war. Ahmed wußte nichts von der Moslem-Liga in London, da Mr. Kasim ihn dorthin nicht mitnahm. Er nahm ihn nicht einmal zu Feierstunden in sein Heim mit. Er kassierte Ahmeds Miete ein und kaufte für seine Kinder kostbare Geschenke. Viele geringe Mietsbeträge gaben ein gutes Einkommen, so wie viele dürre Grashalme eine Kiepe Heu ergeben.

Ahmed war groß und breitschultrig und nahm zu Mr. Kasims Ärger zuviel Platz im Logierhaus weg. Auch sein Bart war anspruchsvoll, obwohl Ahmed so bescheiden und demütig war. Er hoffte, daß in einigen Jahren seine Frau nachkommen könnte. Er war glücklich mit ihr gewesen und wunderte sich schweigend über die zankenden Stimmen des Ehepaares Prashad. Die Engländerin sah kalt, aber nicht zanksüchtig aus. Es mußte also an Prashad liegen. Ahmed erwartete nichts Gutes von einem Hindu. Armes Weib! dachte er manchmal.

Auf seinem Heimweg kam er an einem Laden vorbei, der unter anderen nützlichen Dingen zeitgemäße Plaketten verkaufte. Ahmed sprach nun genug Englisch, um alles zu lesen, was in sein Blickfeld kam. Und das war eine Menge auf den Londoner Straßen des East-Ends. Leider blieb ihm der Lesestoff unverständlich. Eine Plakette mahnte: *Make Love not War!* Ahmed studierte die Inschrift mit Hilfe seines Wörterbuchs. Die Devise der Blumenkinder kam ihm lächerlich vor. Allah und Mohammed waren der entgegengesetzten Ansicht. Eine andere Plakette annoncierte: *I am a Virgin.* Ahmed kaufte sie für seine Tochter in Pakistan. Es war ein passendes Geschenk zur Ankunft in London. Für englische Käufer gab es eine ganz alberne Plakette: *I love my parents.* Ahmed wunderte sich, wie jemand solche Selbstverständlichkeiten an der Jacke tragen mochte. Der Westen würde ihm ewig ein unbehagliches Rätsel bleiben.

Schrille Hilfeschreie drangen durchs Treppenhaus, als Ahmed das Logierhaus betrat. Er verrichtete in Eile seine rituellen Waschungen, sprach seine Gebete und eilte dann Mrs. Prashad zu Hilfe. Ihr Mann schien sie zu ermorden.

Ahmed klopfte bescheiden an die Tür und öffnete sie, als niemand antwortete. Aber nicht Mr. Prashad, sondern ein Fremder hatte die Engländerin getötet. Sie lag weiß und kalt am Boden – noch weißer und kälter als sonst. Eine merkwürdige Gestalt durchsuchte die ärmlichen Möbel und hatte gerade Mr. Prashads indische Laute in der Hand. Der Dieb war etwa achtzehn. Kaum mittelgroß, wirre, blonde Haare und das Kostüm eines Fußball-Fans. Ein *Soccer Rowdy,* der sich zum Einbrechen die falsche Adresse ausgesucht hatte. Seine kleinen, trüben Augen blinkten den riesigen Pakistani tückisch an. In der Hosentasche blitzte ein Messer. Ahmed schlug es ihm aus der Hand, als er es zögernd hob. Dabei fiel die Laute mit einem Krach zu Boden, und die tote Mrs. Prashad erwachte mit einem Schrei. Als Ahmed sie sekundenlang anstarrte, drang der Fußball-Strolch mit dem Messer in der Hand gegen ihn vor. Dieses Mal packte eine gerechte Wut den riesigen Lastträger. Er hob den Jungen mit einem Arm in die Höhe, so daß sein karierter Schal fröhlich in der Luft baumelte, und warf ihn die Treppe hinunter. Er lief einige Stufen hinterher, um dem Rattenkopf die großen abstehenden Ohren abzureißen, aber der Spaßmacher hatte das Weite gesucht. Er verstand sich aufs Fallen.

«Wo bin ich?» schrie Hester und sah sich verwirrt um. «Wer sind Sie?»

Obwohl sie ihn tief verletzt hatte – konnte sie ihn, Ahmed, nicht erkennen? –, vergab er ihr sofort. Er half ihr auf den Küchenstuhl und sagte: «Ich bin Ahmed. Hier im Haus.»

«Wo ist der Dieb?» fragte Hester schwach.

Ahmed hob die mächtigen Arme und machte suggestive Bewegungen. Dann befragte er sein Wörterbuch, da die Engländerin ihn nicht verstand. «Werfe Treppe runter.» Ahmed suchte weiter im Wörterbuch. «Mausetot», sagte er dann befriedigt. Er hob das Klappmesser des Besuchers in die Höhe und wich erschrocken zur Tür, als Hester einen Angstschrei ausstieß.

Daraufhin legte Ahmed das Messer wie eine Opfergabe sanft auf die Kommode und zeigte kindlich seine großen Handflächen, um anzudeuten, daß er eine Friedenstaube sei. «Ahmed», murmelte er und schlug sich auf die Brust. «Ahmed hilft Lady! Nichts Böses hier.» Er schlug sich an seinen Kopf.

Hester hatte sich so weit erholt, daß sie ihrem Retter danken konnte. Der Tod des Einbrechers war nicht ganz in ihr Bewußtsein gedrungen. Auf jeden Fall hatte der Pakistani ihn entfernt.

«Ich danke Ihnen so sehr, Mister ... Mister ...»

«Ahmed.»

Hester wollte sich nicht gleichgültig zeigen und fragte, ob «Ahmed» sein «Christian name» sei. Mr. Khan wich entsetzt zurück und streckte beide Hände abwehrend aus. «*No Christian*», keuchte er. «Bin guter Mohammedaner!»

Er rannte hinaus, um die Blasphemie durch weitere Waschungen und Gebete von sich abzuspülen. Hester starrte ihm verständnislos nach. Dann stand sie auf und machte sich eine Tasse Tee. Erst dann konnte sie weitere Schritte überlegen. In diesem Hause blieb sie nicht. Und wo war ihr Mann? Wie immer war er unsichtbar, wenn man ihn brauchte.

Sie blieb tatsächlich schon diese Nacht nicht mehr in Mr. Kasims gastlichem Haus. Aber ihr Auszug vollzog sich schnell und tragisch, und erst bei ihren Eltern erkannte sie, daß das indische Zwischenspiel ihres Lebens beendet war.

Vaidya fand sie eine Stunde später auf ihrem Bett. Es war kein Essen vorbereitet – die Nahrungsmittel lagen noch eingepackt auf dem Tisch. Seine Laute lag zerbrochen am Boden. Er blickte sich wild um. Also das hatte sie ihm angetan! Seine Laute war ihm so wichtig gewesen wie der Mops Hector für sie. Vaidya arbeitete jetzt tatsächlich, da er eine Zwischendeck-Passage ersparen mußte, nachdem sein Vater sein Erbteil verteilt hatte.

Hester schlief. Sie sah so unschuldig und dabei so vergrämt aus, daß er einen Augenblick stumm dastand. Sein Instinkt sagte ihm, daß sie auf keinen Fall das Instrument zu Boden geschleudert hatte – Heftigkeit lag ihr fern. Sie war nur eine nachlässige Hausfrau, eine deprimierende Köchin und eine kalte Geliebte. Sie hatte sich in sich selbst zurückgezogen – nur ihre verstreuten Habseligkeiten erinnerten daran, daß sie gelegentlich zu Hause war. Sie steckte stundenlang bei ihrer Mutter. Vaidya war manchmal erstaunt, sie zu sehen. Wenn nicht sofort ein heftiger Zank ausbrach, schwieg Hester meistens. Sie war immer müde oder gelangweilt – Vaidya wußte nicht warum. Wenn sie eines Tages nicht wiederkommen würde, dann brauchte er nur ihre Sachen in einen Karton zu packen, und schon wäre Ordnung und Leere. Er würde sie nicht vermissen. Sie gab ihm schon lange nichts mehr. Er fühlte nur ihre beständige Mißbilligung, und das tat ihm nicht gut. Übrigens hatte Krischna Dal sie eingeladen. Vaidya war allein gegangen, da Hester wie immer bei ihrer Mutter war. Er entschuldigte sie höflich und aufrichtig und brachte es nicht über sich, dem gutgelaunten Jugendfreund die Wahrheit zu sagen. Ob die Leute von den Inseln es zugaben oder nicht – meistens spöttelten sie –, aber der Besitz einer weißen Frau war noch immer ein Zuwachs an Prestige, zum mindesten im Ausland. Nur die radikalen Afrikaner in London ignorierten die weißen

Mädchen, da diese der *Black Power* schaden würden.

Vaidya blickte sich grüblerisch in seinem trübseligen Heim um: wie sah das wieder aus! Er warf Hesters Strümpfe wütend aufs Bett, stieß die gestickten Pantoffeln hinter den Vorhang – warum legte sie sie nicht in die Kommode, wenn sie ihr zu klein waren? – und hob eine Pillenschachtel auf. Es war nur noch eine Pille darin und der Zettel einer Freundin, die Hester offenbar das Medikament verschafft hatte. Prashad las den Zettel aufmerksam durch. Er hörte plötzlich Krischna Dals Gelächter. «Die Mädchen sind zu, zu vorsichtig in diesem London!»

Vaidya Prashad legte die Pille auf den Zettel und tat beides auf den Küchentisch. Es gibt Augenblicke der blitzartigen Erkenntnis, dies war ein solcher Augenblick. Das Grab der Illusionen tat sich weiter auf als je zuvor, und die letzten Hoffnungsfetzen und ausgefransten Träume versanken in die Tiefe. Prashad wußte nun ohne allen Zweifel, daß seine Frau die Pillen zur Empfängnisverhütung nahm, weil sie kein Kind wollte. Sie wollte kein Kind von *ihm*. Kein Kind mit altem indischen Blut! Kein Kind mit goldbrauner oder erdbrauner Haut, mit leuchtenden dunklen Augen, mit einer glühenden und dabei alten Seele. Das paßte nicht nach Aldgate. Aber mußte es dorthin passen? Hätten sie ein Kind gehabt, hätte Prashad ernsthaft Arbeit gesucht und gefunden und eines Tages Mutter und Sohn nach Westindien gebracht. Dort hätte sein Sohn gewußt, wo er hingehört, und sein Anteil an englischem Blut hätte ihm einen praktischeren Verstand und mehr Aktivität gegeben. Prashad machte sich da nichts vor. Weitere Söhne, sanfte, schöne Töchter wären auf der Plantage aufgewachsen und hätten die karibische Abendstille mit Gespräch und Gelächter erfüllt. Prashad hatte nur seine Flucht nach Curepe geplant, weil er in der Tiefe seines Wesens geahnt, nein, gewußt hatte, daß seine Frau ihm keine Kinder schenken wollte.

Da war sie endlich. Sie stand stumm am Küchentisch, und ihre hellen blauen Augen weiteten sich vor Entsetzen, als sie die Schachtel und den Zettel ihrer Freundin sah. Wie konnte sie so etwas herumliegen lassen? Ihr Mann sprach gegen seine Gewohnheit kein Wort. Das war bedrohlich. Bis jetzt hatte sich auch der heftigste Streit im Bett verflüchtigt. Hester nahm diesen Teil der Ehe als unvermeidlich hin. Wenigstens konnte nichts «passieren».

Prashad trat langsam auf sie zu und schlug ihr dann mit der flachen Hand auf den Mund, der das höllische Zeug geschluckt hatte. Wie oft? Wie viele Wochen und Monate? Der Zettel war schon vergilbt. Hester hatte ihn einfach noch da, weil sie vergessen hatte, ihn fortzuwerfen. Sie wischte sich mechanisch das Blut von den Lippen. Ihr Mann schwieg weiter und starrte sie an. Sie begann zu zittern, obwohl sie sich sagte, daß sie keinen Grund dazu habe. Tausende moderner junger Frauen nahmen die Pille – auch in Indien. Hester hatte darüber bei ihren Eltern eine Fernsehsendung gesehen. Mum hatte gesagt: «Das gefällt mir nicht.» Dad hatte beigestimmt. Schließlich hatte er gemurmelt: «Wo sechs Kinder satt werden, wird auch noch ein siebentes satt.» Nur daß in Indien das siebente mit den anderen hungerte. Die Familie Digby hatte niemals gehungert.

«Vaidya», schrie Hester plötzlich, «was hast du?» Er hatte sich unheimlich verändert. Er sah nicht wie sonst jung und sehr lebendig aus, er war plötzlich ein alter Inder. Er war wie alle Inder, die jemals den Weg von Indien in den Westen gegangen waren. Nicht einmal in einem Hindudorf in Trinidad trat die Ehefrau auf den Schatten ihres Mannes: es verletzte und entkräftete ihn. Prashad betrachtete seine Frau mit archaischer Furcht. Er erlitt in diesem Augenblick einen Rückfall ins Tabu. Selbst das ungeborene Leben war heilig, was immer man auch heutzutage dagegen tat. Pillen waren moderne Hexerei – nichts weiter! Wo zwölf Kinder hungerten, da hungerten eben noch einige mehr. Das war uralter indischer Grundsatz. Aber Hester hatte nicht einmal gehungert.

Prashad, der einer alten, hohen Kultur entstammte, war in diesem Augenblick so hilflos wie ein primitiver Afrikaner angesichts schwarzer Magie. Vielleicht war er, der wie sein Vater und Großvater schon in Westindien geboren war, von der afrikanischen Glut und Angst vor Dämonen angesteckt worden. Denn auf den karibischen Inseln lebten Indien und Afrika enger zusammen als irgendwo auf der Welt. Mit Ausnahme des heutigen London natürlich, wo Indien und Afrika den weißen Mann und die weiße Frau in bestimmten Stadtteilen zum Greifen nahe hatten. Dieser Umstand hatte Vaidya Prashad in nächste Berührung mit einem durchaus ordentlichen und normalen englischen Mädchen gebracht, das ihm in dieser Stunde zur Mörderin des ungeborenen Lebens – seines Lebens – geworden war. Eine kinderlose Frau war ein Baum mit einer abgestorbenen Wurzel und einer verdorrten Krone. Aber jede Mutter – gleichgültig, wo sie lebte und gebar – war ein Juwelenbaum in Reichtum und in Armut, in Gesundheit und Krankheit, in der Jugend und im Alter. Im Leben und im Tode.

«Geh», murmelte Vaidya Prashad gebrochen, «ich kann dich nicht mehr ansehen!»

IV

Ein halbes Jahr nach seiner Scheidung erhielt Vaidya einen Brief aus Fyzabad. Sein Onkel schrieb, daß Pandit Prashad, den geplanten Abschiedsfeiern zum Trotz, heimlich seine Überfahrt nach Indien angetreten habe. Jeder sei empört, obwohl Vaidyas Vater der Stolz der Insel sei. Die Prashads empfanden die Willkür des weisen Mannes als persönliche Kränkung. Der Juwelenbaum für den *Guru* war noch in Arbeit, eine unnütze, kostspielige Huldigung für den entschwundenen Pilger. Am Schluß des Briefes schrieb Mr. Prashad aus Fyzabad, daß er die Ananasplantage in Curepe auf Vaidya überschrieben habe, da der bisherige Verwalter (und Verwandte) geheiratet habe und in ein anderes Dorf übergesiedelt sei.

Genaugenommen: in die Familie seiner Braut. Vaidya war billiger als ein fremder Verwalter, dem man außerdem nicht über den Weg trauen konnte. Mr. Prem Prashad, der in Fyzabad in seinem mit einer Klimaanlage ausgestatteten Büro saß, schrieb, die Ananasplantage gedeihe sozusagen gewissermaßen von selbst. Der Cousin wolle selbstverständlich seine Hochzeit bis zu Vaidyas Ankunft in Trinidad verschieben und ihn auf der kleinen Plantage einarbeiten. Vaidya mit seiner elektrischen Weisheit könne diese Stätte der Kontemplation modernisieren, nachdem Pandit Prashad sich verflüchtigt habe. Der Cousin werde natürlich noch ein ganzes langes Leben verheiratet sein, aber zehn Jahre wolle er nun auch nicht auf Vaidyas Ankunft warten. Deswegen schicke Onkel Prem, selbstverständlich leihweise, das Geld für die Überfahrt für Vaidya und seine Frau. Soweit Mr. Prem Prashad wisse, führen Kinder umsonst.

Vaidya war zufrieden, daß ihm nach indischem Familienbrauch eine wichtige Entscheidung von den Älteren und Weiseren abgenommen worden war. Das Reisegeld für seine Frau verwandte er auf luxuriöse Geschenke für Freunde und Verwandte in Trinidad.

Eines Tages traf er Mrs. Digby auf der Straße. Obwohl sie nahe beieinander wohnten, hatte Vaidya niemals wieder jemanden aus dieser Familie getroffen. Sie schienen wie vom Erdboden verschluckt zu sein. Aber in Wirklichkeit waren sie die ganze Zeit dagewesen und ihm aus dem Weg gegangen. Das war ziemlich einfach, denn Mr. Prashad ging aus, wenn sie schlafen gingen. Hester hatte wieder einen gut bezahlten Posten als Sekretärin angenommen, um den sie sich sofort nach dem Bruch mit ihrem Mann bemüht hatte. Man leistete sich keinen Nervenzusammenbruch in Aldgate. Im Augenblick verlebte sie ihren Urlaub mit einer Freundin in Margate. Mr. und Mrs. Digby wollten in den nächsten Tagen mit ihrer Tochter Winifred und Baby Jack nach Blackpool fahren. Sie hatten alle dafür gespart. Winifred erwartete ihr zweites Kind. Mrs. Digby fand es ganz angenehm, daß sie ihre Schwiegersöhne nicht allzu oft zu Gesicht bekam, obwohl sie sich doch des öfteren beklagte, ihre Töchter klebten an ihr. Ja, das Leben in Aldgate ging unverändert weiter, und warum sollte es wegen Mr. Prashad stocken? Heutzutage drängte die Gegenwart die Vergangenheit mit unziemlicher Hast beiseite. Niemand, außer etwa Vaidya Prashad, grübelte alten Leiden nach. Die Schlange ist da und ringelt sich um den Pfahl – mit den Augen aus Glas, mit den Augen aus Glas, sagte man in El Caribe.

Da war die Schlange! Sie hatte zwar keine Glasaugen, sondern nur Brillengläser, und sie war überhaupt keine Schlange, sondern Mrs. Digby. In vergangenen Zeiten hatte Vaidya sie fälschlich für ein Reptil gehalten, weil sie mit ihrer Zunge stach. Tatsächlich war Gladys Digby die einzige, die manchmal an ihn dachte und dann zu ihrer Überraschung unwilliges Mitleid mit dem jungen Narren empfand. Sie hatte allmählich die ganze triste Wahrheit aus ihrer Tochter herausgefragt. Wie Mr. Prashad war sie im Prinzip eine Gegnerin der bewußten Pille, aber natürlich fand sie die

Scheidung «übertrieben». Du lieber Himmel, wenn man sich über jede Meinungsverschiedenheit gleich scheiden lassen wollte, dann gäbe es keine Ehen mehr in London. Übrigens war die Scheidungsangelegenheit mit großem Anstand von allen Seiten geregelt worden. Hester wollte nichts für ihren Unterhalt. Sie war jung und konnte arbeiten.

Später konnte Vaidya Prashad nicht mehr sagen, wieso er tatsächlich mit Mrs. Digby in dem ihm so wohlbekannten Wohnzimmer saß und Tee trank. Auch in diesem Zimmer hatte sich nichts geändert. Da waren immer noch dieselben Gardinen und die Fotos auf dem Kaminsims. Nur sein Bild war diskret entfernt worden, wie auch das Gruppenbild der Hochzeit. Mrs. Digby machte immer noch ihren guten starken Tee und erinnerte sich, daß er drei Stück Zucker nahm. Das kam ihm so unvermutet, daß er mühsam schluckte. Während Hesters Mutter über alles mögliche plauderte und nicht nur unbefangen tat, sondern es auch war, rang Vaidya um Fassung. Sie schien es nicht zu bemerken.

«Wie denken Sie sich Ihre Zukunft?» fragte sie ruhig. Auf seine Antwort hin nickte sie. Sicher war es so das beste für alle Teile. Endlich äußerte Vaidya, was er sich in langen, einsamen Nächten überlegt hatte. «Sagen Sie mir doch endlich, Mrs. Digby, daß Sie mich alle hassen und verabscheuen!»

«Immer langsam, Mr. Prashad!» Gladys Digby war ehrlich erstaunt. Gewiß, der junge Mann hatte wenig Beherrschung und Rücksicht in der Ehe bewiesen. Aber damit stand er wirklich nicht allein da. Und es war doch nicht Grund genug, jemanden zu hassen. Schließlich hatte Hester es ihm auch nicht leicht gemacht, und manchmal machte sich Mrs. Digby Vorwürfe, daß sie stets die Partei der Tochter ergriffen hatte. Eine verheiratete Frau durfte nicht ewig bei ihrer Mutter hocken. Außerdem war es ihr heute klar, daß sie Hester mit Strenge an Ordnung hätte gewöhnen müssen, anstatt alles hinter ihr aufzuräumen. Dad hatte oft genug darüber geschimpft.

«Wir müssen alle das Beste aus unseren Schwierigkeiten machen», sagte sie schließlich. «Es tut mir leid, Mr. Prashad, daß Sie solches Pech mit unserer Hester hatten!» Sie schwieg einen Augenblick, und dann sagte sie entschlossen: «Hester hat Sie wirklich sehr verletzt. Sie war eben zu jung und unerfahren.»

Vaidya erwiderte nichts. Zum ersten- und letztenmal bewunderte er widerwillig eine Tugend, die den Menschen von indischem Temperament abgeht: das Maßhalten. Den nüchternen Anstand, der die Schuld zuerst einmal bei sich selber sucht. Es waren sehr englische Tugenden – diese Mäßigung, dieser Mut zur unangenehmen Wahrheit, die grundsätzliche Ablehnung der Heftigkeit. Indische Leidenschaft, selbst spirituelle Leidenschaft, neigte zum Extrem: Erleuchtung oder Finsternis, Seligkeit oder Verzweiflung. Aber hier, in einer engen Welt, in der Steinwüste von Aldgate übte diese verblühte abgearbeitete Frau eine Tugend, die ein Juwel ist. Dieses Juwel war so unauffällig wie Mrs. Digby selbst.

Sie brachte Vaidya noch die Treppe hinunter und blieb mit ihm vor der Haustür stehen. Überall Steine, Läden, Benzingeruch, Schornsteine und Lärm. Bald würde im East-End der Sommerabend mit drückender Schwüle, Fisch und Chips und Fernsehen beginnen.

«Ich erinnere mich noch an die Zeit, als da drüben Wiesen und Bäume waren», sagte Mrs. Digby plötzlich. «Wissen Sie, als junges Ding sah ich mal so 'nen Tropenfilm. Hab das nie vergessen. Palmen! Und Ananas und Bananen! Und alles so grün.»

Vaidya blickte Mrs. Digby erstaunt an. Er hätte nicht gedacht, daß sie Palmen und Blüten vermißte. Sie gehörte so sehr nach Aldgate.

«In Trinidad ist alles grün», sagte er sanft. «Aber wissen Sie, Mrs. Digby, wo einmal Bäume standen, da können auch wieder Bäume wachsen.»

Am nächsten Morgen schickte er Mrs. Digby Blumen – beinahe einen Garten, den er sich kaum leisten und den sie nur schwer unterbringen konnte.

Am selben Nachmittag flog er nach Trinidad zurück.

Inhalt

Alice M. Ekert-Rotholz

Reis aus Silberschalen
rororo Band 894

Wo Tränen verboten sind
rororo Band 1138

Strafende Sonne, lockender Mond
rororo Band 1164

Mohn in den Bergen
rororo Band 1228

Elfenbein aus Peking
rororo Band 1277

Die Pilger und die Reisenden
rororo Band 1292

Limbo oder Besuch aus Berlin
rororo Band 1567

Der Juwelenbaum
rororo Band 1621

Fünf Uhr Nachmittag
rororo Band 1781

Füchse in Kamakura
rororo Band 4144

Die fließende Welt oder Aus dem Leben einer Geisha
rororo Band 4199

486/14

288/16

rororo

GEORGETTE HEYER

Die bezaubernde Arabella [357]
Die Vernunftehe [477]
Die drei Ehen der Grand Sophy [531]
Geliebte Hasardeurin [569]
Der Page und die Herzogin [643]
Die spanische Braut [698]
Venetia und der Wüstling [728]
Penelope und der Dandy [736]
Die widerspenstige Witwe [757]
Frühlingsluft [790]
April Lady [854]
Falsches Spiel [881]
Serena und das Ungeheuer [892]
Lord «Sherry» [910]
Ehevertrag [949]
Liebe unverzollt [979]
Barbara und die Schlacht von Waterloo [1003]
Der schweigsame Gentleman [1053]
Heiratsmarkt [1104]
Die galante Entführung [1170]
Verführung zur Ehe [1212]
Die Jungfernfalle [1289]
Brautjagd [1370]
Verlobung zu dritt [1416]
Damenwahl [1480]
Die Liebesschule [1515]
Skandal im Ballsaal [1618]
Mord mit stumpfer Waffe [1627]
Der schwarze Falter [1689]
Ein Mädchen ohne Mitgift [1727]
Der Mörder von nebenan [1752]
Eskapaden [1800]
Findelkind [1837]
Mord ohne Mörder [1859]
Lord Ajax [1900]
Der Tip des Toten [1919]
Herzdame [1954]
Der Tote am Pranger [1971]
Junggesellentage [4009]
Mord vor dem Dinner [4026]
Der Trumpf des Toten [4069]
Zärtliches Duell [4125]
... und sie fanden einen Toten [4162]
Warum den Butler erschießen? Detektivroman [4217]
Mord beim Bridge Detektivroman [4325]